suhrkamp taschenbuch 2849

Eva Perón starb 1952 im Alter von nur 33 Jahren; eine bombastische Zeremonie des langsamen Abschieds nahm ihren Lauf. Evita war eine aus der Provinz auf- und von der Leinwand herabgestiegene Göttin, eine lebende Heilige. Was jedoch nach ihrem Tode geschah, scheint jedes Maß der Verehrung zu sprengen: Ihr Leib wurde einbalsamiert, versteckt, gejagt, ging auf eine makabre Wanderschaft und wurde zum Objekt unglaublicher Intrigen und Obsessionen – mehr noch als Evita selbst.

»*Santa Evita* hat mich von der ersten Seite an überwältigt – ich war gerührt, litt, genoß, eignete mir schändliche Laster an und verriet meine heiligsten Prinzipien. Wenn ein Roman es fertigbringt, einen Sterblichen mit festen Grundsätzen und strengen Gewohnheiten zu derartigem Unfug zu verleiten, dann kann es keinen Zweifel geben: Er gehört entweder verboten, oder er muß unverzüglich gelesen werden.« *Mario Vargas Llosa*

»Hier ist endlich der Roman, den ich immer lesen wollte.«

Gabriel García Márquez

Tomás Eloy Martínez wurde 1934 in Tucumán, Argentinien, geboren. Nach dem Studium verband er kritisch recherchierenden Journalismus, die Tätigkeit als Literaturredakteur und die Arbeit als freier Autor. 1975 ging er nach massiven Drohungen ins Exil, erst nach Venezuela, später in die USA. 1985 veröffentlichte er *La novela de Perón*, eine Fiktion um den argentinischen Präsidenten. 1995 erschien *Santa Evita* und wurde sogleich zu einem internationalen Erfolg. Tomás Eloy Martínez lebt in New Jersey und lehrt an der Rutgers University.

Tomás Eloy Martínez
Santa Evita

Roman

Aus dem Spanischen von
Peter Schwaar

Suhrkamp

Die Originalausgabe erschien 1995 unter dem Titel
Santa Evita bei Editorial Planeta, Buenos Aires.
Umschlagfoto: Archive Photos

suhrkamp taschenbuch 2849

Druck: Ebner Ulm
Printed in Germany
Umschlag nach Entwürfen von
Willy Fleckhaus und Rolf Staudt

1 2 3 4 5 6 – 03 02 01 00 99 98

Für Susana Rotker,
wie alles

Sterben ist eine Kunst wie jede andere.
Ich kann es außerordentlich gut.

SYLVIA PLATH,
›Lady Lazarus‹, 23. bis 29. Oktober 1962

Ich möchte mich über die Welt neigen,
wie man sich über eine Sammlung Postkarten neigt.

EVITA DUARTE,
Interview in ›Antena‹, 13. Juli 1944

1 »*Mein Leben gehört euch*«

Als sie aus einer über drei Tage dauernden Ohnmacht erwachte, hatte Evita endlich die Gewißheit, daß sie sterben würde. Die gräßlichen Stiche im Bauch hatten aufgehört, und der Körper war wieder geläutert, mit sich allein, in einer Glückseligkeit ohne Zeit und Ort. Nur der Gedanke an den Tod quälte sie weiter. Das Schlimmste am Tod war nicht, daß er sich ereignete. Das Schlimmste am Tod war die Weiße, die Leere, die Einsamkeit auf der andern Seite – der Körper, der entfloh wie ein davongaloppierendes Pferd.

Obwohl ihr die Ärzte immer wieder sagten, die Anämie gehe zurück und in einem Monat oder sogar noch eher werde sie wieder gesund sein, hatte sie kaum die Kraft, die Augen zu öffnen. Sosehr sie ihre ganze Energie in den Ellbogen und Fersen sammelte, sie schaffte es nicht, aufzustehen, und schon die geringe Anstrengung, sich auf die eine oder die andere Seite zu drehen, um den Schmerz zu lindern, brachte sie außer Atem.

Sie hatte nichts mehr mit der Evita gemein, die 1935 völlig mittellos nach Buenos Aires gekommen war, um für eine Tasse Kaffee in verlotterten Theatern aufzutreten. Damals war sie nichts oder weniger als nichts gewesen: ein Straßenspatz, ein angelutschtes Bonbon, so dünn, daß sie Mitgefühl erregte. Durch Leid und Sehnen, mit Erinnerung und Tod wurde sie schön. Sie spann sich in einen Schönheitskokon ein, verpuppte sich allmählich zur Königin, wer hätte das gedacht.

»Als ich sie kennenlernte, hatte sie schwarzes Haar«, sagt eine der Schauspielerinnen, die sie aufnahmen. »Ihre melancholischen Augen schauten, als wollten sie Abschied nehmen, man erkannte ihre Farbe nicht. Die Nase war ein wenig grob und lang und die Zähne leicht vorstehend. Obwohl flachbrüstig, hatte sie eine ziemlich eindrucksvolle Figur. Evita gehörte nicht zu den Frauen, nach denen sich die

Männer auf der Straße umdrehen; sie war sympathisch, brachte aber niemanden um den Schlaf. Wenn ich mir jetzt überlege, wie hoch hinauf sie es brachte, frage ich mich: Wo hatte dieses zerbrechliche Ding gelernt, mit der Macht umzugehen, wie stellte sie es an, um zu dieser Nonchalance und Wortgewandtheit zu kommen, woher nahm sie die Kraft, die Leute in ihren traurigen Herzen zu berühren? Was für ein Traum mag ihr in den Träumen zugefallen sein, welches tiefinnere Blöken ihr Blut gerührt haben, um sie über Nacht zu dem zu machen, was sie war: eine Königin?«

»Vielleicht war es eine Folge der Krankheit«, sagt der Maskenbildner ihrer letzten Filme. »Früher konnten wir ihre Gesichtshaut tönen und sie schminken, soviel wir wollten, es war trotzdem von weitem zu sehen, daß sie eine gewöhnliche Person war; man konnte ihr einfach nicht beibringen, sich elegant hinzusetzen, mit dem Besteck umzugehen oder beim Kauen den Mund zu schließen. Knapp vier Jahre später sah ich sie wieder, unglaublich. Eine Göttin. Ihre Gesichtszüge hatten sich derart verschönert, daß sie einen aristokratischen Hauch wie die Prinzessin auf der Erbse ausstrahlte. Ich starrte sie an, um herauszufinden, in was für einem übernatürlichen Verputz sie steckte. Aber da war nichts – sie hatte noch dieselben Kaninchenzähne, mit denen sie den Mund nicht schließen konnte, die halbrunden, nicht die Spur aufreizenden Augen, und zu allem erschien mir ihre Nase noch länger. Das Haar freilich war anders: straff, blond gefärbt, mit einem einfachen Kranz im Nacken. Ihre Schönheit wuchs von innen heraus, ohne um Erlaubnis zu bitten.«

Niemand bemerkte, daß die Krankheit sie dünner, aber auch kleiner machte. Da man sie bis zum Schluß die Pyjamas ihres Mannes tragen ließ, schwamm Evita immer loser in diesen unermeßlich weiten Stoffen herum. »Sehe ich nicht zwergenhaft aus, wie ein Pygmäe?« fragte sie die Minister, die ihr Bett umstanden. Sie antworteten mit Schmeicheleien: »Sagen Sie nicht so etwas, Señora. Wenn Sie ein Pygmäe sind, was sind dann wir? Läuse, Mikroben?« Und wechselten das Thema. Die Krankenschwestern dagegen stellten die Wirklichkeit auf den Kopf: »Sehen Sie, wie brav Sie heute gegessen haben?« sagten sie immer wieder, während sie die unberührten Teller abräumten. »Sie sind schon etwas molliger geworden, Señora.« Man betrog sie wie ein Kind, und der Zorn, der in ihr brannte, ohne sich Luft verschaffen zu können, quälte sie am allermeisten, mehr als die Krankheit, als der Verfall, als der sinnlose Schrecken, tot zu erwachen und nicht weiterzuwissen.

Vor einer Woche – schon vor einer Woche? – hatte ihre Atmung für einen Moment ausgesetzt (wie es bei allen Anämikern geschah, so hatte man ihr jedenfalls gesagt). Als sie wieder zu sich kam, befand sie sich in einer flüssigen, durchsichtigen Höhle, die Augen unter einer Maske und die Ohren mit Watte verstopft. Nach ein, zwei vergeblichen Versuchen gelang es ihr, sich von den Schläuchen und Sonden zu befreien. Erstaunt stellte sie fest, daß in diesem Zimmer, wo die Dinge nur selten den Platz wechselten, vor dem Toilettentisch eine Schar Nonnen kniete und über den Kleiderschränken trübe Lampen brannten. Neben dem Bett erhoben sich bedrohlich zwei riesige Sauerstoffflaschen. Cremetöpfchen und Parfümflakons waren von den Abstellflächen verschwunden. Draußen im Treppenhaus hörte man Gebete wie Flügelschlag von Fledermäusen.

»Was ist das für ein Lärm?« fragte sie und richtete sich im Bett auf.

Alle waren vor Überraschung wie gelähmt. Ein glatzköpfiger Arzt, an den sie sich kaum erinnern konnte, trat zu ihr und flüsterte ihr ins Ohr:

»Wir haben soeben eine kleine Operation an Ihnen durchgeführt, Señora. Wir haben den Nerv entfernt, der Ihnen soviel Kopfschmerzen bereitete. Sie werden nicht mehr leiden müssen.«

»Wenn Sie wußten, daß es das war, dann verstehe ich nicht, warum Sie so lange gewartet haben.« Sie erhob die Stimme zu dem gebieterischen Ton, den sie schon verloren geglaubt hatte. »Los, helfen Sie mir, ich möchte auf die Toilette.«

Sie kletterte aus dem Bett, tappte, auf eine Krankenschwester gestützt, barfuß durchs Zimmer und setzte sich aufs WC. Dort hörte sie, wie ihr Bruder Juan durch die Gänge lief und aufgeregt wiederholte: »Eva kommt davon! Gott ist groß, Eva kommt davon!« Im selben Augenblick schlief sie wieder ein. Sie war so entkräftet, daß sie nur ab und zu erwachte, um etwas Tee zu schlürfen. Sie verlor die Vorstellung von der Zeit, den Stunden und sogar von den Betreuern, die sie im Turnus pflegten. Einmal fragte sie: »Welcher Tag ist heute?« Und die Antwort lautete: »Dienstag, der 22.« Aber als sie nach einer Weile die Frage wiederholte, hieß es: »Samstag, der 19.«, so daß sie zu vergessen beschloß, was für alle von so geringer Bedeutung war.

In einer der wachen Phasen schickte sie nach ihrem Mann und bat ihn, eine Weile bei ihr zu bleiben. Sie stellte fest, daß er zugenommen und große fleischige Säcke unter den Augen hatte. Sein Ausdruck war verwirrt, und er schien am liebsten gleich wieder gehen zu wollen. Begreiflich, denn seit fast einem Jahr waren sie nicht mehr miteinander allein gewesen. Evita nahm seine Hände und spürte, wie er zusammenzuckte.

»Kümmert man sich zuwenig um dich, Juan? Die Sorgen haben dich dick gemacht. Hör auf, soviel zu arbeiten, und komm mich nachmittags besuchen.«

»Wie denn, Chinita?« entschuldigte er sich. »Ich beantworte den ganzen Tag die Briefe, die du bekommst. Es sind über dreitausend, und in jedem bittet man dich um etwas: um ein Stipendium für die Kinder, Brautaussteuern, Schlafzimmereinrichtungen, Arbeit als Nachtwächter, was weiß ich. Du mußt schleunigst wieder auf die Beine kommen, bevor auch ich krank werde.«

»Mach keine Witze. Du weißt, daß ich morgen oder übermorgen sterben werde. Wenn ich dich bitte zu kommen, dann, weil ich dir ein paar Dinge auftragen muß.«

»Du kannst mich um alles bitten, was du willst.«

»Laß die Armen nicht fallen, meine geliebten armen Schlucker. Alle, die dir ständig in den Hintern kriechen, werden sich eines Tages von dir abwenden. Aber die Armen nicht, Juan. Sie sind die einzigen, die glücklich zu sein verstehen.« Ihr Mann strich ihr übers Haar. Sie schob seine Hand weg. »Es gibt nur eins, was ich dir nicht verzeihen würde.«

»Daß ich wieder heirate«, versuchte er zu scherzen.

»Heirate, sooft du willst. Um so besser für mich. Dann merkst du, was du verloren hast. Was ich nicht will, ist, daß man mich vergißt, Juan. Laß nicht zu, daß man mich vergißt.«

»Sei ruhig. Dafür ist bereits gesorgt. Man wird dich nicht vergessen.«

»Natürlich. Dafür ist bereits gesorgt.«

Am nächsten Morgen erwachte sie so tatkräftig und leicht, daß sie sich mit ihrem Körper aussöhnte. Nach all dem Leiden, das er ihr verursacht hatte, spürte sie ihn jetzt nicht einmal mehr. Sie hatte keinen Körper, sondern Atemzüge, Wünsche, unschuldige Freuden, Bilder von Orten, wo sie hin wollte. Noch hatte sie Schwächeklumpen in Brust und Händen, nichts Jenseitiges, nichts, was sie am Aufstehen hindern könnte. Und das mußte sie so rasch wie möglich tun und alle damit überraschen. Sollten die Ärzte sie abhalten wollen, wäre sie schon zum Gehen angezogen und würde sie mit gezielten Schreien in ihre Schranken verweisen. Auf, sagte sie sich, los jetzt. Kaum versuchte sie einen Anlauf zu nehmen, gab ihr einer dieser schrecklichen Bohrer, die ihr den Nacken durchlöcherten, das volle Bewußtsein der Krankheit zurück. Es war eine sehr kurze Pein, aber sie war heftig genug, um ihr klarzumachen, daß sich ihr Körper nicht verändert hatte. Was spielt das schon für eine Rolle? sagte sie sich. Ich werde sterben, oder etwa nicht? Und da ich sterben werde, ist alles erlaubt. Sogleich tauchte sie wieder in ein Bad der Erleichterung. Bis dahin hatte sie nicht begriffen, daß das beste Mittel, eine Behinderung von sich abzuschütteln, darin bestand, sie zu akzeptieren. Diese plötzliche Erleuchtung erfüllte sie mit Freude. Nie wieder würde sie sich gegen irgend etwas zur Wehr setzen, weder gegen die Sonden noch die intravenöse Ernährung, noch die Bestrahlungen, die ihr den Rücken verkohlten, noch die Schmerzen oder die Traurigkeit über das Sterben.

Einmal hatte man ihr gesagt, nicht der Körper erkranke, sondern das ganze Wesen. Wenn es diesem gelinge, sich zu erholen (und nichts war so schwer wie das, denn um es zu heilen, mußte man es sehen können), war der Rest nur eine Frage der Zeit und des Willens. Aber ihr Wesen war gesund. Vielleicht war es nie gesünder gewesen. Es tat ihr weh, wenn sie sich im Bett von einer Seite auf die andere drehte, aber kaum schob sie die Laken weg, konnte sie leicht hinausschlüpfen. Sie versuchte es, und schon stand sie auf den Füßen. In den Sesseln ringsum schliefen die Krankenschwestern, ihre Mutter und einer der Ärzte. Wie schön wäre es gewesen, hätten sie sie sehen können! Aber sie weckte sie nicht, aus Angst, sie würden sie alle zwingen, sich wieder hinzulegen. Auf Zehenspitzen schlich sie zu den Fenstern, die auf den Garten hinausgingen und aus denen sie nie hatte hinausschauen können. Sie sah den gerupften Efeu an der Mauer, die Spitzen der Jacarandabäume und die Magnolien an der Böschung im Garten, den großen leeren Balkon, das verdorrte Gras; sie sah den Bürgersteig, den sanften Bogen der Allee, die jetzt Avenida del Libertador hieß, die hellen Nässefäden im Halbdunkel, als drängen sie aus einem Kino. Und plötzlich vernahm sie das Stimmengebrodel. Oder waren es keine Stimmen? Etwas in der Luft hob und senkte sich, als wiche das Licht irgendwelchen Hindernissen aus oder als wäre die Dunkelheit eine endlose Falte, eine Rutschbahn nach nirgendwo. Für einen Moment glaubte sie die Silben ihres Namens zu hören, aber durch kaum wahrnehmbare Pausen voneinander getrennt, *Eee vii taa.* Allmählich stieg im Osten die Helligkeit von den Flußtiefen auf, während der Regen seine grauen Dämpfe abschüttelte und diamanten leuchtend wiedererwachte. Der Bürgersteig war übersät mit Schirmen, Mantillen, Ponchos, funkelnden Kerzen, Kruzifixen einer Prozession und argentinischen Fahnen. Welcher Tag ist heute? fragte sie sich, fragte sie sich vielleicht. Wozu die Fahnen? Heute ist Samstag, las sie auf dem Wandkalender. Ein Nichts von Samstag. Es ist Samstag, der 26. Juli 1952. Weder der Tag der Hymne noch der von Manuel Belgrano, noch der Tag der Jungfrau von Luján oder eines hochheiligen peronistischen Festes. Doch da sind die armen Schlucker und gehen hin und her wie Seelen im Fegefeuer. Die auf den Knien betet, ist Doña Elisa Tejedor, mit demselben Trauertuch um den Kopf, das sie trug, als sie mich um den Milchwagen und die beiden Pferde bat, die man ihrem Mann am Weihnachtsmorgen gestohlen hatte; der sich an die Polizeiabschrankungen lehnt, mit dem schief aufgesetzten Hut, ist Vicente Tagliatti, dem ich Arbeit als halbamtlicher Maler verschaffte; die, die Kerzen anzünden, sind die Kinder von Doña Dionisia Rebollini, die mich um eine Wohnung in Villa Lugano bat und starb, bevor ich ihr eine in Mataderos geben konnte. Warum weint Don Luis Lejía? Warum umarmen sich alle, warum erheben sie die Arme zum Himmel, beschimpfen den Regen, verzweifeln? Sagen sie wirklich, was ich höre: Eee vii taa, geh nicht von uns? Ich habe nicht vor zu gehen, liebe Descamisados, meine armen Schlucker, geht euch ausruhen, habt Geduld. Wenn sie mich sehen könnten, wären sie ruhig. Aber sie dürfen mich nicht so sehen, nicht so, wie ich ausschaue, so matt. Sie sind es gewohnt, daß ich mich ihnen stattlicher zeige, in Prachtkleidern, und wie könnte ich sie enttäuschen, so nackt an Leib und Seele, wie ich bin, alle Freude weg und der Geist so elend.

Sie könnte eine Radiobotschaft für sie aufnehmen und sich von ihnen auf ihre Art verabschieden, ihnen ihren Mann anempfehlen, wie sie es immer tat, aber noch blieb ihr der ganze Vormittag, um ihre Stimme in Ordnung zu bringen, Mikrofone aufstellen zu lassen und ein Taschentuch zu besorgen, falls die Gefühle wieder mit ihr durchgehen sollten wie beim letzten Mal. Der ganze Vormittag, aber auch der Nachmittag und der Abend, und der folgende Tag, und der Horizont sämtlicher Tage bis zu ihrem Tod. Ein weiterer Schwächeanfall warf sie aufs Bett zurück, der Körper löschte das Licht, und das Glück ihrer Leichtigkeit erfüllte sie mit Schlaf, sie fiel von einem Schlaf in den andern und noch in einen, schlief, als hätte sie nie geschlafen.

Es war abends neun oder Viertel nach neun. Oberst Carlos Eugenio de Moori Koenig hielt in der Schule des Nachrichtendienstes der Armee seine zweite Vorlesung über das Wesen des Geheimnisses und die Anwendung des Gerüchts. »Das Gerücht«, sagte er eben, »ist die Vorsichtsmaßnahme, die die Ereignisse ergreifen, ehe sie Wahrheit werden.« Er hatte William Stantons Arbeiten über die Struktur der chinesischen Logen und die Vorlesungen des böhmischen Philosophen Fritz Mauthner über das Unvermögen der Sprache, die Komplexität der realen Welt zu erfassen, zitiert. Doch jetzt galt seine Aufmerksamkeit dem Gerücht. »Jedes Gerücht ist grundsätzlich unschuldig, so wie jede Wahrheit schuldig ist, da sie sich nicht von Mund zu Mund übertragen läßt, nicht ansteckend ist.« Er suchte in seinen Notizen nach einem Zitat von Edmund Burke, aber in diesem Moment unterbrach ihn einer der Wachoffiziere, um ihm mitzuteilen, vor wenigen Augenblicken sei die Frau des Präsidenten der Republik gestorben. Der Oberst sammelte seine Unterlagen ein und sagte, während er den Hörsaal verließ, auf deutsch: »Gott sei Dank ist alles vorbei.«

In den letzten beiden Jahren hatte er auf Geheiß eines Nachrichtengenerals, der sich seinerseits auf Befehle Peróns berief, Evita bespitzelt. Seine ausgefallene Aufgabe bestand darin, tägliche Berichte über die Vaginalblutungen zu erstellen, welche die Primera Dama quälten und über die der Präsident besser Bescheid wissen mußte als sonst jemand. Aber so war es damals: Jeder mißtraute jedem. Ein ständiger Alptraum der Mittelklasse war die Horde Barbaren, die aus der Dunkelheit herankäme, um ihnen Wohnungen, Arbeitsplätze und Erspartes zu nehmen, wie es sich Julio Cortázar in seiner Erzählung ›Das besetzte Haus‹ ausgedacht hatte. Evita dagegen sah die Wirklichkeit umgekehrt: Es quälten sie die Oligarchen und Landesverräter, die mit ihrem Stiefel das Volk der Descamisados zu zertreten trachteten (so sprach sie – in ihren Reden erklomm sie sämtliche Gipfel der Emphase), und sie bat die Massen um Hilfe, um »die Verräter aus ihren eklen Schlupfwinkeln zu zerren«. Zur Exorzierung der einfallenden Armenhorden las man in den Salons der Oberschicht die gesitteten Sentenzen von Lin Yutangs ›Blatt im Sturm‹, George Santayanas Lehrstücke über Lust und Moral und die Aperçus von Aldous Huxleys Romanfiguren. Evita las natürlich nicht. Wenn sie sich aus einer heiklen Lage retten mußte, zitierte sie auf Empfehlung ihres Mannes Plutarch oder Carlyle. Aber eigentlich vertraute sie lieber dem gesunden Menschenverstand. Sie war sehr beschäftigt, empfing vormittags zwischen fünfzehn und zwanzig Genossenschaftsdelegationen, besuchte nachmittags einige Krankenhäuser und eine Fabrik, weihte Straßenabschnitte, Brükken und Mütterberatungsstellen ein, reiste zwei- oder dreimal monatlich in die Provinzen, hielt jeden Tag fünf bis sechs Reden, kurze Ansprachen, Kampfrefrains – in ein und demselben Satz konnte sie ihre Liebe zu Perón sechsmal verkünden, indem sie die Töne in immer weitere Fernen führte, um sie dann wie in einer Bach-Fuge wieder zum Ausgangspunkt zurückzubringen: »Meine beständigen Vorbilder sind Perón und mein Volk«; »Ich erhebe meine Fahne für die Sache Peróns«; »Ich werde nie aufhören, Perón für das zu danken, was ich bin und was ich habe«; »Mein Leben gehört nicht mir, sondern Perón und meinem Volk, die meine beständigen Vorbilder sind«. Es war lästig und erschöpfend.

Der Oberst verschmähte keinen Spionageauftrag, und um Evita zu überwachen, diente er eine Zeitlang im Hofstaat ihrer Helfer. Die Macht ist nur ein Gefüge von Daten, sagte er sich ein ums andere Mal, und wer weiß, ob mir nicht etwas von alldem, was ich hier zusammentrage, eines Tages für höhere Zwecke dienen kann. Er verfaßte ebenso minuziöse wie für seinen Rang unpassende Berichte: »Die Señora verliert viel Blut, will aber nicht, daß man die Ärzte ruft. / Schließt sich im WC ihres Büros ein und wechselt diskret die Binde. / Verliert reichlich Blut. Unmöglich, zu erkennen, wann es sich um die Krankheit und wann um die Menstruation handelt. Sie jammert, aber niemals öffentlich. Die Putzfrauen hören sie im WC jammern und bieten ihre Hilfe an, aber sie will nicht. / Geschätzter Blutverlust, 19. August 1951: fünfdreiviertel Kubikzentimeter. / Geschätzter Blutverlust, 23. September 1951: neun Komma sieben Kubikzentimeter.« So viele präzise Angaben waren ein Hinweis darauf, daß der Oberst die Krankenschwestern ausfragte, in den Mülleimern herumschnüffelte, die gebrauchten Binden auseinanderzupfte. Wie er selbst zu sagen pflegte, machte er seinem ursprünglich deutschen Namen alle Ehre: Moor-König.

Der ausführlichste seiner Berichte stammt vom 22. September. An diesem Nachmittag gab ihm ein Offizier der amerikanischen Botschaft gegen vertrauliche medizinische Informationen einen vollständigen Katalog möglicher Blutungen, was dem Oberst erlaubte, ein Dokument in exaktester Terminologie auszufertigen. Er schrieb: »Als man im Gebärmutterhals der Señora Perón eine ulzeröse Läsion entdeckte, wurde eine Biopsie durchgeführt und ein endophytisches Karzinom diagnostiziert, weshalb als erste Maßnahme der befallene Bereich mit intravenösem Radium verödet und kurz danach ein chirurgischer Eingriff vorgenommen werden soll. Oder laienhaft ausgedrückt: Offensichtlich gibt es einen Gebärmutterkrebs. Wegen der Ausdehnung des Schadens ist anzunehmen, daß man bei der

Operation die Gebärmutter entfernen muß. Die Spezialisten, die sie behandeln, geben ihr noch sechs Monate, höchstens sieben. Man hat dringend einen Fachmann des Memorial Cancer Hospital in New York herbeordert, der bestätigen soll, was nicht mehr bestätigt zu werden braucht.«

Seit Evita der Obhut der Ärzte anvertraut war, gab es für den Oberst nicht mehr viel zu tun. Er bat, seiner Mission im Korps der Helfer enthoben zu werden und einer Elite junger Offiziere all das vermitteln zu dürfen, was er über Spionageabwehr, Infiltration, Kryptogramme und Gerüchtetheorien wußte. Er führte ein zufriedenes Akademikerleben, während sich auf der mit dem Tode ringenden Evita die Ehrenbezeichnungen häuften: Vorkämpferin der Niedrigen, Dame der Hoffnung, Trägerin des Ordensbandes des Befreiers General San Martín, Geistige Führerin und Ehren-Vizepräsidentin der Nation, Märtyrerin der Arbeit, Schutzpatronin der Provinz La Pampa, der Stadt La Plata und von Quilmes, San Rafael und Madre de Dios.

In den folgenden drei Jahren geschah so allerlei in der Geschichte Argentiniens, doch der Oberst hielt sich heraus und ging ganz in seinen Vorlesungen und Nachforschungen auf. Evita starb, und unter der Giraffenkuppel des Arbeitsministeriums, wo sie die Bitten der Massen erfüllt und sich dabei ausgeblutet hatte, wurde zwölf Tage lang bei ihrer Leiche Totenwache gehalten. Eine halbe Million Menschen küßten den Sarg. Einige mußten mit Gewalt weggezerrt werden, da sie sich zu Füßen der Leiche mit Dolchen und Giftkapseln umzubringen versuchten. Rund um das Trauergebäude wurden achtzehntausend Blumenkränze aufgehängt; ebenso viele gab es in den Aufbahrungsräumen, die in den Provinz- und Distriktshauptstädten errichtet wurden, wo die Verstorbene von drei Meter hohen Fotografien verkörpert wurde. Den obligatorischen Trauerflor tragend, nahm der Oberst zusammen mit den zweiundzwanzig Helfern, die in ihren Diensten gestanden hatten, an der Totenwache teil. Er stand zehn Minuten dort, sprach ein Bittgebet und zog sich mit gesenktem Kopf wieder zurück. Am Vormittag der Beerdigung blieb er im Bett und verfolgte die Bewegungen des Trauerzuges anhand der Schilderungen im Radio. Der Sarg wurde auf eine Kriegslafette gelegt und von einem Trupp von fünfunddreißig Gewerkschaftsvertretern in Hemdsärmeln gezogen. In den Straßen postierten sich siebzehntausend Soldaten, um ihr die militärischen Ehren zu erweisen. Von den Balkonen wurden anderthalb Millionen gelbe Rosen, Andenlevkojen, weiße Nelken, Amazonasorchideen, Wicken vom Nahuel-Huapí-See und Chrysanthemen, die vom japanischen Kaiser in Militärflugzeugen geschickt worden waren, heruntergeworfen. »Zahlen«, sagte der Oberst. »Diese Frau ist nur noch durch Zahlen in der Wirklichkeit verankert.«

Die Monate vergingen, aber die Wirklichkeit befaßte sich weiter mit ihr. Um der Bitte zu entsprechen, sie nicht zu vergessen, ließ Perón den Leichnam einbalsamieren. Diese Arbeit wurde Pedro Ara übertragen, einem spanischen Anatomen, der damit berühmt geworden war, daß er Manuel de Fallas Hände konserviert hatte, als spielten sie noch immer ›El amor brujo‹. Im zweiten Stock der Confederación General del Trabajo (CGT), der Arbeiterzentrale, wurde ein durch die strengsten Sicherheitsmaßnahmen abgeschottetes Labor eingerichtet.

Obwohl niemand die Leiche sehen konnte, stellten sich die Menschen vor, wie sie in der Stille einer Kapelle lag, und kamen an den Sonntagen her, um den Rosenkranz zu beten und ihr Blumen zu bringen. Allmählich wurde Evita zu einer Erzählung, die, noch bevor sie zu Ende erzählt war, eine weitere entfachte. Sie war nicht mehr, was sie gesagt und getan hatte, sondern wurde zu dem, was sie angeblich gesagt und getan hatte.

Während die Erinnerung an sie Gestalt annahm und die Leute anhand dieser Gestalt ihre eigenen Erinnerungen entfalteten, entleerte sich Peróns immer dickere, immer verwirrtere Gestalt ihrer Geschichte. Zu den Gerüchten, die der Oberst zwecks Erleuchtung seiner Schüler zusammentrug, gesellte sich das eines Militärputschs, der zwischen Juni und September 1955 durchgeführt werden sollte. Der Juniputsch scheiterte; im September stürzte Perón von selbst.

Als Flüchtling, der in einem paraguayischen, in der Werft von Buenos Aires reparierten Kanonenboot Asyl gefunden hatte, schrieb er in vier durchwachten Nächten, auf seine Ermordung wartend, die Geschichte seiner Romanze mit Eva Duarte nieder. Es ist der einzige Text seines Lebens, der die Vergangenheit als ein Geflecht von Gefühlen und nicht als politisches Instrument entwirft, obwohl er zweifellos auch beabsichtigt, seinen Gegnern Evitas Märtyrertod wie eine Kriegskeule ins Gesicht zu schlagen.

Was an diesen Seiten am meisten beeindruckt, ist, daß das Wort Liebe nie erscheint, obwohl es sich um eine Liebeserklärung handelt. Perón schreibt: »Wir dachten unisono, mit demselben Hirn, wir fühlten mit derselben Seele. So war es nur natürlich, daß in dieser Gedanken- und Gefühlsgemeinschaft die Zuneigung wuchs, die uns in die Ehe führte.« Zuneigung? Das ist kein Ausdruck, wie man ihn sich in Evitas Mund vorstellt. Das mindeste, was sie jeweils zu ihren Descamisados sagte, war: »Ich liebe General Perón mit meiner ganzen Seele und würde für ihn mein Leben ein- und tausendmal verbrennen.« Größer könnte die Gefühlsdistanz nicht sein, die Evita von ihrem Mann trennte.

In diesen Tagen des Putsches gegen Perón interessierten den Oberst andere Hauche der Wirklichkeit. Der trivialste war ein semantischer Hauch: Niemand nannte den ehemaligen Präsidenten mehr bei seinem Namen oder militärischen Rang, dessen er bald enthoben werden sollte. Die Bezeichnung, mit der er in offiziellen Dokumenten erwähnt wurde, lautete ›flüchtiger Tyrann‹ und ›abgesetzter Diktator‹. Evita hieß ›diese Frau‹, aber im engeren Kreis gebrauchte man viel schlimmere Benennungen für sie. Sie war die ›Yegua‹ oder die ›Potranca‹, was eigentlich Stute, in der damaligen Volkssprache aber Nutte, Animiermädchen, Dirne bedeutete. Die Descamisados lehnten die Beleidigung nicht grundsätzlich ab, drehten jedoch ihren Sinn um. Für sie war Evita die Leitstute, die Anführerin der Herde.

Nach Peróns Sturz wurden die militärischen Ränge durch unnachsichtige Säuberungen dezimiert. Der Oberst fürchtete, von einem Tag auf den andern seinen Abschied mitgeteilt zu bekommen, da er der Señora als Helfer gedient hatte, doch dank seiner Freundschaft mit einigen der Revolutionsführer, deren Ausbilder und Vertrauter er in der Schule des Nachrichtendienstes gewesen war, und seiner anerkannten Erfahrung im Aufdecken von Verschwörungen konnte er in den Büros für Waffengattungsbeziehungen des Armeeministeriums einige Wochen überleben. Dort entwarf er einen verwickelten Plan zur Ermordung des ›flüchtigen Diktators‹ in Paraguay und einen noch komplizierteren, um ihn im Bett zu überrumpeln und ihm die Zunge abzuschneiden. Aber die siegreichen Generale beunruhigte nicht mehr Perón. Was sie nicht zur Ruhe kommen ließ, waren die Überreste ›dieser Frau‹.

Der Oberst saß in seinem Büro und schrieb einen Entwurf zum Einsatz der Spione nach Sun Tsu, begleitet von Bachs ›Magnificat‹ in voller Lautstärke, als der Interimspräsident der Republik nach ihm schickte. Es war elf Uhr abends, und seit einer Woche regnete es ununterbrochen. Die Luft war von Mücken, Katzengekreisch und Verwesungsgeruch geschwängert. Der Oberst konnte sich nicht vorstellen, wozu man ihn brauchte, und machte sich einige Notizen zu den zwei, drei heiklen Missionen, mit denen man ihn möglicherweise betraute. Vielleicht die nationalistischen Hetzer überwachen, die diese Woche eben aus der Regierung entfernt worden waren? Herausfinden, wem die Militärs nach der überstürzten Abdankung von Präsident Café Filho die Regierung Brasiliens übertragen würden? Oder etwas noch Geheimeres, Untergründigeres, beispielsweise die Schlupfwinkel entdecken, in denen sich die peronistischen Rudel auf der Flucht die Wunden leckten? Er wusch sich das Gesicht, rasierte sich den Anderthalbtagebart und drang in die Labyrinthe des Regierungsgebäudes ein. Die Zusammenkunft fand in einem Saal mit Spiegelwänden und allegorischen Büsten der Justitia, der Vernunft und der Vorsehung statt. Die Schreibtische waren mit ausgetrockneten Sandwiches und Zigarettenasche bedeckt. Der Interimspräsident der Republik wirkte angespannt, als verlöre er jeden Moment die Beherrschung. Er war ein bleicher, vollmondgesichtiger Mann, der die Sätze mit asthmatischen Pausen interpunktierte. Er hatte schmale, beinahe weiße Lippen, die von einer großen Nase überschattet wurden. Die gebeugte Gestalt des Vizepräsidenten und die ruckhaften Kontraktionen seiner Kinnladen erinnerten an ein Insekt. Außerdem trug er eine große schwarze Brille, die er auch im Dunkeln nicht abnahm. Mit heiserer Stimme hieß er den Oberst stehen bleiben. Das Gespräch, bemerkte er, würde kurz ausfallen.

»Es geht um die Frau. Wir wollen wissen, ob sie es ist.«

Der Oberst begriff nicht sogleich.

»Einige Leute haben den Leichnam in der CGT gesehen«, informierte ein zigarrerauchender Kapitän zur See. »Er soll beeindruckend sein. Drei Jahre sind vergangen, und er sieht unversehrt aus. Wir haben Röntgenaufnahmen davon machen lassen. Schauen Sie sie an, da sind sie. Sie hat noch sämtliche Eingeweide. Womöglich ist die Leiche ein Schwindel oder die einer andern. Es ist da noch immer ein italienischer Bildhauer zugange, bei dem ein Denkmalsentwurf mit Sarg und allem Drum und Dran bestellt worden ist. Er hat eine Wachskopie der Leiche angefertigt. Man hält sie für eine perfekte Kopie, und niemand könnte sagen, wer wer ist.«

»Es wurde ein Einbalsamierer engagiert«, fügte der Vizepräsident hinzu. »Man hat ihm hunderttausend Dollar bezahlt. Das Land ist eine Ruine, und für diesen Dreck wurde Geld zum Fenster hinausgeworfen.«

Der Oberst konnte nur sagen:

»Wie lauten die Befehle? Ich sorge dafür, daß sie ausgeführt werden.«

»Jeden Moment kann es in den Fabriken zu einem Aufstand kommen«, erklärte ein fettleibiger General. »Wir wissen, daß die Rädelsführer in die CGT eindringen und die Frau mitnehmen wollen, um mit ihr durch die Städte zu ziehen. Dann werden sie sie im Bug eines blumengeschmückten Schiffs aufbahren und mit ihr den Paraná-Fluß hinunterfahren, um die Uferbevölkerung aufzuwiegeln.«

Der Oberst malte sich die unendliche Prozession und die Trommelwirbel am Fluß aus. Die unheimlichen Fackeln. Die Barken mit Blumen. Der Vizepräsident richtete sich auf.

»Tot«, sagte er, »ist diese Frau noch gefährlicher als zu Lebzeiten. Das wußte der Tyrann, und deshalb hat er sie hiergelassen, damit sie uns alle krank macht. In sämtlichen Kneipen hängen Fotos von ihr. Die Ignoranten verehren sie wie eine Heilige. Sie glauben, sie kann eines schönen Tages auferstehen und Argentinien zu einer Bettlerdiktatur machen.«

»Wie das, wenn sie doch bloß eine Leiche ist?« fragte der Oberst.

Der Präsident schien all dieser Halluzinationen überdrüssig; er wollte schlafen gehen.

»Immer wenn in diesem Land eine Leiche mit im Spiel ist, dreht die Geschichte durch. Kümmern Sie sich um diese Frau, Oberst.«

»Ich habe nicht genau verstanden, mein General. Was heißt mich um sie kümmern? Unter normalen Umständen wüßte ich, was tun. Aber diese Frau ist schon tot.«

Der Vizepräsident bedachte ihn mit einem eisigen Lächeln:

»Lassen Sie sie verschwinden. Geben Sie ihr den Gnadenstoß. Machen Sie sie zu einer Toten wie jede andere.«

Der Oberst verbrachte die Nacht schlaflos, schmiedete einige Pläne und verwarf sie sogleich wieder als unbrauchbar.

Sich der Frau zu bemächtigen war leicht. Die Schwierigkeit bestand darin, ihr eine Bestimmung zu finden. Obwohl die Körper, die sterben, ihre Bestimmung weit hinter sich lassen, war die der Frau noch unvollendet. Sie brauchte eine Letzte Bestimmung, aber um sie zu erreichen, gab es noch wer weiß wie viele andere zu durchlaufen.

Immer wieder sah er die Berichte über die Konservierungsarbeiten durch, die seit dem Abend des Todes zu keinem Ende gekommen waren. Die Schilderung des Einbalsamierers war schwärmerisch. Er behauptete, nach den Injektionen und den Fixiermitteln sei Evitas Haut wieder straff und jung geworden wie mit Zwanzig. Durch die Arterien floß eine Mischung aus Formaldehyd, Paraffin und Zinkchlorid. Der ganze Körper verströmte einen lieblichen Mandel- und Lavendelduft. Der Oberst konnte seine Augen nicht von den Fotos abwenden, auf denen ein ätherisches Elfenbeingeschöpf abgebildet war, von einer Schönheit, die alles andere Glück der Welt vergessen ließ. Selbst ihre Mutter, Doña Juana Ibarguren, war bei einem ihrer Besuche in Ohnmacht gefallen, da sie sie atmen zu hören glaubte. Zweimal hatte der Witwer sie auf die Lippen geküßt, um einen Zauber zu bannen, der vielleicht der Dornröschenschlaf war. Vom durchscheinenden Körper stieg ein flüssiger Schein auf, der immun war gegen Feuchtigkeiten, Stürme und die Verheerungen von Eis und Hitze. Sie war so gut konserviert, daß man sogar die Zeichnung der Blutgefäße unter der Porzellanhaut und ein unauslöschliches Rosa im Lichthof der Brustwarzen sah.

Je weiter der Oberst in der Lektüre kam, desto trockener wurde seine Kehle. Man würde sie besser verbrennen, dachte er. Mit ihrem chemikaliengesättigten Gewebe wird sie explodieren, sobald ich ein Streichholz an sie halte, wird in Brand geraten wie ein Sonnenuntergang. Aber der Präsident hatte verboten, sie zu verbrennen. Jeder christliche Leichnam soll auf einem christlichen Friedhof bestattet werden, hatte er zu ihm gesagt. Obwohl diese Frau ein unreines

Leben gelebt hat, ist sie doch nach abgelegter Beichte und in Gottes Gnade gestorben. Das beste wäre also, sie dick mit Zement zu verkleiden und an einer geheimen Stelle im Fluß zu versenken, wie es der Vizepräsident wünschte. Wer weiß, überlegte der Oberst. Schwer zu sagen, welche verborgenen Kräfte diese Chemikalien haben. Vielleicht beginnen sie bei der Berührung mit dem Wasser zu sprudeln, und die Frau kommt wieder an die Oberfläche, kraftstrotzender denn je.

Die Ungeduld verzehrte ihn. Noch vor dem Morgengrauen rief er den Einbalsamierer an und verlangte ein Treffen. »In einem Café oder bei mir?« fragte der Arzt, noch in Traumdünste versponnen. »Ich muß die Leiche untersuchen«, antwortete der Oberst. »Also komme ich dahin, wo Sie sie haben.« – »Unmöglich, Oberst. Es ist gefährlich, zu ihr zu gehen. Die Substanzen im Körper haben sich noch nicht beruhigt. Sie sind toxisch und dürfen nicht eingeatmet werden.« Der Oberst fiel ihm scharf ins Wort: »Ich fahre gleich los.«

Immer hatte man befürchtet, ein Fanatiker könnte sich Evitas bemächtigen. Der siegreiche Militärputsch verlieh auch denen Flügel, die sie am liebsten eingeäschert oder geschändet gesehen hätten. In der CGT konnte niemand ruhig schlafen. Zwei Unteroffiziere, die die Peronistensäuberung in der Armee überlebt hatten, lösten sich in der Bewachung des zweiten Stocks ab. Manchmal ließ der Einbalsamierer Angehörige der diplomatischen Missionen herein, weil er hoffte, sie würden lauthals protestieren, sollten die Militärs die Leiche vernichten. Aber er entlockte ihnen keine Solidaritätsversprechungen, sondern ungläubiges Gestammel. Die Besucher, darauf vorbereitet, ein Wunder der Wissenschaft zu bestaunen, zogen in der Überzeugung ab, man habe ihnen in Wirklichkeit einen Akt der Magie vorgeführt. Evita befand sich in der Mitte eines riesigen, schwarz austapezierten Saales. Sie lag auf einer Glasplatte, die an durchsichtigen Seilen von der Decke hing, so daß der Eindruck entstand, sie schwebe in unaufhörlicher Ekstase. Beidseits der Tür waren die dunkelvioletten Bänder der Trauerkränze mit ihren noch intakten Aufschriften zu sehen: ›Komm zurück, meine liebste Evita. Dein Bruder Juan‹; ›Ewige Evita im Herzen des Volkes. Deine untröstliche Mutter‹. Vor diesem Wunder des in klarer Luft schwebenden Körpers fielen die Besucher auf die Knie und standen benommen wieder auf.

Das Bild war so bezwingend, so unvergeßlich, daß mit der Zeit der gesunde Menschenverstand der Leute aus dem Gleichgewicht geriet. Was sich da abspielte, weiß man nicht. Das Bild veränderte ihnen die Form der Welt. Der Einbalsamierer zum Beispiel lebte nur noch für sie. Er stellte sich allmorgendlich Punkt acht im Labor in der CGT ein, immer in blauem Kaschmiranzug und mit einem Hut, dessen steife Krempe ein großes schwarzes Band säumte. Beim Betreten des zweiten Stocks nahm er den Hut ab, so daß eine glänzende Glatze und graue, von der Brillantine verklebte Schläfenlocken zum Vorschein kamen. Er band sich die Schürze um und studierte zehn bis fünfzehn Minuten lang die Fotos und Röntgenaufnahmen, die die geringfügigsten täglichen Veränderungen des Leichnams verzeichneten. In einer seiner Arbeitsnotizen steht: »15. August 1954. Habe jeden Zeitbegriff verloren. Den ganzen Nachmittag bei der Señora gewacht und mit ihr gesprochen. Es war, als träte ich auf einen Balkon, von dem aus man nichts mehr sieht. Aber das kann nicht sein. Dort gibt es etwas, es gibt etwas. Ich muß herausfinden, wie ich es sehen kann.«

Glaubt jetzt vielleicht jemand, Dr. Ara habe die Sonnen des Absoluten, die Zunge des irdischen Paradieses, den Milchstraßenorgasmus der Unbefleckten Empfängnis zu sehen versucht? Keine Rede. Sämtliche Auskünfte über ihn bestätigen seine Besonnenheit, seine Fantasielosigkeit, seine tiefe Frömmigkeit. Er war keiner okkultistischen und parapsychologischen Neigungen verdächtig. Gewisse Notizen des Obersts, von denen ich eine Abschrift habe, treffen den Nagel wohl auf den Kopf: Was den Einbalsamierer interessierte, war, zu erfahren, ob sich der Krebs auch nach der Reinigung des Körpers weiter in ihm ausbreitete. Die Grenzen seiner Neugier waren eng, aber wissenschaftlich. Er studierte die zarten Gelenkbewegungen, die Farbabweichungen der Knorpel und Drüsen, die Nerven- und Muskeltülle, um irgendeine Narbe zu entdecken. Es gab keine mehr. Alles Welke war verschwunden. In den Geweben atmete nur der Tod.

Wer Dr. Pedro Aras postume Memoiren liest (*El caso Eva Perón* [*Der Fall Eva Perón*], CVS Ediciones, Madrid 1974), wird leicht feststellen, daß er schon lange vor ihrem Tod ein Auge auf Evita geworfen hatte. Zwar beklagt er sich ständig über Leute, die so etwas denken. Aber nur ein beschränkter Historiker nimmt für bare Münze, was seine Quellen sagen. Man schaue sich beispielsweise das erste Kapitel an. Es trägt die Überschrift ›Die Macht des Schicksals?‹, und sein Ton ist, wie diese rhetorische Frage erraten läßt, bescheiden und zweifelnd. Nie wäre es ihm in den Sinn gekommen, Evita einzubalsamieren, schreibt er; mehr als einmal habe er Leute weggeschickt, die ihn darum baten, aber was kann ein armer Anatom gegen das Schicksal ausrichten, mein Gott? Tatsächlich, deutet er an, war vermutlich niemand so gut auf diese Aufgabe vorbereitet wie er. Er war ordentliches Akademiemitglied und angesehener Lehrer. Sein Meisterwerk, ein achtzehnjähriges Mädchen aus Córdoba, das er mitten in einem Tanzschritt konserviert hatte, versetzte die Fachwelt in Erstaunen. Aber Evita einbalsamieren war wie das Firmament überspringen. Mich hat man auserwählt? Aufgrund welcher Verdienste? fragt er sich in seinen Memoiren. Er hatte schon abgelehnt, als er gebeten worden war, in Moskau Lenins Leichnam zu untersuchen. Warum hatte er diesmal wohl zugesagt? Wegen des Schicksals in Großbuchstaben. Das war's: das SCHICKSAL. »Wer wird so einfältig und eitel sein, daß er wählen zu können glaubt?« seufzt er im ersten Kapitel. »Warum erlebt die Vorstellung vom Schicksal nach jahrhundertelanger Abnutzung jetzt wieder eine Blüte?«

Ara lernte Evita im Oktober 1949 kennen, »nicht gesellschaftlich«, wie er anmerkt, sondern im Schatten ihres Mannes, bei einer der Massenkundgebungen, die sie in so große Erregung versetzten. Er war als Emissär des spanischen Botschafters ins Regierungsgebäude gekommen und wartete in einem Vorzimmer auf das Ende der Reden und die Grußbotschaften. Eine Welle von Schmeichlern spülte ihn auf den Balkon hinaus, wo Evita und Perón mit erhobenen Armen vom ekstatischen Wind, der aus der Menge aufstieg, hin und her geweht wurden. Einen Moment blieb er hinter der Señora stehen, so nahe, daß er den Tanz der Gefäße an ihrem Hals wahrnehmen konnte, den Tumult und die Atemnot der Anämie.

In seinen Memoiren sagt er, das sei Evitas letzter Tag ohne gesundheitliche Anfechtungen gewesen. Eine Blutanalyse ergab, daß sie nur drei Millionen rote Blutkörperchen pro Kubikmillimeter aufwies. Die tödliche Krankheit hatte zwar noch nicht zugeschlagen, sich aber bereits eingenistet, schreibt Ara. »Hätte ich sie ein wenig länger gesehen als die knappe Sekunde an jenem Nachmittag, so hätte ich die Blütendichte ihres Atems, den Glanz ihrer Hornhaut, die unbezwingbare Energie ihrer dreißig Jahre erfaßt. Und ich hätte diese Details ohne Abstriche auf den verstorbenen Körper kopieren können, der so angegriffen war, als er in meine Hände gelangte. Aber so, wie sich alles abspielte, mußte ich mich mit Fotos und Ahnungen begnügen. Auch so noch machte ich sie zu einer Skulptur von höchster Schönheit, wie die Pietà oder die Nike von Samothrake. Doch ich hätte mehr verdient, oder etwa nicht? Ich hätte mehr verdient.«

Im Juni 1952, sieben Wochen vor Evitas Tod, zitierte ihn Perón in den Präsidentenpalast.

»Sie werden gehört haben, daß es für meine Frau keine Rettung mehr gibt. Die Abgeordnetenkammer will ihr auf der Plaza de Mayo ein hundertfünfzig Meter hohes Denkmal errichten, aber mich interessieren solche Angebereien nicht. Mir ist es lieber, das Volk sieht sie weiterhin so lebendig wie jetzt. Ich verfüge über Gutachten, wonach Sie der beste Präparator sind, den es gibt. Wenn das stimmt, wird es Ihnen nicht schwerfallen, es an jemandem unter Beweis zu stellen, der soeben dreiunddreißig geworden ist.«

»Ich bin nicht Präparator«, korrigierte ihn Ara, »sondern Leichenkonservierer. Alle Künste erstreben die Ewigkeit, aber meine ist die einzige, die die Ewigkeit zu etwas Sichtbarem macht. Das Ewige als Ast am Baum des Wahrhaftigen.«

Diese salbungsvolle Sprache verwirrte Perón und machte ihn für einen Moment mißtrauisch.

»Sagen Sie mir klipp und klar, was Sie brauchen, und ich werde es Ihnen zur Verfügung stellen. Die Krankheit meiner Frau läßt mir fast keine Zeit mehr für alles, was ich zu tun habe.«

»Ich muß den Körper sehen. Ich fürchte, Sie haben sich zu spät an mich gewandt.«

»Kommen Sie bitte«, sagte der Präsident, »aber es ist besser, sie merkt nichts von Ihrem Besuch. Ich werde gleich Anweisung geben, daß man sie mit Beruhigungsmitteln einschläfert.«

Zehn Minuten später führte er den Einbalsamierer ins Schlafzimmer der Todkranken. Sie war hager, eckig, Rükken und Bauch von den stümperhaften Bestrahlungen verbrannt. Ihre durchscheinende Haut begann sich mit Schuppen zu bedecken. Empört über die Schlampigkeit, mit der man privat eine Frau behandelte, die in der Öffentlichkeit so verehrt wurde, verlangte Ara, die Marter der Bestrahlungen auszusetzen, und bot eine Mischung von balsamischen Ölen an, mit der man den Körper dreimal täglich einsalben solle. Niemand hörte auf seine Ratschläge.

Am 26. Juli 1952 holte ihn bei Einbruch der Nacht ein Emissär des Präsidentenpalasts in einem Dienstwagen ab. Evita lag bereits in hoffnungsloser Agonie, und man erwartete jeden Augenblick das Eintreten des Todes. In den an den Palast angrenzenden Parks bewegten sich auf den Knien lange Prozessionen von Frauen voran, die zum Himmel flehten, er möge diesen Tod noch aufschieben. Als der Einbalsamierer ausstieg, nahm ihn eine der Andächtigen am Arm und fragte ihn weinend: »Stimmt es, Señor, daß das Unglück über uns kommt?« Worauf Ara ganz ernsthaft antwortete: »Gott weiß, was er tut, und ich bin hier, um zu retten, was zu retten ist. Ich schwöre Ihnen, ich werde es tun.«

Er ahnte nicht, welch schwierige Aufgabe ihm bevorstand. Um neun Uhr abends, nach einem eiligen Responsorium, vertraute man ihm die Leiche an. Evita war um acht Uhr fünfundzwanzig gestorben. Sie war noch warm und weich, doch die Füße schimmerten schon bläulich, und die Nase sackte zusammen wie ein erschöpftes Tier. Ara sah, daß ihn der Tod besiegen würde, wenn er nicht unverzüglich handelte. Der Tod schritt in seinem makabren Eiertanz voran, und wo er seinen Fuß hinsetzte, wuchs ein Nest der Verwesung. Beseitigte Ara ihn hier, so blitzte er dort auf, so schnell, daß ihm seine Finger nicht Einhalt gebieten konnten. Der Einbalsamierer öffnete die Arteria femoralis auf der Innenseite der Oberschenkel, unter dem Falloppischen Leistenband, und drang gleichzeitig beim Nabel ein, um die Vulkanschlämme zu suchen, die den Magen bedrohten. Ohne das völlige Drainieren des Blutes abzuwarten, injizierte er einen Schwall Formaldehyd, während sich das Skalpell zwischen den Muskeln hindurch einen Weg zu den Eingeweiden bahnte; als er sie fand, umwickelte er sie mit Paraffinfäden und schloß die Wunden mit Gipspfropfen. Seine Aufmerksamkeit flog von den verlöschenden Augen und den ausrastenden Kinnladen zu den Lippen, die aschfarben wurden. Bei diesem erstickenden Kampf überraschte ihn die Morgendämmerung. In das Heft, wo er über die chemischen Lösungen und die Wanderungen des Skalpells Buch führte, schrieb er: »*Finis coronat opus*. Eva Peróns Leiche ist jetzt absolut und endgültig unverweslich.«

Es erschien ihm eine Unverschämtheit, daß man jetzt, drei Jahre nach einer solchen Großtat, Rechenschaft von ihm verlangte. Rechenschaft worüber? Über ein Meisterwerk, das sämtliche Eingeweide konservierte? Welche Geistlosigkeit, mein Gott, welche Verirrung des Schicksals. Er würde sich anhören, was man ihm zu sagen hatte, und dann mit Sack und Pack das erste Schiff nach Spanien besteigen.

Doch der Oberst überraschte ihn mit seinen guten Manieren. Er bat um eine Tasse Kaffee, ließ wie nebenbei ein paar Verse von Góngora über die Dämmerung fallen, und als er schließlich auf die Leiche zu sprechen kam, waren die Bedenken des Einbalsamierers schon verflogen. In seinen Memoiren beschreibt er den Oberst begeistert: »Nachdem ich so viele Monate lang eine Zwillingsseele gesucht habe, finde ich sie doch tatsächlich bei dem Mann, den ich für meinen Feind hielt.«

»Der Regierung kommen törichte Gerüchte über die Leiche zu Ohren«, sagte der Oberst. Nach dem Kaffee hatte er eine Pfeife aus dem Futteral gezogen, aber der Arzt bat ihn zu verzichten. Eine verirrte Flamme, ein achtloser Funke, und Evita könnte sich in Asche verwandeln. »Niemand glaubt, daß die Leiche nach drei Jahren noch unversehrt ist. Einer der Minister vermutet, Sie hätten sie in einer Friedhofsnische versteckt und durch eine Wachsskulptur ersetzt.«

Der Arzt schüttelte mutlos den Kopf.

»Was hätte ich davon?«

»Ruhm. Sie selbst führten in der Medizinischen Akademie aus, einem toten Körper den Eindruck von Leben zu geben sei, wie den Stein der Weisen zu entdecken. Die Exaktheit sei der letzte Knoten der Wissenschaft, sagten Sie. Und der Rest Schutt, Bauernfängerei. Ich verstand diese Metapher nicht. Vermutlich eine okkultistische Anspielung.«

»Ich bin schon lange berühmt, Oberst. Ich besitze allen Ruhm, den ich brauche. Auf der Liste der Einbalsamierer steht nur noch mein Name. Deshalb hat mich Perón gerufen: weil er keine Alternative hatte.«

Zwischen den Flußwindungen blinzelte die Sonne. Ein Lichttupfen fiel auf die Glatze des Arztes.

»Niemand verkennt Ihre Dienste, Doktor. Es ist bloß seltsam, daß ein Fachmann wie Sie drei Jahre für eine Arbeit brauchte, die in sechs Monaten hätte erledigt sein sollen.«

»Das sind die Risiken der Exaktheit. Haben Sie nicht eben davon gesprochen?«

»Dem Präsidenten berichtet man anderes. Verzeihen Sie, wenn ich es zitiere, aber je offener wir zueinander sind, desto besser werden wir uns verstehen.« Er zog zwei oder drei Dokumente mit Geheimhaltungsstempel aus der Aktentasche. Beim Überfliegen seufzte er verdrießlich. »Sie dürfen den Anschuldigungen nicht mehr Gewicht beimessen, als sie haben, Doktor. Das sind es: Anschuldigungen, keine Beweise. Hier wird behauptet, Sie hätten die Leiche der Señora zurückbehalten, weil man Ihnen die hunderttausend Dollar nicht bezahlt habe.«

»Das ist niederträchtig. Einen Tag bevor Perón außer Landes floh, bezahlte man mir alles, was man mir schuldete. Ich bin ein Mann des Glaubens, bekennender Katholik. Ich werde doch nicht mein Seelenheil verscherzen, indem ich eine Tote als Geisel benutze.«

»Zugegeben. Aber das Mißtrauen liegt in der Natur der Staaten.« Der Oberst begann mit seiner Pfeife zu spielen und klopfte mit dem Mundstück an seine Zähne. »Hören Sie sich diesen Bericht an. Er ist schändlich. ›Der Galicier ist in die Leiche verliebt‹, steht da. Der Galicier sind zweifellos Sie. ›Er befummelt sie, liebkost ihre Brüste. Ein Soldat hat ihn dabei überrascht, wie er ihr die Hände zwischen die Beine steckte.‹ Ich nehme an, das stimmt nicht.« Der Einbalsamierer schloß die Augen. »Oder stimmt es? Sagen Sie es mir. Wir sind unter uns.«

»Ich habe keine Veranlassung, es zu leugnen. Zweieinhalb Jahre lang wachte dieser Körper, den ich abends blühend verließ, am Morgen welk wieder auf. Ich merkte, daß ich die Eingeweide in Ordnung bringen mußte, um ihm seine Schönheit zurückzugeben.« Er wandte den Blick ab, zog sich den Hosenbund unter die Rippen. »Jetzt brauche ich nicht mehr an ihm herumzuhantieren. Ich habe ein Fixiermittel entdeckt, das ihn für immer in seinem Sein festhält.«

Der Oberst richtete sich auf seinem Stuhl auf.

»Am schwierigsten zu lösen«, sagte er, während er die Pfeife einsteckte, »ist das, was der Präsident ›den Besitz‹ nennt. Er glaubt, die Leiche dürfe nicht weiter in Ihren Händen bleiben, Doktor. Sie haben nicht die Mittel, sie zu beschützen.«

»Und man hat Sie gebeten, sie mir wegzunehmen, Oberst?«

»So ist es. Der Präsident hat es mir befohlen. Zu diesem Zweck hat er mich soeben zum Chef des Nachrichtendienstes ernannt. Die Ernennung stand heute morgen in der Zeitung.«

Ein verächtliches Lächeln umspielte die Lippen des Einbalsamierers.

»Es ist noch nicht Zeit, Oberst. Sie ist nicht bereit. Wenn Sie sie jetzt mitnehmen, finden Sie sie morgen nicht mehr vor. Sie würde sich verflüchtigen, sich in Dunst, Quecksilber, Alkohole auflösen.«

»Ich glaube, Sie verstehen mich nicht, Doktor. Ich bin ein Offizier der Armee. Ich höre nicht auf Einwände. Ich höre auf Befehle.«

»Ich will Ihnen nur einige wenige Gründe nennen. Danach können Sie tun, was Ihnen beliebt. Der Leiche fehlt noch ein Balsambad. Sie hat eine Drainierkanüle, die ich entfernen muß. Vor allem aber braucht sie Zeit, zwei bis drei Tage. Was sind zwei oder drei Tage angesichts einer Reise, die die ganze Ewigkeit dauern wird? Zuinnerst im Körper gibt es noch Ventile zu schließen, Streitigkeiten beizulegen. Und außerdem, Oberst, will die Mutter nicht, daß jemand sie mir wegnimmt. Sie hat mir die rechtmäßige Bewachung übertragen. Wenn man sie ihr wegnimmt, wird sie einen Skandal verursachen. Sie wird beim Heiligen Vater Hilfe suchen. Wie Sie sehen, Oberst, muß man vor dem Gehorchen gewisse Einwände beachten.«

Er wippte auf und nieder, während er die Daumen unter die Hosenträger bohrte, die er offenbar unter dem Kittel trug. Er war nun wieder unfreundlich, blickte überlegen, arglistig – all das hatte das Auftreten des Obersts für einen Augenblick zerstreut.

»Sie wissen sehr genau, was auf dem Spiel steht«, sagte der Oberst und erhob sich ebenfalls. »Es geht nicht um die Leiche dieser Frau, sondern um das Schicksal Argentiniens. Oder um beides, da es für so viele Leute ein und dasselbe ist. Weiß Gott, warum Eva Duartes toter, unnützer Körper allmählich mit dem Land verschmolzen ist. Nicht für Leute wie Sie oder mich. Für die Elenden, für die Ignoranten, für die, die außerhalb der Geschichte stehen. Sie würden sich für die Leiche umbringen lassen. Wäre sie verwest, na schön. Aber indem Sie sie einbalsamierten, haben Sie die Geschichte an einen andern Ort gerückt. Sie haben die Geschichte drin gelassen. Wer die Frau hat, hat auch das Land in der Hand, ist Ihnen das klar? Die Regierung kann nicht zulassen, daß so eine Leiche außer Kontrolle gerät. Nennen Sie mir Ihre Bedingungen.«

»Es ist nicht an mir, Bedingungen zu stellen. Meine einzige Verantwortung besteht darin, Evitas Mutter und Schwestern zufriedenzustellen.« Er las einige Notizen auf dem Schreibtisch. »Sie wollen, wie sie mir mitteilen, daß man sie an einem frommen Ort beerdigt und daß die Leute wissen, wo sie ist, um sie besuchen zu können.«

»Wegen des frommen Orts machen Sie sich keine Sorgen. Aber die andere Klausel ist inakzeptabel. Der Präsident hat von mir verlangt, daß alles in größter Heimlichkeit geschieht.«

»Die Mutter wird darauf beharren.«

»Was soll ich Ihnen denn noch sagen. Erführe jemand, wo sich die Leiche befindet, wäre es menschenunmöglich, sie zu schützen. Es gibt Fanatiker, die sie überall suchen. Sie würden sie stehlen, Doktor, würden sie vor unserer Nase verschwinden lassen.«

»Dann seien Sie vorsichtig«, sagte der Arzt hämisch. »Denn wenn ich sie aus den Augen verliere, wird niemand mehr wissen können, ob sie sie ist. Haben Sie nicht von einer Wachsskulptur gesprochen? Die gibt es. Evita wollte ein Grab wie dasjenige Napoleon Bonapartes. Als die Modelle erstellt wurden, war der Bildhauer hier und machte eine Nachbildung des Körpers. Ich habe seine Kopie gesehen. Sie war identisch. Wissen Sie, was geschah? Eines Abends kam er ins Atelier zurück, und die Kopie war nicht mehr da. Man hatte sie ihm gestohlen. Er meint, es war die Armee. Aber es war nicht die Armee, nicht wahr?«

»Nein«, gab der Oberst zu.

»Dann sehen Sie sich vor. Ich wasche meine Hände in Unschuld.«

»Waschen Sie sie nicht vorschnell, Doktor. Wo ist die Leiche? Ich will mit eigenen Augen sehen, ob sie das Wunder ist, von dem Sie in Ihren Aufzeichnungen sprechen. Ich habe es mir notiert.« Er zog eine Karte aus der Tasche und las vor: »›Sie ist eine flüssige Sonne.‹ Finden Sie das nicht übertrieben? Stellen Sie sich vor – eine flüssige Sonne.«

2 *»Ich werde Millionen sein«*

Als Evita zum letzten Mal auf die Straße ging, wog sie noch siebenunddreißig Kilo. Alle zwei, drei Minuten flammten die Schmerzen auf und verschlugen ihr den Atem. Aber sie konnte es sich nicht leisten zu leiden. An diesem Tag, um drei Uhr nachmittags, sollte ihr Mann zum zweiten aufeinanderfolgenden Mal den Eid als Präsident der Republik ablegen, und die Descamisados strömten nicht nach Buenos Aires, um ihn, sondern um sie zu sehen. Das Schauspiel war sie. Überall hatte man gemunkelt, sie liege im Sterben. Auf den Ranchos von Santiago del Estero und am Chubut ließen die verzweifelten Menschen ihre Arbeit liegen und flehten zu Gott, er möge sie am Leben lassen. Auch im bescheidensten Haus stand ein Altar, auf dem aus Zeitschriften herausgerissene Evita-Bilder von Kerzen und Feldblumen angestrahlt wurden. Abends trug man die Fotos wie in einer Prozession hin und her, damit sie frische Mondluft schöpfen konnten. Die Menschen ließen nichts unversucht, um ihr die Gesundheit zurückzugeben. Die Kranke wußte um all das und mochte die Leute nicht enttäuschen, die die kalte Nacht im Freien zugebracht hatten, um den Umzug zu sehen und ihr aus der Ferne zuzuwinken.

Zweimal versuchte sie aufzustehen, doch die Ärzte erlaubten es nicht. Beim dritten Mal sank sie, erblindet von einem Schmerz, der ihr den Nacken durchlöcherte, wieder ins Bett zurück. Da faßte sie den Entschluß, jetzt erst recht hinauszugehen – falls sie an diesem Tag sterben mußte, wollte sie es vor aller Welt tun. Sie rief die Mutter, die Krankenschwestern, ihren Mann und bat sie, ihr beim Ankleiden behilflich zu sein. »Spritzt mir Beruhigungsmittel, damit ich mich auf den Beinen halten kann«, sagte sie. »Haltet mich warm, lenkt mich ab, laßt mich nicht allein.« Nie zuvor hatten sie sie um etwas flehen hören, und nun sahen sie, wie sie im Bett auf den Knien die Hände faltete.

Der Gatte war verwirrt. In der Tür des Krankenzimmers verfolgte er diese rebellische Aufwallung und wußte nicht, welches die passendste Antwort war. Er steckte in Galauniform und trug darüber einen dunklen Winterumhang. Unter die Präsidentenbinde hatte er sich einen Strauß Orden gehängt. »Bist du verrückt geworden, Chinita?« sagte er kopfschüttelnd. Eva folterte ihn mit ihrem trostlosen Blick. »Du kannst nicht ausgehen. Es ist noch Reif auf den Straßen, und du wirst der Länge nach hinfallen.« Sie blieb starrköpfig. »Nehmt mir den Schmerz vom Nacken, und ihr werdet sehen, wie ich kann. Gebt mir eine Betäubungsspritze in die Fersen. Ich kann. Wenn ich hier in dieser Einsamkeit bleibe, werde ich sterben. Mir ist es lieber, der Schmerz bringt mich um als die Trauer. Hat denn niemand Erbarmen mit mir?« Der Gatte gab Anweisung, sie anzukleiden, und murmelte im Gehen vor sich hin: »Immer dasselbe, Chinita. Immer tust du am Ende, was du willst.«

Man gab ihr zwei Injektionen, eine, damit sie keine Schmerzen litte, und eine zweite, damit ihr Verstand klar bliebe. Dann wurden mit einem hellen Make-up und Puderstrichen ihre Augenringe weggeschminkt. Und da sie unbedingt im offenen Wagen neben dem Präsidenten in der Kälte stehen wollte, schusterte man ihr eilig ein Korsett aus Gips und Drähten zurecht, das sie geradehalten sollte. Am schlimmsten war die Tortur von Unterwäsche und Unterröcken, denn selbst die leichteste Berührung der Seide verbrannte ihr die Haut. Aber nach dieser halbstündigen Qual ertrug sie tapfer das rauhe Kleid, das enganliegende bestickte Hütchen, mit dem man ihren Kopf schmückte, um seine Knochigkeit zu tarnen, die geschlossenen hochhackigen Schuhe und den Nerzmantel, in dem zwei Evitas Platz gefunden hätten. Obwohl von den Soldaten im Rollstuhl die Treppen hinuntergetragen, erreichte sie das Tor des Palasts auf eigenen Füßen und lächelte beim Hinaustreten, als wäre sie bei blühender Gesundheit. Sie spürte das Schwindelgefühl der Schwäche und das Wohlbehagen der frischen

Luft, der sie dreiunddreißig Tage lang ferngehalten worden war. An den Arm ihres Mannes geklammert, ließ sie sich auf den Treppen des Kongreßgebäudes von der Menge bedrängen und hielt, abgesehen von einem leichten Schwindelanfall, der sie zwang, sich im Krankenzimmer des Abgeordnetenhauses zu erholen, das Protokoll des präsidialen Eides und die Handküsse der Minister so anmutig wie in ihren besten Zeiten durch. Dann stellte sie sich, als sie im großzeremoniellen Cadillac durch die Avenuen defilierte, auf die Zehenspitzen, damit man nicht bemerkte, daß ihr Körper geschrumpft war wie der einer alten Frau. Zum letzten Mal sah sie die kariösen Balkone der Pension, in der sie in ihrer Jugend geschlafen hatte, sah die Ruinen des Theaters, wo sie eine Rolle von nur drei Worten gespielt hatte – »Es ist aufgetragen« –, sah das Café La Opera, wo sie um alles mögliche gebettelt hatte, um einen Milchkaffee, eine wollene Bettdecke, ein Plätzchen im Bett, ein Bild in den Zeitschriften, einen armseligen Monolog im Nachmittagshörspiel. Sie sah das große Mietshaus in der Nähe des Obelisken, wo sie sich in einem schmutzigen Waschbecken im Hinterhof zweimal monatlich mit eiskaltem Wasser gewaschen hatte, sah sich in einem Hof voller Glyzinen in der Calle Sarmiento mit Kampferspiritus die Frostbeulen und mit Kerosinbädern die Läuseplage behandeln, sah, wie sie den Baumwollrock und die verschossene Leinenbluse an der Sonne trocknete, die während eines Jahres die einzigen Stücke ihrer Garderobe gewesen waren, sah die fadenscheinigen Schlüpfer, die Strumpfhalter ohne Gummibänder, die Musselinstrümpfe – und fragte sich, wie es möglich gewesen war, daß sich ihr Gesicht von der Erniedrigung und dem Staub erhoben hatte, um jetzt in diesem Cadillac zu thronen, mit erhobenen Armen vorbeizupromenieren und in den Augen der Menschen eine Verehrung zu lesen, wie sie noch nie einer Schauspielerin entgegengebracht worden war, Evita, liebe Evita, Mütterchen meines Herzens. Morgen würde sie sterben, aber was spielte das für eine Rolle.

Hundert Tode reichten nicht aus, um ein Leben wie dieses zu bezahlen.

Am nächsten Tag zwangen sie schlimmere Schmerzen darnieder, als sie die heilige Johanna auf dem Scheiterhaufen gelitten hatte. Sie beschimpfte die göttliche Vorsehung, weil sie sie quälte, und die Ärzte, weil sie ihr rieten, ruhig dazuliegen. Sie wollte sterben, wollte leben, wollte, daß man ihr das verlorene Dasein zurückgäbe. So verbrachte sie zwei Nächte, bis die Beruhigungsmittel wirkten und sich die von dem langen Angriff ermüdete Krankheit ins Dunkel des Körpers zurückzog. Die Mutter und die Schwestern lösten sich am Kopfende des Bettes bei der Wache ab, aber an dem Nachmittag, an dem Evita wieder zu Bewußtsein kam, war nur Doña Juana bei ihr. Sie tranken eine Tasse Tee und umarmten sich lange schweigend, bis es Evita in den Sinn kam, zu fragen, welcher Tag es sei, wie immer, und warum man ihr die Zeitungen nicht gebracht habe.

Die Mutter trug enge Binden um die Waden und schlüpfte alle Augenblicke aus den Schuhen, um die Füße auf dem Bett der Tochter hochzulegen. Durch die Fenster sickerte eine laue Sonne, und obwohl es Winter war, hörte man draußen den Lärm der Tauben.[1]

»Es ist schon der 6. Juni«, antwortete die Mutter, »und die Ärzte wissen nicht, was anfangen mit dir, Cholita. Sie fassen sich an den Kopf, weil sie nicht verstehen, warum du nicht gesund werden willst.«

»Beachte sie nicht. Die Krankheit bringt sie durcheinander. Sie schieben die Schuld mir zu, denn sie können sie sich

1 »Dieses Ende von Evita war traurig wie die Hörspielserien der vierziger Jahre«, sagte mir Doña Juana bei unserer einzigen Begegnung. »Die Dinge, über die wir uns an jenem Tag unterhielten, waren dieselben wie die, über die Alice, das kränkelnde Mädchen, mit ihrer Haushälterin sprach, in einem Stück, das, glaube ich, *Liebestraum* hieß.« Evita Duarte spielte in der Hörspielserie *Ein Liebesversprechen* von Martinelli Massa, die im Juni 1942 von Radio El Mundo ausgestrahlt wurde, die Alice.

nicht selbst zuschieben. Sie verstehen sich nur auf eins: aufs Schneiden und Nähen. Was ich habe, kann weder geschnitten noch geflickt werden, Mama. Das sitzt tiefer drin.« Einen Moment verlor sich ihr Blick. »Und die Zeitungen, was haben sie gesagt?«

»Was sollen sie schon sagen, Cholita? Daß du reizend gewesen bist im Kongreß, daß du überhaupt nicht krank ausgesehen hast. Der Nerzmantel und die Smaragdkette gefielen ihnen. Die *Democracia* brachte das Foto einer Familie, die vom Chaco anreiste, um dich zu sehen, aber im Umzug fanden sie keinen Platz, und deshalb warteten sie vor dem Schaufenster der Casa América, bis du im Fernsehen kamst. Sie gingen wieder weg und weinten ergriffen, und in diesem Augenblick erwischte sie der Fotograf. Das schlimmste ist, daß auch ich wegen dem Foto weinen mußte. Und sonst, ich weiß nicht. Findest du es denn wichtig? Schau dir diese Ausschnitte an. In Ägypten drohen die Militärs noch immer, dem König einen Tritt zu geben. Sollen sie doch, oder? Ekelhafter Dickwanst. Ist ein Jahr jünger als du und sieht aus wie ein Greis.«

»Von mir wird man dasselbe sagen, weil ich so dünn bin.«

»Spinnst du? Alle finden dich wunderschön. Ein paar Kilo mehr wären nicht schlecht, das läßt sich nicht bestreiten. Aber so, wie du bist, gibt es keine Schönere als dich. Manchmal schaue ich mich im Spiegel an und frage mich: Woher habe ich bloß eine solche Tochter? Denk nur, wenn wir in Junín geblieben wären und du hättest Mario geheiratet, den mit dem Geschenkladen. Das wäre jammerschade gewesen.«

»Du weißt, ich erinnere mich nicht gern an damals, Mama. Wegen diesen Leuten habe ich mehr gelitten als wegen der Krankheit. Wenn ich nur schon dran denke, bekomme ich einen trockenen Hals. Sie waren ein Dreck, Mama. Du kannst dir gar nicht vorstellen, was sie über dich sagten.«

»Ich kann's mir vorstellen, aber es ist mir egal. Jetzt wären sie liebend gern an meiner Stelle. So ist das Leben, nicht wahr? Wenn ich denke, wie du geglaubt hast, mit den Händen den Himmel zu berühren, als du die Freundin des Herausgebers dieser Zeitschrift wurdest, wie hieß sie noch? Die arme Elisa bat mich verzweifelt, wir sollten dich dazu bringen, die Liaison abzubrechen, weil sie ihren Mann im Wehrbereich mit dem Gerede ganz verrückt machten. ›Übrigens, man fotografiert deine Schwägerin im Badeanzug, küßt sie in den Garderoben, benutzt sie als Mädchen für alles.‹ Ich habe ihnen die Leviten gelesen, weißt du noch? Ich habe ihnen ganz klar gesagt: Die Chola ist nicht wie ihr. Sie ist eine Künstlerin. Elisa gab nicht nach. Mama, hat sie gesagt, wo hast du nur deinen Kopf? Die Chola lebt mit einem verheirateten Mann zusammen, der zu allem auch noch Jude ist. Ich habe ihnen gesagt: Sie ist verliebt, laßt sie in Frieden.«

»Ich war nicht verliebt, Mama. Ich war es nie, bis ich Perón kennenlernte. Ich verliebte mich in Perón, bevor ich ihn sah, wegen dem, was er tat. Nicht allen Frauen passiert das. Nicht alle Frauen merken, daß sie einen Mann gefunden haben, der für sie geschaffen ist, und daß es nie einen andern geben wird.«

»Ich weiß ja, daß Perón anders ist, aber die Liebe, die du ihm gegeben hast, gleicht auch keiner andern Liebe.«

»Wozu von diesen Dingen sprechen, Mama? Dein Leben war nicht wie meins, und vielleicht verstehen wir einander am Schluß nicht einmal mehr. Hättest du dich in jemand anders als in Papa verliebt, wärst du möglicherweise nicht dieselbe. Aus mir holte Perón das Beste heraus, und wenn ich Evita bin, dann aus diesem Grund. Hätte ich Mario oder diesen Zeitungsmenschen geheiratet, wäre ich die Chola oder Eva Duarte, aber nicht Evita, ist dir das klar? Perón ließ mich alles sein, was ich wollte. Ich drängte und sagte: Ich will das, Juan, ich will jenes, und er hat es mir nie ausgeschlagen. Ich konnte jedes Amt annehmen, das ich wollte. Ich habe nicht noch mehr angenommen, weil ich keine Zeit hatte. Weil ich mich so sehr beeilte, bin ich krank geworden.

Was hätten die andern Männer gesagt, na? Ab in die Küche, strick einen Pullover, Chola. Du weißt nicht, wie viele Pullover ich in den Vorzimmern der Zeitschriften gestrickt habe. Bei Perón nicht. Ich habe erreicht, was ich wollte, verstehst du? Und immer wenn du mich hast sagen hören: Ich liebe Perón mit meiner ganzen Seele, Perón ist mehr als mein Leben, habe ich auch gesagt: Ich liebe mich, ich liebe mich.«

»Du schuldest ihm nichts, Chola. Was du in dir hast, gehört dir und niemand sonst. Du bist besser als er und als wir alle.«

»Tust du mir einen Gefallen?« Sie löste von ihrer Halskette einen goldenen Schlüssel mit abgerundetem Bart, leicht wie ein Fingernagel. »Damit öffnest du die rechte Schreibtischschublade. Oben, ganz vorn, findest du zwei Briefe. Bring sie her. Ich möchte dir etwas zeigen.«

Sie blieb ruhig liegen und strich die Bettücher glatt. Sie war glücklich gewesen, aber nicht wie die andern Menschen. Niemand wußte, was das Glück genau war. Man wußte alles über Haß, Unglück, Verlust, aber nicht über das Glück. Sie jedoch wußte es. In jedem Augenblick des Lebens war ihr bewußt gewesen, was sie hätte sein können und was sie war. Bei jedem einzelnen Schritt wiederholte sie: Das gehört mir, das gehört mir, ich bin glücklich. Jetzt war der Moment der Buße gekommen: eine ewig währende Buße, um sechs Jahre Erfüllung abzugelten. War das das Leben, war es nur gerade das? In der Ferne glaubte sie eine Kapelle spielen zu hören wie auf dem Platz ihres Dorfes. Oder war es vielleicht das Radio im Schwesternzimmer?

»Zwei Briefe«, sagte die Mutter. »Sind es die da?«

»Lies sie mir vor.«

»Laß sehen ... Die Brille. ›Meine liebe Chinita.‹«

»Nein, zuerst den andern.«

»›Lieber Juan.‹ Der da – ›Lieber Juan‹? *Ich bin sehr traurig, weil ich nicht fern von Dir leben kann ...*«

»Den schrieb ich ihm in Madrid, am ersten Tag meiner Europareise. Oder vielleicht im Flugzeug, kurz vor der Landung. Ich weiß es nicht mehr. Siehst du die Schrift, wie unregelmäßig und nervös? Ich wußte nicht, was tun, wollte gleich umkehren. Die Reise hatte noch nicht begonnen, und schon wollte ich wieder zurück sein. Los, weiter.«

»*... ich liebe Dich so sehr, daß das, was ich für Dich empfinde, eine Art Vergötterung ist. Ich weiß nicht, wie ich ausdrücken soll, was ich empfinde, aber ich versichere Dir, daß ich im Leben sehr hart gekämpft habe, mit dem Ehrgeiz, jemand zu sein, und sehr gelitten habe, doch dann kamst Du und machtest mich so glücklich, daß ich dachte, ich träume, und da ich Dir nichts anderes anzubieten hatte als mein Herz und meine Seele, gab ich sie Dir ganz und gar, aber in diesen drei Jahren des Glücks habe ich nie auch nur eine Stunde aufgehört, Dich anzubeten oder dem Himmel für die Güte Gottes zu danken, daß er mir die Belohnung Deiner Liebe gewährte ...* Ich lese nicht weiter, Chola. Du weinst und wirst auch mich noch zum Weinen bringen.«

»Ein Stückchen noch, mach schon. Ich bin ein schwaches Ding.«

»*Ich bin Dir so treu, Liebling, daß ich, wenn es Gott gefallen sollte, mich nicht mehr so glücklich sein zu lassen und mich zu sich nehmen, Dir im Tod weiterhin treu wäre und Dich vom Himmel aus anbeten würde.* Warum hast du das geschrieben, Cholita? Was ging dir durch den Kopf?«

»Ich hatte Angst, Mama. Ich dachte, wenn ich von so weit her zurückkäme, würde er nicht mehr dasein. Dann gäbe es nichts mehr. Dann würde ich im Pensionszimmer aufwachen wie als junges Mädchen. Ich verging fast vor Angst. Alle dachten, sie ist so kühn und hat es weiter gebracht als jede andere. Aber ich wußte nicht, was tun, Mama. Im Flugzeug wollte ich nur eines: zurück.«

»Soll ich dir den andern Brief vorlesen?«

»Nein, lies diesen fertig. Lies den letzten Satz.«

»*Alles, was man Dir über mich in Junín gesagt hat, ist eine Niederträchtigkeit, ich schwöre es Dir. In der Stunde meines Todes sollst Du es erfahren. Es sind Lügen. Ich ver-*

ließ Junín mit dreizehn Jahren, und was kann ein armes Mädchen in diesem Alter schon Schlimmes anstellen? Du kannst auf Deine Gattin stolz sein, Juan, denn ich habe Deinem guten Namen immer Sorge getragen und Dich angebetet ...«[2]

»Was für Gerüchte hat man ihm denn erzählt?«

»Die von Magaldi, du weißt schon. Aber darüber will ich nicht sprechen.«

»Du hättest es mir erzählen sollen, Cholita, und ich wäre hier erschienen, um die Dinge richtigzustellen. Niemand weiß so gut wie ich, daß du Junín unberührt verlassen hast. Warum hast du dich erniedrigt, so zu reden? Wenn ein Mann mißtrauisch ist, kann ihm auch Gott das Vertrauen nicht zurückgeben. Aber dich kannte ...«

»Lies den andern Brief. Und sag nichts mehr.«

»*Meine liebe Chinita.* Schau an, er hat ihn mit der Maschine geschrieben. Maschinengeschriebene Liebesbriefe taugen weniger als die andern. Womöglich hat er ihn einem Sekretär diktiert, womöglich ist er gar nicht von ihm.«

»Sag das nicht, lies.«

»*Auch ich bin sehr traurig, daß Du weit weg bist, und warte sehnsüchtig auf Deine Rückkehr. Aber wenn ich beschlossen habe, Dich nach Europa zu schicken, dann, weil mir niemand geeigneter schien als Du, um unsere Ideen zu verbreiten und unsere Solidarität mit all den Völkern auszudrücken, die eben die Geißel des Krieges durchlitten haben. Du arbeitest an einem großen Werk, und hier finden alle, kein Botschafter hätte es so gut tun können. Gräme Dich nicht wegen des Klatschs. Ich habe nie Notiz davon genommen, und er macht mir keinen Eindruck. Man wollte mir*

2 Der Brief wirkt wie eine Parodie, ist es aber nicht. Er wurde abgedruckt in *El último Perón* (*Der letzte Perón*) von Esteban Peicovich (Planeta, Barcelona 1976), in *Eva Perón* von Nicholas Fraser und Marysa Navarro (W. W. Norton, New York 1980) und in *Perón y su tiempo* (*Perón und seine Zeit*), *I. La Argentina era una fiesta*, von Félix Luna (Sudamericana, Buenos Aires 1984).

schon kurz vor unserer Heirat den Kopf mit Gerede füllen, aber ich erlaubte niemandem, die Stimme gegen Dich zu erheben. Als ich Dich erwählte, war es um dessentwillen, was Du warst, und Deine Vergangenheit hat mich nie gekümmert. Glaube nicht, ich wüßte das alles nicht zu schätzen, was Du für mich getan hast. Auch ich habe viel gekämpft, und ich verstehe Dich. Ich habe dafür gekämpft, das zu sein, was ich bin, und dafür, daß Du bist, was Du bist. Sei also ganz ruhig, achte auf Deine Gesundheit und bleib nicht die halbe Nacht auf. Was Doña Juana betrifft, quäle Dich ihretwegen nicht. Mama ist sehr mutig und weiß sich allein zu schützen, aber ich verspreche Dir bei allem, was mir heilig ist, daß ich dafür sorgen werde, daß es ihr an nichts fehlt. Viele Küsse und Grüße, Juan.«

»Verstehst du jetzt, warum ich ihn so sehr liebe, Mama?«

»Für mich ist das ein ganz gewöhnlicher Durchschnittsbrief.«

»Er schickte ihn mir nach Toledo, einen Tag nachdem er meinen bekommen hatte. Und nicht, weil es nötig gewesen wäre, hat er mir geantwortet. Wozu auch, wo wir doch jeden Abend miteinander telefonierten? Es war aus Feingefühl, damit es mir gutginge.«

»Das verdientest du auch. Keine andere Frau hätte geschrieben, was du ihm geschrieben hast.«

»*Er* verdiente es. Jetzt weißt du, daß ich glücklich war, Mama. Alles, was ich durchlitten habe, hat sich gelohnt. Wenn du willst, kannst du die Briefe behalten. Du hast mich schon so oft nackt gesehen, daß es auf einmal mehr nicht ankommt.«

»Nein. Noch nie habe ich dich so nackt gesehen wie jetzt.«

»Du bist die einzige. Du und Perón. Es ist nicht diese Nacktheit der Seele, die mir Sorgen macht. Wenn es das wäre – ich habe nackt gelebt. Die andere macht mir Sorgen. Wenn ich wieder das Bewußtsein verliere oder mir etwas Schlimmeres zustößt, will ich nicht, daß mich jemand wäscht oder auszieht, hast du gehört? Weder Ärzte noch Krankenschwestern oder sonst ein Fremder. Nur du. Ich schäme mich, daß sie mich sehen, Mama. Ich bin so dünn, sehe so elend aus! Manchmal träume ich, ich bin tot und man trägt mich nackt zur Plaza de Mayo. Dann legt man mich auf eine Bank, und alle stehen an, um mich zu berühren. Ich kann schreien, soviel ich will, keiner kommt und rettet mich. Laß nicht zu, daß das mit mir geschieht, Mama. Laß mich nicht allein.«

Doña Juana schlief schon seit einigen Tagen schlecht, aber die Nacht vom 20. September 1955 war die schlimmste – sie tat kein Auge zu. Mehrmals stand sie wieder auf, um Mate zu trinken und die Rundfunknachrichten zu hören. Perón, ihr Schwiegersohn, hatte seinen Rücktritt erklärt, und das Land war in Niemandshand. Wieder quälten sie die Krampfadern. Ein bläuliches, vulkanisches Ödem über den Knöcheln, das aussah, als könnte es jeden Augenblick aufplatzen.

In den Nachrichten war ausschließlich von den Truppenbewegungen der aufständischen Armee die Rede. Evita kann alles mögliche zustoßen, hatte die Mutter zum Einbalsamierer gesagt. Alles mögliche. »Sie werden sie mitnehmen, um sie zu vernichten, Doktor. Was sie ihr zu Lebzeiten nicht antun konnten, dafür werden sie jetzt die Tote büßen lassen. Sie war anders, und das ist in diesem Land nicht zu entschuldigen. Seit sie ein kleines Mädchen war, wollte sie anders sein. Jetzt, wo sie wehrlos ist, werden sie es ihr heimzahlen.«

»Machen Sie sich keine Sorgen, Señora«, hatte der Arzt gesagt. »Beruhigen Sie Ihr Mutterherz. In solchen Momenten läßt niemand seine Wut an den Toten aus.« Er war ein öliger, kriecherischer Mensch. Je mehr er sich bemühte, sie zu beruhigen, desto mißtrauischer wurde sie.

Wem sollte man denn in Buenos Aires nicht mißtrauen? Seit Doña Juana hierhergezogen war, machte ihr alles angst. Anfänglich hatten sie die Annehmlichkeiten des Lebens und die Schmeicheleien der Macht geblendet. Evita war allmächtig, die Mutter ebenfalls. Jedesmal wenn sie im Kasino von Mar del Plata beim Roulette setzte, fügten die Croupiers ihrem Gewinn einige 1000-Peso-Chips hinzu, und wenn sie mit den Ministern Black Jack spielte, wurden ihr immer wie durch ein Wunder zwei Damen zuteil. Sie wohnte in einem fürstlichen Haus im Viertel Belgrano zwischen Palmen und Lorbeerbäumen. Aber nach und nach hatte ihr Buenos Aires die Familie verstümmelt und sie selbst an Asthma erkranken lassen. Die Zimmer hatte man ihr mit Abhörwanzen tapeziert. Um sich mit den Töchtern zu unterhalten, schrieb sie kurze Notizen in ein Schulheft. Nach Evas Tod konnte sie sich nicht einmal mehr aufraffen, den Schwiegersohn zu besuchen, und der Schwiegersohn lud sie auch nicht ein. Die einzige Verbindung zur Macht, die ihr noch blieb, war ihr Sohn Juancito, aber eine erbitterte Geliebte beschuldigte ihn unbedeutender Hinterziehungen, so daß sich Juancito schließlich aus Schmach das Leben nahm. In weniger als neun Monaten war die Familie in diesem verfluchten unwirtlichen Klima zerbrochen. Die Drüsen von Buenos Aires sonderten Tod ab. Alles war Schäbigkeit und Dünkel. Niemand wußte, woher den Leuten ein solcher Dünkel erwuchs. Arme Eva. Sie hatte sich aus Liebe ausgeblutet, und man vergalt es ihr, indem man sie im Stich ließ. Das arme Kind. Aber ihre Feinde sollten sich ins eigene Fleisch schneiden. Zu ihren Lebzeiten hatte sie ihr Feuer immer mit Erde erstickt, um ihren Mann nicht in den Schatten zu stellen. Als Tote würde sie eine Feuerlohe werden.

Sie schaute aus dem Fenster. In der Schläfrigkeit des Flusses maserte das erste Morgenlicht. Plötzlich hörte sie den Regen, und zugleich hörte sie den Regen der vergangenen Stunden. Im Radio wurde verkündet, die Marine, die sich gegen die Regierung erhoben hatte, habe soeben die Öltanks von Mar del Plata zerstört und werde jeden Moment das Dock Sur bombardieren. Admiral Rojas, der Anführer der Rebellen, versicherte, er werde keinen Stein auf dem andern lassen, falls Perón nicht bedingungslos abdanke. Rojas? fragte sich Doña Juana. War das nicht dieser Adjutant, der Evitas Launen immer zuvorgekommen war? Der kleine, gedrungene Dunkelhäutige mit schwarzer Brille? Auch er zeigte ihr die kalte Schulter? Wenn das Dock Sur brannte, würde ihre Tochter ein Raub der Flammen. Das CGT-Gebäude stand in der Nähe des Hafens, so daß sie es in einer oder zwei Stunden erreichten.

Sie versuchte das Bett zu verlassen, aber ein stechender Schmerz warf sie zurück. Die Krampfadern. In den letzten Wochen waren sie schlimmer geworden, zogen sich ziellos hierhin und dorthin. Zweimal täglich ging sie zu Fuß in die Abgeordnetenvorzimmer und bat um eine Rentenerhöhung wegen ihrer Verdienste ums Vaterland. Dieselben Leute, die sie früher mit Orchideen und Pralinen überschüttet hatten, verleugneten sich jetzt undankbar und ließen sie warten. Sie ging in sämtliche Läden des Once und suchte Stoffe und Trauerflor für das Totenzimmer der Tochter. Jeden Nachmittag verlor sie sich in den Labyrinthen des Friedhofs, wo Juancito, der Selbstmörder, begraben war, damit es ihm nicht an frischen Blumen fehlte. Sie getraute sich nie, ein Taxi zu nehmen, aus Angst, man könnte sie entführen und tot auf eine Mülldeponie werfen. Aus solchem Elend bestand jetzt ihr Leben.

Sie schluckte eins der Schmerzmittel, die immer griffbereit auf dem Nachttisch lagen, und rieb sich die Beine ein. Obwohl sie der Schmerz quälte, wollte sie sich nicht unterkriegen lassen. Sie hatte Evita versprochen, ihre Leiche zu waschen und zu beerdigen, aber man hatte es ihr nicht erlaubt. Jetzt mußte sie sie vor den Flammen in Sicherheit bringen. Wer denn sonst? Etwa der Arzt, der sie jeden Morgen mit Wachs und Samenparaffinen bedeckte? Die Wächter, die nur daran dachten, ihre Haut zu retten?

Erstickt von üblen Vorahnungen, rief sie eine der Töchter, die im Nebenzimmer schlief, und bat sie, ihr die Knöchel zu verbinden. Dann verließ sie lautlos das Haus und ging zur Straßenbahnhaltestelle in der Avenida Luis María Campos. Sie war entschlossen, sich Evita vom Einbalsamierer zurückgeben zu lassen. Was danach geschehen mochte, kümmerte sie einen Dreck. Sie würde die Leiche in ihr eigenes Bett legen und ununterbrochen bei ihr wachen, bis sich die Wirren in Argentinien beruhigt hätten und die Zeitläufte wieder ins Lot kämen. Taten sie das nicht, so blieb ihr immer noch der Weg des Exils. Sie würde um Asyl bitten, das Meer überqueren. Jeder Sturm war besser als eine weitere Nacht der Ungewißheit.

Sie bestieg eine Straßenbahn der Lacroze-Linie, die einen langen Umweg durch die Seitenstraßen von Palermo machte, bevor sie zum Bajo-Viertel hinunterfuhr. Die Fahrkarte kostete zehn Centavos. Sie steckte sie vorsichtig ins Knopfloch ihres Ziegenlederhandschuhs. Es war ein widerlicher, feuchter, unappetitlicher Morgen. Sie nestelte die Puderdose hervor und tupfte die Schweißbächlein weg, die ihr auf die Stirn traten. Sie bereute es, sich vor zwei Tagen Dr. Aras Argumenten gebeugt zu haben. Eine Frau darf niemanden empfangen, wenn sie allein ist, dachte sie. Sie muß sich das Gesicht mit ihrer eigenen Schwäche bedecken und zurückgezogen ausharren, bis sich der Sturm gelegt hat. Aus Einsamkeit und weil niemand sie liebte, hatte sie sämtliche Fehler des Lebens begangen, und dieser war vielleicht der schlimmste. Als die ersten Nachrichten vom Militärputsch bekannt wurden, war Ara bei ihr erschienen. Gerade rechtzeitig. Während die Trostlosigkeit sie von innen taub machte, klingelte es draußen. Die Straßenbahn bog in die Calle Soler ein, Richtung Süden, und da sah sie ihn, glaubte sie ihn zu sehen. In ein Wölkchen Gath-&-Chaves-Kölnischwasser gehüllt, hatte der kleine spanische Napoleon mit zwei großen Schritten ihren Hausflur durchquert, den Hosenbund bis über die Rippen hochgezogen, den Eden-Hut zwischen blankpolierten Nägeln, die schütteren Haare eine Schuppenspur abblätternd. Mein Gott, dachte sie, dieser Einbalsamierer ist am Ende schwul geworden. »Ich bin gekommen, um Sie zu beruhigen«, sagte er. Und wiederholte diesen Satz während seines Besuches drei- oder viermal. Die Straßenbahn rumpelte zwischen den Platanen der Calle Paraguay einher, die Leere der endlosen, traurigen Stadt überwindend. Ich würde Evita weit von hier wegbringen, wenn ich könnte, würde sie aufs Land mitnehmen, aber die Einsamkeit auf dem Land würde sie gerade noch einmal umbringen.

»Gestern«, erzählte ihr der Arzt, »sprach ich im Präsidentenpalast vor, um mit Ihrem Schwiegersohn zu reden. In all den Jahren hat er mich nie rufen lassen, und dieses lange Stillschweigen erstaunte mich. Ich traf ein, als es dunkel wurde. Man hielt mich lange in den Gängen und Vorzimmern hin, bis ein Hauptmann kam und mich fragte: Sie wünschen. Ich gab ihm meine Karte und antwortete: Den General Perón zu sehen. Unter diesen schwierigen Umständen brauche ich Anweisungen, welche Bestimmung wir der Leiche seiner Gattin geben sollen. Der General ist sehr beschäftigt, verstehen Sie, sagte der Hauptmann. Ich will sehen, was sich machen läßt. Ich wartete stundenlang. Es gingen und kamen Soldaten mit Koffern und Lakenbündeln. Man hatte den Eindruck, sie wechselten die Wohnung. Endlich kehrte der Hauptmann mit einer Nachricht zurück: Einstweilen kann der General nichts beschließen, sagte er. Hinterlassen Sie Ihre Telefonnummer, wir rufen Sie dann an. Aber es hat mich noch niemand angerufen. Und mir schwant, daß mich auch niemand anrufen wird. Es gibt Gerüchte, wonach Perón sich absetzt, Doña Juana. Daß er um Passierscheine nachsucht, um ins Exil zu gehen. Also bleiben nur Sie und ich. Sie und ich müssen beschließen, was mit der Leiche geschehen soll.«

Sie schaute durchs Fenster auf den nassen Garten hinaus, auf die blühende Kletterpflanze, was konnte sie sonst tun?, und wischte sich alle Augenblicke die schweißnassen Hände am Rock ab. »Wenn es nach mir ginge, würde ich sie herholen, Dr. Ara, und sie ins Wohnzimmer legen«, sagte sie. Jetzt schämte sie sich, das gesagt zu haben. Was sollte Evita in ihrem Wohnzimmer? »Aber sehen Sie sich meine Krampfadern an. Sie sind zum Teufel. Nicht einmal mehr die Salizylatspritzen und die elastischen Strümpfe verschaffen mir Linderung.«

Diesen kritischen Augenblick des Gesprächs nutzte der Arzt, um sie um eine Vollmacht zu bitten. »Ich glaube, das ist das beste. Mit einer Vollmacht von Ihnen kann ich einfach über die Leiche verfügen.«

»Eine Vollmacht?« Die Mutter war alarmiert. »Nein, Doktor. Die Vollmachten haben mich zugrunde gerichtet. Jede schriftliche Vollmacht, die ich gegeben habe, hat sich gegen mich gewandt. Was meiner Tochter gehörte, hat sich der Schwiegersohn unter den Nagel gerissen. Nicht einmal die Andenken hat er mir gelassen.« Die Stimme brach ihr, und sie mußte einen Moment schweigen, damit sich die Teile wieder zusammenfügten. »Ach, übrigens«, fragte sie, »was ist eigentlich aus der Diamantbrosche geworden, die wir Evita ans Totenhemd gesteckt haben? Einer der Steine, der rötliche, wurde auf eine halbe Million Pesos geschätzt. Da wir sie ja jetzt beerdigen werden, möchte ich ein solches Juwel nicht an ihrem Körper lassen. Das wäre eine Versuchung für Diebe. Was soll ich Ihrer Meinung nach tun, um sie wiederzubekommen?«

Die Straßenbahn bog langsam, zögerlich in die Calle Corrientes ein. Schon wurden die Metalljalousien der Geschäfte hochgezogen, und die Verkäufer scheuerten die Gehsteige. Auf der Schattenseite der Straße hatten die berühmten Judenbordelle gestanden, und in einer Pension mit Blumentöpfen auf den Balkonen hatte ihre Tochter gewohnt. »War es nicht gut, daß ich von Junín wegging, Mama? Findest du nicht, daß ich eine andere bin?« Evita hatte geglaubt, das sei das Glück. Aber vor ihrem Tod mußte sie zugeben: Es war nur die Pein.

Die Straßenbahn kam in eine Nebelwolke aus Cafés und Kinos. Sie hatte keinen der auf den Tafeln angezeigten Filme gesehen, weder *Drei Münzen im Brunnen*, wo die Zuschauer wegen der Cinemascope-Effekte das Gefühl hatten, Rom zu besuchen, noch *Der nackte Engel*, in dem sich zum erstenmal eine argentinische Schauspielerin mit bloßen Brüsten zeigte, wenn auch nur ganz flüchtig. Ein Schwall von Düften schläferte sie ein, und über den Rand der Benommenheit guckte wieder der Arzt: »Die Habe der Verstorbenen ist noch immer dort, wo Sie sie gesehen haben, Señora: der Ehering, der Rosenkranz, den ihr der Papst schenkte, auch die Brosche. Aber ich glaube, Sie haben ganz recht. Es ist gefährlich, sie dort zu lassen. Ich werde ersuchen, daß man sie Ihnen noch heute nachmittag aushändigt.«

Sie mußte es ihm schriftlich geben. Die Vollmacht: *Dr. Don Pedro Ara. In meiner Eigenschaft als Mutter von María Eva Duarte de Perón bitte ich, daß, wenn ihr Witwer keine Anweisung bezüglich des Leichnams meiner Tochter hinterläßt, Sie, Doktor, die nötigen Vorkehrungen treffen, um ihn vor jeglicher Eventualität in Sicherheit zu bringen.* »Perfekt«, lobte er. »Unterschreiben Sie hier, und das Datum: 18. September 1955.«

Weder an diesem Nachmittag noch in den folgenden Tagen erhielt Doña Juana Evitas Brosche. Immer erging es ihr gleich: Die Menschen verarschten sie, verschaukelten sie, sie wußte nicht, wie, aber sie seiften sie ein. Doch was spielte das noch für eine Rolle? Elegant wich die Straßenbahn der Kreuzung mit dem Obelisken aus und stürzte sich ins finstere Meer des Bajo hinunter, wo noch die Barrikaden der ihrem Schwiegersohn ergebenen Truppen rauchten. Sie sah den durchlöcherten Marmor des Finanzministeriums, die vom Schrapnell zerfransten Palmen, die im rauhen Wind flatternden Evita-Bilder, die nasenlosen, zerzausten, zertrümmerten Büsten. Das Andenken an die Tochter war mitten entzwei, und jetzt glänzte nur noch die Erinnerung derer, die sie haßten. Auch mich müssen sie hassen, dachte sie.

Sie zog den Schleier ihres Hutes über das Gesicht herunter. Die Vergangenheit lastete ihr auf der Seele. Sogar die schönste Vergangenheit war ein Unglück. Alles, was man zurückließ, schmerzte, aber das Glück schmerzte am allermeisten.

Außen geschmacklos und gewöhnlich, war das CGT-Gebäude innen eine Abfolge von Gängen, die in verwirrende Treppenhausfluchten mündeten. Doña Juana hatte es mehr als einmal durchschritten, wenn sie Blumen für Evita brachte, aber immer auf demselben Weg: Eingang, Fahrstuhl, Totenzimmer. Sie wußte, daß Dr. Aras Laboratorium gegen die Westfenster hin lag und daß sie ihn zu dieser Morgenstunde beim Restaurieren der Leiche anträfe.

Sie sah undeutlich die Glatze des Einbalsamierers durch die Mattglasscheibe schimmern und trat ein, ohne anzuklopfen. Sie war auf alles vorbereitet außer auf den Schrekken, Evita in einem dampfumwölkten Trog mit entblößtem Intimbereich zu erblicken. Von der Frisur mit dem noch intakten Haarkranz ging der einzige menschliche Geruch des ganzen Körpers aus, als wäre er ein Baum voller Gedanken; aber vom Hals an abwärts war Evita nicht mehr dieselbe. Man hatte das Gefühl, dieser Teil des Körpers bereite sich auf eine lange Reise vor, von der er nicht mehr zurückkehren wolle.

Der Einbalsamierer glättete der Leiche eben mit einer honigfarbenen Paste die Schenkel, als ihn Doña Juana mit ihrem Eintreten überrumpelte. Er sah, wie sie sich blitzschnell einen Chirurgenkittel vom Garderobenständer griff und über die entblößte Leiche legte, während sie jammerte: »Ich bin ja da, Cholita, was hat man dir angetan?«

Er hob die Glatze und erwischte Doña Juana am Arm. Er mußte so schnell wie möglich seine Arztwürde wiederfinden.

»Gehen Sie, Doña Juana.« Sein Ton sollte überzeugend klingen. »Riechen Sie die Chemikalien nicht? Sie sind verheerend für die Lunge.«

Sanft versuchte er sie wegzuschieben. Die Mutter rührte sich nicht. Sie konnte nicht. Sie war voller Entrüstung, und die Entrüstung wog schwer.

»Hören Sie schon mit Ihren Geschichten auf, Doktor Ara. Ich bin zwar alt, aber nicht blöd. Wenn Ihre Chemikalien Sie nicht fertigmachen, dann auch mich nicht.«

»Heute ist ein schlechter Tag, Señora.« Es erstaunte sie, daß er nicht wie andere Ärzte Gummihandschuhe trug. »Die Soldaten können jeden Augenblick kommen, um Ihre Tochter mitzunehmen. Wir wissen noch nicht, was sie mit ihr vorhaben.«

»Ich habe Ihnen eine Vollmacht gegeben, damit Sie sie beschützen, Doktor. Was haben Sie damit gemacht? Nichts stimmt, was Sie mir sagen. Sie haben versprochen, mir die Brosche zu schicken, und ich warte noch immer darauf.«

»Ich habe getan, was in meiner Macht steht, Señora. Die Brosche ist gestohlen worden. Wer es war? Das weiß man nicht. Die Unteroffiziere von der Wache sagen, es seien die Zivilkommandos der Revolution gewesen. Und die Kommandos, mit denen ich gesprochen habe, streiten es ab. Sie sagen, es seien die Unteroffiziere gewesen. Ich glaube, Ihr Schwiegersohn hat sie genommen. Ich bin ganz durcheinander. Das scheint ein Niemandsland zu sein.«

»Sie hätten mich anrufen können.«

»Wie denn? Die Leitungen sind unterbrochen. Ich kann nicht einmal mit meiner Familie sprechen. Glauben Sie mir, ich wünschte mir, ich könnte diesem Alptraum ein für allemal ein Ende setzen.«

»Dann bin ich gerade rechtzeitig gekommen.« Doña Juana legte den Stock auf einen Stuhl. Der Schmerz von ihren Krampfadern war wie weggeblasen. Sie mußte ihre Tochter retten und sie vom Formol, vom Harz und von allem andern Ewigkeitszinnober wegbringen. »Ich werde sie mitnehmen. Packen Sie sie gut ins Totenhemd ein, während ich beim Bestattungsinstitut einen Wagen bestelle. Als sie noch lebte, habe ich ihr aus schlimmeren Patschen geholfen.

Es gibt keinen Grund, warum Evita nur einen einzigen Tag länger hierbleiben müßte.«

Der Einbalsamierer schüttelte den Kopf. Er wiederholte mehr oder weniger, was er zwei Monate später dem Oberst sagen würde:

»Sie ist noch nicht bereit. Es fehlt ihr noch ein letztes Balsambad. Wenn Sie sie so mitnehmen, wird sie sich in Ihren Händen auflösen.«

»Mir egal. Der Tod hat sie mir sowieso schon aufgelöst.«

Wie besiegt ließ der Arzt die Arme sinken.

»Sie zwingen mich zu etwas, was ich nicht will«, sagte er.

Er schloß die Tür des Laboratoriums von innen ab, schlüpfte aus dem Kittel und führte Doña Juana durch einen kurzen, von gräulichem Licht erhellten Gang zum Heiligtum. Obwohl die Dunkelheit hier bodenlos war, wußte die Mutter sogleich, wo sie sich befanden. Mehr als einmal hatte sie hier gebetet, vor dem eindrucksvollen Glasprisma, in dem die Tochter ruhte, und ihre fleischigen Lippen geküßt, die immer aussahen, als würden sie gleich wieder lebendig. Die Dunkelheit roch nach Trostlosigkeit und nach niemandes Blut.

»Warum bringen Sie mich hierher?« fragte sie mit verwaister Stimme. »Ich will zu Evita zurück.«

Der Arzt nahm sie am Arm und sagte:

»Schauen Sie.«

Die Scheinwerfer tauchten das Trauerprisma in Licht, während an den Deckenleisten Neonröhren angingen. Überwältigt von einem Strahlen, das ihr den Atem benahm, zweifelte Doña Juana an der sich allmählich vor ihren Augen abzeichnenden Wirklichkeit. Als erstes sah sie eine Zwillingsschwester ihrer Tochter auf der Glasplatte ruhen, so identisch mit ihr, daß nicht einmal sie sie hätte zur Welt bringen können. Eine weitere vollkommene Evita-Replik lag auf schwarzen Samtkissen zu Füßen eines Sessels, auf dem eine dritte Evita, im gleichen weißen Kittel wie die andern, eine Postkarte las, die vor sieben Jahren in Madrid aufgegeben worden war. Die Mutter hatte den Eindruck, diese letzte atme, und hielt ihr die zitternden Fingerspitzen unter die Nasenlöcher.

»Berühren Sie sie nicht«, sagte der Arzt. »Sie ist fragiler als ein Laubblatt.«

»Welche ist Evita?«

»Es freut mich, daß Sie die Unterschiede nicht bemerken. Ihre Tochter ist nicht hier. Sie haben sie vorhin im Trog im Laboratorium gesehen.« Er ließ die Daumen unter die Hosenträger gleiten und wippte auf den Fußspitzen auf und nieder, stolz auf sich. »Als sich der Sturz der Regierung Ihres Schwiegersohns abzeichnete, bat ich, man möge mir vorsichtshalber diese Kopien anfertigen. Wenn Perón stürzt, sagte ich mir, wird Evita die erste Trophäe sein, die die Sieger suchen. Ich arbeitete Tag und Nacht mit einem Bildhauer und verwarf eine Figur nach der andern. Wissen Sie, was das für Materialien sind?« Doña Juana hörte die Worte des Einbalsamierers, konnte sie aber auf keinen Sinn hin ausrichten. Sie war erschrocken, erstickt – sie brauchte ein weiteres Leben, um soviel Traurigkeit zu verkraften. »Wachs und Vinyl sowie nicht entfernbare Farbe, um die Adern zu zeichnen. Die Evita im Sessel ist eine verbesserte Ausführung, sie hat Glasfasern. Ein Opus magnum. Wenn die Oberste sie holen kommen, wird sich Ihre Tochter bereits an einem sicheren Ort befinden, und was ich ihnen gebe, wird eine dieser Kopien sein. Wie Sie sehen, habe ich Sie nicht verraten.«

»Was mir Sorgen macht«, sagte die Mutter, »ist, daß auch ich nicht wissen werde, welche welche ist.«

»Man muß sie röntgen. Bei der echten kann man die Eingeweide erkennen. Bei den andern sieht man nur das Nichts. Was tun Physiker, wenn sie das natürliche Fließen der Dinge unterbrechen wollen? Etwas ganz Einfaches: Sie vermehren sie.« Erregt hatte der Einbalsamierer das Timbre seiner Stimme um eine Oktave hinaufgeschraubt. »Dem Vergessen muß man viele Erinnerungen entgegensetzen, eine wirkliche

Geschichte muß man mit falschen Geschichten zudecken. Lebendig hatte Ihre Tochter nicht ihresgleichen, aber tot ... Was soll's? Tot kann sie unendlich sein.«

»Etwas Wasser«, bat die Mutter.

»Nehmen Sie jetzt eine der Kopien mit«, fuhr der Arzt fort, ohne sie zu hören, »und beerdigen Sie sie feierlich auf dem Recoleta-Friedhof. Eine weitere werde ich dem Vatikan schicken. Und eine dem Witwer, nach Olivos, oder wo immer er ist. Die echte beerdigen Sie und ich, allein und ohne jemandem ein Sterbenswörtchen zu sagen.«

Doña Juana hatte das Gefühl, die Welt ziehe sich von ihr zurück, so natürlich wie bei den Gezeiten die Flut. Es gab keine Welt mehr, und das Elend nahm sämtlichen leeren Raum ein. Im Innern kamen und gingen die Schluchzer, ohne Boden, ohne Gestalt. Nie würde sie auf Ara oder Perón noch auf sonst jemanden zählen können, außer auf sich selbst, und sie war sehr wenig. Sie lehnte sich an die Wände der Dunkelheit und spuckte dem Einbalsamierer den Satz ins Gesicht, der sich ihr schon eine Weile im Kopf herumdrehte:

»Scheren Sie sich zum Teufel.«

In diesem Roman voller wirklicher Menschen sind Evita und der Oberst die einzigen Personen, die ich nie kennenlernte. Evita sah ich nur von weitem, am Morgen eines vaterländischen Festes in Tucumán; von Oberst Moori Koenig fand ich ein paar Fotos und einige wenige Spuren. Die Zeitungen dieser Zeit erwähnen ihn in knappen und oft verächtlichen Worten. Ich brauchte Monate, um seine Witwe ausfindig zu machen, die in einer schmucklosen Wohnung der Calle Arenales wohnte und endlich in einen Besuch von mir einwilligte, nachdem sie ihn immer und immer wieder hinausgeschoben hatte.

Sie empfing mich ganz in Schwarz, inmitten von schwerkrank aussehenden Möbeln. Die Lampen gaben ein so schwaches Licht, daß die Fenster sich auflösten, als dienten sie lediglich zum Hereinschauen. So lebt Buenos Aires, zwischen Halbdunkel und Asche. An einem breiten, einsamen Fluß liegend, hat die Stadt dem Wasser den Rücken gekehrt, um sich langsam in die Benommenheit der Pampa zu ergießen, wo sich die Landschaft ins unendliche selbst nachahmt.

Irgendwo in der Wohnung brannten Sandelholzstäbchen. Die Witwe und ihre älteste Tochter, ebenfalls in Schwarz, verströmten ein intensives Rosenparfüm. Bald fühlte ich mich schwindlig, berauscht, wie kurz vor einem nicht wiedergutzumachenden Lapsus. Ich berichtete ihnen, ich schriebe an einem Roman über den Oberst und Evita und hätte einige Nachforschungen in die Wege geleitet. Ich zeigte ihnen die Personalakte des Obersts, die ich aus einem Militärarchiv kopiert hatte, und fragte, ob diese Angaben korrekt seien.

»Geburts- und Sterbedatum stimmen«, räumte die Witwe ein. »Über die andern Angaben können wir nichts sagen. Er war, wie Sie vielleicht wissen, ein Geheimnisfanatiker.«

Ich erzählte ihnen von einer Geschichte von Rodolfo Walsh, *Diese Frau*, und sie nickten zustimmend. Die Erzählung handelt von einer Toten, die nie beim Namen genannt wird, von einem Mann, der die Leiche sucht – Walsh –, und von einem Oberst, der sie versteckt hat. Irgendwann tritt die Frau dieses Obersts auf: hochgewachsen, stolz, leicht neurotisch; keine Ähnlichkeit mit der resignierten Matrone, die sich meine Fragen anhörte, ohne ihr Mißtrauen zu verbergen. Die Personen der Erzählung unterhalten sich in einem Raum mit hohen Fenstern, durch die man die Dunkelheit über den Rio de la Plata hereinbrechen sieht. Zwischen den ausladenden Möbeln hängen Teller aus Kanton und ein Ölgemälde an der Wand, vielleicht von Figari. Haben Sie irgendeinmal einen solchen Raum gesehen? fragte ich die beiden. Ein leichter Glanz trat in die Augen der Witwe, aber kein Hinweis darauf, ob sie mir bei der Ermittlung helfen würde.

Der Oberst aus *Diese Frau*, sagte ich, gleicht dem Detektiv aus *Der Tod und der Kompaß*. Beide lösen ein Rätsel, das sie zerstört. Die Tochter hatte noch nie von *Der Tod und der Kompaß* gehört. Es ist von Borges, sagte ich. Alle Erzählungen von Borges aus jener Zeit spiegeln die Wehrlosigkeit eines Blinden vor den barbarischen Bedrohungen des Peronismus. Ohne die Furcht vor Perón verlören Borges' Labyrinthe und Spiegel einen wesentlichen Teil ihres Sinns. Ohne Perón hätte Borges' Schreiben keine Triebfeder, kein Umspielungsraffinement, keine perversen Metaphern. Ich erkläre Ihnen das alles, sagte ich, weil auch Walshs Oberst auf eine Strafe wartet, die unausweichlich kommen wird, obwohl man nicht weiß, woher. Man quält ihn mit telefonischen Verwünschungen. Anonyme Stimmen kündigen ihm an, seine Tochter werde an Kinderlähmung erkranken und ihn werde man kastrieren. Und alles, weil er sich Evitas bemächtigt hatte.

»Das von Walsh ist keine Erzählung«, korrigierte mich die Witwe. »Das hat sich ereignet. Ich war dabei, als sie miteinander sprachen. Mein Mann nahm die Unterhaltung mit einem Geloso-Tonbandgerät auf und hinterließ mir die Spulen. Es ist das einzige, was er mir hinterließ.«

Die Tochter schloß ein Büffet auf und zeigte die Tonbänder; es waren ihrer zwei, und sie steckten in durchsichtigen Plastikhüllen.

Ab und zu trat eine unangenehme Stille ein, und ich wußte nicht, wie ich sie durchbrechen konnte. Ich hatte Angst, die Frauen würden sich nicht mehr weiter mit einer Vergangenheit auseinandersetzen wollen, die ihnen so viele Verletzungen zugefügt hatte, und mich zum Gehen auffordern. Ich sah, daß die Tochter weinte. Es waren grundlose Tränen, die ihr aus den Augen stürzten, als kämen sie aus einem andern Gesicht oder gehörten zu den Gefühlen eines andern Menschen. Als sie merkte, daß ich sie anschaute, ließ sie sich zu der vertraulichen Äußerung hinreißen:

»Wenn Sie wüßten, wie oft ich im Leben gescheitert bin!«

Ich wußte nicht, was antworten. Man sah, daß sie je länger, desto mehr Selbstmitleid empfand.

»Ich habe nie tun können, was ich wollte«, sagte sie. »Darin bin ich wie Papa. Als ich schon groß war, setzte er sich oft zu mir aufs Bett und sagte ebenfalls: Ich bin eine gescheiterte Existenz, Kind. Ich bin eine gescheiterte Existenz. Nicht wir waren schuld, daß er sich so fühlte. Evita war es.«

Ich wiederholte, was sie zweifellos schon wußten: Der Oberst in der Erzählung sagt, er habe Evita in einem Garten vergraben. In einem Garten, wo es Tag um Tag regnet und alles verfault, die Rosenbeete, das Holz des Sarges, der Franziskanergürtel, den man der Verstorbenen umband. Die Leiche, steht dort zu lesen, wurde aufrecht beerdigt, so wie man Facundo Quiroga beerdigte.

Ich hielt inne. Facundo, dachte ich, beerdigte niemand aufrecht. Ich spürte, daß ich außer Atem gekommen war.

»Diese Geschichte ist so wie«, murmelte die Mutter, die die Unart hatte, mit dem Einatmen Wortfetzen einzuziehen. »Als wir in Bonn wohnten, lag die Leiche über einen Monat in einem Krankenwagen, den mein Mann gekauft hatte. Nächtelang bewachte er ihn vom Fenster aus. Eines Tages wollte er sie ins Haus holen. Ich erhob Einspruch, wie Sie sich denken können. Ich war entschieden. Entweder du schaffst diesen Dreck von hier weg, sagte ich, oder ich gehe mitsamt meinen Töchtern. Er schloß sich ein, um zu weinen. Damals hatten ihn die schlaflosen Nächte und der Alkohol bereits weichgemacht. Noch in dieser Nacht fuhr er mit dem Krankenwagen weg. Als er zurückkam, sagte er mir, er habe die Leiche beerdigt. Wo? fragte ich. Wer weiß, antwortete er. In einem Wald, wo es viel regnet. Mehr wollte er nicht sagen.«

Die Tochter brachte ein 1955 aufgenommenes Foto des Obersts. Die Lippen waren eine schmale Bleistiftlinie, die Backen von feinen dunklen Äderchen durchzogen, die Kahlheit hatte auf der weiten, talgigen, in einem plötzlichen

Winkel nach hinten fliehenden Stirn Verwüstungen angerichtet.

»Zehn Jahre nach diesem Bild war er ein zerrütteter Mann«, sagte die Witwe. »Er ließ die Stunden verstreichen, ohne irgend etwas zu tun, ohne zu sprechen, gedankenverloren. Manchmal sahen wir ihn wochenlang nicht, wenn er von Kneipe zu Kneipe zog, bis er ohnmächtig umkippte. Er hatte Wahnvorstellungen und schwitzte aus allen Poren. Es war ein ranziger, unerträglicher Schweiß. Kurz vor seinem Tod wurde er auf einer Bank der Plaza Rodríguez Peña gesehen, wie er den Tod herbeischrie.«

»Und Sie beide?« wollte ich wissen. »Wo waren Sie?«

»Wir verließen ihn«, antwortete die Tochter. »Es gab einen Punkt, da ertrug ihn Mama nicht länger und schickte ihn fort.«

»Die Schuld lag bei Evita«, wiederholte die Witwe. »Alle, die mit der Leiche zu tun hatten, nahmen ein übles Ende.«

»Ich glaube nicht an solche Dinge«, hörte ich mich sagen.

Die Witwe stand auf, und ich spürte, daß es Zeit war zu gehen.

»Ach nein?« Ihr Ton war nicht mehr freundschaftlich. »Dann möge Gott Sie behüten. Wenn Sie diese Geschichte erzählen wollen, sollten Sie vorsichtig sein. Kaum fangen Sie damit an, werden auch Sie nicht mehr zu retten sein.«

3 *»Eine Geschichte erzählen«*

> Die Heiligsprechung Eva Peróns durch den Papst und diejenige Jean Genets durch Sartre (auch ein Papst) sind die mystischen Ereignisse dieses Sommers.
>
> JEAN COCTEAU,
> *Le Passé défini, Journal*

Nach dieser Begegnung verbrachte ich mehrere Wochen in den Zeitungsarchiven. Wenn es das Unheil wirklich gab, auf das die Witwe des Obersts angespielt hatte, würde ich über kurz oder lang auf irgendeinen Vorfall stoßen, der es bestätigte. Aus einem Zeitraum glitt ich in den nächsten, und so verfolgte ich Nebenfährten, die noch niemand bemerkt hatte. Rodolfo Walsh selbst legt in *Diese Frau* einige Spuren, indem er die Unglücksfälle zweier Nachrichtenoffiziere erwähnt: »Ich hörte«, sagt er andeutungsweise, »daß Major X. seine Frau umbrachte und Hauptmann Y. nach einem Unfall ein entstelltes Gesicht hatte.« Doch der Oberst in der Erzählung macht sich über diese Tragödien lustig, indem er sie der Verwirrung und dem Zufall in die Schuhe schiebt: »Das Grab von Tutanchamun«, sagt er, »Lord Carnarvon. Mist.«

Je tiefer ich mich in die Papierberge vergrub, desto häufiger fand ich Hinweise, daß den Leichen das Nomadenleben nicht zusagt. Evitas Leichnam, der jede denkbare Grausamkeit ergeben hinnahm, schien zu rebellieren, sobald man ihn hin und her schob. Im November 1974 wurde er aus seinem Madrider Grab geholt und nach Buenos Aires überführt. Im Lieferwagen, der ihn zum Flughafen Barajas fuhr, entbrannte zwischen zwei Zivilgardisten ein Streit um eine Spielschuld. Als der Wagen in die Avenida del General Sanjurjo einbog, gegenüber den Wasserreservoirs, begannen die beiden aufeinander zu schießen, und das außer Kontrolle geratene Fahrzeug raste in die Umzäunung des Königlichen Automobil-Clubs. Die Führerkabine geriet in Brand, und die Gardisten fanden den Tod. In diesem Trümmerfeld bekam Evitas Sarg nicht den geringsten Kratzer ab.

Etwas Ähnliches ereignete sich im Oktober 1976, als die Leiche vom Präsidentenpalast in Olivos zum Recoleta-Friedhof gebracht wurde. Evita lag in einem blauen Krankenwagen des Militärhospitals von Buenos Aires, zwischen zwei Soldaten, deren Gewehre – weiß Gott, warum – das Bajonett aufgesteckt hatten. Der Fahrer, ein Unteroffizier namens Justo Fernández, pfiff auf der ganzen Avenida del Libertador ›Das Glück / hahahaha‹. Kurz vor der Kreuzung mit der Calle Tagle erlag er so unerwartet einem Infarkt, daß sein Begleiter, im Glauben, »Fernando erstickt an seinem Gepfeife«, die Handbremse zog und den Krankenwagen zum Stillstand brachte, gerade rechtzeitig, bevor er sich in die Mauer des andern Automobil-Clubs, desjenigen von Buenos Aires, bohrte. Evita war unversehrt, aber die Wachsoldaten hatten sich bei diesem scharfen Bremsen mit den Bajonetten die Halsschlagader durchbohrt und lagen aufgespießt in einer Blutlache.

Seelen haben ihre eigene Physik: Geschwindigkeit, Unbeschirmtheit, Beklemmung verstimmen sie. Wenn jemand das Schneckenhaus ihrer Trägheit einschlägt, entfalten sie einen Behexungswillen, den sie nicht kontrollieren können. Seelen haben Gewohnheiten, Zuneigungen, Antipathien, Augenblicke des Hungers und der Übersättigung, den Wunsch, schlafen zu gehen, allein zu sein. Sie mögen es nicht, wenn man sie aus ihrer Routine herausreißt, denn genau das ist die Ewigkeit: Routine, Sätze, die endlos ineinandergreifen, Anker, die sie an Bekanntem sichern. Aber so, wie sie es hassen, von einem Ort an einen andern gebracht zu werden, so wollen die Seelen auch, daß jemand sie schreibt. Sie wollen erzählt, in die Felsen der Ewigkeit gehauen werden. Eine Seele, die nicht geschrieben worden ist – das ist, als hätte sie gar nie existiert. Gegen die Vergänglichkeit der Buchstabe. Gegen den Tod die Erzählung.

Seit ich versuchte, Evita zu erzählen, stellte ich fest, daß ich immer, wenn ich ihr näher kam, mich von mir entfernte. Ich wußte, was ich erzählen wollte und wie meine Geschichte strukturiert sein sollte. Aber kaum blätterte ich die Seite um, verlor ich Evita aus den Augen und griff nur noch ins Leere. Oder wenn ich sie bei mir, in mir hatte, zogen sich meine Gedanken zurück und hinterließen in mir ein Vakuum. Manchmal wußte ich nicht, ob sie lebend oder tot war, ob ihre Schönheit nach vorn oder nach hinten trieb. Mein erster Impuls war, Evita so zu erzählen, daß ich dem Satz folgte, mit dem Clifton Webb die Rätsel von *Laura* eröffnet, dem Film von Otto Preminger: »Nie werde ich das Wochenende vergessen, an dem Laura starb.« Auch ich hatte das neblige Wochenende nicht vergessen, an dem Evita starb. Das war nicht die einzige Übereinstimmung. Laura war auf ihre Weise auferstanden: indem sie nicht starb. Und Evita tat es auch: indem sie sich vervielfachte.

In einer langen, verworfenen Fassung dieses Romans erzählte ich die Geschichte der Männer, die Evita zu einer endlosen Irrfahrt verdammt hatten. Ich schrieb einige erschreckende Szenen, aus denen ich nicht mehr herausfand. Ich sah den Einbalsamierer verzweifelt die Winkel seiner eigenen Vergangenheit durchforsten, um einen Moment zu finden, der mit Evitas Vergangenheit übereinstimmte. In meiner Beschreibung trug er einen dunklen Anzug, eine brillantbesetzte Krawattennadel und Handschuhe und übte sich zusammen mit dem Akademiemitglied Leonardo de la Peña in den Techniken der Leichenkonservierung. Ich berichtete über das Netz von Verschwörungen, das, über schachbrettartig gefärbte Sandkästen gebeugt, der Oberst und seine Adepten von der Spionageschule knüpften. Nichts von alledem hatte einen Sinn, und fast nichts davon überlebte in den folgenden Fassungen. Gewisse Sätze, an denen ich wochenlang gefeilt hatte, verdunsteten unter der Sonne der ersten Lektüre, da die grausame Erzählung sie nicht benötigte.

Es dauerte lange, bis ich diese Mißerfolge überwunden hatte. Evita, sagte ich immer wieder, Evita, in der Hoffnung, der Name bärge irgendeine Offenbarung: daß sie schließlich und endlich ihr eigener Name wäre. Aber Namen teilen nichts mit, sie sind nur Verklang, Schwall und Rauch. Ich dachte an die Zeit zurück, in der ich hinter den Scharten ihrer Schatten herwar, auch ich auf der Suche nach ihrer verlorenen Leiche (so, wie ich es in einigen Kapiteln des *Perón-Romans* erzählt hatte), und an die Sommer, die ich mit dem Sammeln von Dokumenten für eine Biographie verbrachte, welche ich, voraussichtlich unter dem Titel *Die Verlorene*, zu schreiben vorhatte. Unter diesem Drang sprach ich mit der Mutter, dem Butler des Präsidentenpalasts, dem Friseur, ihrem Filmregisseur, der Maniküre, den Modistinnen, zwei Schauspielerinnen ihrer Theatergruppe, dem komischen Musiker, der ihr in Buenos Aires Arbeit verschafft hatte. Ich sprach mit den Randfiguren und nicht mit den Ministern und den Liebedienern ihres Hofstaats, denn die waren nicht wie sie: Sie vermochten den schmalen Grat nicht zu sehen, auf dem sich Evita immer bewegt hatte. Sie erzählten sie mit allzu ausgeschmückten Sätzen. Was mich dagegen reizte, waren ihre Grenzen, ihre Dunkelheit, das Unaussprechliche an Evita. Walter Benjamin folgend, dachte ich, wenn ein historisches Wesen erlöst worden ist, kann seine ganze Vergangenheit zitiert werden, sowohl die Verklärungen wie das Verborgene. Vielleicht deshalb konnte ich im *Perón-Roman* nur das Privateste von Perón erzählen und nicht seine öffentlichen Großtaten; immer wenn ich versuchte, ihn als etwas Ganzes zu fassen, zerbröselte mir der Text unter den Fingern. Mit Evita war es nicht so. Eva ist auch ein Vogel: Was man von vorn liest, ergibt denselben Sinn, wie wenn man es von hinten liest – Eva-Ave-Vogel. Was wollte ich mehr? Ich brauchte nur noch vorwärts zu gehen. Aber als ich das versuchte, lösten sich die Stränge meiner Stimmen und Notizen in nichts auf und vermoderten in den gelben Kisten, die ich von einem Exil ins andere mitschleppte.

Dieses Buch hier ist aus einem noch größeren Fehlschlag entstanden. Mitte 1989 lag ich in einem Büßerbett in Buenos Aires und läuterte mich vom Elend eines totgeborenen Romans, als das Telefon klingelte und jemand von Evita sprach. Nie zuvor hatte ich diese Stimme gehört, und ich wollte ihr auch nicht länger zuhören. Ohne die Lethargie der Depression hätte ich vielleicht eingehängt. Aber die beharrliche Stimme brachte mich dazu aufzustehen und zog mich in ein Abenteuer hinein, ohne das es *Santa Evita* nicht gäbe. Noch ist der Moment nicht gekommen, diese Geschichte zu erzählen, aber wenn ich sie erzähle, wird man verstehen, warum es so war.

Es vergingen einige Nächte, und ich träumte von ihr. Sie war ein in der Ewigkeit eines windlosen Himmels hängender Riesenschmetterling. Ein schwarzer Flügel blähte sich nach vorn, über eine Wüste aus Kathedralen und Friedhöfen; der andere Flügel war gelb und flog zurück; dabei fielen Schuppen von ihm ab, auf denen, gegenläufig zur Abfolge der Geschichte, die Landschaften ihres Lebens aufblitzten, wie in Eliots Versen: *In meinem Anfang ist mein Ende. / Und nenn es nicht Stillstand, / Wo Vergangenes und Zukunft vereint sind. / Weder Fortgehn noch Hingehn, / Weder Steigen noch Fallen. Wäre der Punkt nicht, der stete.*

Wenn dieser Roman den Flügeln jenes Schmetterlings gleicht – die Geschichte des vorwärts fließenden Todes, die Geschichte des rückwärts voranschreitenden Lebens, sichtbares Dunkel, Oxymoron der Gleichheiten –, wird er auch mir ähneln müssen, den Mythosresten, denen ich auf dem Weg nachjagte, der Ich-Person, die sie war, der Liebe und dem Haß des Wir, dem, was meine Heimat war, und dem, was ich sein wollte, aber nicht sein konnte. Die Mythe gleicht einem Vogel, den niemand sehen kann, und Geschichte ist Suchen, Nachforschen: Der Text ist eine Suche nach dem Unsichtbaren – oder die Ruhe dessen, was fliegt.

Ich brauchte Jahre, um zu diesen Falten der Mitte zu gelangen, wo ich mich jetzt befinde. Damit niemand *Santa Evita* mit dem *Perón-Roman* verwechsle, schrieb ich dazwischen eine Familienerzählung über einen Sänger mit absoluter Stimme, der mit seiner Mutter und einer Katzensippschaft auf Kriegsfuß steht. Von diesem Krieg ging ich zu andern Kriegen über. Mit jugendlichem Fieber lernte ich das Schreiben, meinen Beruf, neu. *Santa Evita* sollte ein Roman werden? Ich wußte es nicht, und es war mir auch egal. Es entglitten mir das Konzept, die Sicherheit der Perspektiven, die Gesetze von Raum und Zeit. Die Personen unterhielten sich manchmal mit ihrer eigenen und manchmal mit einer fremden Stimme, nur um mir zu erklären, daß das Historische nicht immer historisch ist, daß die Wahrheit nie so ist, wie sie erscheint. Es dauerte Monate, bis ich das Chaos gebändigt hatte. Einige Personen leisteten Widerstand. Sie traten wenige Seiten lang auf und zogen sich dann für immer aus dem Buch zurück – im Text geschah dasselbe wie im Leben. Aber wenn sie gingen, war Evita nicht mehr dieselbe: Der Blütenstaub fremder Wünsche und Erinnerungen war auf sie herabgefallen. Zum Mythos geworden, war Evita Millionen.

Immer umwehten hohe Zahlen, die Millionen, ihren Namen. In *Der Sinn meines Lebens* kann man folgenden rätselhaften Satz lesen: »Ich denke, daß viele Menschen, die sich versammelt haben, statt Tausende und aber Tausende von Einzelseelen viel eher eine einzige Seele sind.« Die Mythologen griffen den Gedanken sogleich auf und machten aus den Tausenden Millionen. »Ich werde zurückkommen und Millionen sein«, verheißt Evitas meistgepriesener Satz. Aber sie sagte diesen Satz nie, wie jeder feststellen kann, der einen Augenblick bei seinem postumen Hauch verweilt: »Ich werde zurückkommen« – woher? »Und werde Millionen sein« – wovon? Obwohl immer wieder als erfundenes Zitat gebrandmarkt, prangt der Satz weiterhin am Fuß der Plakate, mit denen all ihrer Geburtstage gedacht wird. Es hat ihn nie gegeben, aber er ist wahr.

Selbst ihre Heiligkeit wurde allmählich zu einem Glaubensdogma. Zwischen Mai 1952 – zwei Monate vor ihrem Tod – und Juli 1954 erhielt der Vatikan beinahe vierzigtausend Briefe von Laien, die Evita mehrere Wunder zuschrieben und den Papst aufforderten, sie heiligzusprechen. Der Vorsitzende der Kongregation für die Heiligsprechung beantwortete alle Bittgesuche mit den üblichen Formeln: »Jeder Katholik weiß, daß man tot sein muß, um ein Heiliger zu sein.« Und danach, als man sie schon einbalsamierte: »Die Prozesse dauern lang, Hunderte von Jahren. Faßt euch in Geduld.« Die Briefe wurden immer dringlicher. Die Schreiber beklagten sich, daß Maria Goretti nur achtundvierzig und Thérèse de Lisieux wenig mehr als fünfundzwanzig Jahre gewartet habe, um heilig zu werden. Noch auffälliger sei die Heiligkeit von Clara von Assisi, die der ungeduldige Innozenz IV. gleich auf dem Totenbett habe heiligsprechen wollen. Evita verdiene mehr: Nur die Jungfrau Maria übertreffe sie an Tugenden. Daß der Papst zögere, eine so offensichtliche Heiligkeit anzuerkennen, sei, las ich in den Zeitungen, »ein Affront gegen den Glauben des peronistischen Volkes«.

In diesen Jahren wollten auch sämtliche Backfische der ärmeren Schichten Argentiniens Evita gleichen. Die Hälfte der in den Nordwestprovinzen geborenen Mädchen hießen Eva oder María Eva, und wenn sie nicht so hießen, ahmten sie ebenfalls die Attribute ihrer Schönheit nach. Sie färbten sich die Haare wasserstoffblond und kämmten sie straff nach hinten, zu einem oder zwei Kränzen gesteckt. Sie trugen glockenförmige Röcke aus gestärkten Stoffen und Schuhe mit Zierbändern um die Knöchel. Evita war Modeschiedsrichterin und nationales Vorbild für das Benehmen. Dieser Rock- und Schuhtypus trat ab Ende der fünfziger

Jahre nicht mehr auf, aber das blondgefärbte Haar bezauberte die Oberschichten und wurde mit der Zeit zu einem Unterscheidungsmerkmal der Frauen aus dem Nordviertel von Buenos Aires.

Im ersten Halbjahr 1951 verschenkte Evita fünfundzwanzigtausend Wohnungen und fast drei Millionen Kisten Medikamente, Möbel, Kleider, Fahrräder und Spielzeug. Die Armen standen schon vor Tagesanbruch Schlange, um bei ihr vorzusprechen, und einige schafften es erst am darauffolgenden Morgen. Sie erkundigte sich nach ihren familiären Problemen, ihren Krankheiten, ihrer Arbeit und sogar nach ihren Liebesbeziehungen. Im selben Jahr 1951 war sie Trauzeugin von eintausendsechshundertacht Paaren, die Hälfte schon mit Kindern. Uneheliche Kinder rührten Evita zu Tränen, denn sie hatte ihre eigene Unehelichkeit als Qual erlebt.

In den verlorenen Dörfern Tucumáns, erinnere ich mich, hielten sie viele Leute für eine Abgesandte Gottes. Ich habe gehört, daß auch in der Pampa und den Dörfern der patagonischen Küste die Bauern immer wieder ihr Gesicht an den Himmel gezeichnet sahen. Sie fürchteten sich vor ihrem Tod, denn ihr letzter Seufzer konnte das Ende der Welt bedeuten. Häufig versuchten einfache Menschen Evitas Aufmerksamkeit auf sich zu ziehen, um so irgendeine Art von Ewigkeit zu erlangen. »In den Gedanken der Señora zu sein«, sagte eine Poliokranke, »ist, wie Gott mit den Händen zu berühren. Was braucht man mehr?«

Ein siebzehnjähriges Mädchen, das sich ›die schöne Evelina‹ nannte und dessen richtigen Namen nie jemand erfuhr, schrieb Evita 1951 zweitausend Briefe, also fünf bis sechs pro Tag. Alle enthielten denselben Text, so daß die einzige Arbeit der schönen Evelina darin bestand, ihn abzuschreiben und die Umschläge in die Briefkästen von La Plata zu werfen, der Stadt, in der sie wohnte, und natürlich das Geld für die Briefmarken zu beschaffen. In jener Zeit war Evita häufig das Opfer brieflicher Ergüsse, doch Zuschriften, die sich auch noch als kleine Kunstwerke entpuppten, war sie nicht gewohnt.

Meine libe Evita, ich will Dich nicht um etwas bitten wie es hier alle tun denn, das einzige was ich will, ist das Du disen brif liehst und, an meinen Nahmen denkst, ich weiß, daß wenn du meinen nahmen warnimst und sei es nur für ein Momentchen dann kann mir, nichz schlimmes mehr gescheen und ich werde glüklich sein ohne krankheit und Armud. Ich bin 17 Jare und schlafe auf der matraze die du uns lezte Weinachten als geschenk, geschikt hast. Es hat dich sehr lib, die schöhne Evelina.

Als man munkelte, Evita könnte für die Vizepräsidentschaft der Republik kandidieren und die Generale würden sich dagegenstemmen, weil sie die Vorstellung empörte, von einer Frau Befehle zu empfangen, schrieb die schöne Evelina einen letzten Brief, dem sie noch fünf Worte hinzufügte: *Hoch solen di frauen leeben.* Anschließend stellte sie sich, an eine große Truhe gelehnt, im Schaufenster eines Möbelladens zur Schau, entschlossen, nichts mehr zu essen, bis die Generale ihre Einstellung geändert hätten. Es kamen so viele Leute, um sie zu besichtigen, daß die Scheiben zu Bruch gingen und der Ladeninhaber die Schaustellung unverzüglich abbrach. Die schöne Evelina hungerte eine Nacht im Freien auf dem Gehsteig, bis der sozialistische Bürgermeister der Stadt einwilligte, ihr eines der Zelte am Bristol-Strand zur Verfügung zu stellen, die wegen der zu Ende gehenden Saison nicht mehr gebraucht wurden. Evelina hängte in den Zelteingang eine Tafel mit ihrem Motto, *Hoch solen di frauen leeben*, und begann mit der zweiten Hungeretappe. Sechs Notare lösten sich ab, um die strikte Einhaltung der Regeln zu überwachen. Die Hungerkünstlerin durfte einzig morgens und bei Einbruch der Dunkelheit je ein Glas Wasser trinken, aber nach der ersten Woche akzeptierte sie nur noch das letztere. Die Meldung erschien in den Zeitungen, und es hieß, Evita würde nach La Plata kommen, um einen Blick auf Evelina zu werfen. Doch sie konnte nicht, da sie an Unterleibsschmerzen litt und die Ärzte sie zwangen, das Bett zu hüten. Die Kandidatur für die Vizepräsidentschaft stockte weiter, und die schöne Evelina, die niemand mehr schön nannte, schien zu ewigem Fasten verurteilt. Die Neugier der ersten Tage schwand. Als der Herbstregen fiel, erschienen keine Strandbesucher mehr, und die Notare desertierten einer nach dem andern. Die einzige, die sich der schönen Evelina erbarmte, war eine gleichaltrige Kusine, welche ihr jeden Abend pünktlich das Glas Wasser brachte und dann weinend das Zelt wieder verließ.

Die Geschichte ging unglücklich aus. Am Vorabend der Karwoche brach ein gewaltiger Sturm los, der die Leute in ihren Häusern zurückhielt und mächtige Bäume samt Wurzeln ausriß. Nachdem er sich wieder gelegt hatte, war am Bristol-Strand kein einziges Zelt mehr und nicht die geringste Spur der schönen Evelina zu sehen. Als die Zeitung *La Razón* diese Meldung brachte, schloß sie mit dem sarkastischen Kommentar: »Die Episode vom Bristol-Strand zeigt deutlich, daß Mar del Plata kein günstiges Klima für Hungerkünstler hat.«

Das Opfer der schönen Evelina war nicht umsonst. Bald erschienen Tausende von Nachahmern, die in Evitas Vorstellung einzudringen versuchten, wenn auch nicht gerade unter Lebensgefahr. Zwei Arbeiter einer Blechwarenfabrik, die sich ebenfalls für die Vizepräsidentschaftskandidatur einsetzten, schlugen den Weltrekord in Dauerarbeit, indem sie achtundneunzig Stunden lang Fassadenschmuck schnitten, aber sie kamen kaum in den Genuß ihrer Heldentat, denn sieben Werkmeister einer andern Fabrik überflügelten sie mit hundertneunstündigem Montieren und Polieren von Zylindern. Die Zeitung *Democracia* veröffentlichte auf der Frontseite ein Bild der sieben Männer, wie sie vom Schlaf übermannt vor einem riesigen Berg Wasserhahnen lagen.

Inzwischen versank Evitas Leben im Unglück. Vor einer

Million Menschen, die weinend auf den Knien unter ihrem Balkon vorbeipilgerten, mußte sie auf die Kandidatur verzichten; einen Monat später wurde sie mit einer schnell voranschreitenden Anämie, einem weiteren Symptom ihres Gebärmutterkrebses, in die Klinik eingewiesen. Kurz danach wurde sie zwei schweren Eingriffen unterzogen, in denen ihr die Gebärmutter entfernt und Gewebeproben entnommen wurden, bis man befand, sie habe keine bösartigen Zellen mehr. Sie magerte um über zwanzig Kilo ab, und ihrem Gesicht prägte sich ein Ausdruck der Trauer ein, den niemand an ihr gekannt hatte, nicht einmal in Zeiten des Hungers und der Erniedrigung.

Doch deswegen hatten ihre ebenfalls in die Tausende gehenden Feinde kein Erbarmen mit ihr. Diejenigen Argentinier, die sich für die Bewahrer der Zivilisation hielten, sahen in Evita eine obszöne Auferstehung der Barbarei. Die Indios, die tanzverrückten Schwarzen, die Herumtreiber, die Schurken, die Zuhälter aus den Romanen eines Roberto Arlt, die verrohten Gauchos, die auf polnischen Schiffen eingeschmuggelten schwindsüchtigen Huren, die Provinzflittchen – sie alle waren schon ausgerottet oder in ihre dunklen Kellergewölbe verbannt. Als die europäischen Philosophen auf Besuch kamen, fanden sie ein so ätherisches, vergeistigtes Land vor, daß sie das Gefühl hatten, es sei verdunstet. Eva Duartes plötzliches Auftreten machte das Pastellgemälde vom kultivierten Argentinien zunichte. Diese billige Nutte, dieses bastardische Animierdämchen, dieses kleine Miststück – wie man sie auf den ländlichen Versteigerungsfesten nannte – war der letzte Furz der Barbarei. Wenn sie vorüberging, mußte man sich die Nase zuhalten.

Auf einmal vernahmen die Zivilisationsvorkämpfer erleichtert, daß die Dolche des Krebses die Gebärmutter ›dieser Frau‹ durchlöcherten. In der Zeitschrift *Sur*, Zuflucht der resignierten argentinischen Intelligenzija, lauerte die Dichterin Silvina Ocampo in schwülstigen Reimen auf das Ende des Alptraums:

Möge die Sonne verdunkeln und der Mond sich verweigern
Wenn Tyrannen wie diese zu neuem Unheil sich steigern
Und unser Vaterland täuschen. Es ist Zeit zum Sterben
Für die verfluchte Rasse, des gemeinen Geschlechtes Erben.

Auf die in den Retiro-Bahnhof mündenden Mauern, nicht sehr weit vom Präsidentenpalast entfernt, wo Evita mit dem Tod rang, pinselte jemand ein unheilschwangeres Motto: *Es lebe der Krebs*, und unterschrieb es mit *Die schöne Evelina*. Als der Rundfunk meldete, Evitas Krankheit sei äußerst schwer, ließen die Oppositionspolitiker die Champagnerkorken knallen. Der Essayist Ezequiel Martínez Estrada, von Kopf bis Fuß mit einer schwarzen Kruste bedeckt, die die Ärzte als Neurodermitis melanica identifizierten, genas wie durch ein Wunder und begann an einem Schmähbuch zu schreiben, in dem er so von Evita sprach: »Sie ist eine Sublimierung des Plumpen, Niederträchtigen, Verworfenen, Schändlichen, Rachsüchtigen, Schlangenhaften, und das Volk sieht sie als Verkörperung der Höllengötter.«

In der Gewißheit, daß Evita jeden Moment zum Himmel aufstiege, brachten in diesen Tagen die Menschen zu Tausenden die maßlosesten Opfer, damit sie, wenn sie vor Gott Rechenschaft ablegen müßte, im Gespräch auch ihren Namen erwähne. Alle zwei, drei Stunden erreichte einer der Gläubigen einen neuen Weltrekord in Dauerarbeit, sei es im Zusammensetzen von Türschlössern oder im Nudelkochen. Der Billardmeister Leopoldo Carreras führte im Hof der Basilika von Luján eintausendfünfhundert Karambolagen hintereinander aus. Ein Profi namens Juan Carlos Papa tanzte während hundertsiebenundzwanzig Stunden mit ebenso vielen Partnerinnen Tango. Damals gab es das ›Guinness-Buch der Rekorde‹ noch nicht, so daß leider die meisten dieser Bestleistungen in Vergessenheit geraten sind.

Die Kirchen waren von Pilgern überfüllt, die ihr Leben für das Leben Evitas hingeben wollten oder die himmlischen Heerscharen anflehten, sie mit den Ehren einer

»Ein weites Feld« Dreizehn und drei Frauenleben

»Ich bin kein Vogel, und kein Netz umgarnt mich, ich bin ein freier Mensch mit einem freien Willen – das werde ich zeigen, indem ich Sie verlasse«, sagt Jane Eyre zu dem Mann, den sie liebt. Emma Bovary zahlt ihren Ehebruch mit dem Leben. Zwei Frauenleben des 19. Jahrhunderts. Sibylle kann den Mann, den sie liebt nicht heiraten, weil das ererbte Stück Land zur Mitgift nicht reicht. Sonja scheitert an ihrer Liebesbeziehung mit Judith, sie bringt sich ums Leben. Zwei Frauenleben des 20. Jahrhunderts. Und wie erging es Eva, Vera, Emma oder Emily L.? Sechzehn Bücher, die von Liebe und Leidenschaft, Eigensinn und Übermut, Erfolg und Scheitern, Sehnsüchten und Glücksverlangen erzählen. – »... ein weites Feld, Luise«.

suhrkamp taschenbuch

Frauenleben
Ein Lesebuch
Herausgegeben von
Susanne Gretter
st 2904. 288 Seiten
DM 10,-

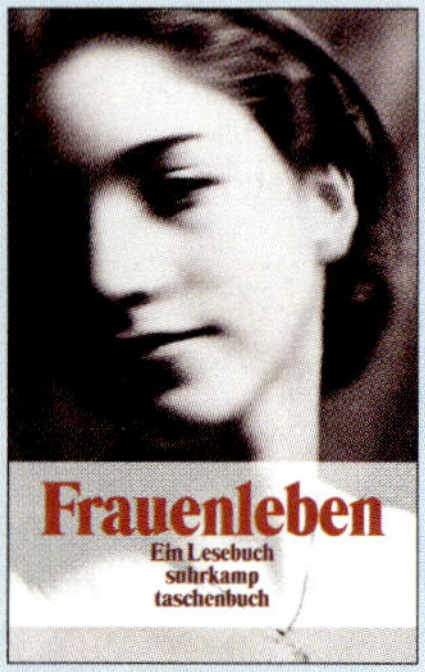

Tschingis
Aitmatow
Dshamilja
Erzählung
Ü. Gisela Drohla
Mit einem Vorwort
von Louis Aragon
st 2888. 128 Seiten
DM 10,-

Isabel Allende
Eva Luna
Roman
Ü. Lieselotte Kolanoske
st 2889. 400 Seiten
DM 15,-

Elizabeth von Arnim
Vera
Roman
Ü. Angelika Beck
st 2890. 336 Seiten
DM 15,-

Jane Austen
Emma
Roman
Ü. Charlotte Gräfin
von Klinckowstroem
st 2891. 560 Seiten
DM 19,-

Jurek Becker
Amanda herzlos
Roman
st 2892. 400 Seiten
DM 15,-

Agustina Bessa-Luís
Die Sibylle
Roman
Ü. Georg R. Lind
st 2893. 304 Seiten
DM 15,-

Charlotte Brontë
Jane Eyre
Eine Autobiographie
Ü. Helmut Kossodo
st 2894. 656 Seiten
DM 15,-

Marguerite Duras
Emily L.
Roman
Ü. Maria Dessauer
st 2895. 176 Seiten
DM 10,-

Gustave Flaubert
Madame Bovary
Ü. Maria Dessauer
st 2896. 416 Seiten
DM 15,-

Theodor Fontane
Effi Briest
st 2897. 368 Seiten
DM 15,-

Luise F. Pusch
Sonja
Eine Melancholie für Fortgeschrittene
st 2898. 400 Seiten
DM 15,-

Emile Zola
Nana
Ü. Erich Marx
st 2899. 544 Seiten
DM 19,-

3 Frauenleben

Erstmals im Taschenbuch!

Isabel Allende
Paula
Ü. L. Kolanoske
st 2840. 488 Seiten
DM 19,80/
öS 145,-/ sFr. 19.-
Mai 1998

»Mit *Paula* ist Isabel Allende zweifellos – und in doppelter Hinsicht – das Buch ihres Lebens gelungen.«
Bayrischer Rundfunk

»Eine Hymne auf das Leben.« *stern*

Tomás Eloy Martínez
Santa Evita
Ü. Peter Schwaar
st 2849. 432 Seiten
ca. DM 19,80/
öS 145,-/ sFr. 19.-
Juni 1998

»Hier ist er endlich, der Roman, den ich immer lesen wollte.«
Gabriel García Márquez

Elena Poniatowska
Tinissima
Der Lebensroman der Tina Modotti
Ü. Ch. Barckhausen-Canale
st 2856. 464 Seiten
ca. DM 22,80/
öS 166,-/ sFr. 21.-
Juli 1998

Brillante Photographie, erotische Stummfilmschönheit, Aktmodell, leidenschaftlich Liebende, kommunistische Kämpferin – das kurze Leben der Tina Modotti hatte viele Facetten.

DM 10,-	DM 15,-	DM 19,-
öS 73,-	öS 110,-	öS 139,-
sFr 10.-	sFr 14.-	sFr 18.-

Königin zu empfangen. Es wurden Rekorde gebrochen im Segelfliegen, Gehen mit aufgebürdeten Maissäcken, Brotaustragen, Dauerreiten, Fallschirmspringen, Wettrennen auf glühenden Kohlen und spitzen Stacheln, in Sulky- und Fahrradexpeditionen. Der Taxifahrer Pedro Caldas legte die dreihundert Kilometer zwischen Buenos Aires und Rosario rückwärts auf einem Ölfaß laufend zurück; die Schneiderin Irma Ceballos stickte ein Vaterunser von acht auf acht Millimeter aus Seidenfäden in dreiunddreißig verschiedenen Farben und schickte es, als es fertig war, Papst Pius XII. mit der Drohung, ihm ihren Gehorsam als Katholikin zu entziehen, wenn das Heilige Herz Jesu »unserer geliebten Heiligen« nicht möglichst rasch die Gesundheit zurückgäbe.

Aber die berühmteste von all diesen Heldentaten war die des Sattlers Raimundo Masa mit seiner Frau Dominga und ihren drei Kindern, deren kleinstes noch ein Säugling war. Masa hatte in San Nicolás zwei Reitgeschirre abgeliefert, als er einige Fuhrleute von Evitas schwerer Krankheit sprechen hörte. Noch am gleichen Tag beschloß er, mit seiner ganzen Familie zum Christusstandbild zu wallfahren, das tausend Kilometer westlich im Gebirge der Anden stand, und versprach, auch zu Fuß zurückzukehren, falls die Kranke wieder gesund würde. Wenn sie täglich zwanzig Kilometer zurücklegten, rechnete er sich aus, würde der Hinweg zwei Monate dauern. In die Reisetaschen stopfte er ein paar Dosen Milchpulver, Trockenfleisch, Kekse, gefiltertes Wasser und etwas frische Wäsche. In einem Brief erklärte er Evita seine Mission und kündigte an, er werde sie nach seiner Heimkehr besuchen. Er bat sie, seinen Namen nicht zu vergessen und ihn wenn möglich in einer Rede zu erwähnen, und sei es auch nur verschlüsselt: »Sagen Sie bloß: ›Grüße an Raimundo‹, und ich werde Bescheid wissen.«

In der unendlichen Ebene machte er mit seiner ganzen Familie halt, um, ohne die Augen vom Pfad abzuwenden, mit einem Ausdruck untröstlicher Trauer den Rosenkranz zu beten. Dominga trug den Säugling in einem am Hals festgebundenen Korb; die beiden andern Kinder waren an Raimundos Gürtel angeseilt, damit sie nicht verlorengingen. Immer wenn sie durch eine Ortschaft kamen, wurden sie vom Pfarrer, vom Apotheker und von den Damen des Club Social in eigens aus ihren Naphthalinverstecken geholten Sonntagskleidern empfangen. Man bot ihnen heiße Schokolade und eine warme Dusche an, die Raimundo, um keine Zeit zu verlieren, standhaft ablehnte, ohne die Betrübnis seiner älteren Kinder zu beachten, die die Trockenfleischkost nicht mehr ertrugen.

Nach vierzig Tagen gelangten sie in die hoffnungslose Wüste zwischen den Städten San Luis und La Dormida, wo hundert Jahre zuvor Juan Facundo Quiroga den Pranken eines Jaguars entkommen war, indem er zuoberst auf den einzigen Johannisbrotbaum hinaufkletterte, der in dieser Ödnis gedieh. Die Landschaft blieb unwirtlich, die Sonne brannte unbarmherzig vom Himmel, und aus Unerfahrenheit hatte Raimundo den Kindern erlaubt, alles Wasser, das sie noch hatten, zu trinken. Er kam vom Hauptweg ab und geriet auf Nebenwege, die man Anfang des Jahrhunderts zum Schein angelegt hatte, um die Deserteure der Armee in die Irre zu führen. Die beiden älteren Kinder wurden ohnmächtig, so daß der Vater sie sich auf die Schultern laden und die Vorratstaschen zurücklassen mußte. Am dritten Tag verlor er den Mut und bekam Angst vor dem Sterben. Vor einer Höhle voll Staub sitzend, betete er, all diese Kasteiungen möchten nicht umsonst gewesen sein und Gott möchte Evita die verlorene Gesundheit zurückgeben. Dominga, die still vor sich hin litt, ärgerte es, daß ihr Mann in dieser verhängnisvollen Stunde keine Rücksicht auf das Schicksal seiner Familie nahm.

»Wir sind wir und sonst nichts«, tadelte Raimundo sie. »Wenn dagegen Evita stirbt, werden der Verlassenen Tausende sein. Leute wie uns gibt es zuhauf, aber Heilige wie Evita gibt es nur eine einzige.«

»Wenn sie doch so heilig ist, könntest du sie bitten, uns aus dieser Patsche zu helfen.«

»Das kann ich nicht, denn Heilige wirken keine Wunder, solange sie noch leben. Man muß warten, bis sie sterben und die Herrlichkeit Gottes genießen.«

Das Tageslicht erlosch wie ein Streichholz. Nach einer Stunde wehte wütend der Wind. Zwischen den Staubwolken hörte man Wildenten schnattern. Als der Sturm nachließ, füllte sich der Horizont mit Lichtern. Raimundo hielt sie für die phosphoreszierenden Skelette von Kälbern, die von Jaguaren gerissen worden waren, und fürchtete, diese folgten nun auch ihrer Spur.

»Besser, wir rühren uns nicht vom Fleck«, sagte er, »und warten auf die Dämmerung.«

Doch diesmal war Dominga der Rettung gewiß.

»Das sind Kerosinlampen«, korrigierte sie ihn. »Wenn hier Enten zu hören sind, können Wasser und Häuser nicht fern sein.«

Unter einem unschlüssigen Mond schleppten sie sich weiter. Bald erkannten sie eine Reihe Johannisbrotbäume, Gehege und eine Lehmhütte mit Ziegeldach. In allen Fenstern brannte Licht. Beklommen klatschte Raimundo in die Hände. Niemand antwortete, obwohl monotone Stimmen und gedämpfte Radiomusik herausdrangen. Unter dem Vordach fanden sie eine Mulde mit frischem Wasser und eine Waschschüssel. Auf den Tischen stand frisch gebackenes Brot. Die Kinder wollten sich auf das Essen stürzen, aber Dominga hielt sie zurück.

»Gelobt sei Gott«, grüßte sie.

»Auf immer gelobt«, antwortete es aus dem Innern. »Nehmen Sie, was Sie brauchen, und warten Sie im Laubengang.«

Beim Hereinbrechen der Dunkelheit hatte Raimundo eine Kälte verspürt, eine unauslöschliche Kälte, die er nie vergessen sollte, aber auf einmal war die Luft warm und taub von den Sommerzikaden. Die Kinder schliefen ein. Nach einer

Weile legte sich auch Dominga auf eine Holzbank. Man hörte Pferdehufe, Schnauben und Hühnergeflatter.

Als sie erwachten, befanden sie sich wieder unter freiem Himmel. In der Ferne waren die Türme eines Dorfes auszumachen. Zu ihren Füßen fanden sie die Reisetaschen, die sie vor Tagen in der Wüste zurückgelassen hatten.

»Ich wollte nicht einschlafen«, sagte Dominga.

»Ich auch nicht«, erwiderte Raimundo. »Aber nun ist es eben geschehen.«

Sie schritten durch unbekanntes, fruchtbares Land zwischen Erdbeerbeeten, Pappelpflanzungen und Wassergräben. Es erstaunte sie, daß ihnen niemand entgegenkam, als sie den Ort betraten. Die Totenglocken läuteten, und aus den Lautsprechern an den Laternenpfosten hörten sie eine Grabesstimme unaufhörlich sagen: »Gestern abend um zwanzig Uhr fünfundzwanzig ging Señora Eva Perón in die Unsterblichkeit ein. Gott möge sich ihrer Seele und des argentinischen Volkes erbarmen. Gestern abend um zwanzig Uhr fünfundzwanzig ...«

Raimundo blieb wie angewurzelt stehen.

»Genau in dem Augenblick fanden wir das Brot und das Wasser«, sagte er. »Um zwanzig Uhr fünfundzwanzig. Wer weiß, ob wir jetzt zurückkönnen.«

In der Zeitung *Democracia* fand ich einen kargen Bericht über den Ausflug der Familie Masa, aber die Details der vollständigen Wüstendurchquerung stehen in der letzten Oktobernummer des *Mundo Peronista*, geschildert in der damals so genannten ›poetischen Sprache‹. Eine Zeitlang forschte ich nach Raimundo Masas Kindern, und ich hätte beinahe den ältesten Sohn gefunden, ebenfalls mit Namen Raimundo. Er hatte ein paar Wochen in der Reifenfabrik Norma gearbeitet, an der Straße von Ramallo nach Conesa, und war dann, wie ich erfuhr, in den Süden ausgewandert. Aber der Süden kann in Argentinien alles sein – Raimundos weite Welt, wie ein Gedicht von Carlos Drummond de Andrade erklärt. An dem Nachmittag, an dem ich mich mit den Burschen von der Reifenfabrik Norma unterhielt, brach eine rasche Dämmerung über die Felder herein. Die Hähne irrten sich in der Natur, begannen zu krähen und hörten nicht mehr auf. Die jungen Leute sagten mir, Raimundo habe ihnen dieselbe Geschichte erzählt, wie sie in den Zeitschriften gestanden habe, aber weil sie ihn so sehr bedrängt hätten, ihnen mehr Einzelheiten zu nennen, habe er am Ende nicht mehr gewußt, ob es sich um ein Wunder, einen Traum oder nur einen Wunsch gehandelt habe. In dieser Zeit der großen Rekorde waren die Leute voller Wünsche, und Evita sorgte dafür, daß alle in Erfüllung gingen. Sie war ein riesiges Netz, das Wünsche jagte, als wäre die Wirklichkeit eine Schmetterlingswiese.

Ich hörte nichts mehr von den Masas, bis ich mich in ein Dorf in New Jersey zurückzog und an diesem Buch weiterschrieb. An einem Mittag im Januar, nachdem ich eine Seite zu Ende gebracht hatte, ging ich meine Korrespondenz holen. In dem Stoß Werbeprospekte hob sich ein quadratischer Umschlag aus Dolavon, Provinz Chubut, ab, wo niemand, den ich gekannt hätte, meine Adresse besaß. Der Absender gab sich nur durch die Initialen RM zu erkennen und schickte mir eine Liste mit zwanzig peronistischen Rekorden. Ich schreibe einige ab, um eine Vorstellung von dem ungewöhnlichen Dokument zu geben:

22. Februar 1951 / Héctor Yfray / Weltrekord im Dauerradeln: 118 Stunden 29 Minuten / »Mit dem Wunsche, Evita zu erreichen, um ihr meine Bewunderung auszudrücken«

25. März 1951 / ›Die schöne Evelina‹ / Um den von Link Furk aufgestellten Fastenrekord zu brechen (22 Tage bei Wasser) / Die Anwärterin verschwand in einem Sturm / »Mit dem Gedanken, Evita möge Vizepräsidentin werden, und um die Zinslast und die Spekulation zu bekämpfen«

22. August 1951 / Carlos de Oro / Rekord im Umschreiten des Obelisken von Buenos Aires; begann um 23.30 Uhr; gab auf am 30. August infolge Herzstillstands / »In der Absicht, immer weiterzugehen, bis Evita einwilligt, als Vizepräsidentin zu kandidieren«

6. April 1952 / Blanca Lidia und Luis Angel Carriza / Rekordversuch im Umrutschen der Plaza de Mayo auf Knien. Begannen den Versuch um 5.45 Uhr und standen still um 10.30 Uhr, da Señora Carrizas Kniescheibe bloßlag / »Um für Eva Peróns Gesundheit zu beten«

Ich wußte nicht, wem ich das Geschenk zu verdanken hatte, und verspürte für den Rest der Woche, während ich weiterschrieb, eine gewisse Beklommenheit. An diesem Sonntag rief mich einer meiner Brüder an, um mir mitzuteilen, daß vor Tagen am andern Ende des Kontinents unsere Mutter gestorben sei. »Wir haben sie bereits bestattet«, sagte er. »Es hätte keinen Sinn, wenn du kämst.« Ich protestierte, weil sie mich nicht früher benachrichtigt hatten. »Wir haben deine Telefonnummer verloren«, antwortete er. »Niemand konnte sie finden. Wir haben lange danach gesucht. Alle hatten sie verloren. Es war, als hättest du dich in einem Zauberkreis befunden.«

Zitternd hängte ich auf, denn seit Tagen fühlte ich mich genau so, der Tücke einer unbekannten Verhexung ausgeliefert. Vielleicht infolge der tiefen Traurigkeit, die mich wegen dieses Todesfalls überkam, begann mich nächtlicher Schwindel heimzusuchen, den die Ärzte nicht zu behandeln wußten. Von Mitternacht bis in die Morgendämmerung hinein drehten sich in meinem Kopf die Planeten, und ich flog von einem zum andern, ohne Zugehörigkeitsgefühl, als wäre ich ein Nomade und könnte mich nirgends festhalten. Konnte ich schlafen, so zeichnete ich im Traum unbeschriebene Notensysteme, deren einziges Zeichen statt der Schlüssel Evitas Gesicht war; in der Ferne erklang der ganze Himmel der Partitur, aber ich fand nie heraus, wie sie war, sosehr ich auch die Ohren spitzte. Nach zweiwöchigen Untersuchungen diagnostizierte einer der Ärzte ein nüchternes Krankheitsbild von Bluthochdruck, den er mit Procardia, Tenormin und andern Tabletten, deren Namen ich vergessen habe, zu senken versuchte. Die Schwindelgefühle verflogen jedoch erst, als ich am Ende dieses Monats mit Schreiben aufhörte.

Immer wenn ich irgendwohin reisen wollte, mußten wegen heftiger Schneefälle die Flughäfen und wichtigen Fernstraßen geschlossen werden. In der Hartnäckigkeit meiner Klausur begann ich wieder zu schreiben – da zeigte sich die Sonne, und New Jersey wurde die Wohltat eines vorzeitigen Frühlings zuteil. In dieser Zeit erhielt ich den zweiten quadratischen Umschlag aus Dolavon, Chubut, mit dem vollständigen Namen des Absenders, Raimundo Masa. Diesmal enthielt er einen handgeschriebenen Brief, unterzeichnet in kindlicher Schrift: »Falls Sie mich suchen, suchen Sie mich nicht mehr. Wenn Sie die Geschichte erzählen wollen, seien Sie vorsichtig. Sobald Sie sie zu erzählen beginnen, werden Sie rettungslos verloren sein.« Diese Warnung hatte ich früher schon einmal gehört und in den Wind geschlagen. Jetzt war es zu spät, um einen Rückzieher zu machen.

Im Umschlag steckten auch einige mürbe Zeitungsausschnitte mit Artikeln des Obersts, erschienen als ›Weltexklusivbericht‹ in der Zeitung *El Trabajo* in Mar del Plata zwischen dem 20. und dem 25. September 1970, eine Woche vor seinem Tod. Die ersten vier, mit einem Pseudonym gezeichneten Artikel schilderten die Entführung der Leiche und einige unwichtigere Details dessen, was der Oberst ›Aktion Vertuschung‹ nannte. Im letzten enthüllte der Autor seinen richtigen Namen – Carlos Eugenio de Moori Koenig – und die Existenz dreier mit der Leiche identischer Kopien, die unter falschem Namen in Rotterdam, Brüssel und Rom beerdigt worden waren. Die echte Evita liege, hieß es im Text, auf einem Grundstück am Fluß Altmühl, zwischen

Eichstätt und Plunz, in Süddeutschland. Nur eine einzige Person kenne das Geheimnis – wer, wurde nicht gesagt –, und diese werde es mit sich ins Grab nehmen. Die Behauptung war in ihrer Nüchternheit so abenteuerlich, daß sie sich wie ein Geständnis ausnahm. Es beeindruckte mich, daß die Artikel im Krankenhaus verfaßt worden waren, kurz vor seinem Tod. Schlechter aber fühlte ich mich, als ich das Pseudonym las, das der Oberst für die ersten vier Artikel gewählt hatte – ›Lord Carnarvon‹, den Namen des englischen Archäologen, der Tutanchamun aus seiner ewigen Ruhe geweckt und diese Verwegenheit mit dem Leben bezahlt hatte.

Ich würde mich nicht vom Aberglauben einschüchtern lassen. Ich wollte Evita weder als ein Unheil noch als einen Mythos erzählen. Ich wollte sie so erzählen, wie ich sie geträumt hatte: als einen Schmetterling, der mit seinen Todesflügeln vorwärts schlug, während seine Lebensflügel nach hinten flogen. Der Schmetterling hing immer an derselben Stelle in der Luft, und deshalb bewegte auch ich mich nicht. Bis ich den Kniff entdeckte. Man durfte sich nicht fragen, wie oder wozu man fliegt, sondern mußte einfach losfliegen.

4 »*Ich verzichte auf die Ehren, nicht auf den Kampf*«

Das ist eben unsere einzige Pflicht
der Geschichte gegenüber:
Wir müssen sie umschreiben.

OSCAR WILDE,
Der Kritiker als Künstler

Irgendwann im Jahr 1948 folgte Evita dem Rat von Julio Alcaraz, dem berühmten Friseur der Stars im goldenen Zeitalter des argentinischen Films, und begann sich die Haare zu bleichen, bis sie ein Blond fand, das ihr gut stand und ihre Gesichtszüge betonte. Bei der zweiten oder dritten Sitzung wurden ihr die Spitzen verbrannt, und da sie es sehr eilig hatte, weil sie ein Krankenhaus einweihen mußte, wollte sie sie abgeschnitten haben. Der Friseur zog es vor, das Problem so zu lösen, daß er sie, die Stirn frei lassend, nach hinten kämmte und ihr mit Haarnadeln einen großen Kranz in den Nacken steckte. Dieses aus Zufall und Eile geborene Medaillenbild dauert in der Erinnerung der Menschen fort, als wären alle andern Evitas falsch.

Als ich Julio Alcaraz vor über dreißig Jahren kennenlernte, kam ich nicht auf den Gedanken, Evita könnte eine Romanheldin werden. Ich hielt sie überhaupt nicht für eine Heldin oder eine Märtyrerin von irgend etwas. Ehrlich gesagt, sie erschien mir als autoritäre, aufbrausende Frau von grober Ausdrucksweise, als eine Frau, die sich schon in der Wirklichkeit ausgebrannt hatte. Sie gehörte der Vergangenheit an und einem Bereich der Politik, der mich nichts anging.

Ich möchte zum März 1958 zurückgehen, in eine Zeit, da ich mich jeweils abends mit Amelia Biagioni und Augusto Roa Bastos traf, um uns Gedichte vorzulesen, wenn ich nicht auf den feindseligen Bahnsteigen des Constitución-Bahnhofs, wo die Luft nach Desinfektionsmitteln und frisch gebackenem Brot roch, der Morgendämmerung entgegenharrte. Damals dachte ich daran, große Romane zu schreiben; ich weiß auch nicht, weshalb ich dachte, sie müßten groß und tief sein und vor dem Hintergrund des ganzen Landes spielen, Romane vom Ausmaß des Lebens. Ich dachte auch an die Frauen, die mich abgewiesen hatten, an die Abgründe zwischen einem Zeichen und seinem Gegenstand, zwischen einem Wesen und dem Zufall, der es hervorbringt. Ich dachte an unzählige Dinge, nur nicht an Evita.

Alcaraz stand auf der Liste der Maskenbildner und Friseure, über die ich für eine illustrierte Geschichte des argentinischen Films schreiben sollte. Ihm wurden die Erfindung der Bananenfrisur, mit der María Duval zu Judy Garlands argentinischer Replik wurde, und die gelockten Kämme von Vamps wie Tilda Thamar zugeschrieben. Von den Stühlen seines mit Stuckengeln und Hollywoodplakaten ausgestatteten Salons aus konnte man die Schaufenster von Harrods und die Cafés sehen, in denen die Literaturstudierenden Sartre oder Simone de Beauvoir spielten.

Das erste Mal bestellte mich Alcaraz um neun Uhr abends vor den Friseursalon. Um sein Gedächtnis zu stimulieren, brachte ich ihm eine Reihe Fotos mit, die ihn dabei zeigten, wie er auf Zully Morenos Kopf einen Lockenwicklerhelm wob, Paulina Singerman Haarfestiger auftrug und die Lokken der Legrand-Zwillingsschwestern mit einem Netzchen zerdrückte. Es funktionierte nicht. Seine Erinnerungen erwiesen sich als so dunkel, daß sie beim Abschreiben ungelenk auf dem gläsernen Text dahinglitten. Lenkte Mario Soffici die Schauspielerinnen, indem er sie anhielt, sich in die Situation zu versetzen, oder erklärte er ihnen ihre Rolle? Wie oft unterbrach er eine Aufnahme, um zu verlangen, daß sie eine Locke in Ordnung brachten? Nun, also, antwortete er und blieb in seinem Erinnerungsstau stecken. Das einzige

Foto, das seine Gleichgültigkeit wegblies, war das, auf dem er während der Dreharbeiten zu *Der Unglücklichste des Dorfes* ein Toupet auf Luis Sandrinis kahle Stirn klebte. Er hielt es ins Licht und deutete auf die verschwommene Gestalt einer jungen Frau im Hintergrund, die einen lächerlichen Federhut trug.

»Sehen Sie?« sagte er. »Da ist Evita. Viele Journalisten suchen mich ihretwegen auf, weil sie wissen, daß ich ihr Vertrauter gewesen bin.«

»Und was haben Sie ihnen erzählt?« fragte ich.

»Nichts. Ich erzähle nie etwas.«

Über ein Jahr hörte ich nichts mehr von ihm. Manchmal wiesen die Skandalblätter auf Evitas Metamorphose von ihrer verwahrlosten Jugend bis zu ihrem Herrscherinnenherbst hin und veröffentlichten Fotos, die das Vor- und das Nachher von Fingernägeln und Haar verglichen. Niemand erwähnte Julio Alcaraz. Er schien sich irgendwohin fern von dieser Welt abgesetzt zu haben. So überraschte mich der Brief, den er mir im April oder Mai 1959 schickte. »Zunächst und vor allem«, hieß es da, »möchte ich mich dafür bedanken, was Sie in Ihrer illustrierten Geschichte über mich geschrieben haben. Wir haben den Text eingerahmt und in meinem Salon aufgehängt. Er kann niemandem entgehen, da er im großen Spiegel zu sehen ist. Ich habe mehr als einmal darüber nachgedacht, was wir damals geredet haben. Und mir ist klargeworden, daß es, nachdem ich so viele Geschichten erlebt habe, albern ist, sie nicht erzählen zu wollen. Ich habe keine Kinder. Das einzige, was ich hinterlassen kann, sind meine Erinnerungen. Warum kommen Sie nicht am Dienstag oder Mittwoch wie damals gegen neun im Salon vorbei, damit wir uns unterhalten können?«

Ich ging nur hin, um ihn nicht zu kränken. Ich hatte nicht die Absicht, eine einzige weitere Zeile über ihn zu schreiben. Selbst jetzt verstehe ich nicht, was geschah. Alcaraz stellte einen Kaffee vor mich hin, begann Geschichten zu erzählen, und nach einer Weile machte ich mir Notizen. Ich erinnere mich ans Halbdunkel, an den langen Spiegelfries, in dem das Wogen der Passanten zu sehen war. Ich erinnere mich an den aggressiven Geruch der Färbemittel und Haarfestiger. Ich erinnere mich an einen Neonschriftzug mit einem bunten Papagei, der aufleuchtete und wieder erlosch. Der undurchsichtige Friseur von vor einem Jahr destillierte jetzt Licht. Kann ein und derselbe Mensch so verschieden sein, wenn er spricht und wenn er schweigt? Nicht verschieden wie der Tag und die Nacht einer Landschaft – verschieden wie zwei völlig entgegengesetzte Landschaften. Nun, also, sagte er, doch jetzt bloß, um von einer Erzählung zur andern hinüberzuwechseln, um Atem zu schöpfen, bevor er die Schleusen seiner Erinnerung öffnete. Er beschwor die Dämmerung von Sümpfen und Mücken herauf, in denen Francisco Petrone und Elisa Christian Galvé während der Verfilmung von *Gefangene der Erde* versanken, imitierte mit höllischem Vergnügen die Gipfel der Hysterie, zu denen sich Mecha Ortiz in *Sappho* und *Die Kreutzersonate* aufgeschwungen hatte. Ich spürte, wie wir die Leinwände mehrerer Kinos und viele Vergangenheiten auf einmal betraten. Es war, wie gesagt, Mai oder April, es wehte ein feuchter Februarwind, und die Gehsteige von Buenos Aires waren blau von den Blüten, die die Lapachobäume im November ausschütten. Langsam rutschten wir den Evita-Abhang hinunter, und an seinem Fuß gab es kein Zurück mehr.

Alcaraz hatte sie 1940 kennengelernt, in der Nähe von Mar del Plata, während *Die Last der Mutigen* gefilmt wurde. Es tagte, es war Sommer, und die Kühe weideten in violettem Licht. Evita trug eine aufwendige Frisur mit einem Saum dunkler Korkenzieherlocken, der ihr Gesicht vergrößerte, und über der Stirn eine Tiara runder Locken. Sie unterbrach ihn beim Wärmen von Brennscheren in der Glut und zeigte ihm, sich über seine Verachtung hinwegsetzend, einige Fotos aus *Opfer einer großen Liebe*.

»Kämmen Sie mich so, Julito, wie Bette Davis«, bat sie

ihn. »Etwas lockiger würde ich besser aussehen, finden Sie nicht auch?«

Mit unverfrorener Neugier musterte sie der Friseur von oben bis unten. Einige Tage zuvor hatte er Evita als das junge Mädchen mit den schwermütigen Zügen und dem kleinen Busen identifiziert, das für einen Pack pornographische Postkarten Modell gestanden hatte. Das Titelbild, das noch in den Kiosken des Retiro-Bahnhofs zu sehen war, zeigte sie vor einem Spiegel, in knappem Schlüpfer und die Arme auf dem Rücken, als wollte sie sich eben des Büstenhalters entledigen. Die Fotos sollten aufreizend sein, verloren infolge der Naivität des Modells aber jede Wirkung. Auf einem Bild drehte sie die Hüften nach links ab und versuchte die Rundung des Gesäßes mit einem so erschrockenen Blick zu betonen, daß die beabsichtigte Erotik der Haltung zersplitterte; auf einem andern barg sie die Brüste in den hohlen Händen und fuhr sich derart linkisch mit der Zunge über die Lippen, daß nur die Zungenspitze im einen Mundwinkel zu sehen war, während ein lammhafter Ausdruck die großen runden Augen verschleierte. Hätte Alcaraz die Karten nicht gesehen, so hätte er vielleicht nie eingewilligt, Evitas Frisur aufzumöbeln, und ihre Leben hätten sich im nämlichen Augenblick wieder getrennt. Doch die Unerfahrenheit in diesen Posen flößte ihm Mitleid ein, und er beschloß, ihr zu helfen. Er verlor anderthalb Stunden seines kostbaren Vormittags, indem er sie nicht zur Bette Davis von *Bitterer Sieg*, sondern zur Olivia de Havilland von *Vom Winde verweht* machte.

»So habe ich ihre Person vor der Lächerlichkeit gerettet«, sagte er. »Eine 1860er-Frisur war plausibler für eine Garderobe von 1876 als der andere, moderne Schnitt mit gelockten Spitzen. Letzten Endes war Evita mein Produkt. Ich habe sie gemacht.«

Zehn Jahre später sollte Perón dasselbe sagen.

Um zu beweisen, daß er nicht übertreibe, führte er mich in den Hinterraum. Er knipste die Lampen eines kleinen

Salons an, dessen Wände mit Spiegeln ausgekleidet waren. Vielleicht waren sie ein Vorzeichen dafür, daß sich dieselbe Wirklichkeit in aufeinanderfolgenden Zeiten viele Male wiederholen würde. Vielleicht ein Hinweis darauf, daß sich Evita nicht damit zufriedengab, eine zu sein, sondern in Schwärmen, millionenfach zurückzukehren begann, aber damals verstand ich es nicht so. Zuerst sah ich nur die eine Seite der Wirklichkeit oder, wenn man will, das erste Züngeln eines langen Brandes. Ich erblickte zwölf in einem Halbkreis aufgereihte, auf bemalten Gipssockeln thronende Glasköpfe, die ebenso viele Evita-Frisuren trugen. Der mit dem schwarzen, in der Mitte gescheitelten Haar, der in einer kurzen Szene von *Die Last der Mutigen* aufgeschienen war, betrachtete verlassen das junge Mädchen mit hellen Zöpfen hinter den Ohren, das in *Der Zirkusritt* Zamba tanzte; ich sah eine Evita mit Turban neben einer mit kastanienbraunen Simpelfransen und einer riesigen weißen Stoffrose über der Stirn; ich sah die Frau mit Turmfrisur und kokonförmigen Locken, der die Madrider auf der Plaza de Oriente zujubelten und die Pius XII. in der Sixtinischen Kapelle verlegen begrüßte; ich sah schließlich die Evita mit dem straffen goldenen Haar, die die Fotos aus ihrer letzten Zeit endlos reproduzierten und die ich für die einzige gehalten hatte. An allen Köpfen hing ein durchsichtiger Reliquienschrein, in dem sich weitere blonde Haarsträhnen befanden.

»Das sind die, die ich ihr beim letzten Kämmen abschnitt, als sie schon tot war«, sagte der Friseur. »Ich habe immer eine solche Locke zwischen den Deckeln meiner Uhr mit.«

Er zeigte sie mir. Es war beinahe Mitternacht. Ein ranziger Duft stieg von den Bodenplatten auf. Ich sah mein Bild in den Spiegeln an der Wand. Auch ich glich einem Gespenst.

»Nach und nach hellte ich ihr Haar auf, betonte ihre Schminke. Ich kämmte sie immer schlichter, da sie ständig in Eile war. Es brauchte viel, sie zu überzeugen, denn ihr ganzes Leben lang hatte sie das Haar offen getragen. Als sie endlich einwilligte, war sie schon eine andere. Ich habe sie gemacht«, wiederholte er. »Ich habe sie gemacht. Aus dem armen Hürchen, das ich in der Nähe von Mar del Plata kennengelernt hatte, machte ich eine Göttin. Sie bemerkte es nicht einmal.«

Von da an trafen wir uns jeden Mittwoch um neun. Ich nahm die Gewohnheit an, mich mit aufgeschlagenem Notizbuch und einer Schachtel Commander-Zigaretten auf den Schemel der Maniküre zu setzen, während Alcaraz seine Erinnerungen hinwarf. Manchmal tranken wir Gin, um uns zu stärken. Manchmal vergaßen wir jeden Durst und Wunsch. Ich glaube, in jenen Momenten entstand ohne mein Wissen dieser Roman.

Bis 1944 habe er nichts mehr von Eva Duarte gehört, sagte er. Als er sie bei den Dreharbeiten zu *Der Zirkusritt* wieder traf, war sie schon eine andere. Wer kann ermessen, in welche Abgründe des Elends dieses arme Mädchen blikken mußte, habe er damals gedacht. Ihr Blick war voller Narben, und sie sprach mit herrischer Stimme. Sie ließ sich von niemandem frech kommen. Von ihren politischen Beziehungen geschützt, kam sie zu spät ins Studio, mit tiefen schwarzen Ringen um die Augen, die die Maskenbildner nicht wegbrachten. Man sah, wie sie hin und her gerissen war zwischen dem Eifer, sich in ihrer Rolle hervorzutun, und dem ängstlichen Bemühen, Oberst Perón, dem Kriegsminister, der ihr Geliebter war und ihr eine *garçonnière* bezahlte, keinen Grund zur Eifersucht zu geben. Er kreuzte zwei- oder dreimal die Woche in den Studios von Pampa-Films auf, trank mit dem Regisseur und den Schauspielern Mate und schloß sich dann mit Evita in der Garderobe ein, wo er darauf wartete, daß sie sich umzöge.

»In dieser Zeit«, sagte Alcaraz, »wurde ich ihr Vertrauter.«

Von dem, was folgt, habe ich einzelne Wörter behalten, das bloße Gerippe lebloser Sätze, die, in einem Zug gelesen, nichts mehr bedeuten. Sätze wie »Mond Pk, Fest wegen

Erdbeb erh es gera da sag ihr Oberst danke daß exist Diese Nach haut nach Imb« – nichts, was den Historikern dienlich sein könnte, nichts, was mir dienlich gewesen wäre, als ich den *Perón-Roman* schrieb. Nur gelegentlich werden die Notizen klarer, so daß ich das Bild erkennen kann, als wäre es ein Puzzle, von dem da und dort willkürlich Teilchen verschwunden sind.

Ich habe die Erinnerungen des Friseurs nie publiziert, aus Trägheit oder weil meine Fantasie Evita fern war. Schreiben hat mit der Gesundheit zu tun, mit dem Zufall, dem Glück und dem Leiden, vor allem aber mit dem Verlangen. Erzählungen sind wie Ungeziefer, das man so schnell wie möglich töten sollte, und diese Evita-Geschichten waren für mich nie etwas anderes als leere Flügelschläge im Dunkeln.

Ende 1959 schrieb ich Alcaraz' Monologe aus schierer intellektueller Stumpfheit ab und legte sie ihm zum Durchsehen vor. Ich hatte den Eindruck, indem seine Stimme von meiner gefiltert würde, verlören sich für immer sein bedachtsamer Tonfall und die ruckhafte Syntax seiner Sätze. Das ist das Elend der geschriebenen Sprache, dachte ich. Sie kann Gefühle, die verlorene Zeit, die Zufälle, die ein Geschehnis mit einem andern verknüpfen, auferwecken, aber sie kann nicht die Wirklichkeit auferwecken. Ich wußte noch nicht – und es dauerte noch lange, bis ich es fühlte –, daß die Wirklichkeit nicht aufersteht: Sie entsteht auf andere Art, verwandelt sich, erfindet sich in den Romanen neu. Ich wußte nicht, daß Syntax und Tonfall der Personen in anderer Gestalt zurückkommen und zu etwas anderem werden, wenn sie durch die geschriebene Sprache gesiebt werden.

Das Folgende ist, so leid es mir tut, eine Rekonstruktion. Oder, wem das lieber ist, eine Erfindung – eine auferstehende Wirklichkeit. Bevor ich diese Seiten schrieb, hatte ich meine Zweifel. Wie soll man das erzählen: Spricht Alcaraz, spreche ich, hört jemand zu – oder sprechen wir alle zugleich, spielen wir das freie Spiel, schreibend zu lesen?

Alcaraz spricht. Ich schreibe:

Mich hörte Evita nie auf zu achten. Alle schrie sie an, aber bei mir sah sie sich vor. Einmal bat sie mich, ihr beizubringen, wie man richtig aufträgt, da Perón fortwährend wichtige Leute zum Essen mit nach Hause brachte. Ich zähmte sie allmählich, wie man so sagt. »Faß das Besteck am Ende an«, sagte ich ihr. »Krümme den kleinen Finger, wenn du das Glas hebst.« Am meisten Manieren brachte ihr aber ihr Instinkt bei. Sie soll Sprachfehler gehabt haben, aber nicht das war ihr Problem, sondern die schwierigen Wörter, die sie aus Unsicherheit ins Gespräch mischte und deren Bedeutung sie verwechselte. Ich hörte sie sagen: »Ich gehe beim Dentist« statt »Ich gehe zum Zahnarzt oder zum Dentisten« und »Meine Eingaben reichen nicht aus« statt »Mein Gehalt oder meine Einkünfte reichen nicht aus«. Mit der Zeit ersparte sie sich solche Blamagen, da sie insgeheim den andern zusah und, wenn man ihr ein Wort korrigierte, es in ein Heft notierte.

Nach Der Zirkusritt *durchlebte sie einige Monate beruflicher Ungewißheit. Sie weinte vor dem Spiegel und wußte nicht, was mit sich anfangen. Sie wußte nicht, ob sie als einfache ausgehaltene Geliebte in Peróns Schatten bleiben sollte, denn bis dahin sprach er nicht von Heirat, oder mit ihrer Schauspielerinnenkarriere weitermachen, für die sie so hart gekämpft hatte. Es ist nicht leicht, sich heute in ihre Lage zu versetzen. Man vergißt gern, daß in jenen Zeiten die Jungfräulichkeit heilig war und unverheiratet mit einem Mann zusammenlebende Frauen den schlimmsten Erniedrigungen ausgesetzt waren. Den Mädchen aus guter Familie, die das Pech hatten, schwanger zu werden, war es nicht erlaubt abzutreiben. Abtreibung war das schlimmste aller Verbrechen. Man schickte sie in eine unbekannte Stadt, um zu gebären, und gab das Neugeborene in ein Waisenhaus. Evita konnte auf das Verständnis ihrer Mutter rechnen, die sämtliche Nöte der Ausgegrenztheit und Verachtung durchlitten hatte, aber sie wußte, daß die hohen Armeebefehlshaber nicht zulassen würden, daß der Kriegsminister die Be-*

ziehung mit einer Frau wie ihr gesetzlich regelte. Bei Perón zu bleiben war eine Art Selbstmord, denn früher oder später würde man von ihm verlangen, sie sich vom Halse zu schaffen. Aber Evita glaubte an die Wunder der Radioserien. Sie dachte, wenn es den Aufstieg eines Mädchens in die höchsten Kreise einmal gegeben habe, könne es ihn auch zweimal geben. Mit diesem Glauben stürzte sie sich in die Leere. Zufällig ging das gut. In den schlimmsten Momenten des Zweifels suchte sie umsonst bei Perón Rat; er wollte keine Meinung äußern, sondern antwortete, sie solle sich von ihren Gefühlen leiten lassen. Das verwirrte sie nur noch mehr, denn sie hielt für mangelndes Interesse, was vielleicht ein Zeichen des Vertrauens in ihre Klugheit war.

Die Geschichte schwemmte sie hin und her, und Film und Radio verloren für ihre Zukunft an Bedeutung, bevor sie sich dessen bewußt wurde. Ich glaube, ihre letzten Zweifel schwanden im Oktober 1945, als Perón gefangengenommen wurde und sie sich von allen verlassen in ihre Wohnung zurückzog und auf ihre Verhaftung wartete. Mehr denn je identifizierte sie sich mit Marie Antoinette, der Heldin ihrer Jugendzeit; sie war Norma Shearer und hörte im Gefängnis der Conciergerie die Trommeln der Guillotine. Als Perón befreit wurde und auf der Plaza de Mayo seine Triumphnacht erlebte, starb Eva beinahe vor Angst und kämmte sich vor dem Schlafzimmerspiegel die Haare. Ihre Lippen waren geschwollen, und auf der Schulter hatte sie eine Wunde. Als sie an diesem Vormittag im Taxi zur Wohnung ihres Bruders Juan gefahren war, hatte eine Meute Studenten sie erkannt und zum Ruf »Macht die Nutte fertig, tötet die Duarte!« die Scheiben eingeschlagen und mit Stöcken auf sie eingeprügelt. Wie durch ein Wunder entkam sie. Sie fand sich häßlich im Spiegel, entstellt, und mochte das Haus nicht verlassen, bis Perón sie in die Villa eines Freundes in San Nicolás brachte. In diesen Tagen lebte Evita in tiefster Verwirrung. Sie wußte nicht, was aus ihrem Leben werden sollte. Eines Nachts rief sie mich an. »Störe ich Sie, Julio?«

fragte sie. »Kann ich mit Ihnen sprechen?« Nie hatte sie für irgend etwas um Erlaubnis gebeten. Nie wieder bat sie darum.

Sie wissen ja, was dann kam. Noch vor Ende Oktober heiratete Perón sie in der Wohnung der Calle Posadas, wo sie lebten, und zwei Monate später heiligten sie die Verbindung in einer Kirche in La Plata. Für die religiöse Zeremonie machte ich Evita eine prächtige Frisur, hoch, mit zwei großen Wellen, aus denen Orangenblütensträußchen sprossen. Obwohl er schon mitten in der Präsidentschaftskampagne stand und sie nicht einmal zum Schlafen kamen, fand Evita immer ein wenig Zeit, um in meinem Geschäft Ecke Paraguay/Esmeralda vorbeizuschauen, wo ich ihr nach und nach das Haar aufhellte und immer einfachere Frisuren ausprobierte. Ihre neue Rolle als angesehene Frau brachte sie durcheinander. Bis vor wenigen Monaten war sie Episodendarstellerin in Hörspielreihen gewesen, die keinen interessierten, eine lächerliche Figur, die um Fotos in Zeitschriften buhlte. Und über Nacht war sie auf einmal eine mit dem ersten Oberst der Republik verheiratete Dame. Jeder andern wäre es bei einer solchen Veränderung übel geworden, erst recht in einer Zeit, wo die Frauen nichts zu sagen hatten, unsichtbare Schatten ihrer Ehemänner waren. Nicht jedoch Evita. Sie wuchs beim Gefühl, Macht über das Schicksal der Menschen zu haben. Haben Sie sie auf der Aufnahme gesehen, die entstand, als sie am 4. Juni 1946 aus der Kathedrale trat und sich dabei an den Arm der Frau des Vizepräsidenten Jazmín Hortensio Quijano klammerte? Beachten Sie diese angstverzerrten Lippen, den frostigen, mißtrauischen Blick, die vulgäre Pose des ganzen Körpers. Ich kämmte sie an diesem Tag zurückhaltend, indem ich unter dem türkisch gezeichneten Hut einige Locken andeutete, aber in diesen gewaltigen Kirchenschiffen, wo Perón zum Präsidenten der Republik gesalbt wurde, spürte Evita angesichts der Feierlichkeit des Tedeums ihre Kräfte schwinden. Einen Moment lang dachte sie, sie würde nie weiterkommen. Aber schauen

Sie sie einen Monat später im Teatro Colón an, wie sie zu den Neugierigen hin, die am Eingang auf sie warten, die Arme ausbreitet. Niemand konnte ihrem Blick mehr standhalten.

Sie wußte, daß alle Macht früher oder später den Zenit überschreitet, und wollte in einem Jahr die Erfahrungen machen, für die andere ein ganzes Leben brauchen. Sie versagte sich den Schlaf. Um drei Uhr nachts rief sie ihre Helfer an, um ihnen irgendeine Order zu geben, und um sechs rief sie sie abermals an, um zu erfahren, ob sie sie ausgeführt hatten. Im Nu hatte sie sich ein Netz aus Ministern, Spionen und Arschkriechern geknüpft, die sie über alles auf dem laufenden hielten, was in der Regierung vor sich ging. Darin war sie geschickter als Perón; aber wenn sie in diesem Gefüge Hervorragendes leistete, dann nicht, um ihn in den Schatten zu stellen, wie es heißt, sondern weil er im Grunde schwach war.

An einem Februarmorgen ging ich in den Präsidentenpalast, um ihr die Haare zu bürsten und einen Zopf zu flechten. Ich sah, daß sie niedergeschlagen war, und versuchte sie auf andere Gedanken zu bringen, indem ich ihr von zwei Kusinen erzählte, die aus Lules in der Provinz Tucumán gekommen waren, um sich in Buenos Aires einen Mann zu suchen.

»Und, haben sie einen gefunden?« fragte sie.

»Sie werden nie einen finden. Sie sind sehr häßlich, mit großen Nasen und Warzen, und die weniger unansehnliche der beiden hat einen riesigen Kropf, der sich nicht wegoperieren läßt.«

Sie unterbrach mich, an etwas ganz anderes denkend. Ich war ihre Stimmungsumschwünge schon gewohnt, die ihre Feinde für Hysterie hielten. Unerwartet sanft nahm sie meine Hände und sagte:

»Wart einen Moment draußen auf mich, Julito. Ich muß auf die Toilette.«

Etwa nach einer halben Stunde rief sie mich wieder. Sie

trug ein Straßenkleid und hohe Schuhe und wollte, daß ich ihr den Doppelkranz für elegante Veranstaltungen mache. Als ich ihren Kopf berührte, spürte ich, daß sie flatterte vor Fieber. Sie war angespannt, erstickt von einem dieser inneren Stürme, die sie schließlich ins Grab bringen sollten. Ich wollte wieder auf meine beiden Kusinen zurückkommen, aber sie fiel mir kurzerhand ins Wort.

»Mach rasch mit der Frisur, Julio. Draußen erwartet man mich. Und um deine Kusinen mach dir keine Sorgen, irgendeinen Bräutigam werde ich schon für sie finden. Du weißt ja, für jeden Topf gibt es einen Deckel.«

Im Saal unten sah ich die CGT-Spitzen und die Delegierten der peronistischen Frauenpartei. Evita begrüßte sie und hörte sich mit zusammengezogenen Brauen ihre langen Reden an. Man bot ihr an, Kandidatin für die Vizepräsidentschaft der Republik zu sein, und sie, die dieses Amt mehr als sonst etwas im Leben anstrebte, antwortete, alles hänge von der Zustimmung ihres Mannes ab. Für mich war die Politik damals wie heute ein böhmisches Dorf. Stellen Sie sich also meine Überraschung vor, als ich sah, wie der General, als hätte er erraten, daß man von ihm sprach, zu dieser unüblichen Vormittagsstunde im Palast auftauchte. Evitas Fieber war gestiegen. Immer wieder fiel ihr der Kopf zur Seite. Auf meinem Beobachterposten im oberen Stock litt ich mit ihr. Nicht einen Augenblick sah ich sie schwach werden. Mit erstaunlicher Geistesgegenwart erzählte sie ihrem Mann, was im Gange war.

»Ich habe diesen Genossen bereits gesagt, daß ich keinen Finger rühren werde ohne deine Einwilligung.«

»Und sie haben dir geglaubt?« fragte der General.

»Nie war es mir mit etwas ernster.«

»Wie könnte ich mich dem Willen all dieser Herrschaften widersetzen? Sogar der alte Quijano hat mich gebeten, dich zur Vizepräsidentin ernennen zu lassen!«

Mit diesem doppeldeutigen Satz machte Perón klar, daß, sollte Evita das Amt bekommen, er es so wollte. Von diesem

Tag an sah ich sie nur noch in Eile. Sie rief mich ebenso morgens um sieben wie abends um elf an für eine Nachfärbung oder eine Ausbesserung der Frisur. Aus ihren eigenen Haaren fertigte ich ihr zwei Kranztoupets an, die sie mit Haarnadeln anstecken konnte, so daß ihr Kopf untadelig war. Einen dieser Kränze habe ich aufbewahrt. Sie haben ihn ja gesehen, im Museum hinter meinem Laden.

Die Kusinen wohnten mehrere Monate bei mir. Nachmittags halfen sie mir im Salon, organisierten Termine oder vertraten die Maniküren. Den Vormittag verbrachten sie im Pfandhaus, wo sie die unnützesten Dinge kauften, von viktorianischen Hüten und Schildpattspiegeln bis zu versilberten Kleiderständern und Trauerkandelabern. Da ihnen pünktlich der Pachtzins für einige Zuckerrohrfelder gezahlt wurde, hatten sie keine Geldsorgen. Sie litten, weil ihre Jugend dahinwelkte und ihre Jungfräulichkeit hart wurde. Noch immer hofften sie, Evita kennenzulernen, aber die Gelegenheit sollte sich nie ergeben, denn die Señora lebte nur noch zu unmöglichen Stunden.

Sie lebte, lebte nicht, ich verlor sie aus den Augen. Sie ist eine Heilige, sie ist eine Hyäne – in diesen Wochen hängte man Evita alles mögliche an. In einer uruguayischen Schmähschrift las ich, sie zwinge Perón, Brautkleider anzuprobieren, um ihn zu demütigen. Und in einem Untergrundpamphlet stand, Evita habe in dem Juniner Bordell, wo Doña Juana als Puffmutter fungiere, mit zwölf an einem Farmerfest ihrer Jungfräulichkeit ein Ende gesetzt, aus schlichter und einfacher Lasterhaftigkeit. In fast sämtlichen Schmähschriften stand die eine oder andere Beschimpfung wegen ihrer Vergangenheit, aber auch die, die von der Gegenwart sprachen, kannten keinen Pardon. Sie nannten sie Agrippina, Sempronia, Nofretete; solche Vergleiche trafen Evita nicht, da sie nicht die geringste Ahnung hatte, um wen es sich dabei handelte. Man beschuldigte sie, Speichelleckerei und Zensur zu fördern, sich die Gewerkschaften zu Willen zu machen, Perón als Gott aus-

zugeben und gegen alle Irrgläubigen den heiligen Krieg zu erklären. Zu einigen dieser Anschuldigungen gab die Wirklichkeit Anlaß, aber diese Wirklichkeit schmälerte nicht im geringsten die blinde Liebe, die ihr die Menschen entgegenbrachten.

Ich weiß nicht, wie Evita es anstellte, aber auf einmal war sie allgegenwärtig. Ich hörte, sie habe einige Konspirationen gegen ihr Leben zerschlagen und die Rädelsführer seien um ein Haar kastriert worden, um einen ihrer Wutanfälle zu lindern. Ich erfuhr, sie habe Perón gegen Oberst Domingo A. Mercante aufgehetzt, der ebenfalls Vizepräsident werden wollte. Ich las, daß sie an einem Morgen in Salta und am nächsten in Córdoba oder Catamarca war, Wohnungen verschenkte, Geld verteilte oder den Kindern in den Landschulen das Alphabet beibrachte, mit Büchern, die dieselben endlosen Sätze wiederholten: »Evita liebt mich. Evita ist gut. Evita ist eine Fee. Ich liebe Evita ...« Sie legte Tausende von Kilometern im Zug zurück, allein und sieghaft wie eine umhervagabundierende Königin.

Zwischen April und Mai 1951 wurde Buenos Aires vollständig mit ihrem Konterfei tapeziert, und selbst am Obelisken hingen riesige Banner, die dazu aufriefen, ›Perón – Eva Perón / Die Formel fürs Vaterland‹ *zu wählen. Was mich überraschte, war, daß Evita in fast allen Reden immer wieder sagte: »Man soll mich bevollmächtigen«, als ob ihr Peróns Versprechen nicht genüge und sie die Rückendeckung der Gewerkschaften brauche. Sie kannte ihren Mann genau und hütete sich, ihm den Rang abzulaufen. Allmählich übertrieb sie mit dem Sirup, den sie in ihren Reden über ihn goß. Lesen Sie ihre Ansprachen jener Monate, wenn Sie die Gelegenheit haben. »Ich bin in General Perón und seine Sache verliebt«, sagte sie ein ums andere Mal. »Ein Held wie er verdient nur Märtyrer und Bewunderer. Um seiner Liebe willen bin ich zu allem bereit: zum Martyrium, zum Tod.«*

Zwei- oder dreimal brachte man sie ohnmächtig von öffentlichen Veranstaltungen fort, aber kaum kam sie wieder zu sich, bestand sie darauf weiterzumachen. Man diagnostizierte Anämie oder Schlafmangel, obwohl ich seit jenem Februarmorgen im Palast argwöhnte, sie habe Krebs. Eines Abends erschien der berühmte Dr. Ivanissevich mit einem Bluttransfusionsgerät bei ihr. Evita bewarf ihn mit Aktenmappen, so daß der arme Doktor, ein von der Kirche aufgezwungener Minister, eilig wieder gehen und seinen Rücktritt unterzeichnen mußte. »Man soll mich bevollmächtigen«, wiederholte Evita weiter. »Ich brauche die Bevollmächtigung, denn selbst die Ärzte konspirieren, um mich von euch zu trennen, liebe Arbeiter. Die Oligarchen, die Gorillas, die Ärzte, die Vaterlandslosen und die Mittelmäßigen, sie alle konspirieren.« Endlich begriffen die CGT-Führer den Wink und beschlossen, in einem würdevollen Akt die Kandidatur bekanntzugeben.

Die Vorbereitungen begannen fast einen Monat vorher. Schon am Vorabend der Zeremonie, die als offene Bürgerversammlung des Justizialismus angekündigt wurde, war das ganze Land zum Stillstand gekommen, die Züge quollen über von Provinzbewohnern, die ohne einen Centavo in der Reisetasche in den Schlünden der ihnen fremden Hauptstadt landeten, alles war unentgeltlich, selbst die Nachtklubs und die Hotels, stellen Sie sich diese schwarzen Massen vor, die noch nie zwei Häuser nebeneinander gesehen hatten, geblendet vom Glanz der Wolkenkratzer. Von der Erregung meiner Kusinen angesichts des nicht enden wollenden Vorbeimarschs verwegener Junggesellen ganz zu schweigen. Ich sollte ihnen einen Platz auf den Ehrentribünen verschaffen, aber ich hatte die Señora seit über zehn Tagen nicht mehr gesehen und mochte ihr nicht lästig fallen. Ich dachte, womöglich brauche sie meine Dienste gar nicht. Alles war aus dem Lot gekommen, der Abend wurde zum Morgen, die Worte hatten nichts mehr mit ihrem Sinn zu tun, mir kam es vor, als versänken wir bis zum Schopf in einer Lüge, aber ich wußte nicht, was für eine es war und welchen Wahrheiten man sie hätte gegenüberstel-

len können. In den Zeitungen spiegelt sich klarer, was da vor sich ging. Lesen Sie beispielsweise diesen Ausschnitt aus Clarín*:*

Männer in Poncho und Stiefeln, Menschen, die sich mit Kartonköfferchen und Bündeln herumschlagen, sind seit dem Morgen von gestern, Dienstag, 21. August 1951, in Eisenbahnstationen und Bus- und Kleinbusbahnhöfen die Vorhut der sich in die Hauptstadt ergießenden Kontingente. Von wie vielen soll man sprechen? Von fünfhunderttausend? Von einer Million? Zweifellos sind es weit mehr. Man wird sie noch heute nachmittag sehen, beim Triumphbogen, der am Schnittpunkt von Avenida Nueve de Julio und Moreno errichtet wurde. Dieser Bogen, unter dem sich die Ehrentribüne befindet, zeigt zwei große Porträts, eines des Staatschefs und eines seiner Gattin, sowie das Sigel der Gewerkschaft und viele Wimpel und Standarten, während ringsherum einige von den unzähligen angeschlossenen Körperschaften Spruchbänder aufgehängt haben, die sich über mehrere Häuserblocks dahinziehen. Eine Woche des Rummels? Nein, eine historische Woche der tiefen Bürgereinheit.

Auf dem Papier war zwar die CGT die Organisatorin der Veranstaltung, aber eigentlich war es Evita, die die Maschinerie in Gang setzte. Von ihr stammte die Idee zu den Gratiszügen und -autobussen, sie ordnete die arbeitsfreien Tage an, damit die Beförderung der Menschen reibungslos vonstatten gehen konnte, ihretwegen wurden Herbergen eröffnet und Gratismahlzeiten ausgegeben. Perón war ein Bewunderer des faschistischen Dekors, und fast alle seine Massenveranstaltungen kopierten die des Duce. Evita, die keine andere Kultur kannte als die des Films, wollte ihre Proklamation wie eine Hollywood-Premiere gestalten, mit Scheinwerfern, Trompetengeschmetter und Massenaufgebot an Publikum.

Geschminkt und klunkerbehangen wie Christbäume gingen die Kusinen gegen neun Uhr morgens zur Feierlichkeit. Ich blieb allein zu Hause und hörte Radio. Immer wieder wurden Bekanntmachungen verlesen, in denen den Leuten nahegelegt wurde, die Sonne des arbeitsfreien Tages zu nutzen und unter den Bäumen der Avenida zu lagern. Ich hatte das Gefühl, jeden Augenblick könne mich die Señora anrufen. So war's denn auch. Etwa um drei Uhr klingelte das Telefon. Man berief mich in höchster Eile zum Bauministerium, das sich hinter der Tribüne befand. »Wie werde ich mich dahin durchschlagen können?« fragte ich. »Im Radio sagen sie, es habe sich eine noch nie gesehene Menschenmenge angesammelt.« – »Machen Sie sich deswegen keine Sorgen. In einer Viertelstunde holen wir Sie ab.«

Ich fuhr in einem der Präsidentenwagen, ohne an einer Sperre aufgehalten zu werden. So konnte ich ein paar wenige Bilder von der Stadt sehen, wenn ich auch nicht weiß, ob ich meinen Augen trauen durfte. Unter Manuel Belgranos Sarkophag war ein Freilichtkino eingerichtet worden, wo Propagandafilme über von Evita gegründete Altersheime, Kinderstädte und Notunterkünfte liefen. Eine Legion Patrioten, die die Sache mit der offenen Bürgerversammlung ernst nahmen, zündeten an der Fackel der Kathedrale der Hauptstadt, wo sich das Grab des Generals José de San Martín befindet, Kerzen an und verlangten, daß sein Sarg in einer Prozession zum Triumphbogen auf der Avenida Nueve de Julio getragen werde. Ein Ozeandampfer irrte wohl verloren zwischen den Docks umher, und obwohl wir alle seine verzweifelt heulenden Sirenen hörten, eilte ihm niemand zu Hilfe; später erfuhr ich, daß er im Fluß auf Schlamm gelaufen und die Matrosen an Land gegangen waren, um ebenfalls am Festakt teilzunehmen.

Inmitten dieses strahlenden Durcheinanders war Evita allein. Von den Fenstern eines gewaltigen Büros im Ministerium für öffentliche Bauten aus betrachtete sie die Jakarandabäume. Sie hatte ein einfach geschnittenes, dunkles Kostüm und eine Seidenbluse angezogen und trug Brillantohrringe, die den Konturen der Ohrläppchen folgten. Sie war blaß, noch magerer, die Backenknochen verbissen. Als sie mich erblickte, lächelte sie traurig: »Ach, du bist's. Zum Glück hat man dich gefunden.«

Ich weiß nicht, warum diese Szene in meiner Erinnerung von Stille verschleiert ist, wo doch in Wirklichkeit die Luft dröhnte. Draußen donnerten die Klänge von Die Peronistenjugend, *in der Ferne wiederholten Lautsprecher* La cafetera che fa blu blu *von Nicola Paone, und in die Avenida brachen wie Sturzbäche die Trommeln und vorzeitigen Explosionen der Feuerwerke ein, die man erst um Mitternacht erwartete. Aber alles, worüber ich an diesem Nachmittag mit Evita sprach, hat sich in meinem Gedächtnis ungestört von fremden Geräuschen erhalten, als wären die Stimmen mit der Schere ausgeschnitten. Ich erinnere mich, daß aus meiner Seele, statt daß ich sie begrüßte wie üblich, eine mitleidige Lüge kam: »Wie schön Sie sind, Señora!« Ich erinnere mich ebenfalls, daß sie mir nicht glaubte. Sie trug das Haar offen, von einem Stirnband zurückgehalten, und war noch ungeschminkt. Ich bot ihr an, ihr die Haare mit Shampoo zu waschen und ihr eine Massage zu machen, um sie zu entspannen. »Kämme mich«, sagte sie. »Der Kranz soll schön straff sitzen.« Sie ließ sich auf einen der Sessel im Büro fallen und begann Paones Lied mitzuträllern, »che fa blu blu«, ohne darüber nachzudenken, was sie tat, einzig um die Tränen zurückzuhalten.*

»Wie haben es die Leute da draußen?« fragte sie. Und ohne eine Antwort abzuwarten, sagte sie: »Die Politik ist Scheiße, Julio. Nie gibt man dir, was dir zusteht. Wenn du eine Frau bist, noch schlimmer. Man macht dich fertig. Und wenn du etwas wirklich willst, mußt du es dir mit den Zäh-

nen ergattern. Man hat mich allein gelassen. Mit jedem Tag bin ich mehr allein.«

Man mußte nicht besonders scharfsinnig sein, um zu erraten, daß sie sich über ihren Mann beklagte. Aber sie wäre wütend geworden, hätte ich den Wissenden gespielt. Ich versuchte sie zu trösten.

»Wenn Sie allein sind, was lassen Sie denn den andern noch? Sie haben doch uns alle, Sie haben den General. Da draußen befinden sich eine Million Menschen, die nur gekommen sind, um Sie zu sehen.«

»Vielleicht werden sie mich gar nicht sehen, Julio. Möglicherweise gehe ich gar nicht hinaus.« In diesem Moment spürte ich ihre Anspannung. Ihre Fäuste waren geballt, die Adern traten hervor, in den Kinnladen hatte sie einen Knoten. »Womöglich spreche ich gar nicht zu ihnen. Wozu soll ich reden, wenn ich nicht einmal weiß, was ich zu sagen habe.«

»Ich habe Sie mehr als einmal so gesehen, Señora. Das sind die Nerven. Wenn Sie erst einmal auf die Tribüne kommen, werden Sie alles vergessen.«

»Was soll ich vergessen, wenn niemand Klartext mit mir redet. Die einzigen, die hier Klartext reden, sind die armen Schlucker. Bei den andern brauchst du ein Wörterbuch. Die Generale treffen sich heimlich mit Perón, um ihn zu bitten, mich nicht Kandidatin werden zu lassen. Weißt du, was er ihnen antwortet? Sie sollen sich ihre Charge in den Arsch stecken, ich sei ich und machte, worauf ich Lust hätte. Aber ich mache eben nicht, worauf ich Lust habe. In diese Geschichte mischen sich viele Leute ein, Julio. Das ist ein Knäuel von Kniffen und Intrigen; du machst dir keine Vorstellung. Selbst Perón hat es allmählich über. Neulich packte ich ihn und sagte: Soll ich verzichten? Ich verzichte. Er schaute mich geistesabwesend an und antwortete: Tu, was du für richtig hältst, Chinita. Was du für richtig hältst. Seit einer Woche tu' ich kein Auge zu. Gestern war mir danach, ein Bad zu nehmen, mir war kalt, ich hatte schon drei oder

vier Aspirin geschluckt, und auf einmal dachte ich: Er ist Präsident. Wenn er mich als Vize will, muß er es dem Volk sagen. Ich griff zum Telefon und rief ihn im Regierungspalast an. Benutz den Akt der offenen Bürgerversammlung, sagte ich ihm. Beginn deine Rede mit der Bekanntgabe an alle, daß du es bist, der mich als Kandidatin will. Sag ihnen: Meine Herrschaften, ich habe sie ausgewählt. Damit hört das Gerede auf. Natürlich habe ich dich ausgewählt, antwortete er, aber daß ich es auch sage, ist etwas anderes. Das ist überhaupt nichts anderes, sagte ich. Wir beide streiten seit Monaten darum. Wenn wir jetzt nachgeben, wird man Hackfleisch machen aus mir. Aus dir nicht, aber aus mir. Man muß vorsichtig sein mit der Partei, sagte er. Die Partei bist du, antwortete ich. Laß mich darüber nachdenken, Chinita, sagte er. Jetzt bin ich beschäftigt. Das ist das erste Mal, daß er nicht weiß, was tun. Heute morgen hatten wir einen Krach. Ich beharrte auf dem Thema. Er merkte, daß ich gleich explodieren würde, und versuchte mich zu beruhigen. Es macht sich sehr schlecht, wenn ich dich vorschlage, sagte er. Man soll nie die Regierung mit der Familie vermischen. Man muß Rücksicht auf die Formen nehmen. Sosehr du Evita bist, du bist auch meine Frau – die Partei muß dich proklamieren. Mich interessieren die Formen einen Dreck, unterbrach ich ihn. Entweder proklamierst du mich, oder ich erscheine nicht auf der Bürgerversammlung; dann wirst du den Kopf allein hinhalten müssen. Du verstehst nicht, sagte er. Natürlich verstehe ich, antwortete ich. Und schlug die Tür hinter mir zu. Nach kurzer Zeit wußten die Leute von der CGT schon alles. Sie flehten mich an zu kommen. Señora, das dürfen Sie den Descamisados nicht antun, sagten sie. Sie sind Ihretwegen weiß Gott woher gekommen. Ich bin niemand, sagte ich ihnen. Ich bin nur eine unbedeutende Frau. Sie tun es wegen des Generals. Nein, drängten sie. Die Kandidatur des Präsidenten ist allgemein bekannt. Sie kommen Ihretwegen. Ich kann an dieser Veranstaltung nicht teilnehmen, antwortete ich. Wenn die Leute nach Ih-

nen verlangen, werden wir Sie wohl oder übel holen müssen, sagten sie. Das ist Ihnen überlassen, antwortete ich. Ich werde der Veranstaltung vom Bauministerium aus zusehen. Kaum hatte ich das gesagt, bereute ich es. Aber dann dachte ich: Diese offene Bürgerversammlung gehört mir. Ich habe sie mir verdient. Sie steht mir zu. Ich werde sie mir nicht entgehen lassen. Sollen sie mich holen kommen.

Jede Erzählung ist per definitionem ungenau. Wie ich schon sagte, kann man die Wirklichkeit weder schildern noch wiederholen. Das einzige, was man mit der Wirklichkeit tun kann, ist, sie neu zu erfinden.

Anfänglich dachte ich: Wenn ich die Puzzleteile, die ich einmal abschrieb, zusammensetze, wenn mir die Monologe des Friseurs wieder lebendig werden, dann habe ich die Geschichte. Ich hatte sie, doch sie war toter Buchstabe. Später verlor ich viel Zeit damit, da und dort die Überbleibsel dessen zu suchen, was in der offenen Bürgerversammlung geschehen war. Ich wühlte in Zeitungsarchiven, sah mir die Dokumentarfilme aus jener Zeit an, hörte die Radioaufnahmen. Dieselbe Szene wiederholte sich, wiederholte sich, wiederholte sich: Evita, die sich der blinden Liebe der Menge nicht entziehen konnte, die kam und ging; Evita, die darum flehte, man möge sie nicht zwingen, etwas zu sagen, was sie nicht wollte, man möge sie nicht mundtot machen. Ich lernte nichts, fügte nichts hinzu. In diesem unnützen Haufen von Dokumenten war Evita nie Evita.

Zwischen 1972 und 1973, nachdem ihre Leiche aus einem anonymen Grab in Mailand geborgen und dem Witwer zurückgegeben worden war, schrieb ich ein Filmdrehbuch, das die Geschichte der vereitelten Kandidatur mit Fragmenten aus Wochenschauen und Fotosequenzen rekonstruieren sollte. Die Erzählung sollte eine Handlung und gleichzeitig ein Geflecht von Symbolen enthalten, aber ich war nicht imstande, zu erkennen, wieviel Wahrheit darin lag. Zu jener Zeit war der Puls der Wahrheit wesentlich für mich. Und es gab keine mögliche Wahrheit, wenn Evita nicht in ihr war – nicht ihr Geist, sondern ihr Mädchenweinen, ihr Melodram, ihre Hintergrundmusik, ihr Machtstreben, ihr Blut, ihre Verrücktheit, ihre Verzweiflung, alles, was sie in jedem einzelnen Augenblick ihres Lebens gewesen war. In einigen Filmen hatte ich gespürt, daß Dinge und Personen vom Grund der Geschichte zurückkamen. Ich wußte, daß dies manchmal möglich ist. Ich brauchte Hilfe. Jemand, der mir gesagt hätte: *Die Ereignisse waren so, wie du sie erzählt hast.* Oder der mir gezeigt hätte, in welche Richtung ich sie zu bewegen hatte, damit sie mit irgendeiner Illusion von Wahrheit übereinstimmten.

Ich erinnerte mich an Julio Alcaraz und rief ihn an. Er erkannte mich nicht sogleich. Dann bestellte er mich auf zehn Uhr abends ins Café Rex. Er war sehr gealtert, klagte über ein Sausen im Trommelfell und Krämpfe in den Füßen.

»Ich weiß nicht, ob ich Ihnen werde helfen können«, sagte er.

»Sie brauchen sich nicht anzustrengen«, beruhigte ich ihn. »Hören Sie mir bloß zu, und lassen Sie sich gehen. Stellen Sie sich vor, Sie wären wieder dort, auf der offenen Bürgerversammlung, und wenn etwas von dem, was ich sage, nicht mit Ihrer Erinnerung übereinstimmt, unterbrechen Sie mich.«

»Lesen Sie mir dieses Drehbuch vor. Es wird mir vorkommen, als säße ich in einem Kinosessel, um mein Leben zu sehen.«

»Das ist besser als das Leben. Hier können Sie jederzeit aufstehen und verschwinden. Das Leben ist schwieriger. Und nun«, bat ich ihn, »vergessen Sie den Lärm ringsum. Stellen Sie sich vor, die Lichter gehen aus und der Vorhang auf.«

(Draußen. Nachmittag.
Avenida Nueve de Julio in Buenos Aires)

Totale der Menge. Zwischen der Ehrentribüne und dem Obelisken findet keine Stecknadel Platz. Die Fahnen flattern. Die Luftaufnahmen zeigen, daß anderthalb Millionen Menschen dastehen. In der Straßenmitte Wälder von Transparenten. Das Licht ist hart, sehr kontrastreich. Die Luft lauwarm, wie man an den Kleidern der Leute sieht. Aufnahmen vom Triumphbogen über der offiziellen Tribüne. Im Vordergrund riesige Perón- und Evita-Fotos. In der Totalen ein Auf und Ab von winkenden Taschentüchern. Eine Uhr: fünf Uhr zwanzig nachmittags.

Langsam nimmt der Lärm zu. Die Trommeln dröhnen. Da und dort flackern falsche Töne auf: ›Der Peronistenmarsch‹.

Bewegungen auf der Ehrentribüne.

SPRECHER (im Off): *Genossen, Genossen. Auf dieser historischen offenen Bürgerversammlung des*

Justizialismus erscheint jetzt Seine Exzellenz der Präsident der Republik, General Juan Domingo Perón.

Mit ausgebreiteten Armen tritt Perón auf der Ehrentribüne nach vorn. Die Brandung der Menge, das gefährliche Wogen, um dem Idol näher zu kommen.

Stürmischer Beifall bricht aus. (Ein unerwartetes Wort bahnt sich einen Weg. Perón Perón? Nein. Es ist unglaublich. Was die Menge im Chor singt, ist der Name Evitas.)

CHOR:
Eee viii ta / Eee viii ta.

In Großaufnahme der unbehagliche Ausdruck des Generals. Wie ein Peitschenhieb reißt ihm ein Tic die Brauen hoch. Die runde, etwas groteske Gestalt des CGT-Generalsekretärs ergreift das Mikrofon. In seiner Ansprache gibt es viele Sprechfehler.

GENERALSEKRETÄR
JOSÉ G. ESPEJO
(im folgenden ESPEJO):
Mein General...

Großaufnahme von Perón, mürrisch.

... das Volk des Vaterlandes ist hier versammelt, um Ihnen, seinem einzigen Führer, zu sagen ...

Großaufnahme des riesigen Evita-Porträts.

... wie in allen großen Stunden: Zur Stelle, mein General!

Bilder von der Menge.

CHOR

(plötzlich einfallend): *Zur Stelle!* (Allmählich löst sich das Wort ganz natürlich auf und wird zu einem beharrlichen:) *Eee viii ta ...*

Perón, dergestalt herabgesetzt, ist noch immer düster, preßt die Lippen zusammen. Wäre es grausam, jetzt seinen Unwillen vorzuführen, indem man ihn vor dem Hintergrund der berauschten Menge ausschneidet? Ich überlasse die Idee dem Ermessen des Regisseurs. Den General stört es, in der größten Massen-Ansammlung der peronistischen Geschichte ein Nebendarsteller zu sein. Er beschließt, die Descamisados auf sich aufmerksam zu machen. Er hebt die Arme, führt die Hände zum Herzen. Sie hüpfen, erwidern seinen

Gruß mit stürmischen Gebärden. Aber sie rufen nicht seinen Namen. Sie rufen:

CHOR:

Eee viii ta ...

Langsam verliert der Nachmittag sein Licht. Perón setzt wieder die finstere, mürrische Miene vom Anfang auf. Sich die unsichtbare Feuchtigkeit von dem Schnurrbart trocknend, versucht Espejo die Situation unter Kontrolle zu bringen, doch er verschlimmert sie noch:

ESPEJO:

Mein General... (Der Ton ist flehend. Die Stimme wird vom Refrain der Menge zugedeckt.) *Mein General... Wir sehen, daß da jemand fehlt, Eure Frau Gemahlin, Eva Perón, die in der Welt nicht ihresgleichen hat...* (Stürmischer Beifall)

CHOR:

Evita soll kommen! Wo ist Evita?

ESPEJO:

Genossen ... Vielleicht hindert sie ihre Bescheidenheit, die ihre größte Auszeichnung ist... (Das folgende geht unter.) *Erlaubt mir, mein General, daß wir sie holen, damit sie hier bei uns ist.*

Wieder rasende Begeisterung. Die Kamera folgt dem abtretenden Espejo. Dann schnüffelt sie in einem Wald grauer Hosen mit scharfen Bügelfalten herum, bis sie auf einem ungeduldig auf und ab wippenden Schuh hängenbleibt. Perón. Die Kamera klettert an seinem Körper empor, verweilt auf seinen böswilligen Augen, setzt sich auf die Eisbahn seines pomadisierten Haars. [*Aufgepaßt: Diese Aufnahme gibt es. Wenn der Regisseur sie will, kann er sie in einer der beiden Ausgaben der spanischen Wochenschau ›NoDo‹ vom 22. August 1951 suchen.*] Über dem Kopf des Generals bricht Dunkelheit herein. Es ist abends halb sieben.

(Draußen. Abend. Derselbe Ort in Buenos Aires)

Man sieht Evita kommen, hinter ihr Espejo und ein Gefolge von Beamten.

»Das sind die, die sie im Bauministerium geholt haben«, sagte der Friseur. »Ich war hinter ihnen. Ich hatte ihr einen

Doppelkranz gemacht und einen leichten Hauch Schminke aufgetragen. Sie sah reizend aus.«

Gesamtaufnahme der ekstatischen Menge. Schnitt. Frauen, die auf dem Gehweg vor dem Club Español auf die Knie fallen. Schnitt. Arbeiterfamilien, die neben dem Obelisken weinen. Schnitt. Evita, die der Menge von der Tribüne aus Kußhände zuwirft. Auch sie kann die Tränen nicht zurückhalten. Nahaufnahme der Tränen [*es gibt eine wunderbare Aufnahme in ›NoDo‹*]. Espejo drängt sich nach vorn.

ESPEJO:
Und ich bitte, daß wir General Juan Perón als Kandidaten für den Präsidenten der Republik und Señora Eva Perón für die Vizepräsidentschaft proklamieren.

Evita sucht Zuflucht in den Armen ihres Mannes. Dann lehnt sie sich mit unsicherer Miene an die Tribünenbrüstung. »Ich ...« Ihre Lippen bewegen sich. »Ich ...« Es ist nichts zu hören. Schließlich setzt sie zu ihrer langen Rede an. [*Sie ist wirklich lang. In ›NoDo‹ und ›Diese*

Woche in Argentinien‹ gibt es vollständige Versionen. Ich empfehle dem Regisseur, nur einen Abschnitt zu verwenden, den vorletzten:]

»Wozu?« unterbrach mich der Friseur. »Sie wußte nicht, was sagen, sie starb fast vor Angst, spürte Peróns kritischen Blick, und das vergrößerte ihre Unbeholfenheit noch. Vergleichen Sie diese Rede mit denen früherer Monate. In diesen setzt Evita ihre Stimme nach Lust und Laune ein. Ihre Stimme beherrscht die ganze Szene. Hier nicht. Sie war völlig durcheinander. Wenn Sie sie in diesem beklagenswerten Zustand zeigen, zerstören Sie die majestätische Wirkung dessen, was kommt.«

»Es ist bloß ein Abschnitt«, insistierte ich. »Der vorletzte.«

EVITA:

Ich habe nichts getan. Alles ist Perón. Perón ist das Vaterland, Perón ist alles, und wir andern sind sternenweit vom Führer der Nation entfernt. Mit der geistigen Vollmacht, die mir die Descamisados des Vaterlandes geben, proklamiere ich Euch, mein General, bevor das Volk Euch wählt, zum Präsidenten der Argentinier (stürmischer Beifall).

Perón umarmt sie. Tumultuarische Aufnahmen von der Tribüne [*gute Aufnahmen in ›Diese Woche in Argentinien‹*]. Ein nicht identifizierter Gewerkschaftsführer tritt Evita mit dem Rücken zur Kamera gegenüber [*die Szene ist in einer der beiden ›NoDo‹-Ausgaben zu sehen*].

GEWERKSCHAFTSFÜHRER:
Sie haben uns noch nicht gesagt, ob Sie die Kandidatur akzeptieren oder nicht, Señora ... (Wendet sich dem Mikrofon zu.) *Señora! Das Volk wartet... Was wollen Sie ihm antworten?*

Unter der Tribüne winkt eine Schar Frauen mit weißen Taschentüchern.

CHOR:
Evita / soll akzeptieren ... /
Evita / soll akzeptieren ...

ESPEJO (im Off):
Genossen, hören wir General Peróns Wort.

Großaufnahme des siegesgewissen Perón, der sich dem Mikrofon nähert. Auf einmal scheint das Bild einzufrieren, aber das täuscht. Perón ist es, der vor Schreck gelähmt ist. Eben hat er einen herausfordernden Schrei gehört und dann den aufdonnernden Chor der Menge.

EINE STIMME (im Off):
Die Genossin Evita soll sprechen!

CHOR (im Off):
Evita / soll sprechen! Evita / soll akzeptieren!

PERÓN:
(versucht die Fassung wiederzugewinnen) *Genossen* … (Das Geschrei nimmt kein Ende.) *Genossen … Nur die starken, tugendhaften Völker sind Herr ihres Schicksals …*

Während die Kamera langsam in die Höhe fährt und die dichte Brandung der Menge, das Pulsieren der Fahnen auf den Balkonen und die Oasen einiger weniger Lagerfeuer einfängt, verschwindet die Stimme des Generals allmählich. Von oben gesehen, verschmelzen die Bilder mit der jetzt nächtlichen Szenerie. Ein Scheinwerfer peitscht die Gischt von einer Million Köpfen. Ganze Fackelströme beginnen zu leuchten, man weiß nicht, woher. Auf einmal bricht die Schwärze, die absolute Dunkelheit herein. Die warmen Lippen eines Mikrofons kommen auf den Zuschauer zu. [*Kann sich der Regisseur an das letzte Bild aus ›Der Glanz des Hauses Amberson‹ erinnern, diesem Meisterwerk von Orson Welles, das im Schatten von ›Citizen Kane‹ steht? Suchen Sie es, plagiieren Sie es.*] Aus diesem religiösen Nichts strömt die von allen erwartete Stimme:

EVITA (im Off):
Meine lieben Descamisados, meine Lieben …

Beim Zurückfahren stößt die Kamera auf Evitas Adlerprofil, und dort verharrt sie, hypnotisiert von ihren biegsamen, eleganten Armen und ihren zitternden Lippen.

EVITA:
Ich bitte alle hier versammelten Frauen, Kinder, Arbeiter, zwingt mich nicht, zu tun, was ich nie tun wollte. Um der Liebe willen, die uns eint, bitte ich euch, bevor ich eine in meinem unbedeutenden Leben so wichtige Entscheidung treffe, mir mindestens vier Tage Bedenkzeit zu geben.

CHOR
(im Off, aber ganz deutlich, rhythmisch):
Nein, nein! Evita! Heute!

»Jetzt müßten Sie die Gesichter der andern zeigen«, sagte der Friseur. »Espejo war blaß und wußte nicht, was tun. Langsam dämmerte ihm, wenn auch zu spät, daß die offene Bürgerversammlung ein historisches Mißverständnis war, das ihn den Kopf kosten konnte. Perón paßte gar nicht, was sich da abspielte. Das Unbehagen, die Ungeduld war ihm anzusehen. Was niemand je verstand, war, wie es soweit hatte kommen können. Eine Million Menschen waren durch die unermeßlichen Weiten Argentiniens hierhergereist, vergeblich! Haben Sie Evitas Gesicht gesehen? Als sie zu der Veranstaltung kam, war sie überzeugt, Perón persönlich würde ihre Kandidatur proklamieren. Wozu hätte man sie sonst geholt? Alles war ein einziges Durcheinander. Um ihren Mann nicht zu verdrießen, hätte sie lügen müssen. Aber sie wollte nicht lügen. Das konnte sie den Descamisados nicht antun. Auf einmal verwickelten sich die Menge und sie in einen Dialog mit ungewissem Ausgang, einen Salto mortale ohne Netz. Evita war nicht darauf vorbereitet, irgendeines der Worte zu sagen, die sie von da an sagt. Sie strömten ihr aus der Seele, aus den Gefühlen. Warum geben Sie in Ihrem Film nicht den vollständigen Dialog wieder? Er ist ergreifend.

EVITA:
Genossen. Versteht mich. Ich verzichte nicht auf meinen Kampfposten. Ich verzichte auf die Ehren.

Die Menge hebt die Fackeln in die Höhe, winkt mit Taschentüchern. Evita versucht sie mit verzweifelten Handbewegungen zu beschwichtigen.

CHOR:

Ant-wor-ten-Sie! Sa-gen-Sie-ja!

EVITA:

Genossen ... Ich hatte mir etwas anderes gedacht, aber am Ende werde ich tun, was das Volk sagt. (Stürmischer Beifall.) *Glaubt ihr, wenn das Amt der Vizepräsidentin eine Bürde wäre und ich eine Lösung gewesen wäre, ich hätte nicht längst zugestimmt? Morgen, wenn ...*

CHOR:

Heute, heute! Jetzt!

Eva wendet sich zu Perón um. Er spricht ihr ins Ohr.

»Wissen Sie, was der General zu ihr sagte?« fragte der Friseur. »Er sagte zu ihr: ›Sie sollen gehen! Bitte sie zu gehen.‹«

EVITA:

Genossen ... Um der Liebe willen, die uns eint ... (Ein Schluchzen umnebelt sie. Sie führt die Hände an den Hals. Die Bewegungen sehen aus, als wolle sie das Schluchzen wegstoßen, wisse aber nicht, wie. Sie seufzt, erholt sich.) *Bitte, bitte, zwingt mich nicht, zu tun, was ich nicht tun will. Ich bitte euch als Freundin, als Genossin, auseinanderzugehen ...*

CHOR:

Nein! Nein! (Die Stimmen verschlingen, vermischen sich.) *Auf zum Generalstreik! Zum Generalstreik!*

EVITA:

Das Volk ist der Souverän. Ich akzeptiere ...

Bilder von der Menge, die hüpft, tanzt, mit den Fakkeln spielt, Feuerwerksvulkane abbrennt. Von den Balkonen fallen Papierschnipsel, der Scheinwerferstrahl verschwindet hinter einem Fahnenwald. Die Worte ›Ich akzeptiere‹ kommen und gehen wie ein Psalm.

CHOR:

Sie hat gesagt, sie akzeptiert! Sie hat gesagt, sie akzeptiert!

Auf der Tribüne schüttelt Evita den Kopf, läßt die Arme sinken.

EVITA:

Nein, Genossen! Ihr irrt euch. Ich wollte sagen: Ich akzeptiere, was mir der Genosse Espejo sagt… Morgen mittag…

CHOR:

(Pfiffe. Und gleich darauf:) *Jetzt, jetzt! Auf der Stelle, jetzt!*

EVITA:

Ich bitte euch nur um ein bißchen Zeit. Wenn morgen…

CHOR:

Nein! Jetzt!

Evita dreht sich wieder zu Perón um. Sie wirkt abgezehrt vor Betäubung und Panik. In einer der beiden ›NoDo‹-Ausgaben zeichnen ihre Lippen deutlich die Frage: »Was soll ich tun?«

»Perón sagte ihr, sie solle nicht nachgeben«, erklärte mir der Friseur. »Sie solle die Antwort aufschieben. ›Die Frage ist, wer hat den dickeren Kopf‹, sagte er. ›Und du hast das letzte Wort. Sie können dich nicht zwingen.‹«

»Er hatte recht«, räumte ich ein. »Sie konnten sie nicht zwingen.«

»Sie zwangen sie. Sie waren entschlossen, sich nicht vom Fleck zu rühren.«

EVITA:

Genossen… Wann hat euch Evita je enttäuscht? Wann hat Evita nicht getan, was ihr wollt? Ist euch denn in diesem Augenblick nicht klar, daß die Entscheidung, die ihr von mir verlangt, für eine Frau so wie für jeden Bürger äußerst folgenreich ist? Und ich bitte euch doch nur um einige Stunden Zeit…

Die Menge erhitzt sich. Einige Fackeln erlöschen. Wie Lava fließt es: »Jetzt!« Das hemmungslose »Jetzt!« entfaltet seine Fledermaus-, Schmetterlings-, Vergißmeinnichtflügel. Das »Jetzt!« braust wie Vieh und reife Felder; niemand bremst sein Rasen, seine Lanze, sein feuriges Echo. [*Der Wahnsinnsschmaus dieses Wortes dauerte nach Angaben der Zeitung* Democracia *über achtzehn Minuten. Aber in den ›NoDo‹-Ausgaben und in ›Diese Woche in Argentinien‹ sind nicht mehr als zehn Sekunden davon gerettet. Ich schlage dem Regisseur vor, dieselbe Aufnahme in die Länge zu ziehen, bis die Zu-*

schauer vor Erschöpfung schlappmachen. Ich empfehle einen erotischen, eher geschlechtlichen Schnitt. So erhält man vielleicht einen Effekt von Wirklichkeit.]

CHOR:

Jetzt! Jetzt! Jetzt! Jetzt! [Und so weiter]

Evita bricht in Tränen aus. Sie schämt sich ihrer nicht mehr.

EVITA:

Und trotzdem überrascht mich das alles nicht. Seit langem wußte ich, daß mein Name immer wieder genannt wurde. Und ich habe nicht widersprochen. Ich habe es fürs Volk und für Perón getan, da es niemand gab, der sich ihm auch nur auf die Entfernung von Sternen hätte nähern können. Ich habe es für euch getan, damit ihr so die Männer der Partei kennenlernen konntet, die zu Führern berufen sind. Indem der General meinen Namen benutzte, konnte er sich vorübergehend vor den Parteiquerelen schützen ...

»Das ist der feierlichste Moment ihrer Rede«, sagte der Friseur. »Evita entblößt sich. *Ich bin nicht ich*, sagt sie. *Ich bin das, was mein Mann will, daß ich es bin. Ich lasse zu, daß er mit meinem Namen seine Intrigen spinnt. Da er mir seinen Namen gab, gebe ich ihm meinen.* Es war schrecklich, und niemand merkte es.«

»Auch sie merkte nicht, was sie da sagte«, antwortete ich.

EVITA:

Aber niemals dachte ich in meinem Herzen, dem einer unbedeutenden argentinischen Frau, ich könnte dieses Amt annehmen. Genossen …

Der Moment ist gekommen. Auch die Kamera ist ein lebendiges Wesen. Sie erschauert, gerät aus der Fassung. Wohin soll sie ihren Blick jetzt richten? Sie riecht die Ängste der Menge, auch sie ist angstfeucht. Sie kommt, sie geht: der Fackelozean, Evita.

CHOR:

Nein! Nein!

EVITA:

Heute abend … Es ist Viertel nach sieben. Ich … Bitte… Heute abend um halb zehn werde ich im Rundfunk…

CHOR:

Jetzt! Jetzt!

In der letzten ›NoDo‹-Ausgabe gibt es eine – vielleicht zufällige – Totale, die die gespannte Stimmung auf der Tribüne einfängt. Man sieht Espejo, wie er Perón unhörbar bestürzte Erklärungen abgibt. Evita fragt, was sie tun soll. Sie schaut ihren Mann nicht mehr an. Sie müßte in Vorwürfe ausbrechen, verkneift sie sich aber. Den Rücken zur Menge, deutet Perón mit dem Zeigefinger in die Kamera:

PERÓN:

Sofort aufhören!

Beim Tumult auf der Tribüne ist nicht leicht festzustellen, wem welche Stimme gehört. Manchmal erhebt sich ein sehr lautes hysterisches Keuchen, das nur der unglücklichen Evita zugeordnet werden kann.

ESPEJO:

Genossen ... Die Señora ... Die Genossin Evita bittet uns um nur zwei Stunden Wartezeit. Wir werden hierbleiben, bis sie uns ihre Entscheidung bekanntgibt. Wir werden uns nicht von der Stelle rühren, bis sie uns eine für die Wünsche des arbeitenden Volkes günstige Antwort gibt.

Wie auf einem Endlosband gehen wieder die weißen Taschentücher und das Fackelgeflecht in die Höhe.

EVITA:
Genossen: Wie General Perón sagte, ich werde tun, was das Volk sagt.

Stürmischer Schlußbeifall. Die Descamisados fallen auf die Knie. Die Kamera verliert sich in der Höhe, entfernt sich von der göttlichen Evita und ihrer wundervollen Musik, von dem Altar, auf dem sie soeben geopfert wurde, von den für ihre Trauernacht angezündeten Fackeln. [*Akzeptierte sie? Noch ist nicht alles verloren. Doch sie akzeptierte nicht.*]

»Ich wußte nicht, was ich mit Evitas letztem Satz anfangen sollte«, sagte ich zum Friseur. »Er ist nicht zu enträtseln. Ich gestehe, daß ich versucht war, ihn wegzulassen. Oder aber zwei Sätze daraus zu machen, was seinen Sinn geändert hätte. Ich dachte daran, Evita zu zeigen, wie sie sagt: ›Genossen: Wie General Perón sagte.‹ Dann hätte es eine Pause gegeben, Auslassungspunkte, vielleicht eine Aufnahme von der sie bedrängenden Menge. In den Wochenschauen gibt es Tausende von Metern mit Emotionen aller Art. Ich hätte diese gefilmten Emotionen sortieren und die zwei oder drei passendsten einfügen können. Schließlich wäre ich wieder zu einer Großaufnahme von Evita zurückgekehrt, mit dem zweiten Teil ihres Ausspruchs: ›Ich werde tun, was das Volk sagt.‹ Ihnen brauche ich ja nicht zu erklären, daß solche Bearbeitungen im Film gang und gäbe sind. Ein willkürlicher Schnitt oder ein Ausblenden genügt, um eine andere Vergangenheit zu erfinden. Im Film gibt es keine Geschichte, keine Erinnerung. Alles ist gleichzeitiges Leben, reine Gegenwart. Das einzig Wahre ist das Gewissen des Zuschauers. Und dieser letzte Satz von Evita, der an der offenen Bürgerversammlung die Massen derart in Begeisterung versetzte, hat sich mit der Zeit in Luft aufgelöst. Ohne die Emotion des Augenblicks bedeutet er nichts. Beachten Sie die Syntax. Sie ist höchst seltsam. Perón sagte mir, ich solle tun, was das Volk sagt, aber was das Volk mich tun heißt, ist nicht das, was Perón mir sagte.«

»Alle Evita-Reden glichen sich«, unterbrach mich der Friseur. »Alle außer dieser. Sie ging sehr geschickt um mit den Gefühlen, aber sehr unbeholfen mit den Worten. Sobald sie innehielt, um nachzudenken, trat sie ins Fettnäpfchen. Was Sie da geschrieben haben, ist in Ordnung, was soll ich Ihnen sagen. Sie haben getan, was Sie konnten. Es ist die offizielle Geschichte. Die andere wurde nicht gedreht. Sie befindet sich außerhalb des Films. Und sie könnte nicht einmal erfunden werden, denn die Hauptdarstellerin ist tot.«

Es wurde hell. Die Tische des Café Rex begannen sich mit Telefonistinnen und Bankkassierern zu füllen, die ihr Frühstück einnahmen. Dann und wann schien die Sonne zwischen dem Zigarettenrauch und den träge flatternden Mücken hindurch, die unberührt von Morgen und Nacht, Dürren und Sintfluten vor sich hin summten. Ich stand auf, um zu urinieren. Der Friseur folgte mir und urinierte neben mir.

»Diesem Film fehlt die Hauptsache«, sagte er. »Etwas, was nur ich gesehen habe.«

Er machte mich neugierig, aber ich hatte Angst zu fragen. Ich sagte:

»Sollen wir zu Fuß gehen? Ich bin schon nicht mehr müde.«

Wir gingen die abschüssige Calle Corrientes hinab, zwischen Losverkäufern und Philatelistenkiosken. Ich sah eine Frau mit nur einem Strumpf und geschwollenen Backen zwischen den Autos hindurchrennen; ich sah halbwüchsige Drillinge, die alle für sich und zugleich sprachen. Ich weiß auch nicht, warum ich das aufschreibe. Die durchwachte Nacht füllte meine Fantasie mit Vorahnungen, die ebenso wieder verschwanden, wie sie aufgetaucht waren. Als wir am Hotel Jousten vorbeikamen, fast am Ende des Abhangs, lud mich der Friseur zu einer Tasse heißer Schokolade ein. In den Gängen des Speisesaals standen einige lange leere Liegestühle, in denen sich Alfonsina Storni und Leopoldo Lugones ausgestreckt hatten, ehe sie den Entschluß faßten, sich umzubringen. Um sich unterhalten zu können, mußten sich die Gäste durch gedrechselte Blumentöpfe hindurch anschauen, aus denen ein Wald von Plastiknelken aufstieg. Ich werde niemanden durch den Sumpf des Gesprächs zerren, das nun folgte und von dem sich alles erübrigt, was ich bereits berichtet habe. Ich werde nur gerade die Aussagen des Friseurs wiedergeben, die – fast im selben Ton – seine fünfzehn Jahre zurückliegende Erzählung ergänzen.

Nach der offenen Bürgerversammlung bat mich Evita, sie nach Hause zu begleiten. Auf den Avenuen befand sich keine Menschenseele. Wir fuhren durch Löcher aus Stille wie in einem Alptraum. Evita zitterte, hatte wieder Fieber. Ich ging mit ihr in den Schlafzimmervorraum hinauf und hüllte sie in eine Daunendecke.

»Ich werde Ihnen einen Tee bringen lassen«, sagte ich.

»Und einen für dich, Julio. Geh noch nicht.«

Sie schlüpfte aus den Schuhen und löste sich den Kranz. Ich erinnere mich nicht einmal mehr, worüber wir sprachen. Ich glaube, ich empfahl ihr einen neuen Nagellack. Auf einmal hörten wir vom Erdgeschoß Stimmen heraufhallen. Das Soldatengesinde mobilisierte sich – ein Zeichen, daß der General hier war. Perón war ein Mann von strengen Gewohnheiten. Er aß wenig, zerstreute sich mit den Lustspielsendungen im Radio und ging früh schlafen. Diesmal überraschte mich sein Geschrei.

»Evita, China!« hörte ich ihn mit verdrießlich klingender Stimme rufen.

Ich wollte nicht stören und stand auf.

»Du rührst dich nicht von der Stelle«, befahl die Señora und eilte ohne Schuhe aus dem Raum.

Der General konnte nur wenige Schritte entfernt sein. Ich hörte ihn sagen:

»Eva, wir müssen uns unterhalten.«

»Natürlich müssen wir uns unterhalten.«

Sie zogen sich ins Schlafzimmer zurück, aber die massive Tür zum Vorraum blieb angelehnt. Wäre nicht alles so schnell und unvorhergesehen gekommen, ich hätte mich entfernt. Das Bestreben, keinen Lärm zu machen, hielt mich zurück. Steif auf der Stuhlkante sitzend, bekam ich das ganze Gespräch mit.

»...widersprich nicht mehr und hör mir zu«, sagte der General. »In wenigen Augenblicken wird die Partei deine Kandidatur proklamieren. Du wirst ablehnen müssen.«

»Ich denke nicht daran. Auf mich werden die Saukerle, die dich überredet haben, keinen Druck ausüben, weder die Pfaffen noch die Oligarchen, noch die Scheißmilitärs. Du wolltest mich nicht proklamieren, nicht wahr? Jetzt sieh zu, wie du dich aus der Affäre ziehst. Meine Arbeiter haben mich proklamiert. Wenn du mich nicht als Kandidatin wolltest, hättest du nicht nach mir schicken müssen. Jetzt ist es zu spät. Entweder bezieht man mich mit ein oder niemanden. Mich wird man nicht bescheißen.«

Er ließ sie sich austoben. Dann sagte er:

»Es ist nicht ratsam, starrsinnig zu sein. Man hat dich proklamiert. Aber weiter kann man nicht gehen. Je eher du verzichtest, desto besser.«

Ich hörte, wie sie zusammenbrach. Oder tat sie nur so?

»Ich will wissen, weshalb. Erklär's mir, und ich bin ruhig.«

»Was soll ich dir erklären? Du weißt ebensogut wie ich, wie die Dinge liegen.«

»Ich werde im Staatsfunk sprechen.« Ihre Stimme bebte. »Morgen früh. Ich spreche, und alles ist zu Ende.«

»Das ist das beste. Improvisiere nicht. Laß dir ein paar Worte aufschreiben. Verzichte, ohne eine Erklärung abzugeben.«

»Du bist ein Dreckskerl«, hörte ich sie explodieren. »Du bist der schlimmste von allen. Ich wollte diese Kandidatur nicht. Meinetwegen hättest du sie dir in den Arsch stecken können. Aber ich bin nun einmal an diesen Punkt gekommen, und zwar weil du es wolltest. Du hast mich auf den Ball mitgenommen, nicht? Und jetzt tanze ich. Gleich morgen früh spreche ich im Radio und akzeptiere. Niemand wird mich daran hindern können.«

Einen Moment war es still. Ich hörte den aufgeregten Atem der beiden und hatte Angst, sie könnten auch meinen hören. Dann sprach er. Er ließ jede Silbe einzeln fallen:

»Du hast Krebs. Du stirbst langsam an Krebs, und dagegen gibt es kein Heilmittel.«

Nie werde ich das vulkanische Weinen vergessen, das sich in der Dunkelheit erhob, in der ich mich verbarg. Es war ein flammendes Weinen, ein Weinen von Panik, Einsamkeit, verlorener Liebe.

Evita schrie:

»Scheiße, Scheiße!«

Ich hörte die Dienstmädchen hin und her eilen und verließ das Haus wie ein Schlafwandler.

Der Friseur wandte sein Gesicht ab. Ich wich seinem Blick aus, als er meinen kreuzte. Er war zu voll von Erinnerungen und alten Gefühlen, und ich wollte nicht, daß eines an mir haften bliebe.

»Gehen wir«, sagte ich. Ich wollte weg von diesem Morgen, vom Hotel, von dem, was ich gesehen und gehört hatte.

»Ich kam etwa um zwei Uhr früh nach Hause«, fuhr der Friseur fort.

Ich spürte, daß er nicht mehr mit mir sprach.

»Meine Kusinen erwarteten mich im Nachthemd. Von einem Unterstand in der Calle Alsina aus hatten sie den General zur offenen Bürgerversammlung kommen sehen, aber da die Menge sie hin und her peitschte, standen sie nahe bei der Tribüne, als Evita sprach, zwanzig oder dreißig Schritte entfernt. »Wir haben ihre Porzellanhaut gesehen«, sagte die mit dem Kropf. »Wir haben ihre langen Pianistenfinger gesehen, den strahlenden Heiligenschein um ihr Haar ...« Ich unterbrach sie: »Evita hat keinen Heiligenschein. Mir könnt ihr keinen solchen Bären aufbinden.« – »Doch, hat sie«, beharrte die mit der größeren Nase. »Wir alle haben ihn gesehen. Am Ende, als sie sich verabschiedete, sahen wir auch, wie sie einen Meter, einen Meter zwanzig oder wer weiß wieviel von der Tribüne aufstieg, sie stieg in die Luft auf, und ihren Heiligenschein sah man ganz deutlich, man hätte blind sein müssen, um ihn nicht zu sehen.«

5 *»Ich habe mich damit abgefunden, ein Opfer zu sein«*

Zwei Bilder zierten das Büro des Obersts im Nachrichtendienst. Das größere war die obligate Reproduktion des Ölgemäldes von Blanes, auf dem sich der Befreier José de San Martín wechselndem Kriegsglück beugt. Das Thema des andern Bildes war die Ordnung. Es handelte sich um eine Bleistift- und Temperaskizze, auf der man Immanuel Kant durch die Straßen von Königsberg gehen sieht, während die Einwohner die Genauigkeit ihrer Uhren prüfen. Wegen eines entzündeten Backenzahns hat sich der Philosoph ein großes Taschentuch um den Kopf gebunden, aber er schreitet energisch aus, wohl wissend, daß jeder seiner Schritte die Stadt in ihrem eingespielten Alltag bestärkt und die Unbilden des Chaos fernhält. Auf Balkonen oder in Ladeneingängen wiederholen die Bürger das tägliche Ritual und stellen ihre Uhren nach der von Kants Spaziergang bezeichneten Stunde. Unter der Zeichnung, einem Werk des Illustrators Ferdinand Bellermann, verkündet eine Legende auf deutsch: ›Meine Heimat ist die Ordnung.‹

Dem Oberst war Genauigkeit eine Gewohnheit. Jeden Morgen notierte er in einem Heft die Arbeiten, die er schon erledigt hatte, und die, die er in Angriff zu nehmen beabsichtigte. Bei den Aufgaben dieses Tages tauchte erstmals ein jäher Schrecken auf: Evita. Allein mit dem Einbalsamierer im Heiligtum, hatte der Oberst endlich den Leichnam im Glasprisma gesehen. Dieser Anblick hatte ihn weniger überrascht als seine Mühe, sich von etwas so Regelwidrigem wie der Überraschung zu erholen. Wie Dr. Aras Notizen verkündeten, war Evita eine flüssige Sonne, die zurückgehaltene Flamme eines Vulkans. Unter diesen Bedingungen wird es schwierig sein, sie zu beschützen, dachte er. Was bewegt sich in ihr drin? Ströme von Gas, Quecksilber, Trockeneis? Vielleicht hat der Einbalsamierer recht, und die Leiche verdampft bei der Überführung. Bestimmt ist sie giftig. Und wenn der Leichnam, den ich gesehen habe, gar nicht der ihre ist? Dieser Verdacht peinigte ihn unablässig, wie ein Möbelstück, das nicht an seinem gewohnten Ort steht.

Er schrieb in das Heft: 22. *November. Wie viele Leichen gibt es? Vielleicht weiß die Mutter nähere Details. Mit ihr sprechen. An der Frau eine untilgbare Marke anbringen, sie mit dem Brandzeichen versehen wie eine Stute. Feststellen, wo die Kopien hingekommen sind. Den geheimen Ort bestimmen, an dem sie bis auf Widerruf verbleibt. Überführungsaktion ausarbeiten. Datum und Stunde festsetzen – am* 23. *um Mitternacht?*

Es war zuviel Arbeit. Er mußte so rasch wie möglich beginnen. Er griff zum Telefon und rief Doña Juana an. Während er wartete, bis man sie an den Apparat geholt hatte, hörte er durch die Leitung das Schlurfen ihrer altersschwachen Schritte, den asthmatischen Atem, dann die brüchige Stimme:

»Was will man denn jetzt wieder von mir?«

»Ich bin Oberst Moori Koenig.« Die Stimme floß in Großbuchstaben. »Der Präsident der Republik hat mich beauftragt, Ihre Tochter christlich zu bestatten. Im Lande gibt es keinen näheren Angehörigen mehr als Sie. Ich muß Sie für ein paar Formalitäten besuchen. Kann ich ...?«

»Man hat mich für nichts, was getan wurde, um Erlaubnis gebeten. Ich sehe keinen Grund, warum jetzt...«

»Ich werde noch vor Mittag bei Ihnen sein. Sind Sie damit...?«

»Seit Tagen suche ich um die Pässe meiner Familie nach.« Bei jedem zweiten Wort räusperte sie sich. »Die Polizei gibt sie mir nicht. Vielleicht tun ja Sie was. Bringen Sie sie mir. Ich will weg von hier. Meine ganze Familie geht. Das Land ist unlebbar geworden.«

»Unlebbar?« wiederholte der Oberst.

»Kommen Sie. Es ist Zeit, daß diese Geschichte ein Ende hat.«

In den Zeitungsstapeln auf seinem Schreibtisch suchte er irgendeine Nachricht über die Leiche. Schon seit Monaten sickerte keine einzige Zeile mehr durch. Aus Aberglauben, aus Angst? Jeden Augenblick konnte alles entdeckt werden. Jetzt, da die Leiche in andere Hände kommen sollte, hatte niemand das Geheimnis unter Kontrolle. Er las: IN DEN VEREINIGTEN STAATEN WERDEN WOHNPARZELLEN AUF DEM MOND VERKAUFT. *New York (AP)*. Ein dubioser, vom ehemaligen Präsidenten des Hayden-Planetariums gegründeter Förderverein hat schon viertausendfünfhundert Interessenten gefunden, die bereit sind, je einen Dollar zu investieren. VORLÄUFIG KEINE BENZINPREISERHÖHUNG. Dies hat der Industrieminister, Ingenieur Álvaro Carlos Alsogaray, angekündigt, der an der Abfassung eines Programms zur wirtschaftlichen Erholung des Landes mitarbeitet, das von der Politik des abgesetzten Diktators verwüstet ist. STREITKRÄFTE EINIGER DENN JE. Der Interimspräsident der Republik, General Pedro Eugenio Aramburu, betonte gestern in einer Radioansprache die unerschütterliche, solidarische Einheit aller Verbände angesichts der Gebote der Befreiungsrevolution... Mit größter Aufmerksamkeit sah der Oberst die Kurzmeldungen durch. Nichts. Welche Erleichterung: nichts.

Durch die dunklen Panzerglasfenster seines Büros betrachtete er die Jacarandabäume auf der Avenida Callao, die sich nicht davon abhalten ließen zu blühen. Oben in den Wipfeln summten die Bienen. Der Frieden dieser grünen Bienenstöcke wollte nicht zum Lärm der Autobusse und Straßenbahnen passen. Bienen in Buenos Aires? Es war Frühling, eine Flut von Blättern und Papieren verstopfte die Abwasserkanäle, die Bienen störten die symmetrische Lebensordnung nicht.

Auch Doña Juanas Garten erwachte voller Bienen. Die Mutter war hinausgegangen, um Morgenluft zu schnappen, und auf einmal entdeckte sie in der Höhe die Zickzackbewegungen des Schwarms. Sie ging ins Haus zurück, um von dem Wunder zu berichten, als jemand vor der Tür in die Hände klatschte, um eingelassen zu werden. Zu dieser Stunde?

Durchs Guckloch erkannte sie die Glatze des Butlers, der Evita bis am Vorabend ihres Todes ergeben gedient hatte. Atilio Renzi. Er hatte zwei Mappen bei sich und wollte sie ihr aushändigen.

»Was bringen Sie mir da, Renzi? Was soll ich damit?«

»Das sind Schriftstücke Ihrer Tochter. Ich habe sie mit knapper Not aus der Residenz gerettet.«

»Behalten Sie sie bei sich, Renzi. Ich bin schon so gut wie aus Buenos Aires weg. Heben Sie sie für mich auf, bis ich zurück bin.«

»Ich habe mein Leben aufs Spiel gesetzt, um sie Ihnen zu bringen, Doña Juana«, sagte der Mann. »Ich möchte jetzt nicht das Gefühl haben, daß das nichts wert ist.«

Als mir Renzi vierzehn Jahre später die Geschichte selbst erzählte, erinnerte sich seiner fast niemand mehr. Ich mußte mehrere Archive durchsuchen, ehe ich auf Spuren seines früheren Lebens stieß. Soweit ich erkennen konnte, handelte es sich um ein reiches Leben. Atilio Renzi. Auf einem verschwommenen Foto in der Zeitung *Democracia* sieht man ihn, wie er die Frauen, die vor dem Eingang der Residenz im Regen für die Gesundheit der Señora beten, um Ruhe ersucht. Ein kleiner, steifer, nasser Mann: der treue Butler, der Evita wie ein Schatten folgte und mit ihr von der Bildfläche verschwand. Ich las, daß er Infanterieunteroffizier gewesen war, bis ihn Perón in seinen persönlichen Dienst nahm, zunächst als Fahrer und dann als Verwalter des Palastes. Aber sehr bald konvertierte Renzi zur Evita-Religion und diente Perón nur noch mit seiner Höflichkeit. Immer wenn sie sich um die Benachteiligten kümmerte, verspürte auch er Selbstmitleid, so daß sich einige Tränen in seine Augen stahlen. Die Señora schämte sich für ihn, wenn sie ihn in dieser Verfassung sah, und sagte leise zu ihm: »Gehen Sie ins Bad, Renzi. Ich mag es nicht, wenn Sie Aufsehen erregen.« Im Bad dachte er: ›Ich darf nicht weinen, ich darf nicht weinen. Sie bleibt stark, während ich mich derart blamiere.‹ Aber bei diesem Gedanken weinte er nur noch mehr.

Renzi kam etwa um acht zu Doña Juanas Haus. Seine Glatze schwitzte, der Hut zitterte ihm in den Händen, er wußte nicht, wie seine ausgefransten Manschetten verbergen. Doña Juana machte ihm zwischen den in der Diele verstreuten Reisetaschen einen Weg frei, doch Renzi gab ihr zu verstehen, das sei nicht nötig.

»Ich muß sogleich wieder gehen«, sagte er, obwohl es nicht stimmte.

Das eine Mal, das ich mit ihm sprach, erzählte er mir, der Mut habe ihn verlassen. »Ich wollte nichts wie weg, mein Gott! Die Papiere aushändigen und wieder gehen.«

Renzi war schon drei Jahre Verwalter der Residenz, als ihm das Gerücht zu Ohren kam, Evita sieche an Krebs dahin. Sie so entkräftet zu sehen, nur noch Haut und Knochen, weckte in ihm eine Ergebenheit, die stärker war als die Scham. Er wusch sie, rieb ihre geschwollenen Füße mit Öl ein, trocknete ihr die Tränen und den Rotz. Um sie darüber hinwegzutäuschen, daß sie der Krebs erschreckend hatte abmagern lassen, räumte er sämtliche Toilettenspiegel weg und fixierte den Druck der Waagen bei konstant sechsundvierzig Kilo. Auf dem Höhepunkt ihrer Agonie, als Frauen von den Stadträndern von Buenos Aires zur Plaza de la República pilgerten und um ein Wunder flehten, das ihr das Leben retten sollte, setzte Renzi die Radioapparate außer Betrieb, damit Evita das lange, schreckliche Weinen der Massen nicht höre.

Nach dem Tod der Señora begann Perón wochenlang aus der Residenz zu verschwinden, und der beschäftigungslose Butler streifte still durch die leeren Gänge, mit einem Flederwisch auf der Jagd nach nicht vorhandenen Staubfäserchen. In Renzis Erinnerung (einer furchtsamen Erinnerung, wie er mir sagte, aus der sich die glücklichen Augenblicke zurückgezogen hatten) geriet der Präsidentenpalast mit jedem Tag mehr in Verfall: Auf den Damastbezügen der Sessel breiteten sich Schimmelflecken aus, die goldenen Vorhangtroddeln fielen ab, und nachts hörte man das rasende Vorrücken der Termiten in den Pfosten der Treppengeländer. Perón haßte das Haus, und das Haus haßte ihn. In diesem Haß gab es keine Rast, bis er gestürzt wurde und zu fliehen beschloß.

Am Morgen der Flucht trug ihm Renzi die Koffer zum Wagen, und als sich der General anschickte, ihn zu umarmen, tat der Butler so, als bemerke er es nicht, und ging mit den Händen an den Hüften zum Haus zurück. Er zahlte den Dienern die letzten Löhne aus und schickte sie fort, zahlte sich selbst aus und beschloß, im Zimmer der Señora, das seit dem Vorabend ihrer Beerdigung verschlossen geblieben war, auf die Nacht zu warten. In ihrem Zimmer lagen noch immer unberührt die Büstenhalter und die Dior-Schlüpfer, die Evita in den Stunden der Agonie hatte kaufen lassen, sowie die Festgewänder, die ihr der Damenschneider Jamandreu, im Glauben, sie täuschen zu können, drei Tage vor dem Tod noch genäht hatte. Renzi strich zärtlich über diese Spuren des Körpers, den er so verehrt hatte, atmete die Reste von Rouge, von Coty-Nasenpuder, von Chanel N° 5 ein, breitete auf dem Bett die Seidenunterröcke und die in den Kommoden unter Cellophanschichten ruhenden Satinpyjamas aus, legte sich die Hermelinstola um den Hals, die das Politbüro der Sowjetunion in den ersten Monaten des Jahres 1952 der Señora mit einem Briefchen von Stalin persönlich als Geschenk geschickt hatte, und begann auf den Kissen zu weinen, wo auch sie geweint und den verfluchten Tod verflucht hatte.

Als es dunkelte, hatte er eine Aufwallung von Neugier. Er öffnete den Sekretär, in dem Evita ihre Briefe und Fotos aufbewahrte, und sah sie aufmerksam durch, in der Absicht, eines mitzunehmen. Er fand eine noch vor der Krankheit geschriebene Mitteilung mit Anweisungen für die Maniküre und einige Bilder von ihren letzten Ausgängen, denen sie selbst die Beine abgeschnitten hatte, vielleicht weil sie in diesem Zustand extremer Magerkeit dürrer aussahen, als sie waren.

Er knipste ein paar Lampen an, um Plünderer fernzuhalten. In diesen ersten Stunden nach General Peróns Flucht war das Land noch ohne Regierung, und laut Radiobericht herrschte eine Feuerpause, solange die Beratungen von Generalen und Admiralen andauerten. Der Regen ließ nicht nach, und aus Angst vor Heckenschützen blieben die Leute zu Hause. Schon früh waren die Wachen von der Residenz abgezogen worden, wo es niemanden mehr zu schützen gab.

Hinter einem zwischen den Schubladen des Sekretärs versteckten Türchen, das sich auf Druck einer Geheimfeder öffnete, entdeckte Renzi ein halbes Hundert handgeschriebene Blätter, die offenbar das Manuskript des Buches waren, das die Señora während ihrer Krankheit verfaßt hatte und das den Titel *Meine Botschaft* trug. Die Schrift war unstet. Einige Sätze, mit eckigen Buchstaben gezeichnet, lösten sich in vereinzelt dastehende, ungleichmäßige Schriftzeichen auf, als mache der Atem der Worte aus Evita verschiedene Personen. Andere Blätter, mit regelmäßiger, exakter Schrift, mußten in den Momenten entstanden sein, in denen sie nicht die Kraft hatte, sich aufzusetzen, und die Sätze diktierte. In einer zweiten Mappe befand sich derselbe Text, diesmal maschinengeschrieben, aber mit Weglassungen und beträchtlichen Änderungen.

Zuhinterst im Versteck stapelten sich einige Schulhefte mit Daten aus den Jahren 1939 und 1940, in denen sich Evita als Theaterschauspielerin durchgeschlagen hatte. Die ungeraden Seiten begannen mit mehrfach unterstrichenen Wörtern, *Nägel*, *Hahre*, *Beine*, *Mekap*, *Nase*, Proben und *Ausgaben für Krankenhaus*, gefolgt von einer Liste mit Aufträgen, die immer unerledigt blieben.

Renzi begann sie zu lesen, hielt aber gleich wieder inne, überrascht von seiner Indiskretion. Zu ihren Lebzeiten war er äußerst besorgt gewesen um die Intimsphäre der Señora, und er dachte, um so respektvoller habe er jetzt zu sein, wo sie nicht mehr da war, um sich zu verteidigen. Die Hefte gehörten in die geheimste, unglücklichste Zeit ihres kurzen Lebens, und deshalb durfte sie kein Eindringling zu Gesicht bekommen. Diese Lektüre war nur für eine Mutter bestimmt, dachte Renzi, und da beschloß er, sie Doña Juana zu bringen. Er legte die maschinengeschriebenen Seiten von *Meine Botschaft* in die Geheimschublade des Sekretärs zurück und versteckte die Schulhefte und das Buchmanuskript zwischen den Kleidern in seinem Gepäck. Um Mitternacht verriegelte er sämtliche Türen der Residenz mit doppelten Schlüsseln und trat in den Regen hinaus, um ein Taxi zu suchen.

Zwei Monate später, als er endlich den Mut zu einem Treffen mit Doña Juana aufbrachte, war sie zu nervös, um den Wert dieser Dokumente zu erkennen. Sie ließ sie offen auf dem Gepäck liegen und bedankte sich für die Gabe mit einem dieser linkischen, unbedachten Sätze, die ihr den Ruf einer gefühllosen Frau eingetragen hatten: »Schauen Sie doch, wie es in meiner Wohnung aussieht, und nun kommen Sie und bringen mir noch mehr Papier. Haben Sie die Bienen draußen gesehen? Schauen Sie sie an. Sie machen mir angst. Es sind Tausende.« Renzi kehrte ihr den Rücken und zog sich grußlos und für immer sowohl von dieser Diele als auch aus dieser Geschichte zurück.

Im Schlafzimmer wurde die Mutter wieder von den Krämpfen belagert. Es war heiß und die Feuchtigkeit schlammschwer. Sie klammerte sich an einen schmerzfreien Moment, und während sie ruhig dalag, hatte sie das Gefühl, mit der Fingerspitze irgendein Ende zu berühren. Das Ende der

Welt? Nicht ich bin es, die dabei ist zu gehen, sondern das, was mich umgibt. Das ist das Ende meines Landes. Das Ende ohne Eva, ohne Juancito. Das Ende meiner Familie. Wir sind auf die andere Seite des Todes gefallen, ohne es zu merken. Wenn ich mich im Spiegel betrachten will, werde ich nichts sehen, er wird leer sein. Ich werde nicht einmal von hier wegkönnen, weil ich gar nie gekommen bin.

In ihrer Erinnerung erschien jetzt alles als Glück, was sie einmal als Unglück erlebt hatte. Sie trauerte dem Fußwippen an der Nähmaschine nach, an der sie sich die Augen verdorben hatte, den Kartenspielen mit den Gästen ihrer Pension in Junín, dem Geißblatt an den unverputzten Wänden, den Nachmittagsspaziergängen neben den Eisenbahnschienen, den Streitereien mit den Nachbarinnen und den Kinobesuchen am Mittwoch, wenn sich ihr bei Bette Davis' Hysterieanfällen und Norma Shearers Leben ohne Liebe die Kehle zusammenschnürte. Das war nur die Hälfte von dem, wonach sie sich zurücksehnte, denn sie besaß nicht mehr die Kraft, sich nach allem zurückzusehnen. Sie hatte zugelassen, daß sich die andere Hälfte von ihrer müden Haut ablöste und bei andern Körpern anklopfte. Sie war am Ende, mein Gott, sie kam nicht einmal mehr mit ihrer Seele zurecht.

Sie blieb im Bett, bis die von den Krämpfen durcheinandergebrachten Muskeln allmählich wieder zur Ruhe kamen. Sie hörte die Schläge des Türklopfers und die kehlige Stimme des Obersts, der sich vorstellte. Sie seufzte. Dann puderte sie sich das Gesicht, verbarg die runzligen Säcke an den Kinnladen in einem Schultertuch und ihre strähnigen Haare unter einem schwarzen Turban. So ging sie den Besucher empfangen, als hätte der Tag eben erst begonnen.

Der Oberst wartete schon über eine Viertelstunde auf sie. In der Halle mit dem dunklen Parkettboden prallten wie in einem Basar ein Plastiksofa mit Armlehnen aus imitiertem Marmor, eine rustikale, verschwommen bretonische Kredenz, ein rechteckiger Eichentisch mit großen Mahagonistühlen an den Stirnseiten und, auf dem Kamin unter einem Evita-Ölgemälde, ein ländlicher Altar mit einer Obstschale voll frischer Blumen aufeinander. Trotz der abweisenden Möbel war der Raum hell. Die Sonne sickerte warm durch das Oberlicht. Von dort drang ein Geraschel herunter. Bienen? fragte sich der Oberst. Oder vielleicht Vögel. Oben beäugten ihn zwei ausdruckslose Gesichter, die beide eine entfernte Ähnlichkeit mit Evita hatten. In unregelmäßigen Abständen hob sich eine Hand über das linke Gesicht. Die Fingernägel waren lang und in einer Farbe lackiert, die von Grün ins Violett spielte. Manchmal fielen die Nägel auf die Scheibe der Luke und glitten über sie weg. Das Geräusch war so schwach, so gedämpft, daß es nur geübte Ohren wie die des Obersts wahrnehmen konnten. Wo hatte er zuvor schon diese glänzenden Haare gesehen? In den Zeitungen, kam ihm in den Sinn. Das waren Evitas Schwestern. Oder am Ende zwei Frauen, die die Schwestern nachahmten? Manchmal zeigten sie auf ihn und unterbrachen sich, um ihm ein dümmliches Lächeln zu schenken. Kaum betrat die Mutter die Halle, entfernten sich die Gesichter von der Scheibe.

Der Oberst war überrascht, daß Doña Juanas Stimme nicht recht zu ihrem Aussehen paßte. Die Stimme flötete und drang stoßweise heraus, als hätte sie Mühe, die Barriere der künstlichen Zähne zu überwinden. Ihr Auftreten jedoch war ehrfurchtgebietend.

»Moori Koenig, nicht wahr? Haben Sie die Pässe bei sich?« fragte sie, ohne ihn zum Sitzen aufzufordern. »Ich und meine Töchter wollen möglichst rasch abreisen. Wir ersticken in diesem Rauchfang.«

»Nein«, erwiderte der Oberst. »Ein Paß ist keine einfache Angelegenheit.«

Die Mutter ließ sich aufs Plastiksofa fallen.

»Sie wollen mit mir über Evita sprechen. Also gut, sprechen Sie. Was hat man mit ihr vor?«

»Ich habe eben den Einbalsamierer besucht. Die Regierung hat ihm einen oder zwei Tage gegeben, um mit den Bädern und Salben abzuschließen. Danach werden wir Ihre Tochter christlich bestatten, mit allen Medaillen, wie Sie es verlangt haben.«

Die Lippen der Mutter kräuselten sich.

»Wohin wird man sie bringen?«

Der Oberst wußte es nicht.

»Man prüft mehrere Orte«, improvisierte er. »Vielleicht unter den Altar irgendeiner Kirche, vielleicht auf den Friedhof von Monte Grande. Zunächst werden wir weder einen Grabstein noch eine Platte, noch sonst etwas anbringen, was sie identifizieren könnte. Man muß sehr diskret sein, bis sich die Gemüter beruhigt haben.«

»Bringen Sie sie mir, Oberst. Das ist das beste. Sobald ich die Pässe habe, nehme ich sie mit. Es gibt keinen Grund, warum Evita in einem namenlosen Grab landen sollte, als hätte sie keine Familie mehr.«

»Das ist nicht möglich«, sagte der Oberst. »Das ist nicht möglich.«

»Nennen Sie ein Datum. Wann kann ich gehen?«

»Heute, wenn Sie wollen. Morgen. Das hängt von Ihnen ab. Ich brauche bloß Ihre Erlaubnis für die Beerdigung. Und die Papiere. Ja. Die Papiere.«

Die Mutter musterte ihn verwirrt.

»Welche Papiere?«

»Die, die Ihnen Renzi heute morgen gebracht hat. Sie müssen sie mir geben.«

Wieder hörte er das Rascheln an der Glasscheibe und glaubte oben das Gesicht der einen Schwester zu sehen. Sie trug Lockenwickler und hatte die Augen weit aufgerissen, wie Betty Boop.

»Das ist die Höhe«, sagte die Mutter. »Eine Kloake. Was ist das bloß für ein Land? Man nimmt mir die Pässe weg, überwacht, wer in meinem Haus ein und aus geht, läßt mich nicht leben. Perón soll ein Tyrann gewesen sein, aber Sie alle sind schlimmer, Oberst. Sie sind schlimmer.«

»Ihr Schwiegersohn war korrupt, Señora. In dieser Regierung sitzen nur Gentlemen – Ehrenmänner.«

»Alle sind dieselben Scheißkerle«, murmelte die Mutter. »Ehre, die stinkt. Sie entschuldigen.«

»Renzis Papiere. Sie müssen sie mir geben.«

»Sie gehören nicht mir. Sie gehören niemandem. Renzi sagte mir, sie gehörten Evita, aber ich habe nicht einmal Zeit gehabt, sie mir anzusehen. Ich denke nicht daran, sie Ihnen zu geben. Stellen Sie sich einfach vor, es gibt sie nicht.«

»Ich werde sie so oder so mitnehmen. Das sind sie, nicht wahr?«

Er wollte die auf dem Durcheinander des Gepäcks liegenden Mappen an sich nehmen, doch die Mutter kam ihm zuvor. Sie packte die Papiere und setzte sich herausfordernd darauf.

»Gehen Sie, Oberst. Sie haben mich schon genug verrückt gemacht.«

Der Oberst seufzte resigniert, als spräche er mit einem kleinen Mädchen.

»Schließen wir ein Abkommen«, sagte er. »Sie geben mir die Mappen und unterschreiben diese Beglaubigung, und morgen nachmittag schicke ich Ihnen die Pässe. Ich gebe Ihnen mein Wort.«

»Alle belügen mich. Ich habe schon Dr. Ara eine Vollmacht unterschrieben. Und jetzt verlangen Sie eine Beglaubigung von mir. Alle lügen.«

»Ich bin ein Offizier der Armee, Señora. Ich darf Sie nicht belügen.«

»Sie sind ein Mann. Das genügt mir, um Ihnen nicht zu glauben.« Sie strich sich den Rock glatt und schüttelte eine Weile den Kopf. Dann sagte sie: »Was soll ich unterschreiben.«

Der Oberst zog ein maschinengeschriebenes Dokument mit dem Monogramm der Botschaft von Ecuador aus der Aktentasche und zeigte es ihr. Es lautete: *Ich, Juana Ibargu-*

ren Duarte, willige ein, daß die Leiche meiner Tochter Evita durch die Oberste Regierung der Nation von dem Ort, an dem sie sich jetzt befindet, an einen andern überführt wird, wo ihre ewige Sicherheit garantiert ist. Ich gebe diesem Willen aus freiem Entschluß Ausdruck. Unten bestätigten zwei Zeugen, daß die Mutter am 15. Oktober 1955 in ihrer Gegenwart unterzeichnet hatte. Nichts daran stimmte, wie man weiß: weder das Datum noch das Monogramm, noch die Zeugen.

»Morgen werde ich Ihnen die Pässe schicken«, wiederholte der Oberst, während er ihr einen Federhalter reichte. »Morgen, ganz sicher.«

Die Mutter rückte zur Seite und gab ihm die Mappen. Früher oder später würde man sie ihr ja doch wegnehmen. Der Oberst oder irgendein anderer würde ihr früher oder später alles wegnehmen, was ihm gerade in den Sinn käme.

»Es ist besser, Sie halten Ihr Versprechen ein.« Sie betonte die Silben. »Ich bin nicht allein, Oberst. Ich bin nicht wehrlos.«

»Sie brauchen mir nicht zu drohen. Ich werde es einhalten.«

»Gehen Sie jetzt.« Die Mutter stand auf. »Passen Sie auf meine Tochter auf. Machen Sie nicht den Fehler, eine Kopie zu beerdigen.«

Das Rascheln am Oberlicht wurde beharrlich und monoton. Eine ganze Traube von Bienen krabbelte auf den Scheiben und summte in ihrem unaufhörlichen Geschäft.

»Sie können beruhigt sein. Die Leiche ist identifiziert.«

»Und die Kopien? Hat man Ihnen die drei Kopien schon gegeben?«

»Übertreiben Sie nicht«, sagte der Oberst von oben herab. »Es gibt nur eine.«

»Es gibt drei. Ich habe sie gesehen. Die, die mich am meisten beeindruckte, war in die Lektüre einer Postkarte versunken. Sie schien zu leben. Selbst ich dachte, es sei Evita.«

Sie fing an zu weinen. Sie wollte die Tränen zurückhalten,

doch sie flossen von selbst – aus andern Augen, von einem andern Ort, aus sämtlichen Vergangenheiten, in denen sie gelebt hatte.

»Hören Sie die Bienen«, sagte der Oberst. »Sie sind in der ganzen Stadt. Seltsam. Und im Radio, ich weiß nicht ... Im Radio wird kein Wort über diese Plage gesagt.«

Als er wieder draußen war, unter einem gelben, unbarmherzigen Himmel, beugte sich der Oberst einen Moment lang der Verwirrung der Wut. Drei Kopien der Leiche. Er mußte unbedingt und so schnell wie möglich in ihren Besitz gelangen. Er käute die Sätze der Mutter wieder. Alle lösten sich ihm in ein einziges verhaßtes, tödliches Wort auf, das Wort oder der Name, der fortan in seinen Gedanken herumwirbeln würde, ihm aber nie über die Lippen käme. Er schaltete das Autoradio ein. Antonio Tormo, das Folkloreorchester von Feliciano Brunelli, eine Bach-Partita: alles brachte ihn zum Kochen. Er zählte bis zwanzig, umsonst. Er versuchte es mit Atemübungen:

EVITA. 3. Pers. Sg. Präs. von *evitar* (von lat. ›evitare‹, ›vitare‹). ⟨Verb. trans.⟩ Vermeiden. Ausweichen. Aus dem Weg gehen. Es nicht zu etwas kommen lassen.

Er würde das Wort *evita* vermeiden. Er würde die gefährlichsten Wörter darum herum vermeiden: levita / Gehrock; levitar / levitieren [zu ↑ Levitation] (Parapsych.), sich erheben und frei schweben; vital / ⟨Adj.⟩ zum Leben gehörig, voller Lebenskraft. Er würde jede von der unheilschwangeren Ausstrahlung dieser Frau verseuchte Ausdrucksweise vermeiden. Er würde sie Yegua, Potranca, Bicha, Cucaracha, Friné, Estercita, Milonguita, Butterfly nennen. Er würde irgendeinen der Namen brauchen, die jetzt en vogue waren, nicht jedoch den verfluchten, nicht den verbotenen, nicht den, der die Leben derer, die ihn anriefen, mit Unglück übergoß. La morte è vita, Evita, aber auch Evita è morte. Vorsicht. La morta Evita è morte.[3]

3 Helvio Botana, der mir von der Besessenheit des Obersts für die Etymologien des wortes evita erzählte, bestand darauf (Interview vom

Ich werde die weiteren Ereignisse des Tages erzählen und dabei die Übertreibung, die sie umgab, weglassen. Ich werde sie darlegen, bedächtig wie ein Bienenzüchter.

Mit einer Eskorte von sechs Soldaten erschien der Oberst zur Mittagessenszeit wieder im CGT-Gebäude. Als er die Halle im Erdgeschoß betrat, stellte er fest, daß die Trümmer der in der Vornacht von einem Panzer zerstörten Evita-Büste noch nicht weggeräumt waren. Der kleine Trupp war mit Mausergewehren und Ballester-Molina-Pistolen bewaffnet, ohne sich um die von den neuen Behörden der Republik angeordneten Geheimhaltungs- und Sicherheitsmaßregeln zu kümmern. Der Oberst entwaffnete die im zweiten Stock postierten Wachen, schickte sie in ihre Kasernen zurück und ersetzte sie durch ihm ergebene Soldaten.

In einem Arbeitskittel kam Dr. Ara auf den Gang heraus und versuchte zu argumentieren. Vergeblich, denn nun ließ der Oberst kein anderes Argument mehr gelten als Gewalt. Er stieß den Einbalsamierer ins Labor zurück und verhörte ihn stehend, mit geballten Fäusten und ohne der einen oder andern Verlockung zur Gewaltanwendung aus dem Weg zu

29. September 1987), daß ich die genauen Quellen der andern Namen angäbe. Yegua und Potranca (Nutte) waren bei den perónfeindlichen Offizieren seit mindestens Anfang 1951 übliche Bezeichnungen für Evita. Friné und Butterfly waren Spitznamen, die durch Ezequiel Martínez Estradas Kolumnen in der Wochenschrift *Propósitos* in Mode gekommen waren. Bicha und Cucaracha waren laut Botana im Gefängnisjargon Bezeichnungen für die Vagina. Estercita und Milonguita stammen aus dem Tango ›Milonguita‹, der 1919, in Evitas Geburtsjahr, von Samuel Linnig und Enrique Delfino komponiert wurde. Seine berühmteste Strophe lautet:

Estercita!
Heute nennt man dich Milonguita,
Blume des Luxus und der Lust,
Blume der Nacht und des Cabarets.
Milonguita!
Die Männer haben dir übel mitgespielt,
und heute gäbest du deine ganze Seele,
um dich in Perkal zu kleiden.

gehen (*evitar* – verfluchtes Verb). Anfänglich gab Ara vor, nicht zu wissen, daß noch mehr Kopien existierten als die, die er an diesem Morgen für verschwunden erklärt hatte. Dann, als der Oberst die Aussagen der Mutter zitierte, kapitulierte er. Die Kopien gehörten nicht ihm, sagte er. Sie gehörten dem italienischen Bildhauer, der an dem großartigen Denkmal der Señora gearbeitet und bei seiner Flucht Kameen, Flachreliefs, Wappen, Schnitzereien, Terrakottajungfrauen, Kariatyden, Totenmasken und die lebensgroßen Bildnisse der Señora zurückgelassen habe, die durch diese überraschende Natürlichkeit der Größe beeindruckten und weil die Señora in ihnen, den Kopien, wie auf einer Paradiesfotografie wiedergegeben sei.

Den Oberst interessierten keine Erklärungen. Ihn interessierten die Kopien. »Sie befinden sich hier, jedermann zugänglich«, informierte ihn der Einbalsamierer. »In Kisten, aufrecht, hinter den Vorhängen des Heiligtums.«

Spätere Laboranalysen ergaben, daß die falschen Evitas aus einer Mischung aus Wachs, Vinyl und minimalen Glasfaserzugaben hergestellt waren. Sie unterschieden sich von der echten Leiche dadurch, daß sie bronzefarbener erschienen – eine Vorsichtsmaßnahme, die der unvermeidlichen Farbveränderung einbalsamierter Gewebe vorgriff – und den Blick gesenkt hatten.[4]

»Sie werden hier nicht mehr gebraucht, Doktor«, sagte der Oberst. »Lassen Sie die Leiche im Glassarg und gehen Sie. Ich habe Anweisung gegeben, diesen zweiten Stock zu schließen. Ich habe ihn zur militärischen Zone erklärt.«

Doch die auf der Glasplatte liegende Leiche Evitas wider-

4 Ich habe die Kopien nie gesehen, aber ich kann sie mir vorstellen. Ende 1991 sah ich im Whitney-Museum in New York menschliche Gestalten aus Polyesterharzen und Glasfasern, die ich mit lebenden Menschen verwechselte. Der Bildhauer heißt Duane Hanson, und seine Werke stehen, glaube ich, auf dem Flughafen von Fort Lauderdale und im Museum der Universität Miami. Alle Figuren haben den Blick gesenkt, da laut einem der Kataloge »der Augenausdruck das einzige ist, was die Kunst nicht reproduzieren kann«.

setzte sich den Befehlen und handelte nach ihrer eigenen Grabeslogik. Die Nasenhöhlen begannen blaue und orange Gase zu destillieren. Was ist denn jetzt mit ihr? fragte sich der Oberst. Sie ist vollkommen, braucht nichts. Sie leidet weder an Alpträumen noch an Kälte. Weder Krankheiten noch Bakterien belästigen sie. Sie hat keinen Grund mehr, traurig zu sein. Er untersuchte sie von unten bis oben. Es fehlten ihr ein wenig vom linken Ohrläppchen sowie das vorderste Glied des rechten Mittelfingers. Die Rechtsmediziner der Regierung hatten sie ihr abgeschnitten, um sie zu identifizieren. Sie war es, sie war es: kein Zweifel möglich. Trotzdem mußte er seine Marke an ihr anbringen – eine Narbe, die nur er würde erkennen können.

Im Labor holte er feine Zangen, Skalpelle, Hohlsonden. Er hob den wolkenlosen Himmel der Lippen an und studierte die breiten Treppen der Zähne, darauf bedacht, die Kontrolle nicht zu verlieren. Bei den Achselhöhlen verweilte er. Er sah den Ausschnitt der flaumigen Haare, den Absatz der jungmädchenhaften Brustwarzen, die flachen, runden Brüste: halbfertige, öde gebliebene Brüstchen. Ein Körper. Was ist ein Körper? würde er danach sagen. Kann man einen toten Frauenkörper Körper nennen? Konnte dieser Körper Körper genannt werden?

Das Gesäß. Die seltsam längliche Klitoris. Nein. Welch eine Versuchung, die Klitoris. Nein, er mußte seine Neugier zügeln. Die Stollen und Muscheln des Ohrs, das war besser. Er hob das gesunde Ohrläppchen. Im Schatten der Knorpel ein sanfter Bogen: eine Rutschbahn. Er suchte die Stelle aus. In der Spirale, in die der Muskel mit dem längsten Namen der menschlichen Anatomie mündete – der Sternokleidomastoideus –, öffnete sich ein jungfräulicher, von den Totenölen noch unerreichter Raum. Er nahm eine Zange. Jetzt. Der Einstich: ein Fäserchen Fleisch. Der Schnitt hinterließ ein kaum sichtbares, sternförmiges Zeichen von anderthalb Millimetern. Statt Blut quoll ein gelbes Harzrinnsal heraus, das auf der Stelle verdunstete.

Er befahl, die Türen von Labor und Heiligtum mit Warnstreifen zu versiegeln: *Militärische Zone. Eintritt verboten.* Und ging hinaus, um die trübe Nachmittagsluft einzuatmen, die Flußdämpfe, den unangenehmen Blütenstaub.

Was wußte er nach alledem von Evita? Er wußte, daß sie ungehobelt war, fast analphabetisch, eine Karrieremacherin, eine aus dem Hühnerstall entsprungene Magd. Er hatte es in sein Heft geschrieben: »Ein Dienstmädchen mit den Allüren einer Königin. Aggressiv, in keiner Weise feminin. Von Kopf bis Fuß mit Juwelen behängt, um sich für die erlittenen Erniedrigungen schadlos zu halten. Nachtragend. Skrupellos. Eine Schande.« Aber mit diesen Worten hatte er nur etwas Dampf abgelassen. Er kannte schlimmere Geschichten. Er wußte, daß nach ihrem Tod die Bittbriefe, die um Brautkleider, Möbel, Anstellungen, Spielzeuge, Unsägliches nachsuchten, an ihren Namen gerichtet sein mußten, um beantwortet zu werden. Briefe an Evita. Und daß sie die Antworten auch nach ihrem Tod pünktlich unterschrieb. Jemand ahmte ihre Unterschrift nach unter Sätzen wie: »Ich küsse Dich vom Himmel herab«, »Ich bin glücklich bei den Engeln«, »Ich spreche jeden Tag mit Gott« und so weiter. In der Todesstunde hatte sie angeordnet, daß es so sein müsse. Eine Schande.

Er kam mit hartnäckigen Kopfschmerzen, Nachklang einer Verwirrung, ins Büro. Die Mahlzeiten, der Sex? Keineswegs, sein Leben floß im gewohnten Trott dahin. Wie bei Kant, wie bei den Jahreszeiten. Jahreszeiten? Da gab es jetzt etwas im Gefüge der Jahreszeiten, was sich allmählich verschob. Hitzezungen erhoben sich – Säulen von vierunddreißig Grad. Es prasselten Heuschrecken durch die Luft. Die Äste an den Bäumen kochten von Waben. Wieder betrachtete er das kleine Bellermann-Bild. Andere Zeiten. Kants ungestörter Spaziergang. Die Uhren, die sich gefügig nach dem Takt seiner Schritte bewegten. Weder schien die Sonne, noch war es Nacht oder gab es einen Hauch von Wind – nur das undurchdringliche Licht der Ewigkeit.

Niemand horchte. Nichts bewegte sich mehr im Gewebe von soviel Stille. Niemand wartete auf eine Antwort.

Da schrieb er:

Was weiß ich von der Person, von der Verstorbenen?

Die von mir geprüften Dokumente setzen ihre Geburt an zwei verschiedenen Orten und zu drei verschiedenen Daten fest. Laut Urkunde der Pfarrkirche von Los Toldos bzw. General Viamonte wurde sie am 7. Mai 1919 auf dem Landgut La Unión dieses Ortes unter einem andern Namen geboren: Eva María Ibarguren. Eine Eintragung des Theaters Comedia (1935) modifiziert sämtliche Angaben: »Evita Duarte, junge Frau. Geb. Junín, 21. November 1917.« Die Urkunde der Eheschließung mit Juan Perón erwähnt sie als María Eva Duarte, geboren am 7. Mai 1922 in Junín.

Vorfahren? Eltern? Geschwister?

Außereheliche Tochter. Der Vater, Juan Duarte (1872 bis 1926), stammte von baskischen und aragonesischen Viehzüchtern ab, Lehnsleuten von Großgrundbesitzern. Ein mittelbegüterter, mittelmäßiger Mann, Politisierer. Heiratete 1901 in Chivilcoy Estela Grisolía, mit der er drei Töchter hatte. Kam 1908 nach Los Toldos und pachtete zwanzig Kilometer von der Bahnstation entfernt zwei Güter.

Auf einem der Güter, La Unión, diente als Magd Juana Ibarguren (1894 bis ...)[5], die Mutter, ebenfalls unehelich geboren. Aus der Zufallsbeziehung zwischen Petronila Núñez, Marktweib aus Bragado, und dem baskischen Fuhrmann Joaquín Ibarguren stammend, der so anständig war, Juana seinen Namen zu vermachen, bevor er für immer verduftete.

5 Doña Juana starb am 12. Februar 1971.

Die Mutter ging 1910, während der Hundertjahrfeiern, mit dem Patron das Konkubinat ein. Zu Sommeranfang, kurz vor der Ernte, kam die rechtmäßige Familie Duarte aus Chivilcoy auf Besuch, und Juana mußte sich in den Hütten verstecken. Im März bekam sie ihre erste Tochter, Blanca. Duarte nahm die Beziehung im Mai wieder auf, und von da an wiederholte das Paar fast neun Jahre lang seine monotonen Zyklen gemeinsamen Lebens zwischen April und November. Weitere Kinder: Elisa (1913), Juan Ramón (1914), Erminda (1917), Eva María (1919). Alle außer der letzten Tochter wurden vom Vater anerkannt. Vier Monate nach Eva Marías Geburt verließ Juan Duarte Los Toldos für immer. Ein- oder zweimal besuchte er die unehelichen Kinder, aber ungeduldig, zerstreut, mit dem dringenden Wunsch, aus seiner Vergangenheit zu verschwinden.

Was geschah nach dem Tod des Vaters, 1926?

(Chiffrierter Eintrag. Letzte Zeile: yitqhvhatcpmcaislhzkmlbmifcsebamkmybegsccqfitbkx.)

Wann begann sich die Verstorbene als Rezitatorin hervorzutun? Welches waren die ersten Verse ihres Repertoires?

1933, als sie die sechste Klasse der Schule Nr. 1 von Junín besuchte, bat die Lehrerin Palmira Repetti sie, am Fest des 9. Juli aufzutreten. Die Verstorbene wählte dafür ein kurzes Gedicht aus *Die unbewegliche Geliebte*, dem berühmten Buch von Amado Nervo, mit dem Titel ›Wie gut es die Toten haben!‹. Ermuntert von Señorita Repetti, präsentierte sie sich noch selbigen Tags an den Mikrofonen eines Haushaltsartikelgeschäfts, wo sie das Nervo-Gedicht vortrug, das sie am meisten ergriff, ›Gestorben!‹ aus dem Buch *Der Schatten des Flügels*.

Wann und warum beschloß sie, Junín zu verlassen, um ihr Glück als Künstlerin in Buenos Aires zu versuchen?

(Chiffrierter Eintrag. Letzte zwei Zeilen: cgifiedbdhgqcuaslhpmkucikgqbfitfhgknfbikptcirhectbmbhnukdihecs482obgbezsbhviffb.)

Floh sie aus Junín mit dem vierunddreißigjährigen Sänger

Agustín Magaldi, bekannt als ›die sentimentale Stimme von Buenos Aires‹?

(Chiffrierter Eintrag. Letzte zwei Zeilen: batilcqbgbvbkfmcqbgimbcfihtfkxcqbgmbpfchgqcuasbgfhecsctfbiplbmbedbmCPHVBbkjirhectcplbot.)

Man weiß von den Schwierigkeiten der Verstorbenen, im Künstlermilieu Fuß zu fassen, wo sie sich bis 1944 als zweitrangige Figur hielt. Wer waren die Freunde, die ihr den Aufstieg ermöglichten?

(Liste mit chiffrierten Namen.)

In den ersten sieben Monaten des Jahres 1943 war die Verstorbene von der Bildfläche verschwunden. Sie trat weder im Radio noch im Theater auf, und die Veranstaltungsmagazine nennen sie nicht. Was geschah in diesem Zeitraum? War sie krank, durfte sie nicht auftreten, hatte sie sich nach Junín zurückgezogen?

(Chiffrierter Eintrag. Letzte Zeile: ipcplitcahqiehsyhglbscpiqbfbircdsitccqbkjebplhedmbgbtebs.)

Als sich der flüchtige Diktator und die Verstorbene im Januar 1944 kennenlernten, wer verführte wen?

Sie stellte sich ihm mit einem Satz von verführerischer Hochspannung vor: »Danke, daß es Sie gibt, Oberst« und schlug ihm vor, diese Nacht miteinander zu schlafen. Sie war schon immer draufgängerisch gewesen und begriff nicht, daß die Frau auf irgendeinem Gebiet passiv sein sollte, auch nicht im Bett, wo sie es gemäß Gebot der Natur ist. Dagegen war der Diktatoranwärter in seinen erotischen Aktivitäten etwas naiv: gefühlsselig, mit einfachen Vorlieben. Sie war es, die ihn verführte. Sie wußte ganz genau, was sie wollte.

Ist etwas von einem Geheimkonto der Verstorbenen in Zürich, Schweiz, bekannt?

Die Verstorbene besaß 1200 Gold- und Silberbroschen, 756 Silber- und Goldschmiedegegenstände, 650 Juwelen, 144 Elfenbeinstücke, Halsketten sowie Platin-, Diamant- und Edelsteinbroschen im Schätzwert von 19 Millionen Pesos, dazu, gemeinsam mit dem flüchtigen Diktator, ihrem Mann, Liegenschaften und Aktien von Agrarunternehmen, gerichtlich auf 16 410 000 Pesos taxiert. Diese Juwelen und Besitztümer wurden 1955 vom Fiskus beschlagnahmt. Sowohl die von der Regierung der Befreiungsrevolution diskret durchgeführten diplomatischen Anfragen wie die vielfachen Nachforschungen dieses und anderer Nachrichtendienste weisen nicht nach, daß es Geheimkonten auf den Namen Juan D. Perón, María Eva Duarte de Perón, von beider Familienangehörigen oder möglichen Strohmännern gibt.

Beim Tode der Verstorbenen wurden die Güter der Stiftung, die ihren Namen trug, auf über 700 Millionen Pesos geschätzt. Zweigte sie eine Summe zu ihrem persönlichen Nutzen ab?

Sie ging mit noch größeren Summen willkürlich um, ohne jemandem Rechenschaft abzulegen. Sie verschenkte Wohnungen, Bargeld und Haushaltsgeräte an minderbemittelte ergebene Personen und andere anonyme Schmeichler. Aber trotz peinlich genauer buchhalterischer Nachforschungen gibt es keine Beweise für eine unstatthafte Bereicherung. Die Verstorbene brauchte nicht zu stehlen. Sie hatte alles, was sie wollte, und stellte sich vor, ihre Macht währe ewig.

Gibt es irgendeinen Hinweis auf eheliche Untreue von seiten der Verstorbenen?

Dieser Punkt ist minuziös geprüft worden. Es gibt keinerlei Hinweis.

Gibt es irgendeinen Hinweis auf eheliche Untreue von seiten des flüchtigen Diktators?

So seltsam es scheinen mag, es hat sich ebenfalls keiner gefunden. Zu diesem Punkt wurden ehemalige Minister, Richter, Gewerkschaftsführer und andere Komplizen des Tyrannen vernommen. Die Mehrheit gibt zu, daß er sich nach dem Tod der Gattin zu aller Art von Laszivitäten, Notzucht, Sodomie und Obszönitäten hinreißen ließ, nicht aber vorher.

Welche Bedeutung kann dieses Thema für einen Nachrichtendienst haben?

Die allerhöchste Bedeutung. Die Landkarte der Erotik ist die Landkarte der Macht. Statt sich, wie bei Ehefrauen üblich, den Kopf zu zerbrechen, wie sie den Mann behalten könne, fragte sich die Verstorbene, wie sie es anstellen sollte, um Perón zu übertreffen. Es war eine unsinnige Idee, aber das waren alle ihre Ideen. Sie überlegte sich die Sache hin und her, bis sie zu einem Schluß kam: Sie würde ihn durch das Gewicht ihrer Liebe übertreffen. Wer mehr liebt, vermag mehr. Niemand war loyaler als sie, niemand liebender, treuer, wahrer. Die Ungeheuerlichkeit ihrer Liebe umfaßte alles. Sie umfaßte auch den Gatten, nahm ihn in sich auf. Will heißen, sie verschlang ihn.

Laut den gynäkologischen Gutachten, über die wir verfügen, war die Verstorbene von Ende 1949 an nicht mehr in der Lage, ihre ehelichen Pflichten zu erfüllen, als sie an starken Schmerzen in den Hüften, Fieber, Blutungen zur Unzeit und Schwellungen an den Knöcheln zu leiden begann. Wie ist aufgrund dieser Sachlage die Treue des Tyrannen zu erklären, dem es zwar an erotischer Fantasie, nicht aber an Appetit mangelte?

Vertrauliche Quellen erklären es. Trotz ihrer schwindelerregenden Aktivitäten hörte die Verstorbene nie auf, ihren Mann zu befriedigen, bis ihr die Kräfte schwanden. Sie brachte es fertig, die Masturbation wie eine Penetration erscheinen zu lassen. Ihre Zunge betätigte sich als Vagina. Der Diktator hatte es noch nie mit einem so kundigem Geschlecht getrieben und fand auch nach ihrem Tod nie wieder ein solches.

Was war der letzte Wunsch der Verstorbenen?

Sie nannte ihn der Mutter. Der letzte Wunsch der Verstorbenen war, daß kein Mann ihren schutzlosen nackten Körper berühren, kein Mann über ihren Körper sprechen, niemand auf der Welt ihre für immer verewigte Magerkeit und Verfallenheit sehen dürfe. Der erste, der diesen Wunsch mißachtete, war der Diktator, der sie einbalsamieren ließ und in schamloser Weise zwei Wochen lang den Massen zur Schau stellte. Ich habe keinen Grund, etwas zu respektieren. Ich fühlte mich ruhiger, könnte ich diesen letzten Wunsch den Hunden hinwerfen.

Als der Oberst den Kopf hob, gab es um ihn herum keine Stadt mehr, nur Halbdunkel, einen verschwommenen Dunst, den Schleier des Mondes jenseits der Fenster. Er mußte sich sputen, laufen. Mit welchen Schritten? Noch hatte er den Ort zu finden, wo er die echte Leiche vergraben würde, den Trupp auszuwählen, der ihm beistünde, die Stunde der Überführung festzusetzen. Danach mußte er über das Schicksal der Kopien entscheiden, alle Spuren verwischen, eine Dusche nehmen, schlafen. Er lehnte sich zurück und hörte das ferne Summen der Bienen.

6 *»Der Feind liegt auf der Lauer«*

Kurz nach Mitternacht ging er nach Hause. Seine Frau war eben dabei, sich die Haare zu bürsten. Immer wenn sie sie hochbürstete, meinte er eine entfernte Ähnlichkeit mit der Verstorbenen zu erkennen: dieselben kaffeebraunen runden Augen unter den mit dem Stift nachgezogenen Brauen, dieselben weißen, leicht vorstehenden Zähne. Wenn der Oberst sonst seiner Frau begegnete, sagte sie gewöhnlich: »Ich kenne dich gar nicht mehr. Jetzt sind wir fünfzehn Jahre verheiratet, und jeden Tag kenne ich dich weniger.« Diesmal war es nicht so. Sie sagte:

»Wir müssen uns dringend unterhalten. Zum Glück bist du gekommen.«

»Später«, antwortete er.

»Es ist aber wichtig«, drängte sie.

Der Oberst zog sich ins Bad zurück, legte sich dann in seinem Büro aufs Sofa und nickte ein. An den Wänden hingen die Bleistiftskizzen, mit denen er sich die Zeit zu vertreiben pflegte: Städte aus der Vogelschau, Reihen von gotischen Türmen.

Die Frau klopfte schüchtern an und streckte den Kopf herein. Der Oberst verzog ärgerlich das Gesicht.

»Ständig ruft jemand an«, sagte sie. »Und wenn ich rangehe, wird eingehängt.«

»Irgendein Verrückter«, meinte er mürrisch. »Du kannst es mir später erzählen. Ich brauche jetzt Ruhe.«

»Es ist nie dieselbe Person, die anruft. Manchmal bleibt jemand eine Weile in der Leitung und atmet bloß. Andere Male sagt jemand: ›Sagen Sie Ihrem Mann, er soll nicht mit dem Feuer spielen. Er soll die Señora lassen, wo sie ist.‹ Heute morgen haben sie mit den Drohungen begonnen. Ich kann sie dir gar nicht wiederholen. Sie sagen meinen Namen, und dann kommt ein Schwall Obszönitäten. ›Wer ist die Señora?‹ fragte ich. Aber sie hängten ein.«

»Was sind das für Stimmen? Stimmen von peronistischem Fußvolk oder von Militärs?«

»Was weiß denn ich. Ich kann doch nicht auf solche Dinge achten.«

»Mußt du aber. Versuch dir nächstes Mal die Stimmen zu merken.«

»Das ist noch nicht alles. Vor einer Weile, etwa um zehn, klingelten sie im Erdgeschoß. Sie sagten, sie brächten einen Brief von dir. ›Schieben Sie ihn unter der Tür durch‹, bat ich. ›Das können wir nicht‹, antworteten sie. ›Der Oberst hat befohlen, ihn persönlich abzugeben.‹ Ich sollte runterkommen, aber ich weigerte mich. Nach all diesen Anrufen war ich halb tot vor Angst. ›Es ist ernst‹, sagten sie. ›Es ist sehr ernst.‹ Ich dachte, dir wäre etwas zugestoßen. Ich zog einen Morgenrock an und schaute hinaus. Vor der Tür stand ein Auto, ein grüner Studebaker. Sie zielten mit einer Pistole auf mich, und als ich zu schreien anfing, gingen sie. Sie unternahmen nichts, demonstrierten bloß, daß sie mich jederzeit umbringen können.«

»Du warst eine Idiotin. Warum bist du an die Tür gegangen?«

»Damit sie nicht hereinkamen. Ich ging aus reiner Angst. Wer ist diese Señora? Worauf läßt du dich da ein?«

Der Oberst schwieg eine Weile. Er hatte die Frauen noch nie recht verstanden. Er konnte sich kaum mit ihnen unterhalten. Spitzen, Scharlach, Lockenwickler, Zöpfe, Organdy, Nagellack – nichts von alledem, was ihnen wichtig war, interessierte ihn. Die Frauen waren für ihn von einer andern Welt heruntergefallene Schuppen, Unannehmlichkeiten wie Fieber und schlechter Körpergeruch.

»Kein Grund zur Beunruhigung«, sagte er. »Wozu soll ich dir etwas erklären, was du doch nicht verstehst.«

Da klingelte wieder das Telefon.

Die Quellen, auf die sich dieser Roman stützt, sind von zweifelhafter Verläßlichkeit, aber nur in dem Sinn, als es auch die Wirklichkeit und die Sprache sind: es haben sich Gedächtnisfehler und unreine Wahrheiten eingeschlichen. Einer von Evitas berühmtesten Sätzen zeigt, welche Vorstellung sie von den Dingen hatte. Sie sprach ihn am 24. August 1951 aus: »Ich bin jung und habe einen wundervollen, von seinem Volk verehrten, bewunderten und geliebten Mann. Es könnte mir nicht besser gehen.« Höchstens eine dieser Gewißheiten ist unbestreitbar: daß sie jung war, nämlich zweiunddreißig Jahre. An die andern glaubte nur sie. Zu diesem Zeitpunkt war ihr Mann von zwei Verschwörungen gleichzeitig bedroht, und ihr selbst hatten am nämlichen Vormittag die Ärzte mitgeteilt, sie leide an bösartiger Anämie und müsse sich vom öffentlichen Wirken zurückziehen. Es hätte ihr nicht schlechter gehen können. In elf Monaten sollte sie sterben.

Den Historikern und Biographen bereiten die Quellen immer Kopfzerbrechen. Jede für sich allein ist nichts wert. Beansprucht eine fragwürdige Quelle das Recht auf den gedruckten Buchstaben, so muß sie von einer andern bestätigt werden und diese wiederum von einer dritten. Oft ist die Kette endlos, oft unbrauchbar, da auch die Summe der Quellen eine Täuschung sein kann. Man nehme beispielsweise die Heiratsurkunde von Perón und Evita, in der ein Gemeindeschreiber der Stadt Junín die Richtigkeit der Angaben bestätigt. Die Heirat ist nicht falsch, aber fast alles, was in der Urkunde steht, ist es von A bis Z. Im feierlichsten, denkwürdigsten Moment ihres Lebens gefielen sich die Eheschließenden, wie man sie damals nannte, darin, sich hochmütig über die Geschichte lustig zu machen. Perón schwindelte beim Ort der Zeremonie und beim Zivilstand, Evita bei Alter, Wohnort und Geburtsstadt. Das waren offensichtliche Lügen, doch es vergingen zwanzig Jahre, ehe sie jemand aufdeckte. Aber noch 1974 untermauerte sie der Biograph Enrique Pavón Pereyra in seinem Werk *Perón, der Mann des Schicksals*. Andere Historiker begnügen sich damit, die Urkunde abzuschreiben, ohne ihre Fehlerhaftigkeit zu erörtern. Keinem kam es jedoch in den Sinn, sich zu fragen, warum Perón und Evita gelogen hatten. Sie hatten es doch nicht nötig. Fügte sich Evita drei Jahre hinzu, damit der Bräutigam nicht doppelt so alt war wie sie? Gab sich Perón als Junggeselle aus, weil er sich schämte, Witwer zu sein? Stellte sich Evita vor, sie sei in Junín geboren, weil sie in Los Toldos uneheliche Tochter war? Diese unbedeutenden Details beunruhigten die beiden nicht mehr. Sie logen, weil sie aufgehört hatten, zwischen Lüge und Wahrheit zu unterscheiden, und weil sie, erstklassige Schauspieler, in andere Rollen zu schlüpfen begannen. Sie logen, weil sie beschlossen hatten, die Wirklichkeit nach ihrem Willen zu formen. Sie taten, was auch Romanschriftsteller tun.

Der Zweifel war aus ihrem Leben verschwunden.

Möchte trotzdem jemand erfahren, woher ich weiß, was ich da erzähle?

Das ist sehr einfach. Ich weiß es aus dem Interview, das ich am 15. Juni 1991 mit der Witwe des Obersts führte; ich weiß es aus meinen langen Gesprächen mit Aldo Cifuentes im Juli 1985 und im März 1988.

Cifuentes war der letzte Vertraute des Obersts und derjenige, der seine Briefe aufgehoben hatte. Er war klein, fast ein Zwerg, ein Klatschmaul, schlüpfrig. Er brüstete sich damit, in seinem Leben kaum Bücher gelesen zu haben, hatte aber selbst sechzehn geschrieben: über die Kirchenväter, über Astrologie, über den Rosenkreuzer-Illuminatenorden, die irische Sinn-Féin-Bewegung, die Armenhäuser von Monsignore de Andrea. Die Werke waren gut dokumentiert, so daß seine Unwissenheitsbeteuerungen vielleicht reine Koketterie waren. Sein Vater hatte in den zwanziger Jahren zehn Zeitschriften gegründet und war damit reich geworden, daß er Mafiosi und Fraktionsführer deckte. Cifuentes erzählte, der Vater habe ihm vor seinem Tod ein Heft mit den Namen seiner neunhundertzweiundneunzig Geliebten gegeben. Darunter befanden sich Tänzerinnen, Spioninnen und berühmte Schauspielerinnen. »Verzeih mir«, habe er zu ihm gesagt, »ich hatte nicht mehr die Kraft, das Tausend vollzumachen.«

Anstelle von Geliebten häufte Cifuentes Ehen an. Er war gerade in der sechsten, als Perón sämtliche Zeitungen der Familie enteignete und ihn damit ruinierte. Cifuentes spazierte als Sandwichmann durch die Calle Florida, um öffentlich seine Trauer vorzuführen. Vorn und hinten verkündete ein Text: *Pflegen wir den Prestigeverlust.* Nach zwei Häuserblocks wurde er wegen Unruhestiftung festgenommen. Er nutzte die zwei Gefängniswochen, um eine Schmähschrift gegen Evita mit dem Titel *Das Pampa-Kamasutra* zu schreiben. Der Oberst stieß durch dieses Untergrundpamphlet auf ihn. Er lud den Verfasser zum Essen ein, gab seiner Bewunderung Ausdruck, indem er auswendig die obszönsten Stellen zitierte, und besiegelte danach mit ihm den Pakt ewiger Freundschaft, dessen erste Klausel sie zur Zusammenarbeit beim Sturz des Diktators verpflichtete.

Cifuentes war ein Klatschvirtuose. Er sammelte in der ganzen Stadt Geschichten über das Paar Perón (er nannte sie so, im Duo, wobei er die Alliteration betonte) und träufelte sie dann in des Obersts gierige Ohren. Einmal pro Woche trafen sich die beiden, um Wahrheiten und Lügen der Erzählungen zu rezitieren und sie in vertrauliche Berichte umzugießen, die Cifuentes den verschiedenen Zeitungen zuspielte und die der Oberst bei seinem Schachern mit andern Agenten verwendete. Cifuentes' militärischer Spitzname war ›Däumling‹, nicht nur wegen seiner winzigen Größe, sondern auch, weil er wie Perraults Figur überall Krumen streute, die er aus einem unerschöpflichen Stück Brot in der Tasche zupfte.

Als ich ihn drei oder vier Jahre vor seinem Tod kennenlernte, war es unmöglich, seine Erzählwut zu bremsen. Ich warf einen Namen oder ein Datum in die Luft, er schnappte sie gleich auf und übersetzte sie in eine Geschichte, der viele weitere entsprangen, wie Flußarme in einem weitverzweigten Delta. Nichts war so schwierig, wie ihn wieder zum Ausgangspunkt zurückzuführen.

Was dieses Kapitel erzählt, basiert ausschließlich auf meinen Gesprächen mit ihm: sieben je einstündige Kassetten.

Ich höre sie mir erneut an und stelle fest, daß mir Cifuentes mit verdächtigem Nachdruck erklärt, wie einfach es für ihn gewesen sei, in jenen Tagen Ende November 1955 im Nachrichtendienst der Armee ein und aus zu gehen. Ein altgedienter Nachrichtenoffizier, der unbedingt anonym bleiben will, versichert, das sei unmöglich. Kein Zivilist sei damals an den Wachen, den wechselnden Losungen, den zum Schutz der Leiche ausgegebenen Befehlen zu strikter Geheimhaltung vorbeigekommen. Weder Ara noch der Mutter gelang das – um so unwahrscheinlicher, daß es einer schaffte, den niemand kannte.

Aber ich weiß nicht, welcher Version ich glauben soll. Warum soll die Geschichte eine von besonnenen Menschen gefertigte Erzählung sein und nicht die Fantasterei von Verlierern wie der Oberst und Cifuentes? Wenn die Geschichte, wie es den Anschein macht, auch ein literarisches Genre ist, warum soll man ihr dann die Fantasie, die Ungereimtheit, die Taktlosigkeit, die Übertreibung und die Niederlage nehmen, die doch der Rohstoff sind, ohne den sich Literatur gar nicht ersinnen läßt?

Jetzt ist früher Morgen. Der Oberst, in Uniform, überquert die Avenida mit den geschlossenen Buchhandlungen und Kneipen, die sein Haus von der Festung trennt, in der sich sein Reich befindet, der Nachrichtendienst. Er hat kaum geschlafen.

Ein Blitz schreckt ihn auf; dann hört er den Donnerwirbel. So ist es in Buenos Aires immer: ein aschfarbener, geschwollener Himmel, Wolken, die wie verrückt hin und her fahren, Blitze in einem Winkel der Nacht, vielleicht über der Ebene, und dann nichts. Der Regen verdunstet, noch bevor er den Boden erreicht.

Der Wachposten des Nachrichtendienstes klappt ein wenig das Guckloch im Tor auf, erkennt ihn und nimmt Haltung an. Er hat Anweisung, nicht zu öffnen, bevor das ganze Losungsritual durchgespielt ist. »Wer da?« fragt er. Der Oberst schaut auf die Uhr. Es ist morgens fünf Uhr drei. »Tragödie«, sagt er. Eine Minute vor fünf hätte er »Haken« sagen müssen, und die Antwort hätte »Gurgeln« gelautet. Doch jetzt antwortet der Posten strammstehend: »Dreizack«, während er den Alarm unterbricht und die Schlösser entriegelt. Die Losungen wechseln alle acht Stunden, aber der Oberst hat beschlossen, die Intervalle zu halbieren, sobald die Verstorbene in seiner Gewalt ist.

Er geht in sein Büro im fünften Stock und zündet die Tischlampe an. Wie man sich erinnert, hat der Raum ein Panzerglasfenster, in dem sich die Nacht reglos wie auf einem Bild spiegelt. Über dem Schreibtisch preisen zwei Illustrationen die Tugenden des Heldentums und der Genauigkeit. Zu erwähnen sind noch die hohen Lederstühle rund um den ovalen Tisch, wo sich die Offiziere versammeln, der venezianische Schrank, der die Ablagemappen der Buchhaltung und die militärischen Geheimhaltungsgesetze beherbergt, die Grundig-Musiktruhe aus Zedernholz mit zwei anderthalb Meter breiten Lautsprechern sowie das Büchergestell, in dem der frühere Chef das Wörterbuch der Königlichen Akademie und einige Schellackplatten zurückgelassen hat.

Ich zitiere jetzt fast wortgetreu die Schilderung Cifuentes', der mir wiederholte, was ihm der Oberst zwanzig Jahre früher erzählt hatte. Außerdem zitiere ich einige der Karteikarten, die mir Cifuentes zeigte, und seine Notizen in einem Rivadavia-Heft:

»Es mochte fünf nach fünf gewesen sein. Um sechs sollte

sich Oberst Moori Koenig mit seinem Generalstab treffen. Wie Sie wissen, gab es in seinem Plan noch einige Lücken. Er sagte mir, er sei mehrmals im Wagen kreuz und quer durch die Stadt gefahren. Als er am Palais der Wasserversorgung vorbeigekommen sei, habe er sich daran erinnert, daß es in dessen Südwestecke zwei leere, versiegelte Räume gebe, die ursprünglich für die Wächter gebaut worden seien. Sie kennen ja das Palais. Es ist eine Geschmacklosigkeit aus Keramik, in der sich nur Wasserleitungen befinden. Moori Koenig hatte die Pläne in den Archiven der Stadtverwaltung gesehen und aus Berufsgewohnheit im Gedächtnis behalten. Als er sich daran erinnerte, habe er an die Verstorbene gedacht. Das war der ideale Ort, um sie zu verstecken.

Zu jener Zeit war Moori Koenig ein pedantischer, verrückter Mensch. Er kannte aufs genaueste die Schwachpunkte der Minister, Richter, Divisionskommandanten. Mit ihm zu sprechen war eine bittere Erfahrung: Man hatte nachher immer eine äußerst schlechte Meinung von seinen Mitmenschen. Sie können sich also vorstellen, wie skrupulös er seine Helfer aussuchte. Sie mußten keineswegs vollkommen sein. Es war ihm sogar lieb, wenn ihnen irgendein Makel anhaftete, damit er sie unter Kontrolle hatte – eine verrückte oder verwachsene Schwester, ein Vater mit krimineller Vergangenheit.

Ich habe die Karteikarten, auf denen er die Geschichte der drei Nachrichtenoffiziere resümierte. Er hinterließ sie mir zusammen mit seinen übrigen Papieren. Vielleicht möchten Sie sie abschreiben.

Mein zweiter Mann ist Eduardo Arancibia[6], *Infanteriemajor, verheiratet, 34 Jahre. Die Ehefrau ist zwölf Jahre jünger.*

6 In den Karteikarten des Obersts sind alle Namen der Offiziere und Unteroffiziere geändert. Arancibia hieß nicht Arancibia, Galarza war nicht Galarza. Ich bleibe jetzt diesem Geheimhaltungswunsch treu, ebenso in Kapitel 11, wenn auch Arancibias Schwägerin unter falschem Namen vorgestellt wird.

1) *Bernsteinfarbene Augen, Brauen und Haare schwarz, keine weißen darunter,* 1,78 *groß, kleine Füße – Schuhnummer* 40. *Generalstabsoffizier. Sein Übername in der Offiziersschule: der Verrückte. Zwei Onkel, Brüder der Mutter, sind taubstumm, geistesschwach. Befinden sich im Armenhaus El Carmen in Mendoza.* 2) *Praktizierender Katholik.* 3) *Als Kind Hirnhautentzündung mit Folgeerscheinungen. Sporadische Asthmaanfälle.* 4) *Arbeitete anderthalb Jahre in Staatskontrolle unter dem Tyrannen, im Sektor Ideologische Repression. Wechselte die Seite, als sich Perón mit der Kirche überwarf. Der Präsident legt für ihn die Hände ins Feuer.* 5) *Füge Auszug eines Briefes bei, den Arancibia seiner zukünftigen Gattin aus Tartagal schickte: ›Das einzige, was uns hier Abwechslung verschafft, sind die Erschießungen. Wir stellen sechs oder sieben Hunde gefesselt vor eine Lehmziegelwand und lassen das Exekutionskommando antreten. Auf den Feuerbefehl hin muß ihnen in den Kopf geschossen werden. Die Soldaten sind tierische Kerle. Immer schießen sie vorbei. Gestern habe ich selbst geschossen. Von sechs Hunden traf ich fünf. Der andere verblutete ganz langsam. Als ich das Gejaul satt hatte, ließ ich ihn töten.‹* 6) *Zugewiesener Unteroffizier: Feldwebeladjutant Juan Carlos Armani.*

Dritter des Kommandos: Milton Galarza, *ehemaliger Artilleriehauptmann, verheiratet,* 34 *Jahre, siebenjähriger Sohn.* 1) *Ehefrau hat Blasensteine, latente Nierenentzündung, Schilddrüseninsuffizienz, ein ganzer Katalog von Krankheiten. Groß, fast zwei Meter.* 2) *Spielt insgeheim (schlecht) Klarinette. Wahrscheinlich deshalb nennt man ihn Benny Goodman. Hat die Offiziersschule nicht abgeschlossen. Jetzt ist es zu spät dazu.* 3) *Ist Agnostiker, vielleicht Atheist. Hält es geheim.* 4) *War Nachhutoffizier beim fehlgeschlagenen Attentat von* 1946 *gegen den Diktator. Arbeitete* 1951 *als Doppelagent. Wurde entlarvt. General L. rettete seine Laufbahn. Ließ ihn in einen Urwalddistrikt abkommandie-*

ren. 5) Vertraulicher, geheimer Abschnitt der Akte: ›Meldung der Kaserne Clorinda an den Kommandanten der Zweiten Division, 13/04/54: Es ist bestätigt, daß Hauptmann M. G. dreimal bei einem Routineausrücken in den Wagen, die von Misión Tacaagle nach Laguna Blanca fahren, wahllos auf Tobas- und Mocobi-Indianerfamilien schoß. Es liegt ein schriftliches Geständnis der Soldaten vor, die die Wagen steuerten. M. G. benutzte den Dienst-Mauser-Karabiner und hat ein Manko von 34 Stück Munition. Wurde mündlich verwarnt.‹ 6) Zugewiesener Unteroffizier: Feldwebeladjutant Livio Gandini.

Der letzte: Gustavo Adolfo Fesquet, *Oberleutnant, 29 Jahre, höchstwahrscheinlich sexuelle Abartigkeiten. Junggeselle. Wurde in der Militärschule Höschen genannt. 1) Blumenstock auf dem Schreibtisch, Foto der Mama, polierte Nußbaum-Löschwiege mit eingelegter Schildpattarbeit, Atkinsons-Parfümzerstäuber in der zweiten Schublade rechts, Lehrbuch zum Aufsetzen von Texten. Herausfinden, warum er nicht aus der Institution entlassen worden ist. 2) Katholik, der allsonntäglich kommuniziert. 3) Hervorragend in Geheimschrift. Fragwürdiger Beweis gegen ihn in Archiven des Nachrichtendienstes: eine spontane Aussage des Gefreiten Julio A. Merlini gegenüber dem Chef der Wache im R19 von Tucumán, 29/10/51. ›Oberleutnant Fesquet erschien im Soldaten-WC, wo ich und Soldat Acuña Wasser abschlugen. Begann neben mir zu urinieren. Soldat Acuña zog sich zurück, und ich machte weiter. Als ich schon schüttelte, um zu gehen, berührte er mit einer Fingerspitze mein Glied und fragte:* Bist du glücklich? *Ich sagte:* Entschuldigen Sie, mein Oberleutnant, *und zog mich auf der Stelle zurück, ohne weitere Konsequenzen.‹ Aussage auf Anweisung des Chefs des R19 zu den Akten gelegt. 4) Zugewiesener Unteroffizier: Oberfeldwebel Herminio Picard.*

Mit diesen Karteikarten glaubte der Oberst endlich ein klares Bild von dem Trupp zu haben, über den er verfügte, doch dem war nicht so. Wie Sie wissen, gleicht ein Mensch nie sich selbst; er vermischt sich mit den Zeiten, den Räumen, der Gestimmtheit des Tages, und diese Zufälligkeiten zeichnen ihn neu. Ein Mensch ist, was er ist, und er ist auch, was er sein wird.

Ich weiß, daß der Oberst irgendwann an diesem frühen Morgen die Karte von Groß-Buenos-Aires nahm und darauf ein Pauspapier ausbreitete, auf dem er den Paracelsischen Dreizack gezeichnet hatte. Vielleicht haben Sie ihn schon gesehen. Er hat drei Spitzen in Form von gleichschenkligen Dreiecken, die miteinander durch eine lange Basis verbunden sind, auf der der kurze, zylindrische Griff ruht. Paracelsus glaubte an die Harmonie der Gegensätze. So symbolisieren die Zähne gegensätzliche Wirkkräfte wie Liebe, Schrecken und Tat.

Buenos Aires hat die Form eines Fünfecks, und der Dreizack besteht aus drei Dreiecken. Diese Figuren, die sich auf so viele Symbole beziehen, in Einklang zu bringen ist ein überaus heikles und in unerfahrenen Händen sehr gefährliches Unterfangen. Der Dreizack ist Satan, das Auge Schiwas, die drei Köpfe des Zerberus und auch eine Replik der Dreifaltigkeit. Das Fünfeck ist das pythagoräische Zeichen der Erkenntnis, aber Nikolaus von Kues glaubte, Fünfecke zögen Feuerregen an oder stießen sie ab. Moori Koenig studierte die Karte begierig wie ein Alchimist, aber auch voller Angst.«

(Es sei mir erlaubt, für einen Moment die Cifuentes-Aufzeichnung zu verlassen und zu sagen, daß mich die Vorliebe der argentinischen Militärs für Sekten, Geheimschriften und okkulte Wissenschaften immer überrascht hat. In der kartographischen Betätigung des Obersts waren jedoch weniger okkultistische als literarische Einflüsse sichtbar. Ich machte Cifuentes darauf aufmerksam, daß sein Plan eine gewisse Ähnlichkeit mit demjenigen habe, den Borges in

Der Tod und der Kompaß beschreibt. Das ließ er nicht gelten. Obwohl ich wenig Borges gelesen habe, sagte er – oder besser: log er –, erinnere ich mich noch ein wenig an diese Erzählung. Ich weiß, daß sie von der Kabbala und der chassidischen Tradition beeinflußt ist. Für den Oberst wäre die geringste jüdische Anspielung inakzeptabel gewesen. Sein Plan war von Paracelsus inspiriert, Gegenbild Luthers und gleichzeitig arischster aller Deutschen. Der andere Unterschied, sagte er, ist bemerkenswerter. Das geistreiche Spiel des Detektivs Lönnrot in *Der Tod und der Kompaß* ist ein tödliches Spiel, das aber nur in einem literarischen Text gespielt wird. Was hingegen der Oberst ausheckte, sollte außerhalb der Literatur geschehen, in einer realen Stadt, in der eine überwältigend reale Leiche von einem Ort an einen andern gebracht würde.

Ich kehre jetzt zur Aufzeichnung zurück. Wir sind an dem Punkt angekommen, wo die A-Seite der ersten Kassette zu Ende geht. Ich höre Cifuentes' Stimme:)

»Als Moori Koenig den Griff des Dreizacks genau auf das Dock Sur legte, ragten die Spitzen über die Karte hinaus und zeigten auf die Viehzuchtbetriebe und Weiden, die sich jenseits von San Vicente, Cañuelas und Moreno abzeichnen. Diese weit entfernten Felder nützten ihm nichts. Also verschob er den Griff auf der Karte, bis er auf diejenige Ecke von Buenos Aires zu liegen kam, wo er selbst stand, unter einer Lampe. Er habe auf die Uhr geschaut, sagte er mir, denn am Rande der Wirklichkeit, die er ins Auge faßte, war alles Taumel. Es war sechs vor sechs. Sein Blick war weniger als eine Sekunde abgelenkt. Das genügte, damit sich der Dreizack zusammenzog und seine Pfeile in drei unglaublich präzise Orte eindringen ließ: in die Kirche von Olivos, neben einer Bahnstation namens Borges, in die Abteilung prominenter Toter auf dem Chacarita-Friedhof und ins weiße Mausoleum von Ramón Francisco Flores auf dem Friedhof von Flores. Das war der Zufallskompaß, auf den er gewar...«

Ende Zitat/Tonband.

Zur vereinbarten Stunde wird beim Oberst angeklopft. Arancibia, der Verrückte, tritt seitlich ein; auf seinen Ordonnanzschuhen spannt sich bucklig das Oberleder. Fesquet muß eine ungeheuerliche Nacht hinter sich haben, in seinem Gesicht zeichnen sich Verheerungen ab. Galarza, der Klarinettist, produziert bei jeder Bewegung leises Unterleibskollern. Keiner setzt sich. Der Oberst rollt das Pauspapier mit dem Dreizack ein und deutet auf die Karte, auf der drei rote Punkte aufleuchten.

Er genießt es, die Offiziere mit den Entdeckungen zu verblüffen, die er seit vierundzwanzig Stunden gehortet hat. Erzählt ihnen von der Mutter, vom Einbalsamierer. Erklärt, es gebe nicht nur eine, sondern vier Leichen, und diese Verviel-, vielmehr Vervierfachung komme den Plänen des Nachrichtendienstes entgegen – je mehr Spuren die Feinde zu verfolgen hätten, desto leichter würden sie zu verwischen sein.

»Was??« fragt Arancibia. »Wir haben noch nicht einmal angefangen, und schon sind Feinde aufgetaucht?«

»Es gibt ein paar«, sagt der Oberst knapp. Er will sie nicht in Aufregung versetzen, indem er ihnen erzählt, daß in sein eigenes Haus und über sein Privattelefon Drohungen eingedrungen sind.

Dann erläutert er in groben Zügen seinen Plan. Man benötigt vier identische, schlichte Särge; die wird Galarza besorgen. Die Leichen werden zwischen ein und drei Uhr in der kommenden Nacht beerdigt werden, diejenige Arancibias auf dem Chacarita-Friedhof, die Galarzas auf dem Friedhof von Flores und die Fesquets in der Kirche von Olivos. Jeder muß dafür sorgen, daß sein Ort vorher geräumt ist. Je geheimer die Bewegungen, desto schwerer wird es für die Gegner sein, sie zu enträtseln.

»Auf welche Verstärkung können wir rechnen, mein Oberst?« will Galarza wissen.

»Nur auf uns vier.«

Ein langes Schweigen tritt ein.

»Nur wir vier«, wiederholt Arancibia. »Das ist zuwenig für ein so großes Geheimnis.«

»In diesem Land bin ich der einzige Geheimhaltungstheoretiker«, fährt der Oberst fort. »Der einzige Experte. Ich habe diese Dinge hin und her gewälzt: daß etwas durchsikkern könnte, Gegenspionage, verdeckte Aktionen, Finten, Wahrscheinlichkeitsgesetz, Zufall. Ich habe jeden Schritt dieser Aktion minuziös berechnet. Ich habe die Risiken auf zwei bis drei Prozent reduziert. Der gefährlichste Faktor des Plans ist die Unterstützungstruppe. Jeder von uns braucht vier Soldaten und einen Lastwagen. Außerdem haben Sie noch je einen Assistenzunteroffizier. Um Mitternacht werden wir beim Oberkommando erwartet. Die Soldaten stammen aus verschiedenen Regimentern und Bataillons. Sie kennen sich nicht. Die Lastwagen werden verschlossen und haben nur Luftlöcher. Keiner darf wissen, woher er kommt und wohin er geht. Um null Uhr fünfzehn sammeln wir uns in der CGT-Garage. Der Ort ist wie jeder andere. Was die Soldaten denken, ist unwichtig. Wichtig ist mir nur, was sie ausplaudern könnten.«

»Brillant«, sagt Galarza. »Wenn sich die Soldaten nicht mehr begegnen, werden sie die Geschichte nie rekonstruieren können. Und es ist unmöglich, daß sie sich noch einmal begegnen.«

»Die Wahrscheinlichkeit ist eins zu hundertfünfzigtausend«, bemerkt der Oberst. »Es sind Ausgehobene aus den Provinzen. Übermorgen werden sie entlassen.«

»Tadellos«, sagt Galarza, der Klarinettist, und kämpft gegen einen Schwall Blähungen an. »Nur ein Detail beunruhigt mich, mein Oberst. Bei dieser absoluten Geheimhaltung sollten weder die Soldaten noch die Unteroffiziere die Fahrzeuge lenken.«

»Richtig, Galarza. Wir werden sie selbst lenken.«

Fesquet seufzt und krümmt in der Luft eine schlaffe Hand.

»Ich bin ein sehr schlechter Fahrer, mein Oberst. Und da

könnte ich versagen. Sie wissen ja, die Verantwortung, die Nacht. Ich getraue mich nicht.«

»Sie müssen, Fesquet«, befiehlt der Oberst scharf. »Wir sind vier. Es darf keiner mehr sein.«

»Etwas interessiert mich noch«, sagt Galarza. »Diese Frau, die Leiche – sie ist doch eine Mumie, nicht wahr? Drei Jahre ist es her, seit sie gestorben ist. Wozu brauchen wir sie? Wir könnten sie aus einem Flugzeug mitten in den Fluß werfen. Wir könnten sie in einem Kalksack im Massengrab einbuddeln. Niemand fragt nach ihr. Und wenn jemand fragt, brauchen wir nicht zu antworten.«

»Der Befehl kommt von oben. Der Präsident will, daß sie christlich bestattet wird.«

»Diese Nutte?« ruft Galarza. »Die hat uns doch allen das Leben sauer gemacht.«

»Uns schon«, sagt der Oberst. »Andere glauben, sie hat sie gerettet. Man muß vorsichtig sein.«

»Vielleicht ist es schon zu spät dazu«, sagt Arancibia, der Verrückte. »Vor zwei Jahren wäre das noch möglich gewesen. Hätten wir den Einbalsamierer umgebracht, wäre die Leiche von allein verfault. Jetzt ist die Leiche zu groß, größer als das Land. Sie ist übervoll von Dingen. Wir alle haben im Lauf der Zeit etwas in sie hineingesteckt: Scheiße, Haß, die Lust, sie noch einmal umzubringen. Und wie der Oberst sagt, es gibt Leute, die auch ihre Klage in sie hineingesteckt haben. Diese Leiche ist zu einer Zeitbombe geworden. Der Präsident hat recht. Ich glaube, es ist am besten, sie zu beerdigen. Unter einem andern Namen, an einem andern Ort, bis sie verschwunden ist.«

»Bis sie verschwunden ist«, wiederholt der Oberst, der pausenlos raucht. Er beugt sich über den Plan von Buenos Aires und zeigt auf einen der roten Punkte im Norden, dicht am Fluß. »Fesquet, was befindet sich da?«

Der Oberleutnant studiert das Gebiet. Er entdeckt einen Bahnhof, zwei sich kreuzende Bahnstrecken, einen Jachthafen.

»Der Fluß«, errät er.

Der Oberst schaut ihn wortlos an.

»Das ist nicht der Fluß, Fesquet«, bemerkt Galarza. »Das ist Ihr Bestimmungsort.«

»Ach ja, die Kirche von Olivos«, sagt der Oberleutnant.

»Dieses grüne Quadrat ist ein Platz«, referiert der Oberst, als spräche er mit einem Kind. »Da in der Ecke, neben der Kirche, gibt es einen eingezäunten Kiesgarten, etwa zehn auf sechs Meter. Er ist dicht bewachsen mit Wolfsmilch, Begonien, Pflanzen mit fleischigen Blättern. Legen Sie dort an der Mauer etwas an, was wie ein Gartenbeet aussieht. Stellen Sie Blumentöpfe oder so was darum herum. Lassen Sie die Soldaten eine tiefe Grube ausheben. Tarnen Sie sie, damit sie niemand von der Straße aus sehen kann.«

»Dieses Grundstück gehört der Kirche«, ruft Fesquet in Erinnerung. »Was soll ich tun, wenn der Pfarrer uns das Graben verbietet?«

Der Oberst hält sich die Hände an den Kopf.

»Können Sie das Problem nicht lösen, Fesquet? Können Sie nicht? Sie müssen. Es wird nicht leicht sein.«

»Seien Sie beruhigt, mein Oberst. Ich werde nicht versagen.«

»Wenn Sie versagen, können Sie Ihren Abschied von der Armee nehmen. Schreiben Sie sich alle hinter die Ohren, daß ein Scheitern in dieser Mission unannehmbar ist. Es soll mir nachher keiner kommen und sagen, dies oder jenes Unvorhergesehene sei geschehen. Sie müssen möglichen Zufällen jetzt vorgreifen.«

»Ich gehe zur Kirche und hole eine Genehmigung ein«, stottert Fesquet.

»Holen Sie sie beim Erzbistum ein«, sagt der Oberst. Er entspannt sich, neigt die Rutschbahn seiner Stirn nach oben und kneift die Augen zu. »Nur noch ein Punkt. Stellen wir die Uhren, wiederholen wir die Losungen.«

Ein zögerliches Klopfen unterbricht ihn. Es ist Oberfeldwebel Picard, ungekämmt. Eine der Strähnen, die sonst seine Glatze bedecken, ist aus ihrem Pomadegefängnis entkommen und fällt dramatisch zum Kinn hinunter.

»Dringende Nachricht für Oberst Moori Koenig«, teilt er mit. »Vom Präsidentenpalast wurde dieser Umschlag gebracht. Der Befehl lautet, daß Sie ihn unverzüglich und persönlich bekommen.«

Routiniert tastet der Oberst den Umschlag ab und diagnostiziert zwei Bogen: einen aus Karton und einen zweiten aus dünnem Papier. Er studiert den Siegellack auf der Vorderseite. Die Reliefzeichnung ist verwaschen – ist es das Nationalwappen oder ein Freimaurersymbol?

»Picard«, fragt er, »wie ist die Nachricht hierhergelangt?«

»Mein Oberst«, sagt der Oberfeldwebel mit hängenden Schultern und in strammer Haltung, »jemand von der Hauptwache in Uniform hat sie gebracht. Er ist in einem schwarzen Ford mit offiziellem Nummernschild gekommen.«

»Nennen Sie mir den Namen der Wache, die Wagennummer.«

Bestürzt reißt Picard die Augen auf:

»Man hat keine Identifizierung von ihm verlangt. Die Nummer wurde nicht aufgeschrieben. Es war ein Routinevorgang, mein Oberst. Den Umschlag haben wir genau untersucht. Keine Auffälligkeit laut Sprengstoffexperten.«

»Besser so, Picard. Sie können abtreten. Die Soldaten sollen ihre fünf Sinne beisammenhalten. Was fehlt jetzt noch?« Der Oberst wendet sich den Offizieren zu. »Ah, die Losung.«

»Und die Uhren«, bemerkt Galarza und zeigt auf das Bild von Kant.

»Erinnern Sie sich an die Losung, mit der wir Perón gestürzt haben, ›Gott ist gerecht‹? Wir werden sie diese Nacht gebrauchen, von zwölf bis vier Uhr. Die, die sich anmelden, tun es im Frageton: ›Gott?‹ Der zweite Teil ist wohl klar. Und jetzt die Uhren.«

Es ist vier vor sieben. Alle stellen die Zeiger, ziehen ihre Uhren auf. Der Oberst erbricht das Siegel des Umschlags und wirft einen Blick auf den Inhalt: ein Foto und ein Flugblatt. Das Foto ist rechteckig wie eine Postkarte.

»Meine Herren«, sagt er, plötzlich blaß, »Sie können gehen. Seien Sie vorsichtig.«

Kaum sind die Offiziere in den schwarzen Gängen verschwunden, schließt der Oberst die Tür zu seinem Büro und betrachtet wieder ungläubig das Bild. Sie ist es, die Verstorbene, wie sie auf der Platte im Heiligtum liegt, inmitten von Blumennestern. Man sieht sie von der Seite, die Lippen leicht geöffnet, die Füße nackt. Es ist unvorsichtig, daß solche Fotos existieren. Wie viele gibt es wohl? Das Ungewöhnliche ist jedoch das auf einem Vervielfältigungsapparat gedruckte Flugblatt. *Rachekommando*, liest der Oberst. Und unten, in ungelenker Handschrift: *Lassen Sie sie, wo sie ist. Lassen Sie sie in Frieden.*

7 *»Die Nacht der Waffenruhe«*

Die Kunst des Einbalsamierers gleicht der des Biographen: Beide versuchen ein Leben oder einen Körper in der Pose festzuhalten, in der die Ewigkeit sich ihrer erinnern soll. *Der Fall Eva Perón*, ein Bericht, den Ara kurz vor seinem Tod abschloß, vereint die beiden Aspekte in einer einzigen alles umfassenden Bewegung – der Biograph ist zugleich der Einbalsamierer, und die Biographie ist auch eine Autobiographie seiner Leichenkunst. Das erkennt man in jeder Zeile des Textes; Ara rekonstruiert Evitas Körper nur, um erzählen zu können, wie er es getan hat.

Kurz vor Peróns Sturz schrieb er: »Ich versuche die Thymolkristalle in der Arteria femoralis aufzulösen. Im Radio höre ich Liszts *Funérailles*. Die Musik wird unterbrochen. Wie jeden Tag verkündet die Stimme des Ansagers: ›Es ist zwanzig Uhr fünfundzwanzig, die Stunde, zu der die Geistige Führerin der Nation in die Unsterblichkeit einging.‹ Ich betrachte den nackten, gefügigen Körper, den geduldigen Körper, der dank meiner Bemühungen seit drei Jahren unverwest bleibt. Ich bin, auch wenn Eva es nicht will, ihr Michelangelo, ihr Schöpfer, der Verantwortliche für ihr ewiges Leben. Sie ist jetzt – wozu es verschweigen? – ich. Ich spüre die Versuchung, ihr über dem Herzen meinen Namen einzugravieren: Pedro Ara. Und das Datum, an dem meine Arbeiten begannen: 27. Juli 1952. Ich muß darüber nachdenken. Meine Signatur würde ihre Vollkommenheit beeinträchtigen. Oder vielleicht auch nicht – vielleicht würde sie sie noch vergrößern.«

Einbalsamierer oder Biograph, während einiger Jahre verwirrte mich Ara. Auf ein paar Seiten seines Tagebuchs schildert er, wie die Leiche entführt wurde. Obwohl diese Darstellung von Details wimmelt, deckt sie sich nur in wenigem mit dem, was der Oberst seiner Frau und Cifuentes erzählte, durch die ich diesen Teil der Geschichte erfuhr.

Ara schreibt:

»Der 23. November 1955 ging zu Ende. Kurz vor Mitternacht betrat ich das CGT-Gebäude. Die Abgesandten der Regierung waren noch nicht eingetroffen. Im zweiten Stock standen mehrere Soldaten Wache, einige vor dem Aufbahrungsraum, andere bei den Treppenaufgängen.

›Es ist der Professor‹, sagte ein Polizeioffizier. Als sie mich erkannten, senkten die Soldaten die Waffen.

Ich öffnete die Tür zum Aufbahrungsraum und ließ sie offen. Wie schon früher näherten sich scheu die Soldaten und schauten herein, um Evita zu sehen. Einer bekreuzigte sich. Bewegt fragten sie mich:

›Wird sie heute nacht geholt, Doktor?‹

›Ich weiß es nicht.‹

›Was wird man mit ihr tun?‹

›Ich weiß es nicht.‹

›Glauben Sie, man wird sie verbrennen?‹

›Ich glaube es nicht.‹

Während die Soldaten wieder auf ihre Posten gingen, untersuchte ich das Labor. Alles war in Ordnung.

Ich ging in die Vorhalle hinunter, um die Befehlshaber zu empfangen. Als erster kam Oberst Moori Koenig, gleich darauf ein Kapitän zur See. Gemeinsam erkundeten wir den verwinkelten schmalen Gang, der in die Garage führte. Von einer Uhr in der Ferne hörte ich zwölf Schläge. Der neue Tag begann.

Ich ging wieder zum Aufbahrungsraum hinauf. Der Sarg befand sich bereits dort. Ich gab ein Zeichen. Zwei Arbeiter kamen, um mir beim Tragen des verehrten Körpers zu helfen. Einer hob Evita an den Knöcheln hoch, der andere und ich an den Schultern. Wir waren sehr vorsichtig, um ihre Frisur und das Kleid nicht in Unordnung zu bringen. Auf der Brust war das Kreuz des von Pius XII. gespendeten Rosenkranzes zu erkennen. Man brauchte nur noch den metallenen Sargdeckel zu versiegeln.

›Wo sind die Schweißer?‹ fragte ich.

›Es ist schon sehr spät‹, antwortete einer der Soldaten. ›Lassen wir das einstweilen.‹

Ich beharrte darauf, stieß aber auf taube Ohren.

›Seien Sie unbesorgt‹, sagte der Oberst. ›Morgen holen wir alles Nötige nach.‹

Dieses Morgen kam nie. Ich versuchte den Oberst in seinem Büro Ecke Viamonte/Callao aufzusuchen, um mich zu vergewissern, daß die Leiche geziemend geschützt war. Er wollte mich nicht empfangen. Ich durfte auch nicht mehr in den zweiten Stock der CGT zurück.

Monate nach diesem 24. November weckte mich mitten in der Nacht das beharrliche Klingeln des Telefons. Eine mir keineswegs unbekannte Stimme sagte:

›Doktor, man hat sie in ein anderes Land gebracht. Die Nachricht ist sicher.‹

›Ist sicher?‹

›Ich habe es selbst gesehen, Doktor. Auf Wiedersehen.‹«

Aldo Cifuentes dagegen erzählte mir folgende Version:

»Zu Beginn wurde der von Moori Koenig entwickelte Plan ohne Pannen ausgeführt. Um Mitternacht verließ seine Gruppe in vier Lastwagen das Oberkommando der Armee. In jedem Lastwagen befand sich ein leerer Sarg. Kurze Zeit später fuhren alle vier in die CGT-Garage ein. In der Vorhalle des Gebäudes gab es einen Zwischenfall, denn der Einbalsamierer, der seit dem Abend dort gewartet hatte, wollte nicht eher gehen, als bis er mit Moori Koenig gesprochen hätte. Er bestand auf einer schriftlichen Bestätigung, daß sich die Leiche in einwandfreiem Zustand befinde. Stellen Sie sich vor – wie bei einer Ware. Ich glaube, der Oberst ging in die Halle hinauf, um ihn zum Teufel zu jagen. Im Wachraum, wo niemand eine Ahnung hatte, was in der Garage vor sich ging, herrschte – wie es in der Zeitung heißen würde – große Aufregung. Es kursierte die Meldung, die Peronisten aus der Umgebung sammelten sich in den Hafenschuppen und drohten, gegen die Stadt vorzurücken. Man befürchtete einen Angriff auf die CGT, einen zweiten 17. Oktober, eine weitere finstere San-Perón-Nacht. Die Massen haben sich in Argentinien immer wie brünstige Tiere bewegt. Langsam, nach einer Fährte schnuppernd, Demut vortäuschend. Wenn man sich dessen endlich bewußt wird, sind sie schon nicht mehr aufzuhalten. Moori Koenig kannte solche Präzedenzfälle. Er hatte die Geistesgegenwart, das Oberkommando anzurufen, um es über das Geschehen zu informieren. Er verlangte, daß die Kundgebung mit Schüssen gesprengt werde; wenn man diese Leute nicht vor dem Morgengrauen niederkämpfe, würde er sie selbst niederkämpfen. Der Einbalsamierer schlich mit hängendem Kopf herum. Er schien sehr erschrocken. Als der Oberst an ihm vorbeikam, hielt er ihn auf.

›Wenn ihr die Señora bald mitnehmt, will ich bei der Zeremonie mit dabeisein‹, sagte er.

Moori verzieh ihm nicht, daß er versucht hatte, ihn mit den Leichenkopien zu hintergehen.

›Sie haben hier nichts zu suchen‹, antwortete er. ›Das ist eine militärische Operation.‹

›Schließen Sie mich nicht aus, Oberst. Ich habe mich vom ersten Tag an um die Leiche gekümmert.‹

›Das hätten Sie besser nicht getan. Sie sind Ausländer. Sie hätten sich nicht in die Geschichte eines Landes einmischen dürfen, das nicht Ihres ist.‹

Ara hob die Hand an den Hut und trat auf die Straße hinaus, um seinen Wagen zu holen. Er hatte einen verwirrten Ausdruck, als hätte er sich selbst verloren und wüßte nicht, wo er mit der Suche nach sich beginnen sollte.«

Cifuentes wählte diesen Punkt der Erzählung, um wieder eines seiner Selbstbildnisse einzuwerfen.

»Wie Sie wissen, bin ich ein Clown Gottes. Man nennt mich Däumling, weil ich die Größe von Gottes Daumen habe. Manchmal bin ich riesig, manchmal sieht man mich nicht. Was mich vor dem Überirdischen gerettet hat, ist mein Prestigeverlust. Deshalb war ich immer frei, zu tun und zu lassen, was ich wollte. Beurteilen Sie mich nicht nach dem, was ich erzähle. Mein Stil ist weniger geheimnisvoll als diese Wirklichkeit.

Ich werde die Details zusammenfassen. Im Heiligtum holte Moori Koenig die Kopien aus ihren Kisten hinter den Vorhängen, zog ihnen weiße Tuniken an, wie Eva eine trug, und legte sie auf den Fußboden. Sie waren geschmeidig und federleicht. Die Verstorbene legte er am weitesten von der Tür nieder, nachdem er noch einmal die Marke hinter dem Ohrläppchen verifiziert hatte. Die echte Leiche unterschied sich von den Kopien durch ihre Starre und das Gewicht – sieben oder acht Kilo mehr. Aber die Größe war dieselbe: eins fünfundzwanzig. Moori Koenig prüfte es ein ums andere Mal, da er es nicht fassen konnte. Aus der Ferne und auf der Glasplatte sah die Leiche riesig aus. Aber die Formalinbäder hatten Knochen und Gewebe schrumpfen lassen. Nur der Kopf war wie immer: schön und pervers. Er schenkte ihr einen letzten Blick und deckte sie mit einem Schleier zu, wie die andern.

Auf dem Gang im zweiten Stock waren bereits die geöffneten Särge aufgereiht. Es gab keine weiteren Zeugen als die drei Nachrichtenoffiziere. Moori Koenig öffnete die Tür zum Heiligtum und legte die Leichen mit Hilfe seiner Leute in die Särge. Jeder trug ein Blechschild, auf dem ein Name und ein Datum eingraviert waren. Dasjenige Evitas war ein Augenzwinkern an die Historiker – falls überhaupt einer die Inschrift je zu lesen bekäme –, denn die Angaben waren die ihrer Großmutter mütterlicherseits, die ebenfalls mit dreiunddreißig Jahren gestorben war: *Petronila Núñez / 1877-1910*.

Sie schraubten die Särge zu und befahlen den Soldaten, sie in die Garage hinunterzutragen. Die Leichen wurden in die Lastwagen verladen, ohne Fahnen, ohne Zeremonie, schweigend. Kurz vor eins war alles erledigt. Moori Koenig ließ den Trupp vor den Fahrzeugen antreten. Arancibia, der Verrückte, war blaß, weil er so beeindruckt oder überanstrengt war. Einer der Unteroffiziere, ich glaube Gandini, konnte sich kaum auf den Füßen halten.

›In ein paar Stunden wird diese Mission beendet sein‹, sagte der Oberst. ›Die Soldaten werden zum Oberkommando zurückgebracht und morgen entlassen werden. Die andern erwarte ich im Amt, um drei.‹

Die Luft war feucht, wie geschwollen, nicht zu atmen. Als Moori Koenig in die Nacht hinausfuhr, entdeckte er am Horizont einen riesigen zunehmenden Mond und quer darüber einen schwarzen Regen- oder Unglücksstreifen.«

Inventar der im zweiten Stock der Gewerkschaft CGT am 24. November 1955 gefundenen Gegenstände:

- Ein dreieckiges Glasprisma mit zwei breiten, oben miteinander verbundenen Seitenwänden, ähnlich den Nischen, die in den Kirchen der Ausstellung von Heiligenbildern dienen.
- Ein Frauenhemd oder eine Frauentunika aus weißem Leinen, an der Flecken und Verbrennungen festzustellen sind.
- Zwei Haarnadeln.
- Drei längliche Kisten – anderthalb Meter – aus gewöhnlichem Holz. In einer von ihnen wurde eine Postkarte mit Madrider Stempel aus dem Jahr 1948 gefunden. Weder der Text noch der Name der Person, an die sie geschickt wurde, sind entzifferbar.
- Zweiundsiebzig schwarz-violette Bänder mit goldenen Aufschriften zu Ehren der verstorbenen Gattin des flüchtigen Tyrannen.
- Eine ungeöffnete Flasche Thymolkristalle.
- Fünf Liter Formalin, 10prozentig.
- Neun Liter Alkohol, 96gradig.
- Ein Notizbuch mit handgeschriebenen Aufzeichnungen,

die Dr. Pedro Ara zugeschrieben werden. Es besteht aus vierzehn Blättern. Nur die folgenden Fragmente konnten entziffert werden: »Wir werden ihr aus Brokat ein besticktes Leichentuch machen und damit dasjenige ersetzen, das sie nicht richtig zudeckt« (*Blatt 2*) / »– frei nicht –« (*Blatt 9*) / »zeigt die Waden, so daß eine größere Verrenkung« (*Blatt 8*) / »von den Staatsbürgern« (*Blatt 4*) / »die Spur oder die Verbrennung durch die Strahlen« (*Blatt 3*) / »das Fehlen von Tüll« (*Blatt 10*) / »von abgestorbener Lederhaut« (*Blatt 6*) / »um sie zu öffnen, und die eindringen sollen« (*Blatt 11*) / »das Husten der Armen« (*Blatt 13*).[7]
– Ein Strauß frische Wicken neben dem Prisma.
– Ein brennendes Talglicht.

Bei Einbruch der Dämmerung begannen sie den Riachuelo bei der Boca zu überqueren. Sie sammelten sich in Zehner- oder Zwölfergruppen auf den Landungsbrücken des Viertels Isla Maciel und warteten, bis die Boote auf ihrer Fahrt zur Boca vorbeikämen. Obwohl es heiß war und die Feuchtigkeit die Luft stickig machte, hatten sie warme Kleidung in die Rucksäcke gepackt, als bereiteten sie sich auf eine monatelange Belagerung vor. Einmal an Bord, zwangen sie die Schiffer, in die Kanäle des Süddocks einzudringen, zwischen den Dampfern, die von Montevideo zurückkamen, und gingen an irgendeiner freien Stelle auf den Molen an Land, nachdem sie den exakten Fahrpreis entrichtet hatten. Weitere Barkassen mit kleinen Lichtern an den Masten kamen von Quilmes und Ensenada und legten etwas weiter nördlich an, in der Nähe der Schuppen. Einige der Passagiere trugen unfertig beschriftete Transparente, andere hatten Trommeln bei sich. Schweigend ließen sie sich vor den

7 Im Originalinventar folgten die Satzfragmente der Reihenfolge der Blätter. Néstor Perlongher hat sie gegen 1989 neu geordnet und in den zweiten Teil seines Evita gewidmeten Gedichts ›Die Leiche der Nation‹ aufgenommen.

großen Silos nieder und errichteten sogleich, geschäftig wie Ameisen, Unterstände aus Holz, damit die Frauen ihre Kinder stillen konnten. Alle rochen nach Gerberei, nach verbranntem Holz, nach Stangenseife. Sie sprachen wenig, aber laut und schrill. Die Frauen trugen geblümte Baumwollkittel oder ärmellose Kleider. Die alten Männer hatten geblähte Bäuche und ließen strahlende Gebisse blitzen. Neue Zähne und Nähmaschinen hatte Evita am häufigsten verschenkt. Jeden Monat bekam sie in der Stiftung Hunderte Pakete mit Zahnfleisch- und Gaumenabdrücken und schickte postwendend die Gebisse mit folgender Botschaft zurück: »Perón erfüllt. Evita macht würdig. In Peróns Argentinien haben die Arbeiter vollständige Kauwerkzeuge und können ohne Armutskomplexe lächeln.«

Die Militärposten umgehend, hatten sich einige Familien zu Fuß zwischen den Werften vorgewagt. Andere orientierten sich im Dickicht der Gebüsche oder folgten auf den Abstellgleisen den Spuren der Güterwagen. Um Mitternacht waren sie schon über sechshundert. Sie kochten Innereien und brieten an langen Metallfedern aufgespießte Rippenstücke. Mit einem Brot gingen sie zum Feuer, stellten sich in eine Reihe und aßen.

Unmittelbare Gefahr bedrohte sie, aber sie merkten es nicht, oder es war ihnen egal. Vor einer Woche hatte die Regierung der sogenannten Befreiungsrevolution beschlossen, jede Erinnerung an den Peronismus auszumerzen. Es war verboten, Perón und Evita öffentlich zu preisen, ihre Bilder aufzustellen, ja sogar, sich daran zu erinnern, daß es sie überhaupt gegeben hatte. Einer der Erlasse besagte: »Es wird mit einer Strafe von sechs Monaten bis zu drei Jahren bestraft, wer an einem öffentlich sichtbaren Ort Bilder oder Skulpturen des abgesetzten Diktators und seiner Frau aufstellt, Wörter wie *Peronismus* oder *dritter Weg*, Abkürzungen wie *PP* (Peronistische Partei) oder *PKZ* (Perón kommt zurück) gebraucht oder den Marsch dieser verworfenen Diktatur verbreitet.«

Unbekümmert um den Erlaß, sangen zwei fünfzehn- oder sechzehnjährige Mädchen mit grellrot geschminkten Lippen und hautengem Kleid neben den Bratern herausfordernd: *Eva Perón / dein Herz / ist immer bei uns*. Hinter den Schuppen stand ein Altar aus Ziegelsteinen mit einem riesigen Evita-Porträt zwischen hohen Kerzen. Zu ihren Füßen deponierten die Leute Kränze aus Weihnachtssternen, Glyzinen und Vergißmeinnicht, während sie im Refrain sagten: *Das ganze Volk singt fromme Lieder / der heil'gen Evita immer wieder.* Der Lärm mußte schon von weitem zu hören sein. Etwa fünfhundert Meter entfernt befand sich die Umzäunung der Hafenwache, und weitere fünfhundert Meter nördlich erhoben sich die Türme des Oberkommandos.

Warum sollte das mit der Repression auch stimmen? Es gab keinen Grund zur Angst, versicherte man sich gegenseitig. Das Regierungsdekret mußte schwere Ausschreitungen meinen, Vandalismus an öffentlichen Gebäuden; von privater Verehrung war nicht die Rede. Jedermann hatte das Recht, Evita weiterhin zu lieben. Sprach denn nicht die erste Erklärung der ›Befreier‹ von einem Argentinien ›ohne Sieger und Besiegte‹? Und am Tag von Peróns Sturz, als gemunkelt wurde, er solle umgebracht werden, hatte man ihm da nicht erlaubt, sich auf ein paraguayisches Kanonenboot zu flüchten, und hatte ihn nicht sogar der Außenminister der Republik an Bord aufgesucht, um sich zu vergewissern, daß es ihm an nichts fehlte? Gerüchte. Nie wurden Gerüchte Wahrheit. Das einzige, was man glauben mußte, waren die Rundfunknachrichten.

Mit fortschreitender Nacht kamen Alte und Kranke hinzu. Eine Frau mit wucherndem Kropf, die sich als Verwandte von Evitas Friseur vorstellte, hatte soeben in einer Nachrichtensendung gehört, daß sich rund um den Hafen unliebsame Personen ansammelten. Die Armee wollte sie noch vor Tagesanbruch zerstreuen. »Ob damit wir gemeint sind?« fragten sich ein paar Greise des Viertels Los Perales. »Wer weiß, von wem sie sprechen. Der Hafen ist groß.«

Unter den Wellblechdächern zündeten sie Kerzen an und warteten. Sie hatten gehört, Perón würde diese Nacht in einem schwarzen Flugzeug aus dem Exil zurückkehren und wieder auf dem Balkon der Plaza de Mayo erscheinen. Evita wäre bei ihm, beleuchtet, in einem Glassarg. Die Aussagen waren widersprüchlich. Es hieß auch, die Armee würde ihren Sarg neben demjenigen San Martíns in der Kathedrale beisetzen. Ebenso, die Marine wolle ihn in einem Zementblock in ein Ozeangrab werfen. Das am häufigsten weitergegebene Gerücht aber hatte sie hier zusammengeführt: Evita solle in ihrem Pantheon in der CGT exhumiert und feierlich dem Volk übergeben werden, damit es sie beschütze und bei ihr Totenwache halte, wie es in ihrem Testament stand. »Ich will auf ewig bei Perón und meinem Volk leben«, hatte sie vor ihrem Tod verlangt. Perón war nicht mehr da. Das Volk würde sie empfangen.

Eine Wahrheit mußte dieser Gerüchteflickenteppich aber verbergen, denn seit dem Morgengrauen gingen Truppen im CGT-Gebäude ein und aus. Die Leiche befand sich schon seit drei Jahren dort, auf einem Altar, den man nicht besichtigen konnte. In den Monaten nach ihrem Tod war das Haus immer mit Blumen geschmückt gewesen. Jeden Abend um zwanzig Uhr fünfundzwanzig gingen in den Fenstern mehrmals die Lichter an und aus. Aber allmählich waren die Blumen verschwunden, und selbst der Trauerflor in den Fenstern des zweiten Stocks fiel, von Wind und Wetter zermürbt, eines Tages herunter. Jetzt lag irgend etwas in der Luft, aber niemand wußte, was. Seit Peróns Sturz begriffen die Menschen nichts mehr.

Am Horizont war undeutlich der Mond zu erkennen, quer darüber dunkle Wolkenstreifen. Es war heiß. Die Luft war von feinem Weizenstaub gesättigt. Auf der einen Seite der Schuppen lösten sich auf den Kränen ein paar Jungen ab, um das offene Gelände zwischen Stadt und Fluß zu überwachen: das verlassene Rangiergelände, die leeren Waggons, die Werften, die fernen militärischen Wachhäuschen.

Kurz nach Mitternacht sah einer der Wachposten einen schwarzen, massigen Wagen mit abgeblendetem Licht über das Rangiergelände fahren. Er rannte zurück und erstattete mitten in einem fürchterlichen Getöse Meldung. Hinter den Schuppen klapperten die Hämmer aufs Holz. Die Schreiner bauten Unterstände und Altäre auf. Schließlich gingen zwei der Männer dem Eindringling entgegen. Einer trug eine Brille und hatte Krücken.

Unter einer Laterne hielt das Auto an, der Fahrer stieg aus und rückte den Hut zurecht. Er trug einen Flanellanzug mit Weste und schwitzte. Er machte ein paar Schritte und schaute nach links und rechts, um sich zu orientieren. Die Umrisse der Schuppen und die Helligkeit dahinter, die Kerzen und Feuer, brachten ihn durcheinander. In der Ferne erriet er die unendliche Weite des Flusses. Die Geräusche brausten aus so vielen Richtungen daher, daß Denken vollkommen unmöglich war – das Weinen der Kleinkinder mischte sich ins Geschrei der Frauen und die herausfordernden Rufe der Kartenspieler. Bevor sich seine Sinne klärten, stellte sich ihm der Mann mit den Krücken in den Weg und musterte ihn von oben bis unten.

»Ich bin Dr. Ara«, erklärte der Fahrer. »Pedro Ara, der Arzt, der in all den Jahren für Evita gesorgt hat.«

»Es ist der, der sie einbalsamiert hat«, räumte der zweite ein. »Was haben Sie mit ihr gemacht?«

»Sie ist sehr schön geworden und hat noch sämtliche Eingeweide. Sie ist vollkommen, wie im Schlaf. Man meint, sie lebt.«

»Wozu mußte man sie so quälen?« murmelte der mit den Krücken.

Alle fühlten sich unbehaglich, verlegen. Auch der Einbalsamierer wußte nicht, was tun. In seinem Tagebuch nimmt sich die Schilderung dieses Tages wirr aus: »Ich fühle mich für die Leiche verantwortlich. Man hat sie mir weggenommen. Es ist nicht meine Schuld, aber man hat sie mir weggenommen. Ich habe die CGT verlassen in der Angst, die Militärs würden eine Arbeit zerstören, die mich jahrelanges Forschen und Kopfzerbrechen gekostet hat. Ich wollte zu den Zeitungen gehen, aber das wäre vergebliche Liebesmüh gewesen. Es ist verboten, auch nur eine Zeile über die Leiche zu veröffentlichen. Und die spanische Regierung will sich da nicht einmischen. Am besten ist es, glaube ich, mit den Leuten zu sprechen, die sich im Hafen versammelt haben.«

Angesichts des Eindringlings hörten die Alten mit dem Kartenspielen auf. Der Mann mit den Krücken kletterte auf ein paar Bretter und klatschte in die Hände.

»Da ist Dr. Arce«, sagte er heiser. Seine Lungen pfiffen. »Er ist der, der Evita einbalsamiert hat.«

»Ara, nicht Arce. Dr. Ara«, versuchte dieser richtigzustellen, aber viele andere Stimmen erhoben sich gleichzeitig und übertönten die seine.

»Wird man sie heute nacht hierherbringen? Oder hat man sie in die Kathedrale gebracht? Sagen Sie, hat man sie weggebracht?« fragten die Leute. »Wird man sie dem General bringen? Armes Geschöpf, warum schiebt man sie hin und her? Warum läßt man sie nicht in Frieden?«

Der Einbalsamierer senkte den Kopf.

»Die Militärs haben sie weggebracht. Ich konnte nichts dagegen tun. Sie ist in einem Armeelastwagen. Warum unternehmt nicht ihr andern etwas?«

Er hatte wie in Spanien ›vosotros‹ für ›ihr‹ gesagt, nicht das in Argentinien übliche ›ustedes‹. Das erschreckte die Leute. Sie kannten niemanden, der dieses Wort gebraucht hätte, außer Evita in ihren ersten Reden. Es klang ihnen wie ein altes, verlorenes Wort aus einer andern Sprache. Und der Ruf breitete sich immer weiter aus: »Die Militärs haben sie weggebracht.« Eine Frau mit zwei Säuglingen in zwei Tragkörben brach in Tränen aus und entfernte sich zwischen den Sträuchern.

»Wir sollen also etwas unternehmen? Was denn zum Beispiel?« fragte einer der Alten.

»Marschiert zur Plaza de Mayo. Lehnt euch auf. Macht

dasselbe wie vor zehn Jahren, als der General in Gefangenschaft war.«

»Jetzt kann das ein Gemetzel geben«, sagte der mit den Krücken. »Haben Sie denn nicht gehört, daß ein Gemetzel vorbereitet wird?«

»Ich habe nichts gehört«, antwortete der Einbalsamierer. »Ihr seid viele. Sie werden es nicht wagen, euch alle umzubringen. Ihr müßt erreichen, daß man mir Evita zurückgibt.«

»Sie sollte zum Hafen gebracht werden. Wenn man sie nicht bringt, wird sie allein kommen«, sagte eine warzige Alte hartnäckig. Mehrere Kinder waren an ihrem Rock festgebunden, wie ein Planetensystem. »Wir brauchen sie nicht zu suchen. Sie wird uns suchen.«

»Wie soll sie uns suchen? Die Militärs haben sie weggebracht«, wiederholte der mit den Krücken.

»Aber sie kennt uns«, erklärte ein anderer Mann. »Sie ist oft durchs Viertel gegangen.«

Der Einbalsamierer schwitzte aus allen Poren. Er hatte ein parfümiertes Taschentuch in der Hand und fuhr sich alle Augenblicke damit über die Glatze.

»Ihr versteht nicht«, sagte er. »Wenn sich niemand um ihre Leiche kümmert, könnte meine Arbeit Schaden nehmen. Es ist eine meisterliche Arbeit. Ich habe euch schon gesagt, daß der General sie mir anvertraut hat.«

»Sie konnte sich immer allein um sich kümmern«, sagte die Alte mit den Warzen.

»Man wird sie nicht mehr bringen«, sagte der mit den Krücken. Er erhob die Stimme: »Sie haben Evita weit weg von hier gebracht. Es ist wohl besser, wir gehen.«

Auch die Alte mit den Warzen rief:

»Ich gehe. Es kommt auf eins heraus, ob wir da sind oder auf der andern Seite des Flusses.«

Sie zwängte sich durch das Gemurre der Frauen hindurch, die die Geduld zu verlieren begannen, und setzte sich, ihre Planeten auf dem Rücken, in eines der Boote. Ein langsamer Menschenfluß folgte ihr ans Ufer. Selbst die Mädchen mit den glühenden Lippen stellten sich auf der Mole in die Reihe und sangen: *Deshalb ist dein reicher Name / so gut / dein guter Name / Eva Perón.*

»Warum geht ihr sie nicht suchen?« fragte Ara wieder.

Aber die sich auflösende Menge war nicht mehr zu halten. Die Kartenspieler löschten die Feuer, und als der Einbalsamierer immer wieder sagte: »Bringt sie mir, bitte, bringt sie mir«, blieb einer der Männer mitten im Abmarsch stehen und ließ eine eiserne Hand auf seine Schulter fallen.

»Wir gehen sie nicht suchen, weil man uns alle umbringen will. Aber wenn Sie sich an die Spitze stellen, Dr. Arce, folgen wir Ihnen vielleicht.«

»Ara. Dr. Ara. Ich kann nicht mit euch gehen. Ich bin nicht von hier.«

»Wenn Sie nicht von hier sind, sind Sie von dort. Wenn Sie nicht mit uns sind, sind Sie mit denen«, rief der Mann. »Was haben Sie denn da unterm Arm?«

Der Einbalsamierer erblaßte. Es war ein gestärkter weißer Kittel. Er drückte ihn an die Brust, weil er nicht wußte, wohin damit.

In der Ferne hörte man das Dröhnen der Armeelastwagen, die trabenden Soldaten, das Gewehrgeklapper, während sich das erste Boot stromaufwärts entfernte.

»Das war Evitas Totenhemd«, murmelte der Einbalsamierer. Seine Worte verhedderten sich. Er zögerte einen Augenblick und faltete dann den Kittel auseinander. Er war einfach, kurzärmlig, mit V-Ausschnitt. »Stellt euch vor – Evitas Totenhemd. Wenn ihr zum Platz marschiert und verlangt, daß mir die Leiche zurückgegeben wird, könnt ihr das Totenhemd haben und damit anfangen, was ihr wollt.«

Der Mann mit den Krücken nahm die Brille ab, trat zum Einbalsamierer und sagte kurz:

»Geben Sie mir das.«

Niedergeschlagen von der Verzweiflung und seiner Ohnmacht, reichte ihm der Arzt das Kleidungsstück und sank in sich zusammen.

»Verzeihung«, sagte er. Niemand wußte, warum er um Verzeihung bat. »Ich möchte gehen.«

»Schnell, ab in die Boote«, befahl der mit den Krücken. Er ließ sich in einen Kutter fallen und löste die Taue.

Sie banden das Totenhemd neben einem der Segel fest und hoben die Ruder. Das von der Brise geblähte Tuch flatterte hin und her.

Immer näher hörten sie das Keuchen der Lastwagen.

Die Nachzügler brachen die Unterstände ab und schichteten die Bohlen auf dem Deck der Boote auf. Das ging blitzschnell, da sie zahlreich waren und sich in die Arbeit teilten, ohne sich gegenseitig zu behindern, wie in einem Bienenstock. Während des Ablegens sang jemand: *Eva Perón / dein Herz / ist immer bei uns.* Diejenigen, die zwischen den Sträuchern verschwanden und sich in den andern Booten entfernten, stimmten ein: *Wir versprechen dir unsere Liebe / und schwören dir ewige Treue.* Die Stimmen verklangen, aber der Einbalsamierer blieb am Ufer stehen und schaute ins Dunkel hinaus.

Diese Geschichte ist oft erzählt worden, und immer wieder auf andere Art. In einigen Versionen kommt der Einbalsamierer im Kittel zu den Unterständen im Hafen und zieht ihn beim Aussteigen aus; in andern greifen die Armeelastwagen an, und der Mann mit den Krücken kommt um. Manchmal ist das Totenhemd gelb und vom Tod abgenützt; andere Male ist es nicht einmal ein Totenhemd, sondern eine Einbildung der Erinnerung, die Spur, die Evita in dieser ungreifbaren Nacht zurückgelassen hat. In der ersten Version ist die Menschenansammlung Wunsch, nicht Tatsache, und die Warnungen im Radio wurden nie gehört. Nichts gleicht etwas anderem, nie ist etwas nur eine einzige Geschichte, alles ist ein Netz, an dem jeder Mensch mitknüpft, ohne das Muster zu verstehen.

Kann jemand ein Leben einbalsamieren? Ist es nicht

schon Strafe genug, es der Sonne auszusetzen und es in diesem schonungslosen Licht erzählen zu wollen?

Da sich nun ein weitverzweigtes Geschichtendelta auftut, versuche ich mich kurz zu fassen. Da ist auf der einen Seite die Erzählung von den falschen Leichen (oder Leichenkopien), auf der andern die von der echten Leiche. Zum Glück entflechten sich in einem bestimmten Moment die Wege, und es bleibt nur noch eine Geschichte, die die andern überblendet beziehungsweise aufhebt.

Auf dem Weg zum Chacarita-Friedhof verstieß Major Arancibia, der Verrückte, gegen die Anweisungen des Obersts. Er fuhr ängstlich, und manchmal stockte ihm der Atem. In einer unbeleuchteten Biegung des Parque del Centenario parkte er den Lastwagen und stieg aus. Er gewährte den Soldaten zehn Minuten Pause und befahl ihnen, sich zu entfernen.

Er blieb mit seinem Feldwebeladjutanten allein. Der Verrückte hatte Vertrauen zu Armani, denn der hatte ihm in der Verlassenheit von Tartagal das Fieber geheilt und ihn von seiner Hundeobsession befreit. Jetzt wollte er das Geheimnis mit Armani teilen. Er mußte jemandem sein Herz ausschütten.

Er befahl dem Feldwebel, zwei Laternen zu bringen, während er den Deckel vom Sarg nahm.

»Machen Sie sich auf etwas gefaßt – das ist Evita«, sagte er leise.

Der Feldwebel gab keine Antwort.

Im Laternenschein zog der Verrückte die Gestalt aus und legte ihr das Totenhemd unter den Kopf, ohne den Haarkranz durcheinanderzubringen. Sie hatte Muttermale und spärliches dunkles Schamhaar. Diese Farbe überraschte ihn bei so goldenem Haupthaar.

»Sie war gefärbt«, sagte er. »Sie ließ sich färben.«

»Sie starb vor drei Jahren«, sagte der Feldwebel. »Das ist nicht sie. Sie gleicht ihr sehr, aber es ist nicht sie.«

Arancibia tastete sich mit den Fingerspitzen den Körper entlang – berührte die Schenkel, den etwas vorstehenden Nabel, den Bogen über den Lippen. Es war ein weicher, zu warmer Körper für eine Tote. In den Fingern hielt sie einen Rosenkranz. Man hatte ihr ein bißchen vom linken Ohr und ein Glied des rechten Mittelfingers abgeschnitten.

»Es kann auch eine Kopie sein«, sagte Arancibia, der Verrückte. »Was meinen denn Sie?«

»Ich weiß nicht, was es ist«, antwortete Armani.

»Vielleicht ist es sie.«

Sie verschlossen den Sarg wieder und riefen die Soldaten. Der Lastwagen fuhr durch die Avenida Warnes und bog dann in die Calle Jorge Newbery ein, wo die Bäume einen langen Tunnel bilden. Diesmal saß Feldwebel Armani ebenfalls im Führerhaus, neben dem Major. Ein Wärter erwartete sie hinter dem Gittertor einer der Einfahrten zum Chacarita-Friedhof. Er trug eine Sonnenbrille, was nachts bedrohlicher wirkte als eine Waffe. Er fragte:

»Gott?«

»Ist gerecht«, antwortete der Verrückte.

Auf einer breiten Avenue, die das Muster der Stadt aufnahm, fuhren sie geradeaus hinein. Links und rechts ragten riesige Mausoleen voller Namensschilder auf. Hinter den verglasten Gittern sah man kleine Kapellen und Särge. Am Ende der Avenue öffnete sich ein freies Feld. Rechter Hand zeichneten sich einige Statuen ab, die einen Gitarristen, einen Denker und eine Frau darstellten, deren Pose aussah, als wolle sie sich in eine Schlucht hinunterstürzen. Links stapelten sich Grabplatten, Pflanzenschalen und ein paar krumme Kreuze.

»Hier ist es«, sagte der Wärter.

Die Soldaten luden den Sarg aus und ließen ihn an Seilen in eine bereits ausgehobene Grube hinunter. Dann bedeckten sie ihn mit Erde und Kies. Der Wärter steckte am einen

Ende ein billiges Holzkreuz mit kleeförmigen Spitzen in den Boden. Er zog eine Kreide hervor und fragte:

»Wie hieß der Verstorbene?«

Arancibia konsultierte ein Notizbuch.

»María de Magaldi. María M. de Magaldi.«

»Was für Zufälle es gibt«, sagte der Wärter. »Der dort, mit dem Rücken zu uns und mit der Gitarre, der ist Agustín Magaldi, der Sänger, die sentimentale Stimme von Buenos Aires. Er ist vor fast zwanzig Jahren gestorben, aber man bringt ihm immer noch Blumen. Er soll Evitas erster Freund gewesen sein.«

»Zufälle«, wiederholte der Verrückte. »So ist das Leben.«

Der Wärter schrieb ›María M. de Magaldi‹ auf den Querbalken des Kreuzes. Der Mond verschwand hinter den Wolken.

Fesquet war sicher, daß er nicht versagen würde. Bevor er zum Oberkommando fuhr, ließ er sich von einer Nachbarin das Tarot lesen. »Alles wird gutgehen«, sagten die Karten. »In deiner Zukunft gibt es eine Verfolgung und den Geist einer Toten. Aber jetzt ist der Horizont rein.« So war es denn auch. Er steuerte den Lastwagen, ohne daß das Getriebe knirschte, verfuhr sich nicht, die sich den Fluß entlangziehenden Avenuen waren verkehrsfrei. Zwischen den neugotischen Türmen der Kirche von Olivos hindurch sah man große Fenster mit gräulichem Licht. Es erklang gedämpfte Harmoniummusik. Wie erwartet, waren die Blumenbeete bereit und das Grab geöffnet. Als die Soldaten den Sarg ausluden, brach die Musik ab, und zwischen den Schatten tauchte der Pfarrer auf, gefolgt von zwei Ministranten.

»Ich muß die Totenmesse lesen«, verkündete er. »Das ist der erste Mensch, den wir bei der Kirche beerdigen werden.«

Er murmelte ein paar flüchtige Gebete. Er hatte kein einziges Haar auf dem Kopf, und die gelben Lichter spiegelten sich auf seiner Glatze wie in einem Ballsaal. Fesquet überraschte es, daß Oberfeldwebel Picard niederkniete und die Gebete mit gefalteten Händen hörte.

»Kyrie eleison. Christe eleison«, betete der Pfarrer. »Wie war der Name des Verstorbenen?«

»Der Verstorbenen«, korrigierte Fesquet. »María M. de Maestro.«

»Eine wohltätige Dame?«

»Irgend so was. Ich kenne keine Details.«

»Weshalb haben Sie diese Stunde gewählt?«

»Ich weiß auch nicht. Ich habe gehört, sie habe in ihrem Testament darum gebeten. Sie war wohl eine seltsame Person.«

»Sie wird den Pomp dieser Welt gehaßt haben und Gott allein treffen wollen.«

»Irgend so was«, wiederholte Fesquet, den es mit Macht von hier fortzog.

Auf dem Rückweg bat er Picard zu fahren. Das war der einzige Befehl des Obersts, dem er zuwiderhandelte. Er dachte, das sei unwichtig.

An Hauptmann Galarzas Lastwagen platzte in der Avenida Varela ein Reifen, und die plötzliche Detonation riß ihm das Steuer aus den Händen. Das Fahrzeug schlingerte im Zickzack, geriet auf den Gehweg und blieb in Schräglage stehen, als bäte es um Entschuldigung. Galarza sah sich den Schaden an und hieß die Soldaten aussteigen. Er fühlte sich wie in einem Alptraum und betrachtete mißtrauisch die Stadt. Hinter einem langen Gitterzaun erhoben sich die Fenster des Piñero-Krankenhauses. Die Patienten schauten im Pyjama heraus und tuschelten. Eine Frau mit riesigem Bauch stemmte die Arme in die Hüften und rief:

»Ruhe!«

Mit gleichgültigem Ausdruck zog Galarza den Revolver und richtete ihn auf sie.

»Wenn du nicht das Fenster schließt, schließe ich es dir mit Kugeln.«

Er sprach, ohne die Stimme zu heben, und die Worte verloren sich in der Nacht. Aber der Ton mußte von weitem zu hören sein. Die Frau bedeckte ihr Gesicht und verschwand. Die andern Kranken machten das Licht aus.

Sie brauchten fast zehn Minuten, um den Reifen zu wechseln. Bei der Einfahrt zum Friedhof von Flores erwartete sie ein triefäugiger Wärter, dessen eines Bein kürzer war als das andere. Die Grabstätten waren niedrig und bescheiden und bildeten Sackgassen, die zu Umwegen zwangen. Die vier Soldaten trugen den Sarg. Einer sagte:

»Der wiegt fast nichts. Wie ein Kind.«

Galarza hieß ihn schweigen.

»Es können Knochen sein«, sagte der Wärter. »Hier werden ständig Knochen begraben.«

Sie kamen am weißen Mausoleum des Friedhofsgründers vorbei und bogen links ein. In kurzen Abständen zeigte sich der Mond und verschwand wieder. Hinter einer Reihe runder Gewölbe, wo die Opfer des Gelbfiebers lagen, gähnten zwei große zementverputzte Gruben.

»Da ist es«, verkündete der Wärter. Er zog eine Liste hervor und bat Galarza zu unterschreiben.

»Ich unterschreibe nichts«, sagte der Hauptmann. »Das ist ein Toter der Armee.«

»Ohne Unterschrift kommt mir hier keiner rein oder raus. So lautet die Anweisung. Ohne Unterschrift keine Beerdigung.«

»Womöglich gibt es mehr als eine Beerdigung. Womöglich gibt es zwei. Geben Sie mir Ihren Namen.«

»Lesen Sie ihn auf meinem Schildchen. Ich bin schon zwanzig Jahre auf diesem Friedhof. Geben Sie mir den Namen des Toten.«

»Er heißt NN. Das ist der Name, den wir in der Armee den Hurensöhnen verpassen.«

Der Wärter gab ihnen das Seil, damit sie den Sarg hinunterlassen konnten, und ging, die Nacht verfluchend, durch die Pinienallee davon.

Der Oberst stellte sich seine Mission als eine Gerade vor. Er verließ die CGT. Legte zwei Kilometer auf der Avenida Córdoba zurück. Bog durch eine Seiteneinfahrt ins Palais der Wasserversorgung ein. Befahl, den Sarg auszuladen. Schleppte die Leiche an ihren Bestimmungsort. »Zwei leere, versiegelte Räume«, hatte Cifuentes gesagt, »in der Südwestecke der Wasserversorgung.« Die Schwierigkeit bestand darin, die Soldaten den Sarg heil über die Wendeltreppe bringen zu lassen, die in den zweiten Stock hinaufführte. Heil war ein Adjektiv, das er noch nie im Zusammenhang mit dem Tod gebraucht hatte. Sämtliche Wörter kamen ihm jetzt unbekannt vor.

In aller Eile entwickelte er seine Pläne zum zweitenmal. In dem Konzept gab es eine neue Gestalt: Feldwebeladjutant Livio Gandini. In letzter Minute hatte er beschlossen, ihn dem Klarinettisten Galarza wegzunehmen. Keiner der andern wußte, daß er es war, Moori Koenig, der die echte Leiche wegbringen würde. Er brauchte noch mehr Hilfe, noch mehr Sicherheit. Nun würden sich die Ereignisse wie folgt abspielen:

Die Soldaten trugen den Sarg in den zweiten Stock der Wasserversorgung. Bewacht von Gandini, kehrten sie zum Lastwagen zurück. Er, Moori Koenig, zündete eine Gaslaterne an. Schleppte die Verstorbene zu den Räumen in der Südwestecke. Deckte den Sarg mit Planen zu. Verriegelte die Tür mit einem Vorhängeschloß. *Et finis coronat opus*, wie der Einbalsamierer gesagt hätte.

Am Nachmittag hatte der Oberst den Ort immer wieder

überprüft. Dreimal war er die Wendeltreppe hinauf- und hinuntergestiegen. Die Krümmung war so eng, daß nichts anderes übrigblieb, als den Sarg vertikal in den zweiten Stock zu hieven. Er war auf alles vorbereitet. Wie eine Beschwörung wiederholte er den Ausdruck: *auf alles*.

Schweigend steuerte er den Lastwagen durch die Avenuen. Er erschauerte. Die Geschichte: War so die Geschichte? Konnte man seelenruhig bei ihr ein und aus gehen? Er fühlte sich leicht, wie in einem andern Körper. Vielleicht geschah gar nichts von dem, was zu geschehen schien. Vielleicht setzte sich die Geschichte gar nicht aus Wirklichkeiten, sondern aus Träumen zusammen. Die Menschen träumten Ereignisse, und dann erfand die Schrift die Vergangenheit. Es gab kein Leben, sondern nur Geschichten.

Nach der nächsten Bewegung könnte auch er sterben. Alles, was er zu tun hatte, war erledigt. Er hatte sein Versprechen gegenüber Doña Juana erfüllt. Er hatte die Pässe für ihre Familie beschafft und sie ihr noch am selben Nachmittag durch einen Boten zukommen lassen. Die Mutter hatte ihm mit einem kurzen Schreiben geantwortet, das noch in seiner Tasche steckte: »Ich und meine Töchter fahren schon morgen nach Chile. Ich vertraue auf Ihr Wort. Passen Sie auf meine Evita auf.« Jetzt brauchte er nur noch die Leiche zu verstecken. Er hörte sich atmen. Er lebte. Sein Atem war ein Geräusch unter anderen endlosen Geräuschen. Wozu sterben? Was hätte es für einen Sinn?

In der Ferne erblickte er eine Rauchsäule und dann die Flammenadern. Er vermutete irgendwo in der Stadt einen Brand. Das Feuer dehnte sich aus und verschwand wieder. Auf einmal, ein paar Blocks weiter, erhoben die Flammen ihren Kamm und breiteten sich über den Himmel aus. Auf den Gehwegen erschnüffelten streunende Hunde die Seltsamkeiten der Nacht. Der Oberst verlangsamte die Fahrt. Andere Fahrzeuge blieben stehen. Die Straße füllte sich mit neugierigen und hilfsbereiten Menschen. Neben dem Lastwagen liefen einige Nonnen mit Bettüchern in den Händen.

»Für die Verbrannten, für die Verbrannten!« riefen sie, als sie ein kränkender Blick des Obersts traf.

An eine Nähmaschine geklammert, saß eine Frau unter einem Werbeplakat und weinte. Zwei Jugendliche fuchtelten vor dem Lastwagen mit den Armen. Der Oberst drückte auf die Hupe. Niemand rührte sich.

»Sie können nicht weiter«, sagte einer der Jungen zu ihm. »Sehen Sie denn nicht? Alles geht in Flammen auf.«

»Was ist passiert?« fragte der Oberst.

»Einige Kerosinflaschen sind explodiert«, sagte ein großer Mann, der seinen Hut festhielt, als kämpfe er gegen einen nicht vorhandenen Wind. Seine Backen waren rußgeschwärzt. »Ich komme von der Brandstelle. Eine der Mietskasernen liegt in Schutt und Asche. Sie ist in weniger als zehn Minuten eingestürzt.«

»Ist das weit von hier?« erkundigte sich der Oberst.

»Ein paar Häuserblocks. Gegenüber der Wasserversorgung. Hätte man nicht einige Schläuche an die Wassertanks angeschlossen, wären die Flammen schon hier.«

»Da muß ein Irrtum vorliegen.«

»Nein«, wiederholte der Hochgewachsene. »Sehen Sie denn nicht, daß ich von der Brandstelle komme?«

Es war Zufall, sollte der Oberst Jahre später im Gespräch mit Cifuentes über diese Nacht sagen. Die Wirklichkeit ist keine Gerade, sondern ein System von Gabelungen. Die Welt ist ein Gefüge von Nichtwissen. Am wolkenlosen Horizont der Wirklichkeit können Pläne ohne Warnung oder Vorahnung zusammenfallen, zerstört von der Natur, getroffen von einem Herzanfall oder von der Laune eines Blitzes. Meine Absichten durchkreuzte der Zufall, sollte der Oberst sagen. Im Schein des Brandes stellte ich fest, daß die Verstorbene nicht mehr in den verlorenen Räumen des Palais zwischen den Zisternen versteckt würde ruhen können. Es war der Zufall, es konnte aber auch eine falsche Berechnung mit dem Paracelsischen Dreizack gewesen sein. Ich habe seine Achsen schlecht positioniert, die Lage seines Griffs falsch berechnet.

Er steuerte den Lastwagen auf den Gehsteig, streckte den Lauf seines Mauser-Gewehrs durchs Fenster, um sich einen Weg zu bahnen, und fuhr langsam auf eine Seitenstraße zu. Jenseits der menschenleeren Stadt sah man den Fluß. Und wenn er die Leiche in einem der Schuppen auf den Docks ließe? dachte er. Wenn er sie im Wasser verlöre? Buenos Aires war die einzige Stadt auf der Erde mit nur drei Himmelsrichtungen. Man sprach hier von Norden, Westen oder Süden, aber der Osten war leer: das Nichts, das Wasser. Es kam ihm in den Sinn, daß sich auf dem Kompaß das Tierkreiszeichen der Verstorbenen mit Nordnordosten deckte. In diesem Wissen lag bestimmt irgendein geheimer Schlüssel. Er hielt den Lastwagen an und las die Karteikarte, die er im Handschuhfach mitführte. Eva Peróns Tierkreiszeichen. »Stier: Die Feuchtigkeit siegt über die Trockenheit, die Erde über das Feuer. Die Achse seines Körpers verläuft durch den Magen. Die zu seiner Ewigkeit gehörende Musiknote ist mi. Der Finger, mit dem er auf sein Schicksal deutet, ist der Zeigefinger.« Zum Fluß hin, nach Osten, wiederholte er.

Der Wagen holperte über die geschotterten Gleise des Retiro-Bahnhofs. In der Dunkelheit des Laderaums sangen Gandini und die Soldaten. Ein wenig vorher, als der Oberst im Vorfeld des Brandes die Fahrt verlangsamt hatte, hatte er gehört, wie sie mit dem Kolben des Mauser-Gewehrs ans Fahrerhaus geklopft hatten. Zwei oder drei Schläge, dann dieser sonderbare Gesang ohne Begleitmusik.

Soeben hatte sich der Mond versteckt. Links sah er undeutlich die Tore einer Marineregimentskaserne. Weiter werde ich nicht fahren, sagte er sich. Das wird der Ort sein. Hier haßt man sie am allermeisten.

Er fragte nach dem Kapitän zur See, dem die Kaserne unterstellt war. »Er schläft«, sagte der Wachoffizier. »Er hat sich gerade hingelegt. Wir haben alle einen schweren Tag gehabt. Ich darf ihn nicht aufwecken.« – »Sagen Sie ihm, daß ich hier bin«, befahl der Oberst. »Ich werde mich nicht wegrühren, bis er kommt.«

Er wartete lange. Der Himmel war voller Zeichen. Einige Sternschnuppen gingen nieder, und manchmal sah man in der Höhe nur die Silhouette der Schiffe. Der Himmel war ein müder Spiegel, in dem sich alles Unglück der Erde reflektierte. »Er kommt gleich, der Kapitän kommt gleich!« rief der Wachoffizier. Aber es dauerte noch lange, fast bis zum Morgengrauen.

Er kannte den Kapitän. Er hieß Rearte. Gemeinsam hatten sie einige Nachrichtenkurse absolviert. Er wußte alles über Logen und Verschwörungen und führte in einem Heft ein Verzeichnis sämtlicher Geheimgesellschaften, eine Kladde voller Namen und Daten, fehlgeschlagener Pläne und Doppelagenten. Der Oberst pflegte zu sagen, wenn Rearte wollte, könnte er aufgrund seiner Notizen die unbekannte Geschichte Argentiniens schreiben – die Rückseite des Mondes. Ob er wollte? Er war immer ein abweisender und auch argwöhnischer Mensch gewesen. Jetzt, da er darüber nachdachte, waren die Namen Raúl Rearte und Eva Duarte fast verwandt.

Wieder hörte er Gandini und die Soldaten singen. Von außen fragte er sie, ob sie Durst hätten. Keiner antwortete, nur der Gesang. Die Arme aufs Steuer gelegt, schlummerte der Oberst ein. Schließlich hörte er das Quietschen des eisernen Kasernentors und sah den frisch gebadeten Kapitän zur See herauskommen. Sein Kopf starrte vor Pomade. Obwohl er bereits Mütze und Jacke trug, nestelte er sich noch das Uniformhemd in die Hose. Der Oberst bedeutete ihm mit Zeichen, er wolle ihn allein sprechen.

Sie gingen zum Kasernenhof. In dessen Mitte erhob sich einsam ein dürrer Baum.

»Wir hatten diese Nacht einen wichtigen Einsatz, Rearte«, sagte der Oberst. »Wir haben eine Leiche verlegt. Aber es war nicht so einfach. Eine der Bewegungen mißlang.«

Der Kapitän zuckte die Schultern.

»So was kann passieren.«

»In diesem Fall hätte es nicht passieren dürfen. Es war der Zufall.«

»Und womit kann ich dienen? Der Präsident wünscht nicht, daß sich die Marine in Armeeangelegenheiten einmischt.«

»Ich habe einen der Särge im Laster. Ich muß ihn hierlassen. Nur heute den Tag über. Bis Mitternacht.«

Der Kapitän nahm die Mütze ab und strich sich die Haare noch glätter.

»Ich kann nicht«, sagte er. »Man würde mich einen Kopf kürzer machen.«

»Es ist ein persönlicher Gefallen«, drängte der Oberst. Er spürte trockene Angst in der Kehle, bemühte sich aber, die Stimme neutral, gleichgültig fließen zu lassen. »Nur zwischen uns beiden. Niemand sonst braucht es zu wissen.«

»Das ist unmöglich, Oberst. Ich muß unbedingt weiter oben informieren. Sie wissen genau, wie solche Dinge sind.«

»Bringen Sie den Sarg auf ein Schiff. Wenn er auf einem Schiff ist, braucht niemand etwas davon zu erfahren.«

»Auf ein Schiff? Sie setzen mich in Erstaunen, Moori. Sie wissen nicht, was Sie da sagen.«

Der Oberst kratzte sich am Nacken. Dann schaute er Rearte fest in die Augen.

»Ich kann nicht mit dieser Sache hin und her fahren. Wenn man sie mir wegnimmt, werden wir alle gefeuert.«

»Vielleicht. Aber niemand wird sie Ihnen wegnehmen.«

»Ach nein? Alle möchten sie. Es ist beeindruckend.« Er senkte die Stimme. »Es ist diese Frau – Eva. Kommen Sie, schauen Sie sie sich an.«

»Gehen Sie mir nicht auf den Geist, Moori. Sie werden mich nicht umstimmen können.«

»Werfen Sie einen Blick auf sie. Sie sind doch ein gebildeter Mensch. Das werden Sie in Ihrem ganzen Leben nicht mehr vergessen.«

»Das ist ja das Schlimme, daß ich es nicht mehr vergessen werde. Wenn diese Frau da ist, nehmen Sie sie augenblicklich wieder mit. Sie bringt Unglück.«

Der Oberst versuchte zu lächeln und konnte nicht.

»Sie haben diese Mär auch geglaubt? Die haben *wir* in die Welt gesetzt, wir vom Geheimdienst. Wie in Dreiteufelsnamen soll sie denn Unglück bringen? Sie ist eine Mumie, eine Tote wie jede andere. Kommen Sie. Was können Sie denn dabei verlieren.«

Er machte die Türen des Lastwagens auf und hieß die Soldaten aussteigen. Verwirrt folgte ihm der Kapitän. Mit zunehmender Helligkeit begannen Insekten zu summen, Laub zu rascheln, ferner Donner zu grollen. Als er aus seiner langen Gefangenschaft beim Sarg stieg, strauchelte Feldwebel Gandini. Er trudelte wie ein blinder Vogel.

»Wir hörten, daß es brannte, mein Oberst«, murmelte er blinzelnd.

»Das hatte nichts zu bedeuten. Falscher Alarm.«

»Was soll ich mit den Soldaten machen?«

»Bringen Sie sie von hier weg. Warten Sie hundert Meter weiter auf mich.«

»Ein seltsamer Geruch ist da drin, mein Oberst. Bestimmt sind in dieser Kiste Chemikalien.«

»Schwer zu sagen, was es ist. Sprengstoff, Alkohol. Es gibt keine Hinweise.«

»Da ist ein Namensschild, Petrona irgend was«, sagte Gandini im Weggehen. »Und einige Daten. Es ist etwas Altes, aus dem letzten Jahrhundert.«

Der Geruch war süßlich, kaum wahrnehmbar. Der Oberst fragte sich, warum er nicht schon früher darauf gekommen war: Die echte Leiche roch und die Kopien nicht. Was spielte das für eine Rolle. Evitas verschiedene Versionen würden nie wieder beieinander sein.

»Rearte!« rief er.

Der Kapitän antwortete mit einem trockenen Hüsteln. Er stand schon hinter ihm, über dem Sarg im Dunkeln.

»Sie stellen sich nicht vor, was das ist«, sagte der Oberst und löste ungeschickt den Sargdeckel. Wiederholt entglitt ihm der Schraubenzieher, und drei Muttern gingen verloren. »Da ist sie.«

Er zog das Laken vom Gesicht der Verstorbenen und knipste eine Taschenlampe an. Im Lichtkegel war Evita reiner Umriß, ein flaches, halbiertes Bild wie der Mond.

»Wer hätte das gedacht.« Geblendet strich sich der Kapitän abermals die Haare glatt. »Schauen Sie sich diese Nutte an, die uns das Leben so sauer gemacht hat. Wie sanft sie wirkt. Die Nutte. Sieht genauso aus wie früher.«

»So, wie Sie sie jetzt sehen, wird sie immer bleiben«, sagte der Oberst heiser, erregt. »Nichts kann ihr etwas anhaben, weder Wasser noch Ätzkalk, noch die Jahre oder die Erdbeben. Nichts. Würde sie von einem Zug überfahren, wäre sie noch immer genau gleich.«

Im Laternenlicht phosphoreszierte Evita irritierend. Dem Sarg entstiegen schwache Farbdämpfe.

»Sie bringt Unglück, dieses Drecksweib«, wiederholte der Kapitän. »Schauen Sie doch, was sie mit Ihnen angestellt hat. Sie sind nicht mehr derselbe.«

»Gar nichts hat sie mit mir angestellt«, verteidigte sich der Oberst. »Wie kommen Sie drauf? Sie kann niemandem etwas antun.«

Die Worte entfuhren ihm, ohne daß er sie bedachte. Er wollte sie nicht aussprechen, aber sie waren da. Der Kapitän wandte den Blick ab und sah, daß sich zwei Unteroffiziere im Wachhäuschen die Zeit mit Pfeilwerfen vertrieben.

»Sie nehmen sie besser wieder mit, Moori Koenig«, sagte er.

Der Oberst machte die Lampe aus.

»Sie sind selber schuld. Sie könnten in die Geschichte eingehen und tun es nicht.«

»Was zum Teufel schert mich die Geschichte. Die Geschichte gibt es nicht.«

In der Ferne äffte Gandini das Kreischen einer Möwe

nach. Zwei Finger auf den Lippen, antwortete der Oberst mit einem langen, grellen Pfiff. Die Geräusche wurden vom Nebel verschluckt. Da war der Fluß, einige Schritte entfernt.

Schläfrig kamen die Soldaten wieder zum Lastwagen. Gandini wollte mit ihnen einsteigen, doch der Oberst befahl ihm, sich neben ihn ins Führerhaus zu setzen.

»Fahren wir zum Oberkommando«, sagte er. »Wir müssen diesen Trupp zurückbringen.«

»Und auch die Ladung«, vermutete Gandini.

»Nein«, antwortete der Oberst selbstsicher und hochmütig. »Die Ladung lassen wir im Lastwagen, Tag und Nacht, auf dem Gehweg vor dem Dienst.«

Schweigend fuhren sie durch die Docks. Sie setzten die Soldaten in der Garage des Oberkommandos ab und begannen dann durch die leere Stadt zu kurven. Sie glaubten Schatten zu sehen, die sie an den Ecken überwachten, und fürchteten, jemand könnte aus einem Hauseingang heraus auf sie schießen und ihnen den Lastwagen wegnehmen. Sie fuhren durch Avenuen, Parks, offenes Gelände, stoppten brüsk in den Kurven, das Mauser-Gewehr im Anschlag, in Erwartung des Feindes, der irgendwo auf der Lauer liegen mußte. Wind kam auf. Ein Schwall tiefe graue Wolken verhüllte den Himmel. Sie mochten es sich nicht eingestehen, aber die Müdigkeit lastete schwer auf ihnen. Über weitere Fahrten im Kreis und weitere Umwege näherten sie sich dem Nachrichtendienst.

Als sie dort waren, erblickte der Oberst neues Ungemach. Auf dem Gehweg, neben dem er den Lastwagen hatte parken wollen, brannte eine Reihe dünner, langer Kerzen. Darum herum hatte jemand Margeriten, Glyzinen und Stiefmütterchen gestreut. Jetzt wußte er, daß ihn der Feind nicht verfolgte. Es war schlimmer. Der Feind erriet, welches sein nächstes Ziel war, und kam ihm zuvor.

8 *»Eine Frau erlangt ihre Ewigkeit«*

Welches sind die Elemente, die den Mythos Evita begründet haben?

1. Sie stieg wie ein Meteor aus der Anonymität unbedeutender Radiorollen zu einem Zenit auf, zu dem sich noch nie eine Frau emporgeschwungen hatte: dem der Wohltäterin der Benachteiligten und der Geistigen Führerin der Nation.

Das schaffte sie in weniger als vier Jahren. Im September 1943 wurde sie von Radio Belgrano unter Vertrag genommen, um die großen Frauengestalten der Geschichte darzustellen. Ihr neues Gehalt erlaubte ihr, in eine bescheidene Zweizimmerwohnung in der Calle Posadas umzuziehen. In den ersten Folgen mißhandelte sie die spanische Sprache so grausam, daß der Zyklus beinahe eingestellt worden wäre. Sie ließ Elisabeth von England sagen: »Ich sterbe vor Mpörung, Vikommt Rali«, worauf Sir Walter Raleigh nur trokken hustete. Und in einem denkwürdigen Dialog der unglücklichen Kaiserin Carlota mit Benito Juárez rief sie: »Ich verzeih' 'nen nicht, daß Sie so 'ne schlechte Meinung von meim geliebten Massimiliano haben.« Möglicherweise korrigierte man sie während der Werbeunterbrechung, denn wenn es weiterging, sagte sie mit bemerkenswerter Anstrengung: »Macksimiliano leidet, leidet, und ich weannoch verrückt!« An der Spitze eines Ensembles zu stehen hatte damals keinerlei gesellschaftliche Bedeutung. Für die oberen Zehntausend, die wenig Radio hörten, war Evita nur eine Schmierenkomödiantin, welche die Oberste und die Fregattenkapitäne unterhielt. Niemand sah in ihr eine Gefahr.

Im Juli 1947 lagen die Dinge schon anders. Evita prangte auf der Titelseite des Wochenmagazins *Time*. Sie kam von einer Wallfahrt durch Europa zurück, die die Korrespondenten ›die Regenbogentournee‹ tauften. Sie bekleidete kein offizielles Amt, wurde aber überall von den Staatschefs und den Massen, ja sogar vom Papst empfangen. In Rio de Janeiro, der letzten Station ihrer Reise, hießen sie die Außenminister Lateinamerikas willkommen und unterbrachen ihre Konferenz, um einen Toast auf sie auszubringen. Diejenigen, die ihr als Schauspielerin keine Beachtung geschenkt hatten, haßten sie jetzt als Ikone des analphabetischen, grausamen, demagogischen Peronismus.

Damals war sie achtundzwanzig. Für die kulturellen Verhaltensnormen der Zeit handelte sie wie ein Mann. Sie weckte zu den unmöglichsten Stunden die Kabinettsminister und erteilte ihnen Befehle, löste Streiks auf, ließ aus Rache oder aus einer Laune heraus Journalisten und Schauspieler feuern und sie am nächsten Tag wiedereinstellen, brachte Tausende von ›Schwarzköpfchen‹, Einwanderer aus den inneren und nördlichen Provinzen, in den Durchgangsheimen unter, weihte Fabriken ein, besuchte mit dem Zug zehn oder fünfzehn Dörfer pro Tag und improvisierte Reden, in denen sie die Armen einzeln aufzählte, fluchte wie ein Fuhrmann, schlief nicht. Sie ging immer einen Schritt hinter ihrem Mann her, aber *er* war ihr Schatten, die Kehrseite der Medaille. In einer seiner denkwürdigen Schmähschriften definierte Ezequiel Martínez Estrada das Paar so: »Alles, was Perón fehlte oder was er nur in sehr geringem Ausmaß besaß, um das Land vollständig zu erobern, das vollbrachte sie oder ließ sie ihn vollbringen. In diesem Sinn war sie geradezu unverantwortlich ehrgeizig. Eigentlich war er die Frau und sie der Mann.«

2. Sie starb jung, wie die andern großen argentinischen Mythen dieses Jahrhunderts: mit dreiunddreißig Jahren.

Carlos Gardel war vierundvierzig, als in Medellín das Flugzeug in Brand geriet, in dem er mit seinen Musikern unterwegs war; Che Guevara war keine vierzig, als ihn in La Higuera eine Vorhut der bolivianischen Armee erschoß.

Aber im Unterschied zu Gardel und Che nahmen die Massen an Evitas Sterben Schritt für Schritt teil. Ihr Tod war eine kollektive Tragödie. Zwischen Mai und Juli 1952 fanden täglich Hunderte von Messen und Prozessionen statt, in denen Gott um ewige Gesundheit für sie angefleht wurde. Viele Leute waren überzeugt, den ersten Erschütterungen der Apokalypse beizuwohnen. Ohne die Dame der Hoffnung konnte es keine Hoffnung geben, ohne die Geistige Führerin der Nation war die Nation am Ende. Von der Veröffentlichung der ärztlichen Bulletins bis zu dem Zeitpunkt, da ihr Katafalk von einem Zug von fünfundvierzig Arbeitern zur CGT getragen wurde, dauerte Evitas und Argentiniens Sterben über hundert Tage. Im ganzen Land wurden Traueraltäre errichtet, auf denen unter einem Saum von Trauerflor Bilder der Verstorbenen lächelten.

Wie bei allen Menschen, die jung sterben, nährt sich auch bei Evita der Mythos ebenso von dem, was sie getan hatte, wie von dem, was sie hätte tun können. »Lebte Evita noch, so wäre sie Partisanin«, sangen die Guerrilleros der siebziger Jahre. Wer weiß. Evita war unendlich viel fanatischer und leidenschaftlicher als Perón, aber nicht weniger konservativ. Sie hätte alles getan, was er beschlossen hätte. Über hypothetische Geschichten zu spekulieren ist ein besonders fruchtloses Vergnügen, und im Fall von Evita fächern sich die Spekulationen breit auf, denn die Welt, in der sie lebte, wandelte sich schnell. »Hätte Evita noch gelebt, so hätte Perón den Umsturzversuchen standgehalten, die ihn 1955 schließlich zu Fall brachten«, wiederholen fast alle Untersuchungen zum peronistischen Credo. Diese Mutmaßung beruht darauf, daß Evita 1951 nach einem halbherzigen, gescheiterten Militärputsch dem Oberkommandierenden der Armee befahl, fünftausend automatische Pistolen und eintausendfünfhundert Maschinengewehre zu kaufen, um sie im Falle eines weiteren Aufstandes an die Arbeiter zu verteilen. Wer weiß. Als Perón stürzte, waren die Waffen, die im Besitz der Gewerkschaften hätten sein sollen, schon in den Gendarmeriezeughäusern gelandet, und der verwirrte Präsident bat im Rundfunk nicht um Hilfe. Auch die Massen erhoben sich nicht spontan, um ihren Führer zu verteidigen, wie sie es zehn Jahre zuvor getan hatten. Perón mochte nicht kämpfen. Er war ein anderer geworden. Hatte er sich verändert, weil ihn das Alter einholte oder weil die unermüdliche Evita nicht mehr bei ihm war? Weder die Geschichte noch sonstjemand kann diese Frage beantworten.

3. Sie war der Robin Hood der vierziger Jahre.

Es stimmt nicht, daß Evita sich damit abfand, ein Opfer zu sein, wie ihr Buch *Der Sinn meines Lebens* behauptet. Sie duldete keine Opfer, da sie sie daran erinnerten, daß sie selbst eines gewesen war. Sie versuchte sämtliche Opfer zu erlösen, die ihr begegneten.

Als sie Perón kennenlernte, 1944, unterhielt sie eine Sippe stummer Albinos, die aus dem von einem Orden geführten Heim geflohen waren. Sie bezahlte ihnen Kost und Logis, aber die Radioarbeit erlaubte ihr nicht, sich persönlich um sie zu kümmern. Einmal wollte sie sie voller Stolz Perón vorführen. Es war eine Katastrophe. Die Albinos waren von den Hüften an abwärts nackt und schwammen in einem Meer von Scheiße. Entsetzt ließ sie der Verlobte in einem Pritschenwagen der Armee nach Tandil in ein Heim verfrachten. Die Fahrer paßten nicht auf und verloren sie für immer in den holprigen Maisfeldern.

Nichts bedrückte Evita so sehr wie die Findelkinder am Vortag vor Weihnachten und vaterländischen Festen. Vollkommen kahlgeschoren, damit sie keine Läuse bekamen, angetan mit blauen Umhängen und grauen Schürzen, stellten sich die Waisen mit runden Metallsparbüchsen an den Hausecken der Calle Florida auf und sammelten Almosen für die Nonnen in Klausur und die Anstalten debiler Kinder. Die Damen vom Wohltätigkeitsverein überwachten von ihren Autos aus das Benehmen ihrer Schützlinge und ließen sich von den Passanten huldigen. Die Garderoben dieser verdienstvollen Damen wurden von den im Guten Hirten eingesperrten heimatlosen Mädchen genäht, die dort in der

Kunst des Zuschneidens und der Konfektion unterrichtet wurden und mit an den Tischen angeketteten Scheren arbeiten mußten, damit sie nicht auf die Idee kamen, sie zu stibitzen. Mehr als einmal schwor Evita, diesen alljährlichen Erniedrigungszeremonien ein Ende zu setzen.

Die Gelegenheit dazu bot sich ihr im Juli 1946, einen Monat nachdem ihr Mann den Eid als Staatschef abgelegt hatte. In ihrem Rang als Primera Dama stand es ihr zu, Ehrenpräsidentin des Wohltätigkeitsvereins zu sein, aber die verdienstvollen Damen mochte nicht mit einer Frau von so zweifelhafter Vergangenheit gemeinsame Sache machen, einer Unehelichen, die vor ihrer Heirat mit mehreren Männern zusammengelebt hatte.

Natürlich wog die Pflicht schwerer als die Prinzipien. Die verdienstvollen Damen beschlossen, der Tradition Genüge zu tun und der Stripteuse, wie sie sie in ihrem Getratsche nannten, das Amt anzubieten, aber mit so vielen Auflagen, daß sie nicht würde annehmen können.

Sie besuchten sie an einem Samstag in der Residenz. Evita hatte sie auf neun Uhr vormittags bestellt, aber um elf war sie noch nicht aufgestanden. Am Vorabend hatten ihr Agenten des Staatsschutzes die Kopie eines Briefes zukommen lassen, die eine der Vereinsleiterinnen der Schriftstellerin Delfina Bunge de Gálvez geschickt hatte. »Wir hoffen, daß Du mit uns in die Residenz kommst, liebe Delfina«, stand in dem Brief. »Wir wissen, daß Du einen sehr empfindsamen Gaumen hast und daß Dir der Besuch Magenschmerzen bereiten wird. Aber wenn Du, sowie Du vor dieser H... stehst (verzeih uns, aber bei einer Dichterin soll man nur zutreffende Worte verwenden), Übelkeit verspürst, dann denk daran, daß Du dem Herrn ein Opfer darbringst, das Dir unendlich viele vollkommene Ablässe eintragen wird.«

Evita stieg so elegant die Treppen herunter, daß sie den Mund nicht mehr zubrachten. Sie trug ein schwarzweiß kariertes Kostüm mit Samtapplikationen. Obwohl sie sich noch immer mit einem unsicheren Vokabular behelfen mußte, war ihre Zunge schon flink, sarkastisch, angsteinflößend.

»Was führt Sie her, meine Damen?« sagte sie, während sie sich auf einen Klavierschemel setzte.

Eine der Damen, in Schwarz und mit einem Hut, auf dem zwei Vogelflügel aufstanden, antwortete hochnäsig:

»Die Müdigkeit. Wir warten seit über drei Stunden.«

Evita lächelte unschuldig:

»Nur drei? Sie haben Glück. Oben sind zwei Botschafter, die seit fünf Stunden warten. Verlieren wir keine Zeit. Wenn Sie müde sind, werden Sie rasch wieder gehen wollen.«

»Eine heilige Pflicht führt uns her«, sagte eine andere, deren Hals in einer Fuchsstola steckte. »Aus Respekt vor einer fast hundert Jahre alten Tradition bieten wir Ihnen an, dem Wohltätigkeitsverein vorzustehen ...«

»... obwohl Sie zu jung dazu sind«, gab die mit dem Vogelhut zu verstehen, »und als ehemalige Künstlerin mit unserer Arbeit vielleicht nicht vertraut. Wir sind siebenundachtzig Damen.«

Evita stand auf.

»Sie werden verstehen, daß ich nicht annehmen kann«, sagte sie schneidend. »Das ist nichts für mich. Ich kann nicht Bridge spielen und mag keinen Tee mit Plätzchen. Sie würden mit mir einen schlechten Eindruck machen. Suchen Sie sich eine unter Ihresgleichen.«

Die Dame mit der Stola streckte ihr erleichtert eine behandschuhte Hand entgegen.

»Wenn es so ist, dann gehen wir.«

»Sie vergessen die Tradition«, sagte Evita über die Hand hinweg. »Wie können Sie ohne Ehrenpräsidentin sein?«

»Möchten Sie uns einen Vorschlag machen?« fragte die mit dem Fuchs herablassend.

»Ernennen Sie meine Mutter. Sie ist bereits fünfzig. Sie ist keine H..., wie es in diesem Brief heißt« – sie faltete die Kopie auf dem Tisch auseinander –, »aber sie drückt sich anständiger aus als Sie.«

Und sich umdrehend, stieg sie anmutig die Treppen hinauf.

In wenigen Wochen verschwand die Mildtätigkeit aus Argentinien; sie wurde durch andere Tugenden ersetzt, die Evita ›Sozialhilfe‹ nannte. Der Wohltätigkeitsverein löste sich auf, und die verdienstvollen Damen zogen sich auf ihre Landgüter zurück. Alle Opfer, die in der Calle Florida zurückblieben, wurden in Ferienkolonien eingewiesen, wo sie von morgens bis abends Fußball spielten und Dankeshymnen sangen: *Wir werden von ganzem Herzen Peronisten sein / Im neuen Argentinien von Evita und Perón.*

Um ihre Leidenschaft für Eheschließungen zu befriedigen, suchte die Primera Dama Zwangsbräutigame für die obdachlosen jungen Mädchen im Guten Hirten und für die andern eintausenddreihundert Frauen, die wegen Herumtreiberei, gewohnheitsmäßigen Diebstahls, Falschspiels, Schmuggelei oder Kuppelei dort interniert waren, und erlöste sie durch Kollektivheiraten, bei denen sie selbst Trauzeugin war.

Alle waren glücklich. Am 8. Juli 1948, zwei Jahre nach dem Gespräch mit den verdienstvollen Damen, wurde die Stiftung Sozialhilfe María Eva Duarte de Perón gegründet, mit dem Auftrag, »den benachteiligtsten gesellschaftlichen Schichten ein würdiges Leben« zu ermöglichen.

Das Schlimmste an dieser Geschichte ist, daß die Opfer nie aufhören, Opfer zu sein. Evita brauchte keinem Wohltätigkeitsverein vorzustehen. Sie wollte, daß die Wohltätigkeit als ganze ihren Namen trüge. Für diese Verewigung arbeitete sie Tag und Nacht. Sie bündelte sämtliches Leiden und entfachte damit ein Feuer, das weithin zu sehen war. Sie machte es allzu gut. Das Feuer loderte so hell, daß sie selbst darin verbrannte.

4. Perón liebte Evita wahnsinnig.

Die Liebe kennt keine Maßeinheit, aber es ist offensichtlich, daß Evita General Perón noch viel mehr liebte als er sie. Habe ich das nicht schon gesagt?

In *Der Sinn meines Lebens* beschrieb Evita ihre Begegnung mit Perón als Epiphanie: Sie sah sich als Saulus auf dem Weg nach Damaskus, errettet von einem Licht, das vom Himmel fiel. Perón dagegen erinnerte sich an den Augenblick, ohne ihm eine besondere Bedeutung beizumessen: »*Ich* habe Evita gemacht«, sagte er. »Als sie auf mich zukam, war sie ein Mädchen von geringer Bildung, aber eine Arbeiterin mit edler Gesinnung. Bei ihr gab ich mir die größte Mühe in der Kunst des Führens. Eva muß man als ein Produkt von mir sehen.«

Sie lernten sich im Chaos des Erdbebens von San Juan kennen. Die Katastrophe ereignete sich am Samstag, dem 15. Januar 1944. Am darauffolgenden Samstag wurde im Vergnügungspark ein Fest zugunsten der Opfer veranstaltet. In den Nationalarchiven in Washington habe ich mir die an jenem Abend gedrehten Wochenschauaufnahmen angeschaut: kurze Filmausschnitte, die in Singapur, Kairo, Medellín, Ankara gezeigt wurden. Sie dauern insgesamt drei Stunden und zwanzig Minuten. Obwohl sich dieselbe Aufnahme mitunter wiederholt – die französische und die niederländische Wochenschau beispielsweise sind identisch –, ist die Wirkung der aufgebrochenen, gespaltenen, zergliederten Wirklichkeit, mit der der Zuschauer den Ort verläßt, der Verwirrung durch Haschisch vergleichbar, wie Baudelaire sie beschreibt. Die Menschen sind in ihrer Vergangenheit gleichsam erstarrt, bleiben aber trotzdem nie dieselben: Die Vergangenheit bewegt sich mit ihnen, und wenn man es am wenigsten erwartet, sind die Ereignisse an einem andern Ort angelangt und haben eine andere Bedeutung. So seltsam es erscheint, in der Wochenschau von São Paulo ist Evita weniger Evita als in der von Bombay. Die von Bombay zeigt sie ungezwungen, in einem Faltenrock, einer hellen, mit einer großen Stoffrose geschmückten Bluse und einem luftigen Hütchen; in der von São Paulo lächelt sie nie, sondern scheint betroffen vom Unglück. Rock und Bluse wirken da wie ein Kleid, vielleicht wegen des diffusen Lichts.

Die Begegnung fand abends um zehn Uhr vierzehn statt – die beiden Uhren an der Sporthalle bezeugen es. Evita saß mit einer Freundin unten in der ersten Reihe neben einem Mann mit Eden-Hut, den einige Sprecher – der von Medellín und der von London – als ›Oberstleutnant Aníbal Imbert, Direktor von Post- und Fernmeldewesen‹ identifizieren. Er war eine wichtige Persönlichkeit, der Evita einen Vertrag bei Radio Belgrano verdankte, für das sie achtzehn Heldinnen der Geschichte verkörpern durfte. Doch an diesem Abend interessierte Imbert sie nicht. In Wirklichkeit verzehrte sie sich danach, den ›Oberst des Volkes‹ kennenzulernen, der den Erniedrigten und Mißhandelten wie ihr ein besseres Leben verhieß. »Ich bin kein Mann von Sophismen und halbherzigen Lösungen«, hatte sie ihn vor zwei Wochen im Rundfunk sagen hören. (Was waren wohl ›Sophismen‹? Manchmal verwirrte Perón sie mit den Eigenheiten seiner Sprache, und sie fürchtete, ihn nicht zu verstehen, wenn sie sich sähen. Was spielte es für eine Rolle: Er würde verstehen, was sie sagte, und vielleicht brauchte es nicht einmal Worte.) »Nur ich«, sagte Perón, »ein einfacher Soldat, dem die Ehre zuteil geworden ist, die argentinischen Arbeitermassen zu beschützen.« Wieviel Schönheit, welche Tiefe lag in diesen Worten! Wenn sie später Gelegenheit dazu hatte, wiederholte sie sie fast gleich: »Ich bin nur eine einfache Frau aus dem Volk, die den argentinischen Arbeitern ihre Liebe darbietet.«

Lange Kolonnen von Menschen indianischen Einschlags strömten jeden Nachmittag im Retiro-Bahnhof aus den Zügen, um den Oberst, der Brot und Glück versprach, um Hilfe anzuflehen. Evita hatte nicht das Glück gehabt, von so jemandem empfangen zu werden, als sie vor zehn Jahren nach Buenos Aires gekommen war. Warum sollte sie sich jetzt nicht mit ihm zusammentun? Es war nicht zu spät. Im Gegenteil, vielleicht war es noch zu früh. Der Oberst war etwas über achtundvierzig; sie würde demnächst fünfundzwanzig. Seit Evita, noch im Schulkittel, über die Lautsprecher von Junín Amado-Nervo-Verse rezitiert hatte, träumte sie von einem Mann wie diesem, mitfühlend und zugleich strotzend vor Kraft und Weisheit. Die andern Mädchen gaben sich mit einem fleißigen und guten Mann zufrieden. Sie nicht – er mußte überdies der beste sein. In den letzten Monaten hatte sie jeden Schritt Peróns verfolgt und spürte, daß nur er sie würde beschützen können. Eine Frau muß wählen, sagte sie sich, nicht abwarten, bis sie gewählt wird. Eine Frau muß von Anfang an wissen, wer gut für sie ist und wer nicht. Sie hatte Perón noch nie gesehen außer auf den Fotos in den Zeitungen. Und dennoch fühlte sie, daß sie beide füreinander bestimmt waren: Perón war der Erlöser, sie die Unterdrückte; Perón kannte nur die erzwungene Liebe seiner Ehe mit Potota Tizón und den hygienischen Koitus mit Zufallsgeliebten, sie die unvermeidliche Nachstellung der Verehrer vom Rundfunk, der Klatschpublizisten und Seifenverkäufer. Ihre Körper brauchten sich. Bei der ersten Berührung würde Gott sie entzünden. Sie vertraute auf Gott, für den kein Traum unmöglich ist.

Als der Sprecher des Wohltätigkeitsfests über die Lautsprecher verkündete, Oberst Juan Perón betrete eben den Vergnügungspark, erhob sich das Publikum, um zu applaudieren. So auch Evita. Zitternd stand sie von ihrem Stuhl auf, bog die Krempe ihres Hütchens noch etwas mehr nach oben und fror auf ihrem Gesicht ein Lächeln ein, das keinen Moment verrutschte. Sie sah, wie er sich mit erhobenen Armen dem benachbarten Sitz näherte, spürte, als sie ihn grüßte, durch ihre Handschuhe hindurch die Wärme dieser kräftigen, leberfleckübersäten Hände, von deren Liebkosungen sie so oft geträumt hatte, und lud ihn mit einem übermächtigen Nicken mehr oder weniger ein, sich rechts von ihr auf den leeren Stuhl zu setzen. Seit langem hatte sie an den Satz gedacht, den sie ihm sagen müßte, wenn er ihr nahe wäre. Es mußte ein kurzer, direkter Satz sein, der ihm ins Herz fahren, ein Satz, der seinem Gedächtnis keine Ruhe mehr lassen würde. Vor dem Spiegel hatte sie den Rhythmus jeder Silbe geübt, die leichte Bewegung mit dem Hütchen, den scheuen Ausdruck, das unauslöschliche Lächeln auf Lippen, die vielleicht zittern müßten.

»Oberst«, sagte sie, ihre kastanienbraunen Augen auf ihn heftend.

»Was denn, mein Kind?« fragte er, ohne sie anzuschauen.

»Danke, daß es Sie gibt.«

In den Nationalarchiven in Washington habe ich jede Zeile dieses Dialoges mehrmals rekonstruiert. Ich habe den beiden die Worte von den Lippen abgelesen. Oft habe ich die Bilder angehalten und irgendwelche Seufzer gesucht, von der Moviola weggeschnittene Lücken, von einem zerfließenden Profil oder einer unsichtbaren Gebärde verdeckte Silben. Aber es gibt nichts außer diesen Worten, die man nicht einmal hört. Nachdem sie sie ausgesprochen hat, schlägt Evita die Beine übereinander und senkt den Kopf. Perón, vielleicht überrascht, tut so, als schaue er auf die Bühne. Sich ums Mikrofon windend, singt Libertad Lamarque ›Madreselva‹, mit einer Stimme, die wie Regen in fast allen Wochenschauen überdauert.

»Danke, daß es Sie gibt« ist der Satz, der mitten durch Evitas Schicksal hindurchfährt. In *Der Sinn meines Lebens* erinnert sie sich nicht einmal mehr daran, daß sie ihn sagte. Der Verfasser dieser Memoiren, Manuel Penella de Silva, zog es vor, ihr eine einfachere, viel längere Liebeserklärung in den Mund zu legen. »Ich stellte mich neben ihn«, schreibt er für Evita. »Vielleicht machte ihn das auf mich aufmerksam, und als er mich hören konnte, schaffte ich es, ihm so beredt, wie ich nur konnte, zu sagen: ›Wenn die Sache des Volkes, wie Sie sagen, Ihre eigene Sache ist, will ich, koste es, was es wolle, bis zu meinem Tod nicht von Ihrer Seite weichen.‹ Er nahm mein Angebot an. Das war mein wunderbarer Tag.«

Diese Version baut zu sehr aufs Wort. Die knappen Filmbilder bezeugen, daß Evita nur sagte: »Danke, daß es Sie gibt« und danach eine andere war. Vielleicht genügt der

Sturm dieser wenigen Silben, um ihre Ewigkeit zu erklären.

Sechzehn Wochenschauen schildern das Erdbeben und die Begegnung eine Woche später. Nur in einer einzigen, derjenigen von Mexiko, dauert die Berichterstattung bis zum absehbaren Ende. Sie läßt die Schauspielerinnen María Duval, Felisa Mary, Silvana Roth über die Bühne ziehen. Dann, als Feliciano Brunellis Musiker ihre Notenständer aufstellen, zeigt sie Evita, wie sie sich durch den Mittelgang des Vergnügungsparks entfernt. Mit der einen Hand schiebt sie (so scheint es wenigstens) Peróns Rücken vorwärts, als hätte sie bereits von der Geschichte Besitz ergriffen und nähme sie mit, wohin es ihr beliebte.

5. Evita zu berühren war für viele Leute, wie den Himmel zu berühren.

Der Fetischismus. O ja, der war im Mythos enorm wichtig. Evitas Helfer warfen bündelweise Geld aus dem Zug, wenn sie durch die Dörfer fuhr. Diese Szene ist in fast allen Dokumentarfilmen über ihr Leben zu sehen. Ab und zu nahm sie auch selbst einen Geldschein in die Hand, küßte ihn und warf ihn in den Wind. In La Banda, Santiago de Estero, lernte ich eine Familie kennen, die einen der ›geküßten Scheine‹ in einem Rahmen zur Schau stellte. Sie mochte nicht einmal, wenn sie nichts zu beißen hatte, in Zeiten äußerster Not, die Note ausgeben. Jetzt, da sie nicht mehr im Umlauf ist, bewahrt sie die Familie als Reliquie auf einer Konsole im Eßzimmer auf, neben einem kolorierten Foto von Evita in langem schwarzem Atlaskleid. Neben dem Foto steht immer ein Blumenstrauß. Wilde Blumen und brennende Kerzen gehören für den Volkskult als Opfergaben untrennbar zu den Evita-Porträts, die mit einer Inbrunst verehrt werden, als wären es Bilder von Heiligen oder wundertätigen Jungfrauen, nicht mehr und nicht minder.

Ich weiß, daß es mindestens hundert von der Dame der

Hoffnung benutzte, geküßte oder berührte Gegenstände gibt, die für ihren Kult gebraucht wurden. Ich will hier nicht die ganze Liste anführen, nur einige wenige Kostproben.

- Der einbalsamierte Kanarienvogel, den Evita Dr. Cámpora schenkte, als er Präsident der Abgeordnetenkammer war.
- Der Lippenstiftabdruck, den sie an einem Galaabend im Teatro Colón auf einem Champagnerglas zurückließ, bevor sie nach Europa reiste. Das Glas wurde mehrere Jahre lang im Theatermuseum aufbewahrt.
- Das Fläschchen Gomenol-Nasenöl, das der Mendozaer Lehrer und Dichter Américo Cali Mitte 1936 kaufte und mit dem sich Evita die Nase freimachte. 1954 wurde es in einem Sandelholzkästchen im peronistischen Basisbüro ›Unsterbliche Evita‹ in Mendoza ausgestellt.
- Die Haarsträhnen, die man ihr nach dem Tod abschnitt. Noch immer werden in einigen Juweliergeschäften in der Calle Libertad Haare oder Lockenwickler von ihr verkauft. Man bietet sie in silbernen, gläsernen oder goldenen Reliquienschreinen an, und der Preis richtet sich nach den Wünschen des Kunden.
- Die mit einem Autogramm versehenen Exemplare von *Der Sinn meines Lebens*, die jedes Jahr in San Telmo versteigert und dann als Meßbücher verwendet werden.
- Ein schmutzigweißer, mit den Jahren unscheinbar gewordener Kittel mit V-Ausschnitt und kurzen Ärmeln, der von 1962 bis 1967 in Isla Maciel in einem Haus Ecke Calle Irala/Sebastián Gaboto ausgestellt wurde, damals bekannt als Leichentuchmuseum.
- Die mumifizierte Leiche von Evita selbst.

6. Das, was man die ›Geschichte von den Geschenken‹ nennen könnte.

In jeder peronistischen Familie geht eine Geschichte um: Der Großvater hatte noch nie das Meer gesehen, die Großmutter wußte nicht, was Laken oder Vorhänge sind, der

Onkel benötigte einen Lastwagen, um Sodakisten zu transportieren, die Kusine brauchte ein orthopädisches Bein, die Mutter hatte kein Geld, um ihre Aussteuer zu kaufen, die schwindsüchtige Nachbarin konnte sich kein Bett in einem der Sanatorien der Sierra de Córdoba leisten. Und dann erschien eines Morgens Evita. In der Szenographie der Erzählungen geschieht immer alles an einem sonnigen Frühlingsmorgen, keine Wolke steht am Himmel, man hört Geigenmusik. Evita kam und breitete ihre großen Flügel im Raum der Wünsche aus, erfüllte die Träume. Sie war die Sendbotin des Glücks, die Pforte zu den Wundern. Der Großvater sah das Meer. Sie nahm ihn an der Hand, und die beiden weinten im Angesicht der Wellen. So wird es erzählt. Die Überlieferung geht von Mund zu Mund, die Dankbarkeit ist unendlich. Wenn der Wahltag kommt, denken die Enkel an Evita. Auch wenn einige sagen, Peróns Nachfolger hätten Argentinien ausgeplündert und Perón selbst habe sie vor seinem Tod noch verraten, werden sie ihre Stimme dennoch auf dem Altar der Opfer darbringen. Weil mich der Großvater darum gebeten hat, bevor er gestorben ist. Weil die Aussteuer meiner Mutter ein Geschenk von Evita war. Voller Hoffnung sucht man den Weg, den die Träume den eigenen Sehnsüchten versprachen.

7. Das unvollendete Denkmal.

Im Juli 1951 faßte Evita den Plan zu einem Denkmal für den Descamisado. Nach ihrem Willen sollte es das höchste, schwerste, teuerste Denkmal der Welt sein, weithin sichtbar wie der Eiffelturm. So sagte sie es der Abgeordneten Celina Rodríguez de Martínez Paiva, die das Projekt im Kongreß vorzustellen hatte: »Der Bau muß dazu dienen, daß die Peronisten in Begeisterung geraten und ihren Gefühlen ewig freien Lauf lassen können, selbst wenn von uns niemand mehr am Leben ist.«

Am Ende desselben Jahres hieß Evita das Modell gut. Die zentrale Gestalt, ein stämmiger Arbeiter von sechzig Meter

Höhe, sollte sich auf einem Podest von siebenundsiebzig erheben. Darum herum sollte sich ein riesiger Platz ausbreiten, dreimal größer als das Marsfeld, gesäumt von den Statuen der Liebe, der Sozialen Gerechtigkeit, der Einzig Privilegierten Kinder und der Rechte des Greisenalters. Im Herzen des Denkmals würde ein Sarkophag gebaut wie derjenige Napoleons im Invalidendom, aber aus Silber, mit einer liegenden Skulptur. Das Riesenbauwerk, fast zweimal so hoch wie die Freiheitsstatue, sollte auf einem freien Gelände zwischen der juristischen Fakultät und der Präsidentenresidenz errichtet werden. Evita war vom Modell so begeistert, daß sie die Figur des stämmigen Arbeiters durch ihre eigene ersetzen ließ. Zwanzig Tage vor ihrem Tod segnete der Kongreß die Idee eilig ab, und Evita selbst drückt in ihrem Testament diesen Ewigkeitswunsch aus: »So werde ich mich meinem Volk immer nahe fühlen und weiterhin die Brücke der Liebe zwischen den Descamisados und Perón sein.«

Nach der Totenfeier schwand die Euphorie für das Denkmal allmählich. Betont langsam begann man die Fundamente auszuheben. Als Perón stürzte, gab es nur einen riesigen Krater, den die neuen Machthaber in einer einzigen Nacht wieder zuschütten ließen. Um das leere Gelände zu tarnen, wurden in aller Eile Leuchtfontänen und ein Kinderspielplatz errichtet. Aber die trauernde Erinnerung an Evita ist nicht von diesem Ort gewichen. Der enorme Platz ist noch immer leer, die magische Wirkung unversehrt. Ende 1974 versuchte José López Rega, ehemaliger Polizeichef, der Peróns dritte Frau, Isabel, damals Präsidentin der Republik, in Geheimwissenschaften unterrichtete, am selben Ort einen Altar des Vaterlandes aufzustellen, der die verfeindeten Seelen hätte aussöhnen sollen. Wieder wurden die Fundamente ausgehoben, doch der ungünstige Verlauf der Geschichte unterbrach wie beim vorigen Mal die Bauarbeiten.

Ab und zu taucht Evita wieder dort auf, im Geäst eines Lapachobaums. Die Descamisados erraten ihr Licht, hören ihr Kleid flattern, erkennen das Murmeln ihrer heiseren, bewegten Stimme, entdecken die Dienerschaft ihrer Lichter aus dem Jenseits und ihre flackernden Nerven, und während sie an dem Ort, wo ihr Katafalk hätte ruhen sollen, Kerzen der Verheißung anzünden, befragen sie sie über die Zukunft. Sie antwortet mit Auslassungen, Schwarzvariationen, Lichtumwölkungen und verkündet eine düstere Zukunft. Da die Zeiten immer düster gewesen sind, ist die Leichtgläubigkeit der Verehrer nicht in Gefahr. Evita ist unfehlbar.

Der Mythos baut sich auf der einen Seite auf, und das Schreiben der Menschen verleiht ihm manchmal auf einer andern Seite Flügel. So ist etwa das Bild, das die Literatur von Evita hinterläßt, nur das ihres toten Körpers oder das Verhängnis ihres Geschlechts. Die Faszination durch den toten Körper setzte noch vor der Krankheit ein, schon 1950. In diesem Jahr schloß Julio Cortázar *Die Prüfung* ab, einen Roman, der aus mehreren Gründen unmöglich publiziert werden konnte, wie der Autor drei Jahrzehnte später in einem Prolog selbst erklärt. Es ist die Geschichte einer animalischen Menschenmenge, die aus sämtlichen Ecken Argentiniens herbeiströmt, um auf der Plaza de Mayo einen Knochen anzubeten. Die Leute warten auf irgendein Wunder, zerreißen sich die Seele für eine Frau in Weiß, »deren zerzaustes, sehr blondes Haar ihr bis auf die Brüste fällt«. Sie ist gut, sie ist sehr gut, wiederholen die Einwanderer aus den Provinzen unablässig, die die Stadt überfluten und sich schließlich in Giftpilze und Nebel verwandeln. Die in der Luft schwebende Angst ist nicht die Angst vor Perón, sondern vor ihr, die aus der unsterblichen Tiefe der Geschichte die schlimmsten Bodensätze der Barbarei mitschleppt. Evita ist die Rückkehr zur Horde, ist der menschenfresserische Instinkt der Gattung, ist das ungebildete Vieh, das blindwütig in den Porzellanladen der Schönheit einbricht.

Im Argentinien jener Zeit, in der Cortázar *Die Prüfung* schrieb, verbreitete die Geistige Führerin, noch gesund und mit spitzen Reißzähnen und grausamen, blutrünstigen Nägeln, heilige Furcht. Sie war eine Frau, die aus dem Dunkel der Höhle kam und keine Lust hatte, zu sticken, Hemden zu stärken, das Herdfeuer anzufachen, Mate zuzubereiten, die Kinder zu baden, und sich statt dessen in den Regierungs- und Gesetzespalästen niederließ, die Männerreservate waren. »Diese seltsame Frau war anders als fast alle Einheimischen«, stand im 1958 erschienenen *Schwarzbuch der Zweiten Tyrannei* zu lesen. »Es fehlte ihr an Bildung, aber nicht an politischer Intuition; sie war aufbrausend, herrschsüchtig und aufsehenerregend.« Also verantwortungslos, hemmungslos, mit den für eine Frau unangemessenen Gaben von »Leidenschaft und Mut«. »Bestimmt mochte sie Weiber«, vermutet Martínez Estrada in seinen *Katilinarischen Reden.* »Sie wird im Bett bestimmt so schamlos gewesen sein wie alle öffentlich wirkenden Frauen, für die es auf eins herauskommt, ob sie es mit einem Bordellstammkunden treiben oder mit einem Maskottchen des Hauses oder sonst einer Puffinsassin.«

Das prunkvolle Schauspiel ihres Todes war eine Beleidigung für das argentinische Schamgefühl. Die intellektuellen Eliten stellten sich vor, sie sterbe mit denselben Gebärden, mit denen sie vielleicht geliebt hatte. Sie gab ihren Atem her, verschwand in einem andern Körper, überschritt die Grenzen, indem sie toter liebte als alle andern, dem Höhepunkt des Todes entgegenraste, gottlos zu Gott auffahrend, ihre Lust auf dem Feld des Todes befriedigend. Nichts im stillen Kämmerlein, alles mußte sie unverhohlen tun, schamlos, die Elite mit ihren intimsten Regungen erregend, maßlos, grell, die Halunkin, Evita die Durchtriebene.

Einige der besten Erzählungen der fünfziger Jahre sind Parodien auf ihren Tod. Die Schriftsteller mußten Evita vergessen, mußten ihren Geist bannen. In *Sie*, einer Erzählung, die er 1953 schrieb und erst vierzig Jahre später veröffentlichte, färbte Juan Carlos Onetti die Leiche grün, ließ sie in unheimlichem Grün verschwinden: »Jetzt warteten sie darauf, daß die Verwesung einsetze, daß sich trotz der Jahreszeit eine grüne Fliege auf die offenen Lippen setze, um sich dort auszuruhen.« Und später murmelt die Trauermenge: »Ihre Stirn ist grün.«

Fast gleichzeitig verspottete Borges, stiller, ausweichender, die Beerdigung in *Das Scheinbild*, einem kurzen Text, dessen einzige Gestalt ein schmächtiger Mann indianischer Abstammung in Trauerkleidung ist, der in einer elenden Aufbahrungszeremonie eine blonde Puppe vorführt. Borges wollte die Barbarei des Leichenbegängnisses und die Verfälschung des Schmerzes mit einer überspitzten Aufführung deutlich machen: Eva ist eine tote Puppe in einer Kartonschachtel, die in sämtlichen Vorstädten verehrt wird. Ohne daß es beabsichtigt war – Literatur ist nicht immer gewollt –, kam ihm dabei jedoch eine Huldigung an Evitas Unermeßlichkeit heraus. In *Das Scheinbild* ist Evita das Ebenbild von Gottfrau, die Gott aller Frauen, die Mann aller Götter.

Am besten haben die Homosexuellen das historische Gespann von Liebe und Tod begriffen. Alle stellen sie sich vor, sie vögeln Evita wie wahnsinnig. Sie lecken sie, erlösen sie, begraben sie, begraben sich in ihr, vergöttern sie. Sie sind sie, sie bis zur Erschöpfung. Vor vielen Jahren sah ich in Paris *Eva Perón*, eine Komödie – oder ein Drama? – von Copi. Ich weiß nicht mehr, wer Evita spielte; ich glaube, Facundo Bo, ein Transvestit. Auf einer Probe nahm ich einen französischen Monolog auf oder kopierte ihn von Copi, der ihn mir später mit den Überresten von Sprache, die er noch hatte, ins Spanische übersetzte: »Ein Kitschtext«, sagte er, »anmaßend und zärtlich wie die Eva.« Etwas an der Grenze zum reinen Klang, Interjektionen, die das ganze Gefühlsspektrum umfaßten. Er lautete mehr oder weniger so:

EVITA (zur Gruppe von Schwulen, die um sie herumstehen, während sie eine oder einen umarmt, Geschlecht unbestimmt): *Hach, sie haben mich allein ins tiefste Krebsloch fallen lassen, die Schufte. Ich bin wahnsinnig geworden, bin allein. Schaut doch, wie ich verrecke, eine Kuh im Schlachthof. Ich bin nicht mehr die, die ich war. Sogar meinen Tod hab' ich allein machen müssen. Alles hat man mir erlaubt. Ich bin in die Elendsviertel gegangen, habe Geld verteilt und alles meinen armen Schluckern gegeben: meine Klunker, das Auto, die Kleider. Bin wie eine Verrückte zurückgekommen, splitternackt im Taxi, den Hintern zum Fenster rausgestreckt. Als wär' ich schon übern Jordan, als wär' ich bloß noch die Erinnerung an eine Tote.*

Ja, natürlich, das ist eine Schilderung des Zusammenbruchs, aber eine unvollkommene. Copi war kein Straßenkind wie Evita, und das merkt man in diesem Text. Die Sprache tendiert zur Hysterie, ahmt die Verzweiflung und Dreistheit nach, mit der sich Evita einen Stil und eine Redeweise erarbeitete, die in der argentinischen Kultur ihresgleichen suchen. Aber Copi schrieb mit guten Manieren. Er kann sich seine mächtige Familie und die behütete Kindheit nicht vom Halse schaffen (man erinnere sich, daß Copis Großvater der Great Gatsby des argentinischen Journalismus war), seine Scheiße riecht nach Place Vendôme und nicht nach den Abwasserkanälen von Los Toldos, er ist weit von der Analphabrutalität entfernt, mit der sich Evita ausdrückte.

Er liebte sie, selbstverständlich. Der Komödie – oder dem Drama? – *Eva Perón* trieft das Mitleid durch die Steppnähte des Kleides; kein Zuschauer kann daran zweifeln, daß das Stück für Copi ein geduldiges, unverblümtes Identifikationswerk war: *Evita c'est moi*. Das verhinderte nicht, daß eine Schar fanatischer Peronisten eine Woche nach der Uraufführung das Theater L'Épée de Bois niederbrannte. Die Kulissen, die Garderoben, der Kostümfundus, alles wurde eingeäschert. Man konnte die Flammen von der zweihundert Meter entfernten Rue Claude Bernard aus sehen. Die Fanatiker ärgerte es, daß Evita den Hintern zeigte. Im Stück bietet sie so rückhaltlos ihre Liebe feil, wie sie nur kann. Sie gibt ihren Körper her, damit er verschlungen wird. »Ich bin die Christus des erotischen Peronismus«, ließ Copi sie sagen. »Vögelt mich, soviel ihr wollt.«

Was für eine Respektlosigkeit, was für eine Beschimpfung des Verstandes, protestierten die am Tag nach dem Anschlag auf das Theater L'Épée de Bois von den Brandstiftern verbreiteten Flugblätter. Fast zwanzig Jahre später, als Néstor Perlongher die drei Erzählungen von *Evita lebt (in jedem organisierten Hotel)* publizierte, beriefen sich andere Fanatiker auf denselben Tango von Discépolo, um ihn wegen »Angriffs auf das Schamgefühl und Entweihung« anzuklagen: *Was für eine Respektlosigkeit, was für eine Zurschaustellung bodenloser Bosheit.*

Verzweifelt möchte Perlongher Evita sein, sucht sie in Sex und Tod, und was er findet, ist der Körper einer Seele oder das, was Leibniz eine ›Monade‹ nennen würde. Perlongher versteht sie besser als irgendeiner. Er spricht dieselbe Sprache der Indiozelte, der Erniedrigung und des Abgrundes. Er wagt es nicht, ihr Leben anzutasten, und deshalb tastet er ihren Tod an – er befummelt die Leiche, schmückt sie mit Juwelen, schminkt sie, rasiert ihr den Damenbart, löst ihren Haarkranz. Indem er sie von unten betrachtet, vergöttert er sie. Und da jede Göttin frei ist, zäumt er sie ab. In *Die Leiche der Nation* und in den zwei, drei andern Gedichten, in denen Perlongher sie umspielt, spricht sie nicht; was spricht, sind die Juwelen des toten Körpers. Die Erzählungen von *Evita lebt* dagegen sind eine Epiphanie in dem Sinn, den Joyce dem Wort gab: eine ›jähe geistige Manifestation‹, die Seele eines auferstehenden gierigen Körpers.

So beginnt die zweite der drei Erzählungen:

Wir befanden uns in dem Haus, wo wir uns jeweils zum Kiffen trafen, und der Typ, der an diesem Tag den Stoff brachte, erschien mit einer etwa achtunddreißig Jahre alten blonden Frau, die total kaputt aussah, mit viel Verputz im Gesicht und einem Haarkranz …

Diejenigen, die gegen Perlongher wegen seiner ›frevlerischen Schrift‹ einen Prozeß anstrengten, verstanden nicht, daß er genau das Gegenteil beabsichtigt hatte, nämlich Evita in eine heilige Schrift zu kleiden. Man lese die Beschreibung der Auferstehung im Johannesevangelium, dann wird das parodistische Ansinnen von *Evita lebt* deutlich. In der Erzählung erkennt sie anfänglich niemand, niemand will glauben, daß sie sie ist. Dasselbe widerfährt Jesus in Johannes 20,14, als er Maria Magdalena zum erstenmal erscheint. Dem Polizisten, der sie abführen will, bietet Evita Beweise an, Zeichen, genau wie Jesus Thomas dem Zwilling. Evita saugt an einer Warze, Christus bittet, ihn zu berühren: »Reiche deine Hand her und lege sie in meine Seite« (Johannes 20,27).

Als er die letzte Fassung von *Evita lebt* schrieb, war Perlongher in eine Welle von Mystik versunken; wenige Wochen zuvor hatte er erfahren, daß er Aids hatte, und nun träumte er von der Auferstehung. Evita in der Sprache zu schreiben, die sie in den Achtzigern hätte sprechen können, war seine Strategie, um sich zu retten und in der ›Leiche der Nation‹ zu überleben. Er sagte nicht, wie Copi, *Evita c'est moi*. Eher fragte er sich: Und wenn Gott eine Frau wäre? Wenn ich die Göttin wäre und mein Körper am dritten Tag wiederkehrte?

Die Literatur hat Evita auf genau entgegengesetzte Art gesehen, als sie sich selbst sehen wollte. Nie sprach sie öffentlich von Sex und vielleicht auch nicht privat. Vielleicht hätte sie sich vom Sex befreit, wenn es ihr möglich gewesen wäre. Aber sie tat etwas Besseres: Sie lernte ihn und vergaß ihn, wenn es ihr ratsam schien, als wäre sie eine ihrer Hörspielgestalten. Die, die ihr Privatleben kennenlernten, dachten, sie sei die asexuellste Frau der Welt. »Auf sie wurde man nicht einmal auf einer verlassenen Insel scharf«, sagte einer, der in einem ihrer Filme den Liebhaber spielte. Wie stellte es denn Perón an, um scharf zu werden? Unmöglich zu wissen. Perón war eine dunkle Sonne, eine leere Landschaft, die Ödnis der Nichtgefühle. Sie wird ihn mit ihren Begierden erfüllt haben. Nicht Sex, sondern Begierden. Eva hatte weder etwas mit der zügellosen Hetäre zu tun, von der der schwülstige Martínez Estrada spricht, noch mit der ›Vorstadthure‹, die Borges verleumdete. In Evitas Definitionen der Frau, die den ganzen dritten Teil von *Der Sinn meines Lebens* einnehmen, erscheint das Wort Sex nicht ein einziges Mal. Sie spricht weder von Lust noch von Begierde, sie widerlegt sie. Sie schreibt (oder diktiert oder akzeptiert, daß man ihr in den Mund legt): »Ich bin wie jede andere der unzähligen Frauen meines Volkes in ihrem Heim. (...) Mir gefallen dieselben Dinge: Juwelen, Pelze, Kleider und Schuhe. Aber wie sie möchte auch ich, daß es zu Hause allen bessergeht als mir. Wie sie, wie sie alle möchte ich ungebunden sein, spazierengehen und mich amüsieren können. Aber wie sie binden mich die Pflichten ans Haus, die niemand statt meiner zu erfüllen gezwungen ist.«

Evita wollte den Sex aus dem Bild tilgen, das von ihr in die Geschichte einginge, und zum Teil ist ihr das auch gelungen. Die nach 1955 verfaßten Biographien schweigen sich über diesen Punkt respektvoll aus. Nur die verrückten literarischen Biographien entflammen sie, entkleiden sie, schütteln sie, als wäre sie ein Gedicht von Oliverio Girondo. Sie eignen sie sich an, betasten sie, geben sich ihr hin. Hat Evita nicht letztlich das Volk gebeten, genau das mit der Erinnerung an sie zu tun?

Jeder zimmert sich den Mythos vom Körper zurecht, wie er will, liest Evitas Körper mit den Deklinationen seines Blicks. Sie kann alles sein. In Argentinien ist sie noch immer das Aschenputtel der Fernsehserien, die wehmütige Erinnerung daran, daß sie das war, was wir nie waren, die Frau mit der Peitsche, die himmlische Mutter. Draußen ist sie die Macht, die junge Tote, die mitfühlende Hyäne, die von den Balkonen des Jenseits aus deklamiert: »Weine nicht um mich, Argentinien.«

Die Oper, das Musical (was ist es nun eigentlich?) von Tim Rice und Andrew Lloyd Webber hat den Mythos vereinfacht und verkürzt. Die Evita, die das Magazin *Time* 1947 für rätselhaft erklärte, ist hier zur gesungenenen *Das-Beste-aus-Reader's-Digest*-Story geworden. In der gepflegten Gegend, wo ich diese Erzählung schreibe und die sich anspielungsreich Bezirk Mittelsex (oder Halbwegssex? oder Mittelmaßsex?) nennt, ist Evita eine so vertraute Figur wie die Freiheitsstatue, der sie überdies auch noch gleicht.

Manchmal fahre ich, um vom Computer loszukommen, ziellos über die menschenleeren Straßen New Jerseys, von Highland Park nach Flemington oder von Millstone nach Woods Tavern, und höre Radio. Im unerwartetsten Moment singt Evita. Ich höre sie aus der kehlköpfigen Stimme der kahlköpfigen Sinead O'Connor heraus. Die Tote und die Sängerin haben dasselbe heisere, traurige Organ, das jederzeit in ein Schluchzen umzukippen scheint. Beide singen ›Don't cry for me, Argentina‹, mit schleppenden, wiederkäuenden R, sie sagen Aryentina, als wäre das konsonantische Y ein R meiner Heimatprovinz. Suche ich Evita, oder sucht Evita mich? Es gibt soviel Stille hier, in diesem erstickten Atmen des Gesangs!

Langsam nähere ich mich Trenton oder entferne mich Richtung Oak Grove, der Ruß in der Luft bewegt sich nicht, der Himmel zeichnet immer dieselben Narben, und in einem verlassenen Einkaufszentrum, inmitten von strahlenden Macy's-, Kentucky-Fried-Chicken-, Pet-Doktor-, The-Gap- und Athlete's-Food-Reklameschildern, zwischen einem Plakat von Clint Eastwood und einem von Goldie Hawn, ersteht Evitas Bild wie das einer Königin, allein gegen die Mächte von Himmel und Erde, fern von Suburbia und Regen, fern von jedem Weinen, Weine nicht um mich, mit dem stacheligen Heiligenschein der Freiheitsstatue, der ihre Schönheit krönt.

In diesem Bezirk Mittelsex in New Jersey ist Evita eine vertraute Figur, aber die Geschichte, die man von ihr kennt, ist die des Musicals von Tim Rice. Vielleicht weiß niemand hier, wer sie wirklich war; die Mehrheit vermutet in Argentinien eine Vorstadt von Guatemala City. Aber bei mir zu Hause schwebt Evita, ihr Wind ist da; jeden Tag hinterläßt sie ihren Namen im Feuer. Ich schreibe auf dem Schoß ihrer Bilder, sehe sie an einem Aprilmorgen mit den Haaren im Wind oder als Matrose verkleidet, wie sie für ein Titelblatt der Zeitschrift *Sintonía* sitzt, oder schwitzend in einem Bisonmantel neben General Francisco Franco im unerbittlichen Madrider Sommer, oder den Descamisados die Hände entgegenstreckend, oder Perón in die Arme fallend, mit großen Ringen um die Augen, nur noch Haut und Knochen. Ich schreibe auf ihrem Schoß und höre ihre pathetischen Reden der letzten Monate oder fliehe vor diesen Seiten, um noch einmal in Videokopien die Filme zu sehen, die hier niemand gesehen hat: *Die Verschwenderin*, *Der Zirkusritt*, *Der Unglücklichste des Dorfes*, in denen sich Evita Duarte linkisch bewegt und mit fürchterlicher Aussprache deklamiert, eine Schauspielerin unter aller Kanone, die Schöne: *Denn das Schöne ist nichts als des Schrecklichen Anfang*.

So taste ich mich Tag für Tag vor auf dem brüchigen Grat zwischen dem Mythischen und dem Wirklichen, gleite dahin zwischen den Lichtern dessen, was nicht war, und den Dunkelheiten dessen, was hätte sein können. Ich verliere mich in diesem Delta, und sie findet mich immer. Sie hört nicht auf zu leben, mich zu leben – sie macht aus ihrem Leben eine Übertreibung.

Wenige Kilometer von mir entfernt, in New Brunswick, hatte eine schwarze Sopranistin namens Janice Brown vor einiger Zeit noch einmal Premiere mit den Songs aus dem

Musical *Evita*. An zwei Abenden pro Woche singt sie ›Dont't cry for me, Argentina‹. Sie trägt eine blonde Perücke und einen langen glockenförmigen Rock. Das baufällige Theater mit seinen abgewetzten Samtsitzen ist immer voll. Fast alle Zuschauer sind Schwarze, verzehren in den eineinviertel Stunden, die die Aufführung dauert, Riesenportionen Popcorn, aber wenn Evita mit dem Tode ringt, hören sie auf zu kauen und weinen ebenfalls, wie Argentinien. Evita hätte sich nie in Janice Brown oder in Sinead O'Connors kratziger Stimme wiederverkörpert vorstellen können. Sie hätte sich nicht auf den fernen Plakaten eines Landes denken können, in dem sie eine Musicalfigur ist. Aber es hätte ihr geschmeichelt, ihren Namen in Pailletten auf die Tafeln eines Theaters in Brunswick geschrieben zu sehen, und sei es eines, das seit 1990 vor dem Abbruch steht, um einem Parkplatz zu weichen.

9 *»Größen des Elends«*

Während der Lastwagen mit seinem funebren Gast am Bordstein vor dem Nachrichtendienst parkte, konnte der Oberst kein Auge zutun. Er befahl, das Fahrzeug Tag und Nacht zu bewachen und die Blumen- und Kerzenspuren zu beseitigen. In den Abendzeitungen suchte er nach einem Bericht über die Verwüstungen des Brandes, der ihn daran gehindert hatte, Evita zu den Zisternen des Wasserpalais zu bringen – er fand kein einziges Wort. Zwar hatte ein Öl- und Fettlager gebrannt, aber drei Kilometer südlich der Wasserversorgung. Was geschah da mit der Wirklichkeit? War es denn möglich, daß bestimmte Ereignisse für einige Leute existierten und für andere unsichtbar waren? Der Oberst wußte nicht, wie seinen Körper beruhigen. Manchmal wandelte er in sich gekehrt durch die Gänge des Nachrichtendienstes, blieb vor den Schreibtischen der Unteroffiziere stehen und starrte sie an. Dann schloß er sich in seinem Büro ein, um Kuppeln von Phantomstädten zu zeichnen. Er hatte Angst, alles zu verlieren, wenn er sich vom Schlaf davontragen ließ. Er durfte die Augen nicht schließen. Die Schlaflosigkeit war auch sein Brand.

Als am ersten Abend die Dunkelheit hereinbrach, entdeckte die Wachablösung eine Margerite am Kühler des Lastwagens. Die Offiziere gingen hinaus, um sie sich anzusehen, und nahmen an, die Blume sei ihnen bei der Kontrolle am Morgen entgangen. Niemand hätte sie unbemerkt in den Kühlergrill stecken können. Der Strom der Passanten brach nicht ab, und die Wachen ließen den Laster nicht aus den Augen. Und dennoch hatten sie die langstielige Margerite mit der blütenstaubstrotzenden Dolde nicht wahrgenommen.

Eine weitere Überraschung folgte am nächsten Morgen. Auf der Straße, unter den Trittbrettern des Lastwagens, brannten zwei hohe, gedrechselte Kerzen. Die Brise blies sie aus, aber nach einem kurzen Funken lebte die Flamme von allein wieder auf. Der Oberst befahl, sie unverzüglich wegzuschaffen, doch als es schon dunkel war, waren unter dem Chassis wieder Blumen verstreut, zusammen mit einem Büschel Kerzen, die ein schwaches Licht ausstrahlten, wie Wünsche. Neben dem Laderaum ein Haufen stümperhaft vervielfältigter Flugblätter mit eindeutigem Text: *Rachekommando. Gebt Evita zurück. Laßt sie in Frieden.*

Das ist eine Warnung, es naht der Kampf, dachte der Oberst. Der Feind konnte ihm die Leiche noch diese Nacht vor der Nase wegschnappen. Wenn das geschah, würde er sich umbringen müssen. Die Welt würde über ihm einstürzen. Bereits hatte der Präsident der Republik gefragt: »Habt ihr sie endlich begraben?« Und der Oberst hatte nur sagen können: »Señor, wir haben noch keine definitive Antwort.« – »Wartet nicht länger«, hatte der Präsident mit Nachdruck gesagt. »Bringt sie auf den Friedhof von Monte Grande.« Doch das war unmöglich. Auf dem Friedhof von Monte Grande würden sie die Feinde zuallererst suchen.

Er beschloß, den Sarg diese Nacht selbst zu bewachen. Er würde sich im Lastwagen auf eine Campingdecke legen und Major Arancibia, dem Verrückten, befehlen, ihm Gesellschaft zu leisten. Bloß ein paar Stunden, dachte er. Er hatte Angst. Aber was spielte das für eine Rolle, solange es niemand erfuhr? Es war nicht Angst vor dem Tod, sondern vor der höheren Gewalt: Angst, nicht zu wissen, aus welchem Winkel der Dunkelheit ihn der Blitz des Unglücks treffen würde.

Er verteilte die Wachen so, daß der Zufall keine Lücke mehr finden konnte. Einen Mann beorderte er ins Fahrerhaus ans Steuer, zwei in Zivil auf den gegenüberliegenden Gehweg, zwei weitere an die Straßenecken, einen unter das Fahrgestell zwischen die Räder. Einem der Offiziere befahl er, sich ans Fenster zu stellen, das ganze Gebiet mit einem Doppelfernrohr zu überwachen und jede ungewöhnliche Bewegung zu melden. Von neun Uhr abends an sollten sich die Wachen alle drei Stunden ablösen. Falsche Vorkommnisse haben eine Grenze, wiederholte der Oberst für sich. Sie geschehen nie ein zweites Mal.

Kurz nach Mitternacht richteten sich der Verrückte und er im Lastwagen ein. Sie trugen Arbeitsuniform. Das vage Vorgefühl, daß sie noch vor dem Morgengrauen kämpfen würden, ließ keinen andern als den leeren, trostlosen Gedanken ans Warten zu. »Der Tod wird kommen und deine Augen haben«, hatte der Oberst irgendwo gelesen. Wessen Augen? Das Mühsamste an diesem Warten war, daß der Feind unbekannt war. Irgend jemand konnte aus dem Nichts auftauchen und ihnen gegenübertreten. Selbst in ihrem eigenen Innersten konnte sich ein geheimer Gegner rüsten. Der Verrückte hatte die Ballester Molina bei sich, mit der er Hunderte Hunde erschossen hatte, Moori Koenig wie immer seinen Colt. In der stickigen Luft des Lastwagens schwebten schwache Blumendüfte. Man hörte das Keuchen der voranschreitenden Zeit. Schweigend legten sie sich in der Dunkelheit hin. Nach einer Weile vernahmen sie ein schmerzhaftes, schrilles Summen, das die Stille zu zerschneiden schien.

»Bienen«, mutmaßte der Oberst. »Der Blumenduft zieht sie an.«

»Da sind keine Blumen«, stellte Arancibia fest.

Umsonst suchten sie die Bienen, dann kehrte wieder Stille ein. Alle Augenblicke stellten sie einander sinnlose Fragen, nur um die Stimme des andern zu hören. Keiner konnte sich entschließen zu schlafen. Der Schlaf streifte ihr Bewußtsein und zog sich wieder zurück, wie eine müde Wolke. Sie hörten die erste Wachablösung. In Abständen schlug der Oberst dreimal auf den Lastwagenboden, und jemand – der unter dem Chassis liegende Mann – antwortete mit drei identischen Schlägen.

»Hören Sie?« fragte der Verrückte plötzlich.

Der Oberst richtete sich auf. Die Stille war allgegenwärtig, rekelte sich in der grenzenlosen Dunkelheit.

»Da ist nichts.«

»Hören Sie. Sie ist es, sie bewegt sich.«

»Da ist nichts«, wiederholte der Oberst.

»Diejenigen, die wir beerdigt haben, waren die Kopien. Das da ist sie, die Nutte. Ich hab' es sogleich gemerkt, am Geruch.«

»Alle riechen, die Leiche, die Kopien. Alle wurden mit Chemikalien behandelt.«

»Nein. Die da atmet. Womöglich hat ihr der Einbalsamierer etwas in die Eingeweide gespritzt, damit sie auslüften kann. Vielleicht hat sie ein Mikrofon.«

»Das ist unmöglich. Die Ärzte der Regierung haben die Röntgenaufnahmen gesehen. Die Verstorbene ist unversehrt, wie ein lebender Mensch. Aber sie lebt nicht. Sie kann nicht atmen.«

»Also ist sie es?«

»Was weiß denn ich«, entgegnete der Oberst. »Wir haben die Leichen aufs Geratewohl beerdigt.«

»Hören Sie, schon wieder. Da ist es. Hören Sie ihren Atem«, beharrte der Verrückte.

Wenn man die Ohren spitzte, vernahm man das Fließen traumähnlicher Geräusche: ferne Mönchschöre, das Knistern von dürrem Laub, das Flattern eines gegen den Wind anrudernden Vogels.

»Das ist die Luft, unten«, sagte der Oberst.

Mit dem Bajonettstiel schlug er, den Rhythmus variierend, dreimal auf den Boden: zwei schnelle Trommelwirbel, dann, nach einigen Sekunden, ein weiterer Schlag, lang und herausfordernd. Der Mann unter dem Fahrgestell antwortete im selben Takt. Das war die Losung.

Wieder blieben sie reglos, die sauren Rückstände der vergehenden Zeit in der Nase. Die Spannung vor der unmittelbar bevorstehenden Schlacht brachte sie zum Schwitzen. Würde es eine Schlacht geben? Die Stimme des Verrückten sprang wie ein Funke:

»Ich glaube, die Nutte ist nicht da, mein Oberst. Ich glaube, sie ist gegangen.«

»Erzählen Sie keinen Quatsch, Arancibia.«

»Ich höre sie schon eine ganze Weile nicht mehr.«

»Sie haben sie gar nie gehört. Das waren Halluzinationen. Beruhigen Sie sich.«

Die Unruhe des Verrückten fuhr im Lastwagen hin und her. Er spürte, wie sie an Bänke und Planen stieß.

»Warum sehen wir nicht nach, ob sie noch da ist, mein Oberst?« schlug er vor. »Diese Frau ist seltsam. Sie kann irgend etwas tun. Sie war schon immer seltsam.«

Der Oberst dachte, vielleicht habe Arancibia recht, konnte es aber nicht zugeben. Natürlich ist sie seltsam, sagte er sich. In einer einzigen Nacht hatte sie, tot daliegend, ohne einen Finger zu rühren, weiß Gott wie viele Leben durcheinandergebracht. Nicht einmal er war noch derselbe, wie der Kapitän zur See gesagt hatte. Er durfte sich nicht noch einmal irren, mußte sämtliche Fehler ausschließen. Er räusperte sich. Auch die Stimme, mit der er sprach, war nicht seine.

»Es schadet nichts, wenn wir nachschauen«, sagte er und richtete den Strahl der Taschenlampe auf den Sarg. »Nehmen Sie langsam den Deckel ab, Arancibia.«

Er hörte das gierige Hecheln des Verrückten. Sah seine Hände das Holz mit einem Verlangen heben, das etwas mehr suchte, etwas, was für niemand mehr erreichbar war. Es kam ihm nicht in den Sinn, woran ihn die Szene erinnerte, aber es mußte etwas sein, was er schon einmal gesehen, was er vielleicht schon oft erlebt hatte, etwas so Elementares wie der Durst oder die Träume. Er senkte den Strahl, unversehens zeichnete sich Evitas Umriß in der Leere ab.

»Wie der Mond«, sagte der Verrückte. »Als ob sie mit einer Schere gezeichnet wäre.«

»Bewahren Sie Ruhe«, befahl der Oberst. »Seien Sie wachsam.«

Er kauerte nieder, bis sein Blick auf die Horizontlinie der Verstorbenen traf. Und nun hob er, den Gleichgültigen spielend, das gesunde Ohrläppchen an und suchte die sternförmige Wunde, mit der er sie markiert hatte. Da war sie, unauslöschlich. Nur er konnte sie sehen.

»Decken Sie sie wieder zu, Arancibia. Die frische Luft tut ihr nicht gut.«

Der Verrückte konnte sich einen raschen, zarten Vogelpfiff nicht verkneifen.

»Unglaublich, sie ist es tatsächlich«, sagte er. »Es ist völlig aus mit ihr. Die Geistige Führerin, die Anführerin der Benachteiligten – jetzt ist sie einsamer als ein Hund.«

Wieder harrten sie in der leeren Schwärze aus. Bisweilen hörten sie die Ruhe ihres Atems. Später lenkte sie das Kommen und Gehen der Wachen draußen ab. Gegen Morgen regnete es. Der Oberst erlag seiner Schläfrigkeit oder dem Eindruck, nirgends mehr zu sein. Ein eiliges Gelaufe auf dem Gehweg und Hauptmann Galarzas Kommandogeschrei machten ihn wieder munter.

»Nichts berühren! Diese Bescherung muß der Oberst sehen.«

Jemand hämmerte an die Lastwagentür. Moori Koenig strich sich über die Haare und knöpfte seine Jacke zu. Die Nachtwache war zu Ende.

Das helle Tageslicht blendete ihn. Durch den engen, eben geöffneten Spalt konnte er Galarza mit in die Seite gestemmten Händen erkennen, der ihm etwas sagte, was er aber nicht verstand. Er folgte bloß der Linie seines Zeigefingers, der auf einen Winkel unter dem Chassis deutete. Dort sah er, was er die ganze Nacht über befürchtet hatte: eine Reihe brennender, gegen die Brise und die Regendämpfe immuner Kerzen. Er sah die Margeriten-, Levkojen- und Geißblattgarben, die die Verstorbene begleiteten, als wären sie ihre Todesengel, nur daß sie jetzt zahlreich waren: zwei runde Haufen Blumen. Und zwischen den Rädern sah er, mit blutendem Kopf und noch lebend, Feldwebel Gandini, der zur letzten Wachablösung gehört hatte. Er war brutal zusammengeschlagen worden. In seinem Mund steckte ein

Bündel Papiere. Der Oberst brauchte sie nicht zu lesen, um zu wissen, was daraufstand.

Kochend vor Zorn ging er in sein Büro hinauf und nahm einen kräftigen Schluck Gin. Durchs Fenster schaute er auf die endlose Stadt hinunter, auf die gleichförmigen Flachdächer, die in Abständen von den Geierköpfen der Kuppeln überragt wurden. Da erinnerte er sich daran, daß ihm ja noch das Telefon blieb. Er machte zwei Anrufe und schickte nach dem Verrückten.

»Jetzt ist Schluß mit den Scherereien, Major«, sagte er. »Wir werden den Sarg in ein Kino bringen. Ich habe schon die nötigen Vorbereitungen getroffen. Man erwartet uns.«

»In ein Kino?« staunte Arancibia. »Der Präsident wird sich über die Nachricht aber ärgern.«

»Der Präsident wird nichts erfahren. Er denkt, wird hätten sie schon auf dem Friedhof von Monte Grande beerdigt.«

»Wann bringen wir sie hin?«

»Jetzt gleich. Wir müssen rasch handeln. Sagen Sie Galarza und Fesquet, sie sollen sich bereitmachen. Diesmal werden wir allein arbeiten.«

»Allein?« fragte der Verrückte. Die ganze Situation war gründlich verkorkst. »Es ist ein Kino, mein Oberst, ein öffentlicher Ort. Wo sollen wir sie unterbringen?«

»Dort, wo alle sie sehen können«, sagte Moori arrogant, »hinter der Leinwand. Das ist es doch, was sie wollte. Sie kam nach Buenos Aires, um eine kleine Filmrolle zu finden, nicht? Jetzt wird sie in allen Filmen sein.«

»Hinter der Leinwand«, wiederholte Arancibia. »Das wird niemand für möglich halten. Welches Kino denn?«

Der Oberst antwortete nicht sogleich. Er schaute zum purpurnen Himmel empor.

»Das Rialto, in Palermo. Der Besitzer ist ein Nachrichtenoffizier a. D. Ich fragte ihn, was sich hinter der Leinwand befindet. Mäuse, sagte er. Nur Mäuse und Spinnen.«

Da er immer in die glühenden Kohlen der Projektionsapparate gestarrt hatte, waren seine Augen gelb und schräg geworden. Sie waren von einer schmutzigen, glasigen Membran überzogen, und bei der geringsten Unachtsamkeit rannen ihm die Tränen über die Backen. Wenn Yolanda, seine Tochter, nicht gewesen wäre, er hätte sich vielleicht umgebracht. Aber die spröde Zuneigung der Kleinen und die Filme, die er im Rialtosaal projizierte – zwei am Abend, drei in der ›Damen‹- oder Nachmittagsvorstellung –, lenkten ihn immer wieder vom Selbstmord ab.

In einer Klosterschule hatte man ihm beigebracht, daß das Leben durch eine scharfe Linie – ein Vor- und ein Nachher – geteilt ist, die die Menschen zu dem macht, was sie für immer sein werden. Die Mönche nannten das ›Epiphanie‹ oder ›die Begegnung mit Christus‹. Für José Nemesio Astorga, alias der Chino, wurde die Linie an dem Nachmittag überschritten, an dem er Evita kennenlernte.

Er erinnerte sich ganz genau an den Tag und die Stunde. Am Sonntag, dem 5. September 1948, um zwölf Uhr zehn, hatte ihm der Besitzer des Rialto aufgetragen, sich in der Residenz in der Calle Austria einzufinden, um einige Filme zu projizieren: »Es gibt dort ein Kleinstkino mit neuen Luxusapparaten.« Die Filminnungen streikten, und die Kinos waren schon seit drei Tagen geschlossen, doch der Chino Astorga konnte sich nicht weigern zu arbeiten. Sieben Tage in der Woche mußte er sich dem Willen des Besitzers fügen. Das war der Preis für die beiden Zimmer mit den welligen Tapeten, wo er, zuhinterst im Kino, mit seiner Frau Lidia und seiner anderthalb Jahre alten Tochter hauste.

Um drei Uhr holte ihn ein Regierungswagen ab. Eine Viertelstunde später wurde er vor dem Palast in der Calle Austria abgesetzt und in den engen Projektionsraum des Minikinos geführt, wo schon zwei hohe Stapel Filmrollen aufragten. Die Luft war stickig, und der süße Zelluloidgeruch schleppte sich über die Teppiche wie ein alter Diener. Acht Rollen gehörten zu einem Film, dessen Titel Astorga nichts sagte; drei waren Ausgaben von ›Diese Woche in Argentinien‹. Durch das Guckloch betrachtete er den leeren Raum mit seinen zwanzig Plätzen. José Nemesio Astorga war ein methodischer Mann, der auf die Weisheit der Zahlen baute.

Ein Butler bedeutete ihm, die Lichter zu löschen und mit der Projektion zu beginnen, ohne auf jemanden zu warten. Zwischen dem Stottern der Titel sah er einen Schatten hindurchgleiten, der seitlich im Raum neben dem Ausgang Platz nahm. Der unbekannte Film hieß *Die Verschwenderin*, seine Stars waren Juan José Míguez und Eva Duarte.

Zwischen der Film-Evita und derjenigen, die alle kannten, lagen Welten. Die Film-Evita war eine zeremoniöse Matrone mit dunklem Haar und durchdringenden schwarzen Augen, die immer Trauerkleidung mit langen bestickten Mantillen trug. An den Grenzen dessen, was die Matrone ›mein Gutshof‹ nannte, war ein Staudamm im Bau. Ein nicht endender Strom von Bauern verneigte sich, wenn sie vorbeiging, küßte ihre Ringe und nannte sie ›Mütterchen der Armen‹. Die Frau belohnte solche Verehrung mit Juwelen, wollenen Bettdecken, Spindeln, ein paar Stück Vieh. Mit heiserer Stimme deklamierte sie verstiegene Sätze wie: »Gebt mir einen Pfeil, und ich werde ihn ins Herz des Universums bohren«, oder: »Verzeiht den Erzbischöfen, mein Herr und Gott, denn sie wissen nicht, was sie tun.« Sowohl vom Thema wie von der Sprache her war *Die Verschwenderin* ein Streifen, der aus einem andern Jahrhundert stammte, aus einer Zeit vor der Erfindung des Films.

Während der Projektion rührte sich der Schatten nicht von seinem Stuhl. Astorga beobachtete ihn durchs Guckloch, konnte aber seine Züge nicht erkennen. Manchmal hörte er ihn husten oder den Zusammenbruch der Protagonistin mit Seufzen und Klagen begleiten. Auf der Leinwand erschien die verschwommene Szene eines Selbstmords: Die Matrone sagte der Welt mit einem Dolch oder einem Giftfläschchen Lebewohl. Da stieg eine gebrochene Stimme von dem Sitz auf:

»Mach kein Licht, ja? Jetzt die Wochenschauen.«

Er erkannte sie. Das war derselbe rauhe Tonfall wie in den Reden, dieselbe zwischen Vorstadt und Gestelztheit schwankende Ausdrucksweise. Im schonungslosen Licht von ›Diese Woche in Argentinien‹ konnte er sie endlich in einer Wirklichkeit sehen, die sich den Filmen entzog: mit dem wirren, von einem einfachen Stirnband gehaltenen Haar, den unruhigen, schmalen Händen auf dem Rock, dem hageren Oberkörper unter dem Hauskleid, der langen, geraden Nase über den geschwungenen Lippen. Sie war das Bild, zu dem seine Frau jeden Abend vor dem Zubettgehen betete. Da war sie, wenige Schritte entfernt.

Der Chino kannte sämtliche Ausgaben von ›Diese Woche in Argentinien‹ auswendig, aber die, die er jetzt projizierte, hatte er noch nie gesehen. Sie hatte weder Ausgabenummer noch Erscheinungsdatum, und die Aufnahmen waren unregelmäßig geschnitten: Manchmal waren sie sehr lang und gaben vollständige Gespräche wieder, oder sie waren rasche Flashs auf Menschenmengen, Gesichter, Details von Kleidern. In den ersten Abschnitten der Wochenschau stand Evita allein vor einem Schreibtisch, auf dem sie Papiere durcheinanderbrachte und wieder ordnete. Eine riesige Locke fiel ihr in die Stirn. »Genossinnen und Freundinnen«, rezitierte sie. Die Stimme klang schrill und hochtrabend. »Ich komme, um mich vor euch für das Frauenwahlrecht einzusetzen, mit dem Herzen eines Mädchens aus der Provinz, erzogen in der rauhen Tugend der Arbeit ...« Die Worte des Films wiederholend, bewegte die Evita im Kinoraum die Lippen, während ihre Finger mit einer Emphase, die nicht mit dem Drehbuch übereinstimmte, diesem zuvorkamen oder nachhinkten – die Mimik veränderte den Sinn der Worte. Wenn die Leinwand-Evita sagte: »Ich möchte mit meinem Sandkorn zu diesem großen Werk beitragen, das General Perón in die Tat umsetzt«, senkte die Parkett-Evita den Kopf, hielt sich die Hände an die Brust oder streckte sie dem unsichtbaren Publikum mit solcher Beredtheit entgegen, daß der Name Perón vom Weg abkam und nur der Klang des Wortes Evita zu hören war. Es sah aus, als probte sie, die Reden der Vergangenheit nochmals durchgehend, vor dem seltsamen Spiegel der Leinwand diejenigen der Zukunft, so daß man nicht mehr sah, was sie tun konnte, sondern, was sie nie wieder sein würde.

Die Bilder sprangen ungeordnet von einer offiziellen Zeremonie zur andern. Manchmal erschienen in flüchtigen Szenen die Oppositionsabgeordneten und protestierten gegen »diese Frau, die in alles ihre Nase hineinsteckt, ohne daß jemand sie gewählt hat«. Auf ihrem Parkettsitz wischte Evita die Worte mit einer verächtlichen Handbewegung weg. Schließlich sah man sie an einem sonnigen Tag auf der Plaza de Mayo, wo sie vor der Menge mit Papieren fuchtelte und zweifelnd in ein Manuskript schaute, dessen Rhetorik ihr lästig war wie ein Korsett. »Frauen meines Vaterlandes«, sagte sie. »In diesem Augenblick erhalte ich von der Regierung der Nation das Gesetz, welches das Stimmrecht aller argentinischen Frauen sanktioniert.« Die andere Evita wiederholte auf ihrem Platz immer wieder denselben Satz mit einer andern Mimik, wie auf den Theaterproben.

Fast unmittelbar darauf kamen die Bilder von der Europareise. In einem langen Umhang, mit Plateauschuhen und dunkler Brille, deren Spitzen wie bei Joan Crawford in die Höhe gezogen waren, spazierte Evita über den Strand von Rapallo. Sie ging allein unter einem bleiernen Himmel, an dem die Möwen knatterten. Ein Schwarm Leibwächter folgte ihr. Plötzlich zog sich die Kamera zurück und fing ihr fernes Bild von einer Terrasse aus ein, die ein Schriftzug mit dem mutmaßlichen Namen des Hotels beherrschte: *Excelsior.* Sie ließ den Umhang in den Sand gleiten und warf sich ins Meer. Manchmal erschienen zwischen den gekräuselten Wellen ihre Beine. Eine weiße Bademütze verunstaltete ihren Kopf. Am Strand war keine Menschenseele zu sehen, aber der Horizont auf der andern Seite der Dünen strotzte vor Sonnenschirmen.

Wie allein sie ist, dachte der Chino. Was nützt ihr alles, was sie hat.

Die darauffolgende Wochenschau wiederholte die Bilder, die während ihrer Romreise noch und noch ausgestrahlt worden waren: der majestätische Einzug der Primera Dama auf der Via della Conciliazione in einer von vier weißen Pferden gezogenen Kutsche, die staunenden Augen des Gefolges angesichts der Säulen der Peterskirche und des Caligula-Obelisken auf dem Hauptplatz des Vatikans, der Empfang der päpstlichen Höflinge im Cortile S. Damaso, der Gang zum Museo Pio Clementino zwischen lanzentragenden Wachen in Wämsern, während ein greiser Adeliger in schwarzem Beinkleid und mit Augenklappe beiläufig auf die Raffael-Wandteppiche, den Bacchus-Sarkophag, den Marmorzoo hinwies. Evita, in eine Mantille gehüllt, lächelte und verstand kein Wort. Vor einer sehr hohen, geschnitzten Holztür blieb der Zug stehen. Hinter den Menschen sah man verschwommen die Geometrie einer Gartenanlage mit Brunnen. Plötzlich verstummten alle. Unter einem dunklen Bogen erschien Pius XII. und streckte ihr die Hand entgegen. Evita kniete nieder und küßte den Höcker des Rings, den die Kamera kühn in den Vordergrund holte. Mit dieser Aufnahme pflegten alle Wochenschauen zu enden.

Diesmal trat der Zug in die päpstliche Bibliothek ein und verweilte vor koptischen Handschriften, Stundenbüchern, Gutenberg-Bibeln. Die Primera Dama schritt mit gesenktem Kopf einher und machte, anders als bei sämtlichen andern Stationen ihrer Europatournee, den Mund nicht auf. Mitten in der Bibliothek erhob sich ein Tisch mit Schachbrettäfelung und zwei geraden Stühlen. Auf eine Handbewegung des Papstes hin nahmen beide Platz – sie schüchtern, die Knie dicht beisammen, ohne sich anzulehnen.

»*Parla, figlia mia. Ti ascolto*«, sagte Pius XII.

Wie in ihren Hörspielen rezitierte Evita:

»Ich komme in Demut von der andern Seite des Meeres,

Heiliger Vater. Erlaubt mir, Euch zu sagen, welches die Grundlagen der christlichen Gesellschaft sind, die General Perón durch Eingebung unseres Erlösers und göttlichen Meisters in Argentinien zu errichten im Begriffe ist.«

»Unser Herr wird dieses Werk segnen«, erwiderte Pius XII. auf spanisch. »Alle Tage bete ich für mein so geliebtes Argentinien.«

»Ich danke Ihnen von Herzen dafür«, sagte Evita. »Ein Gebet des Heiligen Vaters steigt schneller zum Himmel empor.«

»Nein, mein Kind«, erklärte Pius XII. mit herablassendem Lächeln. »Der Herr erhört die Bittgebete aller Menschen mit derselben Aufmerksamkeit.«

Neben den Bibliothekstüren hielten die Schweizergardisten noch immer die Hellebarden hoch. Eine herausgeputzte Zunft von Kardinälen, Botschaftern, Nonnen des päpstlichen Hofstaats und Ehrendamen wartete bei den Bücherregalen hinter den bis zu den Manschetten ordenbedeckten Adeligen mit den Halskrausen und kurzen Beinkleidern. In einer Stille, die die Kamera sichtbar machte, hob der Papst den kleinen Finger; im unbarmherzigen Scheinwerferlicht zeichnete er sich spitz wie eine Viperzunge ab. Offenbar handelte es sich um ein Zeichen. Vom andern Ende der Bibliothek trotteten zwei Nonnen mit einer von Geschenken überquellenden goldenen Truhe herbei. Ein Kardinal verkündete laut:

»Seine Heiligkeit spendet der Primera Dama von Argentinien einen Rosenkranz aus Jerusalem mit Reliquien des heiligen Kreuzzuges ...« (Pius XII. zeigte den Anwesenden eines der Kästchen, das die Nonnen schon aus der Hülle gezogen hatten, während Evita die Hände ausstreckte und einen linkischen Knicks probierte.) »Auch möchte Seine Heiligkeit die Señora mit der Medaglia d'Oro des Pontifikats auszeichnen ...« (Evita senkte den Kopf, vielleicht in der Annahme, der Papst werde ihr irgendein Band umhängen, doch der deutete vor der Botschafter- und Kardinalsdelegation auf eine Münze mit seinem eigenen Bildnis und ließ sie unfreundlich in die Hände der Besucherin gleiten, die stammelte: »Ich danke Ihnen im Namen meines Volkes dafür.« Ihre Worte verloren sich, denn eine der Nonnen zog aus der Tiefe der Truhe ein Gemälde und reichte es dem Papst, der es listig vor den Anwesenden ausbreitete.) »Das« (fuhr der als Zeremonienmeister fungierende Kardinal fort) »ist eine fast perfekte Reproduktion des Werks ›Il matrimonio degli Arnolfini‹ von Jan van Eyck, 1434 auf Holz gemalt. Die Kopie, in Öl auf Leinwand ausgeführt von Pietro Gucci, stammt aus dem Jahr 1548 und gehört der vatikanischen Schatzkammer. Ich meine, gehörte, denn sie wird der argentinischen Regierung geschenkt werden ...« (Die Ehrendamen applaudierten und verstießen damit vielleicht gegen das Protokoll; Evita hielt die Augen noch immer gesenkt.) »Die Ehegatten auf dem Gemälde sind Giovanni di Arrigo Arnolfini und Giovanna Cenami, Krämertochter aus Lucca. Um sie herum sieht man die zu einer Hochzeit gehörenden Gegenstände: eine Kerze, Holzschuhe, einen Hund.«

Ohne sich von ihrem Stuhl zu rühren, mit übereinandergeschlagenen Beinen, betrachtete Evita hypnotisiert die Szene. Pius XII. hatte sich aufgerichtet und sagte, der Film-Evita das Gemälde übergebend: »Dieses Bild, mein Kind, ist das vollkommene Abbild ehelichen Glücks. Der junge Arnolfini strahlt Seelenstärke und Schutz aus, wie alle guten Ehegatten. Trotz ihrer Lebensfülle wirkt Giovanna etwas verwirrt, als gehe sie mit einer bestimmten Idee schwanger ...« Die Parkett-Evita streifte einen der Schuhe ab und löste das Haarband. Sie schien peinlich berührt, sich selbst entfernt, als hätte sie einen Tag ihres Lebens verloren. Unterdessen sagte die Film-Evita deutlich: »Daß sie schwanger ist, sieht man, Heiliger Vater – etwa im siebten Monat.« Um den Mund Pius' XII. huschte ein hämisches Lächeln. Der argentinische Botschafter strich sich über die pomadisierte Glatze. Zwei Kardinäle husteten unisono.

»Die Ehe war noch nicht vollzogen, mein Kind«, korrigierte sie der Papst in väterlichem Ton. »Als van Eyck sie malte, war Giovanna noch Jungfrau. Was dich verwirrt, ist der hohe Gürtel, der ihren Bauch vergrößert, wie es die Junfernmode in jener Zeit vorschrieb. Doch der Herr segnete die Arnolfinis mit zahlreichen Nachkommen. Von ganzem Herzen wünsche ich, er möge auch dich segnen.«

»Ich hoffe es, Heiliger Vater«, antwortete Evita.

»Du bist noch jung. Du kannst so viele Kinder haben, wie du willst.«

»Ich wollte, aber sie sind nicht gekommen. Ich habe viele andere, Tausende. Sie nennen mich Mutter und ich sie meine geliebten armen Schlucker.«

»Das sind Kinder der Politik«, sagte der Papst. »Ich spreche von den Kindern, die der Herr schickt. Wenn du sie willst, mußt du sie in Liebe und im Gebet suchen.«

In der Einsamkeit des Kinoraums begann Evita zu weinen. Vielleicht war es gar kein Weinen, sondern nur das Aufblitzen einer Träne, aber der Chino, vollkommen vertraut mit sämtlichen Zeichen, die von Rücken und Nacken der Zuschauer ausgingen, erkannte Evitas Traurigkeit an einem leichten Schulterzittern und an den Fingern, die verstohlen die Augen suchten. Inzwischen hatte sich die Kamera langsam durch die Loggien Raffaels und die Appartamenti Borgia bewegt, aber Evita war schon gegangen und hatte nur die Schwere ihres in Tüll gekleideten Körpers zurückgelassen – sie war weder auf der Leinwand noch im Kino, sondern hatte sich in sich selbst zurückgezogen.

Der Chino sah sie zu einer Ecke des Parketts gehen und hörte sie telefonieren. Ihre Anweisungen vermischten sich mit der Stimme des Sprechers, so daß er nur wenige Worte verstehen konnte:

»... diese Schlafgemächer gehörten zu den Wohnungen, in denen Julius II. von 1507 an lebte ... Wenn du die Negative hast, verbrenne sie, Negro ... das Deckengemälde, das die Herrlichkeit der Heiligen Dreifaltigkeit darstellt, wurde von Perugino ausgeführt ... Was verbrannt ist, das gibt es nicht, Negro, was weder geschrieben noch gefilmt wird, vergißt man ... die Decke der Kapelle ist in neun Felder unterteilt, die Michelangelo mit Pfeilern, Karniesen, Säulen voneinander trennte ... Es darf nicht der Schimmer von einem Bild übrigbleiben, hast du verstanden? ... das achte Feld stellt die Sintflut dar, in der Ferne kann man die Arche Noah sehen, Sie brauchen Ihrem Kopf keine Gewalt anzutun, alles ist in den Spiegeln zu erkennen ... Mach du dir keine Sorgen, niemand wird etwas erzählen, wenn jemand redet, bekommt er's mit mir zu tun ... im neunten Feld Noahs Trunkenheit ... Verbrenne sie, und damit basta.«

Im Kinoraum ging das Licht an, bevor der Chino feststellen konnte, wo sie war. Auf einmal sah er sie, wie sie neben der Tür zum Projektionsraum stand und ihn neugierig betrachtete.

»Bist du Peronist? Ich sehe das Peronistische Abzeichen nicht auf deinem Revers«, sagte sie. »Am Ende bist du gar nicht Peronist.«

»Was sollte ich denn sonst sein, Señora?« antwortete der Chino verwirrt. »Ich trage das Abzeichen immer. Ich trage es immer.«

»Besser so. Man muß mit allen aufräumen, die nicht Peronisten sind.«

»Es war nicht Absicht, Señora. Ich schwör's Ihnen. Ich bin gedankenlos von zu Hause weggegangen. Glauben Sie mir, ich trage es immer, Señora.«

»Nenn mich nicht Señora. Sag Evita zu mir. Wo wohnst du?«

»Ich bin Filmvorführer im Kino Rialto in Palermo. Dort wohne ich auch, in zwei Zimmern hinter der Bühne.«

»Ich werde dir eine bessere Wohnung besorgen. Schau in den nächsten Tagen mal in der Stiftung vorbei.«

»Ich komme, Señora, aber wer weiß, ob man mich hineinläßt.«

»Sag, Evita habe dich rufen lassen. Du wirst schon sehen, wie schnell man dich reinläßt.«

In dieser Nacht schlief er nicht, da er sich überlegte, wie eine von Evitas Wunsch und Macht geschaffene Wohnung wohl sein würde. Er diskutierte bis zum frühen Morgen mit seiner Frau Lidia darüber, was sie sagen müßten, wenn man ihnen die Eigentumsurkunde übergäbe, und schließlich waren sie sich einig, daß sie am besten kein einziges Wort sagten.

Gegen elf Uhr vormittags versuchte José Nemesio Astorga zu den Büros der Stiftung vorzudringen, um sich zu holen, was Evita ihm versprochen hatte. Er kam nicht einmal in ihre Nähe. Die Schlange der Bittsteller führte zweimal um den ganzen Häuserblock herum. Einige freiwillige Peronistinnen machten den Leuten mit Propagandaschriften das Warten erträglicher, und manchmal stellten sie Klappstühle vor die Mütter hin, die ihre blühenden Brüste entblößten und Kindern, welche sich schon auf den Beinen halten konnten, zu trinken gaben. »Evita ist nicht gekommen, Evita ist nicht da«, verkündeten die Freiwilligen in ihren steifen Uniformen und Krankenschwesternhauben.

Der Chino trat zu einer von ihnen und teilte ihr mit, die Señora persönlich habe ihn herbestellt. »Was ich allerdings nicht weiß, ist der Tag und die Stunde«, erklärte er, ohne danach gefragt worden zu sein.

»Dann wirst du dich anstellen müssen wie alle andern auch«, sagte die Frau. »Da gibt es welche, die sind seit ein Uhr früh hier. Außerdem weiß man nie, ob die Señora kommt oder nicht.«

In der folgenden Nacht stellte sich Astorga pünktlich um eins ein, nachdem er Lidia und Yolanda, die Kleine, zu den Schwiegereltern nach Banfield begleitet hatte. »Etwa um drei Uhr nachmittags bin ich zurück. Wartet im Kino auf mich.«

»Bis dahin wirst du bestimmt schon gute Nachrichten haben«, vermutete Lidia.

»Ja, hoffentlich«, sagte er.

Vor den Toren der Stiftung stellte er fest, daß ihm zweiundzwanzig Personen zuvorgekommen waren. In den menschenleeren Straßen streckten sich die Nebelschafe, und man hörte sie in den Knochen blöken. Die Leute husteten und klagten über Rheumaschmerzen. Es war reiner Sarkasmus, daß sich diese Stadt Buenos Aires, gute Lüfte, nannte.

Der Chino hatte herausgefunden, daß Evita nie vor zehn Uhr vormittags kam (wenn sie kam). Zwischen acht und neun frühstückte sie in ihrer Residenz Toast mit Kaffee, telefonierte mit Ministern und Gouverneuren, und auf dem Weg zur Stiftung machte sie einen kurzen Halt im Regierungsgebäude, um sich eine Viertelstunde mit ihrem Mann zu unterhalten. Sie sahen sich nur zu diesem Zeitpunkt, denn sie kam nicht vor elf Uhr abends von der Arbeit zurück, und dann schlief er bereits. Evita gewährte sehr lange Audienzen, in denen sie die Bittsteller nach ihrem Leben und ihren Taten befragte, ihre Gebisse untersuchte und sich damit vergnügte, die Fotos der Kinder zu kommentieren. Für jede Audienz brauchte sie mindestens zwanzig Minuten; bei diesem Tempo, rechnete der Chino aus, würde es siebeneinhalb Stunden dauern, bis er an die Reihe käme.

Kurz vor Tagesanbruch wurde das Geschrei der Babys unerträglich. In Abständen wurden Kerosinöfchen angezündet, auf denen die Leute Milch für die Babyflaschen und Wasser für den Mate wärmten. Der Chino fragte die hinter ihm wartenden Familien, ob sie schon vorher bei solchen Nachtwachen dabeigewesen seien.

»Das ist das dritte Mal, daß wir kommen, und Evita haben wir noch immer nicht sehen können«, sagte ein junger Mann mit hängendem Schnurrbart, der beim Sprechen mit dem Zeigefinger ein zu großes künstliches Gebiß vor dem Herausfallen bewahrte. »Wir sind über zehn Stunden mit dem Zug von San Francisco hierhergefahren. Um Mitternacht waren wir da und bekamen die Nummer zwölf, aber gerade als die Zehn an die Reihe kam, rief der General dringend die Señora, und man bestellte uns für den nächsten Tag wieder her. Wir haben auf der Straße geschlafen und sind etwa um drei Uhr früh erwacht. Diesmal bekamen wir die

Nummer hundertvier. Bei Evita weiß man nie. Sie ist wie Gott. Sie kommt, oder sie verschwindet.«

»Mir hat sie eine Wohnung versprochen«, sagte der Chino. »Weshalb sind Sie da?«

Ein abgemagertes junges Mädchen mit Vogelbeinen versteckte sich hinter dem Mann mit dem Schnurrbart und hielt sich den Mund zu. Auch sie hatte keine Zähne.

»Wir möchten ein Brautkleid«, antwortete der Mann, bevor sie etwas sagen konnte. »Die Schlafzimmereinrichtung haben wir schon gekauft, und ich besitze den Anzug, mit dem man meinen Papa beerdigen wollte. Aber wenn sie kein Brautkleid bekommt, wird uns der Priester auf keinen Fall vermählen wollen.«

Der Chino hätte ihnen gern Hoffnung gemacht, aber er wußte nicht, wie.

»Heute ist unser Tag«, sagte er. »Heute werden wir alle vorgelassen.«

»Ihr Wort in Gottes Ohr«, mümmelte das junge Mädchen.

Obwohl die Schlange schon um die Ecke bog und die letzten Köpfe sich im Dunkeln verloren, hielt sich die Menge an die Reihenfolge ihres Unglücks. Der Chino hörte von so unerträglichen Leiden erzählen, daß keine menschliche Macht, nicht einmal diejenige Evitas, die Glut ihrer Wünsche würde lindern können. Es war die Rede von rachitischen Söhnen, die in neben Abfallhaufen ausgehobenen Gräben dahinsiechten, von Händen, die in Eisenbahnweichen geraten und abgetrennt worden waren, von rasenden Verrückten, die in Schweineställen aus Wellblech in Ketten lebten, von Nieren, die nicht filterten, von durchlöcherten Geschwüren im Zwölffingerdarm und von Eingeweidebrüchen, bei denen etwas aufzuplatzen drohte. Und wenn all diese Schmerzen nie ein Ende hätten? dachte Astorga. Wenn das Ende dieser Schmerzen länger auf sich warten ließe als das Ende Evitas? Wenn Evita am Ende doch nicht Gott war, wie alle glaubten?

Der anbrechende Morgen verwirrte ihn, denn seine Lichter waren genau wie die der Nacht – feucht und aschgrau. Freiwillige Peronistinnen servierten Kaffee mit Milchbrötchen, aber der Chino konnte nicht essen. Die Liste menschlichen Elends hatte ihm die Kehle zugeschnürt. Er ließ zu, daß seine Fantasie durch ein Niemandsland schweifte, und während der folgenden Stunden spürte er auch die Wirklichkeit nicht, denn er hatte Angst, ihr ins Auge zu blicken.

Auf einmal begann sich die Schlange zu bewegen. Die Tore der Stiftung öffneten sich, und die Besucher stiegen blankpolierte Holztreppen hinauf, von denen Standarten mit dem Peronistischen Abzeichen hingen. Eng an die Geländer geschmiegt, kamen und gingen im Obergeschoß Schreiber mit Hochglanzhaaren und freiwillige Frauen mit Bleistiften hinter den Ohren. Die Schlange kroch inmitten von Samtvorhängen hinauf und gelangte in einen riesigen, von Lüstern mit Kristalltropfen erleuchteten Saal. Es sah aus wie in einer Kirche. Zur Mitte hin gab es einen schmalen Gang, gesäumt von Holzbänken, auf denen Familien warteten, die nicht Schlange gestanden hatten wie die andern. Die Luft stank nach Exkrementen von Neugeborenen, ungewaschenen Windeln und dem Erbrochenen von Kranken. Der Geruch war hartnäckig wie die Feuchtigkeit und blieb noch tagelang in der Erinnerung hängen.

Zuhinterst, an der Stirnseite eines langen Tischs, streichelte Evita höchstpersönlich die Hände eines Bauernpaars, näherte das Ohr ihren zitternden Stimmen und warf manchmal den Kopf zurück, als suche sie nach den unvergeßlichen Worten, derentwegen diese einfachen Leute gekommen waren. Sie hatte die Haare aufgesteckt und trug ein kariertes Kostüm wie auf den Fotos. Manchmal streifte sie verdrießlich einen Ring oder eines ihrer schweren Goldarmbänder ab und legte sie auf den Tisch.

Wie selbstverständlich ereigneten sich Geschichten, die sonst nirgends möglich gewesen wären. Zwei strohblonde Männer waren auf die Bänke gestiegen und hielten Reden in einer Sprache, die niemand verstehen konnte. Halb hinter den Vorhängen präsentierten Familien Altaraufsätze aus lebenden Bienen, die ihre Stöcke in einem Garten aus Tüll bauten; die Familien hofften, Evita würde ihr Geschenk annehmen, ehe die Bienen ihr Werk vollendet hätten. In den Vorzimmern warteten Kinder, die die letzte Poliomyelitisepidemie überlebt hatten, darauf, in den von der Stiftung geschenkten Rollstühlen vorüberzuflitzen. Angesichts dieses Lindwurms von Unglück dankte Astorga Gott für sein einfaches Leben, das durch kein Unglück getrübt worden war.

Ein Zwischenfall unterbrach die vormittägliche Zeremonie. Nach dem Bauernpaar hatte sich Evita drei Akrobatendrillingen zugewandt, die die noch unmündigen Kontorsionistinnen desselben Zirkus heiraten wollten und für die verfrühte Eheschließung eine Sondergenehmigung benötigten. Nachdem Evita sie entlassen hatte, meldete eine stämmige Matrone mit wilden Haarsträhnen lauthals, ein Angestellter der Stiftung habe ihr die Wohnung weggenommen.

»Stimmt das?« fragte die Primera Dama.

»Ich schwöre es Ihnen bei der Seele meines Mannes.«

»Wer war es?«

Man hörte einen Namen stammeln. Die Señora richtete sich auf und legte die Hände auf den Tisch. Der ganze Saal hielt den Atem an.

»Krummbein Ansalde soll kommen«, befahl sie. »Ich will ihn auf der Stelle hierhaben.«

Sogleich gingen die Türen hinter der Señora auf und gaben den Blick auf ein Lager frei, in dem sich Fahrräder, Kühlschränke und Brautkleider stapelten. Zwischen den Kisten hindurch näherte sich ein hagerer, linkischer Mensch, dessen Stirnadern so geschwollen waren, daß sie wie eine Farbtafel des Kreislaufsystems aussahen. Er war so blaß, wie wenn er aufs Schafott geführt würde. Seine Beine öffneten sich in einem vollkommenen Oval.

»Du hast dieser armen Frau die Wohnung weggenommen«, behauptete Evita.

»Nein, Señora«, sagte das Krummbein. »Ich gab ihr eine kleinere Wohnung. Sie war allein und wohnte in drei Zimmern. Ich habe fünf Kinder, die im Wohnzimmer auf einem Haufen schliefen. Ich bezahlte ihr den Umzug und stellte die Möbel an ihren Platz. Dummerweise habe ich ihr einen Korbstuhl kaputtgemacht, aber noch am selben Tag habe ich einen neuen gekauft.«

»Dazu hattest du kein Recht«, sagte Evita. »Du hast niemand um Erlaubnis gefragt.«

»Verzeihen Sie mir bitte, Señora.«

»Wer hat dir die Wohnung gegeben, die du hattest?«

»Sie, Señora.«

»Ich habe sie dir gegeben, jetzt nehme ich sie dir wieder. Du gibst sie auf der Stelle der Genossin zurück und stellst alles so hin, wie es war.«

»Und wohin soll ich gehen, Señora?« Das Krummbein wandte den Blick beistandsuchend der Menge zu. Niemand machte den Mund auf.

»Du gehst zur Hölle, die du gar nie hättest verlassen sollen«, sagte sie. »Der nächste.«

Die Matrone kniete nieder, um Evita die Hände zu küssen, doch diese entzog sie ihr ungeduldig. Das Krummbein Ansalde blieb neben der Tür zum Lager stehen und wollte nicht gehen. Die Tränenschmetterlinge schauten ihm aus dem Gesicht, doch Scham und Unsicherheit ließen sie nicht hinaus.

»Eines meiner Kinder hat Bronchitis«, sagte er flehend. »Wie soll ich das aus dem Bett jagen?«

»Schluß jetzt«, sagte Evita. »Du wußtest, worauf du dich einläßt. Jetzt wirst du auch wissen, wie du da wieder rauskommst.«

Die Heftigkeit dieser Empörung brachte den Chino aus der Fassung. Man munkelte zwar von den üblen Launen der Primera Dama, aber die Wochenschauen boten nur Bilder der Güte und Mütterlichkeit. Nun wurde ihm klar, daß sie auch grausam sein konnte. Beidseits ihrer Nase bildeten sich zwei tiefe Falten, und in solchen Augenblicken konnte niemand ihrem Blick standhalten.

Jetzt tat es ihm leid, daß er hier war. Je weiter die Schlange vorankam, desto mehr Angst hatte er, seinen Wunsch vorzubringen. In der Tragödienkaterstimmung all dieser Leute würde er wie eine Beleidigung wirken. Was konnte er ihr schon sagen? Daß er ihr am Sonntag in ihrer Residenz ein paar Filme vorgeführt hatte? Das war lächerlich. Und wenn er alles vergaß und wieder nach Hause ging? Er kam nicht zum Weiterdenken. Ein Freiwilliger hieß ihn vortreten. Evita lächelte ihm zu und nahm seine Hände.

»Astorga«, sagte sie unerwartet sanft, während sie den Namen von einem Zettel ablas. »José Nemesio Astorga. Was brauchst du?«

»Erinnern Sie sich nicht an mich?«

Evita hatte keine Zeit zu antworten. Zwei Krankenschwestern stürzten in den Saal und schrien:

»Kommen Sie, Señora! Kommen Sie mit! Ein schreckliches Unglück ist geschehen!«

»Ein Unglück?« wiederholte Evita.

»Ein Zug ist beim Einfahren in den Constitución-Bahnhof entgleist. Die Wagen sind umgestürzt, Señora, sie sind umgestürzt.« Die Schwestern schluchzten. »Man ist dabei, die Leichen zu bergen. Eine Tragödie.«

Plötzlich hatte Evita jedes Interesse an Astorga verloren. Sie ließ seine Hände los und stand auf.

»Los, gehen wir schnell«, sagte sie. Sie wandte sich zu den Freiwilligen um und befahl: »Notiert euch, was diese Genossen brauchen. Bestellt sie für morgen wieder her. Ich werde sie zeitig empfangen. Jetzt weiß ich nicht, ob ich zurückkomme. Wie kann ich bei einer solchen Tragödie zurückkommen.«

Alles geschah wie im Traum. Ohne zu wissen, warum, achtete der Chino auf das Labyrinth blauer Äderchen, die unter Evitas Kehle zitterten. Der Saal füllte sich mit Stimmen, die sich wie die Überreste eines Schiffbruchs ausnahmen. Im Getöse des Durcheinanders lag der Gestank der schmutzigen Windeln weiter schwer im Raum.

Evita verschwand in einem Aufzug, während der Chino plötzlich von der wild fliehenden Menge zu den Treppen mitgerissen wurde. Neben einer der Türen schluchzte die zahnlose Braut, die sich mit aller Kraft an ihren Bräutigam klammerte. Der Nachmittag neigte sich. Die Stadt war von einer klebrigen Sonne befleckt, aber die Leute schauten zum Himmel empor und spannten die Schirme auf, als schützten sie sich vor andern Sonnen, die gleich herunterfallen würden.

Der Chino nahm in Lacroze die Untergrundbahn, stieg in der Nähe des Parque del Centenario aus und ging durch die Straßen von Palermo Antiguo, zwischen den fleischigen Schatten der Paradies- und Gummibäume, die sich höflich vor den kühlen Hausfluren verneigten. Er verweilte dabei, neugierig in die fauligen Gänge der Mietskasernen zu spähen, und bog dann in die Calle Lavalleja ein, Richtung Kino Rialto. Sein Vater hatte ihm erzählt, vor dem Tod würden sämtliche Erinnerungen und Gefühle des Lebens mit derselben Eindringlichkeit wie beim ersten Mal zu den Menschen zurückkommen, doch jetzt entdeckte er, daß man nicht zu sterben brauchte, damit dies geschah. Mit der Klarheit einer langen Gegenwart stellte sich die Vergangenheit wieder ein: die Bußsonntage im Waisenhaus, die Zelluloidfilmstreifen, mit denen er neben den Kinoeingängen gespielt hatte, Lidias erster Kuß, die Bootsfahrten auf dem Rosedal-See, der ›Seelenwalzer‹, den er am Hochzeitsabend getanzt hatte, Yolandas Moosgesichtchen, das sich zum ersten Mal in die bange Brust der Mutter vergraben hatte. Er spürte, daß sein Leben nicht ihm gehörte und daß er, sollte es doch einmal ihm gehören, nicht wüßte, was damit anfangen.

Aus der Ferne sah er undeutlich ein Gedränge von Anwohnern vor den geschlossenen Rialto-Türen. Die Mechaniker der Autowerkstatt Freies Armenien, die sonst nicht einmal beim Krachen eines Unfalls aus ihren öligen Löchern kletterten, liefen zwischen den Matronen, welche in Pantoffeln und gestrickten Schultertüchern auf die Straße heruntergekommen waren, mit hochgekrempelten Overallärmeln hin und her. Selbst der Kinobesitzer war dort und redete weitschweifig gestikulierend auf eine Abordnung Polizisten ein.

Astorga hörte seine Tochter Yolanda weinen, aber er hatte den Eindruck, die Dinge ereigneten sich an einem andern Ende der Wirklichkeit und er sehe sie nur von fern und unbeteiligt. Wenn ihm noch nie etwas geschehen war, konnte ihm auch nie mehr etwas geschehen, dachte er.

Er rannte zum Kino, ohne zu spüren, wie sich seine Beine bewegten. In der Nachmittagsunruhe erkannte er Yolanda, das Kleid zerrissen und das Gesichtchen in einem Ausdruck der Verwunderung erstarrt, den sie nie wieder verlieren sollte. Eine Anwohnerin hielt sie in den Armen und wiegte sie. Auf einmal traten die erschreckenden Bilder in sein Bewußtsein, wie Lidia und die Kleine im Zug von Banfield zurückfuhren und die Wagen im Constitución-Bahnhof entgleisten. Er spürte, daß sich die Luft verfärbte, und brach unter der Last der Vorahnungen zusammen. Der Kinobesitzer eilte ihm entgegen.

»Wo ist Lidia?« fragte der Chino. »Ist etwas passiert?«

»Lidia war im hintersten Wagen. Sie hat sich an der Fensterscheibe das Genick gebrochen, aber der Kleinen ist nichts geschehen, hast du gesehen? Die Kleine ist völlig in Ordnung. Ich habe mit einem der Ärzte gesprochen. Er sagt, deine Frau hat keine Zeit mehr gehabt zu leiden. Alles ging sehr schnell.«

»Man hat sie ins Argerich gebracht«, mischte sich eine der Anwohnerinnen ein. »Deine Schwiegereltern sind dort, Chino, und warten auf die Autopsie. Offenbar hat Lidia in Banfield fast den Zug verpaßt. Sie mußte rennen, um ihn noch zu erwischen. Hätte sie ihn verpaßt, wäre nichts geschehen. Aber sie hat ihn nicht verpaßt.«

Er hatte Mühe, Lidia, deren Kopf in einem Verbandskokon steckte, als wäre sie eine Seidenraupe, im Krankenbett zu erkennen. Der Aufprall hatte sie innen verletzt, und ihr Gesicht sah aus wie immer, aber die gelben Züge hatten Vogelformen, gebogen, fliehend. Sie war es, und sie hatte für immer aufgehört, sie zu sein – ein fremdes Geschöpf von anderswo, in das er sich nie verliebt hätte.

An der Geschäftigkeit der Krankenschwestern und der lärmenden Wichtigtuerei der Polizisten merkte er, daß sich Evita noch immer im Krankenhaus befand, um die Verwundeten aufzusuchen und die Angehörigen der Toten zu trösten. Als sie in Lidias Raum trat, weinte der Chino, das Gesicht in den Händen, und sah sie erst, als sie ihm die Hand auf die Schulter legte. Ihre Blicke begegneten sich, und einen Moment hatte er den Eindruck, sie erkenne ihn, doch Evita lächelte ihm mit demselben mitfühlenden Ausdruck zu, der seit Beginn des Nachmittags auf ihrem Gesicht haftete. Eine der Schwestern reichte ihr Lidias Todesbescheinigung. Die Señora warf einen Blick darauf und sagte:

»Astorga. José Nemesio Astorga. Ich sehe, du bist Peronist und trägst das Abzeichen auf dem Revers. So ist's recht, Astorga. Du brauchst dir keine Sorgen zu machen. Der General und Evita werden die Ausbildung deiner Kleinen bezahlen. Der General und Evita werden dir eine Wohnung schenken. Wenn du diesen Kummer überstanden hast, komm mal in der Stiftung vorbei. Erklär, was dir passiert ist, und sag, Evita habe dich rufen lassen.«

Genau in diesem Augenblick verspürte der Chino in seinem geheimsten Innern die Vibration, von der die Mönche seiner Schule gesprochen hatten: die Epiphanie, die scharfe Linie, die das Leben in ein Vor- und ein Nachher teilte. Er spürte, daß die Dinge allmählich das wurden, was sie von nun an sein würden, doch nichts von alledem konnte die Vergangenheit wiederherstellen. Nichts brachte die Vergangenheit an den Punkt, wo die Geschichte wieder beginnen konnte.

10 »*Eine Rolle im Film*«

Ende 1989 stürzte ich mich in die Suche nach dem Chino Astorga, ohne zu wissen, ob ich ihn lebend oder tot antreffen würde. Nach vierzig Jahren hatte das Kino Rialto als einziges die verheerenden Auswirkungen der Videospiele überlebt und die Tradition der durchgehenden Vorstellungen beibehalten. Aber ein bedrohliches Plakat an der Fassade verkündete auch seinen Abbruch. Ich erkundigte mich bei der Filmindustriegewerkschaft nach Astorga und erfuhr, daß die Eintragungen der fünfziger Jahre verlorengegangen waren und kein Filmvorführer sich mehr an seinen Namen erinnerte.

Mit diesem Fehlschlag mochte ich mich nicht abfinden. Ich beschloß, meinen Freund Emilio Kaufman anzurufen, den ich seit Jahrzehnten nicht mehr gesehen hatte. Der hintere Teil seines Hauses grenzte ans Rialto, und sein Gedächtnis war außerordentlich. Ich hatte das Haus ein- oder zweimal besucht, in Begleitung von Irene, Emilios ältester Tochter, in die ich Ende der Sechziger verliebt gewesen war. Kurz danach hatte sie einen andern geheiratet und war wie ich ins Exil gegangen. 1977 erreichte mich aus heiterem Himmel die Nachricht von ihrem Tod und stürzte mich in eine wochenlange Depression. Damals schrieb ich viele Seiten voller Gram, die für Emilio bestimmt waren. Ich habe sie ihm nie geschickt. Ich schämte mich meiner eigenen Gefühle. Die Gefühle sind frei, aber selten getrauen sich die Menschen, von dieser Freiheit Gebrauch zu machen.

Ich traf mich mit Emilio in einem Café in der Calle Corrientes. Er hatte zugenommen und trug einen Federbusch grauer Haare, aber sowie er lächelte, merkte ich, daß die Tiefen seines Wesens ungetrübt waren und keine Vergangenheit uns trennte. Wir sprachen davon, was wir in der folgenden Woche unternehmen wollten, als begänne das Leben noch einmal von vorn. Draußen regnete es und hörte wieder auf, aber in uns drin war das Wetter immer dasselbe. Eine Geschichte brachte uns zu einer andern, und von einer Stadt hüpften wir zur nächsten, bis Emilio auf ein schäbiges Hotel im Pariser Marais zu sprechen kam, ohne zu wissen, daß auch Irene und ich ein paar stürmische Wochen dort verbracht hatten. Dieses kurze Bild genügte, daß ich die Fassung verlor und ihm erzählte, wie sehr ich sie geliebt hatte. Ich sagte ihm, ich träume noch immer von ihr und verspreche ihr in meinen Träumen, nie eine andere Frau zu lieben.

»Du wirst mir doch nicht etwa nekrophil?« sagte er. »Ich habe wegen Irene mehr gelitten als du und bin trotzdem noch am Leben. Na, sag schon, was wolltest du übers Rialto wissen?«

Ich fragte ihn nach Astorga. Erleichtert hörte ich, daß er sich noch haargenau an Lidias Unfall erinnerte. Monatelang, sagte er, habe man in Palermo nur über diese Katastrophe gesprochen, vielleicht, weil auch die Schwiegereltern des Chino kurz darauf gestorben waren, erstickt an den Gasen eines Kohlenbeckens. Er wußte, daß Yolanda, die Tochter, ihre Tage in vollkommenster Einsamkeit hinter der Bühne verbrachte, wo sie Kartontheater zusammenbaute und in einem selbst erfundenen Englisch vor sich hin plauderte, das sie von den im durchscheinenden Licht der Leinwand erblickten Gestalten hatte.

»Zwei- oder dreimal begegnete ich Vater und Tochter am Kinoeingang«, sagte Emilio. »Die Abgeschiedenheit und der Sonnenmangel hatten ihnen alle Farbe genommen. Bald darauf verschwanden sie. Niemand sah sie wieder. Das muß kurz nach Peróns Sturz gewesen sein.«

»Die Leiche war schuld an ihrem Weggang«, sagte ich, der ich die Geschichte kannte.

»Welche Leiche?« fragte Emilio, in der Annahme, die Zeiten seien mir durcheinandergeraten. »Lidia starb '48. Sie gingen sieben oder acht Jahre später.«

»Niemand sah sie wieder«, sagte ich entmutigt.

»Den Chino habe ich wiedergesehen«, korrigierte er

mich. »Eines Sonntags, in San Telmo, hielt ich bei einem Kiosk an, um Zigaretten zu kaufen. Der Alte, der mich bediente, brachte in mir eine verlorene Melodie zum Klingen. ›Chino?‹ fragte ich. ›Wie geht's, Emilio‹, begrüßte er mich ohne Überraschung. Hinter ihm sah ich ein koloriertes Foto von Lidia. ›Wie ich sehe, hast du nicht wieder geheiratet‹, sagte ich. – ›Ich? Wozu? Aber die Kleine hat geheiratet, erinnerst du dich? Sie wohnt bei mir, gleich hier um die Ecke. Sie hat Glück gehabt. Sie hat einen starken, fleißigen Mann gefunden – einen Bessern als mich.‹ Eine Weile sprachen wir weiter, argwöhnisch, als machten uns die Worte angst. Ich glaube nicht, daß wir uns etwas mitteilten. Alles, was wir uns zu geben hatten, war leere Zeit.«

»Wie lange ist das her?« fragte ich.

»Keine Ahnung, schon ein paar Jahre. Ich bin noch einige Male am Kiosk vorbeigegangen, aber immer war er geschlossen. Jetzt ist dort eine Telefon- und Faxfirma.«

»In San Telmo?« fragte ich. »Ich wohne dort.«

»Ich weiß. Der Kiosk stand gegenüber deinem Haus.«

Noch am selben Nachmittag machte ich mich auf die Suche nach dem Chino, und ich glaube, noch nie hatte es mich solche Mühe gekostet, jemanden zu finden, der in meiner unmittelbaren Nähe war. Der Kiosk war im Rhythmus der Inflationen und nationalen Schicksalsschläge von einer Hand zur andern gegangen. Für die Menschen verflüchtigte sich die Vergangenheit schneller, als die Gegenwart kommen konnte. Ich folgte einer Kette unsicherer Spuren. Von einem Lebensmittelladen in Mataderos trieb ich zu einem in Pompeya und von dort zu einem Altersheim in Lanús. Schließlich erinnerte sich jemand an einen Mann mit schrägen Augen in einem Mehrfamilienhaus in der Calle Carlos Calvo – gleich um die Ecke beim Kiosk, wo alles begonnen hatte.

Mehr als einmal habe ich meinen Freunden erzählt, was seit damals geschah, und immer bin ich auf dieselbe Ungläubigkeit gestoßen: nicht weil die Geschichte unglaubwürdig wäre – sie ist es nicht –, sondern weil sie irreal scheint.

Wie ich schon sagte, wußte ich nicht, ob der Chino noch lebte oder tot war. Man hatte ihn im zweiten Stock eines verfallenen Hauses gesehen, dessen rechteckige Galerien auf einen Hof mit geplättelten Wegen führten. Diesen Hof betrat ich an einem Frühlingsmorgen. An den Geländern hingen Handtücher, Bettlaken und andere Intimitäten von etwa zwanzig Familien.

Es mag elf gewesen sein, als ich an seiner Tür klingelte – an der Tür, die vielleicht seine war. Durch die von Kretonnevorhängen verdunkelten Fenster hindurch erriet ich ein paar Plastiksessel. Es öffnete mir eine Frau mit krinolinenbreiten Hüften, Kuhaugen und kupferfarbenem, von einem Helm aus Lockenwicklern gemartertem Haar. Im Hintergrund hörte ich einen Manzi-Tango, heruntergeleiert von Virginia Luque, und klopfendes Gehämmer. Ich sagte ihr, wer ich sei, und fragte nach José Nemesio Astorga.

»Das war mein Papi«, sagte sie. »Er ruhe in Frieden. Letzten Sommer ist sein Geschwür geplatzt. Sie können sich nicht vorstellen, was wir für Weihnachten hatten.«

Ich beruhigte sie mit der Erklärung, ich müsse nur eine Geschichte bestätigt haben und würde sie nicht lange aufhalten. Sie zögerte und ließ mich dann eintreten. Drinnen roch es nach frischgehackten Zwiebeln und Zigarettenüberbleibseln. Ich nahm in einem der Plastiksessel Platz und ertrug klaglos die Grausamkeit der durch die Kippfenster oben an der Tür eindringenden Sonne.

»Sie müssen Yolanda sein«, sagte ich.

»Yolanda Astorga de Ramallo«, bejahte sie. »Mein Mann ist im andern Zimmer und repariert eine Anrichte.« Sie zeigte in die Dunkelheit im Hintergrund. »Hier kommt mir keiner rein, wenn er nicht da ist.«

»Da tun Sie gut daran«, sagte ich, um sie zufriedenzustellen. »In diesen Zeiten muß man mißtrauisch sein. Vielleicht erinnern Sie sich an etwas, was sich im Rialto ereignete, zwischen November und Dezember '55. Sie müssen noch sehr klein gewesen sein…«

»Sehr klein«, unterbrach sie mich und hielt sich den Mund zu, in dem nur noch wenige kurze, braune Zähne überlebten. »Ich habe immer älter ausgesehen, als ich bin.«

»Zwischen November und Dezember«, wiederholte ich, »wurde eine große Kiste ins Rialto gebracht, etwa anderthalb Meter lang, aus poliertem Holz. Sie wurde hinter der Leinwand deponiert. Sprach Ihr Vater mit Ihnen darüber?«

Sie seufzte unerträglich kokett. Dann zündete sie sich eine Zigarette an und machte zwei tiefe Züge. Sie nahm sich Zeit, und mir blieb nichts anderes übrig, als zu warten.

»Natürlich habe ich die Kiste gesehen. Sie wurde an einem Nachmittag gebracht, vor der Vorstellung. An diesem Tag wurden *Unterwegs nach Bali*, *Das Fenster zum Hof* und *Abbott und Costello in der Fremdenlegion* gezeigt. Ich habe ein klasse Gedächtnis für die Rialtoprogramme. Die Männer erinnern sich an die Fußballmannschaften, dafür vergesse ich die Filme nicht, die gezeigt wurden.«

Yolanda schweifte mühelos ab.

»Wie lange blieb die Kiste dort?« fragte ich.

»Zwei, drei Wochen, weniger lang, als ich gewollt hätte. Eines Morgens nach dem Aufstehen sah ich sie. Ich dachte, es wäre ein neuer Tisch und nachher würden sie noch die Böcke bringen. Ich benutzte ihn als erste und machte meine Zeichnungen darauf. Das Holz war sehr weich. Ohne daß ich es merkte, ritzte ich mit meinen Farbstiften Kerben ein. Ich hatte Angst, Papi würde böse, und schloß mich im Zimmer ein. Aber er sah die Kerben nie, er ruhe in Frieden.«

»Hat Ihnen Ihr Vater gesagt, was drin war?«

»Natürlich hat er's mir gesagt. Die Poupée. Von Anfang an wußte ich, was es war. Wir waren dicke Freunde, Papi und ich, wir erzählten uns alles. Als an diesem Abend die Vorstellung zu Ende war, kommt er und schaut nach, ob ich schlafe. Da er merkt, daß ich noch wach bin, setzt er sich neben mein Bett und sagt: Yoli, du rührst mir diese Kiste nicht an. Was ist drin, Papi? frage ich. Eine große Puppe, sagt er. Der Kinobesitzer hat sie in Europa gekauft und will sie seinem Enkeltöchterchen zu Weihnachten schenken. Es ist eine sehr teure Puppe, Yoli. Wenn jemand erfährt, daß sie hier bei uns untergebracht ist, wird man sie stehlen wollen. Ich verstand ihn sofort, aber meine Neugier war einfach stärker als ich. Immer wieder strich ich um die Kiste herum, während ich verkehrt rum die Filme sah.«

»Das hat man mir erzählt. Daß Sie auf der andern Seite der Leinwand mit den Puppen Theater gespielt haben.«

»Das hat man Ihnen erzählt? Sie wissen ja nicht, wie verrückt ich nach Puppen war. Da die Leinwand durchsichtig war, hatte ich mich dran gewöhnt, die Filme von der andern Seite zu sehen. Wenn ich sie mal von der richtigen Seite sah, kam mir alles falsch vor. Mein Leben bestand darin, meinen Puppen die Filme zu erzählen. Ich hab' ihnen bestimmt mehr als zehnmal erzählt, wie am Ende das Herrenhaus von Rebecca in Flammen aufgeht, wunderbare Frau.«

»Also haben Sie die große Puppe nie gesehen?« unterbrach ich sie, um das Gespräch wieder in seine ursprüngliche Richtung zu lenken.

»Wieso nicht gesehen?« Im Nebenzimmer verstummten die Hammerschläge, und man hörte einen Hobel seufzen. »Hab' ich Ihnen nicht gesagt, daß ich fast starb vor Neugier, wie sie war? Eines Nachmittags, kaum hatte die Vorstellung begonnen, bemerkte ich, daß der Deckel von allein aufging, vielleicht weil er schon gelöst war oder weil ich unabsichtlich daran drückte. Da sah ich zum ersten Mal meine Poupée, ganz in Weiß, barfuß, die Zehen wohlgeformt, unglaublich weich, als wäre sie aus richtiger Haut. Solche Puppen werden nicht mehr hergestellt. Jetzt ist alles Serienware, aus Plastik, zum raschen Wegschmeißen.«

»Diese war einmalig«, murmelte ich.

»Wem sagen Sie das. An diesem Tag wurde zum ersten Mal *Kaiserliche Veilchen* gezeigt, der einer meiner Lieblingsstreifen wurde, aber ich schaute nicht mal hin. Ich war hypnotisiert von der Poupée. Ich konnte die Augen nicht von ihr abwenden. Ich weiß nicht, wie viele Stunden vergingen, bis ich Mut faßte und sie berührte. Wie war ich beeindruckt. Sie war sehr weich. Meine Fingerspitzen rochen ganz stark nach Lavendel.«

»Sie erzählten ihr die Filme, wie den andern.«

»Erst viel später. An diesem Tag schlief sie so tief, daß ich zu ihr sagte: Schlaf, solange du willst, kleine Poupée. Ich werde dich nie aufwecken. Dann legte ich ihr die Hand auf die Stirn und sang ihr vor. Danach brachte ich vorsichtig ihre Spitzen und Musseline in Ordnung und richtete alles wieder so her, wie es gewesen war.«

Yolanda konnte sich das unmöglich aus den Fingern saugen. Das hätte überhaupt keinen Sinn ergeben. Sie war, dachte ich, die Überlebende einer Wirklichkeit, in der das einzig Wirkliche die Wünsche sind. 1955, als sich diese Geschichten ereignet hatten, mußte sie acht, vielleicht neun gewesen sein. Sie lebte weltabgeschieden, am Rande einer Phantomlandschaft.

»Sie erzählten es Ihrem Vater nicht«, sagte ich.

»Ich getraute mich nicht. Ich wußte, daß die Poupée nicht mir gehörte und daß man sie irgendwann wieder holen würde. Ich wollte soviel Zeit mit ihr verbringen wie möglich, aber Papi hatte mir verboten, sie anzurühren, wie ich schon sagte. Es war ein harmloses Kinderspiel, aber ich fühlte mich trotzdem schuldig. Ich behandelte die Poupée sehr vorsichtig, als wäre sie aus Glas. Ich flocht ihr das Haar zu kleinen Knoten und schminkte ihr die Lippen mit dem rotem Pulver der Farbstiftmine. Eines Nachts vor dem Zubettgehen begann ich ihr die Filme zu erzählen. Ich seh' es noch ganz deutlich vor mir. Der erste, den ich ihr erzählte, war *Viva Zapata*, mit diesem ganz traurigen und schönen Ende, wo das weiße Pferd über die Berge galoppiert, als wäre es Zapatas Seele, während die Dorfbewohner sagen, er ist nicht gestorben. Was lachen Sie?«

»Ich lache nicht.« Es stimmte. Auch ich war gerührt.

»Ich weiß nicht, warum ich Ihnen das alles erzähle, nur weil Sie kommen und mich nach der Poupée fragen. Besser,

Sie gehen. Sie sehen ja, daß ich noch nicht fertiggekocht habe.«

Ich spürte, daß ich sie nie zurückgewänne, wenn sie mir jetzt entglitt. Im Nebenzimmer begann Sandpapier zu wispern.

»Lassen Sie mich Ihnen beim Kochen Gesellschaft leisten«, sagte ich. »Nur noch zehn oder fünfzehn Minuten. Was Sie mir da erzählen, ist wichtig. Sie können sich nicht vorstellen, wie wichtig.«

»Was soll ich Ihnen denn sagen.«

»Wann sie geholt wurde.«

»Darüber red' ich nicht gern. Je näher Weihnachten kam, desto unruhiger wurde ich. Die Nächte verbrachte ich wach. Ich glaube, ich wurde sogar krank. Da ich nicht wollte, daß irgendeine Nachbarin mich pflegen kam, stand ich einfach auf, besorgte die Einkäufe, machte die Wohnung sauber, und etwa um halb drei, wenn Papi mit der ersten Vorstellung begann, schob ich den Deckel weg und fing an, mit meiner Poupée zu spielen. Schließlich geschah, was geschehen mußte. Eines Tages stieg mein Fieber, und ich schlief zu Füßen der Puppe ein. Bei Arbeitsschluß fand mich Papi. Ich habe nie erfahren, was er sagte oder tat. Ich fiel ins Bett, mit über vierzig Grad. Manchmal fragte ich im Delirium, ob man meine Poupée schon geholt habe. Ganz ruhig, Yolanda, sagte Papi dann, sie ist noch dort, wo du sie gelassen hast. Weihnachten ging vorüber, und ich wurde Gott sei Dank wieder gesund. Als die Glocken das neue Jahr einläuteten, ging ich zu meiner Poupée und gab ihr einen Kuß und bat Gott, er möge dieses große Glück nie zerstören, das ich da erlebte. Vielleicht wissen Sie schon, daß mich Gott nicht erhörte.«

»Er konnte Sie nicht erhören. Außerdem hatte Ihr Vater Sie darauf aufmerksam gemacht: Irgendwann würde der Besitzer die Kiste wieder holen.«

Nachdem sie die Zwiebeln fertiggehackt hatte, briet sie sie in einer Stielpfanne, die Lippen eine Zigarette umschließend, an der sie ab und zu saugte. Der Rauch verfing sich in ihren Augen, und ich sah, wie sie tränten. Während eines plötzlichen kurzen Schweigens erriet ich einen Schatten in der Küchentür und hatte das Gefühl, ein Mann strecke den Kopf herein, aber als ich ihn grüßen wollte, war er verschwunden. Vielleicht war alles nur Einbildung. Sie sagte:

»Dieser Januar war ein Backofen, nie wehte der Wind. Da es im Kino feucht und kühl war, flüchtete sich Ungeziefer aller Art dorthin. Es war Ferienzeit, und ich ging nicht aus dem Haus. Mein ganzes Leben war das Rialto, ich brauchte sonst nichts.«

»Haben Sie und Ihr Vater nie Besuch gekriegt?«

»Manchmal kam vormittags ein großer Mann mit breiten Augenbrauen, und noch ein anderer, der eher kahl war und weit auseinanderliegende Augen und einen Stiernacken hatte. An dem Großen beeindruckten mich die kleinen Füße, wie bei einer Frau. Zu dem andern sagten sie Oberst. Dann schickte mich Papi jeweils zum Spielen in die Möbelwerkstatt um die Ecke, ich verstand nie, warum. An einem Januarabend schlug auf einmal das Wetter um, und der Südostwind kam mit einem gewaltigen Wolkenbruch. Papi mußte die letzte Vorstellung unterbrechen, weil man wegen dem Donner den Ton nicht mehr hörte. Wir verriegelten die Kinotüren gut, aber der Wind rüttelte mit aller Kraft daran. Ich klammerte mich an die Poupée und sang ihr die Musik von *Neptuns Tochter* vor, die uns beiden sehr gefiel. Ich weiß nicht, ob sie sich an den Text erinnern. ›Schönes Püppchen mit den Goldhaaren, den Perlzähnen, der Elfenbeinhaut.‹ Dieses Lied beschreibt haargenau meine Poupée. So war sie, genau so. Ich erzähl' Ihnen das, und schauen Sie nur, wie mir wird.«

Ich gab ihr ein Taschentuch.

»Genau an diesem Abend wurde sie Ihnen weggenommen«, sagte ich.

»Nein. Schlimmer. Mir blutete das Herz, meine Poupée ganz allein hinter der Leinwand zu lassen, unter den rasenden Blitzen, aber Papi zog mich am Ohr ins Bett. Es war sehr spät. Sie können sich vorstellen, daß ich fast kein Auge zutat. Am nächsten Morgen stand ich ganz früh auf, machte das Matewasser heiß und wunderte mich über die Stille. Die Bäume waren kahl, ohne Vögel, und auf den Straßen kamen weder die Elektrische noch die Autos zwischen all den abgebrochenen Ästen durch. Ich hatte Angst und lief zu meiner Poupée, um zu sehen, ob ihr nichts zugestoßen war. Gott sei Dank lag sie wie immer in der Kiste, aber jemand hatte ihren kleinen Leib entblößt. Der Deckel lehnte aufrecht an den Querbalken der Leinwand. Auf dem Fußboden sah ich Blumen aller Art, Wicken, Veilchen, Geißblatt, weiß Gott wie viele. Am Kopfende der Kiste brannte eine Reihe niedrige Kerzen, und an diesem Detail merkte ich, daß nicht Papi sie angezündet hatte: Die Kerzen waren Leichtsinn, stellen Sie sich vor – das erste, was er mir im Leben beigebracht hatte, war, daß es kein Feuer geben durfte an einem Ort, wo alles aus Holz, Leinwand und Zelluloid war.«

»Der Besitzer hatte einen Schlüssel, oder?« fragte ich.

»Der Besitzer? Der erschrak am allermeisten. Als ich die Kerzen entdeckte und einen Schrei ausstieß, war das erste, was Papi machte, daß er ihn anrief. Er kam sogleich, zusammen mit dem Mann mit den breiten Augenbrauen und dem andern, den sie Oberst nannten. Mich brachten sie in die Möbelwerkstatt um die Ecke mit dem strikten Befehl, mich nicht wegzurühren. Das war der längste und traurigste Morgen meines Lebens. Mir ist ja allerhand passiert, nicht wahr, aber nie so was wie das. Ich saß stundenlang wartend in einem Korbstuhl und litt, weil die Poupée nicht mir gehörte und man sie mir über kurz oder lang wegnehmen würde. Ich ahnte, daß ich sie womöglich für immer verlor.«

Yolanda begann enthusiastisch zu weinen. Peinlich berührt ging ich zur Tür. Ich wollte weg von hier, aber so konnte ich sie nicht zurücklassen. Im Nebenzimmer hörte jede Bewegung auf. Man vernahm eine Männerstimme:

»Wann essen wir, Mami?«

»Noch fünf Minuten, Papi«, sagte sie und faßte sich wieder. »Hast du großen Hunger?«

»Ich möchte jetzt essen«, sagte er.

»Ja, sofort.« In vertraulichem Ton erklärte sie mir: »Wir sagen uns Papi und Mami, wegen der Kinder.«

»Verstehe«, sagte ich, obwohl es mir egal war, ob ich verstand oder nicht. Ich gab nicht nach: »Als Sie zurückkamen, war die Kiste nicht mehr dort.«

»Sie hatten sie mitgenommen. Sie können sich nicht vorstellen, wie wütend ich wurde, als ich es merkte. Nie habe ich Papi verziehen, daß er mich nicht gerufen hatte, um mich von meiner Poupée zu verabschieden. Ich wurde wieder krank, ich glaube, mir ging sogar der Wunsch durch den Kopf, Papi möchte sterben, der Arme, und ich bliebe allein auf der Welt und würde bemitleidet.«

»Das war das Ende«, sagte ich. Ich sagte es nicht zu ihr, sondern zu mir selbst. Ich wünschte, die letzten Schlacken der Vergangenheit verschwänden und dies wäre tatsächlich das Ende.

»Das Ende«, stimmte Yolanda bei. »Ich liebte diese Puppe, wie man nur einen Menschen lieben kann.«

»Sie war ein Mensch«, sagte ich.

»Wer?« fragte sie zerstreut, eine neue Zigarette zwischen den Lippen.

»Ihre Poupée. Sie war keine Puppe. Sie war eine einbalsamierte Frau.«

Sie lachte los. Das bißchen Schmerzensglut, das noch in ihr glomm, löschte sie mit den Tränen eines offenherzigen, herausfordernden Lachens.

»Was wissen denn Sie«, sagte sie. »Sie haben sie nie gesehen. Sie sind heute morgen hierhergekommen, weil sie nicht weiterwußten und sehen wollten, was Sie rausfinden könnten.«

»Ich wußte, daß die Leiche im Rialto gewesen war. Ich wußte bloß nicht, wie lange. Und ich wäre nie auf die Idee gekommen, Sie könnten sie gesehen haben.«

»Eine Leiche«, sagte sie. Und wiederholte: »Eine Leiche. Das hat mir grade noch gefehlt. Gehen Sie. Ich habe Ihnen aus Neugier die Tür geöffnet. Lassen Sie mich jetzt in Frieden.«

»Denken Sie nach. Sie haben die Fotos gesehen. Versuchen Sie sich zu erinnern. Denken Sie nach.«

Ich weiß nicht, warum ich nicht lockerließ. Vielleicht tat ich es aus dem schmutzigen, krankhaften Wunsch heraus, Yolanda zu vernichten. Sie war eine Figur, die schon alles gegeben hatte, was sie zu dieser Geschichte beitragen konnte.

»Welche Fotos? Gehen Sie.«

»Die von Evitas Leiche. Sie sind in allen Zeitungen erschienen, erinnern Sie sich doch. Sie erschienen, als die Leiche 1971 Perón zurückgegeben wurde. Denken Sie nach. Die Leiche war einbalsamiert.«

»Ich weiß nicht, wovon Sie reden.« Ich hatte den Eindruck, sie wußte es, wehrte sich aber dagegen, daß ihr die Wahrheit ins Bewußtsein drang und sie zugrunde richtete.

»Ihre Poupée war Evita«, sagte ich grausam. »Eva Perón. Sie selbst bemerkten die Ähnlichkeit. Im November 1955 wurde die Leiche aus der CGT entführt und im Rialto versteckt.«

Mit ausgestreckten Händen kam sie auf mich zu und schob mich weg. Ihre Stimme war gellend und schrill wie die eines Vogels:

»Sie haben gehört, was ich gesagt hab'. Gehen Sie. Was hab' ich Ihnen getan, daß Sie mir sagen, was Sie da sagen? Wie kommen Sie dazu, zu sagen, meine Puppe wäre eine Tote gewesen? Papi! Komm schnell, Papi!«

Zuvor hatte ich geglaubt, an einem Nichtort zu sein. Jetzt fühlte ich mich außerhalb der Zeit. Aus der Tür zum Nebenzimmer sah ich ihren Mann treten. Er war ein massiger Kerl mit borstigen, gerade aufstehenden Haaren.

»Was haben Sie ihr getan?« fragte er mich und umarmte Yolanda.

In seiner Stimme lag kein Groll, bloß Überraschung.

»Nichts«, antwortete ich wie ein Idiot. »Ich habe ihr nichts getan. Ich bin nur gekommen, um mit ihr über ihre Poupée zu sprechen.«

Yolanda brach wieder in Tränen aus. Diesmal überfluteten die Tränen ihren Körper und füllten die Luft an, dicht, salzig, wie der Dampf des Meeres.

»Sag ihm, er soll gehen, Papi. Getan hat er mir nichts. Er hat mich erschreckt. Er ist nicht ganz bei Trost.«

Der Ehemann heftete seine sanften dunklen Augen auf mich. Ich machte die Tür auf und trat in die ungeheuerliche Mittagssonne hinaus, ohne Reue oder Mitleid.

Noch am selben Nachmittag rief ich Emilio Kaufman an und bat ihn, zu mir zu kommen. Ich wollte ihm alles erzählen, was ich über Evita wußte, und ihm die Kassetten mit den Stimmen des Einbalsamierers, von Aldo Cifuentes und der Oberstwitwe vorspielen. Ich wollte, daß er die Fotos von der Leiche sähe, die mürben, vergilbten Papiere, die die Ausschiffung Evitas und ihrer Kopien zu den Häfen von Genua, Hamburg, Lissabon beglaubigten. Ich wollte mir die Geschichte von der Seele reden, so wie ich dreißig Jahre früher seiner Tochter Irene meine Seele in den Schoß geredet hatte.

Emilio hatte nicht die geringste Absicht, von der Vergangenheit zu sprechen, wenigstens nicht von einer erstarrten Vergangenheit. Damals – es ist noch gar nicht so lange her, nur die Ewigkeit der wenigen Jahre, seit die Mauer von Berlin gefallen und der Diktator Ceaucescu vor den Fernsehkameras erschossen worden und die Sowjetunion von den Landkarten verschwunden ist: das Aufblitzen einer Gegenwart, die kopfüber in den Abgrund der Vergangenheit stürzte –, damals glaubte auch er, Evita sei für immer in einer Pose, einer Essenz, einem Hauch der Ewigkeit kristallisiert und würde wie alles Ruhige, Vorhersagbare nie wieder Leidenschaften entflammen. Doch die Vergangenheit kommt immer wieder zurück, die Leidenschaften kommen zurück. Man wird nie los, was man verloren hat.

Ich erinnere mich an jede Einzelheit dieses Tages, nur nicht ans genaue Datum; es war ein warmer, stiller Frühling, und die Luft roch wunderlich nach Geigenholz. Ich hörte gerade die Goldberg-Variationen in der Klavichordversion von Kenneth Gilbert. Mitten in der 15. Variation, im Andante, erschien Emilio mit einer Flasche Cabernet. Wir leerten sie, fast ohne es zu merken, während wir Pilze mit grünen Zwiebeln und Rahm vermengten, Spinatnudeln kochten und uns über die Feldschlachten zwischen dem Präsidenten der Republik und seiner Gattin unterhielten, die sich nie geliebt hatten und es im Radio ausposaunten.

Nach dem Essen lockerte sich Emilio die Krawatte, steckte sich rücksichtslos eine mexikanische Zigarre an und sagte, als tue er mir einen Gefallen, vor dem Hintergrund der Goldberg-Variationen, die wieder zur Aria da capo zurückkehrten:

»Jetzt können wir über Evita sprechen.«

Ich verstand: »Wir können über Irene sprechen.« Mehr als einmal habe ich Worte gehört, die sich nicht in der Richtung ihrer Bedeutung, sondern in der meiner Wünsche bewegten. »Irene«, spürte oder hörte ich. Ich sagte:

»Hätten wir doch längst über sie gesprochen, Emilio. Niemand sagte mir, daß sie gestorben war. Es dauerte so lange, bis die Nachricht kam, daß der Schmerz irreal war, als sie mich endlich erreichte.«

Er wurde blaß. Immer wenn sich auf seinem Gesicht ein Gefühl zeigt, schaut er weg, als ob er nichts damit zu tun hätte und die Person, die es verloren habe, zugegen wäre.

»Auch ich war nicht bei ihr, als sie starb«, sagte er. Er meinte Irene. Wir verstanden uns, ohne ihren Namen aussprechen zu müssen.

Er erzählte mir, nach dem Militärputsch von 1976 habe

seine Tochter die Greuel der Entführungen und blindwütigen Metzeleien nicht ausgehalten und beschlossen, ins Exil zu gehen. Sie sagte, sie würde in Paris Zuflucht suchen, schickte aber Briefe aus südamerikanischen Städten, die auf keiner Karte verzeichnet waren: Ubatuba, Sabaneta, Crixás, Sainte-Elle. Sie war völlig unschuldig und schleppte trotzdem die ganze Schuld der Welt mit sich herum, wie alle Argentinier jener Zeit. Sie blieb immer ein paar Wochen in diesen verlorenen Winkeln, wo es viel regnete, sagte Emilio, und wenn ihr irgendein unheimliches Gesicht über den Weg lief, nahm sie den ersten Bus und floh. Sie verspürte Entsetzen – in all ihren Briefen war vom Entsetzen und vom Regen die Rede. Einmal kam sie auch kurz nach Caracas, rief mich aber nicht an. Sie hatte zwar meine Telefonnummer und Adresse, erzählte Emilio, aber ich war das Salz in ihren Wunden, und sie wollte mich nicht mehr sehen.

Ein Jahr nach ihrem Weggang von Buenos Aires gelangte sie nach Mexiko, mietete im Viertel Mixcoac eine Wohnung und begann, die Verlage abzuklappern, um Übersetzungen zu bekommen. Sie schaffte es, daß ihr der Verlag Joaquín Mortiz einen Beckett-Roman anvertraute, und kämpfte noch mit der Anfangsmusik der ersten Seiten, als sie eine Stichflamme im Hirnzentrum spürte und blind, taub, stumm wurde, so wie *Molloys* Mutter. Sie konnte sich fast nicht mehr bewegen. Sie machte einen Schritt, und der bohrende Schmerz nagelte sie am Boden fest. Sie dachte (obwohl sie in den seltenen Momenten der Klarheit, die sie von da an noch hatte, nie mehr sagte »ich denke«), sie dachte trotz allem, ihr grausames Leiden stehe in direktem Zusammenhang mit Mexikos geographischer Höhe, mit den Vulkanen, den thermischen Inversionen, der Trauer über das Exil, und suchte keinen Arzt auf. Sie glaubte, ein paar Tage Bettruhe und sechs Aspirin täglich würden sie wieder auf die Beine bringen. Sie legte sich nur hin, um zu sterben. Sie war von einem Staphylokokkus aureus infiziert und starb an einer Reihe schnell verlaufender Krankheiten: eitrige

Meningitis, Pyelonephritis, akute Endokarditis. In einer Woche war sie ein anderes Wesen, verletzt von der Grausamkeit der Welt. Ein entsetzlicher Tod zehrte sie auf.

Wir schwiegen eine Weile. Ich schenkte Kognak ein und vergoß einige Tropfen auf mein Hemd. Meine Hände waren ungeschickt, mein Wesen an einem andern Ort, in einer andern Zeit, vielleicht auch in einem andern Leben. Ich spürte, daß Emilio gehen wollte, und bat ihn mit einem Blick, es nicht zu tun. Ich hörte ihn sagen:

»Warum machen wir so viele Umwege? Sprich über Evita.«

Das tat ich fast eine Stunde lang ohne Pause. Ich erzählte ihm alles, was Sie bereits wissen, und auch, was auf diesen Seiten noch keinen Platz gefunden hat. Ich erwähnte immer wieder das Rätsel der Blumen und Kerzen, die sich vermehrten, als wären sie ein zweites Wunder von den Broten und Fischen. Ich schilderte das Geflecht von Zufällen, durch das ich Yolanda gefunden und vom langen Sommer der Poupée hinter der Rialto-Leinwand erfahren hatte. Ich sagte, offenbar sei die Leiche vom Kino in Major Arancibias Haus gebracht worden und einen weiteren Monat dort geblieben.

»Es war Arancibia, der die schlimmste aller Tragödien auslöste«, sagte Emilio. »Hast du die Zeitungen durchgesehen?«

»Ich habe alles gelesen: die Zeitungen, die Biographien, die Zeitschriften, die den Leidensweg des Leichnams rekonstruieren. Es wurden ganze Wälder von Dokumenten publiziert, als Evitas Leiche 1971 Perón übergeben wurde. Soweit ich mich erinnere, erwähnt niemand Arancibia.«

»Weißt du, warum niemand redet? Weil, wenn in diesem Land eine Verrücktheit nicht erklärt werden kann, es sie besser gar nicht gibt. Alle verschließen die Augen. Hast du gesehen, was die Biographen mit Evita machen? Immer, wenn sie auf eine Angabe stoßen, die ihnen verrückt vorkommt, verschweigen sie sie. Für die Biographen hatte Evita weder Gerüche noch Wutanfälle, und getrickst hat sie nie. Sie war kein Mensch. Die einzigen, die gelegentlich in ihre Intimsphäre hinabstiegen, waren zwei Journalisten, vielleicht erinnerst du dich nicht an sie, Roberto Vacca und Otelo Borroni. Sie veröffentlichten ihr Buch 1970, stell dir vor, wieviel Wasser unter den Brücken durchgeflossen ist. Es hieß *Das Leben Eva Peróns. Erster Band*. Einen zweiten gab es nie. Ich erinnere mich, daß sie auf den letzten Seiten einen Abschnitt Arancibias Drama widmen. Sie sprechen von unbestätigten Darstellungen, von Gerüchten, die vielleicht gar nicht stimmen.«

»Sie stimmen«, unterbrach ich ihn. »Diesen Punkt habe ich gecheckt.«

»Natürlich stimmen sie.« Emilio nebelte mich mit einer zweiten mexikanischen Zigarre ein. »Aber die Biographen interessieren sich nicht dafür. Dieser Teil der Geschichte gehört für sie nicht dazu. Sie kommen gar nicht auf die Idee, daß Evitas Leben und ihr Tod nicht voneinander zu trennen sind. Es wundert mich immer, daß sie beim Aufschreiben von Details, die keinen Menschen interessieren, so gewissenhaft sind, etwa bei der Liste der Romane, die Evita im Rundfunk las, und daß sie zugleich einige elementare Lükken offenlassen. Was geschah beispielsweise mit Arancibia, dem Verrückten? Die Geschichte verschluckte ihn. Was machte Evita in diesem blinden Graben, den es zwischen Januar und September 1943 in ihrem Leben gab? Es war, als hätte sie sich verflüchtigt. Sie arbeitete in keiner Rundfunkanstalt, niemand sah sie in diesen Monaten.«

»Na, man darf auch nicht übertreiben. Woher sollen sie diese Angaben denn nehmen? Vergiß nicht, daß Evita in dieser Zeit eine arme Episodendarstellerin war. Als sie im Rundfunk keine Arbeit mehr bekam, schaute sie eben, wie sie sich aus der Affäre zog. Ich hab' dir die Geschichte mit den Fotos ja erzählt, die der Friseur Alcaraz in einem Retiro-Kiosk sah.«

»Es findet sich immer ein Zeuge, wenn du wirklich suchst«, beharrte Emilio. Er stand auf und schenkte sich noch einen Kognak ein. So sah ich sein Gesicht nicht, als er sagte: »Um ein naheliegendes Beispiel zu nehmen: Ich lernte Eva in diesen Monaten des Jahres '43 kennen. Ich weiß, was geschah.«

Das hatte ich nicht erwartet. Seit über fünfzehn Jahren rauche ich nicht mehr, aber in diesem Augenblick spürte ich, wie meine Lungen mit selbstmörderischer Gier nach Zigaretten schrien. Ich atmete tief durch.

»Warum hast du es niemandem erzählt?« fragte ich. »Warum hast du es nicht aufgeschrieben?«

»Zuerst getraute ich mich nicht. Wenn man solche Geschichten erzählte, mußte man das Land verlassen. Dann, als man durfte, hatte ich keine Lust mehr dazu.«

»Ich habe kein Erbarmen. Du wirst es mir auf der Stelle erzählen.«

Er blieb bis zum frühen Morgen. Am Ende waren wir so erschöpft, daß wir uns mit Zeichen und Lallen verständigten. Als er fertigerzählt hatte, begleitete ich ihn im Taxi zu seiner Wohnung beim Parque del Centenario, sah, wie sich die Fossilien im Naturwissenschaftlichen Museum rekelten, und sagte dem Fahrer, er solle mich in San Telmo aufwekken. Aber ich konnte nicht schlafen. Nie wieder habe ich Ruhe zum Schlafen gefunden bis jetzt, wo ich endlich an dem Punkt bin, da ich die Geschichte weitererzählen kann, ohne befürchten zu müssen, an ihrem Tonfall und ihren Details Verrat zu üben.

Es dürfte Juli oder August 1943 gewesen sein, erzählte Emilio. Paulus' 6. Armee trat ihre lange Gefangenschaft in Stalingrad an, die faschistischen Bonzen hatten gegen den Duce und für die konstitutionelle Monarchie gestimmt, aber der Ausgang des Krieges war noch ungewiß. Emilio hüpfte von einem Redaktionsraum zum andern und von mehreren parallelen Liebschaften zu keiner. In diesem Winter lernte er eine untalentierte Schauspielerin namens Mercedes Printer kennen, die ihn endlich seßhaft machte. Sie war keine überirdische Schönheit, sagte Emilio, war aber insofern völlig verschieden von seinen andern Frauen, als sie sich nicht um ihn, sondern um sich selbst kümmerte. Sie wollte nichts als tanzen. Jeden Samstag zog sie mit Emilio durch die Boîtes de nuit und die Vorstadtklubs, wo Fiorentino an Aníbal Troilos Bandoneon seine Tenorstimme wetzte oder Feliciano Brunellis Orchester sich in Foxtrottvariationen verfing, die die Toten auferweckten. Mercedes und er sprachen über nichts, Worte hatten nicht die geringste Bedeutung. Das einzige, was Bedeutung hatte, war, das Leben wie einen glücklichen Fluß vorbeiziehen zu sehen. Manchmal erklärte ihr Emilio, der damals bei *Noticias Gráficas* arbeitete, zum Spaß, wie vergnüglich es sei, Ciceros, fettfeine Linien und Spaltenstege zu layouten; sie rächte sich für diese technischen Zungenbrecher, indem sie ihm berichtete, welche Korrekturen der Dialogschreiber Martinelli Massa in letzter Minute an der jüngsten Folge der Radioserie *Schicksalsschlag* vornahm. Wenn sie allein waren, erzählten sie sich alles, erforschten gegenseitig mit Laternen die Tunnel des Körpers, versprachen sich eine Liebe aus bloßer Gegenwart, denn die Vorstellung von Zukunft, sagte Mercedes, töte alle Leidenschaften ab – die Liebe von morgen sei niemals Liebe. In einem dieser Tagesanbruchsgespräche erzählte ihm Mercedes von Evita.

»Was soll ich sagen, sie tut mir leid. Sie ist schwächlich, kränkelt, ich habe Zuneigung zu ihr gefaßt. Weißt du, wie wir Freundinnen wurden? Wir sind beide in Rosario aufgetreten. Ausgenommen die Männer, teilten wir alles, Essen, Garderobe und so weiter, aber sprechen taten wir kaum miteinander. Sie war mit ihren Dingen beschäftigt und ich mit meinen. Sie interessierte sich für die Impresarios, die Männer mit Geld, auch wenn sie alt waren und einen Schmerbauch hatten, mir dagegen gefiel die Milonga. Wir hatten beide keinen Centavo. Ein Freund hatte mir ein Paar Seidenstrümpfe geschenkt, die ich wie einen Schatz hütete. Du hast keine Ahnung, was echte Seidenstrümpfe sind – sie lösen sich vom bloßen Anhauchen auf. Eines Abends hatte ich sie nicht mehr. Ich mußte auftreten und fand sie nirgends. Da erschien Evita, geschminkt wie ein Malkasten. He, hast du meine Strümpfe gesehen, fragte ich sie. Entschuldige, Mercedes, ich brauch' sie, sagte sie. Ich hätte sie umbringen können, aber als ich ihre Beine anschaute, erkannte ich meine Strümpfe nicht. Ihre waren billig, aus Musselin. Du hast dich geirrt, das sind nicht meine, sagte ich. Deine habe ich hier, antwortete sie und deutete auf ihren BH. Da sie kleine Brüste und deswegen Komplexe hatte, benutzte sie meine Strümpfe zum Ausstopfen. Zuerst wurde ich wütend, aber dann mußte ich einfach lachen. Sie zeigte mir die Strümpfe. Sie waren ganz, ohne eine Laufmasche. Wir gingen beide lachend auf die Bühne, und das Publikum wußte nicht, weshalb. Von da an sahen wir uns oft. Sie kam in meine Pension, um Mate zu machen, und wir schwatzten stundenlang. Sie ist ein gutes Mädchen, sehr zurückhaltend. Jetzt erholt sie sich gerade von einer langen Krankheit. Sie ist traurig und niedergeschlagen. Warum lädst du nicht mal einen Freund ein, und wir gehen zusammen aus?«

Emilio lud einen pomadisierten Chirurgen mit steifem Kragen und Eden-Hut ein, der Künstlerinnenfotos sammelte. Er machte sich schon zum voraus auf einen verlorenen Abend gefaßt, sagte er, nach dem er ausgetrocknet und leer wäre. Hätten die Ereignisse später, im Licht der Geschichte, nicht eine besondere Bedeutung bekommen, er hätte alles vergessen. Er wußte nicht – konnte nicht wissen –, daß dieses Mädchen mit der Zeit Evita würde. Auch Evita wußte es nicht. Die Geschichte hat solche Fußangeln. Wenn wir uns in der Geschichte sehen könnten, sagte Emilio, wären wir entsetzt. Es gäbe gar keine Geschichte, da sich niemand bewegen wollte.

Sie verabredeten sich im Café Munich im unteren Teil der Costanera. Evita trug ein weißes Blumendiadem und einen dichten Tüllschleier bis zum Mund. Emilio erschien sie fad, gefeit gegen den Andrang von Krankheit und Leiden. Was an ihr am meisten beeindruckte, sagte er, war die Weiße. Sie hatte eine so blasse Gesichtshaut, daß man im durchscheinenden Licht die Landkarte ihrer Adern und ihre arglosen Gedanken sah. Es gab an ihr nichts körperlich Anziehendes, sagte er, keine elektrische Kraft, weder positiv noch negativ.

Auf der gegenüberliegenden Straßenseite, hinter dem Pappel- und Tipagehege, befand sich die Mole, wo Vito Dumas, der Einhandsegler, vor einem Jahr in der *Legh II*, einem Klipper von zehn Meter Kiellänge, seine Reise um die Welt begonnen hatte. Jeden Moment erwartete die Stadt seine Heimkehr. Der Chirurg, der Dumas' endlose Kämpfe mit den Monsunen des Indischen Ozeans und den Gischtwällen des Kap Hoorn alle verfolgt hatte, versuchte Evitas Interesse zu wecken, indem er ihr von den scharfen Winden und den Hagelstürmen erzählte, die der Seefahrer in seinen dreihundert rastlosen Tagen überstanden hatte, doch sie hörte ihm mit verlorenen Augen zu, als ob er in einer entlegenen Sprache mit ihr redete und der Klang seiner Worte auf dem gegenüberliegenden Gehweg niederfiele.

Mercedes wollte tanzen gehen, aber Evita schienen alle Wünsche kaltzulassen, fremde wie eigene. Sie senkte den Kopf und sagte: »Später, ein bißchen später«, ohne sich zu rühren, mit ansteckender Traurigkeit. Es kam erst Leben in sie, als Emilio vorschlug, nach Olivos ins Fantasio zu gehen, wo sich allabendlich die Produzenten von Argentina Sono Film und die populären Schauspielerinnen versammelten.

Keinen Augenblick, sagte Emilio, hatte ich das Gefühl, Evita sei das schutzlose Wesen, als das Mercedes sie geschildert hatte. Sie wirkte eher wie eine dieser Straßenkatzen, die Kälte, Hunger, Unbarmherzigkeit der Menschen und Ungereimtheiten der Natur überleben werden. Sowie wir im Fantasio waren, saß Evita mit ausgefahrenen Antennen am Tisch, spähte, wer mit wem zusammen war, und drängte Emilio, sie vorzustellen. Sie zog ihn an der Hand in die Ecke, wo der Produzent Atilio Mentasti mit Sixto Pondal Ríos und Carlos Olivari speiste, zwei eher unbedeutenden jüngeren Dichtern und erfolgreichen Drehbuchautoren. Ich war ein alter Freund der drei, sagte Emilio, aber ich schämte mich, mich mit dieser unbedeutenden Person öffentlich zu zeigen. Ich war so verwirrt, daß ich sie stotternd vorstellte:

»Eva Duarte, ein junges Dämchen vom Funk.«

»Was heißt da junges Dämchen«, korrigierte sie ihn. »Bei Radio Belgrano habe ich schon einen Vertrag als Erste des Ensembles.«

Sie machte Anstalten, sich an diesen fremden Tisch zu setzen, aber Mentasti wies sie in seiner eisigen Art in Schranken:

»Die Hand hab' ich dir schon gegeben, Kleine. Jetzt verschwinde.«

In Evas Augen blitzte Haß auf, erzählte Emilio. Seit sie in Buenos Aires war, hatte man sie so oft zurückgewiesen und gekränkt, daß sie nichts mehr überraschte; in ihrem Gedächtnis speicherte sie einen langen Katalog von Beleidigungen, für die sie sich früher oder später rächen wollte. Diejenige Mentastis war eine der schlimmsten. Nie verzieh sie ihm, denn sie wollte niemandem verzeihen. Wenn es Eva zu etwas brachte, sagte Emilio, dann, weil sie sich vorgenommen hatte, nicht zu verzeihen.

Sie durchquerten wieder den Raum, der sich jetzt mit Paaren gefüllt hatte. Das Orchester spielte einen Foxtrott. Sie sahen Mercedes an einem entfernten Ufer der Tanzfläche mit dem Chirurgen verschlungen. Sie tanzte herausfordernd, fröhlich, nur auf das Feuer ihres Körpers achtend. Evita dagegen machte nicht einmal den Mund auf, als sie zu ihrem Platz zurückkam.

Emilio wußte nicht, was tun. Er fragte sie, ob sie traurig sei, und sie antwortete, Frauen seien immer traurig, schaute ihn aber nicht an. Vielleicht, sagte Emilio, sprach sie gar nicht mit mir. Nach so langer Zeit war dieser Abend für ihn mehr vorgestellt als wirklich. Die Paare tanzten in einer Lichtung ohne Licht zu Gershwin und Jerome Kern. Sie hörten das Rascheln der Kleider, das Zischen der Schuhe, das Fauchen des Getratschs. Durch die Geräuschbrandung drang auf einmal die Stimme Evitas, die dem Faden eines bestimmten Gedankens zu folgen schien:

»Was würden Sie tun, Emilio, wenn Mercedes schwanger würde?«

Die Frage überraschte Emilio so sehr, daß er ihren Sinn erst nach einer Weile verstand. Das Orchester spielte ›The Man I Love‹. Der Chirurg wiegte Mercedes, als wäre ihr Körper aus Seide. Pondal Ríos rauchte eine Havanna. In diesem Moment, sagte Emilio ein halbes Jahrhundert später, habe er sich an die sadistischen Verse von Olivari erinnert: »Was mir an deinem schwächlichen Körper am meisten gefällt, / ist, wie er's genießt, wenn ihn meine harte Peitsche zerquält.« Zerstreut antwortete er:

»Ich lasse sie abtreiben, oder? Stellen Sie sich das vor – wir beide und ein Kind großziehen.«

»Aber sie könnte das Kind kriegen, ohne daß Sie's erfahren. Was würden Sie tun, wenn sie's hätte? Ich frage, weil ich die Männer letztlich nicht verstehe.«

»Keine Ahnung. Was Ihnen da in den Sinn kommt. Ich würde mein Kind sehen wollen, nehme ich an. Aber Mercedes nie wieder.«

»So sind die Männer«, sagte Evita. »Sie fühlen anders als die Frauen.«

Es war ein sinnloses Gespräch, aber im Dickicht dieses Ortes namens Fantasio schien überhaupt alles abzudriften. Das Orchester verabschiedete sich mit einem letzten Stück, und der Chirurg kam mit Mercedes an den Tisch zurück. Vielleicht hatte Evita auf sie gewartet, denn sie hörte auf, sich wie ein junges Mädchen den Rock glattzustreichen, und sagte:

»Ich gehe. Ich will euch nicht den Abend verderben, aber ich fühle mich nicht gut. Ich hätte nicht kommen sollen.«

Und das war's denn auch schon, erzählte Emilio. Wir brachten sie zu ihrer Mietwohnung in der Seaver-Passage, und Mercedes und ich gingen in das schäbige Hotel in der Avenida de Mayo, wo ich in diesen Jahren abzusteigen pflegte. Wir zogen uns aus, und ich merkte, daß Mercedes auf Distanz ging. Vielleicht näherten wir uns allmählich dem Ende, sagte Emilio, obwohl es noch über ein Jahr dauerte, bis wir uns trennten. Vielleicht war sie beleidigt, weil wir kein einziges Mal miteinander getanzt hatten. Zu diesem Zeitpunkt hatte ich es schon aufgegeben, sie verstehen zu wollen, aber eigentlich habe ich weder damals noch heute eine Frau verstehen können. Ich weiß nicht, was sie denken, weiß nicht, was sie wollen, ich weiß nur, daß sie das Gegenteil von dem wollen, was sie denken. Sie richtete sich vor dem dreiteiligen Spiegel ein, den es in diesem Hotelzimmer gab, und begann sich abzuschminken. Das war immer das Zeichen, daß wir uns nicht lieben und uns nach dem Lichtausmachen den Rücken zudrehen würden, ohne uns zu berühren. Während sie ihr Gesicht mit einem cremefeuchten Wattebausch reinigte, sagte sie beiläufig:

»Du hast nicht gemerkt, wie schlecht es Evita ging, wie verzweifelt sie war.«

»Warum sollte sie verzweifelt sein«, sagte Emilio. »Die ist verschroben. Sie fragte mich, was ich täte, wenn du schwanger würdest.«

»Und was tätest du? Was hast du ihr geantwortet?«

»Keine Ahnung«, log Emilio. »Daß ich dich geheiratet und unglücklich gemacht hätte.«

»Sie ist schwanger gewesen. Evita. Aber das war nicht das Problem. Weder der Vater noch sie wollten das Kind. Er nicht, weil er schon verheiratet war, sie nicht, um ihre Karriere nicht zu ruinieren. Das Problem war, daß die Abtreibung in einer Katastrophe endete. Eine Schlächterei. Sie zerrissen ihr den Gebärmuttergrund, die Mutterbänder, den Eileiter. Nach einer halben Stunde war alles voller Blut, sie hatte Bauchfellentzündung. Sie mußte als Notfall in eine Klinik eingewiesen werden und brauchte über zwei Monate, um wieder auf die Beine zu kommen. Ich war die einzige, die sie täglich besuchte. Sie wäre beinahe gestorben. Sie war am Abgrund. Sie wäre beinahe gestorben.«

»Und der, der sie geschwängert hatte? Was tat er?«

»Er war ziemlich anständig. Er ist ein guter Kerl. Er bezahlte den letzten Centavo für die Klinik. Nicht einmal bei der Hebamme kniff er. Er hatte sie nicht selber ausgesucht.«

»So was kann jeder passieren«, sagte Emilio. »Es ist schrecklich, aber es kann jeder passieren. Sie muß dankbar sein, daß sie am Leben blieb.«

»In diesen Monaten wäre sie lieber gestorben. Als der Typ sie endlich in Sicherheit wußte, haute er nach Europa ab. Beinahe wäre ihre Karriere im Eimer gewesen. Stell dir vor. Sie erschien nicht mehr in den Zeitschriften, niemand rief sie an. Eine von der Vorsehung bestimmte Meldung in *Antena*, wo sie als müßiggängerisches Starlet gezeigt wurde, rettete sie. ›Daß Eva Duarte zur Zeit nicht spielt, liegt daran, daß ihr keine angemessenen Rollen angeboten werden‹, hieß es da. Auf solche Dinge fallen die Leute rein. Dann rettete sie der Militärputsch. Der Oberstleutnant, der den Rundfunkanstalten vorsteht, verliebte sich in sie.«

»Dann braucht sie deinen Schutz ja nicht mehr«, sagte Emilio.

»Natürlich braucht sie ihn, denn jetzt liebt sie niemanden. Sie will nichts. Der Oberstleutnant, der ihr den Hof macht, ist verheiratet, wie all die Typen, an die sie bisher geraten ist. Evita ist imstande und klingelt nächstens bei ihm, um sich vor seinen Augen eine Kugel in den Kopf zu jagen.«

Emilio knipste das Licht aus und starrte ins Dunkel. Draußen bewegte der Wind die Bäume und trug die Stimmensplitter empor, die sich auf der Straße verirrt hatten. Dann kam, da nichts mehr wichtig war, das Vergessen.

Sieben Jahre später traf er Evita erneut, bei einer offiziellen Zeremonie.

»Sie erkannte mich nicht oder tat so, als erkenne sie mich nicht. Sie war eine andere. Sie schien lichterfüllt. Man hatte das Gefühl, statt einer Seele habe sie zwei – oder viele. Aber die Traurigkeit war noch immer um sie. Wenn sie es am wenigsten merkte, berührte die Traurigkeit sie an der Schulter und erinnerte sie an die Vergangenheit.«

Ich habe getreulich wiedergegeben, was mir Emilio Kaufman erzählte, aber ich weiß nicht, ob Emilio getreulich wiedergegeben hat, was er von Evita wußte. In seiner Schilderung paßten einige Namen und Daten nicht zusammen; ich habe sie mit den Erinnerungen anderer Leute verglichen und korrigiert. Ich konnte verifizieren, daß Evita zwischen Februar und Mai 1943 unter dem Namen María Eva Ibarguren in der Klinik Otamendi y Miroli in Buenos Aires lag. Die Klinik hat die Registraturen aus dieser Zeit nicht aufbewahrt, aber der Oberst kopierte ihr Aufnahmeprotokoll und hinterlegte es zusammen mit seinen andern Papieren bei Cifuentes. Mercedes Printer konnte ich nicht finden, obwohl ich weiß, daß sie seit 1945 irgendwo in Mexiko lebt. Die Geschichten verlieren sich oder werden unkenntlich.

11 *»Ein wundervoller Ehemann«*

Seit Monaten quälte sich der Oberst, weil er Evita hatte gehen lassen. Nichts hatte einen Sinn ohne sie. Wenn er trank (und mit jeder einsamen Nacht trank er mehr), war ihm klar, daß es unsinnig war, sie noch weiter hin und her zu transportieren. Warum mußte er sie unbekannten Leuten überlassen, damit sie auf sie achtgaben? Warum ließ man das nicht ihn tun, der sie besser beschützen würde als sonstjemand? Man hielt ihn von ihrer Leiche fern, als handle es sich um eine jungfräuliche Braut. Es war unsinnig, dachte er, so viele Vorsichtsmaßnahmen zu treffen bei einer erwachsenen, verheirateten Frau, die seit über drei Jahren tot war. Mein Gott, wie er sie vermißte. War er es eigentlich, der Befehle erteilte, oder waren es andere? Er war sich selbst abhanden gekommen. Diese Frau oder der Alkohol oder das Verhängnis, ein Militär zu sein, hatten ihn zugrunde gerichtet.

Mein Gott, er vermißte sie. Im Sommer und im Frühjahr hatte er sie nur dreimal besucht, aber nie unter vier Augen; immer war Arancibia, der Verrückte, dort und lauerte auf die leisen Zeichen, die die Leiche veränderten. »Stellen Sie sich vor, Oberst, heute ist sie dunkler«, sagte er. »Schauen Sie, wie ihre Fußsohlenarterie gerötet ist, wie die Strecksehnen an den Zehen hervortreten. Wer weiß, ob diese Frau nicht noch lebt.« Er hatte gräßlichen Durst. Was geschah ihm da? Er hatte ständig Durst. Es gab weder Feuer noch Alkohol, die den Durst seiner unersättlichen Eingeweide hätten stillen können.

Das Schlimmste war schon vorüber, dachte er. Aber nie war etwas das Schlimmste. Er hatte gelitten, als er sie hinter der Leinwand des Rialto zwischen Puppen hatte liegen sehen. Die dünne, den Sarg kaum berührende Staubschicht sank manchmal auf die Leiche hinab: Beim Heben des Deckels hatte der Oberst ein schwaches Staubmal auf ihrer Nasenspitze gefunden. Er hatte es mit seinem Taschentuch weggewischt und dem Vorführer vor dem Gehen empfohlen: »Lüften Sie dieses Loch da aus. Vertreiben Sie die Mäuse mit Gift. Nicht, daß uns das Getier die Verstorbene noch auffrißt, wenn Sie nicht achtgeben.« In der folgenden Woche geschah, was er am meisten befürchtet hatte: Am frühen Morgen lag die Leiche inmitten von Blumen und Kerzen. Drohbriefe fand er keine, nur ein paar Streichhölzer neben dem Sarg. Es war ein Alptraum. Früher oder später entdeckten sie sie immer. Wer? Der Feind gab nicht nach, er schien von einer noch tieferen Besessenheit getrieben als er.

Zwischen zwei Umzügen wandte er sich jeweils, sehr ungern, an den Einbalsamierer. Er rief ihn, um von ihm zu hören, ob die Leiche noch intakt sei. Sie wechselten kaum ein Wort. Ara schlüpfte in den Kittel und die Gummihandschuhe, schloß sich zwei oder drei Stunden mit der Verstorbenen ein und gab im Gehen immer dasselbe Gutachten ab: »Sie ist so wohlbehalten, wie ich sie übergeben habe.«

Kaum in seinem Büro, hielt der Oberst jeden Morgen die Bewegungen der Leiche auf Karteikarten fest. Der Präsident sollte wissen, wieviel er getan hatte, um sie vor Widrigkeiten, Fanatismus und Bränden zu schützen. Er führte Buch über die Stunden, zu denen die Nomadin in der Stadt hin und her reiste, ohne Ankunfts- und Abfahrtsstellen. Es gab keinen sicheren Ort für sie. Immer wenn sie irgendwo verankert wurde, geschah etwas Schreckliches.

Wieder studierte der Oberst seine Karten. Vom 14. Dezember 1955 bis zum 20. Februar 1956 lag die Verstorbene hinter der Rialto-Leinwand: Sie hatten sie an einem Gewitterabend gebracht und nach einem weiteren Sturm am hellichten Tag wieder holen müssen. Der Lastwagen, in dem sie sie abtransportierten, blieb in den Schlammtiefen der Calle Salguero unter der Eisenbahnbrücke stecken. Ein Maultiergespann mußte ihn abschleppen. »Der Fuhrmann kassierte sechzig Pesos«, schrieb der Oberst auf eine seiner Karteikarten. »Ich wartete, bis der Vergaser trocken war, und ließ Person in den Nächten des 20. und 21. Februar an der Ecke Viamonte/Rodríguez Peña.« In den Karten nannte er sie manchmal Person, manchmal Verstorbene, manchmal ED oder DF, Abkürzungen für Eva Duarte und Diese Frau. Sie war immer mehr Person und immer weniger Verstorbene – er spürte es in seinem Blut, das krank wurde und sich veränderte, und an andern Leuten wie Major Arancibia und Oberleutnant Fesquet, die nicht mehr dieselben waren.

Vom 22. Februar bis zum 14. März, las er in seinen Karten, hatte Evita in Frieden in den Militärmagazinen der Calle Sucre Nr. 1835 auf den Abhängen von Belgrano geruht. »Der Sarg mit der Leiche, den wir unter uns ›die Waffenkiste‹ nennen, befindet sich in der zweiten Regalreihe des Schuppens, zwischen Hämmern, Hammerschäften, Splinten und ausgemusterten Verschlüssen und Schlagbolzen eines Postens Smith-&-Wesson-Pistolen. Seit mindestens vier Jahren hat niemand die Kisten angerührt.« Zwischen dem 10. und dem 12. März ertappte die Wache zwei Unteroffiziere, den Obergefreiten Abdala und den Feldwebel Llubrán, dabei, wie sie den Sarg aus der Nähe betrachteten. »Am Morgen des 13.«, hieß es auf der folgenden Karte, »stellte ich mich persönlich im Magazin der Calle Sucre zur Routineinspektion ein. Ich entdeckte am Sarg eine mit dem Messer eingeritzte Kerbe oder Markierung, in der Form eines gehenden Bauches wie ein R und rechts daneben eine Art kippendes V, das vielleicht ein K hätte ergeben sollen. Rachekommando? Galarza und Fesquet vermuten in den Kerben zufällige Kratzer. Arancibia dagegen ist derselben Meinung wie ich: Die Verstorbene ist aufgespürt worden. Ich befehle, die Unteroffiziere Llubrán und Abdala auf der Stelle festzunehmen und dem strengsten Verhör zu unterziehen. Sie sagen nichts. Jetzt müssen wir die Verstorbene in einem neuen Sarg verlegen, da der vorherige gekennzeichnet ist.«

Von da an war die Nomadin unaufhörlich und für immer kürzere Zeitdauern verschoben worden. Wohin die Leiche auch wanderte, ihr Gefolge von Blumen und Kerzen holte sie ein. Sie tauchten unvermittelt auf, bei der ersten Unachtsamkeit der Wachen – manchmal eine einzige Blume und eine einzige Kerze, stets brennend.

Der Oberst erinnerte sich sehr gut an den Morgen des 22. April. Nach drei Wochen des Umherirrens in Lieferwagen, Armeebussen, Bataillonskellern und Wehrbereichsküchen sah die Nomadin erschöpft aus. Er hatte sich schon damit abgefunden, sie auf dem Friedhof von Monte Grande zu bestatten, als Arancibia, der Verrückte, eine Lösung der Vorsehung anbot: Und wenn man sie in seinem eigenen Haus unterbrächte?

Der Verrückte wohnte in einem dreistöckigen Einfamilienhaus im Stadtteil Saavedra. Im Erdgeschoß lagen das Wohn- und Eßzimmer, die Gesindekammer und die Küche, mit einer Tür, die zu Garage und Garten hinunterführte, im ersten Stock das eheliche Schlafgemach, das Gästezimmer und ein Bad. Gegenüber dem ersten der beiden Räume öffnete sich eine Tür, durch die man zu der Mansarde gelangte, wo der Verrückte seine Archive, die Landkarten der Kriegsschule, einen Sandkasten mit Bleisoldaten, die sich noch immer die endlose Schlacht am Ebro lieferten, und die Kadettenuniform verwahrte. Diese Mansarde, dachte er, war der ideale Ort, um Evita zu verstecken.

Und die Ehefrau? Der Oberst studierte das ärztliche Bulletin: »*Elena Heredia de Arancibia. Alter: 22 Jahre. Schwanger in der dreizehnten Woche.*« Jetzt erinnerte er sich nicht einmal mehr an die Reihenfolge der Ereignisse. Am 24. April wurde die Leiche zwischen drei und vier Uhr morgens nach Saavedra überführt. Sie ruhte in einem matten, dunklen, einfachen Nußbaumholzsarg mit feuergeprägten offiziellen Siegeln: ›Argentinische Armee‹. In schwachem 40-Watt-Licht hatten der Verrückte und er bis um sechs in der schmierigen, nach Moder und billigen Zigaretten riechenden Garage gearbeitet. Ab und zu hörten sie die gedämpften Schritte der Ehefrau.

Sie waren nur noch zwei müde Männer, als sie, an die engen Treppenwindungen und die zu hohen Geländer stoßend, den schweren Sarg zur Mansarde hinaufbugsierten. Der Oberst hörte die Frau im Schlafzimmer hin und her gehen, hörte sie wimmern und mit erstickter Stimme rufen, als hätte sie ein Taschentuch zwischen den Lippen:

»Eduardo, was ist los, Eduardo? Mach die Tür auf, bitte. Ich fühle mich schlecht.«

»Beachten Sie sie nicht«, flüsterte der Verrückte dem Oberst ins Ohr. »Sie ist ungezogen.«

Die Frau wimmerte weiter, als sie endlich den Sarg emporhievten und zwischen den Landkarten niederließen. Durch die Fensterritzen drang das blasse Morgenlicht. Der Oberst staunte über die peinliche Ordnung der Dinge und erkannte den Zeitpunkt, da Arancibia im Sandkasten die Schlacht am Ebro unterbrochen hatte.

Es dauerte noch einmal lange, bis sie die Verstorbene mit Aktenstößen und Dossiers zugedeckt hatten. Je mehr das Papier die Leiche auslöschte, desto stärker wehrte sie sich mit schwachen Signalen: einem dünnen Fädchen chemischer Gerüche und einem Widerschein, der, als er in der ruhigen Luft lag, ein Netzchen von kleinen grauen Wolken auszubrüten schien.

»Hören Sie?« sagte der Verrückte. »Die Frau hat sich bewegt.«

Sie nahmen die Papiere wieder weg und schauten sie an. Sie war ruhig, gelassen, zeigte dasselbe hinterhältige Lächeln, das den Oberst so beunruhigte. Sie starrten sie an, bis ihnen der Morgen mit der Ewigkeit verschmolz. Dann deckten sie sie wieder mit ihrem papierenen Totenhemd zu.

Bisweilen drang das Klagen der Ehefrau zu ihnen herauf. Sie hörten Satzfetzen, Silben, die vielleicht bedeuteten: »Durst, duardo. Durst, asser«, nichts Deutliches. Die Laute drehten blinde Runden wie eine große Schmeißfliege, ohne verschwinden zu wollen.

Die schwere Nußbaumtür zur Mansarde am Fuß der Treppe hatte zwei Schlösser. Arancibia zeigte die langen Bronzeschlüssel, bevor er sie in die Schlitze steckte und umdrehte:

»Es sind die einzigen«, sagte er. »Wenn sie verlorengehen, muß man die Tür eintreten.«

»Das ist eine teure Tür«, meinte der Oberst. »Ich würde sie ungern zerstören.«

Das war alles gewesen. Er war gegangen und hatte sie im selben Moment auch schon vermißt.

Während der folgenden Wochen bemühte sich der Oberst ernsthaft, Evitas Einsamkeit und Hilflosigkeit zu vergessen. So, wie sie jetzt ist, geht es ihr besser, sagte er sich immer wieder. Die Feinde belagern sie nicht mehr, und man muß sie auch nicht vor den Blumen schützen. Beim Dunkelwerden gleitet das Licht vom Fenster über ihren Körper. Und was hatte er davon? Evitas Abwesenheit war eine schwer zu ertragende Traurigkeit. Manchmal sah er in der Stadt Plakatreste mit ihrem Gesicht an den Mauern kleben. Zerfetzt und beschmutzt lächelte die Verstorbene verständnislos von diesem Nichtort herunter. Mein Gott, wie er sie vermißte. Er verwünschte die Stunde, wo er in Arancibias Plan eingewilligt hatte. Hätte er ihn etwas genauer unter die Lupe genommen, er hätte Mängel an ihm entdeckt. Und sie wäre in irgendeinem Winkel seines Büros versteckt. Er könnte in diesem Moment den Sargdeckel heben und sie betrachten. Warum hatte er es nicht getan? Mein Gott, wie er sie haßte, wie er sie brauchte.

In seinen Karteikarten notierte er all das Nichts, das folgte: *7. Mai. Ließ Stiefel und Sporen wienern. Nichts geschah. / 19. Mai. Traf Cifuentes im Richmond. Trank sieben Cocktails. Sprachen über nichts. / 3. Juni. Ging in der Socorro in die Zehn-Uhr-Messe. Sah General Lonardis Witwe. Fand sie etwas niedergeschlagen. Machte Anstalten, sie zu grüßen. Sie schnitt mir ein saures Gesicht. Sonntag im Nachrichtendienst: Keiner da.*

Am 9. Juni, kurz vor Mitternacht, hörte er ein Geschwader Transportflugzeuge Richtung Süden fliegen. Er schaute aus dem Fenster und wunderte sich, daß er am Himmel keine Lichter sah – nichts als das Brausen der Propeller und die eisige Dunkelheit. Da klingelte das Telefon. Es war der Armeeminister.

»Der Tyrann hat sich erhoben, Moori«, sagte er.

»Ist er zurück?« fragte der Oberst.

»Wo denken Sie hin. Der kommt nicht wieder. Ein paar Wahnsinnige, die immer noch an ihn glauben, haben sich erhoben. Wir werden das Standrecht verfügen.«

»Jawohl, mein General.«

»Sie haben eine Verantwortung: die Kiste.« Der Präsident und die Minister nannten die Verstorbene ›die Kiste‹. »Wenn jemand versucht, sie Ihnen wegzunehmen, zögern Sie keinen Augenblick. Erschießen Sie ihn.«

»Das Standrecht«, wiederholte der Oberst.

»So ist es – zögern Sie nicht.«

»Wo haben sie geputscht?«

»In La Plata. In La Pampa. Ich habe keine Zeit für Erklärungen. Beeilen Sie sich, Moori. Sie tragen sie als Fahne mit.«

»Ich verstehe nicht, mein General.«

»Die Rebellen tragen eine weiße Fahne mit. In der Mitte ist ein Gesicht. Ihres.«

»Nur noch ein Detail, mein General. Gibt es Namen? Hat man die Verbrecher identifiziert?«

»Das sollten Sie besser wissen als ich und wissen es nicht. Auf einem Platz in La Plata sind Flugblätter gefunden worden. Sie sind von einem gewissen Rachekommando unterschrieben. Das erklärt ziemlich deutlich, um was für Leute es sich handelt. Sie wollen Rache.«

Bevor er aus dem Haus ging, hörte er die Kampfbefehle. Alle fünf Minuten wurden sie im Radio verlesen: »Es werden die Maßnahmen der Nation für Kriegszeiten angewendet werden. Jeder Offizier der Sicherheitskräfte wird für die

Störer der öffentlichen Sicherheit ein Schnellstverfahren und Strafe durch Erschießen anordnen können.«

Der Oberst zog die Uniform an und gab zwanzig Soldaten den Befehl, ihm nach Saavedra zu folgen. Seine Kehle war trocken und seine Gedanken verworren. Er sah die Wunden der Sterne am klaren Himmel. Er schlug den Mantelkragen hoch. Es war beißend kalt.

Er stellte einen Wachposten vor die Türen der Einfamilienhäuser und schickte je drei Mann in den wenigen Straßen des Viertels auf Streife. Er selbst verbarg sich an einer Ecke unter einem Laubengang und schaute dem Verstreichen der Nacht zu. Zwischen zwei weißen Dachterrassen fand er die Silhouette der Mansarde. Dort war Evita, und er getraute sich nicht, hinaufzugehen und sie zu betrachten. Bestimmt folgte man ihm. Wohin er geht – würden sich die Leute vom Rachekommando sagen –, dort muß auch Evita sein. Wie nannten sie sie wohl? Den Oberst beunruhigten die unzähligen Namen, die ihr die Leute gaben: Señora, Heilige, Madremia. Auch er nannte sie Madremia, wenn sich Trostlosigkeit in seinem Herzen niederließ. Madremia. Dort war sie, ein paar Schritte entfernt, und er konnte sie nicht berühren. Zweimal ging er am Haus des Verrückten vorbei. Oben war ein Licht: blau, verschleiert, ein Licht aus Dünsten. Oder war das Einbildung? Ein Strom Geräusche drang von irgendwoher an sein Ohr, und er wußte nicht, woher: »Das ist das Licht des Geistes, kalt und planetarisch. Die Bäume des Geistes sind schwarz. Das Licht ist blau.«

Als es hell wurde, nahm ihn jemand am Arm. Es war der Verrückte. Er schien gerade der Badewanne entstiegen. Die Haare leuchteten unter einer frischen Pomadeglasur.

»Ich werde Sie ablösen, mein Oberst«, sagte er. »Es ist schon alles zu Ende.«

»Was machen Sie denn hier, Arancibia? Sie sollten in Ihrem Haus sein und auf sie aufpassen.«

»Sie paßt selbst auf sich auf. Sie braucht niemand. Jeden Tag lebt sie mehr.«

Das sagte er nicht zum ersten Mal: »Jeden Tag lebt sie mehr.« Das sind Sätze, die zu diesem Land passen, dachte der Oberst. Nirgends sonst wären sie zu hören: »Jeden Tag lebt sie mehr. Jeden Tag singt sie besser.«

»Woher wissen Sie, daß alles zu Ende ist?« fragte er.

»Ich habe das Oberkommando angerufen. Niemand leistet Widerstand. Sie haben schon fünfzehn erschossen. Keiner wird am Leben bleiben. Der Präsident will ein Exempel statuieren.«

»Besser so. Man soll sie alle umbringen.« Der Oberst steckte die Hände in die Manteltaschen. Schwer spürte er die Dunkelheit in der durstigen Kehle. Als er wieder sprach, blieb ihm kaum noch Stimme: »Vielleicht müssen wir die Leiche wieder bewegen, Arancibia. Vielleicht wissen sie bereits, daß sie da ist.«

»Niemand weiß es«, sagte der Verrückte. »Das ist das erste Mal seit Monaten, daß sie sie nicht finden. Es hat keine einzige Blume, keine einzige Kerze gegeben.«

Der Oberst schwieg eine Weile.

»Sie haben recht«, sagte er schließlich. »Sie wissen nicht, wo sie ist.«

Wieviel Zeit war seit damals vergangen? Ein Monat, vierzig Tage? Sein Herz war krank geworden vor lauter Vermissen. Und wozu das alles: Soviel Trostlosigkeit half jetzt nichts mehr. Im unerwartetsten Moment war das Schreckliche geschehen.

Wiederholt hatte er versucht, sich darein zu schicken, indem er das von dieser Geschichte Überlebende in Margarita Heredia de Arancibias Schilderung gelesen hatte, der Doppelschwägerin des Verrückten: zwei Schwestern, verheiratet mit zwei Brüdern. Er las weiter, was er bereits auswendig wußte. Margarita oder Margot hatte über drei Stunden vor dem Militärrichter ausgesagt, und die Zusammenfassung des Stenogramms stand hier in den Karteikarten. Am Rand der ersten Karte hatte der Oberst ein Detail angemerkt, das ihm aufgefallen war: Immer wenn sie sich selbst meinte, sprach die Zeugin in der dritten Person. Wo »Margot und ihre Schwester« stand, mußte man lesen: »Ich und meine Schwester« oder »Ich und Elena«. Das war höchst merkwürdig. Nur in den Schlußsätzen der Aussage glitt Margarita mit einer gewissen Scham zu ihrem eigenen Ich hin, als belaste sie die Vorstellung nicht, wieder sie selbst zu sein.

KARTE I

»Margot und ihre Schwester kommen aus der sehr gesunden Familie der Heredias. Beide stammen in direkter Linie von Alejandro Heredia ab, einem der berühmtesten Provinzgouverneure von Tucumán. Sie sind in der Furcht vor Gott, der Liebe zum Vaterland und dem Schutz von Haus und Herd vor allem andern erzogen worden. Nur im Lichte dieser Werte läßt sich verstehen, warum geschah, was geschah.

Margot heiratete als erste. Sie erwählte einen Soldaten, einen stattlichen, gebildeten, aus Santiago stammenden jungen Mann, mit dem sie in den ersten beiden Ehejahren sehr glücklich war. Der einzige Makel auf dem Paar war der, daß der Gatte, Ernesto Arancibia, damals Hauptmann, sich weigerte, eine Familie zu gründen. Margot, sehr unglücklich, schöpfte Verdacht und stellte Nachforschungen an. Da erhielt sie Kenntnis davon, daß zwei von Ernestos Onkeln mütterlicherseits geistesschwach und in einem Armenhaus interniert waren. Ferner erfuhr sie, daß Ernestos jüngerer Bruder Eduardo im Alter von sieben Monaten an Hirnhautentzündung erkrankt war und noch an nervösen Folgeerscheinungen litt. Daraus zog sie den Schluß, daß Ernesto deshalb keine Kinder wollte, weil er Angst hatte, sie könnten mit erblichen Belastungen zur Welt kommen.

Margot hatte das Unglück, diese Details erst zu erfahren,

als ihre Schwester Elena schon mit Eduardo Arancibia verlobt war und es bis zum Datum der Vermählung nur noch zwei Monate dauerte. Ohne zu wissen, wie sie sich zu verhalten habe, suchte Margot den Rat ihrer Mutter, mit der sie immer sehr verbunden gewesen war. In christlicher Weisheit sagte die Mutter, es sei schon zu spät, um eine derart schwerwiegende Enthüllung zu machen, und es müßten Feindschaften zwischen der Familie Heredia und der Familie Arancibia vermieden werden. ›Ich sehe nicht ein, weshalb ich Elenita das Leben verwehren sollte‹, sagte sie, ›das Margot schon hat.‹

Zu dieser Zeit war auch Eduardo Hauptmann, und er war zwölf Jahre älter als seine Verlobte. Er hatte die medizinischen Untersuchungen der Militärschule problemlos hinter sich gebracht, und das einzige Zeichen der ehemaligen Hirnhautentzündung war sein schillernder, fast verschrobener Charakter, den Elena guten Mutes ertrug. Beide verband ein glühender Katholizismus. Jeden Sonntag empfingen sie das heilige Abendmahl, und sie gehörten zur Engelsmiliz, die in bezug auf Orthodoxie und Gebote sehr anspruchsvoll ist. Margot befürchtete, ihre Schwester Elena würde früher oder später schwanger werden. Dieses Verhängnis trat denn auch bald ein.«

KARTE 2

»Elena informierte Eduardo am 10. April über ihre Schwangerschaft. Vielleicht betroffen von der Nachricht, hatte der Gatte am selben Nachmittag schreckliche Krämpfe – seine linken Augenmuskeln erstarrten. Es wurde eine leichte Reizung der harten Hirnhaut diagnostiziert, herrührend von der frühkindlichen Meningitis.

Obwohl sich Eduardo sehr bald von seinem Leiden erholte, bemerkte Margot, daß sein linkes Auge immer starr wurde, wenn er nervös war. Auch wurde er eigenbrötlerisch und wortkarg.

So ging der April seinem Ende entgegen. Margots Schwester, die schon seit über einer Woche immer wieder erbrach und unbedeutende Störungen hatte, erlitt einen alarmierenden Blutverlust. Es wurde ihr absolute Ruhe empfohlen. Ihre Mutter wollte unbedingt bei ihr sein, doch Eduardo widersetzte sich. Er argumentierte, er müsse in seinem Haus einige Offiziere des Nachrichtendienstes empfangen und mit ihnen vertrauliche Dokumente aussortieren, um sie in der Mansarde zu verwahren. Er schien sehr ängstlich, und Elena argwöhnte mit ihrem sechsten Sinn als Frau, daß etwas Seltsames vor sich ging.

Entgegen seinem Versprechen kam Eduardo an diesem Abend nicht zum Essen. Elenas Blutverluste verschlimmerten sich, und sie versuchte Margot oder ihre Mutter anzurufen, damit sie ihr einen Krankenwagen schickten. Sie wollte keine Minute länger so schutzlos in ihrem eigenen Hause bleiben. Wie groß war jedoch ihre Angst, als sie entdeckte, daß das Telefon nicht funktionierte. Zwei- oder dreimal unternahm sie Anstrengungen aufzustehen, doch sie fühlte sich sehr schwach und befürchtete, eine Fehlgeburt zu haben. Zwischen zehn und zwölf Uhr konnte sie endlich einschlafen. Stunden später weckte sie lautes Gepolter, das aus der Garage kam. Sie hörte die Stimme ihres Mannes und identifizierte auch diejenige von Oberst Moori Koenig. Sie rief mehrmals nach ihnen und begann sogar mit einem Stuhl auf den Fußboden ihres Zimmers zu klopfen, doch keiner von beiden war so rücksichtsvoll, ihr zu antworten.«

KARTE 3

»Dann hörte sie sie näher kommen. Sie schleppten etwas Schweres und blieben alle zwei, drei Schritte stehen. Elena beschloß, aus dem Zimmer zu gehen. Sie bewegte sich langsam, ihren Bauch haltend, um eine Blutung zu vermeiden. So gelangte sie bis zur Tür. Sie versuchte sie zu öffnen und entdeckte mit einer Verzweiflung, die man sich leicht vorstellen kann, daß sie von außen verriegelt war.

Die Schwäche warf sie zu Boden. Da sie nicht weiterwußte, spähte sie durchs Schlüsselloch. Margots Schwester war immer überaus diskret gewesen, doch das war ein Fall höherer Gewalt. Sie sah ihren Gatten und Oberst Moori Koenig mit größter Mühe eine Kiste, die wie ein Sarg aussah, in die Mansarde hinauftragen. Umsonst flehte Elena sie an, ihr ein Glas Wasser zu bringen. Sie fühlte sich äußerst schwach und verspürte fürchterlichen Durst in der Kehle. Schließlich wurde sie ohnmächtig.

Weder Margot noch ihre Mutter konnten wissen, wie lange die Arme bewußtlos dalag. Etwa um zehn Uhr vormittags rief Eduardo sie vom Militärhospital aus an. Elena war mit einer leichten Dehydration eingeliefert worden, und trotz der Befürchtungen der Familie Heredia waren Gott sei Dank sowohl sie als auch ihr Kind außer Gefahr. Alarmiert vom Zustande völliger Entkräftung, in der sie sie antraf, holte die Mutter allmählich die Geschichte der schrecklichen Nacht aus ihr heraus. Je mehr Details sie erfuhr, desto größer wurde ihre Empörung. Als Elena jedoch sagte, sie wolle nicht länger bei Eduardo bleiben, und um die Erlaubnis flehte, ins Elternhaus zurückzukehren, erinnerte sie die Mutter an die Verpflichtungen, die sie vor dem Altar eingegangen war.«

KARTE 4

»Eduardos Benehmen wurde im Verlaufe der Wochen immer seltsamer. Stundenlang schloß er sich in der Mansarde ein, und wenn er Elena sah, erkundigte er sich nicht einmal nach ihrem Befinden. Auch sie hatte sich verändert. Die Angst löste in ihr ein unablässiges Verlangen nach Süßigkeiten aus. Sie war so dick, daß sie beinahe wie ein anderer Mensch aussah.

Im Mai verfiel Eduardo auf die Ägyptologie. Er füllte

das Haus mit Abhandlungen über die Mumien im British Museum und begann, mitten in der Nacht aufzustehen, um Abschnitte eines *Totenbuches* zu unterstreichen. Elena stellte fest, daß die markierten Teile lehrten, wie man Körpern, die sich schon im Jenseits befanden, zu essen gab und sie mit Juwelen schmückte. Noch merkwürdiger wurde Eduardo während der anderthalb Wochen, in denen er Mika Waltaris Roman *Sinuhe der Ägypter* las, der vor zwei oder drei Jahren in Mode gewesen war. Eines Sonntagmorgens, kurz bevor sie zur Messe gingen und während ihr Mann duschte, wagte Elena, das Buch durchzublättern. Auf einer Seite hatte er mit Rotstift hingeschrieben: ›Genau! Genau!‹

Und jetzt, Herr Richter, möchte Ihnen Margot ein paar Zeilen aus diesem Roman vorlesen, damit Sie erkennen, in welche Abgründe an Verrücktheit Eduardo Arancibia hinabgestürzt war.«

KARTE 5

»Aus *Sinuhe der Ägypter*, viertes Buch, überschrieben mit ›Nefernefernefer‹, Kapitel 4: *Der Jubel der Einbalsamierer erreichte seinen Höhepunkt, wenn sie die Leiche einer jungen Frau bekamen. (...) Sie warfen sie nicht gleich ins Becken, sondern würfelten um sie und ließen sie die Nacht in einem ihrer Betten verbringen. (...) Zur Rechtfertigung erzählten sie, einmal, während der Regierungszeit des großen Königs, sei eine Frau ins Haus des Todes gebracht worden, die während der Behandlung erwacht sei, was ein Wunder war. (...) Es gab keine frömmere Aufgabe für die Einbalsamierer, als zu versuchen, das Wunder zu wiederholen, indem sie die Frauen, die man ihnen brachte, mit ihren ungeheuren Körpern belebten.*«

»Beschämt und beunruhigt berichtete Elena ihrer Schwester Margot von der gotteslästerlichen Lektüre, die den Geist ihres Mannes in Beschlag nahm. Margot folgerte sogleich, daß sich der Schlüssel zum Geheimnis in der Mansarde befand, und erbot sich an, mit ihr hinaufzugehen, um nachzusehen, was es war. Elena erklärte ihr, das sei unmöglich: Eduardo habe die Tür mit zwei Schlössern verriegelt, zu denen nur er die Schlüssel habe. Außerdem habe er ihr ausdrücklich verboten hinaufzugehen. ›Womöglich verkehrt er mit einer andern Frau‹, sagte Margot zu ihrer Schwester, ohne daran zu denken, was diese Worte bedeuten könnten. ›Womöglich versteckt er da oben Liebesbriefe oder sonstwelche Gemeinheiten.‹ Diese Unterstellung schmerzte Elena sehr, weckte in ihr aber auch den Wunsch, das Geheimnis so rasch wie möglich zu lüften. ›Hilf mir, Margot‹, sagte sie zu ihrer Schwester. ›Mir gehen alle möglichen Vorstellungen durch den Kopf. Ich habe sogar Angst, Eduardo könnte ein Blaubart sein.‹

Da zog Margot einen Schlosser der Militärschule zu Rate und fertigte mit seiner Hilfe Abgüsse der beiden Schlösser an. Die Schlüssel waren groß, schwer, mit runden Bärten, und der Arbeiter brauchte fast eine Woche, bis er sie zum Passen brachte.

Am 2. oder 3. Juli waren die Schwestern bereit, in die Mansarde hinaufzugehen. In ihrer Beichte vom Sonntag, dem ersten Tag des Monats, beschloß Elena, die ganze Geschichte ihrem geistigen Führer zu erzählen, einem schon betagten Salesianerpater. Der Priester bestand darauf, daß sie ihrem Mann gehorche und ein so wichtiges Geheimnis nicht verletze. Elena verließ den Beichtstuhl von Zweifeln zerrissen und fragte noch am selben Sonntag ihre Mutter um Rat. Es war eine lange Diskussion. Die Mutter stimmte darin überein, daß man dringend die Wahrheit herausfinden müsse, denn die Schwangerschaft war in Gefahr, wenn Elena mit dieser Nervenanspannung weiterlebte. Margot, die mit ihrer Mutter einverstanden war, beharrte darauf, daß ihre Schwester nicht allein in die Mansarde gehen dürfe, und erbot sich erneut an, sie zu begleiten. Elena weinte unaufhörlich und wiederholte immer wieder die Anweisung, die ihr der Beichtvater erteilt hatte.«

KARTE 7

»Viel schmutzige Wäsche wurde in dem Gespräch gewaschen, das die Familie Heredia an diesem Sonntag führte. Margot erfuhr, daß Eduardo ein- oder zweimal den Besuch von Dr. Pedro Ara empfangen hatte, einem spanischen Diplomaten und Arzt, der als Einbalsamierer weltberühmt war. Die beiden hatten sich mehrere Stunden in der Mansarde eingeschlossen und einmal sogar Spritzen und medizinische Instrumente ausgekocht. Margot war äußerst alarmiert, als sie diese Geschichte vernahm. Sosehr sie sich aber über das Ganze den Kopf zerbrach, sie konnte sich nicht vorstellen, was Eduardo im Schilde führte.

Als sie die flehentlichen Bitten ihrer Familie hörte, willigte Elena endlich ein, herauszufinden, was vor sich ging, jedoch nur unter einer Bedingung: Sie würde allein hinaufgehen. Sie wollte selbst entscheiden, unterstützt allein von ihrem Beichtvater, wie sie Eduardo gegenübertreten würde, sollte sie feststellen, daß er eine Geliebte hatte.

In den folgenden Tagen war Margot schrecklich unruhig. Sie hatte böse Vorahnungen. Eines Abends sagte sie zu Ernesto, ihrem Mann: ›Ich habe den Eindruck, zwischen Elena und Eduardo klappt's nicht mehr.‹ Aber er stellte keine Fragen.

So kam Freitag, der 6. Juli 1956. In dieser Nacht mußte Eduardo im Nachrichtendienst seine wöchentliche Wache halten. Die zwölfstündige Schicht begann abends um sieben. Elena hatte die ganze Nacht zur Verfügung, um in die Mansarde zu gehen. Sie hatte die Schlüssel im Büstenhalter versteckt und schlief sogar mit ihnen. Das war der beste

Ort, denn sie hatte keinen Verkehr mehr mit ihrem Mann, seit sich die Schwangerschaft bestätigt hatte. Trotzdem hatte sie Angst. Mehr als einmal war Eduardo während seiner Wache unversehens zu Hause erschienen und hatte sich wortlos in der Mansarde eingeschlossen. Elena wollte schnell handeln. Sie würde nicht mehr als eine Stunde brauchen, um die alten Landkarten und die seltsame Holzkiste zu überprüfen. So sagte sie es Margot, als sie zum letzten Mal telefonierten.«

KARTE 8

»Diese Nacht wird nie aus Margots Gedächtnis verschwinden. Sie schlief in ihrem Haus in der Calle Juramento, wo sie noch immer wohnt, als sie das Klingeln des Telefons weckte.

Es war Eduardo. Er sprach mit kranker, verstörter Stimme. ›Es ist eine Tragödie geschehen‹, sagte er zu seinem Bruder. ›Komm sogleich her. Niemand soll dich begleiten, niemand.‹

Margot, das Ohr an den Hörer gepreßt, wurde beinahe wahnsinnig. ›Frag ihn, was los ist‹, sagte sie zu ihrem Mann.

›Elena, Elenita, eine Tragödie, sie ist verwundet‹, sagte Eduardo weinend. Und hängte ein.

Natürlich benachrichtigte Ernesto unverzüglich Oberst Moori Koenig, der Eduardos Vorgesetzter war, und zog sich an, um zu gehen. Da ihr wegen des Schicksals ihrer Schwester das Herz beklommen war, wollte ihn Margot unbedingt begleiten. Die Fahrt nach Saavedra dauerte ewig. Als sie dort eintrafen, dachten sie, sie hätten von dem Anruf vielleicht nur geträumt, denn das Haus war dunkel und die Stille vollkommen. Aber zwei Personen träumen nie denselben Traum, auch wenn sie verheiratet sind. Die Haustür war offen. Im Obergeschoß klammerte sich Eduardo verzweifelt an Elenas schon leblosen Körper.

Was wirklich geschehen war, ist ein Geheimnis, das Margots Schwester mit sich ins Grab genommen hat. Die Nachbarn glaubten einen Streit, Schreie und zwei Schüsse gehört zu haben. Aber in Elenas Leiche steckte nur eine einzige Kugel – die, die ihren Hals durchbohrt hatte. Eduardo gibt zu, daß er geschossen hat. Er hat gesagt, in der dunklen Mansarde habe er Elena mit einem Einbrecher verwechselt. Seine Reue scheint aufrichtig, und die Familie Heredia hat ihm vergeben. Aber was Margot in dieser Nacht sah, ist so unglaublich, daß sie an allem zweifelt – sie zweifelt an ihren Sinnen, zweifelt an ihren Gefühlen und zweifelt natürlich auch an dem Mann, der noch immer ihr Schwager ist.«

KARTE 9

»Während Ernesto Eduardo Beistand leistete, sah Margot einen blauen Schimmer in der Mansarde und versuchte ihn auszumachen. Obwohl sie mehrmals am Lichtschalter drehte, gelang es ihr nicht, der Schimmer blieb. Da beschloß sie hinaufzugehen. Die Treppe war voller Blut, und Margot mußte sich an der Wand festhalten, um nicht auszugleiten. In diesem Augenblick dachte sie, ihre erste Pflicht gegenüber der toten Schwester sei es, das Blut aufzuwischen, aber was sie in der Mansarde erblickte, ließ sie diese christliche Absicht vollkommen vergessen.

Der blaue Schimmer kam aus der Holzkiste und projizierte eine durchsichtige, präzis gearbeitete Gestalt, die aussah wie eine gespenstische Klöppelspitze oder ein entlaubter Baum. Dr. Ara, der Elenas Haus noch am selben Tag aufsuchte, folgerte, ich habe ... Margot habe kein Licht, sondern die Landkarte der Krankheit gesehen, die Krebs heißt, vermochte aber nicht zu erklären, welcher Art die Kraft war, die dieses Bild in der Luft festhielt. Um die Kiste herum waren Tausende von Papieren und Mappen verstreut, alle blutbefleckt. Voller Schrecken trat ich näher. Ich erinnere mich, daß mein Mund trocken war und daß mir auf einmal die Stimme versagte. Da sah ich sie. Ich sah sie nur einen kurzen Augenblick, aber mir ist, als ob ich sie noch immer sähe und Gott mich dazu verurteilt hätte, sie auf immer zu sehen.

Sowie ich sie sah, wußte ich, daß es Evita war. Ich weiß nicht, weshalb man sie in Elenas Haus gebracht hatte, und ich will es auch gar nicht wissen. Ich weiß nicht mehr, was ich wissen will und was nicht. Evita lag in der Kiste, gelassen, mit geschlossenen Augen. Ihr splitternackter Körper war blau, kein Blau, das sich mit Worten erklären läßt, sondern durchsichtig, wie Neon, ein Blau, das nicht von dieser Welt war. Neben der Kiste stand eine Holzbank, die nur dazu dienen konnte, Totenwache zu halten. Es gab auch grauenhafte Flecken, ich weiß nicht, was, Schweinereien, Gott möge mir vergeben. All diese Wochen über war Eduardo bei der Leiche gewesen.

Alles geschah wie ein Aufblitzen, in wenigen Sekunden. Ich fiel in Ohnmacht. Ich meine: Margot fiel. Sie kam im dunklen Zimmer wieder zu sich, das blaue Licht war verschwunden, ihre Hände und Kleider waren voller Blut.

So ging sie hinunter und wusch sich, so gut sie konnte. Sie hatte keine Kleider, um sich umzuziehen, und schlüpfte in eines von Elena aus feiner Wolle mit Samtapplikationen. Im Bad hörte sie Oberst Moori Koenig kommen. Auch hörte sie, wie Ernesto, ihr Mann, sagte: ›Diese Geschichte darf nicht bekanntwerden. Sie muß in der Armee bleiben.‹ Und sie hörte, wie Moori Koenig ihn korrigierte: ›Diese Geschichte muß *in diesem Haus* bleiben. Major Arancibia hat auf einen Einbrecher geschossen. Das war es: ein Einbrecher.‹ Eduardo schluchzte. Als er mich im Kleid seiner Gattin sah, erbleichte er. ›Elena‹, stammelte er. Und dann sagte er: ›Elita.‹ Ich trat zu ihm. ›Eva, Evena‹, wiederholte er, als rufe er mich. Seine Augen starrten ins Leere, der Verstand war ihm abhanden gekommen. Die ganze Nacht wiederholte er diese Litanei: ›Evena, Elita.‹

Oberst Moori Koenig bat mich, die Leiche meiner Schwester zu waschen und für das Totenhemd und die Aufbahrung herzurichten. Bei dieser Arbeit weinte ich. Ich streichelte ihren Bauch, die geschwollenen Brüste. Ihr Bauch war eingefallen, durchgebogen vom Gewicht des toten Kindes. Sie war schon fast steif, und ich konnte ihre Finger nur mit Mühe öffnen, um sie zu verschränken. Als es mir endlich gelang, sah ich, daß sie die Mansardenschlüssel umklammerte, die beiden Schlüssel waren blutbefleckt wie in der Erzählung von Blaubart.«

In den folgenden Wochen der durchwachten Nächte und Ermittlungen veränderte sich der Körper des Obersts. Unter den Augen wuchsen ihm dunkle Säcke und an den Fußknöcheln Krampfadern wie Sternbilder. Während die Verstorbene von einem Ort an den andern gebracht wurde, spürte er Übelkeit und Säuernis im Leib, die ihn nicht schlafen ließen. Immer wenn er in seinen Bürofenstern sein Spiegelbild sah, fragte er sich, warum. Was geht da mit mir vor? Am 22. Januar werde ich zweiundvierzig. Wenn ein Mann in meinen Jahren alt wird, dann, weil er nicht zu leben versteht oder weil er sterben möchte. Ich möchte nicht sterben. Es ist diese Frau, die mich tot sehen will.

Die ganze Nacht des 6. Juli hatte er das Verbrechen geheimzuhalten versucht. Als der Morgen anbrach, wurde ihm klar, daß das nicht möglich sein würde. Die Nachbarn hatten einen Streit zwischen Elena und Eduardo und danach die Schüsse gehört. Alle sprachen von zwei Schüssen, aber der Oberst sah nur die Spur von einem: die Kugel, die Elena tief im Hals steckte.

»Niemand erfuhr je, was wirklich geschehen war«, sagte mir Aldo Cifuentes fast dreißig Jahre später. »Moori Koenig hatte sich ein Bild gemacht, aber es fehlten ihm Teile zu dem Puzzle. Der Fehler war gewesen, die Verstorbene in Arancibias Mansarde zu lassen. Der reglose Körper hatte den Verrückten mit jedem Tag mehr verführt. Er dachte nur noch daran, nach Hause zu kommen, um ihn betrachten zu können. Er hatte ihn entkleidet. Neben den Sarg stellte er eine kleine Holzbank, wo er weiß der Teufel was trieb. Er mußte die Einzelheiten des Körpers erforschen: die Wimpern, die feine Krümmung der Brauen, die noch immer durchsichtig lackierten Zehennägel, den großen Nabel. Hatte er zuvor gehört, wie sie sich bewegte, so glaubte er vielleicht, wenn er mit ihr allein war, sie lebe. Oder er wartete auf ihre Auferstehung, wie sich aus seiner Lektüre von *Sinuhe der Ägypter* schließen läßt.«

Die Nachbarn sagten aus, zwischen neun und zehn Uhr abends sei lauthals gestritten worden. Ein Major a. D., der gegenüber den Arancibias wohnte, hörte den Verrückten sagen: »Hab' ich dich erwischt, du Miststück!« Und Elena weinend: »Töte mich nicht, vergib mir.« Um sechs Uhr früh kam der Untersuchungsrichter der Armee. Um sieben befahl der Armeeminister Dr. Ara, den Leichnam zu untersuchen. Der Einbalsamierer stellte nichts Ungewöhnliches fest. Eine Woche zuvor war er im Haus gewesen und hatte Thymollösungen in die Oberschenkelschlagader gespritzt. Moori Koenig entrüstete sich über Ara, weil er die Verstorbene ohne seine Zustimmung und Kenntnis berührt hatte. »Major Arancibia sagte mir, *Sie* hätten darum gebeten«, erklärte der Einbalsamierer. »Er sagte mir, die Leiche verändere ihre Stellung, wenn man sie allein lasse, und Sie beide wüßten nicht, weshalb. Ich habe den Leichnam minuziös untersucht. Er hat kleine Risse, man merkt, daß er viel herumgekarrt worden ist. Aber grundsätzlich hat er sich nicht verändert, seit Sie ihn mir weggenommen haben.« Wie immer war sein Ton herablassend, ätzend. Moori Koenig mußte sich zusammennehmen, um ihm nicht die Faust ins Gesicht zu schlagen. Er verließ das Haus des Verbrechens mit einer gräßlichen Depression. Um zehn Uhr vormittags rief er Cifuentes an und lud ihn zum Trinken ein. Seine Stimme war alkoholentstellt, und mitten in einem Satz hielt er den Hörer von sich weg und stammelte Unsinn: »Evena, Elita.«

Während Elenas Totenwache und der Neun-Nächte-Gebete für ihren Seelenfrieden blieb Eva Peróns Leiche in der Mansarde, geschützt von den Bergen der Aktenbündel und Dokumente. Zwei tote Frauen waren im Haus, aber niemand durfte von ihnen sprechen. Die Ereignisse verirrten sich immer mehr, als suchten sie einen Ort und fänden nirgends ein Unterkommen. Am 17. und 18. Juli wurde Eduardo Arancibia vors Militärgericht gestellt. Seine Verteidiger ermunterten ihn umsonst, um Milde zu bitten – er sprach nicht, er bat nicht um Verzeihung, er beantwortete die ungeduldigen Fragen des Richters nicht. Erst am Abend des zweiten Tages klagte er über Flammen im Kopf. Ohne sich um die Würde des Gerichts zu scheren, rief er: »Die Flammen schmerzen mich! Evina, Evena, wo steckst du?« Man schaffte ihn mit Gewalt hinaus. Er war nicht im Gerichtssaal, als man ihn zu ›lebenslänglich‹ im Magdalena-Gefängnis verurteilte. Aus Pietätsgründen oder aus Gründen der Geheimhaltung beschloß der Richter, den Fall mit einem falschen Vorsatzblatt archivieren zu lassen: *Todesfall durch Unfall.*

In diesen Tagen wurde die Verstorbene erneut auf die Odyssee geschickt, die ihr so zusetzte: von einem Lastwagen in den andern und durch Straßen, die nie dieselben waren. Sie wurde ziellos durch die glatte, unendliche, konzeptlose Stadt gefahren. Da der Oberst seine Alkoholhölle nicht verließ, nahm im Nachrichtendienst Hauptmann Galarza die Zügel in die Hand; er plante die Umzüge der Verstorbenen, kaufte ihr einen neuen Kittel, änderte die Wachordnung. Manchmal, wenn er den Lastwagen mit der Leiche unter seinen Bürofenstern stehen sah, grüßte er sie mit irgendeinem Blöken seiner Klarinette, das Mozart oder Carl Maria von Weber sich im Grabe umdrehen ließ. Eines Morgens wurde ihm mitgeteilt, man habe in der Nähe des Krankenwagens, in dem die Leiche jetzt eingeschlossen war, Kerzen gefunden. Das konnte ein Zufall sein – es waren drei niedrige, am Fuß eines Denkmals auf der Plaza Rodríguez Peña brennende Kerzen. Die Wachsoldaten, die die Zeichen mittlerweile kannten, hatten nichts Außergewöhnliches gehört. Galarza beschloß, es sei trotzdem der Moment gekommen, ›die Waffenkiste‹ auszutauschen. Er ließ einen rohen Pinienholzsarg ohne Verzierungen und Griffe kaufen und auf beide Seiten in Verpackungsbeschriftung ›Radioanlagen. LV2 La Voz de la Libertad‹ aufmalen.

Allein in seinem Büro, gab sich der Oberst immer mehr der Trauer, dem Verlustschmerz hin. Seit er zu Hause anonyme Briefe und Drohanrufe bekam, näherte er sich Evita nicht mehr. Er durfte nicht. »Wenn wir dich mit ihr sehen, reißen wir dir die Eier aus«, sagten die Stimmen. Es waren immer andere. »Warum läßt du sie nicht in Frieden?« wiederholten die Briefe. »Wir folgen dir Tag und Nacht. Wir wissen, daß Eva dort sein wird, wo auch du bist.« Sie erteilten ihm Befehle: »Wir geben dir bis zum 17. Oktober Zeit, die Leiche der CGT auszuhändigen«; »Wir verbieten dir, sie in den Nachrichtendienst zu bringen«. Er ertrug es nicht, zu gehorchen, und gehorchte trotzdem. Er vermißte sie. Wenn sie in meiner Nähe wäre, dachte er, hätte ich nicht solchen Durst. Nichts konnte ihn stillen.

Er hatte dreimal seine Telefonnummer geändert, aber der Feind spürte ihn immer auf. Eines frühen Morgens rief eine Frauenstimme an, und benommen gab er den Hörer seiner Frau. Sie ließ ihn schreiend fahren.

»Was hat sie gesagt?« fragte er. »Was wollen die Schweinehunde?«

»Sie sagt, heute um zwölf werden sie unser Haus in die Luft jagen. Sie hätten die Milch für unsere Kinder vergiftet. Sie werden mir die Brustwarzen abschneiden.«

»Beachte sie nicht.«

»Du sollst diese Frau zurückgeben.«

»Welche Frau? Ich weiß nichts von einer Frau.«

»Die Mutter, hat sie gesagt. Santa Evita, hat sie gesagt. Madremia.«

Um zwölf explodierte im Treppenhaus eine Dynamitpatrone. Fenster, Vasen, Geschirr gingen zu Bruch. Die Glassplitter verletzten die ältere Tochter am Backenknochen. Sie mußte ins Krankenhaus eingeliefert werden: zwölf Stiche. Ebensogut hätte sie hoffnungslos entstellt sein können. Person hatte ihm mehr Schaden zugefügt als sonstjemand, und dennoch vermißte er sie. Er dachte unablässig an sie, mit Atemnot, Krämpfen in der Brust. Mitte August ging ein Gewitter nieder, das den Frühling vorwegnahm, und der Oberst beschloß, sein Schicksal in die eigene Hand zu nehmen. Er rasierte sich, nahm ein über zweistündiges Vollbad und zog die letzte neue Uniform an, die er noch hatte. Dann trat er in den Regen hinaus. Die Verstorbene war noch immer in der Calle Paraguay stationiert, gegenüber der Carmen-Kapelle. Zwei Soldaten überwachten die Straße, zwei weitere paßten im Krankenwagen auf den Sarg auf. Der Oberst hieß sie einsteigen und fuhr bis zur Callao/Viamonte. Dort ließ er Person stehen, vor seinen Augen, unter seinem Büro.

Jetzt, dachte er, würde es keinen Feind mehr geben, der ihm die Stirn zu bieten wagte. Cifuentes, der ihn an diesem Nachmittag besuchte, vertraute er an, er habe den Krankenwagen mit einem Schutzwall von fünfzehn Mann umstellt: Sechs sicherten von den Gebäudefenstern aus ebenso viele Ecken, einer hatte sich mit schießbereiter Ordonnanzwaffe unter dem Chassis versteckt, die andern waren auf dem Gehweg, im Fahrzeug sowie vorn und hinten postiert.

»Ich dachte, er sei verrückt geworden«, sagte Cifuentes. »Aber er war nicht verrückt. Er war verzweifelt. Er sagte, er werde die Nutte bändigen, ehe sie ihn zugrunde richte.«

So wartete er. In Uniform, am Fenster sitzend, den Blick starr auf den Krankenwagen gerichtet und ohne einen Tropfen Alkohol zu sich zu nehmen – er wartete die ganze Nacht des 15. August und den ganzen milden folgenden Tag, ohne daß sich etwas ereignete. Er wartete, sie vermissend und zugleich hassend, überzeugt, daß er sie schließlich besiegen würde.

Als es am Donnerstag, dem 16., dunkel wurde, hatten sich die Wolken schon verzogen, und über die Stadt senkte sich steife, eisige Luft, die knirschte, wenn man sie durchschritt. Kurz vor sieben zog die Prozession des heiligen Rochus durch die Avenida Callao. Der Oberst stand am Fenster, als die Polizeipatrouillen den Verkehr nach Osten umleiteten, und hörte die sakrale Posaunenmusik. Das Bildnis des Heiligen und seines Hundes ragte kaum über die Brandung schwarzer und violetter Ordenskleider hinaus. Die Büßer trugen Altarkerzen, Blumenkränze und große Eingeweide aus Silber. »Die haben offenbar Lust, ihre Zeit zu vertrödeln«, sagte der Oberst. Und wünschte sich, es möchte regnen.

Es war einer dieser Momente, in denen der Abend unschlüssig ist, wie Cifuentes sagte: Das Licht oszilliert wie bei einem einarmigen Banditen zwischen Grau, Purpurrot und Orange. Moori Koenig wollte wieder an seinen Schreibtisch zurück, um Margot Arancibias Karteikarten durchzusehen, als ihn lautes Gehupe innehalten ließ. Draußen stieß Galarza heisere Befehle aus, von denen der Oberst kein einziges Wort verstand. Blind rannten die Soldaten auf der Straße durcheinander. Eine üble Ahnung bohrte sich in seine Kehle, erzählte Cifuentes. Immer hatte Moori Koenig die Vorahnungen wie Nadeln oder Verbrennungen in den Stollen seines Körpers gespürt. Er stürzte auf die Straße hinunter und kam gerade rechtzeitig zur Ecke der Callao, um in der unvermittelt hereingebrochenen Nacht dreiunddreißig niedrige Kerzen zu sehen, die am Fuß der Fassaden in einer Reihe leuchteten. Von fern sahen sie aus wie Schaum oder die Kielspur eines Schiffs. In einem Hausflur fand er einen Trauerkranz aus Wicken, Stiefmütterchen und Vergißmeinnicht, durch den ein Band mit goldenen Buchstaben gezogen war. Resigniert las er die schon vorhersehbare Botschaft: *Santa Evita, Unsere Mutter. Rachekommando.*

Eine halbe Stunde später hatte Hauptmann Galarza die kurze Befragung der Priester, die die Prozession anführten, und der nachfolgenden andächtigen Frauen in ihren braunen Ordensgewändern abgeschlossen. Die Trance der Gebete und die Weihrauchschwaden hatten alle blind gemacht. Sie erinnerten sich an nichts Außergewöhnliches: weder an Leichengaben noch an Kerzen, die nicht in den Pfarreien verkauft worden wären. In der Avenida Córdoba waren einige violett gewandete Büßer zurückgeblieben, um einer erschöpften Nonne Beistand zu leisten, wie sie sagten, aber in Prozessionen gibt es viele derartige Zwischenfälle. Niemand erinnerte sich an die Gesichtszüge von irgend jemandem.

Der Oberst war außer sich. Zweimal stieg er in den Krankenwagen und trat Person mit wutstockender Donnerstimme gegenüber: »Das werde ich dir heimzahlen, das werde ich dir heimzahlen.« Fesquet hörte ihn immer wieder Flüche auf deutsch ausstoßen, konnte sich aber nur eine Frage merken, die sich wie eine Bitte anhörte: »Bist du noch da?« Und dann: »Weiter wirst du mir nicht gehen.«

Die Hände auf dem Rücken, tigerte er hin und her, die Gelenke mit eisiger Entschlossenheit drückend, ohne sich um die unerbittliche Kälte zu kümmern. Schließlich blieb er stehen und rief Galarza.

»Bringt diese Frau in mein Büro hinauf«, befahl er.

Der Hauptmann schaute ihn befremdet an. Seine Unterlippe war gesprungen; vielleicht die Kälte, dachte Moori Koenig, überrascht, daß ihn in Momenten der Anspannung solche Gedanken erreichten; vielleicht die Klarinette.

»Und die Geheimhaltung, mein Oberst?« fragte Galarza. »Wir werden die Vorschrift verletzen.«

»Was für eine Scheißgeheimhaltung – alle Welt weiß es inzwischen. Bringt sie hinauf.«

»Im Oberkommando wird man sich ärgern«, warnte ihn Galarza.

»Mir vollkommen egal. Denken Sie an all das Böse, das sie uns angetan hat. Denken Sie an Arancibias arme Frau.«

»Noch mehr schaden kann sie uns, wenn wir sie hereinlassen.«

»Bringen Sie sie hinauf, Hauptmann. Ich weiß, was ich tue. Bringen Sie sie jetzt hinauf.«

Der Sarg war leicht oder schien jedenfalls leichter als die Pinienbretter, aus denen er bestand; er paßte aufrecht in den Aufzug und fuhr so vier Stockwerke hoch bis zum Büro des Obersts. Sie schoben sie unter die Grundig-Musiktruhe, deren Farbe ebenfalls wie heller Honig war. Die drei Dinge, die da an diesem Ende des Raums aufeinandertrafen, wußten nichts miteinander anzufangen, wie jemand, der klatschen will und seine andere Hand nicht findet: oben die Bleistift- und Temperaskizze von Kant in Königsberg, darunter die Grundig-Musiktruhe, die noch nie jemand gebraucht hatte, und zuunterst die ›LV2 La Voz de la Libertad‹-Kiste, in der Evita mit ihrer unhörbaren, aber entschiedenen, verhängnisvollen Stimme lag, freier als irgendeine lebende Stimme. Lange betrachtete der Oberst diese deutliche Grenze des Raums, während der Gin in raschen Kaskaden durch seine Kehle floß. Paßte gut, dochdoch, auf den ersten Blick störte nichts, nur manchmal entwich ein Faden von dem chemischen Geruch, den er so gut kannte. Wer sollte schon etwas merken. Er verspürte den Drang, sie anzuschauen, den Drang, sie zu berühren. Er schloß die Tür ab und schob den Sarg an eine Stelle im Raum, die immer leer gestanden hatte. Er hob den Deckel ab und sah sie: etwas zerzaust und eingefallen von der Fahrt im Aufzug, aber noch mehr zum Fürchten als vier Monate zuvor, als er sie in die Mansarde des Verrückten gebracht hatte. Obwohl sie eiskalt war, brachte Person es fertig, schief zu lächeln, als wollte sie etwas zugleich Zärtliches und Schreckliches sagen.

»Bist ein Scheißweib«, sagte der Oberst zu ihr. »Warum warst du so lange weg?«

Er verspürte Bitterkeit – ein lästiges Schluchzen kroch ihm die Kehle hinauf, und er wußte nicht, wie er ihm Einhalt gebieten sollte.

»Wirst du jetzt dableiben, Evita? Wirst du mir gehorchen?«

Der blaue Glanz aus Persons Tiefen flimmerte, oder er glaubte, er flimmere.

»Warum liebst du mich nicht? Was hab' ich dir getan. Ich verbringe mein Leben damit, auf dich aufzupassen.«

Sie antwortete nicht. Sie sah strahlend, siegesgewiß aus. Dem Oberst entrann eine Träne, und gleichzeitig erfaßte ihn eine Welle des Hasses.

»Dich werde ich Mores lehren, du Nutte, und sei es mit Gewalt.«

Er trat auf den Korridor hinaus.

»Galarza! Fesquet!« rief er.

Die Offiziere eilten herbei und spürten eine Katastrophe kommen. Neben der Tür blieb Galarza brüsk stehen, so daß Fesquet nicht weitergehen konnte.

»Schaut sie euch an«, sagte der Oberst. »Scheißnutte. Sie läßt sich nicht bändigen.«

Jahre später erzählte mir Cifuentes, nichts habe Galarza so beeindruckt wie der herbe Geruch nach Betrunkenenurin. »Er verspürte schrecklichen Brechreiz«, sagte er, »getraute sich aber nicht. Er hatte das Gefühl, sich in einem Traum zu befinden.«

Der Oberst starrte sie verständnislos an. Er stieß das ekkige Kinn vor und befahl:

»Pißt sie an.«

Da sich die Offiziere nicht rührten, wiederholte er den Befehl Silbe für Silbe:

»Los, worauf wartet ihr. Richt't euch! Pißt sie an.«

12 »*Fetzen meines Lebens*«

Und nun war er verhaftet. Sie hatten ihn um sechs Uhr morgens geholt, als er sich gerade zu rasieren versuchte. Seine Hände hatten gezittert. Er hatte sich mit dem Messer ins Kinn geschnitten – eine tiefe Wunde, die nicht zu bluten aufhören wollte. Unter solch erbärmlichen Umständen war er festgenommen worden.

»Sie haben eine halbe Stunde, um sich von Ihrer Familie zu verabschieden«, hatten sie gesagt. Und so war er denn in einen Armeelieferwagen gestiegen: drei Tage Fahrt mit unbekanntem Ziel auf einer ebenen, unendlichen Straße ohne Kurven. Der Hauptmann, der ihn begleitete, konnte oder wollte keine Erklärungen abgeben.

»Seien Sie nicht so ungeduldig«, sagte er. »Sie erfahren schon, was los ist, wenn wir dort sind. Es ist ein vertraulicher Befehl des Armeeministers.«

Er hatte keine Ahnung, wohin er gebracht wurde. Am frühen Morgen des zweiten Tages hatte der Lieferwagen vor einem Horizont von Distelfeldern angehalten. Der Himmel war dunkel und eiskalt. Man hörte das Hin- und Zurückwogen des Meeres. Die Begleitmannschaft in Zivil begann Scheiben und Fahrgestell des Wagens mit engmaschigem Drahtgeflecht zu verkleiden.

»Ich werde mich beschweren«, sagte der Oberst. »Ich bin doch kein Verbrecher. Ich bin Oberst der Nation. Entfernt diese Gitter.«

»Das ist nicht Ihretwegen«, antwortete der Hauptmann gleichgültig. »Es ist wegen der Steine. Wir kommen gleich auf eine Straße mit straußeneiergroßen Steinen. Wenn wir den Lieferwagen nicht abschirmen, hauen die uns in Stücke.«

Kaum setzten sie sich wieder in Bewegung, spürte er sie. Sie traktierten das Metall mit ohrenbetäubendem Gescheppe. Wenn der Wagen langsam fuhr, hörte man die hohen Windvorhänge, unablässig, rasend.

Um Mitternacht des dritten Tages gelangten sie zu einer Reihe kubischer Betongebäude mit Kippfenstern über den Eisentüren. Der Hauptmann setzte ihn vor einem Eingang ab und gab ihm den Schlüssel.

»Drinnen finden Sie alles, was Sie brauchen. Morgen früh wird man Sie holen.«

In dem Raum standen ein Feldbett, ein großer Tisch mit Bleistiften und Notizblöcken, eine Stehlampe und ein zweiteiliger Spiegelkleiderschrank. Erleichtert sah er seine Oberstuniformen darin hängen. Sie waren sauber, und jemand hatte auf die Achselstücke neue goldene Sterne aufgenäht. Die Luft roch nach uraltem, beharrlichem Staub. Er versuchte in die Nacht hinauszugehen, aber in der unermeßlichen Dunkelheit draußen hinderte ihn der Wind am Vorwärtskommen. Er bombardierte seine erschöpfte Haut mit Sandkörnern und Kieselsplittern, beutelte seinen Körper, als gäbe es nirgends Obhut noch Licht und Stille, nur den Wahnsinn des Windes, der sich selbst anwehte. In der Ferne glaubte er einen kegelförmigen Berg zu erkennen. Einige Vögel kreischten, vielleicht Möwen, was nachts unverständlich war. Er hatte gräßlichen Durst und wußte gleichzeitig, daß nichts ihn stillen konnte. So ging er in sein Zimmer zurück (oder in diese Leere, die er jetzt sein Zimmer nannte), in der Gewißheit, daß die Einsamkeit begonnen hatte und ohne Ende sein würde.

Noch vor dem Morgengrauen wurde an die Tür geklopft. Ein ihm unbekannter Oberst a. D. eröffnete ihm, der Armeeminister habe ihn an diesen Rand der Wüste verbannt, weil er die Befehle der Vorgesetzten nicht erfüllt habe.

»Welche Befehle?« fragte der Oberst.

»Man sagte mir, Sie wüßten schon.«

»Gar nichts weiß ich. Für wie lange?«

»Sechs Monate. Es ist eine Verbannung, kein Arrest. Wenn Sie hier wegkommen, wird dieser Zwischenfall nicht in Ihrer Akte stehen.«

»Verbannung, Arrest – für mich ist das ein und dasselbe.«

Die ganze Situation erschien ihm verquer. Auf ein mageres, werggefülltes Kissen gestützt, hatte er sich auf der Pritsche halb aufgerichtet, während der andere Oberst sprach, ohne ihn anzusehen. Im Kippfenster deutete sich eine graue Helligkeit an, brauchte aber Ewigkeiten, um voranzukommen; das Grau wollte sich nicht bewegen, als wäre diese Unentschlossenheit die wahre Natur des Tages.

»Sie dürfen überall herumspazieren, wo Sie wollen«, sagte der andere Oberst. »Sie dürfen Ihre Frau und die Kinder holen. Sie dürfen ihnen Briefe schreiben. Die Offiziersmesse befindet sich in der Nähe, im Nebengebäude. Das Frühstück wird von sechs bis acht, das Mittagessen von zwölf bis zwei, das Abendessen von acht bis zehn serviert. Das Klima ist gesund, Meeresklima. Es wird wie ein Urlaub sein, eine Erholung.«

»Wer sind die Nachbarn?« fragte der Oberst.

»Einstweilen gibt es keine. Sie sind allein. Ich bin schon seit zehn Monaten hier und habe außer meinem Burschen und dem Garnisonschef noch niemand gesehen. Aber jeden Augenblick kann noch jemand kommen.« Unversehens verstummte er und strich sich eine Weile über die Mantelaufschläge. Er war ein alter Oberst mit rundem, unerforschlichem Gesicht, der wie ein Bauer aussah. Wer weiß, wie lange er außer Dienst gewesen war, bis ihn Peróns Sturz in die Armee zurückgeführt hatte. Wer weiß, ob er wirklich Oberst war. »An Ihrer Stelle«, sagte er, »würde ich meine Frau kommen lassen. Hier kann man wahnsinnig werden. Hören Sie sich diesen Wind an. Er kommt nie zur Ruhe. Vierundzwanzig Stunden lang geht das so.«

»Ich weiß nicht, wie ich meine Frau anrufen soll«, sagte der Oberst bedrückt. »Ich weiß nicht einmal, wo wir sind.«

»Ich dachte, das hätten Sie gemerkt. Gegenüber dem Golfo San Jorge, im Süden. Was hilft's Ihnen, wenn Sie's wissen. Bei diesem Wind kommt man nicht sehr weit.«

»Irgendwo wird man wohl etwas Gin kaufen können«,

meinte der Oberst. »Ich werde ein paar Flaschen brauchen.«

»Das würde ich Ihnen nicht empfehlen. Alkohol ist wahnsinnig teuer. In der Messe können Sie welchen kaufen, aber die Flasche kostet ein Heidengeld.«

»Ich habe meinen Sold.«

»Nur ein Drittel«, berichtigte das Vollmondgesicht. »Den Rest zahlt die Armee Ihrer Familie aus. Dieses Drittel reicht kaum fürs Essen, das ebenfalls teuer ist. Hier wird nichts produziert. Die Vorräte müssen von sehr weit hergebracht werden.«

»Dann werde ich nichts essen.«

»Sagen Sie das nicht. Die Meeresluft regt den Appetit an.«

Am Mittag ging er hinaus und kämpfte gegen den Wind an. Die Offiziersmesse war keine fünfzig Meter entfernt, unter einem großen Schild mit dem Wort *Taverne*, aber jeder Schritt kostete ihn eine ungeheure Anstrengung, als wären seine Füße im Boden verankert. Ein kleiner muskulöser Mann mit Boxernase stellte eine grüne Mehlsuppe vor ihn hin.

»Bringen Sie mir Gin«, befahl der Oberst.

»Alkohol schenken wir nur Freitag und Samstag abends aus«, sagte der Mann. Es war Donnerstag. »Bevor Sie etwas bestellen, schauen Sie sich besser die Preise an.«

Er studierte das Menü. Einzig Erbsensuppe und Lammfleisch waren nicht sündhaft teuer.

»Und das Salz? Was kostet das Salz?«

»Salz und Wasser sind umsonst. Sie können soviel davon haben, wie Sie wollen.«

»Dann geben Sie mir Salz. Etwas anderes brauche ich nicht.«

Draußen war die Luft nie klar. Der Wind wehte so kräftig, daß er aus der Verbrüderung vieler niemals abflauender Winde zu bestehen schien. Er war feucht und gesund, mit Meeresluftfransen und Sandnadelstichen. Am Horizont zeichnete sich die fade Silhouette des Kegelbergs ab, den der Oberst in der Vornacht undeutlich gesehen hatte. Jetzt schien er sich gleich auflösen und verschwinden zu wollen.

Als er in sein Zimmer zurückkam, war sein Bett mit frischen Laken bezogen. Auf der Badezimmerablage waren säuberlich seine Rasierutensilien aufgereiht. Die Kleider waren umständlich auf Bügel und in die Schrankschubladen verteilt worden. Es empörte ihn, daß sich jemand die Freiheit genommen hatte, seinen Koffer zu öffnen und ohne Erlaubnis über seine Sachen zu verfügen. Tobsüchtig begann er einen Beschwerdebrief an den Armeeminister zu schreiben, brach ihn jedoch mittendrin ab. Die Trostlosigkeit, die ihn umgab, erschien ihm unabänderlich, und er dachte, am besten warte er das Ende der sechsmonatigen Verbannung ab. Jetzt beunruhigte ihn nur die Verstorbene. Er hatte sie zu zähmen versucht, und man hatte es ihm nicht erlaubt. Früher oder später, wenn sie ihnen abhanden kam, würden ihn die von der Regierung rufen müssen. Schließlich war er der einzige, der mit ihr umzugehen wußte. Auch der Einbalsamierer hatte darin eine gewisse Gewandtheit erlangt, aber den würde man nicht in Betracht ziehen – er war Ausländer, Zivilist und kollaborierte vielleicht insgeheim mit Perón.

Ein dunkler Verdacht stieg langsam in ihm hoch, bis er ihn vollständig überschwemmte: Seine Geheimnisse waren verletzt worden. Wer auch immer seinen Koffer geleert hatte, er wußte jetzt, daß sich darin zuunterst das Manuskript von *Meine Botschaft* und das Bündel Schulhefte befanden, die Renzi, der Butler, Persons Mutter anvertraut hatte, diejenigen, die sie, Person, zwischen 1939 und 1940 vollgeschrieben hatte und die auf den ungeraden Seiten Rubriken wie *Nägel*, *Hahre*, *Beine*, *Mekap*, *Nase*, *Proben* und *Ausgaben für Krankenhaus* trugen. Zweifellos hatte der Eindringling auch die Karteikarten gefunden, auf denen der Oberst das ganze Geschiebe und Getriebe des Nachrichtendienstes festhielt. In der knappen halben Stunde, die man ihm für den Abschied von seiner Familie gewährt hatte, hatte er sich weniger damit befaßt, die Töchter zu küssen und wahllos seine Kleider auf einen Haufen zu werfen, als diese Papiere zusammenzutragen, ohne die er verwundbar, erledigt, ein Nichtmensch war. Was er jetzt besaß, war nichts und war zugleich alles: Geheimnisse, die man nicht teilen konnte, lose Fäden von Geschichten, welche für sich allein nicht sehr viel bedeuteten, aber als Gesamtheit, von kundiger Hand verflochten, genügten, um das Land in Flammen aufgehen zu lassen.

Wenn man ihm auch nur ein Blatt angerührt hatte, würde er das erstbeste menschliche Wesen töten, das ihm über den Weg lief. Es war ihm egal, wer in sein Zimmer eingedrungen war – bestimmt steckten alle unter einer Decke. Die Smith & Wesson mit sechs Kugeln hatte man ihm gelassen, vielleicht in der Hoffnung, er würde sich umbringen. Das hatte er nicht vor, sondern mit der Waffe würde er jeden erschießen, der ihm vor den Lauf käme. Er würde ein Massaker anrichten, ehe er sich in der Unermeßlichkeit des Windes draußen verlöre. Krank vor Wut, überprüfte er den Koffer. Seltsam. Anscheinend hatte niemand die Bündel berührt. Alle waren noch mit den deutschen Knoten in Form einer Acht verschnürt, die nur er machen und lösen konnte.

Er breitete die Karteikarten des Nachrichtendienstes auf der Pritsche aus und warf einen kurzen Blick darauf. Ihren Inhalt konnte schwerlich jemand entziffern. Er hatte sie in einem einfachen, fast primitiven Code geschrieben, aber wenn man den Satz nicht kannte, der den Zugang ermöglichte, entzog sich einem ihr Sinn. In seinem Tresor im Banco Francés hatte er eine Kopie des Codes hinterlegt, mit der Anweisung, sie bei seinem Tod oder Verschwinden seinem Freund Aldo Cifuentes auszuhändigen. Cifuentes selbst zeigte mir den in der spitzen, schrägen Schrift des Obersts gekritzelten Satz:

He aprendido que no es injusto el daño que me está sucediendo (*Ich habe gelernt, daß das Leid, das mir widerfährt, nicht ungerecht ist*)
Ab cdebfghgi jkb li bm hfnkmpi bq gcri jkb sb bmpc mktbghbfgi

Und dann: g=u, b=z, f=x, k=w, y=y,v=v. Die Zahlen: o=1, 2=9, 3=8, 4=6, 5=5. Die Schrift wird umgekehrt. Der Text ist der Spiegel.[8]

»Eine Zeitlang dachte ich, Moori habe den Code zum Kryptogramm an einem der hoffnungslosen Tage verfaßt, die er am Golfo San Jorge verbringen mußte«, sagte Cifuentes. »Ich dachte, der Satz sei ein Abbild seiner selbst als Büßer. Ich irrte mich: Er hatte ihn aus einem Buch von Evita abgeschrieben. Sie finden ihn in der Ausgabe von *Meine Botschaft*, die an den Kiosken ausliegt.[9] Moori nahm an diesem Satz eine geringfügige Veränderung vor, vermutlich um einige weitere Buchstaben einzuführen. Evita sagt: ›Die Krankheit und der Schmerz haben mich Gott nähergebracht. *Ich habe gelernt, daß all das, was mir widerfährt* und mich leiden macht, *nicht ungerecht ist.*‹ Moori hingegen spricht von dem *Leid, das mir widerfährt.* Vielleicht dachte er dabei auch an sich, wie ich anfänglich annahm. Vielleicht umzingelte ihn schon die Vorstellung vom Fluch.«

Doch als er die Karten auf der Pritsche ausbreitete, wollte der Oberst nur prüfen, ob die Reihenfolge nicht verändert worden war. Er las die Aufzeichnungen, die er verfaßt hatte, nachdem er Person mit einem Stern hinter dem Ohr markiert hatte: *Was geschah nach dem Tod des Vaters, 1926?*

8 Das Kryptogramm des Obersts gleicht demjenigen von »La Jangada« von Jules Verne, wo die einmal entzifferte Botschaft ebenfalls Buchstabe für Buchstabe von hinten nach vorn gelesen werden muß.

9 Cifuentes spielte auf einen 96seitigen Band an, der vom Verlag Ediciones del Mundo mit einem Prolog von Fermín Chávez herausgegeben worden war. Auf dem Umschlagbild, unter dem Titel *Meine Botschaft* und der Zeile ›Das Buch, das zweiunddreißig Jahre lang verschwunden war‹, lächelt Evita vor den Flammen eines lodernden Feuers.

Und entzifferte die letzte Zeile der Eintragung: »Sie fuhr mit der Mutter und den Geschwistern im Bus nach Chivilcoy.«[10] Alles war an seinem Ort. Er überflog die Karte mit der Frage: *In den ersten sieben Monaten des Jahres 1943 war die Verstorbene von der Bildfläche verschwunden. Sie trat weder im Radio noch im Theater auf, und die Veranstaltungsmagazine nennen sie nicht. Was geschah in diesem Zeitraum? War sie krank, durfte sie nicht auftreten, hatte sie sich nach Junín zurückgezogen?* Widerwillig übersetzte er sich die letzte Zeile: »Mercedes Pinter, die ihr im Otamendi y Miroli Gesellschaft leistete, hat erzählt ...«

Den Rest des Vormittags lag er auf der Pritsche und überlegte, wie er es anstellen sollte, um Evita zurückzubekommen. Er wünschte, sie wäre hier. An diesem entlegenen Ort, allein mit ihm, würde es ihr bessergehen als sonstwo. Jemand könnte sie ihm zum Golfo San Jorge bringen. Wieder einmal brauchte er einen Plan, einen vertrauenswürdigen Offizier und etwas Geld. Vielleicht könnte er einer Zeitschrift die Geschichte der Verstorbenen verkaufen und verschwinden. Cifuentes hatte ihm die Idee in den Kopf gesetzt: »Denken Sie nach, Oberst, denken Sie nach. *Paris Match, Life.* Fünftausend Dollar. Zehntausend. Wieviel Sie wollen.« Aber wenn er sich seines Geheimnisses entäußerte, würde er nicht mehr der sein, der er war. Er wäre nichts mehr wert.

10 Genügt es, den Code zu diesem Satz abzuschreiben, um die Mühe zu verstehen, die sich der Oberst gemacht hatte? Cifuentes sagte mir, noch in seinen letzten Tagen, als er völlig am Ende war, habe sich Moori an die Entsprechungen jedes einzelnen Buchstabens erinnert und einen beliebigen Satz in seinen Code übertragen können:

Fue con la madre y sus hermanos en ómnibus hasta Chivilcoy
xkb tif qc scgeb y mkm abescfim bl islhzkm acmpc tahvhqtiy

Wenn man die Buchstaben umkehrte und die Zwischenräume wegließ, las sich die letzte Zeile so: yitqhvhatcpmcaislhzkmlbmifcsebamkmybegsccqfitbkx.

Ein träger Sonnenstrahl drang durchs Kippfenster. Auf der Suche nach einem Versteck für die Papiere ließ er den Blick durch die karge Behausung schweifen. Es waren solide, unverwundbare Wände. Im Beton sah man keine andern Unregelmäßigkeiten als die des Gusses: Klümpchen und Kraterchen wie auf dem Mond. Draußen ächzte noch immer der Wind und kreischten die rätselhaften Möwen. Gegen drei Uhr verscheuchte der Hunger seine Benommenheit. Er lag unbeweglich auf dem Feldbett, als er jemanden verstohlen in den kaum erhellten Raum schleichen zu sehen glaubte. Er tastete nach der Smith & Wesson unter dem Kissen und rechnete aus, wie lange er brauchen würde, um vom Bett zu springen und zu schießen. Seine Spannung lockerte sich nicht einmal, als er erkannte, daß der Eindringling eine unglaublich kleine Frau war – er konnte leicht feststellen, daß es sich um eine Frau handelte, da riesige Brüste sie verrieten –, die die Haare zu einem Kranz gesteckt hatte und einen kurzen Rock trug. Er sah sie mit einem dampfenden Teller an den Tisch treten, der nach Oliven, Muskatnuß und einer intensiven Soße duftete, aus der luftige Weingeister dunsteten. Als sie den geflochtenen Vorhang einrollte, der das Kippfenster abdeckte, bemächtigte sich des Raums dasselbe graue Licht wie am Morgen – jetzt wuchtig, als wäre es aus Stahl – und machte ihn merkwürdigerweise noch dunkler.

»Wir dachten, Sie sind krank«, sagte die Frau. »Ich habe Ihnen Kartoffeltopf gebracht. Eine Willkommensspeise.«

»Haben Sie meinen Koffer aufgemacht?«

Jetzt konnte er sie sehen. Sie war eine Miniatur von Frau, nicht größer, als wäre sie neun oder zehn Jahre alt, mit tiefen Falten über den Lippen und diesen Brüsten wie Planeten, die sie zwangen, vornübergebeugt zu gehen.

»Man muß das Zimmer in Ordnung halten«, sagte sie. »Man muß die Vorschrift erfüllen.«

»Ich will nicht, daß Sie etwas anrühren. Wer sind Sie? Der Oberst hat mir nichts von einer Frau erzählt.«

»Ich bin Ersilia«, sagte sie, ohne den Teller abzustellen, »seine Frau. Ferruccio erwähnt mich nie, um sich wichtig zu machen. Ich bin es, die hier alles erledigt. Ohne mich gäbe es diesen Ort gar nicht. Haben Sie den Wind gehört?«

»Den würde ich auch hören, wenn ich taub wäre. Ich kann mir nicht vorstellen, wie man diese Gebäude hat bauen können.«

Der Oberst wünschte sich, die Frau möchte gehen, aber sie machte keine Anstalten, den Raum zu verlassen.

»Die Betonblöcke wurden auf Lastwagen gebracht und dann mit Winden und Kränen aufeinandergefügt. Die ersten Fenster hielten keinen Monat. Die Rahmen, die Scheiben flogen davon. Eines Morgens waren die Betonwände einfach nackt. Der Wind hatte die ganze Verschalung verweht. Da ersetzte man die Fenster durch diese Kippfenster.«

»Lassen Sie mir den Topf hier und gehen Sie. Sagen Sie dem Oberst ... Wie heißt er eigentlich?«

»Ferruccio«, antwortete die Zwergin.

»Sagen Sie Ferruccio, ich verbiete ihm, meine Sachen anzurühren. Sagen Sie ihm, ich werde selbst dafür sorgen, daß das Zimmer in Ordnung ist.«

Die Zwergin stellte den Kartoffeltopf auf den Tisch und schaute lange den geschlossenen Koffer an. Sie rieb sich die Hände an der Schürze ab, die ihr kaum die Beine und den Bauch bedeckte – ein unter den unwahrscheinlichen Kugeln der Brust verstecktes Fetzchen Stoff –, und sagte mit einem Lächeln, das sie fast schön machte:

»Eines Tages werden Sie mich die Hefte lesen lassen, die Sie da haben, nicht wahr? Irgendwann in den nächsten Tagen. Ich habe mit gleichen Heften lesen gelernt. Als ich sie sah, wurde mir ganz wehmütig.«

»Sie gehören nicht mir. Man darf sie nicht lesen. Sie gehören der Armee.«

»Man darf sie also nicht lesen«, staunte sie.

Sie machte ein wenig die Tür auf. Nach Laune kam der Wind bald in sanften, bald in wilden Wellen herein; er wirbelte Staubschwaden auf und verstreute sie überall. Die dunkle Staubbrandung drang auch ins Zimmer und entfärbte Groll, Gefühle, Worte, entfärbte alles, was sich ihr zu widersetzen wagte.

»Es wird Regen geben«, sagte Ersilia im Gehen. »Ferruccio hat einen Funkspruch für Sie. Er ist heute früh eingetroffen.«

Lange blieb er reglos liegen und betrachtete das gemächliche Abnehmen des Lichts, das von vier bis sechs Uhr in einem blassen Orangeton verharrte und bis nach sieben ohne Eile in Violett überging: eine majestätische, schreckliche Dämmerung, die vielleicht gar nicht für Menschen gemacht war. Kurz nach sieben fiel feiner Eisregen, der den anmaßenden Staub tilgte. Doch der Wind blieb, wilder denn je. Der Oberst rasierte sich, badete und zog seine unnütze Uniform an. Dann löste er die Knoten an den Bündeln, um sie mit einem neuen Muster zu verstärken, und schlug, fast ungewollt, eines der Hefte auf. Nicht die nachlässige Schrift mit ihren großen Zügen, die auf den waagerechten Linien wie auf Drähten akrobatische Kunststücke zu vollführen schien, überraschte ihn, sondern die Sätze, die er las:

schlürf nicht wenn du die Suppe ißt beuge dich nicht zu sehr über den teller beiß nicht in die Brotscheibe um einen Bissen zu nemen sondern brich ihn mit den Fingern ab tauch kein Brot in die Suppe stek das Messer nicht in den Mund

War das ein Benimmheft? Alle Seiten mit dem Titel *Proben* wiederholten *du sollst nicht mach nicht nimm nicht benutz nicht*. Erst am Schluß hatte Evita etwas abgeschrieben, was sich wie ein Gedanke oder der Text eines Tangos las:

Als ich neulich Abends / vom Theater in die Pension ging spührte ich stechenden Grahm / der mir auf der Linken heimtükisch in mein Herz / sich boren wollte

Voller Neugier blätterte der Oberst die *Ausgaben für Krankenhaus* durch. Auf der ersten Seite, mit Rotstift unterstrichen, hatte Person – diejenige, die in der qualvollen Backfischzeit dieser Hefte erst der Entwurf von Person war – eine Krankheit definiert. *Brustfellenzündung von Chicha: begint mit hohem Fieber und starken Schmerzen in der Brust eher Stichen in der seite.*[11] Die folgenden Seiten enthielten ein beinahe wie eine Lagerliste abgefaßtes Reisetagebuch:

Hin- und Rückreise nach Junín	*$ 3,50*
Schachtel Asperin	*$ 0,25*
Wärmflasche	*$ 1,10*
Kodein Anpullen	*$ 0,80*

Schon bei meiner Ankumft geht es ihr bedeutend besser arme Chicha mit so großen Augenringen also in zwei tagen bin ich wieder zurück gräme dich nicht Pascual mit Rosa mußte man es früher oder später in meiner Rolle mal versuchen und wenn sies schlecht macht dann wirf sie ohne Angst raus und nimm die Pampín kurzum wenn ich zurück bin verlass ich die Pension sie ist ein drek wie du weißt voll Kakerlacken und Schweinereien[12]

11 Cifuentes, der 1956 ein paar Seiten aus den Heften abschrieb, versicherte mir, er habe die originalen Orthographiefehler peinlich genau beachtet. Ihm verdanke ich auch die Beschreibung von Evitas Handschrift, von den Heften und den Knoten, mit denen der Oberst sie verschnürte.

12 Cifuentes zog den Schluß, es handle sich um den Entwurf zu einem Brief an Pascual Pelliciotta, den Schauspieler, mit dem Evita eine Radiotruppe anführte. Ab Mai 1939 interpretierten Pelliciotta/Duarte für Radio Mitre *Die Jasminblüten der Achtziger*, eine Hörspielreihe von Héctor Pedro Blomberg. Chichas (Erminda Duarte, Schwester von Evita) Brustfellentzündung ereignete sich zwischen Juli und August, als die Truppe in Rosario eine Bühnenversion von Blombergs Werk darbot. Am Donnerstag, dem 3. August, wurde Evita in den Nachmittags- und Abendvorstellungen durch Rosa del Río ersetzt, mit der sie ein Pensionszimmer teilte. In den Vorstellungen von Samstag, 5. August, wurde die Hauptrolle von Ada Pampín gespielt.

Er klappte die Hefte zu, und die Dunkelheit oder die Scham brannte ihn innerlich – nicht mehr der Wind, der vielleicht vom Regen verscheucht worden war, sondern die Scham, den Fuß in eine Vergangenheit gesetzt zu haben, die es nicht lohnte. Es war eine Vergangenheit, die sich auflöste, kaum streifte sie der Oberst mit den Augen. Was hatte Person in jenen Jahren getrieben? Er konnte es in seinen eigenen Karteikarten nachlesen:

> Januar 1939: *Ein paar Wochen nach dem Bruch mit dem Regisseur Rafael Firtuoso (eine Romanze von zwei Monaten) verliebte sich ED in den Besitzer der Zeitschrift ›Sintonía‹. Von einer Pension in der Calle Sarmiento zog sie in eine Wohnung in der Seaver-Passage.* Mai: *Sie erschien auf dem Titelblatt der Zeitschrift ›Antena‹, aber als sie sich beim Chefredakteur bedanken wollte, empfing er sie nicht. Sie interpretierte vier Hörspiele von Héctor Pedro Blomberg.* Juli: *Ihr Bruder Juan, der Seifenvertreter war, stellte sie dem Inhaber der Seifenfabrik Jabón Radical vor. Sie stand für zwei Anzeigen von Línter Publicidad Modell.* November: *Sie verliebte sich in den Inhaber von Jabón Radical, aber man sah sie weiterhin heimlich mit dem ›Sintonía‹-Besitzer.* Januar 1940: *Pampa Films engagierte sie als Nebendarstellerin für den Streifen ›Die Last der Mutigen‹, dessen Hauptdarsteller Santiago Arrieta und Anita Jordán waren. Im Filmstudio, in der Nähe von Mar del Plata, lernte sie den Friseur Julio Alcaraz kennen. Sie wurde demnächst dreiundzwanzig. Sie war von kränklicher Blässe, von alltäglicher Hübschheit, flößte nicht Leidenschaft, sondern Mitleid ein. Und trotzdem wollte sie die Welt mitreißen.*

Er verschnürte die Bündel mit ausgeklügelten, komplizierten Knoten und trat ins diffuse Nachtlicht hinaus. Die Kälte war schneidend. Er schritt durch Sprühregen und Wind, und wieder spürte er, daß er durchs Nichts schritt. In der Taverne brannte ein Kamin mit feuerfesten Scheiten. Ferruccio wandte ihm den Rücken zu. Der Kleine mit der Boxernase war hinter der Theke zugange. Der Oberst schlug martialisch die Hacken zusammen und nahm an Ferruccios Tisch Platz.

»Wunderbar«, sagte Ferruccio. »Wir haben auf Sie gewartet. Meine Frau hat für Sie gekocht. Langen Sie tüchtig zu, das wird Ihre letzte unentgeltliche Mahlzeit sein.«

In der Küche erspähte er die Silhouette der Zwergin Ersilia, die umherschwirrte wie eine Mücke.

»Sagen Sie diesem Mann dort«, der Oberst deutete mit der Kinnlade zur Theke, »er soll mir einen Gin bringen. In drei Stunden ist Freitag.«

»Parientini«, sagte der Boxer. »Ich heiße Caín Parientini.«

»Egal«, sagte der Oberst. »Bringen Sie mir Gin.«

»Das ist nicht erlaubt«, mischte sich Ferruccio ein. »Es ist ein Jammer. An diesem Ort ist das Reglement sehr streng. Wenn man uns erwischt, landen wir alle im Kittchen.«

»Wer soll uns erwischen? Da ist keiner.«

»Da ist auch kein Gin. Am Freitagabend wird eine Flasche gebracht, und am Sonntagmorgen wird sie wieder geholt. Seit ich hier bin, ist es immer dieselbe Flasche. Sie kommt und geht unangerührt.«

»Also morgen«, rief der Oberst dem Boxer zu. »Morgen zur selben Zeit. Verlangen Sie, daß man Ihnen gleich mehrere Flaschen hierläßt. Mit einer allein ist nichts anzufangen.« Er wandte sich Ferruccio zu. »Ihre Frau sagte mir, man hätte mir einen Funkspruch geschickt.«

»Ach ja. Schlechte Nachrichten. Hauptmann Galarza hatte einen Unfall.«

Der Oberst nahm den zerknitterten Zettel, den ihm Ferruccio reichte. Die Nachricht bestand aus langen, zusammengekleisterten Streifen, und man war nicht einmal so vorsichtig gewesen, sie zu chiffrieren. Er las, Galarza habe ›DF-Radioanlagen‹ im Lieferwagen des Nachrichtendienstes verschoben. Er hatte Anweisung, sie auf dem Friedhof von Monte Grande ›christlich zu bestatten‹. Als er Richtung Llavallol in die Pavón einbog, streifte der Wagen den Bordstein und kippte um. Eine Schmarre von dreiunddreißig Stichen lief jetzt quer über Galarzas linke Backe. Wie durch ein Wunder war er davongekommen, aber er würde verunstaltet bleiben. Die Leitung des Nachrichtendienstes war abermals vakant, und Fesquet hatte sie übernehmen müssen. Er machte keinen Schritt ohne die Zustimmung seiner Vorgesetzten. Unversehrt lag ›DF-Radioanlagen‹ wieder in der Nische, an die sie sich allmählich gewöhnte, unter der Grundig-Musiktruhe. Jeden Augenblick würde der Armeeminister den neuen Leiter des Nachrichtendienstes ernennen und ein für allemal die endgültige Bestimmung von DF anordnen. Man sprach davon, sie auf dem Chacarita-Friedhof einzuäschern oder im Massengrab auf der Insel Martín García zu beerdigen. Als künftiger Verantwortlicher wurde beharrlich Oberst Tulio Ricardo Corominas genannt. Der Funkspruch war unterzeichnet mit Fesquet, Gustavo Adolfo, Oberleutnant der Infanterie.

Ungläubig las der Oberst den Text noch einmal. Er war nicht chiffriert, jedermann konnte ihn lesen. Monatelang hatte er bis ins letzte Detail eine Geheimaktion betreut, bei der der Frieden der Nation auf dem Spiel stand, und jetzt löste ein subalterner Offizier, ein Stümper, das so geschickt eingefädelte Geflecht auf. Also Höschen war nun an der Spitze des Nachrichtendienstes. Er war der vierte in der Befehlshierarchie und der einzige, den Persons Fluch noch nicht ereilt hatte. Der einzige? Vielleicht lastete der Fluch schon lange auf ihm. Ein verächtlicher Schwuler, ein Unglück in den makellosen Armeekadern. Wie lange würde man ihn wohl dort belassen? Eine Woche, zwei? Wenn Corominas der vom Minister ausgesuchte Mann war, so war er nicht in der Lage, das Amt zu übernehmen. Eben erst war er an einem Bandscheibenvorfall operiert worden und trug noch ein Gipskorsett. Galarza war für wer weiß wie lange außer Gefecht gesetzt – dreiunddreißig Stiche im Gesicht.

Ein Stich für jedes Lebensjahr von Evita: Das war der Fluch, eingraviert. Inzwischen härmte sich Arancibia im Magdalena-Gefängnis ab, in Isolationshaft, wo er niemanden sprechen oder sehen durfte. Wohin hätte ihn seine ganze Verrücktheit noch geführt? Und wenn der Verrückte der einzige Vernünftige wäre? Wenn der Verrückte, um zu vermeiden, daß auch ihn der Fluch ereile, diesem zuvorgekommen war? Wieder quälten ihn die Schweißausbrüche, die Trockenheit in der Kehle, das Gefühl, die Wirklichkeit entweiche und er könne ihr nicht folgen.

»Galarza hat der Fluch getroffen«, sagte er. »Die Nutte.«

»Ein schrecklicher Unfall«, stimmte Ferruccio zu.

»Halb so schlimm. Sein Gesicht ist im Eimer, aber er wird davonkommen.«

»Die Nutte«, wiederholte Parientini wie ein verspätetes Echo.

»Wir hätten sie mit Säure verbrennen sollen. Ich war dafür, daß man sie verbrennt«, sagte Ferruccio. »Ursprünglich wollte man sie hierherbringen. Wir haben abgewinkt. Ich habe Haltung angenommen. Wo Ferruccio ist, da kommt diese Frau nicht hin, hab' ich zu ihnen gesagt.«

Der Oberst war verdutzt. Diese Details hatte ihm niemand erzählt, aber zweifellos stimmten sie. In Argentinien gab es kein besser gehütetes Geheimnis als das Schicksal der Verstorbenen, und doch kannten es diese drei Hungerleider. Was Ferruccio da eben gesagt hatte, wußte im Augenblick kaum ein General der Nation.

»Wer wollte sie herbringen?« fragte er möglichst unbefangen.

»Der Minister, Ara, sie alle«, sagte Ferruccio. »Hier sind wir am Ende der Welt, aber wir erfahren alles.«

»Sehen Sie sich vor, Oberst«, rief Ersilia aus der Küche. »Sie wissen gar nicht, was für ein Glück Sie haben, daß Sie bei uns sind. Wären Sie bei ihr, so wären Sie schon tot.«

»Diese Nutte will keiner hier haben«, wiederholte der Boxer.

»Ich schon«, sagte Ersilia. »Ich wollte, sie hätten sie gebracht. Wir beide wären gut miteinander ausgekommen. Mit Frauen hatte Evita keine Probleme. Ich hätte auf sie aufgepaßt. Da hätte ich jemand zum Plaudern gehabt. Ich hätte mich nicht so allein gefühlt.«

»Ich weiß auch nicht, warum sich alle Frauen immer allein fühlen«, sagte Ferruccio.

»Hier zieht diese Nutte nicht«, sagte Parientini. »Wir gaben ihr schon eine Chance, als sie noch lebte, und sie wollte nicht. Wir luden sie ein zu kommen, wir baten sie darum, und sie ließ sich nie blicken. Jetzt kann sie uns mal.«

»Das war 1951. Sie war krank«, sagte Ferruccio.

»Ach was. Ihnen war das doch schnurz, weil Sie nicht hier lebten.«

»Kommt auf eins heraus. Mir ist nichts egal. Ich weiß alles. Sie kam nicht, weil sie nämlich gerade an Krebs operiert worden war. Sie war nur noch Haut und Knochen. Konnte sich kaum auf den Füßen halten. Stell dir mal vor, bei diesem Wind. Sie wäre glatt davongeweht worden.«

»In dieser Zeit reiste sie überallhin«, sagte Parientini. »Verschenkte noch in der hintersten Hütte Geld, aber uns ließ sie links liegen. Das verzeih' ich ihr nicht.«

Ersilia kam mit einem Topf, in dem Lorbeerblätter, Schaffleisch, Kartoffeln und Maiskolbenscheiben schwammen. Sie hatte die Haare in ein Netzchen gepackt und war beinahe schön. Obwohl winzig klein, besaß sie einen harmonischen Körper, zu dem nur die Brüste nicht passen wollten. Ihre Miniaturfüßchen, die graziösen Vogelschenkel, das lächelnde, erhitzte Gesicht erinnerten an einen Putto von Tintoretto. Das Gewicht des Topfs beugte sie. Keiner machte Anstalten, ihr zu helfen.

»Ich wollte, man brächte Evitas Leiche her«, sagte sie zum Oberst, während sie ihm einen großen Löffel von dem Gericht schöpfte. »Ich hätte sie gern gewaschen und auf sie aufgepaßt. Nicht mit den Frauen hatte sie Scherereien, sondern mit den Männern, die sie so heruntermachten.«

»Wenn man sie hierhergebracht hätte, wär' ich abgehauen«, sagte Parientini. »Diese Frau hab' ich nie riechen können. Sie war voller Ressentiments. Spielte sich mit dem Geld der andern auf. Wem gehörte denn das Geld, das sie verteilte, na? Es kam von denselben Leuten, oder etwa nicht? Sie nahm es aus einer Tasche und steckte es in eine andere. Sie wollte nur eins, sich in Szene setzen. Schaut doch, woher sie kam. Sie war niemand, konnte nichts. Sie machte sich zur Künstlerin, holte sich Perón ins Bett, und dann wurde sie die große Wohltäterin. Das kann jede.«

»Kein Mensch hat sie gezwungen, zu tun, was sie tat«, sagte Ersilia und setzte sich an den Tisch. »Sie hätte großartig leben und von einem Fest zum andern gehen können wie die andern Primeras Damas. Aber nein. Sie rieb sich auf für die Armen. Sie machte sich kaputt. Du hältst besser den Schnabel, Caín. Bis vor einem Jahr warst du noch Peronist.«

»Mir ist nicht gut«, sagte der Oberst. Er legte das Besteck auf den Teller, zog die zwischen zwei Knöpfen eingeklemmte Serviette aus dem Militärjackett und schickte sich an aufzustehen. Er fühlte sich müde, verloren, als gäbe es an diesem Niemandsort zu viele Orte.

»Bleiben Sie«, bat ihn Ferruccio. »Wir werden essen, ohne uns zu unterhalten.«

»Ich werde krank«, sagte der Oberst. »Ich brauche einen Schluck Gin. Ich nehme ihn als Arznei. Er erhöht meinen Blutdruck.«

»Es ist ein Jammer. Wir haben keinen«, sagte Ferruccio. »Da kann man nichts machen.«

Eine Weile aßen sie schweigend, und der Oberst blieb resigniert auf seinem Stuhl sitzen, ohne die Kraft und den Mut aufzustehen. Was hatte es für einen Sinn, in die Einsamkeit zurückzugehen? Es blieben ihm noch sechs Monate zum Alleinsein. Warum sollte er an einem Ort mit so wenig Leben dasjenige nicht nutzen, das man ihm gab? Parientini schüttelte verärgert den Kopf und murmelte immer wieder wie eine Litanei: »Diese Nutte, diese Nutte.« Ferruccio aß mit offenem Mund, Sehnen und Knochensplitter des Schafs ausspuckend. Die einzige, die sich offensichtlich unbehaglich fühlte, war die Zwergin. Sie reckte den Hals und betrachtete neugierig die andern. Alle steckten im Schweigen fest wie im Treibsand, bis sie es nicht mehr aushielt und sich an den Oberst wandte.

»Sie können sich nicht vorstellen, wie sehr mich Evitas Schrift beeindruckt hat.« Ihre Stimme war vergnügt und ohne Nuancen, die Stimme eines Menschen, der die Unschuld nie verlassen hat. »Wer würde auf den Gedanken kommen, eine so verwegene Frau könnte schreiben wie ein sechsjähriges Kind.«

Der Oberst erstarrte. Der Überraschungen waren an diesem Abend so viele, daß sie ihm nicht einmal Raum für die Verwirrung ließen. Was diese Idioten nicht wußten, das kriegten sie raus, und was sie nicht rauskriegen konnten, das errieten sie.

»Die Schrift«, fragte der Oberst, »wo haben Sie sie gesehen?«

»In den Heften«, antwortete Ersilia unbefangen. »Ich habe sie nicht aufgemacht. Sie werden doch nicht auf die Idee gekommen sein, ich hätte sie aufgemacht, gell? Ich habe nur gelesen, was auf dem Deckblatt steht: Schlürf nicht, wenn du die Suppe ißt. Ein Strich Wimperntusche unten und brauner Lidschatten ist das beste für kastanienbraune Augen. So war Evita. Diese Sätze können nur von ihr sein.«

»Sie sind nicht von ihr«, hörte sich der Oberst sagen. Er sprach, ohne es zu wollen. Sein Verstand war voller Brände und Leerräume. Wenn er jene nicht mit Gin löschen konnte, füllten sich diese mit Worten. »Sie schrieb sie irgendwo ab. Oder jemand hat sie ihr diktiert, wer weiß. Die Hefte sind sehr alt, bestimmt zwanzig Jahre.«

»Siebzehn«, korrigierte Ferruccio. »Sie können nicht älter als siebzehn Jahre sein. Seit 1939 kann man sie kaufen.«

»Hier sind wir sehr gut unterrichtet«, sagte Parientini. »Uns entgeht nichts.«

»Halt endlich die Klappe, Caín«, herrschte ihn Ersilia mit heiserer, gebieterischer Stimme an, die an die Evitas erinnerte.

»Einiges wissen wir«, sagte Ferruccio. »Aber nie wissen wir alles, was wir möchten. Bevor Sie kamen, erhielt ich den Auftrag, diesen Zettel da zu entziffern. Täglich sitze ich sechs oder sieben Stunden drüber. Ich krieg's nicht hin.«

Er hörte auf zu essen und zog aus der Hemdentasche einen Knopf und ein zerknittertes Blatt mit Briefkopf der Armee. Der Knopf war das rote Abzeichen der Stabsoffiziere. Der Oberst versuchte sich zu besinnen: Ferruccio, Ferruccio. Es gelang ihm nicht, sich an seinen Namen oder den Jahrgang zu erinnern, dem er angehörte. Auch nicht an die Waffengattung: Artillerie, Pioniertruppe? Diese ungeklärten Details störten ihn wie eine Wimper im Auge.

»Ich habe ein Wort erraten«, sagte Ersilia. »Wenn es fünf Großbuchstaben sind, ist kein Irrtum möglich. CPHVB ist Evita.«

Der Oberst erschrak.

»Sie haben meine Karteikarten gelesen«, sagte er und bemühte sich, gelassen zu wirken. Seine Hände zitterten. Tatsächlich zitterten sie schon seit Tagen.

»Nicht wir«, stellte Ferruccio richtig. »Wozu auch. Im Ministerium wurden von all Ihren Papieren Kopien angefertigt und mir geschickt. Ich muß sie bloß dechiffrieren. Aber ich bin um kein Komma weitergekommen. Sehen Sie sich die Frage auf diesem Blatt an: *Floh sie aus Junín mit dem Sänger Agustín Magaldi?* Und beachten Sie die zungenbrecherische Antwort. Wenn die fünf Großbuchstaben Evita bedeuten, wie Ersilia meint, dann ist C gleich E und P gleich V. Nehmen wir an, die Information ist verkehrt herum geschrieben. Dann ist C gleich A und P gleich T. Aber damit kann ich nichts anfangen. Ich habe keins der andern Wörter verstehen können.«

»Sie müssen uns helfen, Oberst«, bat Ersilia.

»Ich kann nicht«, sagte der Oberst. »Ich habe den Code nicht.«

Man brachte ihm ein Glas Wasser, das er nicht anrührte. Der Wind wehte asthmatisch.

»Sie wissen, was diese Informationen bedeuten«, sagte Ferruccio hartnäckig. »Besinnen Sie sich. Wenn wir das hinter uns haben, wird das Leben für alle einfacher sein.«

»Ich weiß nicht. Ich kann nicht«, wiederholte der Oberst. »Ich kann tun, was ich will, mein Leben wird nie einfach sein.«

»Denken Sie nach«, sagte Ersilia. »Sie werden ja sechs Monate hier sein.«

»Na und? Würden Sie sie mir verkürzen, wenn ich mich an den Code erinnerte?«

»Nein«, sagte Ferruccio. »Niemand kann Ihre Strafe mildern. Aber die Armee wird Ihnen soviel Gin geben, wie Sie nur wollen. Das hilft. Die sechs Monate werden nur so verfliegen.«

Würdevoll stand der Oberst vom Tisch auf.

»Ich weiß nichts. Und außerdem, wen kümmert es denn, was in diesen Papieren steht. Was gewinnt die Armee damit, daß sie die Geschichte eines armen fünfzehnjährigen Mädchens kennt, das davon träumte, Schauspielerin zu werden.«

»Was gewinnt man damit«, räumte Ersilia ein. »Sie haben recht.«

»Man gewinnt immer, was man nicht verliert«, unterbrach sie Ferruccio. »Die Nutte hat alle fertiggemacht. Sie hat mich fertiggemacht. Auch wenn es spät ist, sie soll dafür büßen.« Atemlos hielt er inne. Das Mondgesicht wirkte wie eine Witzzeichnung. »Hunderte von Leuten sind dabei, sie zu erforschen, Oberst. Sie kriegen nichts heraus – keine einzige Geschichte, die nicht schon in den Illustrierten gestanden hätte. Schlägereien in den Theatergarderoben, Bumsereien mit irgendeinem Typ, der ihr hochklettern half. Das ist Ramsch, der Mitleid erregt, aber keinen Haß erzeugt. Und was wir brauchen, ist Haß, etwas, was sie so herunterreißt, daß man sie für immer vergißt. Man hat nachgeforscht, ob es Konten in der Schweiz gab. Nichts. Ob sie sich mit Staatsgeldern Juwelen kaufte. Nein. Alles Schenkungen. Man hat Monate verplempert, um nachzuweisen, daß sie Naziagentin gewesen sei. Wie hätte sie Naziagentin sein können, wo sie nicht einmal die Zeitungen las? Demnächst wird all dieser Mist auch noch in einem Buch veröffentlicht. Es heißt *Das Schwarzbuch der Zweiten Tyrannei.* Über vierhundert Seiten. Und wissen Sie, wie viele davon über die Nutte? Zwei. Lächerlich – ganze zwei Seiten. Das einzige, was man ihr vorwirft, ist, *Der Sinn meines Lebens* nicht selbst geschrieben zu haben. Herzlichen Dank. Das wußten sogar schon die Nonnen in Klausur. Sie haben in diesen Karten da viel mehr. Wenn Sie mir den Code geben, können wir die Nutte für immer erledigen. Mag die Leiche unverwest bleiben, solange sie will. Wir werden die Erinnerung an sie auslöschen.«

»Nein«, antwortete der Oberst. Er war müde. Er wollte weit weg. Wenn er bis morgen oder übermorgen der Verrücktheit nicht entkam, in die man ihn da gepfercht hatte, würde er in den Wind eindringen und Gott mit ihm tun lassen, was ihm beliebte.

»Hören Sie auf, mich zu nerven, und geben Sie mir den Code«, bedrängte ihn Ferruccio. »Sie sind ein hoher Offizier der argentinischen Armee. Was Sie herausgefunden haben, gehört nicht Ihnen.«

»Ich kann nicht. Ich weiß nichts. Ich kann Ihnen nicht geben, was ich nicht habe.«

Er ging zur Tür und öffnete sie. Der Wind wirbelte im Kreis herum und peitschte die Leere. Am eisigen Himmel leuchtete ein riesiger Mond. Er dachte, wenn man ihn dazu verdammt habe, in dieser Trostlosigkeit zu sterben, würde er den Tod stolz, integer erwarten. Schließlich konnte man nur im Tod unsterblich sein wie Evita.

13 »*Wenige Stunden vor meiner Abreise*«

In den zehn Jahren nach ihrer Entführung wurde keine einzige Zeile über Evitas Leichnam publiziert. Der erste, der es tat, war Rodolfo Walsh in ›Diese Frau‹, aber der Name Evita erscheint im Text nicht. Er wird umspielt, angedeutet, evoziert, aber niemand spricht ihn aus. Der ungenannte Name war in diesem Moment die perfekte Beschreibung der verschwundenen Leiche.

Nach dem Erscheinen von Walshs Erzählung, 1965, begann sich die Presse in Mutmaßungen über den Leichnam zu ergehen. In einem triumphierenden zehnseitigen Bericht kündigte die Zeitschrift *Panorama* an: »Hier ruht Eva Perón. Die Wahrheit über eines der großen Geheimnisse unserer Zeit.« Aber die Wahrheit verlor sich in einem Gespinst von Antworten. Ein anonymer Admiral sagte: »Wir verbrannten die Leiche in der Maschinenbauschule der Kriegsmarine und streuten die Asche in den Rio de la Plata.« – »Sie wurde auf der Insel Martín García beerdigt«, informierte aus dem Vatikan Kardinal Copello. – »Sie wurde nach Chile gebracht«, gab ein Diplomat an.

Crítica sprach von einem Friedhof auf einer mit Mauern umgebenen Insel: »In roten Samt gehüllte Särge schaukeln wie Gondeln auf dem Wasser.« *La Razón*, *Gente* und *Así* veröffentlichten unscharfe Kartenausschnitte, die irgendeine unmögliche Enthüllung versprachen. Alle peronistischen Jugendlichen träumten davon, die Leiche zu finden und sich mit Ruhm zu bedecken. El Lino, Juan, La Negra, Paco, Clarisa, Emilio starben an den Kugeln von Soldaten oder paramilitärischen Banden, weil sie glaubten, Evita erwarte sie im ewigen Jenseits und werde ihnen ihr Geheimnis erzählen. Was ist aus dieser Frau geworden, fragten wir uns in den sechziger Jahren. Was hat man mit ihr angestellt, wo hat man sie versteckt. Wie hast du, Evita, so lange sterben können?

Es dauerte über fünfzehn Jahre, bis die Leiche wiederauftauchte, und mehr als einmal glaubte man sie verloren. Zwischen 1967 und 1969 wurden Interviews mit Dr. Ara, mit Marineoffizieren, die die CGT bewachten, als der Oberst die Leiche an sich nahm, und natürlich mit dem Oberst selbst publiziert, der nicht mehr über das Thema sprechen mochte. Auch Ara zog das Geheimnis vor. Er empfing die Journalisten in seinem Büro in der Spanischen Botschaft, zeigte ihnen den einbalsamierten Kopf eines Bettlers, den er zwischen Manzanillaflaschen verwahrte, und verabschiedete sie dann mit ein paar hochtrabenden Sätzen: »Ich bin stellvertretender Kulturattaché der spanischen Regierung. Wenn ich spräche, würde ich gar manchen Sturm entfesseln. Ich darf nicht. Ich darf als Blitzableiter, nicht jedoch als Wolke dienen.« Ende der sechziger Jahre war das Geheimnis der verlorenen Leiche in Argentinien eine fixe Idee. Solange sie nicht auftauchte, schien jede Spekulation erlaubt: Man habe sie bis zur Häutung über den Asphalt der Fernstraße Nr. 3 geschleift, man habe sie in einem Zementblock versenkt, man habe sie in die einsame Tiefe des Atlantiks geworfen, sie sei eingeäschert, in Säure aufgelöst, in den Salpetergruben der Pampa vergraben worden. Man sagte, solange sie nicht auftauche, sei das Land halbiert, unvollendet, wehrlos den Geiern des ausländischen Kapitals ausgeliefert, entblößt, dem Meistbietenden verkauft. *Sie wird zurückkommen und Millionen sein*, wurde auf die Mauern von Buenos Aires geschrieben. *Evita aufersteht. Der Tod wird kommen und ihre Augen haben.*

In jenen Jahren lebte ich in Paris, und dort traf ich an einem Augustmorgen zufällig Walsh. Über den Kastanienwipfeln der Champs-Élysées pfiff die Sonne, die Menschen gingen glücklich vor sich hin, aber in Paris war die Erinnerung an diese Frau blutbefleckt (so sagte es zumindest Apollinaire in ›Zone‹): es war eine im vollen Zusammenbruch der Schönheit ertappte Erinnerung. Die Verse von ›Zone‹ drehten sich in meinem Gedächtnis herum, als ich mich mit

Walsh und Lilia, seiner Gefährtin, unter die Markise eines Cafés in der Nähe der Rue Balzac setzte: *Aujourd'hui tu marches dans Paris / Cette femme-là est ensanglantée.*

Ich war eben von Gstaad zurückgekehrt, wo ich Nahum Goldmann, den Präsidenten des Jüdischen Weltkongresses, interviewt hatte. In einem unabsichtlichen Abgleiten des Gesprächs begann ich den Walshs die Geschichten zu erzählen, mit denen mir Goldmanns Sekretärin das Warten verkürzt hatte. Die letzte davon, gleichzeitig auch die trivialste, interessierte Walsh lebhaft. Seit mindestens zehn Jahren wurde die argentinische Botschaft in Bonn in den ersten Augustwochen immer wegen Renovierungsarbeiten geschlossen. Wo sich der Kohlenschuppen befand, wurde ein Garten angelegt, und im nächsten Jahr wurde der Garten zugeschüttet und der Kohlenschuppen wieder aufgebaut. Das war alles: die Schilderung einer idiotischen Geldverschwendung in der Botschaft eines armen Landes.

Walsh reckte das Gesicht vor und sagte mit verschwörerischer Miene:

»In diesem Garten liegt Evita. Dort also haben sie sie versteckt.«

»Eva Perón?« Ich glaubte mich verhört zu haben.

»Die Leiche«, bekräftigte er. »Man hat sie also nach Bonn gebracht. Ich hab's immer vermutet, jetzt weiß ich es.«

»Das muß der Oberst gewesen sein«, sagte Lilia. »Nur er kann sie dorthin gebracht haben. 1957 war er Militärattaché in Bonn. Dreizehn Jahre sind seither vergangen, nicht zehn.«

»Moori Koenig«, bestätigte Walsh. »Carlos Eugenio de Moori Koenig.«

Ich erinnere mich an seine Schildpattbrille, das einsame Haarfädchen, das sich über der gewölbten Stirn aufrichtete, die Lippen schmal wie ein Schnitt. Ich erinnere mich an Lilias große grüne Augen und das Glück in ihrem Lächeln. Ein Straßenquartett in Harlekinskostümen trübte Vivaldis ›Sommer‹.

»Also gibt es den Oberst aus ›Diese Frau‹«, sagte ich.

»Der Oberst starb vergangenes Jahr«, antwortete Walsh.

Wie er in einem kurzen Prolog angezeigt hatte, wurde ›Diese Frau‹ nicht als Erzählung geschrieben, sondern war die Abschrift eines Gesprächs mit Moori Koenig in seiner Wohnung Ecke Callao/Santa Fe. Bei diesem gespannten Treffen hatte ihm Walsh nur zwei Angaben entlocken können: Die Leiche war außerhalb Argentiniens beerdigt worden, aufrecht, »in einem Garten, wo es einen Tag um den andern regnet«. Und in seinen unzähligen Nachtwachen bei der Leiche hatte sich der Oberst von nekrophiler Leidenschaft mitreißen lassen. Alles, was in der Erzählung stand, stimmte, war aber als Fiktion veröffentlicht worden, und auch wir Leser wollten glauben, es sei eine Fiktion. Wir dachten, in Argentinien, das sich damit brüstete, kartesianisch und europäisch zu sein, seien solche Grillen der Wirklichkeit undenkbar.

»Ich nehme an, der Kohlenschuppen wird gebaut, damit das Holz des Sarges nicht verfault«, fuhr Walsh fort. »Aus Angst, man könnte die Leiche entdecken, wird nachher wieder ein Garten angelegt und die Leiche darin vergraben.«

»Evita war nackt«, sagte ich, mich auf die Erzählung berufend. »›Diese Frau war nackt. Eine Göttin, und nackt, und tot. Der Tod völlig entblößt.‹«

»Ganz genau. Der Oberst stellte sie aus. Einmal spuckte er sie an. Spuckte die wehrlose, verstümmelte Leiche an, unglaublich, nicht wahr? Er hatte ihr einen Finger abgeschnitten, um sicher zu sein, daß sie es war. Schließlich zeigte ihn ein Nachrichtenoffizier an. Erst da wurde er festgenommen. Man hätte ihn entlassen müssen, tat es aber nicht. Er wußte zuviel.«

»Er war sechs Monate inhaftiert«, sagte Lilia. »Er lebte in der schlimmsten Einsamkeit, in einem Ödland nördlich von Comodoro.«

»Er wurde fast wahnsinnig«, erzählte Walsh weiter. »Man verbot ihm das Trinken. Das war der schlimmste Teil der Strafe. Er hatte Halluzinationen, versuchte zu fliehen. An einem Morgen, anderthalb Monate nach der Verhaftung, fand man ihn gerade noch rechtzeitig halb erfroren in der Nähe von Punta Peligro. Das war die Vorsehung, denn dort ist der Wind mörderisch, und der Staub deckt alles in Sekundenschnelle zu und wieder auf. Einen Monat später hatte er noch mehr Glück. Man spürte ihn in einer Schenke in Puerto Visser auf. Seit zwei Tagen hatte er getrunken. Er besaß keinen Centavo, bedrohte den Wirt aber mit seiner Waffe und zwang ihn, ihn zu bedienen. Hätte man ihn einen halben Tag später gefunden, wäre seine Leber geplatzt. Er hatte galoppierende Zirrhose und Infektionen im Mund und an den Beinen. Den Rest der Haft verbrachte er damit, sich zu entgiften.«

»Du hast die Briefe vergessen«, sagte Lilia. »Man erzählte uns, er habe jede Woche einem der Nachrichtenoffiziere geschrieben, einem gewissen Fesquet, und von ihm verlangt, daß er Evitas Leiche ins Ödland überführe. Ich glaube, das mit dem Trinken war nicht der schlimmste Teil der Strafe. Es war Evitas Abwesenheit.«

»Du hast recht«, sagte Walsh. »Für den Oberst war die Abwesenheit Evitas wie die Abwesenheit Gottes. Die Last dieser absoluten Einsamkeit zerrüttete ihn für immer.«

»Was ich nicht verstehen kann, ist, wie Moori Koenig es zum Militärattaché in Bonn brachte«, sagte ich. »Er war unerwünscht, gefährlich, ein Säufer. Zuerst bestraft man ihn, weil er Evita ausgestellt hat, und ein Jahr später gibt man sie ihm zurück. Das ist doch unlogisch.«

»Ich habe mich oft gefragt, was geschehen war, und auch ich kann's mir nicht erklären«, sagte Walsh. »Ich habe immer gedacht, die Leiche befinde sich in irgendeinem italienischen Kloster und man habe Moori Koenig nach Bonn geschickt, um ihn von der Fährte abzubringen. Aber als ich ihn in seiner Wohnung besuchte, versicherte er mir, er habe sie beerdigt. Er hatte keinen Grund zu lügen.«

Die Harlekins hatten die letzten Blumen von Vivaldis

›Sommer‹ zum Welken gebracht und hielten den Tischen ihre Mützen hin. Walsh gab ihnen einen Franc, und die Bratschistin bedankte sich mit einer mechanischen, feierlichen Verbeugung.

»Gehen wir die Leiche suchen«, hörte ich mich sagen. »Fahren wir gleich heute abend nach Bonn.«

»Ich nicht«, sagte Walsh. »Als ich ›Diese Frau‹ schrieb, nahm ich mich aus der Geschichte heraus. Ich habe die Erzählung geschrieben – das Thema ist für mich erledigt.«

»Du hast geschrieben, eines Tages würdest du dich auf die Suche nach ihr machen. Wenn ich sie finde, hast du gesagt, werde ich mich nicht mehr allein fühlen. Der Moment ist gekommen.«

»Seither sind zehn Jahre vergangen. Jetzt arbeite ich an was anderem.«

»Ich gehe trotzdem.« Ich war enttäuscht und auch traurig. Ich spürte, daß ich etwas Ähnliches wie eine Erinnerung erlebte, aber von der verkehrten Seite her, so, als müßten die Ereignisse zur Erinnerung erst noch geschehen. »Wenn ich sie finde, weiß ich nicht, was tun. Was kann man mit einer Leiche wie dieser machen?«

»Nichts«, sagte Lilia. »Sie dort lassen, wo sie ist, und dann jemanden benachrichtigen. Nur du weißt, wem du es sagen mußt.«

»Eine Leiche von dieser Größe«, sagte Walsh leise.

»Vielleicht lade ich sie in den Kofferraum und bringe sie her«, sagte ich. »Vielleicht bringe ich sie nach Madrid und übergebe sie Perón. Ich weiß nicht, ob er sie will. Ich weiß nicht, ob er diese Leiche jemals wollte.«

Aus der Distanz seiner undurchsichtigen Brillengläser betrachtete mich Walsh neugierig. Ich spürte, daß ihn meine Hartnäckigkeit überraschte.

»Bevor du fährst, solltest du wissen, wie sie aussieht«, sagte er. »Sie hat sich sehr verändert. Sie gleicht weder den Fotos noch den Bildern aus den Wochenschauen. Auch wenn es dir unglaublich erscheint, sie ist schöner.«

Er klappte seine Brieftasche auf. Unter dem Personalausweis steckte ein vergilbtes, zerknittertes Foto, das er mir zeigte. Da lag Evita im Profil mit dem klassischen Kranz im Nacken und einem schiefen Lächeln. Es überraschte mich, daß Walsh dieses Bild wie ein Amulett bei sich hatte, aber ich sagte nichts.

»Wenn du sie findest«, fuhr er fort, »sollte sie so aussehen. Nichts kann ihrem Körper etwas anhaben, weder die Feuchtigkeit des Rheins noch die Jahre. Sie sollte so sein wie auf diesem Foto, schlafend, ruhig.«

»Wer hat es dir gegeben?« fragte ich. Ich war außer Atem gekommen.

»Der Oberst. Er hatte über hundert davon. In der ganzen Wohnung gab es Evita-Fotos. Einige waren beeindruckend. Man sah sie in der Luft schweben, auf einem seidenen Bettuch, oder in einer Glasvitrine, von Blumen umrahmt. Der Oberst verbrachte seine Abende damit, sie zu betrachten. Als ich ihn besuchte, war er mit fast nichts anderem beschäftigt, als mit einer Lupe die Fotos zu studieren und sich zu betrinken.«

»Du hättest sie veröffentlichen können. Man hätte dir jeden Preis dafür bezahlt.«

»Nein.« Ich sah ein rasches Lächeln wie eine Wolke über sein Gesicht ziehen. »Diese Frau gehört nicht mir.«

Am selben Abend fuhr ich nach Bonn. Die argentinische Botschaft war wie ausgestorben, fast das gesamte Personal weilte in den Ferien. Der Zufall wollte es, daß ich den einzigen Beamten, der die Stellung hielt, seit langem kannte. Dank ihm konnte ich den Garten besichtigen. Am Ende der Tulpenbeete entdeckte ich einige aufeinandergestapelte Bretter und die Reste eines Glasdachs. Mein Freund bestätigte, daß das die Ruinen des Kohlenschuppens waren.

Wir aßen in einer Bierstube in Bad Godesberg zu Mittag, und nach zwei oder drei Krügen beschloß ich intuitiv, ihm zu erzählen, weshalb ich hergekommen war. Ich sah, daß er mich befremdet anschaute, als wüßte er nicht mehr, wer ich sei. Er gab zu, daß die merkwürdige Rotation im Garten ungewöhnlich war, aber von Evita hatte er nicht die geringste Ahnung. Meine Vermutung sei absurd, sagte er. Vielleicht habe die Leiche ja einmal hier Station gemacht, aber nicht um zu bleiben. Ich bat ihn, trotzdem die Buchhaltungsbelege von 1957 und 1958 durchzusehen, auch wenn sie ihm unbedeutend erschienen: Reparaturrechnungen, Reisespesen, Umzugsausgaben. Jedes Detail konnte von Nutzen sein.

Vor dem Sonnenuntergang durchsuchten wir das Haus Adenauerallee 47, gegenüber der Botschaft, wo der Oberst gewohnt hatte. Es war leer und schon halb eingerissen. Die Bauarbeiten für die Untergrundbahn hatten es zum Tode verurteilt. Die Schlafzimmerfenster im oberen Stock gingen zu einer häßlichen Garage hinaus, auf deren Dachschräge Sträucher und Unkraut gediehen. Auf dem Küchenboden lag die Tür zu einer Dachstube. Ich spähte in das düstere Loch, in der vergeblichen Hoffnung, der Leichnam könnte sich dort befinden. Ich hörte das Wispern von Mäusen und den Wind. In den Korridoren lagerte dicker Staub.

Am nächsten Morgen ließ mir mein Freund eine Schuhschachtel mit alten Papieren und einer kurzen, nicht unterzeichneten Notiz zukommen: »Nachdem Du durchgesehen hast, was ich Dir da schicke, wirf es weg. Wenn Du etwas findest, habe nicht ich es Dir gegeben, ich kenne Dich nicht, Du bist nie nach Bonn gekommen.«

Ich fand nichts. Wenigstens glaubte ich jahrelang, es sei nichts, aber ich behielt es trotzdem. Ich fand eine Quittung für einen weißen VW-Lieferwagen auf den Namen Oberst Moori Koenig. Ich fand eine Rechnung für den Kauf von einem Doppelzentner Kohlen, die der Botschaft in einer Eichenkiste geliefert wurden. Ich las, daß zwei weitere Eichenkisten einem Signor Giorgio de Magistris nach Mailand geschickt worden waren. Das erschien mir sonderbar, aber ich wußte nicht, warum. Es gelang mir nicht, die Puzzleteile zusammenzufügen.

Ich sah ein Notizbuch mit schwarzen Deckeln und einem Etikett, das in verschnörkelter Schrift verkündete: *Prof. Dr. Pedro Ara Sarría gehörig*. Die Seiten waren schmutzig und zerfetzt. Einige Einträge hatten überlebt. Ich konnte lesen:

23. November. Elf Uhr abends. Erinnere mich mein Leben   Wenn sie Dich holen kommen, wirst Du schon alles haben, was Dir in dieser Welt gefeh   toris? Ich fügte ihr eine Verletzung zu, kleine Öffnungen, um zu spüren   neue Lippen   Wo die Wissenschaft versagt, die Gegenwart nicht zagt   die Wissenschaft ordnet sich jetzt nach   Delirien   eher als Theoreme zu schreiben, macht sie Sprünge   die Wissenschaft ist ein System von Zweifeln. Sie zaudert. Als ich auf das Herbarium Deiner Zellen stieß, zauderte ich ebenfalls, hast Du es bemerkt? ich tappte im dunkeln, zwischen den Lichtern des Protoplasmas die Narben der Metastase zerfressend, rekonstruierte ich Dich. Du bist neu. Du bist eine andere   auch wenn Du die Inschriften liest, die ich auf Deinen Flügeln anbrachte   Lucilia sericata   Dermestes   Was Du nicht mehr bist, das ist, was Du sein wirst   hörst Du sie   sie kommen Dich holen. Nimm ihr Gesetz nicht an. Wie als Kind   mußt Du Dich wieder durchsetzen.

Zuunterst in der Schachtel fand ich ein Blatt aus einem Heft, auf das jemand mit zittriger Schrift notiert hatte:

Noch etwas für Meine Botschaft. *Können die Völker glücklich sein? Oder können nur die Menschen glücklich sein, jeder für sich? Wenn die Völker nicht glücklich sein können, wer wird mir dann die ganze Liebe zurückgeben, die ich verloren habe?*

Auf dem Rückweg nach Paris hielt ich vor einem Landgasthof bei Verdun an. Über meinem Kopf sah ich einen riesigen

Schmetterling, der in der Ewigkeit eines windlosen Himmels hing. Einer seiner Flügel war schwarz und schlug vorwärts. Der andere, gelbe, versuchte nach hinten zu fliegen. Auf einmal erhob sich der Schmetterling und verschwand in den blauen Feldern. Er gehorchte nicht dem Willen seiner Flügel. Er flog hinauf.

Zwanzig Jahre später begann auch ich zu fliegen, aber der Vergangenheit entgegen. In einer Sammlung alter Nummern von *Sintonía*, dem ›Magazin der Stars und Starlets‹, einst Evitas Lieblingslektüre, fand ich eine Meldung, die mich neugierig machte. Sie bezog sich auf die Projekte der großen Figuren des Radios für Ende 1934: »Der Mann des ewigen Glücks, Mario Pugliese (Cariño), geht mit seinem komischen Tangoorchester in der Provinz Buenos Aires auf Tournee. Am 3. und 4. November wird er in Chivilcoy, am 5. in Nueve de Julio sowie am 10. und 11. in Junín auftreten. In den letzten beiden Städten wird das Theater rascher ausverkauft sein, da Los Bohemios de Cariño dort die Einnahmen mit dem unbezahlbaren Duo Magaldi-Noda teilen.«

Man brauchte nicht besonders scharfsinnig zu sein, um daraus abzuleiten, daß Magaldi auf dieser Tournee Evita kennengelernt hatte und Cariño vielleicht Zeuge der Szene gewesen war. Nur mußte noch festgestellt werden, ob die Begegnung auch tatsächlich stattgefunden hatte. Ich war immer mißtrauisch gewesen – es erschien mir unwahrscheinlich, daß ein Idol des Nationallieds, auf das sich die Frauen scharenweise stürzten, eine ungebildete, wenig anmutige Provinzlerin von fünfzehn Jahren in die Radios von Buenos Aires eingeführt haben sollte. 1934 war Evita noch weit von Evita entfernt. Magaldi dagegen erfreute sich eines Ruhms, der nur mit demjenigen Gardels zu vergleichen war. Er hatte ein melancholisches Gesicht und eine so schmerzerfüllte Stimme, daß sich das Publikum nach seinen Darbietungen die Tränen trocknete. Während es in Gardels Repertoire von durchkreuzten Liebesbeziehungen, leidenden Müttern und Niederlagen wimmelte, klagte Magaldi die Schwindel der Politiker an und verherrlichte die Arbeiter und Armen. Nicht nur in diesem Punkt stimmte er perfekt mit Evita überein. Er war auch ein leidenschaftlicher, großzügiger Mensch. Er verdiente über zehntausend Pesos im Monat, mehr als genug, um sich einen Palast zu kaufen, und besaß nicht einmal ein eigenes Haus. Er unterhielt ohne großen Luxus seine Mutter und sechs schon erwachsene Geschwister. Einige Zeitschriften behaupteten hartnäckig, sein Geld zerrinne ihm bei der Unterstützung von Gefangenen und Waisen. Andere deuteten an, er verspiele es in Kasinos und an Pokertischen. Er war der Märchenprinz der dreißiger Jahre. Evitas Kusinen, die damals in Los Toldos lebten, erzählten, sie hätten im Schlaf Magaldis Foto umarmt, als wäre er ihr Schutzengel. Wollte jemand die Legende Evita vervollständigen, indem er ihr eine Jugendromanze vom Format Peróns – ›der Mann meines Lebens‹ – nachsagte, so bot sich niemand besser an als Magaldi. Diese Übertreibung des Zufalls war es, die mich mißtrauisch machte.

Die Evita zugetanen Historiker haben aber immer angenommen, sie sei, mit der Zustimmung ihrer Mutter, allein nach Buenos Aires gefahren. »Diese Version ist provinzlerischer und normaler«, vermutet Fermín Chávez, einer ihrer Anhänger. Und Evitas Schwester Erminda entrüstet sich nur schon bei der Vorstellung, Magaldi – oder irgendein anderer – könnte sie stärker angezogen haben als Frieden und Glück des mütterlichen Heims: »Wer hat in seiner dürren Erbärmlichkeit angedeutet, du seist von zu Hause ausgezogen? Wie unsinnig ist die Vermutung, du hättest uns einfach so zur Unzeit verlassen!«

Evita vertraute ihren ersten Freunden vom Radio selbst an, Magaldi habe sie nach Buenos Aires gebracht, und sie brachten die Geschichte ins Rollen: Elena Zucotti, Alfonso Pisano, Pascual Pelliciota, Amelia Musto. Doch der einzige, der die Wahrheit kannte, war Mario Cariño. Ich brauchte mehrere Wochen, um ihn zu finden.

1934 war Cariño fast so berühmt wie Magaldi, aber auf andere Art. Als Chaplin verkleidet, dirigierte er ein komisches Orchester, das die Walzer und Foxtrotts, die gerade in Mode waren, entstellte, indem es ihnen Dschungelgeräusche, Kettenrasseln, Kindergeplärr und Jungmädchenseufzer unterlegte. Dreißig Jahre später, als sein Stern bereits unaufhaltsam sank, wurde er Handleser, Astrologe und Berater in Liebesdingen. Das brachte mich auf seine Fährte. In dem Viertel, wo er lebte, in der Nähe des Parque Rivadavia, verdiente er sich noch immer seinen Lebensunterhalt, indem er den Anwohnern aus der Hand las oder ihre Horoskope zeichnete. Er konnte sich kaum bewegen – bei einem Sturz im Bad hatte er sich die Hüfte gebrochen.

Als er mich empfing, war er blaß und abgezehrt, als ob er schon gestorben wäre und niemand es bemerkt hätte. Immer wieder schweifte sein Blick in unbestimmte Regionen ab und ließ sich selten auf einem Gegenstand nieder. Wir unterhielten uns etwas über zwei Stunden, bis sich seine Aufmerksamkeit auflöste und er sie nicht mehr finden konnte. Seine Erinnerung an die Vergangenheit war noch immer intakt und rein, wie das Butlerzimmer in einem alten Herrenhaus, in das nie Luft und Staub eingedrungen sind. Erst wenn er sich der Gegenwart näherte, zerfiel ihm das Gedächtnis zu Asche. Ich weiß nicht, wieviel von dem, was ich jetzt erzählen werde, der Wahrheit entspricht. Ich weiß aber, daß es seinen Erinnerungen und seiner Schamhaftigkeit entspricht, wenn auch nicht seiner verschmitzten, indirekten Ausdrucksweise, die mir vorkam wie aus einem andern Jahrhundert.

Cariño begann mit der Beschreibung seines ersten verdrießlichen Abends in Junín: die ohrenbetäubenden Zambas, die bis um zehn Uhr aus dem Lautsprecher dröhnten, die Wolke von Fliegen im Hotel Roma, wo er mit den Musikern seines Orchesters wohnte, das rumpelnde Manövrieren der Lokomotiven im Pacífico-Bahnhof, die Gruppen von Mädchen, die Arm in Arm auf der Plaza San Martín spazierten, sie verstohlen ansahen und mit der Hand vor dem Mund über sie tuschelten. Er deutete an (oder verleitete mich vielleicht zur Annahme), eine so monotone Wirklichkeit gleiche schließlich der Ewigkeit und jede Ewigkeit sei zum Verzweifeln. Im Speisesaal des Roma setzte man ihnen zum Abendessen einen ranzigen Schinken und grünliche Eingeweide vor. Den Musikern lag das schwer im Magen, und alle schliefen schlecht.

Magaldi traf am folgenden Morgen mit dem Zehn-Uhr-Zug in Begleitung seines Duopartners Pedro Noda ein. Sie brachten ihr Gepäck auf ein anderes ungastliches Zimmer des Roma, um sich danach mit Cariño im Kino Crystal Palace zu besprechen, wo sie am selben Abend ihre Vorführung geben sollten. Die Garderoben waren kahle Toiletten mit Portlandzementböden. Der einzige Bühnenscheinwerfer ging immer nach drei Minuten wieder aus oder geruhte knapp zu flackern. Magaldi hielt es für besser, im Dunkeln zu singen.

Sein von Natur aus düsterer Humor kippte demnächst in eine Depression. Es wurde Zeit fürs Mittagessen. Cariño mochte nicht ins Hotel zurück, wo das Essen so bedrohlich war. In einem Gemischtwarenladen wurde ihnen die Pension von Doña Juana Ibarguren de Duarte empfohlen, die zwar nur feste Kostgänger bediente, sich aber so berühmte Gäste wie sie nicht entgehen lassen würde.

Die Pension befand sich in der Calle Winter, drei Häuserblocks vom Platz entfernt. Hinten im Flur öffnete sich ein riesiger Speisesaal, durch den hindurch man einen Patio mit Glyzinen und andern Kletterpflanzen erkennen konnte. Magaldi klopfte an die Tür und fragte, ob man zehn Personen mehr für das Mittagessen annehme. Eine kräftige Frau mit Brille und Kopftuch bejahte, ohne überrascht zu sein. »Es gibt drei Gänge«, sagte sie, »und jeder kostet siebzig Centavos. Kommen Sie in einer halben Stunde wieder.«

Es erwartete sie ein denkwürdiges Mittagsmahl mit einem Maisgericht in Blättern und Hühncheneintopf. Cariño erinnerte sich, daß sie den Tisch mit drei hoch aufgeschossenen Kostgängern in Gamaschen und steifen Eckenkrägen teilten; einer war, wie er glaubte, Offizier der örtlichen Garnison, die andern stellten sich als Anwalt beziehungsweise Lehrer vor. Doña Juanas Töchter saßen schweigend da und wagten anfangs kaum den Blick vom Teller zu heben. Nur eine der älteren beklagte beiläufig, daß der einzige Bruder fern von zu Hause war. Niemand, sagte sie, imitiere so gut wie er Cariños Imitationen.

Magaldi riß das Gespräch an sich. Die Gesellschaft und der Wein hatten seine Stimmung gehoben. Er unterhielt die jungen Mädchen mit detaillierten Schilderungen der Geheimnisse von Plattenaufnahmen in geschlossenen Räumen, wo die Sänger ihre Stimme in einen riesigen Schalltrichter fallen ließen, und fesselte die Gäste, indem er ihnen vom großen Caruso erzählte, den er durch Rosario geführt hatte. Die einzige, die von Magaldis Zauber unberührt schien, war die jüngste Tochter, die ihn ernst anschaute, ohne ihm ein einziges Mal zuzulächeln. Soviel Gleichgültigkeit verdroß den Sänger. »Ich bemerkte«, sagte Cariño, »daß er am Ende des Essens alle andern vergessen hatte und nur noch sie ansprach.«

Evita zählte fünfzehn Jahre. Sie war blaß, durchscheinend und hatte ausgezupfte lange Augenbrauen, die sie mit einem Stift fast bis zu den Schläfen zog. Das feine, etwas fettige Haar trug sie als Bubikopf. Wie fast alle Backfische vom Dorf, bemerkte Cariño, war sie etwas schmuddelig und von zickiger Koketterie. Ich weiß nicht, wieviel von dem Bild, das er mir vermittelte, von der Evita gefärbt war, mit der er später, in den ersten Monaten des Jahres 1935, Umgang hatte. Die Erinnerung neigt zum Verrat, und letztlich ist an dieser Schilderung nicht Evitas fade Schönheit dieser Jahre von Belang, sondern ihre Verwegenheit.

Vor dem Nachtisch setzte sich eine Spottdrossel auf eine der Schüsseln und pickte ein Maiskorn. Doña Juana hielt das für ein gutes Omen und schlug einen weiteren Trinkspruch vor. Der Anwalt oder der Lehrer behauptete steif und fest, es sei keine Spottdrossel, sondern eine richtige Drossel. Einer von ihnen setzte sich eine dunkle Schildpattbrille auf, um den Vogel von nahem zu studieren. Evita hielt ihn mit einer knappen Handbewegung zurück.

»Bleiben Sie ganz ruhig«, sagte sie. »Wenn man sie erschreckt, singen Spottdrosseln nicht mehr.«

Magaldi wurde nachdenklich und sagte von diesem Augenblick an kein weiteres Wort. Er wurde, genauso wie Gardel und Ignacio Corsini, ohne Unterschied ›die kreolische Drossel‹ oder ›die argentinische Nachtigall‹ genannt. Er war abergläubisch und mußte das Gefühl haben, wenn er zufällig am selben Tisch mit einem scheuen Vogel zusammentreffe, der sonst nur in Gefangenschaft zu sehen ist, dann seien sie beide aus demselben Stoff. Er glaubte an die Reinkarnation, an symbolische Erscheinungen, an die bestimmende Macht der Namen. Daß Evita ungewollt die geheimste seiner Ängste erwähnt hatte – nicht mehr singen zu können –, zwang ihm die Vermutung auf, auch zwischen ihr und ihm gebe es ein unsichtbares Band. Cariño erzählte mir das in einer esoterischeren Sprache, und ich fürchte, in meinem Bestreben, seine Gedanken zu verdeutlichen, trübe ich sie eher. Er sprach von Re, Horus, astralen Wanderungen und andern Geisterlandschaften, deren Bedeutung ich nicht verstand. Eines seiner Bilder prägte sich mir jedoch ein. Er sagte, nach dem Zwischenfall mit der Spottdrossel hätten sich Evitas und Magaldis Blicke immer wieder gekreuzt. Sie wandte die Augen nie ab; er war es, der den Kopf senkte. Nach dem Nachtisch sagte sie mit einer Stimme, die keinen Widerspruch zuließ:

»Magaldi ist der beste Sänger, den es gibt. Und ich werde die beste Schauspielerin sein.«

Als sie aufbrachen, gab Doña Juana Magaldi ein Zeichen und führte ihn in eines der Schlafzimmer. Vom Speisesaal aus hörte man die rhythmischen S der Mutter, aber nicht ihre Worte. Der Sänger murmelte etwas, was nach Protest klang. Als er zurückkam, sah er wieder so melancholisch aus wie immer. »Sprechen wir morgen weiter«, sagte er. »Erinnern Sie mich morgen daran.«

An diesem Samstagabend war das Kino Crystal Palace ausverkauft. Cariños Orchester spielte im Licht der Dekkenlüster. Magaldi, der das Halbdunkel vorzog, zündete auf der Bühne zwei Kandelaber an und schuf so den düsteren Effekt, der zu seinen Elendsliedern paßte. Die Frauen der Familie Duarte nahmen im Hintergrund eine halbe Reihe in Beschlag und klatschten begeistert Beifall. Nur Evita schien weit weg und nicht zu rühren. Ihre großen kastanienbraunen Augen waren starr auf die Bühne gerichtet und reflektierten nichts, als hätten sich die Gefühle aus ihr zurückgezogen.

Am Ausgang warteten sechs oder sieben Bauern, die mit ihren Familien gekommen waren, um ihnen zu zeigen, daß Magaldi aus Fleisch und Blut war und nicht nur ein Radioblendwerk. Die Mütter einiger Sträflinge traten mit Bittschreiben an Pedro Noda heran, damit er sich für eine Milderung der Schrecknisse in den Kerkern von Olmos einsetze. Am Rand des Gehwegs lehnten sich die Besitzer des Crystal Palace, die im Club Social ein Bankett organisiert hatten, an die Türen ihrer Autos. Sie trugen weiße Anzüge und Hemden mit steifem Kragen. Sie wirkten ungeduldig und drückten alle Augenblicke auf die Hupe. Unerschrokken stellte sich Doña Juana mit verschränkten Armen zwischen Magaldi und sie. Sie trug eine große Organdyrose im Ausschnitt und sah sehr elegant aus. Nachdem sie ein paar Minuten gewartet hatte, ging sie auf den Sänger zu, nahm ihn am Arm und zog ihn beiseite. Cariño, der die Ohren spitzte, hörte das rasche, frostige Gespräch mit an:

»Erinnern Sie sich daran, was Sie mir versprochen haben: Morgen essen Sie noch mal bei mir, ja? Sie und Nodo sind meine Gäste.«

»Ich weiß nicht, ob wir können«, wich Magaldi aus. »Wir

haben eine Nachmittagsvorstellung, so daß uns wenig Zeit bleibt.«

»Die Vorstellung ist um sechs. Sie haben mehr als genug Zeit. Warum kommen Sie nicht um zwölf und bleiben bis drei?«

»In Ordnung. Um halb eins.«

»Und tun Sie mir einen letzten Gefallen, Magaldi. Gehen Sie um elf über den Platz, können Sie das? Man hat Evita eine Viertelstunde gegeben, um über den Lautsprecher Verse zu rezitieren. Sie sehnt sich schrecklich danach, daß Sie sie hören. Haben Sie mal auf sie geachtet?«

»Sie ist hübsch. Sie hat Qualitäten.«

»Nicht wahr, sie ist sehr hübsch? Ich hab's Ihnen ja gesagt. Dieses Dorf wird zu eng für sie.«

Die Autohupen mahnten zur Eile. Magaldi löste sich von ihr, so gut es ging, und setzte sich in einen der Wagen. Die ganze Nacht war er in seine Gedanken versunken und ließ bloß der Form halber ein paar einsilbige Worte fallen. Er aß kaum, trank nur zwei Grappas, und als man ihn bat, die Gitarre zu stimmen, sagte er, er habe keine Lust. Noda mußte allein singen.

Kurz vor dem Morgengrauen kehrten sie ins Hotel zurück. In der Eingangshalle wurden sie durch das Beben des Schnellzugs abgelenkt, der eben die Wüste durchquert hatte. Cariño schlug vor, um den Häuserblock zu spazieren, und bevor einer antwortete, entführte er Magaldi, der sich resigniert fügte. Es war November, der Himmel klar, und in der Luft funkelte der Tau. Sie kamen an einer Reihe gleichförmiger Häuser vorbei, in denen man die Hühner glucken hörte, wateten über ein unbebautes Grundstück, durch ein Holzlager, über die unebenen Pflastersteine einer Remise. Sie hatten die Hände in den Taschen und schauten sich nicht an.

»Worauf wartest du noch, um mir zu erzählen, was mit dir los ist?« sagte Cariño. »Wann lernst du endlich, jemandem Vertrauen zu schenken?«

»Mir geht's gut«, antwortete Magaldi.

»Mich brauchst du nicht anzukohlen. Ich hab' die Menschen schon gekannt, als ich geboren wurde.«

Unter einer Straßenlaterne blieben sie stehen. Das Licht zeichnete einen zittrigen Kreis. »Ich merkte«, sagte Cariño zu mir, »daß seine inneren Dämme einstürzten. Er kam mit seiner Seele nicht zurecht und mußte sich aussprechen.«

Doña Juana habe ihn gebeten, erzählte Magaldi, Evita in Buenos Aires zu fördern, nachdem sie sich zuvor monatelang gegen die Reise gesperrt hatte. Sie wollte nicht, daß die Tochter allein ging, mit fünfzehn Jahren und nachdem sie kaum die Grundschule abgeschlossen hatte. Aber Evita, sagte sie, gab nicht nach. Sie bestand so hartnäckig darauf, bis sie Doña Juanas Willen gebrochen hatte. Sie hatte keinen Vater und hier als einzigen Verwandten einen Bruder beim Militär und träumte davon, Schauspielerin zu werden. In Junín hatten Dramatiker wie Vacarezza, Sänger wie Charlo, Vortragskünstler wie Pedro Miguel Obligado haltgemacht. Diese hatte sie alle um Hilfe gebeten, und alle hatten ihr den Wunsch abgeschlagen, unter dem Vorwand, sie sei noch ein Kind und müsse erst reifen. Magaldi dagegen war weitblickender als sie alle. Er übertraf sie an Ruhm, an Beziehungen, an Möglichkeiten. Niemand würde eine Empfehlung von ihm zurückweisen. Diese Kleine hat Qualitäten, hatte er gesagt. Und jetzt konnte er nicht mehr zurück. Außerdem war da die Spottdrossel. Sie hatte sich auf den Tisch gesetzt, um ein Schicksal vorzubestimmen. Den Warnungen einer Spottdrossel kein Gehör schenken bedeutete das Pech heraufbeschwören.

Rasch wurde es hell. Jenseits der Gleise dehnte und streckte sich der Himmel zwischen langen orangefarbenen Dunststreifen. Als sie um die Ecke bogen, erblickten sie schon das Hotel. Magaldi blieb stehen und sagte, er sei die ganze Nacht unschlüssig gewesen, aber durch das Gespräch habe sich sein Urteilsvermögen gelichtet. Endlich wisse er, was er zu tun habe. Er werde mit Evita nach Buenos Aires fahren, ihr eine Pension bezahlen, sie im Rundfunk vorstellen. Es war schon zu spät oder noch zu früh, und Cariño hatte nicht mehr die Kraft, ihn davon abzubringen.

»Sie ist fünfzehn«, sagte er nur. »Sie ist erst fünfzehn.«

»Sie ist schon eine Frau«, antwortete Magaldi. »Die Mutter hat es mir gesagt: Sie ist von einem Tag auf den andern zur Frau geworden.«

Es folgte ein schaler, endloser Sonntag, wie man ihn lieber vergißt. Evita rezitierte über die Lautsprecher der Musikalienhandlung mit übermäßigem Tremolo und erbärmlicher Aussprache ein Gedicht von Amado Nervo. ›Tote‹ und ›Halbschatten‹, erinnerte sich Cariño, sagte sie mit ordinärem, Gardel nachempfundenem Silbenzerdehnen: »Wohin gehen die Tohoten, Herr, wohin? Vielleicht auf einen in Halbschahatten gethauchten Palaneten ...« Sie bekam Applaus und schlenderte mit ihren Schwestern über den Platz, während eine Dorfsopranistin Schuberts ›Ave Maria‹ zerbröselte. Magaldi zog seine weiße Nelke aus dem Knopfloch und schenkte sie ihr. Wie Cariño sagte, verführte ihn Evitas Ferne, die Verachtung, mit der sie etwas zum Ausdruck brachte, was vielleicht Bewunderung war.

An diesem Abend bestiegen sie nach der Veranstaltung den aus Chile kommenden Zug. Weinend verabschiedeten sich Doña Juana und ihre Töchter auf dem Bahnsteig von Evita. Im gelben Bahnhofslicht sah sie kindlich und halb schlafend aus. Sie trug Söckchen, einen Baumwollrock und eine Leinenbluse, ein Strohhütchen und eine abgewetzte Reisetasche. Die Mutter steckte ihr zehn Pesos in den Ausschnitt, blieb die ganze Zeit an ihrer Seite und strich ihr übers Haar, bis der Zug auftauchte. Es war eine Szene wie aus einer Radioserie, erzählte Cariño: Der Märchenprinz erlöste das arme, wenig anmutige Provinzmädchen aus seinem Unglück. Alles spielte sich mehr oder minder wie in Tim Rice' und Lloyd Webbers Musical ab, wenn auch ohne Kastagnetten.

Der Eisenbahnwagen war fast leer. Evita wollte lieber allein sitzen und betrachtete, die Stirn an die Scheibe gelehnt, die vorüberhuschenden Schatten der Landschaft. Als der Zug eine Stunde später in Chivilcoy oder Suipacha hielt, trat Magaldi zu ihr und fragte sie, ob sie glücklich sei. Evita schaute ihn nicht an, sondern sagte: »Ich möchte schlafen« und drehte den Kopf der finsteren Ebene zu.

Von dieser Nacht an war Magaldi ein geteilter Mensch. Vor- und Nachmittag verbrachte er in der Pension in der Avenida Callao, wo Evita wohnte. Auf einem Fohlenlederstuhl sitzend, komponierte er dort seine schönsten Liebeslieder, ›Wer bist du‹ und ›Wenn du mich einmal liebst‹. Cariño, der ihn einige Male besuchte, erinnert sich an das mönchische Eisenbett, die gesprungene Waschschüssel, die mit Reißnägeln an die Wand gehefteten Fotos von Ramón Novarro und Clark Gable. Der enge Raum war erfüllt von einem untilgbaren Pissoir- und Laugenmief, aber Magaldi, dem Glück seiner Gitarre hingegeben, sang leise vor sich hin, ohne sich durch etwas stören zu lassen. Auch Evita schien jenseits allen Elends. Ein Handtuch um den Kopf, spazierte sie im Unterrock umher, frischte den Nagellack auf oder zupfte sich vor einem zerfressenen Spiegel die Augenbrauen aus.

Wenn es dunkel wurde, ging Magaldi im Rundfunk mit Noda die fünf oder sechs Melodien durch, die sie in der Neun-Uhr-Sendung sangen. Danach traf er sich mit Musikern und Textern anderer Orchester im 36 Billares oder im La Emiliana, von wo er sich jeden Tag um ein Uhr früh zurückzog. Nie ließ er es sich nehmen, die Nacht im riesigen Familienhaus in der Calle Alsina zu verbringen, wo sein fensterloses Zimmer zusätzlich von Bougainvilleas und Jasminsträuchern beschattet wurde. Die Mutter war noch auf und erwartete ihn, um ihm Mate zu machen und von den Geschicken des Tages zu berichten. In diesen Gesprächen wurde Evitas Name nie erwähnt. Wie Cariño sagte, lastete Evita immer wie eine Schuld oder eine unaussprechliche Scham auf dem Leben des Sängers. Er war achtzehn Jahre älter als sie, sieben weniger, als ihr Perón voraus sein würde. Magaldi erschien das wie ein Mißbrauch ihrer Jugend.

In diesen Monaten begann sich das Glück von ihm abzuwenden. Ende November hatte er einen Streit mit Don Jaime Yankelevich, dem Radiozaren – innerhalb eines einzigen Tages verlor er seinen Vertrag für 1935 und Evita die Chance eines Probevortrags, die man ihm versprochen hatte. Widerwillig nahm er ein Angebot von Radio París an, aber eine heftige Leberattacke schob seinen ersten Auftritt dort hinaus. Diese Widrigkeiten zerstörten seine Freundschaft mit Noda und brachten Evita so auf, daß sie tagelang kein Wort mit ihm sprach.

In Cariños Erzählung verwirrten mich von Anfang an die Daten. Evitas Biographen stimmen darin überein, daß sie Junín am 3. Januar 1935 verließ. Sie wissen nicht, ob sie mit Magaldi oder ohne ihn fuhr, aber sie halten hartnäckig am 3. Januar fest. Das sagte ich Cariño. »Was haben sie denn in der Hand, um so sicher zu sein?« fragte er. »Eine Zugfahrkarte, ein Foto?« Ich gab zu, daß ich keinen Beweis gesehen hatte. »Es kann gar keine Beweise geben«, sagte er. »Ich weiß es, weil ich es miterlebt habe. Mir brauchen die Historiker meine Erinnerung oder mein Leben nicht zurechtzubiegen.«

Laut Cariño verbrachte Evita Weihnachten 1934 mit ihm. Ihr Bruder Juan hatte an diesem Abend in der Kaserne Campo de Mayo Wachdienst, die Probeauftritte bei Radio Sténtor und Radio Fénix hatten sich zerschlagen, von dem Geld, das ihr die Mutter gegeben hatte, besaß sie nichts mehr. Sie beklagte sich, daß Magaldi sie sich selbst überließ. Er sei, sagte sie zu Cariño, ein von seiner Familie beherrschter Mann, dem weder Vergnügungen noch Tanzen Spaß machten. Da empfahl ihr Cariño, nach Junín zurückzufahren und ihm mit ihrer Abwesenheit einen Schrecken einzujagen. »Du spinnst wohl«, antwortete sie. »Mich bringt man nur tot aus Buenos Aires heraus.«

Nachdem sich Magaldi von seinen Leberattacken erholt

hatte, wurde Evita sein Schatten. Sie wartete im Kontrollraum der Aufnahmestudios oder in einem Café in der Cangallo/Suipacha gegenüber dem Radio auf ihn. Er begann ihr aus dem Weg zu gehen und besuchte sie nur noch selten in der Pension, obwohl er weiterhin ihre Auslagen beglich. Er hatte sie über eine Woche nicht mehr gesehen, als im Kino Monumental die Premiere von *Die Seele des Bandoneons* stattfand. Sie stand mitten im Gedränge in der Halle und bat Santiago Arrieta und Dorita Davis um ein Autogramm. Sie hatte ihre Beine angemalt, um Seidenstrümpfe vorzutäuschen. Wieder verspürte Magaldi unbesiegbare Scham und schob sich gesenkten Hauptes durch die Menschenmenge, aber der Beifall, die Magnesiumblitze und das Gekreisch der weiblichen Fans bildeten ihm eine Gasse. Ihm voran gingen Noda und der großnasige Discépolo, der die Filmmusik komponiert hatte. Dahinter zwängten sich nacheinander Cariño und Libertad Lamarque durch die Masse. Evita erblickte Magaldi, quetschte sich zwischen den Menschen hindurch und hängte sich an seinen Arm. Er zischte: »Was hast du hier zu suchen?« Sie gab keine Antwort. Entschlossen, triumphierend, den Blitzen der Fotografen das Gesicht darbietend, ging sie mit ihm weiter.

Damit war das Maß voll. Kaum gingen die Lichter aus, erhob sich Magaldi von seinem Sitz. Auf ihren viel zu hohen Stöckelschuhen stolperte sie ihm nach. Sie stritten sich wild. Besser gesagt: Sie redete wild auf ihn ein, er hörte wie immer ergeben zu und ließ sie ihren Zorn in die feindselige Nacht hinausschreien. Sie sahen sich nicht wieder.

»Sie verführte ihn mit ihrer Verachtung und verlor ihn, weil sie die Verwegenheit zu weit trieb«, sagte Cariño. »Schon seit längerem hatte sich Magaldi mit ihr gelangweilt. Seine Liebe war aus Schaum wie bei allen Herzensbrechern, aber wäre Evita geduldig mit ihm umgegangen, so hätte er die Beziehung bis zum Ende ausgehalten, aus Verantwortungs- oder Schuldgefühl. Vielleicht hätte sie nie eine wichtige Rolle in seinem Leben gespielt, denn eine

Frau verschafft sich am ersten Tag Achtung oder nie, aber Magaldi war ein Mann von Wort. Ohne den Streit im Monumental hätte er sie nicht so hilflos zurückgelassen, wie er es tat.«

Mehr als einmal mußte ihr Cariño an den unheilvollen Abenden dieses Herbstes zu Hilfe eilen. Er bezahlte ihr für drei Tage eine Pension in der Calle Sarmiento, teilte mit ihr mehrere frugale Mittagessen an den Marmortischen des Ateneo und lud sie in einem Vorstadtkino zur Nachmittagsvorstellung ein. Sie war immer beklommen, verschlang ihre Fingernägel, lauerte auf irgendeine Chance, im Radio vorzutragen. Klagebriefe mochte sie keine nach Junín schicken, aus Angst, man würde sie zur Rückkehr zwingen, und sie lehnte auch die Centavos ab, die ihr ihr Bruder Juan anbot, da sie wußte, daß er bis über die Ohren verschuldet war. Einige Biographen sind der Ansicht, Magaldi habe die erste Auftrittsmöglichkeit für sie gefunden, nämlich in Eva Francos Komödienensemble. Das stimmt nicht: Er sah sie nicht einmal spielen. Cariño war es, der ihr Leben einrenkte. Diesen glücklichen Ausgang der Geschichte erzählte er mir an dem einzigen Nachmittag, an dem ich ihn sah. Ich erinnere mich noch genau an den Moment, an die Vögel, die in den kahlen Bäumen zwitscherten, an die rostigen Kioske im Park gegenüber, wo antiquarische Bücher und seltene Briefmarken feilgehalten wurden.

»Eines Abends Mitte März traf ich sie in einem billigen Café in der Sarmiento/Suipacha«, erzählte er. »Sie hatte Ringe um die Augen, alles ekelte sie an, ihre Beine waren von Schorf und Kratzwunden zerschrammt. Mit fünfzehn Jahren hatte sie schon die schwärzesten Schwärzen des Lebens durchlitten. Wir wollten uns eben verabschieden, als sie zu weinen begann. Mich beeindruckten die Tränen an diesem starken Geschöpf, das sich vom Unglück nicht unterkriegen ließ. Ich glaube, sie weinte nie vor jemandem, außer sehr viel später, als sie um ihre verlorene Gesundheit trauerte und ihr auf der Tribüne der Plaza de Mayo die

Stimme brach. Ich brachte sie zu mir nach Hause. Noch am selben Abend rief ich Edmundo Guibourg an, den Kolumnisten von *Crítica*, den alle Schauspieler respektierten. Ich wußte, wo er zu finden war, da er immer bis zum frühen Morgen an der Geschichte der Ursprünge des argentinischen Theaters arbeitete. Ich beschrieb ihm Evita und bat ihn um den Gefallen, ihr irgendeine Arbeit zu verschaffen. Ich vermutete, er könnte sie als Inspizientin, Maskenbildnerin oder Gehilfin der Schneiderin unterbringen. Niemand weiß, auf welchen verschlungenen Pfaden des Schicksals sie plötzlich Schauspielerin wurde. Am 28. März 1935 debütierte sie im Theater Comedia, wo sie im Dreiakter *Die Señora der Pérez* ein Dienstmädchen gab. Sie trat aus dem halbdunklen Hintergrund, öffnete eine Tür und schritt bis zur Bühnenmitte. Von dort sollte sie nie wieder abtreten.

Nach Gardels Tod«, fuhr Cariño mit ferner, von der Müdigkeit dünn gewordener Stimme fort, »hatten wir in Argentinien nur noch Magaldi. Sein Ruhm schwand nicht einmal, als er in den Kitsch abglitt und Lieder schrieb, die von den Schrecken in Sibirien handelten, welche hier niemand etwas angingen. Immer wieder wurde er von irgendeiner Krankheit heimgesucht, die er, im alten Haus in der Calle Alsina versteckt, mit heißen Umschlägen und Schröpfköpfen behandelte, ohne jemand anders als seine Mutter zu sich zu lassen. In den Theatern nahm er den Applaus mit einer knappen Verneigung entgegen, und öfter paßte er nicht auf und vermischte den Text des einen mit der Musik eines andern Liedes. Ich glaube, er war wieder gesund, als er ein Mädchen aus Río Cuarto heiratete und verkündete, er werde Vater. Aber dieses Glück brachte ihn um. Ein plötzlicher Gallenblasendurchbruch raffte ihn von einem Tag auf den andern dahin. Damals arbeitete Evita in Rafael Firtuosos Truppe. Am Abend der Totenwache zogen ihre Kollegen nach der Vorstellung durch den Lunapark, um Magaldi das letzte Geleit zu geben. Sie weigerte sich. In einem Lokal in der Umgebung trank sie verdrießlich einen Milchkaffee und wartete auf sie.«

An jenem Nachmittag fielen noch weitere Sätze, aber ich mag sie nicht wiederholen. Lange blieb ich schweigend bei Cariño sitzen, und dann spazierte ich zum feindseligen Park hinüber, mitgerissen von einer Flut von Fragen, die niemand mehr beantworten konnte und die vielleicht auch niemanden mehr kümmerten.

14 »*Die Fiktion meiner Rolle*«

Schon am sechsten Tag auf See erstickte ihn die Enge seiner Kabine. Noch unerträglicher war jedoch das Mitleid der Besatzung. Jeden Morgen begrüßte ihn der Offizier, mit dem er zum Laderaum hinunterstieg, mit derselben Frage:

»Fühlen Sie sich besser, Señor Magistris? Schlafen Sie gut?«

»Ja«, antwortete er. »*Mi sento bene.*«

Er litt, aber er mochte es nicht zugeben. Nachts weckte ihn die brennende Wunde immer wieder auf. Und das Sehvermögen des linken Auges nahm ab; wenn er das gesunde Auge bedeckte, wurde die Welt ein Netz aus schillernden Wolken, bewegten Leuchtpunkten, gelbgestreiften Schatten. Aber er durfte keine Schwäche zeigen. Kaum sähe ihn der Feind schwach, würde ihn seine Pranke erwischen. Der Feind konnte sich überall verstecken: an Bord des Schiffs, in den Häfen von Santos und Recife, unter den Stauern im Hafen von Genua. Ab und zu hörte er ein Atmen auf der andern Seite der Tür, und auf dem Weg zum Laderaum erschreckten ihn Schritte, die sich wieder verloren. Jemand belauerte jede seiner Bewegungen, dessen war er sich sicher. Noch hatte man ihn nicht angegriffen, aber man würde es tun – die Reise war längst nicht zu Ende.

Zwischen vier und sechs Uhr früh stieg er in den Laderaum hinunter, nie zur selben Stunde, nie durch dieselben Gänge. Maria Maggis Sarg ruhte auf einem Eisengestell im Bug, an der Wand des Schiffsrumpfs. Die Möbel eines Diplomaten und die Kiste mit Arturo Toscaninis Dokumenten, die in Santos an Bord genommen worden waren, entzogen ihn den Blicken. Mit gesenktem Kopf blieb er zehn oder fünfzehn Minuten vor dem Sarg stehen, dann ging er wieder. Jede Nacht zog er seine Wache etwas mehr in die Länge. Er hatte das Gefühl, die Leiche der Verstorbenen rufe ihn heimlich, gedämpft. Wäre er gläubig gewesen, so hätte er sagen können, es sei ein übernatürlicher Ruf. Kaum trat er an den Sarg heran, streifte ihn ein eisiger Hauch. Bange öffnete er die Kombinationsschlösser und hob den Deckel – so lauteten die Befehle. Sie war nie gleich: die seltsame Leiche hatte eine unruhige, unbeständige Ewigkeit. Da der Sarg riesig war und sie dazu neigte zu verrutschen, hatte man sie mit Ziegelsteinen fixiert; der rotbraune Staub verfärbte ihr allmählich Haar, Nase, Lider. Trotzdem leuchtete sie. Im Hafen hatte ihn schon der Einbalsamierer mit einem verschrobenen Satz darauf aufmerksam gemacht: »Diese Frau leuchtet ebenso wie der Mond ihrer rechten Stimme.« Mond oder Alge oder Unglück, die Frau phosphoreszierte im dunklen Schiffsbauch.

Um die Alpträume beim Hinuntersteigen zu verscheuchen, plauderte Passagier De Magistris manchmal vor dem Eingang zum Laderaum mit dem Offizier weiter, der ihn bis dahin begleitete. Schon am ersten Tag hatte dieser sich nach dem Tod der Gattin erkundigt. De Magistris brachte die Version vor, die sie sich im Nachrichtendienst zurechtgelegt hatten und die er vor dem Armeeminister und vor seinem neuen Vorgesetzten, Oberst Tulio Ricardo Corominas, immer wieder geprobt hatte. »Wir fuhren«, erzählte er, »in einem neuen Chevrolet Richtung Süden. Es war am frühen Morgen. Meine Frau war eingeschlafen. Bei Las Flores platzte ein Reifen, und der Wagen geriet außer Kontrolle. Wir fuhren gegen einen Pfosten. Sie erlitt einen Schädelbruch und war auf der Stelle tot. Ich flog durch die Windschutzscheibe.«

De Magistris war großgewachsen, stattlich, leicht gebeugt. Eine lange, genähte Wunde furchte ihm Stirn, linke Augenbraue und Wange. Der Sprung in der Unterlippe sah aus wie eine Verlängerung der Narbe, aber das war eine Täuschung: Dieses einzige freiwillige Mal hatte er vom Klarinettespielen bekommen. Noch trug er einen Arm im Gips, und sein Nasenbein war gebrochen. Keines seiner Leiden sei jedoch, sagte er, mit dem Verlust seiner Frau zu vergleichen.

Sie waren in Genua geboren. Ihre Familien wanderten auf demselben Schiff nach Buenos Aires aus. Gemeinsam wuchsen sie in Berazategui auf. Beide träumten davon, eines Tages in die Stadt zurückzukehren, die sie nie gesehen hatten und von der sie dennoch jeden Platz, jedes Denkmal kannten: die San-Giovanni-Battista-Kapelle, das Valle di Bisagno, den Glockenturm von Santa Maria Assunta in Carignano, von wo aus man die Befestigungen, den Hafen, das Blau des Tyrrhenischen Meeres erblicken konnte. Er hatte beschlossen, sie dort beizusetzen, in dieser Landschaft.

De Magistris wiederholte die Geschichte in schmerzerfülltem, glaubwürdigem Ton. Natürlich hatte sich der Unfall ereignet, aber er war nicht ein Werk des Zufalls, sondern vielleicht das Werk des Rachekommandos. In den tatsächlichen Ereignissen gab es die Liebe nicht, die er heuchelte, sondern nur Haß.

Nach Moori Koenigs peinlicher Inhaftierung hatte die Militärregierung wegen Evitas Schicksal wie auf glühenden Kohlen gesessen. Wenn jemand die Geschichte der Schändungen publik machte, warnten die Berater, konnte das Land in Flammen aufgehen. Diese explosive Leiche mußte so rasch wie möglich beerdigt werden.

Der Befehl flog eines Novemberabends auf Hauptmann Galarzas Schreibtisch. Der Präsident hatte ihn von Hand auf einen Bogen mit dem vaterländischen Wappen geschrieben. »Ich werde keine weiteren Verzögerungen dulden«, stand da. »Wollen Sie diese Frau so schnell wie möglich auf dem Friedhof von Monte Grande beerdigen.«

Das, dachte Galarza, wäre die Mission seines Lebens. Um zwei Uhr früh ließ er den Sarg in einen Militärlastwagen laden, den er mit einem Trupp von sechs Soldaten bewachte. Fesquet hatte ihm seine Begleitung angeboten, aber er schlug sie aus. Er wollte die Einsamkeit, das Geheimnis. Er steuerte langsam, äußerst vorsichtig, den Rinnen und Hökkern auf dem Pflaster ausweichend. Er fuhr zwischen den Gefrierfleischfabriken hindurch, über das Rangiergelände der Südbahn, durch die menschenleeren Vorstädte Banfield und Remedios de Escalada. Er rechnete sich aus, daß am Ende des Jahres sein Leben anders aussähe: Man würde ihn zum Major befördern und in ein fernes Regiment versetzen. Nie wieder würde er etwas Ähnliches erleben wie das, was er jetzt erlebte, doch er durfte nicht darüber reden. Er schrieb Geschichte, aber seine Schrift würde unsichtbar sein.

In der Nähe des Bahnhofs von Lomas schoß ein Tankwagen aus dem Halbdunkel auf ihn zu. Er spürte nur den jähen Schlag, der ihm die hintere Stoßstange wegriß und die Schnauze seines Gefährts gegen einen Pfosten rammte. Es gelang ihm, den Revolver aus der Tasche zu ziehen und sich aufzurichten. Wenn man ihm die Verstorbene raubte, wäre das sein Ende und vielleicht das Ende Argentiniens. Das Blut machte ihn blind. Voller Angst, der Schmerz könnte ihn umbringen, tastete er sich zur hinteren Tür des Lastwagens. Aus Verzweiflung oder Instinkt stieß er sie auf, dann verlor er die Besinnung.

Er erwachte im Krankenhaus. Zwei der Soldaten, sagte man ihm, seien umgekommen. Zwei weitere hatten noch schlimmere Verletzungen als er. Person war zur Abwechslung unversehrt, ohne eine einzige Schramme, gleichmütig in den gestärkten Schleiern des Totenhemdes.

Er traf sie wieder im Büro des Nachrichtendienstchefs, wohin man sie, jetzt in aller Offenheit, noch in der Unfallnacht gebracht hatte. Sie ruhte in derselben rohen Pinienholzkiste mit Verpackungsbeschriftung – ›Radioanlagen. LV2 La Voz de la Libertad‹ – unter der Grundig-Musiktruhe. Jetzt drang kein Tageslicht mehr ins Büro. Um jedem Angriff zuvorzukommen, hatte Corominas die Fenster zur Straße mit Stahlplatten verbarrikadieren lassen. Den Schreibtisch flankierten zwei große Fahnen. Statt der Bleistiftszkizze des durch Königsberg spazierenden Kant bildeten die Führer der Unabhängigkeit an den Wänden einen langen Fries. Damit er nicht den Versuchungen der Fantasie erlag, blieb der neue Chef nie mit der Leiche allein – einer seiner Söhne studierte oder zeichnete am Sitzungstisch Schlachtpläne. Betrat irgendein Offizier zur Entgegennahme von Befehlen das Büro, zog sich der junge Mann ins Nebenzimmer zurück. Methodisch, umständlich parfümierte Corominas den Raum mit Atkinsons-Lavendel, um den hartnäckigen Duft der versteckten Leiche zu tilgen, und die blaue Helligkeit, die dem Sarg zu entfließen schien, bannte er mit einem 500-Watt-Scheinwerfer, der über die Grundig-Truhe ein gebieterisches gelbes Licht goß.

Zwischen Dezember und Februar hatte Galarza nacheinander mehreren chirurgischen Eingriffen ins Auge sehen müssen. Er war noch nicht von Gipsen und Verbänden befreit, als ihn Corominas eines Sonntags ins Amt zitierte. Mit einer rötlichen Blätterflut und heftigen Regengüssen kündigte sich der Herbst an. Die Stadt war melancholisch und schön. Die Melancholie war ihre Schönheit. Niemand befand sich auf der Callao oder der Viamonte, wo es sonst immer von Menschen wimmelte. Erstaunt hörte er an diesem landumgebenen Ufer von Buenos Aires eine Schiffssirene.

Durch den Unfall hatte Galarza mit einem Schlag Karriere, Gesundheit und Selbstvertrauen verloren. Die Scherben der Windschutzscheibe hatten ihn entstellt. Als Folge eines tiefen Schnitts in den Beugemuskeln konnte er die linke Hand nicht mehr bewegen. Seine Frau, die er bemitleidet und verachtet hatte, bemitleidete jetzt ihn. Keine der Zukunftsvorstellungen, von denen er geträumt hatte, erfüllte sich: Er wurde nicht zum Major befördert, war gezwungen, sich aus der Armee zurückzuziehen, die Geister der Tobas und Mocobis, die er in Clorinda getötet hatte, peinigten ihn des Nachts. Er hatte Perón gehaßt, noch bevor er Perón war; er hatte konspiriert, um ihn an einem schimpflichen Tag des Jahres 1946 zu töten. Jetzt dachte er nicht mehr an ihn. Er haßte nur noch Person, die das Netz seines Unglücks geknüpft hatte.

Er war erstaunt, daß auch Fesquet an der Sitzung teilnahm. Seit dem Vorabend des Unfalls hatte er ihn nicht mehr gesehen. Der Oberleutnant hatte sehr abgenommen, trug eine Brille mit Metallbügeln, ließ sich einen breiten Schnurrbart wachsen. Corominas, stehend, stützte sich auf einen Stock. Ein Gipspanzer spannte ihm den Uniformrock.

Er faltete eine Karte auseinander. Drei europäische Städte waren mit roten Punkten markiert. Um eine weitere, Genua, zog sich ein blauer Kreis. Der Oberst – dieser Oberst – hatte finstere Augen und einen schneidenden Blick.

»Wir werden die Verstorbene für immer beerdigen«, sagte er. »Ihre Stunde ist gekommen.«

»Das haben wir schon getan«, sagte Galarza. »Wir wollten es mehr als einmal tun, aber sie läßt es nicht zu.«

»Was heißt, sie läßt es nicht zu? Sie ist tot. Sie ist eine Tote wie jede andere. Der Sankt-Pauls-Orden hat weit weg von hier eine Grabstätte für sie vorbereitet.«

»Trotzdem, es bleiben noch die Kopien der Leiche«, bemerkte Fesquet. »Drei Kopien. Sie sind identisch.«

»Es bleiben zwei Kopien«, korrigierte ihn Corominas. »Die Marine hat diejenige vom Friedhof von Flores ausgegraben und außer Landes gebracht.«

»Das war meine«, sagte Galarza. »Das war die, die ich beerdigt habe.«

»Sie muß inzwischen in Lissabon sein«, fuhr der Chef fort und deutete auf einen der Punkte auf der Karte. »Die zweite wird Ende des Monats nach Rotterdam abgehen. Wie die erste hat auch sie eine falsche, aber glaubhafte Identität. Die Papiere sind in Ordnung. In jedem Hafen wird sie von Angehörigen erwartet. Diesmal gibt es keine Fehler, keinen Aberglauben.«

»Die Frage ist, was das Rachekommando unternehmen wird«, sagte Galarza.

»Zwei Typen von diesem Kommando erschienen in Lissabon«, informierte Corominas. »Sie warteten auf den Sarg, ohne zu wissen, daß die Tote eine Kopie war. Auch ihre Papiere waren in Ordnung. Die portugiesische Polizei enttarnte sie. Sie konnten entkommen und werden uns nie mehr stören. Sie verfolgen die falsche Fährte.«

»Seien Sie sich da nicht so sicher«, sagte Galarza. »Diese Männer wissen, was sie suchen. Früher oder später werden sie kommen.«

»Sie werden nicht kommen. Die, die Sie hier sehen, ist die Leiche der Verstorbenen. Die echte Leiche.« Corominas streckte einen Arm aus und löschte das theatralische Licht, das auf die Grundig-Truhe fiel. »Seit dem Unfall in der Avenida Pavón hat sie sich nicht von hier weggerührt. Vorgestern untersuchte sie der Einbalsamierer von Kopf bis Fuß. Er war über eine Stunde bei ihr. Er injizierte ihr Säuren und erneuerte den Nagellack. Er war so gewissenhaft, daß er hinter dem rechten Ohr eine fast unsichtbare sternförmige Marke entdeckte. Ich habe sie gesehen. Sie wurde angebracht, als sie schon einbalsamiert war.«

»Oberst Moori Koenig«, vermutete Galarza.

»Er muß es gewesen sein. Seine Besessenheit für die Verstorbene hat sich nicht gelegt, aber jetzt ist er weit weg. Im Februar ist er nach Bonn gefahren. Die Regierung hat ihn zum Militärattaché in der Bundesrepublik Deutschland ernannt. Es gibt immer noch Generale, die ihn unterstützen oder fürchten. Er ist ein gefährlicher Kerl. Je eher er mit der Aktion nichts mehr zu tun hat, desto besser. Wenn er wieder dazwischenfunkt, werden Fesquet und ich ihn uns einmal vorknöpfen.«

Unbehaglich schlug Fesquet die Beine übereinander und streckte sie gleich wieder von sich. Der Oberst zündete sich eine Zigarette an. Die drei begannen in die Leere eines hilflosen, sonntäglichen Schweigens hineinzurauchen.

»Moori Koenig ist krank«, sagte Fesquet. »Die Ferne der Verstorbenen hat ihn krank gemacht. Er bedroht mich. Ich soll ihm die Leiche bringen.«

»Warum schicken Sie ihn nicht zum Teufel?«

»Es sind sehr schwere Drohungen«, erklärte Corominas

an Fesquets Stelle. »Erpressungen. Fehltritte aus der Vergangenheit, die er ans Licht bringen will.«

»Lassen Sie sich nicht ins Bockshorn jagen, Fesquet.«

»Ich werde diese Mission zum Abschluß bringen und dann meinen Abschied beantragen«, sagte der Oberleutnant. Eine plötzliche Blässe entstellte ihn. Sein ganzes Leben lag offen vor diesen beiden Männern, von denen er keine Gnade erwarten durfte. Er brauchte sie nicht. Er wollte bloß gehen.

»Das ist das beste«, sagte Corominas. »Sie gehen erhobenen Hauptes.«

So hatte die Reise begonnen. Galarza sollte am 23. April mit dem Leichnam an Bord der *Conte Biancamano* gehen. Er würde sich als Giorgio de Magistris ausgeben, den untröstlichen Witwer von Maria Maggi. Fesquet würde in der folgenden Nacht mit der *Cap Frio* nach Hamburg abreisen. Er würde sich Enno Köppen nennen, und die falsche Verstorbene – Persons letzte Kopie – sollte in der Radioanlagenkiste geschmuggelt werden, in der sich jetzt noch die richtige befand. Sie würde mit Kabeln, Mikrophonen, Tonbandspulen zugedeckt werden. Dr. Ara sollte auf der Vinyl-Wachs-Leiche ebenfalls das sternförmige Zeichen hinter dem Ohr anbringen und ihr ein ganz kurzes Kapillargefäß auf den Nacken tätowieren.

Person war vollkommen, aber was mit ihr geschah, war es nur selten. Der Sarg, den man ihr für die Überfahrt kaufte, war riesig und traf spät beim Nachrichtendienst ein. Er besaß zwei Kombinationsschlösser und konnte unmöglich ersetzt werden. In den Prachtstoffen der Polsterung schwamm die Leiche hin und her.

»Das Meer wird sie durcheinanderschütteln«, bemerkte Galarza. »Sie wird ganz zerschlagen ankommen.«

Sie versuchten sie mit Zeitungen und Packpapier zu fixieren, aber Fesquet machte rechtzeitig darauf aufmerksam, daß dieser Sarg der letzte war – unbekannt würde sie darin in einem ewigen Mausoleum ruhen. Da befahl Galarza den

Wachunteroffizieren, aus dem erstbesten Materialschuppen Felsbrocken und Pflastersteine herbeizuschaffen. Einen solchen Schuppen gab es jedoch im Umkreis von zehn Häuserblocks nicht. Resigniert polsterten sie die Leiche schließlich mit einer groben Füllung aus Holzkeilen und Ziegelsteinen. Corominas, der sich noch von einer Wirbeloperation erholte, begnügte sich damit, die gleichmäßige Verteilung des Ballasts zu überwachen. Unbeholfen beendete Fesquet die Arbeit allein, ohne zu wissen, wie er die Hohlräume und Luftgräben stopfen sollte, die sein mühsames Gefüge offenließ.

»Unglaublich«, sagte Corominas. »Dieser Nachrichtendienst ist der Stolz der Armee, aber wenn es um eine wichtige Arbeit geht, müssen drei Invaliden sie erledigen.«

Der feine braunrote Ziegelsteinstaub erfüllte das Büro des neuen Chefs und setzte sich erst nach Tagen. Der sachte Staubregen, schwach und beißend, erinnerte sie daran, daß sie endlich weg war, und das vielleicht für immer.

Es war fast sieben Uhr abends, als Galarza allein in einem Leichenwagen im Hafen ankam. Nervös erwarteten ihn der italienische Konsul und ein schon mit der schwarzen Stola fürs Responsorium und dem schwarzen Band angetaner Geistlicher.

»*Questo era il suo padre?*« fragte der Konsul, auf den Sarg deutend.

»Meine Frau, Gott hab' sie selig«, antwortete Galarza.

»*Che grossa era! Incredibile.*«

Die Schiffsglocken läuteten, und die Sirene klagte einmal tief. Zwei Zollinspektoren hießen den Sarg wägen, und da kaum Zeit blieb, betete der Geistliche das Responsorium, während die Tote auf die Waage gehievt wurde. Der Zeiger gab vierhundert Kilo an.

»Das ist zuviel«, sagte einer der Inspektoren. »Diese Särge wiegen selten mehr als zweihundert. War er sehr dick?«

»Sie«, antwortete der Konsul.

»Noch verdächtiger, wenn es eine Frau war. Sie werden ihn öffnen müssen.«

Der Geistliche verdrehte die Augen und reckte die Arme den hohen Eisenkuppeln des Docks entgegen.

»Das dürfen Sie nicht«, sagte er. »Es wäre eine Entweihung. Ich kannte diese Señora. Die heilige Kirche haftet für sie.«

»So lauten die Vorschriften«, beharrte der Inspektor. »Wenn wir sie nicht erfüllen, wirft man uns raus. Perón und Evita sind nicht mehr an der Regierung. Jetzt gibt es keinen Pardon mehr.«

Die Schiffssirene stieß ein neues Lamento aus, schrill, lange. An Bord gingen sämtliche Lichter an. Auf der Mole winkten einige Leute mit Taschentüchern. Hunderte von Passagieren standen an der Reling. Die *Conte Biancamano* schien jeden Moment auslaufen zu wollen, aber noch immer verfrachteten die Stauer Koffer in den Laderaum.

»Tun Sie es nicht«, wiederholte der Geistliche theatralisch. »Ich bitte Sie im Namen Gottes darum. Es wäre ein Sakrileg. Man wird Sie mit der Exkommunikation bestrafen.«

Er sprach so eindringlich, daß er nur ein Emissär des Geheimdienstes sein konnte, vermutete Galarza, vielleicht derselbe, der mit dem Sankt-Pauls-Orden die Beerdigung der Leiche ›weit weg von hier, am andern Ende der Welt‹ eingefädelt hatte.

»Machen Sie sich keine Sorgen, Pater«, sagte Galarza. »Die Inspektoren sind verständig.«

Er ging mit ihnen zu einem baufälligen Schalter und gab ihnen den Frachtbrief für die Reise: Nr. 4, Endziel Via Mercali 23, Mailand. Darunter schob er zwei Tausend-Peso-Scheine.

»Für Ihre Mühe«, sagte er.

Der tonangebende Inspektor steckte die Scheine ein und entschied unerschütterlich:

»Wenn es so ist, dann gehen Sie. Für einmal lassen wir Sie durch.«

»Es wird kein zweites Mal geben«, sagte Galarza, der der Versuchung eines letzten Scherzes nicht widerstehen konnte. »Meine Frau wird kein zweites Mal sterben.«

Als er die Gangway hinaufstieg, dachte er, in den letzten sechzehn Monaten sei Evita mehrere Tode gestorben und habe all diese Tode überlebt: das Einbalsamieren, die Entführungen, das Kino, wo sie eine Puppe gewesen war, die Liebe und die Beschimpfungen des Obersts, Arancibias verrückte Delirien in der Mansarde von Saavedra. Er dachte, eigentlich sterbe sie fast täglich, wie Christus im Meßopfer. Aber das wollte er nicht laut sagen. Aller Unsinn des Glaubens, dachte er, hat nur dazu geführt, daß die Welt schlechter ist.

Jetzt erwachte er jeden Morgen mit Alpträumen, in denen er irgendwo eingeschlossen war. Der einzige Lichtblick in der unerträglichen Eintönigkeit der Überfahrt war die Schallplattensammlung des Kapitäns, wo sich Feuerwerke der Boston Pops mit kleinen Airs von Purcell mischten, die Galarza bisweilen auf der Klarinette geblasen hatte. Auf dem wackligen Plattenspieler, den man ihm in die Kabine stellte, hörte er jeden Abend das Allegretto aus Beethovens Siebter Sinfonie. Kaum war die Melodie verklungen, hörte er sie sich erneut an, ohne Langeweile oder Ermüdung; der feierliche Flug dieser Musik schwoll in ihm an wie die Leiche da unten, wurde größer, lieblicher und erschauerte mit derselben majestätischen Anmaßung.

Im Hafen von Santos brachte eine Delegation der Wagner-Gesellschaft eine lange Holzkiste mit Manuskripten von Toscanini an Bord. Es waren Aufzeichnungen und Lichtbilder, die der Maestro vor siebzig Jahren bei seinem Aufenthalt in Brasilien zurückgelassen hatte. An Deck, beim Eingang zum Laderaum, fand eine kurze Zeremonie statt: Ein Ad-hoc-Orchester spielte den Trauermarsch aus der *Eroica* und das ›Libera me‹ von Verdi. Vor Evitas Sarg stehend, ließ sich Galarza kein Detail der Huldigung entgehen. Er trug eine Beretta in der Tasche und gedachte rücksichtslos von ihr Gebrauch zu machen, sollte sich ihm jemand mit einer brennenden Kerze oder einem Blumenstrauß nähern. Er hatte die Tricks satt, die das Rachekommando angewandt hatte, um die Verstorbene zu ehren. Als die Musiker ihre Instrumentenkästen öffneten, schloß er die Hand um die Pistole und studierte die Gesichter auf der Suche nach irgendeinem verdächtigen Anzeichen. Doch es geschah nichts. Die Melodien verflüchtigten sich sogleich in der stickigen Luft.

Kaum hatten sich die Besucher entfernt, wurde Galarza von der Vorstellung verfolgt, in der Manuskriptkiste könnte eine Brandbombe versteckt sein. Der Kapitän persönlich mußte herunterkommen und sie öffnen, als das Schiff schon Richtung Rio de Janeiro ausgelaufen war. Es fanden sich nur mit Anmerkungen versehene Partituren, Briefe des Halbwüchsigen und vergilbte Fotos.

Toscanini sei am 18. Februar mit großem Pomp beerdigt worden, erzählte der Kapitän an diesem Abend beim Essen. Über vierzigtausend Menschen hätten vor der Mailänder Scala auf den Vorbeizug des Trauergefolges gewartet. »Einer von ihnen war ich«, sagte er. »Ich weinte, als wäre mein Vater gestorben.« Nach dem Responsorium gingen die Türen des Theaters auf, und das Scala-Orchester spielte den zweiten Satz der *Eroica*, denselben, den ihm feinfühlig die Musiker in Santos gewidmet hatten. Danach folgte dem mit Palmwedeln und Trauerfedern geschmückten Leichenwagen eine beeindruckende Prozession zu den Gewölben des Cimitero Monumentale.

»Wissen Sie noch, wie schwer der Sarg war?« fragte Galarza unvermittelt.

Einer der Anwesenden protestierte. Das sei kein Thema bei Tisch, sagte er. Die Bemerkung überhörend, antwortete der Kapitän ernst:

»Hundertdreiundsiebzig Kilo. Das stand in allen Zeitungen. Ich habe die Zahl deshalb nicht vergessen, weil es mein Geburtstag ist: der Siebzehnte des dritten Monats.«

»Er wird sehr hager gewesen sein«, meinte Galarza.

»Haut und Knochen«, sagte der Kapitän. »Vergessen Sie nicht, daß er fast neunzig war, als er starb.«

»In diesem Alter denkt man nicht einmal mehr«, warf eine der Damen ein.

»Toscanini dachte so viel«, korrigierte sie der Kapitän, »daß er eine Gehirnthrombose bekam. Und trotzdem, Madame, erlangte er das Bewußtsein wieder. In der Agonie sprach er mit eingebildeten Musikern, zu denen er sagte: *Più morbido, prego. Ripetiamo. Più morbido. Ecco, bravi, così va bene*, wie wenn er die *Eroica* dirigierte.«

Nachdem sie den Äquator überquert hatten, fühlte sich Galarza ohne ersichtlichen Grund allmählich weniger allein. Er las nicht gern, Landschaften unterhielten ihn nicht, er haßte die Sonne. Sein einziger Zeitvertreib bestand darin, in den Laderaum hinunterzugehen und sich mit Person zu unterhalten. Er war dort, ehe es hell wurde, und blieb öfter bis nach Sonnenaufgang. Er schilderte ihr die unzähligen Krankheiten seiner Frau und das Unglück eines Lebens ohne Liebe. »Du hättest dich von ihr trennen sollen«, sagte Person zu ihm. »Du hättest sie um Verzeihung bitten sollen.« Zwischen der aufgetürmten Fracht oder jenseits des Schiffsrumpfs, im Meer, hörte er die Stimme fließen. Aber auf dem Rückweg in seine Kabine sagte er sich immer wieder, die Stimme könne sich nur in ihm selbst befinden, in einer ihm unbekannten Tiefe seines Wesens. Und wenn Gott eine Frau wäre? dachte er dann. Wenn Gott sanft seine Brüste bewegte und eine Frau wäre? Aber wen kümmerte das. Gott mochte sein, was er wollte. Nie hatte er an Ihn geglaubt – oder an Sie. Und jetzt war nicht der Moment, damit anzufangen.

Am zweiten Samstag im Mai kam die Küste Korsikas in Sicht. Die Reise ging ihrem Ende zu. Kurz nach Mitternacht trug Galarza den Plattenspieler in den Laderaum hinunter, stellte ihn vor dem Sarggestell auf den Boden und legte sich so hin wie die Verstorbene, die Hände auf der Brust verschränkt. Die Musik des Allegrettos überflutete ihn mit einem Frieden, der ihn für sämtliche Traurigkeiten der Vergangenheit entschädigte, sie zeichnete Ebenen und ruhige Flußläufe und Regenwälder in die Wüste seiner Gefühle. Er liebte sie, dachte er. Er liebte Person, und er haßte sie. Es gab keinen Grund, darin auch nur den geringsten Widerspruch zu sehen.

Um acht Uhr morgens legte die *Conte Biancamano* in Genua an. Der Palazzo San Giorgio war mit zahlreichen Fahnen geschmückt; unnötigerweise brannte das Licht des großen Leuchtturms. Während die Gangway herangefahren und das Gepäck ausgeladen wurde, erkannte Galarza auf der Piazza Dogana eine militärische Formation. Neben einer Karosse standen zwei Kavalleristen in Uniform mit federgeschmücktem Zweispitz und mit einem Schwert oder Stab in der Hand. Begleitet von einem unsichtbaren Chor, spielte die Kapelle der *Bersaglieri* ›Va, pensiero‹ aus *Nabucco*. Zwischen den Statuen auf dem Platz wimmelte es von Nonnen in gestärkten Hauben. Ein beunruhigend blasser Geistlicher spähte mit einem Opernglas zum Deck des Schiffs herüber. Als er dort Galarza erblickte, deutete er mit dem Zeigefinger auf ihn und reichte das Glas einer der Nonnen. Dann eilte er auf die Mole und rief ihm einen Satz zu, der im Lärm der Kofferträger unterging. Vielleicht sagte er: »*Noi siamo dell'Ordine di San Paolo*«, oder vielleicht: »*Ci vediamo domani a Rapallo.*« Der Reisende war benommen, verwirrt. Er hatte sich auf die Überfahrt vorbereitet, nicht aber auf die Überraschungen der Ankunft. Auf einmal vernahm er einen Trommelwirbel. Einen Moment herrschte Stille. Der Geistliche erstarrte. Die Kavalleristen mit dem Zweispitz hoben martialisch ihre Stäbe. Einer der Schiffsoffiziere, der dicht an Galarza vorüberging, blieb stehen und salutierte.

»Was ist los?« fragte der Reisende. »Wozu dieser ganze Lärm?«

»*Zitto!*« sagte der Offizier. »Sehen Sie denn nicht, daß

gleich die Manuskripte des Maestro ausgeladen werden?«

Eine Unmenge Trompeten entfalteten den Triumphmarsch aus *Aida*. Als gehorchte er dem Zeichen der ersten Takte, glitt Evitas Sarg auf einem Rollband langsam vom Laderaum auf die Mole. Eine Gewehrsalve explodierte. Acht Soldaten mit Trauersturmhaube hoben den Sarg empor und luden ihn mühsam auf die Karosse, wo sie ihn mit der italienischen Fahne zudeckten. Die Kavalleristen strafften die Zügel, und die Karosse setzte sich in Bewegung. Alles geschah so schnell, und die Musik war so bestrickend, so dröhnend, daß niemand Galarzas verzweifelte Zeichen sah oder seine Protestrufe hörte:

»Wohin bringen Sie das? Das gehört nicht Toscanini! Das gehört mir!«

Auch der Geistliche und die Nonnen waren in der Menge verschwunden. Gefangen an Deck, umgeben von Rollstühlen, Kisten und Koffern, die entmutigend langsam zur Gangway geschoben wurden, schaffte es Galarza nicht durchzukommen. Er sah den Kapitän in großer Entfernung auf der Brücke, wo er sich von der Herde Passagiere verabschiedete, und versuchte ihn auf sich aufmerksam zu machen. Die Stimme versagte ihm.

Nach drei, vier unendlichen Minuten erschien der Sarg wieder zwischen den Schuppen des Hauptwarenlagers. Er war mit ein paar Blumensträußen geschmückt, aber sonst war alles gleich wie zuvor, als kehrte er von einer harmlosen Spazierfahrt zurück. Nur Galarza war völlig außer sich, krank vor Panik. Einer der Reiter führte die Karosse an, der andere trottete hinterher, den Stab noch erhoben, neben dem Geistlichen und dem Zug der Nonnen. Als sie auf die Mole kamen, stellten sich alle diszipliniert wieder an denselben Platz, den sie bei der Ankunft des Schiffs eingenommen hatten – die *Bersaglieri*-Kapelle, die Soldaten, die Kofferträger. Nur einige Passagiere entfernten sich zerstreut mit ihren Familien. Es trat eine kurze, seltsame Stille ein, und bevor sich schwungvoll der Triumphmarsch aus *Aida* erhob, hörte man einen der Offiziere rufen:

»*Peccato! Avuto uno strafalcione!*«

»Einen Riesenirrtum«, bekräftigte hinter Galarza ein Maat.

Zehn oder zwölf diensteifrige Matrosen luden Evitas Sarg von der Karosse, entfernten die Fahne und deponierten ihn verächtlich auf den Pflastersteinen der Mole, während die Kiste mit Toscaninis Manuskripten feierlich über das Rollband glitt. Galarza nutzte die Verwirrung nach den Gewehrsalven, um die Gangway hinunterzustürzen.

Bevor er zum beinahe verlorengegangenen Sarg gelangte, erschien der Geistliche, den die Karosse verdeckt hatte, und legte ihm die Hand auf die Schulter. Galarza befreite sich mit dem gesunden Ellbogen, und als er sich umwandte, sah er sich einem friedlichen Gesicht gegenüber.

»Wir haben Sie erwartet«, sagte der Geistliche. »Ich bin Pater Giulio Madurini. Unglaublich, was da eben geschehen ist. Fast wäre alles schiefgegangen.«

Er sprach mit tadellosem argentinischem Akzent. Galarza war mißtrauisch.

»Gott?« sagte er. Die Nachrichtendienstoffiziere hatten beschlossen, dieselbe Losung wie der Oberst zu verwenden, dieselbe wie auch beim Putsch gegen Perón.

»Ist gerecht«, antworteten der Geistliche und die Nonnen im Chor, als beteten sie eine Litanei.

Auch die Nonnen mußten zu dem von Corominas ausgeheckten Plan gehören, denn sie kümmerten sich um alles. Sie übernahmen Galarzas Gepäck und heuerten einen Trupp Stauer an, um den Sarg zu einem Bus der Pfarrei zu transportieren. Trotz ihres Umfangs paßte Person mühelos in den enormen Laderaum unter den Sitzen.

»Wie groß sie ist«, sagte der Geistliche verwundert. »Ich habe sie mir nicht so riesig vorgestellt.«

»Es ist nicht sie«, erklärte Galarza. »Wir mußten den Sarg mit Felsbrocken und Ziegelsteinen füllen.«

»Besser so. Sieht aus wie ein Mann. Ein Kerl, wie er im Buche steht.«

Aus der Nähe glich Madurini erstaunlich Pius XII.: der gleiche dunkelblaue Teint, die gleichen sich wie in Zeitlupe bewegenden langen, schmalen Finger, die gleiche Adlernase, auf der eine runde Brille mit Metallbügeln hockte. Er setzte sich hinter das Steuer des Busses und wies Galarza den Platz daneben an. Die Nonnen drängten sich auf die hinteren Sitze. Sie schienen aufgeregt und schnatterten unaufhörlich.

»Ich dachte schon, man hätte sie mir geklaut«, sagte Galarza erleichtert. »Mein Hals war ganz ausgetrocknet.«

»Eine blöde Verwechslung«, meinte der Geistliche. »Niemand trug die Schuld daran. Bei einem so großen Sarg kann sich jeder irren.«

»Ich habe ihn auf der ganzen Reise nicht aus den Augen gelassen. Wer hätte gedacht, er könnte am Ende in einem Moment der Unachtsamkeit ...«

»Regen Sie sich ab. Die Schwestern haben die Leute mit der Karosse aufgehalten und ihnen alles erklärt.«

Nachdem sie die steilen Apenninenpässe hinter sich hatten, bog der Geistliche in einen Feldweg ein. Zu beiden Seiten lagen träge Weizenfelder und Blumenwiesen. Ein paar Mühlen mahlten in der Ferne ihren eigenen dürren Schatten.

»Ist Ihnen jemand gefolgt, Pater?«

»Nennen Sie mich Alessandro. Die vom Nachrichtendienst haben mir falsche Papiere geschickt. Bis diese Geschichte zu Ende ist, heiße ich Alessandro Angeli.«

»De Magistris«, sagte Galarza. »Giorgio de Magistris.«

»Ich habe Sie sogleich erkannt, an der Narbe. Sie ist eindrucksvoll.«

Kurz vor zwölf waren sie in Pavia. Sie machten eine halbe Stunde in einem Gasthaus beim Bahnhof halt, wo der Geistliche seufzend urinierte und zwei ungeheure Teller Nudeln mit Pilzen verdrückte. Dann verschwand er mit dem Bus in einem Reisfeld und kam erhitzt wieder zurück.

»Keine Gefahr«, sagte er. »Ist Ihnen auf dem Schiff jemand gefolgt, Giorgio?«

»Ich glaube nicht. Ich habe aufgepaßt und nichts Ungewöhnliches gesehen.«

»Hier ist auch niemand. Es bleiben uns noch vierzig Kilometer flache Fahrt. Wir müssen durch einen Wald.«

»Wohin fahren wir jetzt?« fragte Galarza.

»Auf den Frachtpapieren steht, die Verstorbene soll Giuseppina Airoldi an der Via Mercali 23 in Mailand übergeben werden. Schwester Giuseppina ist die dahinten, sie wohnt in diesem Bus. Wir können die Leiche hinbringen, wo wir wollen.«

Es war ein warmer Samstag. Durch die engen Straßen nahe der Porta Garibaldi in Mailand schlurften Frauen in Pantoffeln und Hauskleidern, die Schläfen von kleinen Runzelfächern durchzittert. Die Vögel pfiffen wirr durcheinander und stürzten sich von den Pinienwipfeln auf den Bus hinunter. Kurz nach zwei Uhr hielten sie vor den Säulen des Cimitero Monumentale. Durch die Gittertore erkannte man die Grabstätten des Famedio; in der Mitte seufzte zwischen schwarzen Engeln mit zerbrochenen Flügeln die Manzoni-Statue.

Zwischen Zypressenreihen gingen sie zum Westende des Friedhofs. Allmählich minderten sich die Grabmäler von Marmor zu Stein und von anmaßenden gotischen Kuppeln zu anspruchslosen Kruzifixen. Im Giardino 41 gab es nur Grabsteine. Madurini war im Bus in Soutane und Trauerornat geschlüpft und betete jetzt mit monotoner Stimme das lateinische Responsorium. Eine der Nonnen schwenkte den Weihrauchkessel. Mit Mühe und Not wurde Person in die Zementgruft ihrer nächsten Ewigkeit hinuntergelassen. Während die Totengräber mit dem Sarg kämpften, hauchte Madurini Galarza ins Ohr:

»Sie müssen weinen, Giorgio. Sie sind der Witwer.«

»Ich weiß nicht, wie – einfach so plötzlich.«

Auf dem Nachbargrab lag die graue Marmorplatte bereit, die auf Persons Ruhestätte angebracht werden sollte. Galarza las: *Maria Maggi de Magistris 1911-1941. Giorgio a sua sposa carissima.*

Alles ist zu Ende, dachte Galarza. Ich werde sie nicht mehr sehen. Er verspürte Erleichterung, verspürte Pein, und das Schluchzen stieg ihm mühelos die Kehle hoch. Seit er ein Kind gewesen war, hatte er nicht mehr geweint, und jetzt, da die Tränen mit rauhem, schmerzlichem Durst seine Augen überschwemmten, erschienen sie ihm wie ein Segen.

Schon fast einen Monat wartete der Oberst nun auf die Leiche. Eines Sonntagnachts hatten Fesquet und zwei Unteroffiziere die neben der Kirche von Olivos begrabene Kopie wieder ausgebuddelt und anstelle des Originals eingesetzt. »Am 24. April läuft diese Frau in der *Cap Frio* aus«, informierte ihn der Oberleutnant in einem chiffrierten Funkspruch. »Sie kommt am 20. Mai im Hafen von Hamburg an. Sie ist auf den Namen Karl von Moori Koenig, Funkamateur, konsigniert. Die Kiste ist aus Eichenholz, wie Sie sich erinnern, und trägt die Aufschrift ›LV2 La Voz de la Libertad‹.« Aber die folgende Nachricht beunruhigte ihn: »Schiffe mich auf der *Cap Frio* ein. Bringe die Leiche persönlich weg.«

Einerseits freute es ihn, daß seine Drohungen bei Fesquet ihre Wirkung getan hatten. Wiederholt hatte er ihm geschrieben, er sei entschlossen, ihn vor einem Militärgericht als Schwulen zu denunzieren. Das waren keine leeren Worte, er würde es wirklich tun. Anderseits war ihm das alles zu weit gegangen. Fesquet war desertiert. Mit wessen Genehmigung hätte er sonst auf der *Cap Frio* sein können? Vielleicht hatte ihn die Verzweiflung verrückt gemacht. Oder er simulierte eine Krankheit. Wer weiß, wer weiß, fragte sich der Oberst deprimiert. Er konnte ihn nicht einmal mehr aufhalten und ihm befehlen zurückzukommen, denn er war schon außerhalb seiner Reichweite. Wer konnte wissen, ob Fesquets Reflexe bei diesem Verzweiflungsgrad noch intakt waren. Er schickte einige Telegramme auf die *Cap Frio* und fragte ihn verschlüsselt: Haben Sie aufgepaßt, ob Ihnen jemand folgt? Haben Sie Vorsichtsmaßnahmen ergriffen, damit sich im Laderaum niemand dem Sarg nähert? Soll ich Ihnen ein Attest besorgen, damit Sie in den Nachrichtendienst zurückkönnen? Drei Tage lang wiederholte er die Depeschen, aber er bekam keine Antwort.

Sein ganzes Leben war auf diesem Schiff. Dagegen erschien ihm Bonn als reine Zeitverschwendung. Er hatte die beiden oberen Stockwerke eines Herrschaftshauses gemietet, das den Krieg überlebt hatte. Die Nachbarn im Erdgeschoß waren ebenfalls Botschaftsangestellte; er lebte in einer hermetischen Welt ohne Ausweichmöglichkeit, wo jeder schon zum voraus sämtliche Sätze kannte, die die andern sagen würden. Als Ausgleich zu seinen Aufgaben – die vor allem darin bestanden, die militärischen Meldungen in den deutschen Zeitungen zu übersetzen und sie, als wären es seine eigenen Ermittlungen, nach Buenos Aires zu schikken – traf er sich manchmal insgeheim mit Waffenhändlern und Spitzeln aus den Ostblockländern. Sie tranken und sprachen über alte verlorene Schlachten, ohne sich daran erinnern zu können, wann sie sich ereignet hatten.

Mangels anderer Ablenkungen nahm der Oberst ergeben an den fast täglichen Diplomatencocktails teil. Er unterhielt die Damen mit schlüpfrigen Geschichten des ›flüchtigen Tyrannen‹, den er vor seinem geistigen Auge in der Hitze Venezuelas immer dicker werden sah. Er hielt es für unwahrscheinlich, daß er noch Leidenschaften entflammte – die letzte seiner Frauen hatte ihn in Panama geangelt und verfolgte ihn noch in Caracas. Sie war eine fünfunddreißig Jahre jüngere Flamencotänzerin, die mit Roberto Galán im Duo Klavier spielte.

Der Oberst duldete nicht, daß Evita diesen Greis wie verrückt geliebt hatte: *Er ist meine Sonne, mein Himmel, alles, was ich bin, gehört ihm*, hieß es in ihrem Testament. *Alles gehört ihm, angefangen bei meinem eigenen Leben, das ich ihm in Liebe, unumschränkt und für immer hingegeben habe.* Wie blind mußte sie gewesen sein, dachte er, wie blind oder verwaist oder schutzlos, um mit solch brennendem Verlangen die einzige Hand zu lecken, die sie liebkost hatte, ohne sie zu demütigen. Armes Kind, wie dumm und wie grandios, dachte er immer wieder. *Ihr sollt in diesem Moment wissen, daß ich Perón mit meiner ganzen Seele geliebt habe und liebe.* Wozu war das nun gut? Er hatte sie verraten, hatte sie bei seinem Sturz den Händen des Einbalsamierers überlassen; er trug die Schuld daran, daß ihre Leiche durch die Welt nomadisierte, heiß begehrt, unbestattet, ohne Identität und Namen. Was war Person jetzt auf der *Cap Frio*? Eine Kiste. Die Geistige Führerin der Nation war eine Radioanlage. Wenn das Schiff unterging, würde niemand an ihre Rettung denken. Das würde ewiges Hohngelächter über den ehemaligen Despoten bedeuten. Den Oberst quälten diese Gedanken, aber er sprach sie nicht aus. Auf den Empfängen wollte er sorglos erscheinen.

Um dem Gemotze seiner Töchter zu entkommen, flüchtete er sich an den Sonntagen in die Botschaft, wo er die Nachrichten der Agenten empfing, die Doña Juanas Exil überwachten. In Santiago de Chile zu einem abgeschiedenen Leben gezwungen, ging die in Trauer gekleidete Mutter nur aus, um das Kasino von Viña del Mar zu besuchen, wo die Croupiers sie schon von weitem erkannten und ihr an den Spieltischen Platz schafften. Sie hatte sich in das weiße Haar schwache himmelblaue Reflexe färben lassen und verbrachte ihre Vormittage damit, im Viertel Providencia die Wahrsager zu befragen. Drei Rätsel raubten ihr den Schlaf: Evitas Verbleib, der Name des Meuchelmörders, der 1953 ihren Sohn Juan umgebracht hatte, und wie oft sich im Spiel dieses Abends die Douze milieu wiederholen würden.

Einer der Wahrsager war Informant des Obersts. Er hatte

sich Doña Juanas Vertrauen erschlichen, als er in zwei Kreuzassen und einer Karodame las, daß Evita endlich in heiligem Boden ruhte. »Ihre Tochter liegt unter einem Marmorkreuz«, hatte er in Trance zu ihr gesagt. Wenige Stunden nach dieser Prophezeiung brach der argentinische Präsident ein fast zweijähriges geringschätziges Schweigen und antwortete auf die Bittbriefe der Mutter: »Sehr verehrte Señora, ich weiß, daß Ihre Tochter gestern christlich bestattet wurde. Sie haben nichts mehr zu befürchten. Sie können nach Buenos Aires zurückkehren, wann immer Sie wünschen. Niemand wird Sie belästigen. Darauf gebe ich Ihnen mein Ehrenwort.«

Doch die chiffrierten Berichte, die der chilenische Spion in die Bonner Botschaft schickte, waren allesamt nichtssagend und nutzlos. Sie gaben Doña Juanas Monologe über Evitas Kindheit in Los Toldos wieder, denn die Erinnerung der Mutter war in diesem Abschnitt des Lebens stehengeblieben, und nichts brachte sie von dort weg. In den Berichten war die Rede von Feigenbäumen und Paradiesen, wo Person eine Trapezkünstlerin im Zirkus gespielt, und von den Kästen mit Maulbeerblättern, in denen sie Seidenraupen gezüchtet hatte. Wozu all diese sinnlosen Geschichten, sagte sich der Oberst. Was sie war, steht nicht in diesen Vergangenheiten. Es steht in keiner Vergangenheit, denn sie flocht sich alle Tage wieder selbst. Es gibt sie nur in der Zukunft, das ist ihre einzige Beständigkeit. Und die Zukunft nähert sich auf der *Cap Frio*.

Allmorgendlich verfolgte der Oberst als erstes auf einer Karte den Kurs des Schiffs. Er hatte seine Spur in João Pessoa verloren und bei den Azoren wiedergefunden. Mit einem roten Strich markierte er die Lade- und Löschtage, mit einem grünen die der Fahrt. Er brachte die Konsuln mit Telegrammen um den Verstand, in denen er um Meldungen über die argentinischen Passagiere an Bord und über die Geschwindigkeiten bat, mit denen sich die *Cap Frio* von einem Hafen zum nächsten bewegte. Er wurde fast krank vor

Angst, als das Schiff drei Tage im Hafen von Vigo lag, um eine Beule in der Schraube zu reparieren, und als es in Le Havre wegen eines Mißverständnisses bei den Zollgenehmigungen einen Vormittag einbüßte. Am 18. Mai bekam er endlich von Oberleutnant Fesquet folgenden chiffrierten Funkspruch: »Die *Cap Frio* geht am Dienstag, dem 21., um drei Uhr nachmittags in Hamburg vor Anker. Erwarte Sie ab halb sechs an den St.-Pauli-Landungsbrücken, Mole 4. Sehen Sie sich vor. Werde verfolgt.«

Statt der erwarteten Unruhe erfüllte ihn tiefer Frieden. Jetzt ist Person in meiner Reichweite, dachte er. Niemals und um nichts in der Welt werden wir uns wieder trennen. Er überlegte sich nicht einmal, was er mit ihr anfangen, in welcher Nomaden- oder Steppengemeinschaft sie beide leben würden. Er wollte sie nur besitzen, wollte sie wiedersehen.

Er mietete für drei Monate einen Opel-Krankenwagen mit Metalleisten auf dem Kabinenboden und einem Klappsitz, auf den er sich setzen könnte, um den Sarg so lange zu betrachten, wie er wollte. Zwischen seinem Haus und dem Botschaftsgebäude tat sich ein Niemandsland auf, wo die Diplomaten und Polizeioffiziere manchmal ihre Autos parkten. Der Oberst ließ den Platz unter seinem Schlafzimmerfenster mit weißen Linien markieren und brachte eine Hinweistafel an: *Krankenwagen. Parken verboten.* Eines späten Abends fragte ihn seine Frau, wie sie all diese Auslagen bezahlten sollten.

»Niemand leistet sich einen solchen Luxus«, sagte sie. »Ein Krankenwagen. Wozu brauchen wir den. Wir sind gesunde Leute.«

»Das ist nicht dein Bier«, antwortete der Oberst. »Geh schlafen.«

»Was ist los, Carlos? Warum sagst du mir nicht, was mit dir los ist?«

»Nichts, was dich betrifft. Das sind meine Geheimnisse, Arbeitsgeheimnisse.«

Am Montag morgen, dem 20., fuhr er nach Hamburg ab. Er wollte möglichst früh dort sein und die Ausfahrten der Stadt, die Topographie des Hafens, die Verkehrsgewohnheiten studieren. Unter dem Namen Karl Geliebter stieg er in einem bescheidenen Hotel gegenüber dem Bahnhof Altona ab. Im Anmeldebuch unterschrieb er mit zärtlich nach rechts geneigten Buchstaben, und die Portiers wiederholten verwundert seinen Namen: *Geliebter.* Es war Frühling, und selbst in den blinden U-Bahn-Tunnels waren der Aufruhr des Blütenstaubs und die Wonnen von Linde und Kastanie zu atmen. Die Stadt roch nach Hafen, und das Meer roch nach Person, nach ihrem brackigen, chemischen, dominierenden Leben.

»Sehen Sie sich vor. Werde verfolgt«, hatte Fesquet geschrieben. Nie hatte sich der Oberst so sehr vorbereitet wie diesmal, um dem Feind zu begegnen. Er kannte seine Täuschungsstrategien längst auswendig. Im Gürtel trug er eine Walther-Pistole und in der Tasche zwei Ersatzmagazine. Sollte Fesquet unbewaffnet sein, würde er ihm eine Beretta geben.

Bei Einbruch der Dunkelheit verirrte er sich in einem Labyrinth von Sträßchen, die Jungfernstieg, Herrlichkeit, Venusberg hießen. Aus den Hauseingängen quollen Matrosen, Touristen in kurzen Hosen und Greise, die ihre Nasen zu den von Neonlanzen schraffierten Fenstern emporreckten. Unversehens gelangte er auf die riesige Reeperbahn, auf der Frauen und Hündchen spazierten. Die Frauen ließen Zigaretten fallen und bückten sich, um sie, den Hintern entblößend, aufzuheben. Huren, dachte der Oberst mehrmals. Mal schauen, ob ich aus diesem Brodeln wieder rausfinde. Doch die Frauen stellten sich ihm in den Weg und riefen ihm zu: »Schätzchen! Schätzchen!«

Endlich fand er den Wilhelmplatz, wo er an eine Steinbank gelehnt verschnaufte. Das Halbdunkel war kühl. Rund um den Platz verblichen die Schilder alter Hotels, deren Fenster rote Lichter destillierten. Neben dem Eingang zum Hotel Keller hatten drei Frauen gleichgültig ihre Füße auf den Mauersockel gestellt. Sie hatten leere Zigarettenspitzen zwischen den Fingern und gaben verächtliche Gleichgültigkeit vor. Sie bewegten sich nicht, aber der Oberst spürte, wie sie mit großen, starren Augen das Kommen und Gehen ihrer Opfer belauerten. Sie schienen alle derselben Gebärmutter entsprungen und vielleicht von ein und demselben Leben zugrunde gerichtet. Von fern hatten sie eine gewisse Ähnlichkeit mit ihr – sie erinnerten ihn an sie. Vielleicht konnte er mit ihnen sprechen, erfahren, welche Mißgeschicke sie hierherverschlagen hatten.

Links vom Hotel Keller wurde ein Schaufenster von gelben Lichtern überschwemmt. Es waren Stachelhandschuhe, Peitschen, batteriebetriebene Tröster und andere Apparate für künstlichen Lustgewinn ausgestellt. Ein Volkswagen fuhr am Hotel Keller vorbei und bremste brüsk. Der Oberst verbarg sich hinter einem Baum und beobachtete die Szene.

Am Steuer des VWs saß ein junger Mann mit kreisrundem Haarschnitt wie ein aufgespannter Regenschirm. Er streckte einen Arm heraus und deutete auf die größte der Frauen. Diese würdigte ihn keines Blicks, sondern verharrte in ihrem Schweigen, einen Fuß auf dem Mauersockel, die spindeldürren Knie zeigend. Zwei korpulente Männer, offensichtlich Zuhälter, traten ans Auto. Es begann ein Wortwechsel, dessen wenige Worte wie Ohrfeigen hin und her klatschten. Keine der Frauen interessierte sich für das Bieten – sie standen da, unbekümmert um den Nachttau und die Leidenschaften, die sie weckten. Schließlich gab der Pilzkopf den Zuhältern ein dickes Bündel Geldscheine und stieg aus. Er musterte kurz die erstandene Frau, zog ihr den Rock zurecht und bog ihr väterlich das Bein gerade. Dann lud er sie sich über die Schulter und bettete sie mühelos auf den Rücksitz. Alles hatte sich so schnell abgespielt, war so voll unsichtbarer Gewalt gewesen, daß der Oberst fürchtete, die Nacht zu vertrödeln, und mit raschen Schritten davonging.

Er hielt es für an der Zeit, zum Hotel zurückzugehen. Er

würde eine leichte Mahlzeit aufs Zimmer bestellen und nochmals die Bewegungen des nächsten Tages durchgehen. Wenn alles klappte, konnte er vor Mitternacht wieder in Bonn sein. Dann würde er im Krankenwagen den Mittwochmorgen abwarten. Nie wieder würde er sich von Evita entfernen.

Er wollte zurück auf die Reeperbahn, aber im dunklen Straßengewirr fand er den Weg nicht. In einer hohen Mauer zwischen zwei Häusern war ein Eisengitter eingelassen. Davor ging ein Riese auf und ab, der trotz des warmen Seewindes Regenmantel und Melone trug. Mehrmals rief er dem Oberst zu:

»Komm her! Komm her!« Er hatte ein zartes Altstimmchen, das sich in seine Kehle verirrt zu haben schien.

»Ich kann nicht«, entschuldigte sich der Oberst. »Ich muß so schnell wie möglich zur Reeperbahn.«

»Kommen Sie herein. Das ist eine Abkürzung.«

Auf der andern Seite des Gitters tat sich, flankiert von Balkonen und Aquariumfenstern, die enge Herbertstraße auf. Hinter den Scheiben schwammen Frauen mit nackten Brüsten. Alle waren damit beschäftigt, Spitzenfestons an ihre winzigen Schlüpfer zu nähen, und beachteten die Fußgänger nur dann, wenn diese einen Schritt zurücktraten und mit zusammengekniffenen Augen ihre Körper studierten. In solchen Fällen wandten die schemenhaften Gestalten langsam den Kopf und streckten ihnen bittend oder drohend die Hände entgegen. Auf die Aquarien ergossen sich ultraviolette Lichter und altdeutsche lutherische Lieder. *Alles geht und wird verredet*, meinte der Oberst zu hören. *Alles geht.* Wenn ein Passant an die Fenster trat, um mit ihnen zu sprechen, öffneten die Frauen in den Scheiben unsichtbare Türchen und lockten mit Geisterlippen oder Geisterfingern.

Nachdem er am Ende der Straße angekommen war, versuchte der Oberst durch ein zweites Gitter hinauszugelangen, aber ein weiterer Riese versperrte ihm den Weg. Auch er trug Regenmantel und Melone. Abgesehen von seinem eingeschlagenen Nasenbein war er mit dem andern identisch.

»Hier kannst du nicht durch«, hielt ihn die gleiche Altstimme auf.

»Warum nicht? Ich will zur Reeperbahn. Man hat mir gesagt, das sei der kürzeste Weg.«

»Wir mögen keine Voyeure. Hierher kommt man zum Genießen, nicht zum Spannen.«

Kaltblütig musterte ihn der Oberst von oben bis unten, und ohne die möglichen Folgen zu bedenken, schob er ihn mit einer verächtlichen Handbewegung beiseite. Einen Moment lang fürchtete er, der Riese würde ihm einen Schlag in den Nacken versetzen, aber es geschah nichts – da waren nur die Neonlichter der breiten Straße, die Matrosenschwärme, die es an die Nuttenstrände gespült hatte, und das unsägliche Glück, daß um die Ecke der nächste Tag wartete.

Er schlief so ruhig, daß er wieder einen seiner verlorenen Jugendträume träumte. Er spazierte auf einem Aschemond, unter einem Himmel, an dem sechs oder sieben riesige, ebenfalls graue Monde leuchteten. Manchmal kam er durch eine Stadt mit Minaretten und venezianischen Brücken, dann wieder lief er durch Kieselerdeschluchten und Fledermaus- und Blitzgrotten, ohne zu wissen, was er suchte, aber begierig, so schnell wie möglich dieses Unbekannte zu finden.

Noch vor Tagesanbruch stand er auf, kaufte die Zeitungen und las sie in einem Bahnhofscafé. In der Rubrik Schiffsein- und -abfahrten war zwar die Ankunft der *Cap Frio* vermerkt, doch die Zeiten stimmten nicht überein: Einer gab 7.55, andere 4.20 oder 11.45 Uhr an; er wußte nicht, ob es sich um den Vor- oder Nachmittag handelte. Das Schiff konnte unmöglich schon eingelaufen sein, und doch wurde dem Oberst bei der Vorstellung einer unvorhergesehenen Katastrophe angst und bange. Er eilte zum Hotel zurück, bezahlte und fuhr mit dem Krankenwagen zum Hafen. Er hatte keine Zeit, sich für Person zu rasieren oder ein Bad zu nehmen. Sein Herz fand keine Ruhe mehr.

Er parkte in der Hafenstraße, gegenüber der Landungsbrücke 4. Es war schwierig, sich an diesem von unaufhörlich schwankenden Kranen und Masten durchwirkten Horizont zurechtzufinden. Er lief zu den hohen Bogen der Moleneinfahrt, um sich in irgendeinem Büro die Zahlengaukelei der Ankunftszeiten entschlüsseln zu lassen. Neben den Gestellen mit Werkzeugkisten unterhielten sich zwei verschlafene Beamte des Hafenamts und blickten auf die sanfte Strömung des Flusses. Es war rasch hell geworden, und über allem lag das weiße Elbelicht, aber als die Sonne einmal ihre majestätische Höhe erklommen hatte, blieb sie unverrückbar am Himmel stehen, so daß der Morgen nicht mehr vom Fleck kam. Der Oberst fragte, ob sie etwas von der *Cap Frio* wüßten. Einer der Männer antwortete barsch:

»Sie wird um drei erwartet.« Dann wandte er ihm den Rücken zu.

Er ging zum Krankenwagen zurück. Gleichgültig hing die Zeit in ihren Angeln. Zweimal forderten ihn die Polizeipatrouillen mahnend zum Wegfahren auf. Der Oberst wies sein diplomatisches Beglaubigungsschreiben vor.

»Ich kann hier nicht weg«, sagte er. »Ich warte auf einen Toten.«

»Um wieviel Uhr?«

»Um zwölf«, log er zuerst. Und ein zweites Mal: »Um viertel nach zwölf.«

Im Nu war seine Ration Gin alle. Der Durst peinigte ihn, aber er hatte nicht vor, seinen Standort zu verlassen. Irgendwann lullte ihn die Müdigkeit ein. Zwischen den Möwenschwärmen kamen und gingen die Schiffe, und ab und zu lugte eine Schornsteinspitze über die Molen. In seiner Benommenheit sah er undeutlich einen anmaßenden Mast, schrecklich wie der Sommer in Buenos Aires, und hörte eine Sirene klagen. Plötzlich bremste vor der Brücke Nr. 4 ein blauer Opel mit Ambulanzkreuzen. Zwei kräftige Männer, die ebenfalls Melonen trugen, öffneten die Türen und luden einen Packen, der dort lag, vorsichtig in den Wagen. Die Ereignisse geschahen langsam, zögerlich, und der Oberst sah sie geschehen, ohne ausmachen zu können, auf welcher Seite seines Seins er sich befand, ob auf der des vergangenen oder der des nächsten Tages. Auf der Uhr des Hafentors sah er, daß es halb zwei war, und gleichzeitig erblickte er Fesquet unter dem Bogen der Mole. Oberleutnant Gustavo Adolfo Fesquet schaute mit einem Ausdruck von Verlust oder Niederlage die Straße auf und ab. Menschen und Zeit waren aus dem Gleis geraten; auch der Oberst fühlte sich fremd, auf einer Neigung der Wirklichkeit, die vielleicht nicht zu ihm gehörte. Er rannte auf die Mole, den Kopf voll nutzloser Bilder: Knochen, Globen, Metallmaserungen.

»Was tun Sie hier so früh, mein Oberst?« begrüßte ihn Fesquet. Er war hagerer geworden, und seine Haare waren blond gefärbt.

Der Oberst antwortete nicht, sondern sagte:

»Sie sind mit einem andern Schiff gekommen, Oberleutnant. Sie sind nicht mit der *Cap Frio* gekommen.«

»Die *Cap Frio* liegt am Pier. Schauen Sie. Sie ist vor einer Stunde eingelaufen. Alles ist schiefgegangen.«

»Es kann nicht schiefgegangen sein. Wo ist SIE?«

»Sie haben sie mitgenommen«, stammelte Fesquet. »Ein Elend. Was sollen wir jetzt tun.«

Der Oberst legte ihm die Hände auf die Schultern und sagte mit seltsam klarer Eisesstimme:

»Sie können sie nicht verloren haben, Fesquet. Wenn Sie sie verloren haben, dann bringe ich Sie um, das schwör' ich Ihnen.«

»Sie verstehen nicht. Ich hatte nichts damit zu tun.«

Jemand mußte das alles von langer Hand vorbereitet haben, erklärte Fesquet, denn alles war pannenfrei und unerwartet geschehen. Bevor die Passagiere ausstiegen, hatte der Kapitän befohlen, das Gepäck auszuladen. Das erste, was den Laderaum verließ, waren zwei große Holzkästen und die Kiste mit den Radioanlagen. Niemand wußte, wer sie mitgenommen hatte und wie. Und die Offiziere der *Cap Frio* konnten ihm erst nach Erledigung des Ausschiffungspapierkriegs helfen.

»Wir müssen Geduld haben«, sagte Fesquet, »und auf den Kapitän warten.«

Der Oberst versank in einer Erstarrung, die die schlimmsten Gewitter ahnen ließ. Er betrachtete die träge Kolonne alter Leute, die eine Gangway herunterstiegen, das stotternde Möwengeflatter, den Rostfraß des Nachmittags, und ab und zu wiederholte er mit müder Stimme, die nicht aus seinem Körper heraus-, sondern in ihm drin floß:

»Sie haben sie verloren. Sie haben sie verloren. Ich bringe Sie um.«

Es war eine idiotische, in der Wirklichkeit unerwünschte Szene. Der Oberst lehnte seinen schweren Körper an einen Poller, und Fesquet, reglos, die Hände in den Taschen, schaute ihn mit einem Mitleid an, das er gar nicht hätte verspüren sollen.

Schließlich trat der Kapitän zu ihnen und forderte sie auf, ihn zu den Büros des Hafenamts zu begleiten. Auf den Treppen wiederholte er ärgerlich:

»Radioanlagen, Radioanlagen. Die klaut die Mafia.«

Sie kamen zu einem Schuppen aus Glas und Eisenträgern, in dem es nach getrocknetem Fisch roch. Der Kapitän führte sie zwischen den Schaltern hindurch, wo sich die Frachtlisten der eintreffenden Schiffe stapelten – ein Alptraum aus Papieren, die von der minuziösen Kalligraphie der Deutschen mißhandelt worden waren. Es dauerte lange, bis die Zollorders der *Cap Frio*, und noch länger, bis die des Betrügers gefunden waren: »Herbert Strasser, im Auftrag von Karl Moori von Koenig«.

»Moori Koenig bin ich«, sagte der Oberst, »aber ich kenne keinen Strasser.«

Doch der Name kam ihm bekannt vor; vor nicht sehr langer Zeit hatte er ihn irgendwo gehört.

»Das ist alles, was sich in Erfahrung bringen läßt«, sagte der Kapitän. »Am besten gehen Sie jetzt zur Polizei und erstatten Anzeige.«

Der Oberst zog den Kopf ein wie eine Schildkröte. Er mußte seine Gedanken an die feindliche Wirklichkeit gewöhnen. Er sagte:

»Wozu diese Zeitverschwendung. Ich weiß, wer sie genommen hat.«

Fesquet schaute ihn mißtrauisch an und fragte:

»Wer?«

»Ein blauer Opel. Auf den Türen waren weiße Kreuze aufgemalt wie bei einem Krankenwagen. Wenn man logisch überlegt, sind sie jetzt auf dem Weg zur Grenze.«

Er sprach deutsch und spanisch zugleich, mit einer Syntax, die keiner Sprache angehörte. Wer weiß, was der Kapitän der *Cap Frio* und Oberleutnant Fesquet verstanden – dem Oberst war jetzt alles egal.

»Man muß sie einholen«, sagte Fesquet.

Der Kapitän wiederholte:

»Herbert Strasser. Vielleicht ist das gar kein Name. Vielleicht ist es ein Dorf in Westfalen. Oder eine Straße in Deutschland.«

»Eine Straße in Hamburg«, sagte der Oberst plötzlich.

»Was würde man dorthin bringen, in die Herbertstraße?« sagte der Kapitän. »Huren, Puppen. Dort will niemand Radioanlagen.«

Der Oberst schaute ihn an. An den Rippen spürte er die kalte Walther. Er sagte:

»Ich weiß, wo die Straße ist. Die Kerle kauf' ich mir. Kommen Sie, Oberleutnant? Nehmen Sie Ihr Gepäck mit.«

Der Krankenwagen sprang nicht gleich an. Auf dem Fluß färbte sich die gelbe Sonne rot. Es war noch früh, aber schon defilierten an allen Ecken in langsamen Strömen die Nutten; an diesem Spätnachmittag waren sie kräftig und herausfordernd und fürchteten sich nicht vor der Züchtigung des Lichts. Der Oberst fuhr durch Gäßchen, die denen des Vorabends nicht im geringsten ähnlich sahen. Erst vor wenigen Stunden hatte sich die Reeperbahn so abweisend gezeigt, und nun geriet sie ihm ständig vor den Kühler. Endlich fand er den Wilhelmplatz. Der Opel des Gegners parkte blau vor dem Hotel Keller.

»Das sind sie«, sagte der Oberst.

»Vielleicht sind sie im Hotel«, meinte Fesquet.

»Nein. Sie sind in der Herbertstraße. Den Wagen haben sie hiergelassen, weil man in diese Straße nicht hineinfahren kann. Sieht aus wie der Patio eines Hauses. Am Eingang steht ein Gewichtheber. Wollen Sie eine Waffe? Vielleicht müssen wir kämpfen.«

»Glauben Sie, das Rachekommando hat sie mitgenommen?«

»Bestimmt. Es sind die Kerle, die in Rotterdam von Bord gegangen sind. Wir müssen uns beeilen.«

Fesquet blieb mitten auf dem Platz stehen und schaute den Oberst mit seinen traurigen Rehaugen an.

»Warum hassen Sie mich?« fragte er unvermittelt.

»Ich hasse Sie nicht. Sie sind ein Schwächling, Oberleutnant. Schwächlinge gehören nicht in die Armee.«

»Ich bin stark. Ich habe sie Ihnen gebracht. Kein anderer hätte sie Ihnen gebracht.«

»So stark sind Sie nicht. Man hat sie Ihnen weggenommen. Und jetzt, was wollen Sie?«

»Die Briefe, die Fotos, die Beweise für das, wessen man mich beschuldigt.«

»Es gibt keine Beweise. Das einzige, was es gibt, ist die Anzeige eines Gefreiten in Tucumán, das ist lange her. Sie steht in Ihrer Akte, Oberleutnant, aber nur ich habe die nötigen Fragen gestellt. Kommen Sie nun, oder kommen Sie nicht?«

»Geben Sie mir die Waffe.«

Der Oberst war gewappnet, dem Riesen gegenüberzutreten, der den Eingang zur Herbertstraße bewachte, aber da war keiner. Das Gitter stand offen, und ein paar Männer spazierten kleinmütig zwischen den Schaufenstern hin und her, die noch im Nachmittagsschlaf lagen. In einigen Aquarien waren sogar die Vorhänge zugezogen, und die meisten Kunden schauten einem als Leoparden verkleideten Duo von Zwittern zu, die mit Stachel- und Lederpeitschen in die Luft knallten. Der Oberst war ungeduldig und betrachtete die Szene voller Verachtung. Bedrückt sagte Fesquet immer wieder:

»Das ist ja nicht zu fassen. Wie eine andere Welt.«

Als sie sich dem Ausgang näherten, beschleunigten sie ihre Schritte. Der Oberst steckte die Nase in die Hauseingänge und preßte sein Gesicht an die riesigen Aquarien, als wollte er das massive Material durchstoßen. Vor den letzten Fenstern standen keine Neugierigen mehr. In einem von ihnen strickten barbusige Frauen Hauskleider und Babyschuhe. Im Fenster gegenüber tanzte lustlos eine stiernakkige Walküre, während sich eine andere blonde Frau in langer weißer Tunika von der Zeit davontragen ließ. Beide hatten die Augen geschlossen und sahen im Ultraviolettlicht wie Gespenster aus.

Der Oberst erstarrte.

»Sie ist es!« sagte er mit erstickter Stimme.

In diesem verkommenen, unwirklichen Aquarium war sie nicht leicht zu erkennen. Man hatte sie auf einem Diwan, der die Form einer ägyptischen Barke mit Krokodilfüßen hatte, hochkant befestigt, in einer für Tote unpassenden Stellung, das Gesicht dem Gespött der Straße zugewandt, die Finger über der Taille verschränkt. Der Oberst hämmerte ans Fenster. Im Innern bewegte sich die Walküre übertrieben langsam auf das kaum wahrnehmbare Türchen in der Scheibe zu und öffnete es eine Handbreit.

»Wo sind die Kerle, die diese Frau gebracht haben?« fragte der Oberst auf deutsch, während er die Hand in den Spalt hielt, damit das Türchen nicht geschlossen werden konnte.

»Es ist eine Puppe«, antwortete die Walküre. »Ich weiß von nichts. Die, die die Puppen verkaufen, sind noch nicht da.«

»Ich will diese dort«, sagte der Oberst.

»Die ist unverkäuflich. Sie ist ein Muster. Hinten gibt's noch viele in der Art – Chinesinnen, Afrikanerinnen, griechische Göttinnen. Ich bin besser. Ich kann Dinge, die sie nicht können.«

Der Oberst richtete die Walther gegen sie.

»Machen Sie auf. Ich will diese Frau von nahem sehen.«

»Ich mache Ihnen auf. Aber wenn man Sie erwischt, sind Sie dran.«

Ein Riegel knarrte, und der Oberst erblickte einen mit schwarzem Samt ausgekleideten engen Flur. Der Salon des Aquariums befand sich rechter Hand.

»Kommen Sie, Fesquet! Helfen Sie mir, sie wegzutragen!«

Aber Fesquet war weder im Hausflur noch in der Herbertstraße zu sehen.

Mit der Pistole im Anschlag sprang der Oberst vom Flur ins Aquarium und fiel der Länge nach in die Verirrung des Ultraviolettlichts. Verdattert wich die Walküre in eine Ecke zurück. Auch der Oberst fühlte sich verloren, jetzt, wo Person endlich zum Greifen nahe war. Alles, was in Hamburg geschehen war, erschien ihm unwirklich. Jederzeit auf einen Angriff gefaßt, behielt er Flanken und Rücken im Auge und überprüfte gleichzeitig die Merkmale der Leiche: das abgeschnittene Glied am rechten Mittelfinger und das verstümmelte linke Ohrläppchen. Dann hob er das andere Ohr an und suchte ängstlich die sternförmige Narbe. Sie war es. Die Marke war da.

Er hob die Leiche hoch und lud sie sich auf die Schulter, so, wie es am Vorabend der Mann mit dem VW getan hatte. Er ging auf den Ausgang der Herbertstraße zu, aber einer der beiden Regenmantel-Melone-Riesen versperrte ihm den Weg und rief ihm mit seiner seltsamen Altstimme zu: »Hier kannst du nicht durch!« Alles geschah zweimal: Die Wirklichkeit, die nie geschehen war, kopierte sich jedoch selbst, das Leben, das er morgen leben würde, blieb zum zweitenmal ungelebt. Da wich er zum Wilhelmplatz zurück, wo ihn vielleicht Fesquet erwartete, aber er sah weder Fesquet noch den andern Riesen; nur der erste war ihm auf den Fersen. Der Oberst wandte sich um und bot ihm die Stirn, Person auf der Schulter (sie war ein Tüll-, ein Luftgewicht, er erkannte sie an ihrer Leichte) und die Walther im Anschlag. Er sah, wie sich der Verfolger behende in einem Hausflur versteckte, und wollte nichts weiter sehen. Er schoß in die Luft. Der kurze Knall ließ die Zeit stillstehen, und die Sonne verschwand. Zärtlich bettete der Oberst Person in den weißen Opel, fuhr los, erkannte, daß Fesquet nicht kommen würde und daß sich ihre Wege vielleicht für immer getrennt hatten.

Wie vorgesehen war er kurz vor Mitternacht in Bonn. Auf der Autobahn hatte er zweimal angehalten, um sie zu betrachten: Sie war seine Eroberung, sein Sieg, aber wer weiß, ob es nicht schon zu spät war, um sie zu retten, armes Kind, meine Heilige, meine Geliebte, man hat dich so vernachlässigt, daß fast dein ganzes Licht von dir abgefallen ist, du hast den Duft verloren, was würde ich ohne dich tun, meine Selige, meine Argentinierin.

In dieser Nacht wich er nicht von ihrer Seite. Im Krankenwagen durchsuchte er das von Fesquet zurückgelassene Gepäck. Er fand nur zwei schmutzige Hemden und ein paar Herrenmagazine. Bevor es hell wurde, ging er leise in seine Wohnung hinauf, rasierte sich und nahm ein Bad, ohne den Krankenwagen aus den Augen zu lassen. Die Beobachtungsstation war perfekt; außer im Wohnzimmer sah man die Garage von allen Fenstern aus. In der Nähe der Weberstraße waren zwei Polizeipatrouillen postiert; verlassen feuchtete der VW des Botschaftswächters am Randstein vor sich hin.

Er wußte nicht, ob er an diesem Morgen in seinem ungastlichen Büro arbeiten sollte oder nicht. Einerseits mochte er sich nicht von ihr trennen, anderseits fürchtete er, eine allzu lange Abwesenheit würde in der Botschaft Fragen auslösen, die er nicht beantworten konnte. Er schaute sich im Spiegel an. Er sah schlecht aus. Ein dumpfer, hartnäckiger Schmerz drückte auf seine Lendenmuskeln und zwang ihn, gebeugt zu gehen – der Körper rächte sich für die Stunden der Marter am Steuer. Er machte sich einen starken Kaffee, während über dem Rhein die Sonne aufging.

Er brauchte seine Frau nicht zu sehen, um sich auszumalen, daß ihn schlechte Nachrichten erwarteten. Er hörte ihre nackten Füße, das Lispeln ihres Nachthemds, ihre gesprungene, zornige Stimme:

»Verschwindest wie ein Gespenst und weißt nicht einmal, was mit deiner Familie geschieht.«

»Was kann schon mit ihr geschehen. Wäre etwas Schlimmes geschehen, würdest du nicht so spät aufstehen.«

»Der Botschafter hat angerufen. Du sollst so schnell wie möglich nach Buenos Aires zurück.«

In seinem Kopf brach alles zusammen, die Liebe, die Wut, das Selbstvertrauen. Alles, was mit Gefühlen zu tun hatte, fiel herunter und zerschellte. Nur er hörte das Getöse.

»Wozu«, sagte er.

»Keine Ahnung. Ich hab' dir den Koffer gepackt. Du mußt die Abendmaschine von morgen nehmen.«

»Das kann ich nicht. Diesem Befehl werde ich nicht Folge leisten.«

»Wenn du morgen nicht gehst, werden wir nächste Woche alle gehen müssen.«

»Scheiße. Das Leben ist eine Scheiße. Was es auf der einen Seite gibt, nimmt es auf der andern wieder.«

Er rief in der Botschaft an und teilte mit, er sei krank. »Ich mußte in den Norden fahren«, erklärte er. »Ich habe stundenlang am Steuer gesessen und bin gelähmt zurückgekommen. Ich kann mich nicht bewegen.« Ungeduldig entgegnete der Botschafter: »Morgen müssen Sie nach Buenos

Aires, und sei es auf einer Trage, Moori. Der Minister will Sie so rasch wie möglich sehen.« – »Was gibt's denn?« – »Ich weiß es nicht. Etwas Schreckliches.«

Person, dachte der Oberst beim Einhängen. Man hat entdeckt, daß Fesquet das Original mitgenommen und eine Kopie dort gelassen hat. Man wird mich mit der Untersuchung beauftragen. Aber diesmal kann ich ihnen nicht geben, was sie von mir erwarten.

Er würde abreisen, über das Meer fliegen müssen. Wenn er ging, was würde dann aus ihr, wer würde auf sie aufpassen? Er hatte nicht einmal Zeit gehabt, sie herauszuputzen und ihr einen Sarg zu kaufen. Und das war noch das wenigste. Die Schwierigkeit bestand darin, sie während seiner Abwesenheit zu verstecken. Er stellte sie sich vor, einsam in den Lagerräumen der Botschaft, im Keller seines Hauses, im Krankenwagen, den er bis zu seiner Rückkehr versiegeln könnte. Nichts überzeugte ihn. In der Trostlosigkeit dieser blinden Orte würde die Traurigkeit sie allmählich auslöschen wie eine Kerze. Auf einmal erinnerte er sich an einen Verschlag in der Küchendecke. Dort oben bewahrte seine Frau Truhen, Koffer, Winterkleider auf. Das ist es, dachte er. Dort gab es einen Himmel, der mit den Knöcheln aufs Dach klopfte; die Sonne fiel schräg ein, man hörte den sanften, tröstlichen Regen der Menschen. Das einzige Unglück war, daß sie, seine Frau, es erfahren mußte.

»Du mußt etwas erfahren«, sagte er zu ihr.

Sie saßen in der Küche, die rechteckige Klappe über ihren Köpfen. Die Frau tunkte ein Hörnchen in den Kaffee.

»Ich habe einen Pack aus Hamburg mitgebracht. Ich werde es da oben verwahren, zwischen den Koffern.«

»Wenn es Sprengstoff ist, kannst du's glatt vergessen.« Das war schon einmal geschehen.

»Es ist nicht das. Mach dir keine Sorgen. Aber du wirst nicht hinaufkönnen, bis ich zurück bin.«

»Die Mädchen gehen ständig da rauf. Was soll ich ihnen sagen. Wie soll ich das machen.«

»Du sagst ihnen eben, sie sollen nicht rauf, und damit basta. Sie müssen gehorchen.«

»Willst du eine Waffe verstecken?«

»Nein. Eine Frau. Sie ist tot, einbalsamiert. Es ist die Frau, derentwegen man uns droht. Erinnerst du dich? Die Señora.«

»Diese Nutte? Du bist ja verrückt. Wenn du sie herbringst, gehe ich mitsamt den Mädchen. Und wenn ich gehe, gehe ich nicht lautlos. Alle werden mich hören.«

Noch nie hatte er sie so gesehen, wild, unbezähmbar.

»Das kannst du mir nicht antun. Es ist nur für ein paar Tage. Wenn ich aus Buenos Aires zurück bin, wirst du sie nicht mehr sehen.«

»Diese Frau, hier in meinem Haus, über meinem Kopf – niemals.«

»Dann ist es aus«, sagte er. »Das hast du dir selber eingebrockt.«

»Dann ist es eben aus. Das ist das beste.«

Der Oberst konnte sich kaum bewegen, seine Lenden waren abgeschnürt vor Verzweiflung und Ohnmacht. Er schloß sich in seinem Büro ein, trank gierig eine Flasche Gin aus und schluckte mehrere Aspirin. Dann holte er, ohne auf seine protestierenden Wirbel zu achten, das Bündel Schulhefte, die der Butler Renzi Doña Juana anvertraut hatte, und das Original von *Meine Botschaft*, das Evita kurz vor ihrem Tod geschrieben hatte, vom Schrank herunter. Zusammen mit etwas frischer Wäsche und einem sauberen Hemd steckte er alles in eine Tasche. So trat er wieder ins Morgenlicht hinaus. Er öffnete die Tür des Krankenwagens. Es schien ihm erstaunlich, daß sie noch da war und ihm gehörte.

»Wir gehen«, sagte er zu ihr.

Der Opel fuhr über eine der Rheinbrücken und dann Richtung Süden.

15 *»Eine Postkartensammlung«*

Den ganzen Morgen fuhr er ziellos durch die öde Autobahnlandschaft; zweimal zweigte er ab – in Mainz, um eine Flasche Gin zu kaufen, und in Heidelberg, um zu tanken. Ich bin ein Argentinier, dachte er. Ich bin ein luftleerer Raum, ein zeitloser Ort, der nicht weiß, wohin er geht.

Immer wieder hatte er sich gesagt: Sie leitet mich. Jetzt spürte er es in den Knoten seiner Knochen: Sie war sein Weg, seine Wahrheit und sein Leben.

Als er sechs Jahre alt war, fuhren seine Eltern mit ihm nach Eichstätt in Bayern, damit er seine Großeltern kennenlernen konnte. Er sah noch die feingeriffelten Gesichter der beiden schweigsamen Alten vor sich, die fürstbischöflichen Gräber unter den Kirchenfliesen, die Ruhe der Altmühl, wenn es dunkel wurde. Vor der Rückreise nach Buenos Aires zeigte ihm die Großmutter das Häuschen am Fluß, wo sie geboren worden war. Die Erde war feucht, weich, und dicht über dem Boden tanzten Wolken durstiger Insekten. Er hörte das Geheul unbekannter Tiere und ein langes, tiefes Weinen wie von einer Frau. »Das sind die Katzen«, sagte die Großmutter. »Es ist Brunstzeit.« Immer hatte er sich an diesen Augenblick erinnert, als ob sein Leben erst da begonnen und es vorher statt Wirklichkeit und Horizont nur eine blinde Tür gegeben hätte.

Da er irgendwohin fahren mußte, beschloß er, nach Eichstätt zu fahren. Kurz vor Dombühl stoppte ihn eine Patrouille:

»Haben Sie einen Schwerkranken bei sich? In welches Krankenhaus wollen Sie?«

»Ich fahre in kein Krankenhaus. Ich habe eine tote Landsmännin mit. Ich muß sie nach Nürnberg bringen.«

»Machen Sie den Wagen auf. Mit einer Leiche können Sie nicht einfach so auf der Autobahn rumfahren. Sie brauchen eine Bewilligung.«

»Ich habe ein Beglaubigungsschreiben. Ich bin Diplomat.«

»Egal. Machen Sie auf.«

Resigniert stieg er aus. Schließlich war die einzige Lüge in seiner Geschichte die Stadt Nürnberg, aber wenn ihn die Polizisten nötigten, konnte er von seinem Ziel abkommen. Der Vorteil der Freiheit bestand darin, daß man Lügen zu Wahrheiten machen und Wahrheiten erzählen konnte, die wie Lügen klangen.

Einer der Beamten stieg in den Krankenwagen, während der andere den Oberst im Auge behielt. Der Himmel überzog sich mit Wolken, und kurz darauf begann es kaum spürbar zu nieseln.

»Das ist gar keine Tote«, sagte der Polizist aus dem Opel heraus. »Das ist eine Wachspuppe.«

Einen Moment lang fühlte sich der Oberst versucht, ihnen arrogant zu erklären, wer sie war, aber er mochte nicht noch mehr Zeit verlieren. Blitzartig bohrte sich wieder ein Krampf in seine Lenden.

»Wo haben Sie die her?« fragte der Mann im Aussteigen. »Sie ist sehr gut gemacht.«

»Aus Hamburg. Aus Bonn. Ich weiß es nicht mehr.«

»Viel Spaß damit«, verabschiedete sich der andere Polizist anzüglich. »Und wenn man Sie wieder anhält, sagen Sie nicht, Sie hätten eine Tote mit.«

Bei Ansbach verließ er die Fernverkehrsstraße und nahm die Bundesstraße Nr. 13 Richtung Süden. Am Horizont erschien ein Netz kleiner blauer Seen und Flüsse, deren Wasser im Nieselregen ineinanderfloß. In der Nähe von Merkendorf kaufte er einen Sarg. Später erstand er Schaufel und Hacke. Er spürte die Bedrohungen der Nacht, der Einsamkeit, des freien Himmels, aber vor dem Weiterfahren mußte er mit ihr reden, mußte erfahren, ob das Unglück, verlassen zu werden, sie mit Tränen erfüllen und ihren Körper auslöschen würde. Er parkte den Opel neben einem Gerstenfeld, bettete sie sanft in den Sarg und begann mit ihr zu sprechen.

Ab und zu hob er die Ginflasche, schaute sie im immer spröder werdenden Licht verwundert an und trank einen Schluck. »Mein Schmetterling«, sagte er. Nie zuvor in seinem Leben hatte er dieses Wort gebraucht. »Ich werde dich verlassen müssen.« Seine Brust war leer, als wäre alles, was er noch war, und alles, was er gewesen war, durch die Wunde dieser schrecklichen Gewißheit ausgelaufen: »Ich werde dich verlassen müssen. Ich gehe. Wenn ich nicht gehe, wird man mich suchen, die vom Nachrichtendienst, die vom Rachekommando – alle sind sie mir auf den Fersen. Wenn sie mich finden, finden sie auch dich. Ich werde dich nicht allein lassen. Ich beerdige dich im Garten meiner Großmutter. Sie und der Alte passen auf dich auf. Die beiden sind gute Tote. Als ich klein war, sagten sie zu mir: Komm wieder, wenn du uns brauchst, Karle. Und jetzt brauche ich sie. Oma, Opapa. Person wird bei euch bleiben. Sie ist wohlerzogen, ruhig. Sie findet sich allein zurecht. Unglaublich, wie sie die Patrouille genarrt hat. Du hast dich verwandelt, Schmetterling. Du hast die Flügel verborgen und dich verpuppt. Du hast den Todesduft ausgelöscht. Du hast sie deine Sternennarbe nicht sehen lassen. Jetzt geh nicht unter. Sobald ich kann, hole ich dich wieder. Du sollst nicht weiterleiden. Es ist Zeit, daß du dich ausruhst. In diesen Monaten bist du viel unterwegs gewesen. Nomadin. Auf wieviel Boden und Wasser und glatte Räume hast du dich verteilt.«

Als er nach Eichstätt kam, spürte er das unverhoffte Glück heimzukehren, an einen Ort, den er doch kaum kannte. Die steilen, einsamen Straßen, die Klosterpaläste, alles kam ihm vertraut vor. Wie oft mochte er in Träumen hier gewesen sein, und erst jetzt wurde es ihm bewußt. Das Häuschen der Großeltern stand irgendwo am Ufer der Altmühl, im Osten, Richtung Plunz. Er fuhr zwei- oder dreimal über die falsche Brücke, bevor er es fand. Es war nur noch eine Ruine: die Mauerreste und das Gerippe eines Herds. Vielleicht gehörte das Grundstück nun jemand anderem.

Die Landschaft war nicht die seiner Erinnerung: In der Ferne sah er die schwerfälligen Schatten einiger Kühe und den Hals einer Mühle. Rasch und gefräßig brach die Nacht herein. Er rammte die Hacke neben dem Herd in den Boden und begann zu graben. Die grimmigen Schläge übertönten die Klagen seiner Wirbel, aber er wußte, daß der Rückenschmerz danach grauenvoll sein würde. Vielleicht könnte er sich nicht einmal mehr bewegen. Vielleicht käme er nicht mehr zurück. Wenige Schritte entfernt hörte er den schwarzen, zähen Fluß murmeln. Es regnete noch immer. Da die Erde weich und gastlich war, brauchte er weniger als eine Stunde, um eine anderthalb Meter tiefe Grube auszuheben, die er mit alten Brettern und Steinen abstützte. Hier wirst du dich wohl fühlen, Person, sagte er. Du wirst die Ernten knistern und den Frühling blöken hören. Ich werde dich nicht warten und umherziehen lassen. Ich gehe und komme wieder.

Gegen Mitternacht küßte er sie auf die Stirn, legte ihr das Bündel Schulhefte und das Manuskript von *Meine Botschaft* unter die nackten Füße und verschloß den Sargdeckel mit einer Reihe Nägel, um sie vor unterirdischem Ungeziefer und der Neugier der Katzen zu schützen. Anfänglich, als er sie ins Grab versenkte und mit dem Schutt der Feuerstelle zuzudecken begann – verfaultem Holz, Backsteinen, Autoreifen und sogar einem künstlichen Gebiß, das dem Großvater gehört haben dürfte –, hatte er das Bedürfnis, zu weinen und ein letztes Mal um Verzeihung zu bitten. Aber sogleich blühte in ihm eine Oase der Erleichterung auf. Da er Evita nicht länger verteidigen konnte, würde es ihr hier bessergehen. Jetzt kannte nur er das Versteck, nur er könnte sie wiederfinden, und dieses Wissen konnte sein Schutzschild sein. Wenn man sie in Buenos Aires wiedersehen wollte, müßte man ihn auf Knien darum bitten.

Am frühen Morgen kam er in Koblenz an, südlich von Bonn. Er mietete ein Hotelzimmer, nahm ein Bad und zog sich um. Wie durch ein Wunder verschwand das Stechen im

Rücken, und die durchs Fenster blinzelnde Sonne war von unbekannter, unschuldiger Farbe wie in einer andern Welt. Wenn es das nächste Mal und unter einer andern Sonne hell würde, befände er sich in Buenos Aires. Wer weiß, welche Stadt er antraf. Wer weiß, ob sich die Stadt noch am selben Ort befand, wo er sie zurückgelassen hatte. Vielleicht hatte sie sich aus ihrer feuchten Ebene wegbegeben und wuchs nun neben einer Feuerstelle am Ufer der Altmühl.

Diese letzten Bewegungen der Geschichte erzählte mir Aldo Cifuentes. An einem Sonntagmorgen breiteten wir in seiner Wohnung Moori Koenigs Karteikarten und sonstigen Papiere auf dem Schreibtisch aus und verfolgten seine Wege in einem Hammond-Atlas von 1958, den Cifuentes auf dem Markt in San Telmo gekauft hatte. Als wir die Route mit einem Rotstift nachzogen, stellte ich erstaunt fest, daß der Oberst über zwanzig Stunden lang auf Deutschlands Straßen herumgekurvt war, ohne sich den Qualen des Hexenschusses zu beugen.

»Mittlerweile war ihm alles egal«, sagte Cifuentes. »Er war nicht mehr, was er gewesen war. Er war ein Mystiker geworden. Wenn wir uns in seinen letzten Jahren trafen, sagte er immer: ›Person ist ein Licht, das niemand erreichen kann. Je weniger ich es verstehe, desto mehr glaube ich es.‹ Der Satz stammte nicht von ihm, sondern von der heiligen Theresia.«

»Also starb er, ohne zu wissen, daß er nicht Evita, sondern eine der Kopien beerdigt hatte.«

»Nein. Man sagte ihm alles. Man war grausam mit ihm. Als er in Buenos Aires ankam, erwarteten ihn Corominas, Fesquet und ein Emissär des Armeeministers. Sie brachten ihn in eines der Flughafenbüros, und dort teilten sie ihm mit, daß er in eine Falle gegangen war. Zuerst verlor er die Fassung und fiel beinahe in Ohnmacht. Dann beschloß er, ihnen nicht zu glauben. Diese Überzeugung gab ihm den Mut zum Weiterleben.«

»Was tat Fesquet dort?« fragte ich.

»Nichts. Er war bloß Zeuge. Er war das Opfer des Obersts gewesen, und nun war er seine Nemesis. Kaum der Herbertstraße entronnen, nahm er das erste Flugzeug nach Buenos Aires. Er war schon dort, als der Armeeminister Moori das Telegramm schickte mit dem Befehl zurückzukommen.«

»Ich verstehe nicht, warum man ein solches Hin und Her veranstaltete. Warum der Oberst nicht ein für allemal versetzt und unter das Ganze ein Schlußstrich gezogen wurde. Warum man ihm die Puppe schickte.«

»Man mußte ihn entlarven. Moori hatte in der Armee ein Netz von Komplizenschaften geknüpft. Er wußte um viele Skandale und drohte ständig damit, sie auffliegen zu lassen. Auf dem Flughafen sagte ihm Corominas, man habe die Narbe hinter dem Ohr der Verstorbenen entdeckt und Ara habe auf eine der Kopien die gleiche Marke tätowiert. In diesem Moment konnte Moori nicht wissen, ob man ihn belog. Er war erschöpft, durcheinander, krank vor Demütigung und Haß. Er wollte sich rächen, wußte aber nicht, wie. Zuerst mußte er die Wahrheit erfahren.«

»Vielleicht irrten sie sich«, sagte ich. »Vielleicht war die Leiche, die der Oberst in dem Häuschen beerdigte, diejenige Evitas, und es gibt gar keine weitere Geschichte. Was lachst du? Das wäre eine typisch argentinische Verwirrung.«

»Einen so gravierenden Fehler durfte Corominas nicht begehen. Das hätte ihn seine Karriere gekostet. Stell dir den Wirbel vor: Evitas Leiche jenseits des Atlantiks in einem Nuttenschaufenster, von der Armee preisgegeben. Moori Koenigs Gelächter wäre bis zum Jüngsten Gericht zu hören gewesen. Nein, es war nicht so. Corominas inszenierte eine Verwechslungskomödie, aber nicht so, wie du meinst. Wer weiß, warum er das tat. Wer weiß, was für geheime Rechnungen er in diesem Moment mit dem Oberst beglich. Nie sagte einer der beiden ein Wort gegen den andern.«

»Ich bin wie die heilige Theresia: Ich glaube dir, aber ich verstehe nicht. Was war denn mit den andern, mit der Walküre und den Melonenriesen?«

»Alle waren Schauspieler in derselben Vorstellung: der Mann, der sich als Kapitän der *Cap Frio* ausgab, die Diebe mit dem blauen Opel, die Wächter in der Herbertstraße. Alle waren für ein paar Mark gekauft.«

»So blieb dem Oberst wenigstens der Trost, mit fantasievollen Einfällen geschlagen worden zu sein. Wer hatte das Textbuch dazu geschrieben?«

»Corominas. Aber Moori wollte es nie zugeben. Er beharrte auf seinem Glauben, Evita sei die von der Altmühl und er habe sie ein weiteres Mal verloren. Nach der peinigenden Szene auf dem Flughafen mußte er, bereits seines Amtes enthoben, nochmals nach Bonn zurück, um seine Papiere zu holen und die Wohnung aufzulösen. Da erlebte er einen letzten Moment von Würde und vielleicht Größe. Er sprach mit niemand. Er gab seiner Frau die nötigsten Anweisungen und Geld für die Rückkehr, packte die Dokumente, die du jetzt in diesem Zimmer siehst, in eine Kiste und fuhr zu dem ehemaligen Häuschen seiner Großeltern zwischen Eichstätt und Plunz zurück, um Evita zu holen. Er fand sie nicht.«

Cifuentes stand auf.

»Evitas abweisende Leiche«, sagte ich. »Die Nomadenleiche. Das war das Unglück des Obersts.«

»Vielleicht. Aber das war nicht die Leiche, vergiß das nicht. Er fand auch den Ort nicht mehr. Seine Strafe bestand eher darin, sich an Orte zu klammern, die verschwinden. Als er dort eintraf, gab es das Grundstück der Großeltern nicht mehr, nur noch Schlamm und Mücken. Das Wasser hatte alle Anhaltspunkte verwischt. Nur die Mauerreste und der verrostete Herdrahmen standen noch da. Ein Autoreifen voller Steine brachte ihn auf die Vermutung, das sei die Stelle, wo er das Grab ausgehoben habe. Also hob er es verzweifelt zum zweiten Mal aus, bis er auf den unterirdischen Lauf der Altmühl stieß. Dort lag der Sarg unter Wasser, ohne Deckel und natürlich ohne Leiche. Als er ihn herausbuddeln wollte, brach die eben ausgehobene Grube ein. Das Sargskelett blieb senkrecht stehen, so daß das runde Ende zwischen Wurzeln und Morast emporragte.«

Cifuentes hatte mich in der Wohnung allein gelassen, und ich hatte den restlichen Vormittag Zeit, die Berichte zu lesen, die der Spion des Obersts – auch *der Seher* genannt – von Santiago de Chile nach Bonn geschickt hatte. Als erstes stellte ich fest, daß es in diesen Papieren eine Erzählung gab, das heißt: die Quelle eines Mythos – oder eher einen Unfall auf dem Weg, wo Mythos und Geschichte sich gabeln und wo das unzerstörbare, herausfordernde Reich der Fiktion liegt. Doch das war keine Fiktion, sondern der Beginn einer wirklichen Geschichte, die sich allerdings wie eine Fabel ausnahm. Da begriff ich, warum der Oberst den Berichten keine Beachtung geschenkt hatte: Er glaubte nicht an sie, *sah* sie nicht. Das einzige, was ihn interessierte, war die Tote, nicht ihre Vergangenheit.

»Erinnern Sie sich an Doña Juanas schmale Lippen, Oberst«, schrieb der Seher. »Stellen Sie sich vor, wie sie spricht. Erinnern Sie sich an das weiße Haar mit den himmelblauen Reflexen, die runden, lebhaften Augen, die schlaffen Wangen – nicht die entfernteste Ähnlichkeit mit Evita, nichts, als hätte sich die Tochter selbst erzeugt.«

Ich sortierte die Papiere und begann sie abzuschreiben. Es war ein endloses Unterfangen. Außer den Berichten aus Santiago de Chile hatte Moori Croupierklatsch, Standesamtsprotokolle und historische Recherchen von Journalisten in Los Toldos gehortet. Schließlich schrieb ich nur einige Passagen wörtlich ab; von andern machte ich zusammenfassende Notizen und übernahm Bruchstücke von Dialogen. Jahre später, als ich diese Notizen ins reine schreiben wollte, um daraus den Anfang einer Biographie zu machen, verirrte ich mich in die dritte Person. Wo die Mutter sagte: »Seit Evita auf der Welt war, litt ich viel«, schrieb ich unwillkürlich: »Seit Evita auf der Welt war, litt ihre Mutter, Doña Juana, viel.« Das war nicht dasselbe. Ja, es war fast das Gegenteil. Ohne die Stimme der Mutter, ohne ihre Pausen, ohne ihre Art, die Geschichte zu betrachten, waren die Worte bedeutungslos. Selten habe ich so sehr mit der Natur eines Textes gekämpft, der auf weiblich erzählt sein wollte, während ich brutal seinen Charakter verdrehte. Auch war ich noch nie so gescheitert. Ich brauchte lange, um zu akzeptieren, daß es erst eine Erzählung gäbe, wenn ich mich der Stimme der Mutter beugen würde. Also ließ ich sie durch mich sprechen. Und erst so hörte ich mich schreiben:

»Seit Evita auf der Welt war, litt ich viel. Duarte, mein Gatte, der bis dahin ein hilfsbereiter, rücksichtsvoller Mann gewesen war, wurde abweisend. Wie Sie wissen, hatten wir noch vier weitere Kinder, und ich war es, die unbedingt wollte, daß dieses letzte geboren würde, nicht er. ›Es ist kein Kind der Liebe‹, sagte er. ›Es ist aus Gewohnheit gekommen.‹ Vielleicht übertrieb ich meine Unterwürfigkeit im Bestreben, ihn festzuhalten. Vielleicht liebte er mich nicht mehr, oder man hatte ihm eingeredet, er liebe mich nicht mehr. Er kam nur noch gelegentlich nach Los Toldos, wenn er auf Geschäftsreise war. Bevor er eintrat, bat er jeweils um Erlaubnis, als wäre er ein Fremder. Dann trank er schweigend ein paar Becher Mate. Kurz darauf begann er zu seufzen, gab mir einen Umschlag mit Geld und verschwand kopfschüttelnd wieder. Es war immer dasselbe. Evita sah er so selten, daß er sie später nicht mehr erkannt hätte, wenn er ihr auf dem Feld begegnet wäre.

In Chivilcoy hatte er noch ein Heim: seine rechtmäßige Gattin, sehr ansehnlich, und drei Töchter. Die Frau stammte aus einer wohlhabenden Familie mit Haziendas und Mühlen. Das behagte Duarte, denn Armut war ihm ein Graus. Von mir hatte er nichts außer Verantwortung und Kosten. Das Glück zählt nicht für diese Dinge. Das Glück ist etwas, was die Männer immer vergessen.

An einem Freitag im November kam Duarte mit einem Trupp Pferden, Füchsen, nach Los Toldos. Sie sollten auf La Unión, der Großfarm, die er verwaltete, beschlagen werden, und da ein Bratfest angekündigt war, schien mir das eine gute Gelegenheit, Evita, die schon zehn Monate alt war, und den fünfjährigen Juan zu taufen. Ich bestellte ihm, er solle um elf Uhr in die Kirche kommen, aber er ließ nichts von sich hören und entschuldigte sich auch nicht. Um zwölf nahm der Geistliche in aller Eile die Taufe vor, da er danach eine Verlobungsmesse zelebrieren mußte. Ich bat ihn, bleiben zu dürfen. ›Das geht nicht, Juana‹, sagte er. ›Das wäre ein Skandal. Anständige Leute wollen nichts mit einer Frau zu tun haben, die als Konkubine lebt.‹ – ›Das ist ungerecht‹, erwiderte ich. ›Vor Gott sind wir alle gleich.‹ – ›Schon‹, sagte der Geistliche, ›aber wenn die Leute Sie sehen, achten sie nicht mehr auf Gott.‹ Obwohl mir die Beleidigung in der Seele weh tat, mußte ich lachen: ›Wer würde das für möglich halten. Ich hätte nie gedacht, daß ich für die Leute unterhaltsamer bin als Gott.‹

Ich verließ die Kirche fest entschlossen, sie nie wieder zu betreten. Zu Fuß ging ich mit meinen Kindern zu La Unión, um von Duarte Rechenschaft zu verlangen, warum er nicht gekommen war, aber er ließ sich verleugnen. Ich hatte mich in ihn verliebt, als ich noch fast ein Kind war und nicht wußte, was ich tat. Später mußte ich für diese Unwissenheit mit einem unglücklichen Leben büßen.

Es gab noch einen anderen unseligen Morgen, im Jahr 1923. Der Himmel glühte. Ich hatte Öl aufs Feuer gestellt, um Kartoffeln zu braten, und die Hitze lähmte mich. Ich ließ mich vom Gedankenfluß davontragen. Duarte war wie vom Erdboden verschluckt, und die andern Männer, die sahen, daß ich allein war, begannen mir nachzusteigen. Ich wußte nicht, was aus meinem Leben werden sollte, ich wußte nicht, unter welchem Fluch ich meine Jugend vertat, und wäre am liebsten weit weggegangen, aber ich wußte nicht, wohin und mit was für Geld. In diesen kummervollen Gedanken verlor ich mich. Plötzlich hörte ich einen Aufschrei. Evita, fuhr es mir durch den Kopf. Sie war es. Angezogen vom Knistern des heißen Öls, war sie hergekommen, um zuzuschauen. Die Pfanne kippte auf sie herab, weiß Gott, wie, und diese Lava bedeckte ihren ganzen Körper. Unter der Glut der Verbrennungen wurde sie ohnmächtig. Ich rannte zur Ambulanz. Ich wagte kaum, sie anzufassen, denn bei der geringsten Berührung lösten sich Hautfetzen. Sie wurde mit Kalköl behandelt und verbunden. Ich fragte, ob Brandmale zurückbleiben würden. ›Keloidgewebe‹, sagte die Krankenschwester. ›Es kann sich Keloidgewebe bilden.‹ Ich fragte, was das sei. ›Sie wird wie eine Schildkröte aussehen‹, antwortete sie schonungslos. ›Mit einer Haut wie Rohbaumwolle, voller Flechten und Narben.‹

Nach einer Woche wurde ihr der Verband abgenommen. Ich hatte meine Privatheiligen und meine Jungfrauen – jeden Abend kniete ich auf Maiskörnern und flehte sie an, ihr die Gesundheit zurückzugeben und sie schön zu machen, was kaum noch möglich schien. Der rote Schorf saß ihr wie eine Maske auf dem Gesicht und zeichnete rote Landkarten auf ihre Brust. Als die Qual der Verbrennungen nachließ, juckte es sie wie wahnsinnig, so daß sie nicht schlafen konnte. Da der Schorf sie zur Verzweiflung trieb und sie ihn abkratzen wollte, mußte ich ihr die Hände festbinden. So blieb sie über einen Monat gefesselt, während die Kruste von Rot in Schwarz überging. Sie sah aus wie eine Raupe, die sich einen Trauerkokon spinnt. Eines Morgens hörte ich sie vor dem Hellwerden aufstehen. Draußen regnete es, und der Wind wehte trocken, stoßweise, wie ein Hustenanfall. Ich fürchtete, sie könnte eine noch schlimmere Krankheit auflesen, und schaute aus dem Fenster. Sie stand reglos im

Patio, das Gesicht emporgewandt, den Regen umarmend. Der Schorf war abgefallen. Unter den Narben erschien diese feine, durchscheinende Alabasterhaut, in die sich später so viele Männer verlieben sollten. Es blieb keine Furche, kein Fleck zurück. Aber ein Wunder bleibt nie ungesühnt. Evita mußte für ihre Rettung mit andern Verhöhnungen durch das Leben, mit andern Benachteiligungen, anderem Unglück büßen.

Ich dachte, 1923 hätten wir unsere Schuld an Kummer beglichen. Aber 1926 war ein noch böseres Jahr. Blanca, meine älteste Tochter, hatte eben ihre Lehrerinnenprüfung abgelegt. Ich brauchte eine Erholung von den Strapazen des Nähens und begann eine Stelle für sie zu suchen. Frühmorgens klopften wir beide in diesen trostlosen Orten an eine Schultür nach der andern: in San Emilio, El Tejar, La Delfina, Bayauca. Nichts als Staub, Wind und mörderische Sonne. An den Nachmittagen setzte ich mich erschöpft und mit geschwollenen Knöcheln im Patio in den Schaukelstuhl. Meine Krampfadern platzten, und sosehr ich mir auch sagte: Halt still, Juana, lauf nicht mehr, brachte doch jeder neue Tag immer eine Hoffnung, die mich zum Laufen zwang. Wir legten diese staubigen Wege Hunderte von Malen zurück, aber immer umsonst. Duarte mußte sterben, damit man sich unser erbarmte.

Es geschah, wie ich vielleicht schon sagte, an einem Freitag im Januar. Etwa beim Oremus hörten wir Pferdegalopp. Ein schlechtes Zeichen, dachte ich. Wenn einer bei dieser Höllenhitze die Pferde derart antreibt, dann nur, um ein Unglück zu verkünden. So war es auch. Der Reiter war einer der Arbeiter von La Unión. Er brachte die Nachricht von Duartes Tod. Es sei am frühen Morgen gewesen. Duarte sei von Chivilcoy Richtung Bragado abgefahren, um einige Maisfelder zu besichtigen, und im Zwielicht sei sein Ford in den Straßengraben geraten. Offenbar sei ihm ein Tier vor den Wagen gelaufen. Oder womöglich sei er am Steuer eingeschlafen. Bestimmt nicht, dachte ich. Duarte ist von der

Traurigkeit umgebracht worden. Ein Mann, der seine Wünsche aufgibt, wie er sie aufgegeben hatte, mag nicht mehr weiterleben. Und dann läßt er sich von irgendeiner Krankheit bezwingen oder schläft am Steuer ein.

Ich liebte ihn schon lange nicht mehr. Mein Herz war leer von ihm und auch von jeder andern Liebe außer der zu meinen Kindern. Ich spürte, daß der Tod auch mich jeden Augenblick ereilen konnte, und stellte mir das grausame Leben meiner Waisen vor, versklavt von feindseligen Krämern und geistesgestörten Geistlichen. Die Angst erstickte mich. Gegenüber dem Patio, im Schlafzimmer, stand ein Kleiderschrank mit Spiegel. Dort drin sah ich mich, weiß wie ein Laken, während meine Beine versagten. Mit einem Schrei stürzte ich nieder. Blanca hob mich auf. Der Junge, Juan selig, lief zur Apotheke. Sie wollten mir ein Beruhigungsmittel spritzen, damit ich schlafe, aber ich erlaubte es nicht. Nein danke, sagte ich. Wenn Duarte gestorben ist, dann ist der Platz meiner Familie bei ihm. Ich fragte, ob die Totenwache auf La Unión stattfände. Nein, sagte der Arbeiter. Morgen am späten Nachmittag wird er in Chivilcoy beigesetzt.

Ich spürte wie einen Peitschenhieb eine unbekannte Energie. Ich konnte mich immer nur schwer beugen. Weder Leiden noch Krankheiten, noch Enttäuschungen, noch Armut haben mich untergekriegt. Doch in diesem Moment gab es nichts, wogegen ich hätte ankämpfen können.

Auf Borg kaufte ich Trauerkleider und schwarze Strümpfe. Juancito nähte ich einen schwarzen Streifen auf den Hemdsärmel. Die älteren Mädchen weinten. Evita nicht. Sie war gleichgültig und spielte.

Wir nahmen einen Bus von Los Toldos nach Bragado und stiegen dann in einen andern um, der am frühen Morgen von Bragado nach Chivilcoy fuhr – eine Reise von zwanzig Meilen. Das Leben, das vor mir lag, war dunkel, leer, und ich wußte nicht, gegen welchen Haß ich anzukämpfen hätte. Es war mir egal. Solange meine Kinder bei mir waren, fühlte ich mich unbesiegbar. Keines war mit Tricks oder List empfangen worden, sondern auf Wunsch des Vaters, den sie soeben verloren hatten. Ich wollte nicht zulassen, daß sie im verborgenen aufwüchsen, mit der Schande, niemand zu sein, wie Zufallsprodukte.

Etwa um neun Uhr morgens war ich bei Duartes Haus. In der Santísimo Rosario wurde die Totenglocke geläutet, und die stickige Luft von Chivilcoy war schwer vom Blütenstaub. Schon von weitem konnte man die Trauerkränze sehen. Sie waren auf dem Gehweg aufgereiht, auf dunkelvioletten Pappständern. Auf den Bändern standen die Namen von Lehrerbildungsanstalten, Rotarierklubs, Rats- und Pfarrherren, die Duarte in meiner Gegenwart nie erwähnt hatte. Selbst in der Benommenheit der Ankunft wurde mir klar, daß ich in dem Toten den Vater meiner fünf Kinder nicht wiedererkannte. Bei mir war er schweigsam, bescheiden gewesen, ohne Witz. Dagegen zeigte ihn sein anderes Leben mächtig und gesellig.

Jemand mußte uns erkannt und unsere Ankunft gemeldet haben, denn an der Hausecke kamen uns zwei Alte entgegen, denen ich nicht über den Weg traute. Der, welcher mehr in Trauer gekleidet war und einen Schnauz wie eine Kurbel hatte, nahm seinen Strohhut ab und entblößte eine verschwitzte Glatze.

›Ich weiß, wer Sie sind und woher Sie kommen, Señora‹, sagte er, ohne mir in die Augen zu schauen. ›Ich verstehe Ihren Schmerz und den Ihrer Kinder. Aber verstehen Sie auch den Schmerz, den Juan Duartes rechtmäßige Familie verspürt. Ich bin Vetter ersten Grades des Verstorbenen. Ich bitte Sie, nicht näher ans Trauerhaus heranzugehen. Tragen Sie den Skandal nicht zu uns herein.‹

Ich ließ ihn nicht ausreden.

›Ich komme mit diesen Kindern von sehr weit her. Auch sie haben das Recht, sich von ihrem Vater zu verabschieden. Wenn wir getan haben, wozu wir gekommen sind, werden wir wieder gehen. Seien Sie unbesorgt. Es wird keinen Skandal geben.‹

›Ich glaube, Sie verstehen mich nicht recht‹, sagte der Vetter. Er schwitzte ausgiebig. Ein parfümgetränktes Taschentuch verschaffte ihm Erleichterung. ›Der Hinschied ist plötzlich gekommen, und die Witwe ist sehr angegriffen. Zu wissen, daß Sie in ihr eigenes Haus gekommen sind, würde ihr gar nicht guttun. Ich rate Ihnen, in die Kirche zu gehen und dort für Juans ewigen Frieden zu beten, und nehmen Sie bitte dieses Geld, um ihm Blumen zu kaufen.‹

Er hielt mir einen Hundert-Peso-Schein hin, was damals ein Heidengeld war. Ich würdigte ihn keiner Antwort, sondern schob ihn mit der Hand beiseite und ging weiter. Als er meinen Entschluß bemerkte, grinste der andere schief und fragte verächtlich:

›Das sind also die Bastarde?‹

›Die Kinder ihrer Mutter‹, antwortete ich, indem ich das *ihrer* stark betonte, um ihm die Beleidigung heimzuzahlen. ›Und die von Juan Duarte. So liegen die Dinge. Der Dieb meint, sie stehlen alle.‹

Ich kam nur ein paar Schritte weiter. Aus dem Haus trat ein junges Mädchen, kaum älter als Blanca. Sie hatte verweinte Augen und blasse Lippen. Sie stürmte so energisch zwischen den Kränzen durch, daß sie zwei oder drei vom Ständer riß. Sie schäumte vor Wut. Ich dachte, gleich würde sie mich schlagen.

›Wie können Sie es wagen?‹ sagte sie. ›Ein Leben lang haben wir Ihretwegen gelitten, Señora. Gehen Sie fort, gehen Sie. Was sind Sie eigentlich für eine Frau? Mein Gott, welche Respektlosigkeit.‹

Ich ließ mich nicht aus der Ruhe bringen. Ich dachte: Es ist eine Tochter von Duarte. Auf ihre Art muß auch sie sich hilflos fühlen.

›Aus Respekt vor dem Verstorbenen bin ich hergekommen‹, sagte ich. ›Zu seinen Lebzeiten war er ein guter Vater. Ich sehe nicht ein, weshalb das jetzt, wo er tot ist, anders sein soll. Tun Sie meinen Kindern nicht an, was sie Ihnen nicht antun würden.‹

›Gehen Sie auf der Stelle.‹ Sie wußte nicht, ob sie mich angreifen sollte oder sich zurückziehen und weinen.

Ich weiß auch nicht, warum, aber in diesem Augenblick sah ich auf einmal den Bahnhof von Los Toldos vor mir, wo ich so oft umsonst auf Duarte gewartet hatte, sah das Fuhrwerk meines Vaters, das zwischen den Luftspiegelungen auf den dürren Feldern dahinzuckelte, die Geburt meiner ersten Tochter, Evitas von den Verbrennungen verunstaltetes Gesicht. Unter all diesen Bildern erschien auch das eines hageren, blassen Caballeros. Er trug Schwarz und war im Schutz des Gegenlichts herzugetreten, ohne daß wir es bemerkten. Ich dachte, er sei eine weitere Gestalt aus meinen Erinnerungen, aber nein – er stand in der Wirklichkeit dieses Tages, reglos, so anders als ich, und war Zeuge der hysterischen Anwandlung des jungen Mädchens, das tatsächlich eine Stiefschwester meiner Kinder war. Der hagere Caballero legte ihr die Hand auf die Schulter und brachte mit dieser schlichten Gebärde ihren Haß zum Verschwinden oder dämmte ihn zumindest ein.

›Wir wollen ihnen erlauben, einen Moment einzutreten, Eloísa‹, sagte er zu ihr. ›Diese Leute sollen nicht mit dem gleichen Schmerz nach Los Toldos zurückkehren, mit dem sie gekommen sind.‹

Schluchzend ging das junge Mädchen wieder ins Haus. Da sagte der Mann weder unwillig noch mitleidig zu mir:

›Alles an diesem Tod hat uns überrascht. Sie wären besser nicht gekommen. Aber jetzt sind Sie nun einmal in Chivilcoy, und je weniger Leute es erfahren, desto besser. In Los Toldos konnte Duarte tun und lassen, was er wollte. Hier gilt es den Schein zu wahren. Wenn jemand fragt, wer Sie sind, werde ich sagen, Sie seien die Köchin von La Unión. Bestreiten Sie das nicht. Unter dieser Bedingung können Sie herein, andernfalls verschwinden Sie. Niemand wird Sie ansprechen. Ich will auch nicht, daß Sie mit jemandem sprechen. Ich gebe Ihnen fünf Minuten, um sich von dem Toten zu verabschieden, zu beten und zu gehen. In der Zwischenzeit wird sich die Witwe in einem andern Teil des Hauses aufhalten, und vielleicht wollen auch alle andern, die gekommen sind, um ihr Beileid zu bezeugen, nicht zugegen sein. Niemand wird im Aufbahrungsraum sein. Nur ich, um aufzupassen, daß die Abmachung eingehalten wird.‹

›Da ist noch der Friedhof‹, sagte ich. Meine Kehle war ausgetrocknet, aber ich wollte keine Schwäche zeigen. ›Ich habe Duarte versprochen, nach seinem Tod würden seine Kinder dem Trauerzug folgen und ihm Blumen aufs Grab legen.‹

Der Mann schwieg eine Weile. Sein Schweigen war bedrohlicher als seine Worte.

›Es dauert noch drei Stunden bis zur Beisetzung. Ich weiß nicht, was Sie inzwischen tun wollen, aber es gibt keinen Grund hierzubleiben. Den Sarg sollen die Verwandten, die Polizeioffiziere, die Ratsherren, die Lehrer der Lehrerbildungsanstalt und die Viehhändler begleiten, die mit dem Verstorbenen Geschäfte machten. Das sind zu viele Leute, und Sie kennen niemand. Ich kann Ihnen nicht verbieten, hinter dem Zug herzugehen. Aber keiner wird Ihnen Platz machen.‹

Der hagere Caballero verschwand im Trauerhaus, und kurz danach winkte er uns verächtlich mit dem Zeigefinger herein. Ich erinnere mich, daß ich, als ich zwischen der Doppelreihe der Kränze hindurchging, mich selbst nicht mehr kannte und die Bezeichnungen für alle Dinge, die ich sah, nicht mehr wußte. Kerzen, Gitter, Augen, Wandplatten – die ganze Wirklichkeit war verschwunden. Auch mein Körper. Ich spürte die Krampfadern nicht mehr. Im Aufbahrungsraum stand ein Flügel, und neben dem Schemel lagen zwei ausgestopfte Jagdhunde.

Auch wenn ich es nur ungern zugebe, der Verstorbene verließ diese Welt nicht eben mit einer eindrucksvollen Figur. Wir hatten uns fast zwei Jahre nicht gesehen, und in dieser Zeit war er mit dem Essen nachlässig geworden. Er war fett. Sein Bauch gab ihm ein solches Volumen, daß man, wenn man seinen Schatten an der Wand sah, hätte meinen können, es stehe ein zweiter Flügel im Raum, aber mit geöffnetem Deckel. Der Kopf war übel zugerichtet vom Unfall, und in den Nasenhöhlen hatte er blutige Furchen. Ich dachte, man habe ihn absichtlich so gelassen, damit ihn niemand als stattlichen Mann in Erinnerung behalte. Wir traten hinzu, um ihn zu küssen, wußten aber nicht, wohin. Damit ihm der Kiefer nicht herunterklappte, hatte man ihn mit einem Taschentuch festgebunden, das ihm fast das ganze Gesicht bedeckte. Blanca streichelte seine schmale, durchsichtige Nase. Ich nahm seine Hände, die einen Rosenkranz umklammerten, und fragte mich, was er wohl gedacht haben mochte, als sein Wagen in den Straßengraben stürzte. Er war feige gewesen und hatte sich wahrscheinlich nicht getraut, überhaupt etwas zu denken. Er war wohl nur erstaunt und hatte Angst vor dem Ende.

Evita konnte den Leichnam nicht sehen, so daß ich sie auf die Arme nehmen mußte. Als ich mit ihr an den Sarg trat, sah ich, daß sie die Lippen zusammenpreßte und einen leeren Blick hatte. ›Dein Papa‹, sagte ich zu ihr. Sie wandte sich zu mir um und umarmte mich ausdruckslos, bloß weil sie jemanden umarmen mußte und diese Überreste eines Unbekannten nicht berühren mochte.

Der hagere Caballero begleitete uns zur Tür. Ich glaube, er streckte mir eine Karte hin, aber ich konnte sie nicht lesen. An diesem Morgen hatte die Sonne eine erbarmungslose Hitze entwickelt, und alles, woran ich mich erinnere, ist gelb.

In einem Wirtshaus in der Nähe des Busbahnhofs suchten wir Unterschlupf, und gegen eins machten wir uns auf den Weg zum Friedhof. Als ich dort war, ging gerade der Trauerzug hinein. Ich sah Duartes andere Gattin an der Schulter der Tochter weinen, die mich beleidigt hatte; zusammen mit einem Hauptmann, der sich in dieser schreienden Hitze mit Umhängen und Litzen bedeckt hatte, sah ich den hageren Caballero den Sarg tragen. Ich verspürte Mitleid mit dem

Verstorbenen, der dieser Welt inmitten von Menschen Lebewohl sagte, die sein Leben nicht kannten und ihn nicht so geliebt hatten, wie er war. Wir bekamen fast einen Sonnenstich, und ich dachte den Kindern zuliebe, es lohne sich nicht, bei der Leichenfeier dabeizusein. Es gab keinen Grund mehr zum Bleiben, und es gab auch keinen Grund, jemals zurückzukommen.«

Die Stimme der Mutter sprach weiter, aber mein Schreiben hörte sie nicht mehr. Unter den Worten, die ich verlorengehen ließ, befanden sich einige Verse, die Evita im Hof der städtischen Grundschule rezitierte, das Flattern der Singer-Nähmaschine, zwei Fotos eines traurigen Mädchens ohne Lächeln und der Morgen, an dem sie sagte: »Ich werde Künstlerin sein.« Es waren Postkartenbilder, die vielleicht auch hierhergehörten. Aber mich betäubte der Flug eines einzelnen gelben Flügels in der Luft der Seiten. Ich sah den Flügel nach hinten fliegen, und als ich mich ihm näherte, war er weg. So erlischt die Vergangenheit, sagte ich mir. Immer kommt und geht sie, ohne sich darum zu kümmern, was sie zurückläßt.

»Du kannst dir ja vorstellen, was für gräßliche Zeiten der Oberst durchmachte, als er wieder in Buenos Aires war«, sagte Cifuentes. Am frühen Nachmittag dieses Sonntags saßen wir erneut beisammen. Ich aß einen Apfel, und er, hochmütig und winzig, rauchte gierig. »Alles, was ihm an Stolz, Instinkt, Kraft und Verlangen geblieben war, hatte er in Deutschland zurückgelassen. Er lebte allein, in einer Pension in der Arenales/Coronel Díaz, ohne eine Aufgabe, ohne jemand, an den er hätte denken können, über den Bildern der verlorengegangenen Leiche brütend. Ende dieses Jahres wurde ich vom Militärhospital angerufen, da man ihn mit einem Leberkoma eingeliefert hatte und die Ärzte dachten, er werde es nicht mehr lange machen. Sie quälten ihn mit Darmspülungen und Glukoseschläuchen. Sein armer gepeinigter Körper wies Quetschungen, Wundmale, Zerstörungen durch Nachlässigkeit auf. Vom Hospital aus rief ich seine Frau an und bat sie, ihm beizustehen. ›Ich weiß nicht, ob er mich sehen will‹, sagte sie. ›Ach was‹, antwortete ich. ›Er wird Sie schon nicht abweisen. Er kämpft mit letzter Kraft ums Überleben.‹«

»Er hat überlebt«, sagte ich. »Noch nie habe ich von jemandem gehört, der so oft gestürzt ist wie er und sich immer wieder aufgerappelt hat.«

»Wenn du wüßtest, wie sehr er überlebt hat.«

An diesem Sonntag saßen Cifuentes und ich lange reglos da. Draußen nebelte und nieselte es unter feuchten Windstößen – das Klima von Buenos Aires ließ all seinen schlechten Launen freien Lauf, doch es kümmerte uns nicht. Cifuentes klaubte ein paar winzige Brotkrumen aus der Tasche und schob sie sich in den Mund, wie es seine Gewohnheit war. Die Brösel blieben in seinem Spitzbart hängen.

»Bevor es mit ihm zu Ende ging«, sagte er, »söhnte sich Moori noch einmal mit seiner Frau aus und wohnte wieder in der Wohnung Callao/Santa Fe. Er bildete sich ein, man werde ihn erneut in die Armee aufnehmen und zum Brigadegeneral befördern, aber seine Spezis hatten an Einfluß verloren, und die Armee selbst war wegen der Parteikämpfe zu sehr in Aufruhr, um sich für ihn zu interessieren. In diesen Monaten besuchte ihn Rodolfo Walsh, und der Oberst erzählte ihm, er habe Evita stehend beerdigt, in einem Garten ewigen Regens. Er glaubte, die Verstorbene werde noch immer von irgendeiner verborgenen Macht in der Welt umhergeschoben. Eines Tages sagte er zu mir: ›Gehen wir sie suchen, Däumling.‹ Das einzige Mal im Leben versuchte ich ihn zur Vernunft zu bringen. ›Du hast in Eichstätt eine Kopie begraben, Moori‹, sagte ich. ›Man hat dich getäuscht.

Wer weiß, was aus der Eva geworden ist. Vielleicht hat man sie im Meer beigesetzt.‹ Sofort bereute ich, so mit ihm gesprochen zu haben. Wir hatten einen schrecklichen Streit. Ich sah ihn eine Hand an die Walther legen – ich glaube, er war drauf und dran, mich umzubringen. Monatelang sprach er nicht mehr mit mir. Für ihn gab es keine andere Wirklichkeit als Evita. Ohne sie war ihm die Welt unerträglich.«

Manchmal schwiegen wir lange, bis sich die Stille vollkommen in uns festsetzte. Dann erinnerten wir uns wieder ans Reden und wiederholten das bereits Gesagte, als hätten wir es vergessen gehabt. Es kommt mir noch immer so vor, als sei dieser Sonntag nicht ein einziger Tag, sondern viele Tage gewesen und Cifuentes sei, als es Abend wurde, aus meinem Leben verschwunden.

Aber ich habe einige Geschichten noch nicht erzählt, die seither in mir zurückgeblieben sind.

Vielleicht war es unvermeidlich, sagte Cifuentes, daß sich der Oberst erneut vom Alkoholfieber aufzehren ließ und neue Anfälle von Delirium tremens hatte. Scharenweise begruben ihn Schmetterlinge unter einem Geflecht aus brennenden Kerzen und wilden Blumen. Die weißen Mäuse des Deliriums renkten ihm die Knochen aus und verbrannten ihm die Augen. Zweimal wies ihn seine Frau ins Hospital ein, und jedesmal wurde er wieder rückfällig. Das Rachekommando schickte ihm weiter Drohbriefe und wollte wissen, wo sich Evita befinde. *Gib dem Volk die Leiche der Heiligen zurück*, stand in den Briefen. *Wir werden dir das Ohr abschneiden, wie du es ihr abgeschnitten hast. Wir werden dir die Augen auskratzen. Wo hast du die heiligen Reliquien unserer Geliebten Mutter versteckt?*

Eines frühen Morgens erschien er bei Cifuentes. Er hatte zwei große Koffer voller Briefe, Dokumente und Karteikarten mit chiffrierten Berichten bei sich und sagte, er werde sie wieder holen, sobald sich die Vergangenheit beruhigt habe.

»Sie sind mir auf den Fersen, Däumling«, erklärte er. »Sie

können mich jederzeit umbringen. Vielleicht wäre das eine Erleichterung. Vielleicht wäre es am besten so.«

Die Koffer blieben für immer dort. Wenn er eines seiner Schriftstücke zu Rate ziehen mußte, ging er zu jeder Tages- oder Nachtzeit ins Appartement seines Freundes, hielt die Blätter gegen das Licht und suchte mit einer Lupe Notizen in unsichtbarer Tinte. Er war für niemand mehr ein lebendes Wesen, sagte Cifuentes. »Schließlich hörte Moori auf, der Oberst zu sein: Er war seine Krankheit, seine Laster, seine Qualen.«

1965 verließ er seine Frau zum letzten Mal, und eine Zeitlang hörte er auch auf zu trinken. Er gründete eine ›Transamerikanische Presseagentur‹, die Gerüchte über Kasernenverschwörungen und Fabrikaufstände in die Welt setzte. Er schrieb die Meldungen selbst und kopierte sie dann auf einem unaufhörlich stotternden Vervielfältiger von 1930. Es gelang ihm, seinen Namen wieder in die Zeitungen zu bringen. Anfang 1967 wurde er von der berühmten Zeitschrift *Primera Plana* interviewt. Auf dem Foto ist er dick, kahl, hat eine rote, furchige Alkoholikernase und ein geisterhaftes, zahnloses Lächeln. Er wurde gefragt, ob es stimme, daß er »Evitas Leiche in der Finsternis verscharrt« habe. »Auf diese fiese Frage werde ich nicht antworten«, sagte er. »Ich bereite ein Buch über den Fall vor. Wissen Sie, wer mir dabei behilflich ist? Sie werden staunen: Dr. Pedro Ara und Señora Juana Ibarguren de Duarte.«

Natürlich log er, ohne zu wissen, daß er log. Er hatte eine Wirklichkeit erfunden, und in dieser war er Gott. In seinem Reich hielt er sich für unverwundbar und allmächtig.

Früher oder später mußte die Blase platzen. Es geschah an einem Augustabend. Der Oberst war auf dem Bahnhof von Liniers mit einem Informanten verabredet. Als er den Bahnsteig betrat, fand er sich in einen seiner Alpträume versetzt. Zwischen den Holzbänken und den Nischen der geschlossenen Fahrkartenschalter defilierten Büßer mit gekreuzten Armen und großen brennenden Kerzen und Margeritenkränzen. Einige trugen das Bildnis eines nicht näher erkennbaren Heiligen, erstarrt in der Gebärde des Plastikbrot- und Fantasiemünzenverteilens. Andere beteten das sieghafte Foto Evitas in der Marie-Antoinette-Robe an, die sie bei den Abendvorstellungen im Teatro Colón getragen hatte. Die Gesänge vermischten sich – *Kommt, ihr Christen*, *Der heilige Kajetan betet für uns*, *Eva Perón / dein Herz / ist immer bei uns.* Verzweiflungs-, Patschuli- und Weihrauchdüfte vermischten sich. Gegenüber dem Gewölbe der Fahrkartenschalter reichte eine Frau in bodenlangem Mantel dem verdatterten Oberst einen Strauß Wicken und schob ihn zu dem Altar, auf dem Evita von ihrem fernen Galaabend aus herunterlächelte.

»Los«, sagte die Frau, »gib ihr zehn Pesos.«

»Wer bist du?« Auch der Oberst duzte sie. »Du gehörst zum Rachekommando.«

»Ach was«, antwortete sie, vielleicht ohne zu verstehen. »Ich bin Evitistin, von der Engelsmiliz. Aber hier, bei diesen Feierlichkeiten, kommt es nicht auf den Glauben an. Spende ihr die zehn Pesos.«

Der Oberst gab ihr den Strauß zurück und rannte verstört in die Nacht hinaus. Um den Bahnhof herum blühten die Altäre wie Waben. Eine Woge von Kerzen verfärbte die Umrisse der Betenden und Büßer. Evitas Profil erteilte von den Standarten herab seinen Segen. Auf den Balkonen standen weitere mit Jungfrau-Maria-Tüchern zurechtgemachte Gipsevitas. Alle zeigten ein Lächeln, das wohlwollend sein wollte, aber schief, hinterlistig, bedrohlich wirkte.

Er entfernte sich, so schnell er konnte. Mehrmals hörte er unterwegs aus den Hausfluren Stimmen: »Wir werden dich töten. Wir werden dir die Eier abschneiden. Wir werden dir die Augen auskratzen.« Im erstbesten offenen Laden kaufte er eine Flasche Gin, führte sie sogleich zum Mund und trank sie aus, mit einem Durst, der seit zwei Jahren nicht mehr gestillt worden war. Danach schloß er sich in seinem Büro ein und trank ununterbrochen weiter, bis Evita aus seinen Halluzinationen verschwand und andere, noch schrecklichere Schatten ihn auf den Boden in eine Urin- und Scheißelache warfen.

Diesmal rettete ihn das Reinigungspersonal. Die Verheerungen an seinem Körper waren derart, daß ihn die Ärzte erst nach sechs Monaten wieder entließen. Als er genesend in die Büros der Transamerikanischen Agentur zurückkam, wollte es das Schicksal, daß jemand einen versiegelten Umschlag unter der Tür hindurchschob, der die knappe Nachricht enthielt: *Deine Stunde naht. Rachekommando.*

Verzweifelt und ohne Hemd rannte er auf die Straße hinaus. Der Herbst begann, und es fiel unangenehmer Regen. Die Schriftstellerin Tununa Mercado, die zu dieser späten Stunde jeweils ihren Hund ausführte, begegnete ihm auf der Plaza Rodríguez Peña. »Ich hielt ihn für einen aus dem Heim entwichenen Kranken«, erzählte sie mir viele Jahre später. »Ich dachte: Das kann nur ein armer Kranker sein – bis ich ihn erkannte, wegen der Fotos in den Zeitungen. Er lief zur O'Higgins-Statue und blieb mit verschränkten Armen vor dem Sockel stehen. Ich hörte ihn schreien: ›Warum kommt ihr nicht endlich und tötet mich?‹ Und wieder: ›Warum kommt ihr nicht?‹ Ich wußte nicht, von wem er sprach, und schaute mich um. Da war niemand. Nur Stille und das milchige Licht der Straßenlaternen. ›Worauf wartet ihr noch, ihr Hurensöhne?‹ schrie er wieder. ›Tötet mich, tötet mich!‹ Auf einmal warf ihn etwas um. Er begann zu weinen. Ich trat zu ihm und fragte ihn, ob er Hilfe brauche, ob ich einen Arzt rufen solle.«

Immer haben Tununa die Männer erschüttert, die auf diesem Platz unter freiem Himmel leben. Sie wollte eben zum Palacio Pizzurno hinüberlaufen, um die Wachen um Hilfe zu bitten, als ein kahles Männchen mit Adlernase und Musketierbart erschien.

»Cifuentes«, sagte ich. »Das war Aldo Cifuentes.«

»Vielleicht«, antwortete Tununa, die blindes Vertrauen in ihre Gefühle, nicht aber in ihre Sinne hat. »Der Kahlkopf hatte ihn gesucht. Unglaublich zärtlich sagte er: ›Gehen wir, Moori. Du hast hier nichts verloren.‹ – ›Verlang das nicht von mir, Däumling‹, flehte ihn der Oberst an. Es überraschte mich, daß ein so ungeschlachter, brutal aussehender Mensch eine Gestalt aus meinen Kindermärchen heraufbeschwor. ›Ich will sterben.‹ Der Freund hüllte den Oberst in eine Decke und schleppte ihn zu einem Auto. Lange blieb ich wie angewurzelt im Regen stehen. In dieser Nacht konnte ich nicht schlafen.«

Selbstlos und beharrlich betreute Cifuentes den Oberst bis kurz vor dessen Tod, 1970. Es gibt Menschen, die vollkommen grundlos andere mit zwanghaftem Mitleid beschützen, als könnten sie durch die Sorge um diese fremden Schicksale alte Niederlagen und versäumte Pflichten abgelten. Cifuentes gab sich diesem Barmherzigkeitswerk ohne Angeberei hin. In seinen postumen Memoiren widmet er dem Thema einen mürrischen Abschnitt: »Moori Koenig war mein Seelenbruder. Ich wollte ihn retten und konnte nicht. Er war aus unbekannten Gründen ins Unglück gestürzt. Sein Heim löste sich auf. Seine geistige Klarheit verdüsterte sich. Viele mögen von seinen Räuschen, von seinen kleinen Schummeleien und Lügen reden. Für mich sind nur seine Träume von Bedeutung.«

Also lasse ich diese letzte Folge der Geschichte auf der Brust eines Traums ruhen.

Wie ich schon erwähnte, träumte der Oberst fast jede Nacht vom Mond. Er sah sich durch die weißen, zerklüfteten Wüsten des Mare Serenitatis schreiten, über dem sechs oder sieben schreckliche, drohende Monde leuchteten. Im Traum spürte er, daß er etwas suchte, aber immer, wenn er ein Vorgebirge, ein Zittern in der Landschaft ausmachte, zerplatzte die Vision, ehe er sie erreichen konnte. Diese Bilder von Nichts und Stille verharrten stundenlang in ihm und verflüchtigten sich erst mit den ersten Schlukken Gin.

Als bekannt wurde, daß drei NASA-Astronauten auf dem

Mond landen würden, dachte der Oberst erleichtert, nun werde dieser immer wiederkehrende Traum seine Daseinsberechtigung verlieren – wie alle Träume, die nach langem Drängen schließlich irgendwo in der Wirklichkeit auftauchen – und er wäre endlich frei, von andern Dingen zu träumen. Cifuentes und er beschlossen, sich die lange Reise durchs All bis zur Landung gemeinsam im Fernsehen anzuschauen. So richteten sie sich eines Sonntagabends mit einem Würfelbecher, um sich das Warten zu verkürzen, und einem großzügig bemessenen Zigarettenvorrat vor dem Apparat ein. Die Übertragung brachte endlose Bilder aus dem Kontrollzentrum von Houston und Interviews mit den Technikern, die das Raumschiff führten. Diese Abschweifungen schläferten sie ein.

Sie hatten sich gelobt, der Versuchung des Gins bis zum Ende des Abenteuers zu widerstehen. Schließlich erschien in der unermeßlichen Weite für kurze Zeit eine erstaunliche runde Scheibe voller Licht. Der Bauch der Scheibe fiel sogleich wieder ein, und im leeren Raum tauchte allmählich eine konkave, abnehmende Sichel auf.

»Der Mond«, sagte der Oberst.

»Das ist die Erde«, meinte Cifuentes. »Das sind wir. Es sieht aus, als hätten wir die Stirn verdeckt wie eine Nonne.«

Stundenlang geschah nichts mehr. Draußen vibrierte die Luft von den Geräuschen der Stadt, aber auch diese hörten auf, und zurück blieb nur die Leere des rauhen Winters. Obwohl die Kälte in der Wohnung unerträglich wurde, verspürte der Oberst nur Hitze und Durst. Mitten in der Nacht brach er das Versprechen und nahm einen Schluck Gin. Danach erstickte ihn die Melancholie. Die Mondlandefähre, die sich vom Hauptschiff gelöst hatte, setzte ihre Tentakel in einen staubigen Krater. Soeben war die Spezies Mensch auf dem Mond gelandet, doch der Oberst fühlte nichts mehr, nur das Getrommel seiner eigenen Hölle.

»Wer mag sie geholt haben, Däumling, was meinst du?« sagte er.

»Evita? Keine Ahnung. Was dir in diesen Stunden für Gedanken kommen.«

Cifuentes war verärgert. Der Ginatem verpestete die Luft.

»Wer weiß, ob sie auf sie aufpassen, Däumling. Wer weiß, was sie mit ihr anstellen.«

»Denk nicht mehr daran: Du hast es mir versprochen.«

»Ich vermisse sie. Ich vermisse sie. Ich möchte nicht daran denken, aber ich vermisse sie.«

Sie schliefen an Ort und Stelle, in den Sesseln. Als Cifuentes erwachte, am frühen Nachmittag des nächsten Tages, hatte der Oberst schon über eine halbe Flasche Gin getrunken und schaute sich weinend die endlosen Bilder der aschenen Weite an. Auf der Straße hörte man quietschend die Busse bremsen. Alles schien sich wieder normalisiert zu haben, nur manchmal taten sich überraschende Momente der Stille auf. Da verdunkelte sich der Bildschirm, als halte die Welt in Erwartung einer ungeheuren, pantagruelischen Geburt den Atem an.

Am Montag abend um elf betrat Neil Armstrong den Mond und sprach den rhetorischen Satz aus, den er so lange einstudiert hatte: *That is one small step for a man.* Das Fernsehbild blieb am Abdruck eines Stiefels, des linken, im grauen Staub hängen.

»Wie merkwürdig, so viele schwarze Flecken«, sagte der Oberst. »Vielleicht gibt es dort Fliegen.«

»Gar nichts gibt es. Es gibt kein Leben.«

»Da sind Fliegen, Schmetterlinge, Saprinus-Larven«, behauptete der Oberst. »Schau sie dir doch an auf dem Bildschirm. Sie sind überall.«

»Keine Spur, Moori. Das ist der Gin, den du getrunken hast. Hör endlich auf damit. Ich will nicht, daß wir wieder im Hospital landen.«

Armstrong hüpfte von einem Krater zum andern, und auf einmal verschwand er mit einer kleinen Schaufel am Horizont. Er sagte, oder der Oberst glaubte zu verstehen: »Ich kann nicht sehen, was ich mache, wenn ich in den Schatten komme. Bring die Maschine, Buzz. Schick mir die Maschine rüber.«

»Sie wollen mit Maschinen arbeiten«, sagte der Oberst.

»Das stand in den Zeitungen«, gähnte Cifuentes. »Sie werden graben. Sie müssen einige Steine sammeln.«

Armstrong und der Mann namens Buzz schienen in dieser weichen, toten Welt zu fliegen. Sie hoben die geflügelten Arme und glitten über zerbrechliche Gebirgsketten und ausdruckslose Meere. Die Kamera verlor sie aus den Augen, und nachdem sie sie wieder eingefangen hatte, schwebten sie nebeneinander, eine Metallkiste mit verschwommenen Konturen an den Griffen tragend.

»Schau dir diese Kiste an«, sagte der Oberst. »Ein Sarg.«

»Das sind Werkzeuge. Du wirst es schon sehen, wenn sie zu arbeiten anfangen.«

Aber genau in dem Moment, in dem sich die Astronauten über etwas beugten, was wie ein Graben oder eine Spalte aussah, schwenkte die Kamera ab und erging sich in andern Landschaften. In der erschreckenden Weiße zeichneten sich Reife, Augenringe, Federstürme, Stalaktiten, Sonnenplagen ab. Dann wurde der Raum von einem reuelosen Schweigen eingenommen, bis Armstrongs einsam grabendes Profil zurückkehrte.

»Hast du das gesehen?« fragte der Oberst. Er saß kerzengerade da, eine Hand auf der Stirn, blaß vor den abstrahlenden Bildern.

»Was«, fragte Cifuentes müde.

»Sie haben sie dort.«

»Das ist die Fahne. Sie werden eine Fahne aufpflanzen.«

»Siehst du denn nicht?«

Cifuentes nahm ihn am Arm.

»Ruhig, Moori. Es ist nichts.«

»Was heißt, es ist nichts? Sie haben sie mitgenommen, Cifuentes! Sie beerdigen sie auf dem Mond!«

»Jetzt können Sie die Fahne sehen«, verkündete einer der

Techniker in Houston. *Now you can see the flag.* »Ist sie nicht schön?«

»Sie ist schön«, sagte der Oberst. »Sie ist der schönste Mensch auf dieser Welt.« Er brach auf dem Sessel zusammen und stammelte trostlos, wieder und wieder, die Entdekkung vor sich hin, die das bißchen Leben, das ihm noch blieb, aufzehren sollte: »Sie ist es. Die Schweinehunde haben sie auf dem Mond beerdigt.«

16 *»Ich muß weiterschreiben«*

Die Geschichte führt überallhin,
unter der Bedingung,
daß man aus ihr heraustritt.

CLAUDE LÉVI-STRAUSS,
Das wilde Denken

Ende Juni 1989 packte mich eine so plötzliche Depression, daß ich mich mit dem festen Entschluß hinlegte, das Bett nicht zu verlassen, bis die Traurigkeit von allein verschwände. Lange lag ich so. Allmählich spann mich die Einsamkeit wie in einen Kokon ein. An einem Freitag kurz vor Mitternacht klingelte das Telefon. Aus Verwirrung oder Stumpfheit nahm ich ab.

»Was wollen Sie?« fragte ich.

»Nichts«, sagte eine scharfe, gebieterische Stimme. »Waren nicht Sie es, der etwas in Erfahrung zu bringen suchte? Jetzt sind wir endlich alle beisammen und können sprechen.«

»Ich will mit niemandem sprechen. Sie haben sich in der Nummer geirrt.«

Fast hätte ich eingehängt. Die Stimme stoppte mich.

»Tomás Eloy?«

Es gibt wenig Menschen, die mich so nennen – nur nahe Freunde aus dem Exil, manchmal auch meine Kinder.

»Das bin ich. Aber ich suche niemand.«

»Sie wollten doch über Evita schreiben.«

»Das ist lange her. Was ich zu sagen hatte, steht bereits in einem Roman. Er erschien vor vier Jahren.«

»Wir haben ihn gelesen«, sagte die Stimme. »Es haben sich viele Fehler eingeschlichen. Nur wir wissen, was geschah.«

Im Hintergrund hörte man abgerissene Geräusche: unentwirrbare Gesprächsfetzen, Geklirr von Gläsern und Geschirr. Es klang wie das schlaflose Echo eines Restaurants.

»Wer spricht denn dort?«

»Wir werden bis um eins im Café Tabac auf Sie warten, Ecke Libertador/Coronel Díaz. Es geht um die Leiche, wissen Sie. Wir hatten uns ihrer angenommen.«

»Welche Leiche?«

Zu jener Zeit war Evita für mich eine historische, unsterbliche Figur. Daß sie eine Leiche war, wollte mir nicht in den Kopf. Natürlich kannte ich die unglücklichen Umstände, unter denen sie verlorengegangen und in Madrid dem Witwer zurückgegeben worden war, aber ich hatte sie aus dem Gedächtnis verdrängt.

»Was für eine Frage. Die von Eva Perón.«

»Wer spricht dort?« fragte ich wieder.

»Ein Oberst«, sagte die Stimme. »Nachrichtendienst der Armee.«

Als ich das hörte, schlugen sämtliche Hyänen der Vergangenheit ihre Reißzähne in mich. Erst vor sechs Jahren hatten die Militärs in Argentinien die Macht abgegeben und die Spuren eines gräßlichen Gemetzels hinter sich zurückgelassen. Sie pflegten mitten in der Nacht anzurufen, um sich zu vergewissern, daß ihre Opfer zu Hause waren, und fünf Minuten später stürzten sie sich auf sie, beraubten sie im Namen Gottes ihrer Habe und folterten sie zum Wohl des Vaterlandes. Man mochte frei von jedem Vergehen außer dem des Denkens sein, und das genügte bereits, um allnächtlich damit rechnen zu müssen, von den Reitern der Apokalypse mitgeschleift zu werden.

»Ich werde nicht kommen. Ich kenne Sie nicht. Ich habe keinen Grund zu kommen.«

Diese Zeiten waren vorbei. Jetzt waren solche Abfuhren möglich.

»Wie Sie wollen. Seit Monaten diskutieren wir die Angelegenheit. Heute abend haben wir nun beschlossen, die vollständige Geschichte zu erzählen.«

»Erzählen Sie sie mir am Telefon.«

»Sie ist sehr lang. Es ist eine zwanzig Jahre lange Geschichte.«

»Dann rufen Sie morgen an. Wissen Sie eigentlich, wie spät es ist?«

»Nicht morgen. Heute abend. Sie sind es, der nicht weiß, wovon wir sprechen. Eva Perón. Stellen Sie sich vor. Die Leiche. Ein Präsident der Republik sagte zu mir: ›Diese Leiche sind wir alle. Sie ist das Land.‹«

»Er mußte verrückt sein.«

»Wenn Sie wüßten, welchen Präsidenten ich meine, würden Sie das nicht sagen.«

»Morgen«, wiederholte ich. »Vielleicht morgen.«

»Dann geht die Geschichte verloren.«

Ich ahnte, daß diesmal er einhängen würde. Mein ganzes Leben habe ich mich gegen Mächte aufgelehnt, die Geschichten verbieten oder verstümmeln, und gegen ihre Komplizen, die sie entstellen oder nicht verhindern, daß sie verlorengehen. Wenn ich zuließ, daß mir eine solche Geschichte entging, war das ein Akt des Hochverrats gegen mein Gewissen.

»Na schön. Warten Sie auf mich. In einer knappen Stunde bin ich bei Ihnen.«

Kaum hatte ich eingehängt, bereute ich es. Ich fühlte mich nackt, wehrlos, verletzlich, wie am Vorabend meines Exils. Ich hatte Angst, aber die Erniedrigung durch die Angst befreite mich. Ich dachte, mit meiner Angst gäbe ich zu, daß die Henker unbesiegbar wären. Aber sie waren es nicht, sagte ich mir. Die schweigsame / Sonne / die Schönheit / ohne Wut / der Besiegten / hatte sie besiegt. Durch die Jalousien schaute ich auf die Stadt hinunter. Es regnete feine Rauhreifspäne. Ich schlüpfte in den Regenmantel und verließ das Haus.

Einer der Vorteile des Tabac ist, daß an seinen Fenstern unvermutete geräuschlose Oasen gedeihen. Der ohrenbetäubende Radau, der an der Theke und in den Gängen brodelt, erlischt respektvoll an der Grenze zu diesen privilegierten Tischen, wo man sich unterhalten kann, ohne daß die Nebentische mithören. Vielleicht sitzt deshalb nie jemand an ihnen. Als ich dort war, kontrastierte diese Oase der Stille gleichgültig mit der nimmermüden Geschäftigkeit des Cafés. In Buenos Aires erwachen viele Menschen erst um Mitternacht aus ihrer langen Siesta und gehen dann aus, um das Leben zu erkunden. Ein Teil dieser Fauna rekelte sich jetzt im Tabac.

Niemand gab mir ein Zeichen, als ich eintrat. Ratlos studierte ich die Gesichter. Plötzlich spürte ich eine leichte Berührung auf der Schulter. Die Typen, die mich angerufen hatten, standen hinter mir. Es waren drei. Zwei von ihnen mußten über Siebzig sein; der dritte, ein Glatzkopf mit hohen Backenknochen und schmalem, wie aufgemaltem Schnurrbärtchen, war ein Abklatsch von Evitas Bruder Juan Duarte, der 1953 bei Perón in Ungnade gefallen war und sich aus Verzweiflung oder Schuld eine Kugel in den Kopf gejagt hatte. Ich hatte das Gefühl, die Vergangenheit persönlich hole mich ein, eigenmächtig, unerbittlich.

»Ich bin Oberst Tulio Ricardo Corominas«, sagte einer von ihnen. Er war aufgeblasen, steif, vielleicht verdrießlich. Er gab mir nicht einmal die Hand, und auch ich streckte sie ihm nicht entgegen. »Besser, wir setzen uns.«

Ich betrat die akustische Oase. Erleichtert stellte ich fest, daß meine Depression allmählich von allein verschwand. Ich sah die Wirklichkeit wieder als eine ausgedehnte Gegenwart, in der schließlich alles möglich war. Der größte der drei Militärs ließ sich neben mir nieder und sagte mit heiserer, hastiger Stimme:

»Ich gehörte nicht zu der Gruppe, die die Leiche mitnahm. Ich bin Jorge Rojas Silveyra – derjenige, der sie zurückgab.«

Ich erkannte ihn. 1971 hatte ihn die Militärregierung mit allen Vollmachten ausgestattet, um in Madrid mit Perón zu verhandeln. Er war mit leeren Händen nach Buenos Aires zurückgekommen, hatte Perón aber zwei vergiftete Geschenke mitgebracht: Evitas Leiche, mit der dieser nichts anzufangen wußte, und fünfzigtausend Dollar rückständiges Präsidentensalär, das ihm die Hände verbrannte.

Der Glatzkopf schlug martialisch die Hacken zusammen. »Nennen Sie mich Maggi, wie die Suppen«, sagte er. »Auf einem meiner Papiere war ich einmal Carlo Maggi.«

»Ich bin gekommen, weil es da eine Geschichte geben soll«, erinnerte ich sie. »Erzählen Sie sie mir, dann kann ich wieder gehen.«

»Wir haben Ihren Roman über Perón gelesen«, erklärte Corominas. »Es stimmt nicht, daß die Leiche dieser Person in Bonn war.«

»Welche Person?« fragte ich. Ich wollte wissen, wie er sie nannte.

»Sie. Die Eva.« Er hielt sich die Hände ans riesige, hängende Doppelkinn und korrigierte sich sofort: »Eva Perón.«

»Es ist ein Roman, wie Sie eben selbst sagten. In den Romanen ist die Wahrheit immer auch Lüge. Am Abend bauen Autoren dieselben Mythen wieder auf, die sie am Morgen zerstört haben.«

»Worte«, sagte Corominas. »Mich überzeugen sie nicht. Das einzige, was gilt, sind Tatsachen, und schließlich und endlich ist ein Roman eine Tatsache. Aber die Leiche dieser Person war nie in Bonn. Moori Koenig hat sie nicht beerdigt. Er konnte nicht einmal wissen, wo sie war.«

»Vielleicht hatte er eine Kopie und dachte, sie sei die echte Leiche«, wagte ich mich vor. Es waren einige Artikel erschienen, die darauf anspielten, daß überall Kopien verstreut waren.

»Es gab keine Kopien«, sagte Corominas. »Es gab nur eine einzige Leiche. Die hat Hauptmann Galarza in Mailand beerdigt, und dann blieb sie dort, bis ich sie wieder holte.«

Zwei Stunden lang erzählte er weitschweifig wie ein Anatom von der Odyssee der Verstorbenen, schilderte das Scheitern des Obersts im Wasserpalais, die Sturmnacht im Kino Rialto, Arancibias Verbrechen in der Mansarde von Saavedra und Moori Koenigs »Sakrilegien«, die er, wie er sagte, nur »gerüchteweise und aus anonymen Anzeigen« kannte. Auch sprach er von den hartnäckigen, allgegenwärtigen Blumen- und Kerzenopfern. Danach zeigte er mir ein Bündel Dokumente.

»Schauen Sie. Das ist das Schriftstück, das Perón unterzeichnete, als er die Leiche erhielt. Hier die Quittung, die mir der Zoll gab, als wir die Verstorbene nach Italien ausschifften. Und das ist das Eigentumsrecht am Grab. Werfen Sie einen Blick darauf.«

Er reichte mir ein vergilbtes, abgegriffenes, unbrauchbares Blatt.

»Das Eigentumsrecht ist abgelaufen.« Ich deutete auf das Datum.

»Unwichtig. Es ist der Beweis, daß das Grab mir gehörte.« Er legte das Papier weg und wiederholte: »Es gehörte mir.«

Ich bestellte noch einen Kaffee. Ich spürte, daß sich meine Muskeln unter der Last dieser fremden Erinnerungen kristallisiert oder geglättet hatten. Alle rauchten pausenlos, aber ich atmete eine andere Luft, die der reglosen, unbeleuchteten Straße oder des Flusses in ihrer Nähe.

»Glauben Sie, sie hat Ihnen gehört, Corominas?« sagte ich. »Auf diese oder jene Art hat sie immer allen gehört.«

»Jetzt gehört sie niemandem mehr. Jetzt ist sie endlich da, wo sie immer hätte sein sollen.«

Ich rief mir den Ort in Erinnerung: zuhinterst in einer Krypta auf dem Recoleta-Friedhof, unter drei je zehn Zentimeter dicken Stahlplatten, hinter Stahlgittern, Panzertüren, Marmorlöwen.

»Sie wird nicht immer dort sein«, sagte ich. »Die ganze Ewigkeit steht ihr zur Verfügung, um zu beschließen, was sie will. Vielleicht ist sie eine Larve geworden, die ihren Kokon spinnt. Vielleicht kommt sie eines Tages zurück und ist Millionen.«

Ich ging wieder nach Hause und überlegte bis zum Morgen, was ich tun sollte. Ich wollte nicht die Geschichte wiederkäuen, die man mir erzählt hatte. Ich gehörte nicht zu ihnen.

So verbrachte ich drei Jahre: wartend, brütend. Ich sah sie in meinen Träumen – Santa Evita, mit einer Aureole hinter dem Haarkranz und einem Schwert in den Händen. Ich begann mir ihre Filme anzuschauen, die Aufzeichnungen ihrer Reden anzuhören, überall zu fragen, wer sie gewesen war und wie und warum. »Sie war eine Heilige, Punktum«, sagte mir eines Tages die Schauspielerin, die sie bei sich aufgenommen hatte, als sie nach Buenos Aires kam. »Ich muß es wissen, ich kannte sie schließlich von Anfang an. Sie war nicht nur eine argentinische Heilige. Sie war auch vollkommen.« Ich staute Flüsse von Karteikarten und Berichten, die sämtliche unerklärten Räume meines späteren Romans hätten füllen können. Aber ich ließ sie liegen und aus der Geschichte heraustreten, denn ich liebe unerklärte Räume.

In einem bestimmten Moment sagte ich mir: Wenn ich sie nicht schreibe, werde ich ersticken. Wenn ich nicht versuche, sie kennenzulernen, indem ich sie schreibe, werde ich auch mich nie kennenlernen. In der Einsamkeit von Highland Park setzte ich mich hin und schrieb folgende Worte nieder: »Als sie aus einer über drei Tage dauernden Ohnmacht erwachte, hatte Evita endlich die Gewißheit, daß sie sterben würde.« Es war ein gleichgültiger Herbstnachmittag, das schöne Wetter sang fröhlich und falsch, das Leben hielt sich nicht damit auf, mich anzuschauen.

Seither habe ich mit den Worten gerudert und Evita in meinem Boot von einem Strand der blinden Welt an den andern geführt. Ich weiß nicht, an welchem Punkt der Erzählung ich mich befinde. Ich glaube, in der Mitte. Seit langem bin ich in der Mitte. Jetzt muß ich weiterschreiben.

Anmerkungen

Seite 12: Chinita: Kosename, etwa: ›Liebste‹, ›Geliebte‹; Diminutiv des Ketschua-Worts *china*, Weibchen (Tier). Ursprünglich auf die Eingeborenen angewandt, die von den spanischen Eroberern als Tiere angesehen wurden, da sie keine Christen waren. Später bekam *china* die Bedeutung von ›Magd‹, ›Hausmädchen‹. Der Diminutiv hat keine despektierliche Bedeutung mehr und wird für Kinder und zwischen Verliebten gebraucht.

Seite 15: Descamisados: die ›Hemdlosen‹; Proletarier, Arbeiter, Perón-Anhänger. In ›Der Sinn meines Lebens‹ schreibt Eva Perón: »Descamisados waren all jene, die am 17. Oktober 1945 auf der Plaza de Mayo waren (...) und den ganzen Tag in Sprechchören das Erscheinen ihres verhafteten Leaders forderten. (...) Nicht alle Descamisados sind Arbeiter, für mich aber ist jeder Descamisado ein Arbeiter, und niemals werde ich vergessen, daß ich jedem Descamisado für das Leben Peróns danken muß. (...) Die peronistische Bewegung wäre ohne sie nicht zu denken.«

Seite 40: Cholo, Chola: eigtl. Mischling aus Indianerin und Europäer, Mestize; wird in verschiedenen lateinamerikanischen Ländern als Kosename gebraucht, vor allem im Diminutiv Cholito bzw. Cholita.

Seite 61: Juan Facundo Quiroga (1793-1835): Argentinischer Volksführer, Befehlshaber der Milizen der Provinz La Rioja; kämpfte gegen den Gouverneur und bemächtigte sich des Nordwestens der Provinz. Wurde ermordet.

Seite 98: Justizialismus: Bezeichnung für Peróns Regierungspolitik, offiziell definiert als ›Theorie und Praxis der nationalen Selbstbestimmung, der gerechten Verteilung und der internationalen Zusammenarbeit für den Frieden in einer durch die heftigsten interimperialistischen Kämpfe charakterisierten Welt‹. Innenpolitisch war der Justizialismus vor allem dadurch gekennzeichnet, daß die ›Descamisados‹ (s. dort) in den Genuß vieler sozialer Wohltaten kamen; die Arbeiter waren vor Entlassungen geschützt und erhielten pauschale Lohnerhöhungen und festgelegte zusätzliche Leistungen (s. auch ›Der dritte Weg‹).

Seite 175: Ein zweiter 17. Oktober: Am 17. Oktober 1945 kam der vom Militärregime gefangengesetzte Perón, damals noch Vizepräsident, nach kaum vierzehn Tagen Gefängnis wieder frei und kehrte im Triumph nach Buenos Aires zurück, wo er 300000 auf der Plaza de Mayo versammelten Menschen versprach, Präsident zu werden und die Nation zu sozialer Gerechtigkeit zu führen.

Seite 179: Der dritte Weg: Slogan, den Perón ausgab, um seine politische Position zu kennzeichnen: »Für uns steht weder positiv noch negativ irgend etwas fest. Wir sind Antikommunisten, weil die Kommunisten Sektierer sind, wir sind Antikapitalisten, weil die Kapitalisten Sektierer sind. Unser *dritter Weg* ist nicht ein Weg der Mitte. Er ist ein weltanschauliches Verhalten, das sich je nach den besonderen Umständen mal nach der Mitte, mal nach links oder mal nach rechts orientiert.«

Seite 270: Milonga: Lebhafter argentinischer Volkstanz, der Ende der zwanziger Jahre eine Renaissance erlebte. Zum Phänomen der argentinischen Volksmusik und des Tangos siehe auch: Dieter Reichardt, ›Tango‹, suhrkamp taschenbuch 1087, Frankfurt a. M. 1984.

Der Autor dankt

Rodolfo Walsh, der mich auf den Weg nach Bonn führte und in den ›Santa-Evita‹-Kult einweihte.

Helvio Botana, der mir erlaubte, seine Archive abzuschreiben, und mir fast alles mitteilte, was ich jetzt über den Oberst weiß.

Julio Alcaraz für seine Schilderung von Evitas Verzicht auf die Vizepräsidentschaftskandidatur.

Olga und Alberto Rudni, denen ich die Figur von Emilio Kaufman und seine Geschichte im Fantasio verdanke. Beide wissen ganz genau, wer Irene ist.

Isidoro Gilbert, der alles auf Tonband aufnahm, was Alberto zu erzählen vergessen hatte.

Mario Pugliese Cariño für seine Erinnerung an Evitas erste Reise.

Jorge Rojas Silveyra, der mir an einem Vormittag des Jahres 1989 den Schluß dieses Romans erzählte. Dank für seine langen Gespräche über die Rückgabe des Leichnams, für das Ausleihen unschätzbarer Dokumente und für seine Hilfe bei der Suche nach Zeugen.

Héctor Eduardo Cabanillas und dem Unteroffizier, der sich als Carlo Maggi ausgab, für ihre Berichte.

Der Witwe von Oberst Moori Koenig und ihrer Tochter Silvia, die mir 1991 einen Abend lang von ihrem unglücklichen Leben erzählten.

Sergio Berenstein, der die Person interviewte, welche hier Margot Heredia de Arancibia heißt. Den alten Filmvorführern und Platzanweisern des Kinos Rialto sowie den Erben des ehemaligen Besitzers.

Meinem Sohn Ezequiel, der mir wie sonst keiner beibrachte, in Militär- und Zeitungsarchiven nachzuforschen. Meiner Tochter Sol Ana, die mich begleitete, indem sie Puppentheater baute und die Puppen Santa Evita und Santa Evitita nannte.

Meinen Kindern Paula, Tomy, Gonzalo, Javier und Blas für die Liebe in diesen langen Monaten der Abwesenheit.

Nora und Andrés Cascioli, die alles unternahmen, um mir die Interviews mit Rojas Silveyra und Cabanillas zu ermöglichen.

María Rosa, die in den Zeitungen von 1951 und 1952 die Heldentaten und Rekorde heraussuchte, welche Evita die verlorene Gesundheit zurückgeben sollten.

José Halperín und Víctor Penchaszadeh, die geduldig die unzähligen medizinischen Bezüge im Text korrigierten und mir die Suche in den Archiven des Sanatoriums Otamendi y Miroli ermöglichten.

Noé Jitrik, Tununa Mercado, Margo Persin und insbesondere Juan Forn, die mehrmals das Manuskript lasen und vor Unklarheiten und Irrtümern bewahrten, welche mir entgangen waren.

Erna von der Walde für ihre elektronischen Deutschstunden und dafür, daß sie mich auf Rilkes ›Requiem – Für eine Freundin‹ hinwies.

María Negroni, der ich eine Zeile aus ›Venecia‹ verdanke.

Juan Gelman, der mir erlaubte, einige Zeilen aus seinen Gedichten aufzunehmen, vor allem aus ›Fragen‹. Diese Zitate stehen nicht immer in Anführungsstrichen, aber man erkennt sie leicht – sie sind das Beste an diesem Buch.

Mercedes Casanovas für ihre Hilfe und Geduld.

Und vor allem Susana, der dieser Roman jedes Wort, jede Entdekkung, jedes Glück zu verdanken hat.

Der Übersetzer dankt Kati Dietlicher für die geduldige, inspirierende Lektüre des Manuskripts, Luis Muro für Navigationshilfe bei sprachlichen Klippen und Juan Rigoli für die zahllosen Erläuterungen argentinischer Besonderheiten.

Inhaltsverzeichnis